KB179201

아픔의 시인

─────────

하인리히 하이네

아픔의 시인, 하인리히 하이네

값	20,000원

초판 1쇄 인쇄 2014년 12월 11일   **초판 1쇄 발행** 2014년 12월 18일

지은이	吳漢鎭
펴낸이	권병일 권준구
펴낸곳	(주)지학사
등록	1957년 3월 18일 제13-11호
주소	서울시 마포구 신촌로 6길 5
전화	02.330.5297
팩스	02.3141.4488
홈페이지	www.jihak.co.kr

ⓒ 吳漢鎭

아픔의 시인

하인리히 하이네

吳漢鎭 지음

(주)지학사

책을 내면서

이번에 이 책을 쓰게 된 동기는 다음과 같다. 나는 1977년에 「하이네 연구」^(문학과 지성사)란 책을 쓴 적이 있다. 당시는 서독에서 발간된 자료만을 구할 수 있었기에 나의 연구 지평도 제한적이었다. 그런데 통일 후에는^{1989~} 과거 동독에서 연구된 자료를 포함해, 종합적으로 연구된 자료들이 제공되기 시작했다.

연구 내용에서도 과거 서독에서는 서정 시인으로서의 하이네 문학과, 그의 문학적 특성인 이로니^{irony} 문학이나 산문적 기행문과 새로운 저널 문체에 관한 순수문학적 연구들이 주류를 이루었다. 그러나 통일 후에는 이들 연구에 더해 그의 자유주의적 진보주의 사상이나 유대계 독일인으로서 정체성 문제 및 추방된 파리 생활 그리고 일생 동안 불치의 신경 질환으로 고통 받았던 병고와 신앙 문제 등등 고통스러웠던 모든 문제들이 밀도 높게 함께 융합되어 연구된 자료들이 통일 전보다 더 많이 발표되었다. 그래서 나는 이를 수용하여 '아픔의 시인'이란 관점에서 하이네를 소개해 보고 싶었다.

특히 그가 사랑했던 조국 독일을 떠나 파리에서 망명 생활을 하며 실향민으로서 살아가야 했던 고통스러운 세월은 짐작하고도 남을 정도이기 때문이다. 인생 중반기를 넘어[1848~1856] 정신적 영적 안식처를 찾으려 써 놓은「어느 곳?[Wo?]」이란 시에서, 그는 유랑 생활에 지친 자신의 고달픈 몸을 미지의 세계에서나마 구원되기를 희망했다.

앞으로 방랑의 고달픔 어느 곳에서
마지막 쉴 곳을 찾게 될 것인지?
남녘의 야자나무 아래서일까?
라인 강변의 보리수나무 아래서일까?

어느 황량한 황야에서 내가
낯선 이의 손에 의해 묻히게 될 것인지?
아니면 망망대해의
해변 모래 속에서 안식하게 될 것인지.

언젠가는 내 주위의 이곳저곳에
성스러운 하나님의 하늘이 둘러싸게 되고,
죽음의 등불로서
밤에는 별들이 내 위에 떠돌게 되겠지[DHA, Bd.2. S.197, 사후 1869년에 공개].

사람들은 몽마르트르의 그의 묘비에 이 시의 첫 구절을 각인해 놓았다. 그것은 하이네가 평소에 민주주의를 위한 자유주의적 진보주의와 조국 독일에 대한 사랑을 염원했기 때문에, 혹시 그가 자신의 마지막 쉴 곳을 '남녘의 야자나무 아래서'가 아니면, '라인 강변의 보리수나무 아래서' 찾게 되지는 않을까 하는 반문으로 새겨 놓은 것이다.

하이네는 젊어서부터 자신의 애정 문제와 인종적 신앙적 정체성 문제 때문에 고민이 컸다. 또 세계 시민적 진보주의 사상을 지향하고 있었기에 늘 절대 군주국들과 충돌하고 있었다. 그런데다 일생 동안 세기말적 퇴폐 문화에서 온 역병^{성병} 아니면 유전적 신경 질환에서 비롯된 이름 없는 병고에 시달렸다. 그의 인생은 모두가 수난의 고통으로 점철된 듯하다.

그뿐만 아니라 정치적 역사관에 있어서도 과격하고 파괴적인 혁명 사상에 대해서는 역사적 회의를 갖고 있어서 현실 정치에 대한 고민도 컸다. 그는 과격한 혁명 사상에 대해서는 점진적인 진화를 희망하는 중용적 조화를 꾀했고 원숙한 정치를 원했다. 그것은 프랑스 혁명이 왜 실패했는가를 반증해 준 실러의 사상에 뜻을 함께하고 있는 것이다. 즉 광기에 사로잡힌 혁명보다는 성숙한 인간 의식과 완숙한 정치의식을 먼저 계도하려 하였다.

산업화와 현대화, 민주화를 일시에 추구하려는 혁명 시기에 야기되는 극단적인 사회 정치적 불안과 혼란, 모순된 부조리는 절대로 원리주의적 과격주의로 해결되는 것이 아니다. 거기에는 합리적이고 성숙한 인간 의식과 안정적이며 조화로운 국민 의식이 전제되어야 한다.

신앙적 인생관에 있어서도 그는 젊어서 수년간 헤겔 철학에 심취하여 '헤겔 철학의 무도회장'을 맴돌았다. 유신론과 무신론 사이에서 말이다. 하지만 오랜 병고에 시달린 그는 결국 수난의 역경을 딛고 사후 내세 어느 곳에서라도 구원되기를 소망했다. 그래서 그는 고백하기를, '나는 오랜 기간 헤겔파에서 돼지를 사육하는 더러운 일이나 하다가 되돌아온 (성서 속의) 잃어버린 아들처럼^(누가복음 15장 11-32) 이젠 내가 다시 신에게로 되돌아왔다.'고 했던 것이다^(DHA, Bd. 3/1, S.179, 「로만제로」후기).

그리고 다시 고백하기를, '성스러운 책들에서^{성서와 스토의 「톰 아저씨의 오두막집, 1852」}

내가 나의 종교적 감정을 재발견하게 된 것에 감사한다.'고도 했다. '그 책
은 나를 위해서는 가장 경건한 경탄의 대상으로서 성스러움의 원천이 되었
다. 그런데 참으로 이상한 일이다! 내가 모든 정신적 도취 속에 외워 쌓은
철학의 무도회장에서 일생 동안 맴돌다가.... 이제야 갑자기 성서나 톰 아
저씨의 입장에 서게 되다니^(DHA, Bd.15, S.40「고백록」).'

이렇게 그는 이전까지 헤겔 좌파의 혁명 사상을 맴돌다, 이제야 예수의
수난과 같은 역경을 딛고 잃어버린 아들처럼 종교적 감정으로 귀의한 사실
을 탄식하였다.

그의 종교적 감정은 특정 종교의 유일신을 상념하고 있는 것이었으나, 자
유주의적 진보주의 사상 역시 일생동안 그를 지배하고 있었다. 그 결과 그
의 신앙관도 같은 맥락으로 관용적인 무차별적 종교관이 되었던 것이다.
이러한 시인의 고통스러운 변화 과정이 그 당시의 정치 사회적 역사 인식과
함께하고 있었기에 그의 인생관은 참으로 옳고 적절했으며 지혜로운 최선
의 선택이었다. 이런 여러 이유들 때문에 나는 그의 아픈 인생행로를 한번
탐색해 보고 싶었던 것이다.

이외에 또 다른 집필 동기가 있다면, 우연인지는 몰라도 하이네 전집을
발간한 적이 있는 독일 교수님들과의 인연이 컸기 때문이다. 나는 1960년
대부터 하이델베르크에서 콘스탄츠 대학으로 간 프라이젠단츠^{W. Preisendanz}
교수와 본에서 아우크스부르크 대학으로 간 코프만^{H. Koopmann} 교수, 뒤셀도
르프 대학에 있었던 빈트퍼^{M. Windfuhr} 교수와 함부르크 대학에 있었던 브리
그레브^{K. Briegleb} 교수와의 교류가 빈번했다.

이분들은 모두 한국에 다녀간 분들이다. 브리그레브 교수와는 1974년에
공동 발표회도 가졌고, 빈트퍼 교수와는 잦은 만남으로 많은 도움을 얻고
있었다. 이 자리를 빌려 이분들 모두에게 다시 한 번 감사의 말씀 드린다.

그리고 내가 금년에 팔순이란 나이가 되었기에 이에 한번 작업해 본 것이
다.

　다행스럽게도 집필한 원고 정리에 조교들(강채희, 박지민, 황지혜)의 도
움이 있었고, ㈜지학사 권병일 회장님과 권준구 사장의 흔쾌한 수락이 있
어, 이 책을 발간하게 되었다. 다시 한 번 ㈜지학사에 감사드리며, 특히 간
행 작업에 수고한 출판사 동료 여러분들께도 진심으로 감사드리고 싶다.
그리고 필요한 연구 자료를 구입해 준 독일 에버트 재단^{Friedrich Ebert Stiftung}에
게도 늘 고맙게 생각한다.

2014년 7월 18일 서재에서
필자 吳漢鎭 씀

차례

Ⅲ 파리에서의 하이네

Ⅳ 사후의 일들

I
머리말

머리말

───────────────────────────────

하이네의 인생은 그의 시 「되돌아봄^{Rueckschau, 1851}」에서 영상적 모습으로나마 읽어 볼 수 있다. 그런 까닭에 나는 이 시를 머리말로 풀이해 보고 싶다.

나는 모든 향의 냄새를 맡아 보았다네
사랑스런 지상의 부엌에서;
사람이 세상에서 즐길 수 있는 것들을,
옛날의 영웅처럼 향유해 보았다네!
커피도 마셔 보고, 케이크도 먹어 보고,
많은 인형들도 가져 보았다네;
비단 조끼나, 섬세한 연미복도 걸쳐 보고,
돈 자루에선 금화가 짤랑거렸다네.
겔러르트^{Gellert}처럼 높은 말도 타 보고;
집도 가져 보고, 성^城도 가져 보았다네.
내가 행복의 푸른 초원에 누워 있으니,

태양은 황금의 시선으로 인사를 전했다네;

이마에 월계관을 두르니,

나의 뇌로는 꿈들의 향기가 피어 들고,

장미와 영원한 오월의 꿈들이 피어 들었다네-

이때에 나에게 함께 떠오른 것이 내세로의 천국,

황혼의 여명과, 죽음의 부패였다네-

구워진 비둘기가 나의 입으로 날아들었고,

천사가 오더니, 주머니에서

샴페인 술병을 꺼내 들었다네-

이것들은 환상이었을 뿐, 공허한 비누 거품이었지-

꺼져 없어졌다네- 이제 내가 습기 찬 잔디 위에 누우니,

나의 사지는 류머티즘으로 마비되었고,

나의 영혼은 정말 부끄러워졌다네.

아, 이 모든 욕망, 이 모든 향락은

내가 불쾌스러운 불만을 통해 얻어진 것이었지;

나는 쓰디쓴 괴로움을 마시게 되었고,

그리고 몰염치한 놈들에게 무자비하게 물렸지;

나는 어두운 걱정거리에 위축되어,

거짓말도 해야 했고, 돈도 빌려야만 했었지

돈 많은 아이에게서나 나이 든 요파妖婆에게서-

생각건대, 나는 구걸도 해야만 했다네.

이제 나는 경주와 질주에 지쳐,

이제 나는 무덤 속에서나 한숨 돌리고 싶다네.

잘들 계시오! 그대 기독교의 형제들이여, 저 높은 곳에서,

그래, 물론이지, 우리들은 그곳에서 다시 만나게 될 것이라네.[1]

하이네는 자신의 자전적 운명의 전개를 목록별 결산으로 노래하고 있다. 젊어서 등단하여 독일이 낳은 가장 유명한 세계적 시인으로 성장한 행복했던 나날들을 기쁨과 꿈의 영상으로 그리워했으며[1-15], 이러한 생의 기쁨과 꿈들이 애정의 갈등이나 내면적 고통, 사회 정치적 제약이나 종교적 갈등, 경제적 어려움이나 병고로 인해 공허하게 사라져 간 인생을 해학적으로 노래하기도 했다[16-32]. 이렇게 그는 이 시에서 과거의 행복과 현재의 고통을 대칭적인 구체적 영상으로 그리고 있는 것이다.

사실 그는 겔러르트[Christian Gellert, 1715-1769]가 프리드리히 2세나[1760] 작센 주 선제후로부터[1768] 말을 선물로 받은 것처럼, 시인의 위상을 왕으로부터 누려 본 적도 없고 자신의 집이나 성城도 소유해 본 적이 없는 가련한 시인이었다. 경제적으로도 넉넉지 못해 삼촌이나 출판사에 의존하여 살았으며, 일생 동안 신경 질환과 신체 마비로 고통스럽게 지내 왔다.

그럼에도 그는 마치 '높은 말도 타 보고' '집과 성도 가져 본' 시인처럼 자신의 삶을 환상적인 영상과 비전으로 풍자하고 있는 것이다.

하지만 이러한 행복의 영상들은 모두 현실적인 고뇌와 아픔의 존재로 거품처럼 꺼져 갔다. 그에게 남은 것은 오직 인간적인 애정과 믿음으로 응집된 숲 속의 고독뿐이었다. 죽음을 앞둔 그에게는 염세적 현실뿐만이 아니라 실현되지 못한 삶에서 환상적인 행복이나마 추구해 보려는 희망적 초월 사상이 교차되고 있다. 높은 천국에 대한 구원의 손길도 내밀어 보면서, 종교적·사상적 갈등에서 비롯된 반가톨릭적 비판도 가해 보는 것이다.

그의 종교적 비판은 종교 자체에 대한 비판이 아니었다. '종교가 세속적인 권력과 성직자 권력 간의 정사情事에서 성립된… 기형적인 피조물인 국가 종교'가 되었기에, 당시의 가톨릭교회에 대해 비판을 가한 것이다. 마치 '국가 종교'가 '반기독교의 백마와 기독교의 암탕나귀 사이에서 태어난 잡종

노새^{Maultiere}'처럼 보였기 때문이다. 그는 '교회의 성단을 증오한 것이 아니었다. 오래된 성단 아래에 쌓인 부스러기 밑에서 기회를 노리고 있는 뱀을 증오한 것이었다.'[2]

다시 말해 그의 비판은 세속적인 권력에 영합하려 한 일부 성직자들에 대한 비판이 된 것이다. 물론 이러한 비판적 태도 이면에는 국가권력의 화신이 되었던 그 당시의 성직자들이 이교도인 유대인에 대한 반유대주의적 태도를 은밀히 간직하고 있었기 때문이기도 했다. 그렇기 때문에 유대계 독일인이었던 하이네는 종교적 갈등에서 그들을 또한 증오하게 된 것이다.

하지만 이러한 증오는 어디까지나 삶의 형식에 표면상 나타난 인종적 사회 갈등에서 파생된 것이었다. 인간적인 내면적 심성에서는 종교적 신앙에 관한 한 관용적 이해와 무차별주의적 신심으로 극복하고 있었다. 그가 시 마지막 구절에서 '잘들 계시오! 그대 기독교의 형제들이여' 하고 작별하면서도, '우리들은 저 높은 곳에서 다시 만나게 될 것이라네.'라고 말한 것은 이러한 그의 무차별주의적 신앙관을 나타낸 것이다.

하이네에게 있어, 그 당시의 기독교는 절대 군주에 종속된 '국가 종교'였고 완고한 교리적 도그마에 빠져 있었다. 그러므로 그의 종교적 비판은 이 문제를 성스러운 천국에서 해결하도록 하늘의 높은 곳에 위임하려 한 태도였다. 즉 숭고한 종교적 본질에 대한 하이네의 포괄적 신심을 표현한 것이다.

하이네의 무차별주의적 신앙관은 정치사회적인 사상에서도 절대 군주 제도에 대한 보편적인 자유와 평등사상으로 항변되고 있다. 그는 절대 군주국에 저항하는 자유주의적 사상가로서, 젊어서부터 프랑스 혁명¹⁷⁸⁹에 열광하고 있었다. 자유와 평등, 박애를 근간으로 하는 공화주의적 사상을 그는 이념적 종교로 일생 동안 추구하고 있었던 것이다. 물론 1830년의 7월 혁명 이후에는 그의 사상이 온건해져서, 점진적으로나마 민주화될 수 있는 군주 공화국이란 중용적 정부 형태를 관망하고 있었지만 말이다.

그는 이상과 현실 사이에서 오는 모순을 합리적 조화로 극복할 수 있는 예술가로서의 지성을 지니고 있었다. 젊은 시절 과격한 혁명가였던 그가 파리로 옮긴 이후로는 온건한 귀족적 혁명가로 변할 수 있었던 것도 이 때문이다.

그러나 그의 이상주의적 소망인 진보적 자유주의나 평등주의 사상에는 변함이 없었다. 그는 언제나 높고 넓은 지평 위에서 자유와 평등의 이상이 추구되는 공화주의를 염원했으며, 문학과 종교철학적인 면에서도 환상적 세계와 초월적 이상주의를 추구했던 것이다. 그 단적인 예가 그의 정치적 산문 작품인 「독일, 겨울 동화[1844]」에서 노래되고 있다.

그는 자유주의적 사상이 잉태될 수 없는 동토의 제국에서, 현세적 고통과 신음을 잊고 자유롭고 행복하게 살 수 있는 새로운 제국을 건설하려 한 이상을 추구했다. 이러한 추구는 자유가 없는 고난의 질곡에서 살아온 한 하프 켜는 소녀의 「체념의 노래」로 호소되고 있는 것이다.

한 하프 켜는 소녀가 노래를 불렀다네.
진실한 감정과 잘못된 음조로,
하지만 나는 그녀의 연주에
대단히 감동되었다네.

그녀는 사랑과 사랑의 아픔을 노래했고,
모든 고통이 사라지는,
더 높은, 보다 나은 세상에서
헌신하고 다시 만날 것을 노래했다네.

곧 녹아 없어져 버리는

기쁨과, 지상의 고통에 관해 노래했고,

영혼이 영원한 환희에 도취된

피안의 저승에 관해 노래했다네.

...

...

새로운 노래, 보다 나은 노래를,

오 친구들이여, 나는 그대들을 위해 시를 짓고 싶다네!

우리들은 이곳 지상에서 벌써

하늘의 제국을 세우고 싶어 한다네.[3]

이처럼 시인은 '하늘의 제국'이란 이상적 공간 제국을 지상에 건설하려 했다. 단순히 정치사회적 제도로서 뿐만 아니라 종교와 철학적 사상에서도 환상적 이상으로 구축하려 한 것이다. 그렇게 하여 그는 모든 현세적 제약이나 종교적 갈등, 삶의 고난과 질병의 아픔들을 새로운 공간 제국에서 해결하고 구원받으려 했다.

사실 하이네는 일생 동안 사랑의 아픔에서 시작하여 질병의 고통에 이르기까지 고난에 찬 삶을 살았다. 그래서 그는 자신의 고통스러운 운명적 삶이 '하늘의 제국' 같은 보다 나은 세상에서 구원받기를 희망했던 것이며, 종교적 신앙심도 추구했던 것이다.

이러한 종교적 신앙심을 추구하게 된 보다 큰 계기는 1848년의 2월 혁명과 6월 혁명이었다. 노동자들의 폭동을 거치면서 누적된 프랑스의 사회적 불만과, 폭동 진압 과정에서 처참하게 희생된 젊은 생명들에 대한 안타까운 아픔 때문에 종교적 신앙심이 더욱 크게 자극되었던 것이다. 그리고 자신의 병고가 더욱더 심화되었기 때문이기도 하다.

1830년 7월 혁명 이후에 집권한 필립 오를레앙 시민 왕은 자유주의적이었으며 '선량하고' '피 흘림을 증오하는' '평화주의적 왕'이었다. 하이네도 그를 좋아했고, 국민들의 신뢰도 컸다. 그런데 뒷날 그가 귀족정치로 복귀하려는 증후가 강했고 경제 불황으로 국민들이 생활고에 시달리고 실업자들이 늘어나자, 결국 그는 영국으로 추방되고 말았다. 그러고는 2월 혁명1848이 발생한 것이다.

이때 유명한 시인이며 정치인으로 화려한 연설과 글을 남긴 라마르틴Lamartine, 1790-1869의 정신주의에 하이네는 열광했다. 온건파 지롱드 당원이었던 라마르틴은 임시정부의 수반으로 올라 도도한 연설로, 한편으로는 혁명을 열렬히 환영하면서도 다른 한편으로는 이를 진정시키고, 혁명군의 적기를 거두고 신성한 삼색기를 프랑스 국기로 선택한 정치인이었다. 바로 이러한 그의 양면적 행위가 하이네의 마음에 들었던 것이다.

2월 혁명에 대한 하이네의 반응도 사실상 그와 유사하게 양면적이었다. 노동자들의 빵 문제를 해결하고 가난과 전제정치로부터 인간 해방을 부르짖는 '사회적 혁명 이념'은 열렬히 지지하면서도, 노동자들이 길거리에 나가 폭동을 일으키며 피비린내 나는 전투를 벌이고 살상되는 그들의 '격렬함'과 '천민적 요소'를 지닌 '정치적 혁명의 현실'은 증오하는 태도였다. 이러한 면에서 '하이네는 귀족적인 혁명가'였다.

라마르틴도 이와 유사한 생각으로 2월 혁명 이후를 전망했던 것이다. 노동자들의 궁핍함과 가난 및 압박에 대해서는 분노하고, 무엇인가 변해야 되겠다는 생각에 희망적으로 혁명의 이념을 지지했다. 그렇지만 실제로 압박에서 벗어나려는 행위가 '데몬적인 폭력이나 파괴적 폭력'으로 나타나는 것에 대해서는 두려움을 나타낸 것이다.[4] 그래서 그는 지롱드 당원들의 과격한 혁명적 행위가 많은 희생을 가져올 것을 예언하기도 했던 것이다.

하이네는 이러한 라마르틴의 예언적 연설에 감동하고, 이를 〈아우크스부르크 보통 신보〉에 보도했던 것이다[(1848.3.10. 제목에서)]. 그의 연설은 하이네가 열광하기에 충분한 것이었다.

그리고 그의 연설문 책자인 「지롱드당의 역사[1847]」는 당시에 대단한 관심을 불러일으켰다. 내용은 '지롱드 당원들의 고귀한 순교를 축복하는 것이었지만, 순교가 동시에 그들의 현란한 석관이 될 것임'을 시사하고 있었다. 석관은 고대 석관에서 볼 수 있듯이, 당시의 시대상과 술 취한 듯한 시위 행렬의 모습과 '당통 만세! 로베스피에르 만세!' 하고 환성을 올리는 '위협적인 모습들로' 장식될 것임을 시사했던 것이다.

그의 연설 일부는 다음과 같다.

우리는 이곳에서 프랑스 혁명의 모험적인 광신적 행렬을 보고 있답니다. 자유와 평등을 술 취한 듯 떠들어대는 여신女神 하인들의 소음 소동도 보고 있고, 위협적으로 심벌 타악기를 치는 연주자나 온화하게 이중적 플루트를 불어대는 연주자도 보고 있답니다. 과격한 애국주의자들의 수컷 짐승 같은 호색가의 모습들도 보고 있으며, 흐트러진 머리로 단두대에 오른 미친 여인도 보고, 신들린 광증으로 속삭이는 무리들이나 들어 보지도 못하고 믿을 수도 없는 창녀들의 술 취한 비틀거림과 동시에 그녀들의 시선 모습에서 표독스럽고 파괴적인 욕구에 도취되어 우리를 공격하는 모습도 보고 있답니다. 그리고 당통 만세! 로베스피에르 만세! 하고 환호하는 모습들도 보고 있답니다[(1848.3.10. 제목에서, 〈아우크스부르크 보통 신보〉)] [5].

이러한 라마르틴의 연설은, 혁명의 이념이 그를 지지했던 사람들로부터는 '도취된 듯한 박수'를 받았지만, 혁명적 행위가 거리의 현장에서 파괴적이고 위협적인 폭동으로 둔갑하고 있는 모습에 대해서는 회의를 느끼고 폭력적 혁명에 부정적이었던 시각을 보여 준다. 결국 라마르틴은 혁명의 '피 묻은 붉은 깃발'을 쫓아내고 '지금의 삼색기를 진심으로 보호한 기수'가 되었던 것이다.[6]

여기서 라마르틴과 하이네는 숭고한 혁명 이념에는 동조할 수 있었지만, 난폭하고 파괴적인 행위에는 동조할 수 없는 태도를 보였다. 그리고 하이네는 이러한 혁명의 이념과 폭력적인 현실 사이에서 빚어진 이념적 동질성의 상실을 목격하고는 혁명에 대한 우려를 나타냈던 것이다. 거리의 부랑아들과 혁명 노동자들이 끊임없이 환호를 부르짖으며 승리의 기쁨 속에 있었다지만, 이를 진정시키려는 근위대들과의 맞대결에서 오는 희생은 지극한 우려의 소용돌이였기 때문이다. 그렇기에 하이네 자신도 이러한 폭력적 혁명의 모순성에 관해 고민했던 것이다.

더욱이 2월 혁명[1848] 이후 유럽 도처에서 벌어지고 있던 혁명의 양상은 지극히 폭력적이며 상상하기 어려운 모습이었다. 파리의 2월 혁명도 엄청난 것이었으나, '악의를 품은 미치광이들에 의해 음모가 꾸며진 불가능한 마술의 혁명들이 조용한 도나우 강변 언덕[빈]이나 스프레 강변[베를린]에서도 행해져야만 될 것이다!'라고 함성을 울리는 데 대해, '이 바보스런 역사를!' '나로서는 더 이상 해결할 수가 없다.' 하고 한탄하고 있었던 것이다[1848.3.22. 제목에 서, 〈아우크스부르크 보통 신보〉].[7] 베를린에서도 억압된 자들의 혁명이 승리를 외치고 있다지만, 자유의 여명이 지상에 비춰지기도 전에 밤중에 사라진 모든 억압된 자들의 희생을 말할 수 없는 아픔으로 생각하게 되니 혁명이란 것이, 하이네의 어휘 사용으로 보아서는, '어둡고 위협적이며 이루 말할 수 없는 것들로 연상되는' '절망적 외침'으로 들렸던 것이다.[8]

하이네는 혁명의 이념이 광란으로 이어지고 이것이 또 다른 폭력으로 억제되는 괴리 현상을 과연 '이성적 생각이나 생각하는 이성으로 통제할 수 있을까? 아니면 신神의 우연이랄까 웃어대는 부랑아들에 의해 통제될 수 있을까?' 하는 절망적 회의를 품게 되었던 것이다. 그 결과 그는 이러한 괴리 현상을 한마디로 모두가 '불합리성 때문이라고 나는 믿는다Credo quia absurdum est=ich glaube, weil es widersinnig ist.' 하는 격언으로 당시의 모순된 시대상을 정리하고 있다(1848.3.22. 제목에서). **9**

그랬기 때문에 1848년 6월 혁명 당시 노동자들의 폭동이 있은 직후, 하이네는 '시대 사건들에 관해 할 말이 없다.'고 했다. '이것은 전체적으로 무정부 상태이며 세계가 뒤죽박죽이고 분명히 신들린 광기가 되어 버렸기에 말이다! 만일 이러한 일이 계속 이대로 지속된다면 이렇게 만든 고참자는 감금되어야만 하고— 고참자를 미친 듯이 분노시킨 무신론자들은 책임을 져야 한다.'고까지 했다(1848.7.9. 율리우스 캄페에게 보낸 편지에서). **10**

이때부터 하이네는 새로운 생각을 갖게 되었고, 새로운 인생을 각오하게 된다. 더욱이 그의 병이 매일매일 참을 수 없을 정도로 악화되어 갔기에, 그는 더 이상 무신론자가 아닌 자신만의 신앙을 추구하지 않을 수 없었다. 즉 무신론과 대등한 다른 신앙을 추구하지 않을 수 없었던 것이다. 특히 하이네의 통증이 모르핀 주사로 지탱되어야 할 정도로 악화되었을 때, 이를 지켜보았던 파리의 친구 루드비히 칼리쉬Ludwig Kalisch는 1850년 1월 20일에 가졌던 하이네와의 대화에서 하이네가 '종교적' 태도를 분명히 취하고 있음을 보았다고 회상했다. **11**

하이네는 대화에서 실토하기를, '나는 나의 무신론에 관해 한 번도 진지하게 생각해 본 적이 없다. 나의 옛 친구들인 헤겔 파들은 불쌍한 인간들로 입증되었다. 인간들의 비참함이 너무나 크기에 사람은 신앙을 가져야만 한다.'고 말했다. 그리고 1848년 6월에 있었던 노동자들의 폭동을 직접 목격한 그는 이 비참함을 폭동 사태와 연결 짓고 있다.

나는 파리의 젊은이들이 그들의 무자비한 큰 낫으로 죽음을 베어 걷어 들이
고 있음을 보았다. 이러한 무시무시한 순간에 있어서 범신론은 충분치 못했다;
이 순간에 있어서 인간은 자신의 개인적 신神을 믿어야만 하고, 무덤의 저세상이
계승된다는 것도 믿어야 했다. 나는 사랑하는 신을 향한 길을 교회나 시너고그
synagogue를 통해 취하고 있지 않다. 어떤 신부나 랍비도 나를 신에게 소개할 수는
없다. 나 자신 스스로가 나를 신에게 인도해야 하는 것이며, 신이 나를 선하게
받아들여 주고 있는 것이다.[12]

결국 그는 자신의 인생행로를 스스로 고통스러운 십자가의 길로 간주하
고 있었던 것이다. 따라서 그는 젊어서부터 열광했던 '헤겔적 신이나 ……
헤겔적 무신론은 포기하고, 그 대신 그 자리에 자연과 인간 정서의 밖에서
실제적이며 개인적인 신의 교리를 다시 불러들여야 할 것이 분명해졌다.'
고 하는 자신의 종교관을 친구 라우베Laube에게 전했던 것이다(1850.1.25. 라우베에
게 전한 편지) [13]
자신은 병석에 누워 있는 '가련한 인간 피조물'에 지나지 않는다며, '이러
한 상태에서 자신을 위한 참된 좋은 행위란 누군가가 하늘에 계셔서 내가
그분께 나의 고통에 관한 끊임없는 연도Litany를 조용한 자정에…… 하소연
할 수 있는' 기도 행위뿐이라고 하였다. 그러면서 '고맙게도! 그러한 시간
에는 나 자신이 홀로 있어 나는 기도할 수 있었고, 주저됨이 없이 내가 원하
는 대로 울부짖기도 하며, 최고 절대자 앞에서 여러 가지 면에서 그를 신뢰
하고 나의 마음속에 있는 모든 것들을 털어놓을 수도 있었다.'[14]고 고백했던
것이다.
사실상 죽음을 앞두고 '그는 헤겔로부터 커다란 전향을 하고 있었던 것
이다. "존재하는 모든 것은 이성적이다."라고 낙인된 세계정신의 사상에서
전향하고 있었다. 인간의 신격화와 인간의 신격화 아래 세계를 의미 있게

예속시키고 있는 것들로부터도 전향하고 있었다. 역사를 만들 수 있게 하는 것으로부터 전향하고 혁명으로부터도 전향하고 있었던 것이다.'[15]

그에게는 오로지 오랜 투병과 고통의 질곡에서 벗어날 수 있는 자신의 구원만이 절박했다. 더 이상 나폴레옹 같은 신격화의 영웅이 자신을 구원해 줄 수 있으리라 생각할 수도 없었고, 헤겔과도 작별 중이었다. 그는 자기 자신이 시인의 신이라고 하늘에 외쳐 댈 처지도 아니었다. 그는 파리 암스테르담가의 병석에 누워 구원의 손길만을 내밀고 탄식하는 '가련한 인간 피조물'에 불과했다. 그 어느 시대의 영웅도 자신을 구원할 수는 없었던 것이다.

이제 자신의 마음속에는 '우리들의 부모님들이 영웅적인 용기를 갖고 싸우다 돌아가시고 또한 그들을 뒤따르려고 순교할 것을 꿈꿔 왔던 아름다운 이상들인, 정치적 윤리나 법규, 자유와 평등, 18세기의 붉게 타오른 여명의 꿈들이— 이제는 우리들의 발밑에 깨어진 도자기 조각이나 제단사의 잘라 버린 헝겊 조각처럼 파괴되고 분쇄되어 놓여 있기에' 2월 혁명 이후의 공허한 심정은 말할 수 없다고, 그는 자유주의적 언론인 친구인 구스타브 콜베 Gustav Kolbe, 1798-1865에게 털어놓았던 것이다. 그리고 무엇인가에 의존하려는 신앙심을 토로하고 있었던 것이다.(1852.2.13. 편지) [16]

결국 그는 혁명의 후유증에서 오는 실망과 자신의 경제적 고통 및 마비 상태의 심한 병고 때문에 또 다른 신앙적 믿음을 발견하고 있었던 것이다. 그는 스위스 출신의 시인이자 고고학자인 페르디난트 마이어 Conrad Ferdinand Meyer, 1825-1871가 방문한 자리에서도[1849.9] 자신의 신앙적 고백을 다시 한 번 언급하고 있다.

나는 우리들 행동에 대한 심판관인 하나의 신이 존재한다는 확신을 갖게 되었답니다. 우리들의 영혼은 영원불멸한 것이고, 선에 대해서는 응보가 있고 악에 대해서는 응징이 있는 피안의 세계가 존재한다는 확신을 갖게 되었답니다.

······ 만일 당신이 이러한 믿음에 의혹을 갖고 있다면, 당신은 그 의혹을 지우도록 하십시오. 그리고 당신께서 신 자체에 대한 견고한 신앙을 여기서 갖게 된다면, 아무리 처참한 세속적인 고민이라도 불만 없이 견뎌 나갈 수 있음을 알게 될 것입니다(1849.11.28. 공표된 하이네와의 만남 제목). **17**

이러한 하이네의 고백은 당연한 것이었다. 그 당시 그는 이미 신경 질환과 시력 약화, 위경련에다 하체 마비로 병석에만 누워 있었기에 척근병脊筋病이 생기고 전신 마비 상태의 고통을 안고 있었다. 그렇기에 그에게는 고통에 대한 영적 욕구가 더욱 컸던 것이다. 비록 그가 완전히 소진된 쇠약한 상태의 고통을 안고 있었다 할지라도, 수난의 고통을 참으며 정신적 생기를 얻으려는 '욥의 고뇌Hiobspein=경건하게 인내하는 자의 고뇌'는 이루 말할 수가 없었다. 하지만 다소나마 고통이 진정되면 이를 잊기라도 한 듯 그는 미소의 아픔으로 익살을 띠우기도 했다.

오스트리아 출신의 의사로서 작가였던 알프레드 마이스너Alfred Meisner, 1822-1885가 1849년 1월 21일, 파리에 머물면서 하이네를 처음 방문한 적이 있다. 그의 글에 따르면, 하이네는 자신의 병세에 관해, '그는 마치 자신이 이미 죽음 속에서 생동하는 정신으로 가련하게 파손된 자신의 몸을 내려다보고 있는 유령이 된 것 같다고 말하기도 하고, 창조하고 창작하기를 좋아했던 과거의 직관력이나 영상들에서 생동했던 모든 것들이 이젠 장님이 된 눈이나 불안한 손 그리고 새로이 깨어난 고통 속으로 다시금 사라져 가고 있다고 말했으며, 그는 자살을 해야겠다는 생각이 치밀어 들어오다가도 사랑했던 부인을 생각하면 자살을 거부해야 할 힘이 생겨 밤새도록 고민에 빠졌다고 말하기도 했다.'**18**는 것이다.

그러면서 마이스너는 하이네의 새로운 종교적 전향에 관해서도 보고하고 있다. 그는 마치 기원전 6세기B.C.587-537에 바빌로니아로 끌려갔던 유대인 포로들처럼, 자신의 처지를 생각하면서 신앙에 관해 무엇인가를 추구하는 듯 보였다는 것이다. 이러한 하이네의 신앙적 태도는 환자로서만이 아니라 그 자신이 유대계 독일인이란 면에서도 추출이 가능하다.

하지만 익살스러운 면도 없지 않았다 한다. 그가 받은 인상은 다음과 같았다.

> 하이네가 기도를 올리고 있는 것이에요! 그러나 그는 자신의 방법대로 기도를 올렸답니다: 그의 고통이 좀 가라앉을 때면 그는 고통에 관해 미소를 지으며 자기 자신을 빈정대기도 했지요.…… 그리고 가끔 흐느껴 울기도 했답니다: "만일 지팡이라도 잡고 몇 발자국만이라도 갈 수 있다면" "당신께서는 어디로 가겠습니까?" 하고 물으니, 그는 답하기를 "그렇다면 교회지요! 물론 지팡이 없이도 갈 수 있다면" 하고 덧붙이기를, 그렇다면 "나는 교회로 안 가고 아마도 마벨Mabieele이나 성 발렌틴 축제Valentino!로 가겠지요." 했다(1849.2.26. 마이스너가 페르디난트 힐러에게 전한 말에서) **19**

'나는 이러한 것이 늘 패러독스한 모순으로 생각되었다— 하지만 그는 그 전부터 종교적 정서 속에 있었다. 그리고 고독과 영원한 자기 자신과의 싸움에서 고뇌하는 것들이 그에게 종교를 동경하는 방향으로 형성시킨 듯했다. 이제 그는 병석에서 이미 욥Hiob이 행한 질문을 묻고 있는 것이었다: "무엇 때문에 고통이 정당한 것일까? …… 이 물음을 극복하기에는 이제 하이네의 정신은 힘과 자유를 잃고 있었답니다. 이러한 물음을 누가 그에게 곡해시켰을까요?" 가끔 그는 자신의 고뇌 속에서 작은 마음이나마 어린 시절의 환상세계로 되돌아가고 있는 것이었습니다. 그럴 때면 그의 눈에서는 눈물이 터져 나오고, 그러고는 기도를 드리기 시작하는 것이었습니다.' …… 그리고 '그는 말하기를, 사실 얼마 전부터 나에게는 종교적 반응이 스며들어 왔다고 했다. 이는 하나님이나 알 일이다. 종교적 반응이 모르핀과 연관된 것인지, 아니면 진정제인 엄법제^{Kataplasmen}와 연관된 것인지 말이다. 어찌 되었건 사실상 나는 다시금 개인적인 신을 믿고 있답니다! 사람이 병이 들고 죽을병이 들어 파손되면 사람이란 신을 믿게 되는 것이지요^{(1849.1.21.} _{마이스너 보고문에서)}!'²⁰ 하고 다소 원망스러운 듯한 신앙고백을 털어놓았다고 한다.

그러면서도 가끔 기분이 호전된 날이면 침대에서 일어나 시를 낭독해 주는 친지를 통해 자신의 시를 받아쓰도록 시키기도 했다. '바로 이러한 날에 그를 방문하게 되는 친구는 대단히 행복한 사람이었답니다! 그와 대화도 나눌 수 있고, 그만이 지니고 있는 특유의 방법으로 작시된 즉흥시도 들어 볼 수 있으며, 농담과 지혜가 절묘하게 섞인 독백도 들을 수가 있었기에 말입니다^(1849.1.21. 마이스너 보고문에서).'²¹

그러나 이러한 일도 잠시일 뿐, 그에게는 혹독한 아픔이 지속되어 더욱 암담해져 갔으며, 아픔 때문에 무엇인가 신으로의 구원을 갈구할 수밖에 없었다. 그래서 그는 개인적인 인간으로서 무엇 때문에 그에게 고통이 오는 것이며 고통의 의미는 무엇일까 하는 해답을 요구하고, 자신을 구원해 줄 수 있는 신이 있다면 신은 어디에 있을까 하는 질문을 던졌다.

그러면서 신을 원망하고 저주하는 듯한 감정을 표현했던 것이다. 이러한 탄식은 「라자로를 위한^{Zum Lazarus}」이란 시에서 잘 표현되고 있다.

이 책임은 어디에 있는 것일까요? 혹시
우리들의 주께서 완전히 전능하시지는 못한 것인지요?
아니면 주께서 행패를 부리시는 것인지요?
아 그렇다면 비열한 일이겠지요.

그래서 우리는 끊임없이 묻고 있답니다,

사람이 한줌 그득한

흙으로 우리들의 입을 채워 틀어막을 때까지-

하지만 이것이 답변이 될까요.[22]

물론 죽어 가는 시인이 하나님으로부터 답변을 들을 수 있는 현실은 못 된다지만, 그가 끝까지 계속 답변을 요구하고 호소하는 것은 신을 긍정하고 있다는 태도였다. 그렇기 때문에 결국 그는 1851년의 「유언장」에서 신을 믿는 것으로 확인되고 있는 것이다. 그간에는 헤겔 철학에서 얻은 이신론理神論, Deismus에 심취되어 있었다지만, 이제 그의 개인적인 신앙심에서 우러나오는 '유신론적유일신적 개인적 신ein theistischer, persoenlicher Gott'을 영원불멸한 자신의 신으로 선택하고 있었던 것이다.

이것은 그 당시 독일 여류 작가로서 1848년에서 1855년까지 파리에서 하이네를 여러 번15번 병문안한 바 있는 파니 레발트Fanny Lewald, 1811~1889가 받은 인상에서도 확인되고 있다. 그녀는, 여러 사람들과의 대화에서 받은 하이네의 종교관에 관한 인상은 그의 신앙관이 이미 '범신론의 표상에서 개인적인 개체적 신의 표상으로 전환하고 있고, 성서와 신의 섭리적인 의미를 지닌 여호와의 신앙으로 전환하고 있다.'고 말하였다. 그리고 그가 '신앙심이 있는 체 하는 위선자Betbruder'는 아니라는 인상을 받았다[23]고 한다.

이러한 신앙은 '유대교적 특징을 약속하는 것이었다. 그러나 그는 자신을 어느 특정 종교나 신앙에 종속시키는 것은 아니었고 개인적인 신으로 머물도록 하고 있었다. 그렇기에 그는 유언장에서도 자신이 죽으면 장례식에 어떠한 교회적 참여도 거부하고 있었던 것이다.'[24]

그 사실은 유언장 7항에서 다음처럼 확인된다.

나는 4년 전부터 모든 철학적인 자부심을 단념했다. 그리고 나는 종교적 이념과 감정으로 되돌아와 있다. 나는 세계의 창조자이시며 유일하고 영원한 신에 대한 신앙 속에서 죽을 것이며, 나는 나의 영원불멸의 영혼을 위한 신의 은총을 간청할 것이다.…… 비록 내가 루터 종교의 세례를 받은 자에 속하지만, 나는 나의 장례에 교회의 성직자들이 초대되기를 원치 않으며, 어떤 다른 성직자들도 장례에 봉사해 줄 것을 거절한다.[25]

이렇게 그는 자신만의 신앙에서 상정되는 '개인적 신'을 택하고 있었던 것이다. 어떤 제도적 종교나 원리주의의 강요로부터도 자유롭고 무차별주의적인 관용적 사유 공간에서 자신만의 고뇌를 통해 겸허히 얻어진 개인적 신을 선택한 것이다.

이것은 「되돌아봄」 말미에서 '저 높은 곳'에서나 서로 구원될 수 있으니, 그곳에서 만나자고 호소한 것과 같다. 삶의 고통을 참으면서 종교를 발견할 수 있었던 대단한 의지력을 그는 문학적 힘을 통해 표현하고 있는 것이다. 이처럼 이 시는 하이네의 고통스러웠던 인생을 대변하고 있다. 그러면서 참으로 하이네가 '아픔의 시인'이었음을 다시 한 번 일깨우고 있다.

이에 본론으로 들어가기 위해 그의 생애와 작품을 추적해 보기로 한다.

Ⅱ
청소년 학창 시절

1. 젊은 시절의 고통

하이네의 인생과 작품 활동은 그가 파리로의 망명 생활을 하기 시작한 1831년을 전후로 양분할 수 있다. 34년간의 독일 생활과 25년간의 프랑스 생활이 그것이다.

하지만 19세의 나이로 「젊은이의 고통, 꿈의 영상2^{Traumbilder 2, 1816}」과 「축성식^{祝聖式, Die Weihe, 1816}」을 처음으로 잡지 〈함부르크 파수꾼^{Hamburgs Waechter, 1817.2.8. 17호}〉에 발표한 후 시작된 그의 작가 활동은 프랑스에서의 25년간에 비해 독일에서는 14년간뿐이다. 따라서 그가 집필한 작품들은 독일에서 창작한 것보다는 프랑스에서 집필한 것의 비중이 클지 모르겠다.

그러나 질에 있어서는 척도의 기준이 없다. 그의 문학적 정신적 상상력은 이미 젊은 시절부터 천부적이었고, 초기 문학이나 후기 문학에 있어서의 변화된 주제와 형식이 글의 내면적 의미에 있어서는 동질의 가치를 지니고 있기 때문이다.

일반적으로 하이네의 문학을, 독일에서 집필한 작품들은 젊은 학창 시절의 후기 낭만주의를 통한 창작이어서 '서정시적 통일성'을 지니고 있고, 프랑스 망명 이후의 문학은 사회 정치 종교 문화 전반에 걸친 '반사성反射性의 평론적 활동을 통한 산문 작업'이 위주였다고 평가한다. 그리고 말기에 가서는 아픔의 세계를 담은 '시적 형식과 산문 형식이 동질의 가치로 병렬된 문학이었다'[1]

그러나 그의 문학은 아름다운 진주를 낳기 위해 온갖 고통을 감내한 조개와 같이 아픔을 통해 얻게 된 다이아몬드 같은 찬란한 결정체의 문학이다. 그의 문학을 고통의 문학이라고 말하는 이유가 여기에 있다. 그의 문학이 고통의 문학적 산물이란 것은 그의 인생 여정을 살펴보면 더욱 확연해진다. 그러므로 우선 그의 성장 과정을 간략하게 소개하는 것이 좋을 듯하다.

하이네는 1797년 12월 13일, 뒤셀도르프에서 자그마한 포목 수입상을 하던 유대계 상인 삼손 하이네Samson Heine, 1764-1828와 유대계 의사 가문의 딸인 파이라 지포라 반 겔데른Peira Zippera van Geldern, 1771-1899 사이에서 장남으로 태어났다. 어머니는 계몽된 부인이란 뜻으로 베티Betty라 불렸다. 그리고 사랑하는 누이동생 사라 샤롯테Sara Charlotte, 1800-1899와, 두 남동생 고트샬크-구스타브Gottschalk-Gustav, 1805-1886와 마이어-막시밀리안Meyer-Maximilian, 1807-1879이 있었다.

하이네는 어려서 커다란 턱수염을 지닌 할아버지의 이름을 따라 차짐Chajim이라 불렸다는 추측도 있다. 하지만 사실은 아버지가 사업상 영국 리버풀에 설립한 지점 회사의 지배인인 '미스터 해리Mr. Harry'란 이름을 따서 태어나자마자 해리라 불렸다. 그리고 그가 27세가 되던 나이에 기독교로 개종한 후부터는 하인리히Heinrich란 독일 이름으로 불리게 된 것이다.[2]

그는 17세가 될 때까지의 청소년기를 뒤셀도르프에서 지냈다. 유년기 때는 잠시 유대계 유치원Cheder에 다녔지만1803-1804, 얼마 후 프란체스코계 가톨릭 수도원에 있는 교회 학교 리제움Lyzeum에 입학하여 1807년부터 1814년까지 공부했다. 집안은 유대계였지만 부모님이 이미 독일에 동화된 가정이어서, 하이네는 6세부터 16세까지 이미 기독교적 교회 교육을 받았다.

때마침 그곳 뒤셀도르프가 나폴레옹 지배 아래 있었기에 자유주의와 진보주의의 사상적 영향도 강했다. 거기에 자유주의적 신앙에 속하는 그리스 철학을 교장 선생님이었던 야콥 샬마이어^{Jakob Schallmeyer}로부터 배우기도 했다. 그런 까닭에 하이네가 청소년기에 받은 유태계의 정신적 유산은 비교적 엷은 편이다.

하지만 그에게 있어 유대인의 생활이나 사유가 완전히 잊힌 것은 아니었다. 단지 교조적인 유대인이 아닐 뿐이고, 유대교적 인습이나 기독교적 사상에 얽매임 없이 자유로운 사유에 체질화된 인간형이 형성된 것이다.

아버지는 어머니와는 달리 하이네가 교장 선생님에서 철학 강의를 듣고 유대교 신앙에 소홀했겠다는 점이 달갑지 않았다. 하이네가 그리스 철학의 인문학에 관심을 가진 나머지 유대교의 유일신 신앙을 등한시한다는 소문이라도 퍼지면, '꼼꼼한 유대인들이 아버지가 경영하는 포목상에서 벨벳 같은 옷감을 사들이지 않는' 사업상의 손실이 발생할 수 있다는 속마음이 있었기 때문이었다.³ 그뿐만 아니라 그는 아들이 사업을 이어 갈 머리가 필요해 상인 교육을 받았으면 희망했다. 그런데 아들이 철학을 중심으로 한 문학예술에 관심을 갖게 되면 자신의 희망이 충족될 수 없었다. 사실상 부자지간에 직업관에 관한 갈등이 생겼던 것이다.

하이네의 인생 여정에 있어서 부모님보다도 더 큰 영향을 주었던 사람은 삼촌 살로몬 하이네^{Salomon Heine, 1767-1844}였다. 그는 16세의 나이로 16그로센의 동전만을 호주머니에 지닌 채 함부르크에서 은행 서기로 일하면서 몇 년 안에 은행 소유자가 되고, 독일 부호 중의 한 사람이 되어 하이네에게 커다란 재정적 도움을 주었던 것이다. 그는 교육을 받은 적은 없지만 대단히 예리하였고, 유대인 투의 독일어 방언을 사용하며 글도 잘 못 쓰는 편이었다.

하지만 함부르크의 길거리에서 중의원들을 만나면 그들이 모자를 벗고 단정히 인사를 할 정도로 존경받고 명망 있는 사람이었다. 그런 사람이 하이네의 교육비나 생활비를 일생 동안 돕겠다고 나선 것이다.

그러나 그도 아버지처럼 하이네를 실제적인 직업인으로 키우려 했다. 아버지도 이미 1815년 가을, 하이네를 프랑크푸르트로 보내 은행 실습을 받도록 조치하기도 했다.

하지만 그 일이 하이네의 적성에 맞을 수가 없었다. 그는 다시 뒤셀도르프로 돌아와 반년 간을 허송세월하며, 창작에 대한 꿈과 환상에 사로잡힌 나날을 보냈다. 바로 이 시기에 구상된 첫 시가 「근위병Die Grendiere, 1816. 구상」과 「벨사차르Belsatzar, 1816」이다. 이 시를 포함하여 그 당시에 구상된 낭만적 시들(「두 형제Zwei Brueder」, 「돈 라미로Don Ramiro」 등)은 뒷날 1822년에 발표되었다.

2. 창작 생활의 시작
－「근위병」등 젊음의 고통시들

　「근위병」을 창작하게 된 동기에 대해, 하이네는 「이념, 러 그랑의 책Idee, Das Buch le Grand, 1826」에서 자신이 1819-20년경 뒤셀도르프의 호프가든에서 겪었던 이야기로 대신하고 있다.

　'낙엽이 쌓인 어느 추운 가을날, 학생으로 보이는 한 젊은이가 뒤셀도르프의 호프가든에서 거닐고 있는 모습을 하이네가 목격한 바 있다[1812].' ……하이네 자신은 이러한 소년기의 과거 체험을 '호프가든의 낡은 벤치에 앉아 꿈을 꾸며 회상하고 있는 순간인데, 갑자기 자신의 뒤에서 혼란스런 사람들의 목소리가 들렸던 것이다.'

　시의 내용은 여기부터 시작된다. '그것은 가련한 프랑스 병사가 러시아 전투에서 포로가 되어 시베리아로 유배되었다가, 전쟁이 끝나고 평화가 왔는데도 그곳에서 몇 년간을 억류되어 있다 이제야 풀려나 프랑스로 귀향하는, 기구한 운명을 지닌 패잔병들의 목소리였다. 하이네 자신이 실제로 그 "유명했던 나폴레옹 군대의 고아"들을 쳐다보니 찢겨진 군복에 헐벗은 참상이었고, 고생이 찌든 얼굴에는 원망스런 눈초리가 깊숙이 자리 잡고 있

었다. 그리고 그들의 다리는 잘리거나 지쳐 절뚝거리고 있는데도 여전히
군대식 걸음걸이를 유지하고 있었다. 그런데 묘하게도 한 고수장이가 비틀
거리면서도 북을 치며 앞으로 걸어가고 있는 것이었다.[4] 하이네는 바로 이
러한 참담한 모습을 보고, 그들을 동정한 나머지 이 광경을 「근위병」에 담
은 것이다.[5]

한때 위용을 자랑하던 나폴레옹의 위대한 60만 군대가 이제 패전의 길목
에서 참담함을 보이고 있었다. 그는 이들을 동정하고 나폴레옹을 옹호할
수밖에 없어 이 시를 창작한 것이다. 당시는 독일이 프랑스의 점령 하에서
해방하려 프랑스를 적대시하고 있는 시점이었는데, 이처럼 나폴레옹을 동
정하는 시를 썼다는 것은 독일에 도전적인 일이었다.

하지만 나폴레옹은 정신적으로 유럽의 봉건 영주 국가들로부터 모든 국
민을 해방시키고, 프랑스 혁명[1789] 정신에 따라 자유와 평등을 위한 유럽 평
화를 구축하려 한 위대한 인물이었다. 그랬기에 하이네는 젊어서부터 그를
흠모했던 것이다. 이미 13세의 어린 나이로 1811년 11월 3일에 뒤셀도르프
에서 나폴레옹을 처음 목도한 순간부터 그랬다. 이는 젊은 괴테의 경우도
마찬가지였다.

여기서 패잔병의 모습을 보고 나폴레옹을 숭상한, 하이네의 첫 시 「근위
병」을 소개하면 다음과 같다.

두 근위병이 프랑스를 향해 가고 있는데,
그들은 러시아에서 포로가 된 사람들이었다네.
그리고 그들이 독일 수용소에 왔을 때에는,
의기소침해 있었다네.

그때 두 사람은 슬픈 악몽의 소리를 들었으니;
프랑스가 전쟁에 졌고,
대군이 패전하여 무너졌다는,—
그리고 황제 황제가 포로가 되었다는 것이네.

그때 두 근위병은 함께 울었다네,
비탄의 소식을 접한 사람들처럼.
한 사람은 말하건대; 얼마나 슬프고 아픈지,
나의 옛 상처가 타오르는 듯하다고 했다네.

다른 사람은 말하기를: 노래는 끝났으니,
나는 너와 함께 죽고 싶지만;
아내와 아이가 집에 있으니,
그들은 나 없이는 죽을 것이라네.

아내는 어찌하고 아이는 어찌하랴,
나아질 요구들을 내가 감당하여야 하는데;
이들이 굶주리면 구걸토록 해야 할 수밖에,—
나의 황제 나의 황제는 포로가 되었으니 말이네!

나의 형제여 나의 간청을 들어다오:
만일 내가 지금 죽는다면,
나의 시체를 프랑스로 옮겨 가,
프랑스 땅에 묻어 주길 바라네.

붉은 리본의 훈장은
나의 가슴 위에 놓아주고;
총은 나의 손에,
그리고 칼은 허리띠에 매어 주길 바라네.

그렇게 누워서 나는 조용히 듣고 싶다네,
보초병처럼, 무덤 속에서,
언젠가의 포성 소리가 들릴 때까지,
그리고 홍소 짓는 말굽 소리가 들릴 때까지 말이네.

그러면 나의 황제가 나의 무덤 너머로 말 타고 와서,
칼 소리를 내며 번쩍일 것이고;
그러면 나는 무장한 채 무덤에서 솟아올라, -
황제 황제를 보호할 것이라네.**6** 1816. 성립, 1822. 공개

나폴레옹1767-1821은 워털루 전투1815.6.18에서 패배한 뒤 세인트헬레나 섬에 유배된 채 생을 마쳤다. 비록 그가 독재자로서 생을 마쳤다 하더라도, 나폴레옹은 자유 평등이란 위대한 사상적 이념을 실현하려 유럽을 재패한 위인이다. 그랬기에 당시 유럽인들은 그를 흠모했던 것이다. 그리고 하이네 자신도 이러한 시를 짓게 된 것이다.

이러한 시작 활동을 하이네의 부모님은 좋게 받아들이지 않았다. '그 당시 시인이란 개념은 별로 명예스럽지 못했고, 시인이 즉흥시 한 편을 짓는다 할지라도 대가로 몇 푼밖에 벌지 못하며, 결국에는 병원에 가서 죽게 되는 불쌍한 거지 같은 놈약마으로 생각되었기 때문이다.' 그리고 '어머니는 하

이네 자신이 작시법을 배우고 있다는 사실에 불만을 갖고 있었고, 시인이 되려고 하는 일에 가장 큰 불안을 느끼고 있었다; 더욱이 하이네 자신이 시인이 된다면 시인이 된다는 일 자체가 가장 잘못되는 일로 여기고 있었던 것이다.[7]

그래서 어머니는 삼촌 살로몬에게 도움을 요청했던 것이다. 삼촌이 1816년 여름, 하이네를 함부르크로 초청하여 자신의 은행에서 서기 실습생으로 일하게 한 것도 이 때문이다. 하지만 결과는 좋지 못했다. 다시 의류 무역업이나 시켜 볼까 하여 해리 하이네 회사^{Harry Heine & Co.}를 설립하여 주었으나, 그것도 1년이 못 되어 망했다. 사실 하이네는 사업가가 될 수도 없었고, 되려고도 하지 않았다.

그는 함부르크 알스터의 카페나 드나들고, 호숫가의 백조와 지나가는 여인들이나 바라보며 다른 생각을 하고 있었다. 뒤셀도르프 리제움에서 함께 공부한 친구 크리스티안 세테^{Christian Sethe, 1798-1857}에게 보낸 1816년 7월 6일자 편지에서는, 이곳 함부르크에는 '낭비적인 상인들의 둥지나 많고……창녀들이 많지만 시 문학은 없는 곳'[8]이라고 한탄하고 있었던 것이다.

그런데 묘하게도 그가 자신의 시를 처음으로 발표하게 된 곳이 함부르크였다. 그는 19세의 나이로 1817년 2월 8일 〈함부르크의 파수꾼〉 잡지에 연정시인 「젊은이의 고통, 꿈의 영상2^{Traumbilder 2}」을 발표하여 작가 활동을 시작하였던 것이다. 하지만 창작 활동에 대해 삼촌이나 부모님이 부정적이었기 때문에, 그는 프로이트홀트 리젠하르프^{Freudhold Riesenharf}란 가명으로 시를 발표하였다.

3. 이루어질 수 없는 사랑, 고통의 시작

－아말리에 등

하이네의 창작 활동은 그가 본^{Bonn} 대학 법학부에 진학하던¹⁸¹⁹ 학창 시절부터 본격적으로 시작되었다. 그리고 그간에 창작한 시들을 1821년 12월 20일, 베를린 마우러^{Maurer} 출판사에서 「시집^{Gedichte, 1821}」으로 처음 공개하였다. 이 시집에는 「아름다운 5월^{Im wunderschoenen Monat Mai, 1821}」이나 「노래의 날개 위로^{Auf Fluegeln des Gesanges, 1821}」 같은 연정시가 실려 있다. 그리고 이들 시에는 사촌동생인 아말리에^{Amalie, 1799~1838}에 대한 이루어질 수 없는 사랑이 은연중 담겨 있다.

그가 아말리에를 사랑했다고 직접 표현한 적은 없다. 하지만 그는 30세가 되던 1827년에 친구 칼 아우구스트 파른하겐^{Karl August Varnhagen, 1785~1858}에게 보낸 편지에서, 비로소 자신이 아말리에를 사랑했다는 사실을 고백하였다^(1827.10.19). 아말리에는 1821년 쾨니히스베르크 출신의 요한 프리드랜더^{Johan Friedlaender}와 결혼했다. 이때 하이네는 결혼식에 참석하질 않았다. 그로부터 오랜 세월이 흐른 뒤, 그녀와 재회를 앞두고 그 사실을 고백한 것이다.

'오늘 아침 나는 11년 동안 보질 못했고 내가 사랑했다고 사람들이 말하고 있는 뚱뚱한 부인을 방문할 수가 있었다네, 나의 사촌 여동생인 그녀는 쾨니히스베르크 출신 프리드랜더의 부인이지.…… 세상은 바보스럽기도 하고 싱거우며 불유쾌하기도 하고 메마른 제비꽃 냄새가 나기도 한다네.'[9] 하며 속마음을 털어놓았다[(1827.10.19)].

그런가 하면 아말리에를 잘 알고 지내던 여류 작가 파니 레발트[1811–1889, 모세스 멘델스존의 손녀]도 '쾨니히스베르크에서는 아말리에가 하이네의 젊은 시절의 애인으로 알려져 있다.'고 증언하기도 했다.[10] 「서정적 간주곡[Lyrische Intermezzo, 1823]과 「노래의 책[Buch der Lieder, 1827]을 1884년에 다시 출간한 에른스트 엘스터[Ernst Elster]도 이를 재확인하고 있다. 그리고 1823–24년에 발표한 「귀향[Heimkehr]」(6)번 시에서는 아말리에의 동생 테레제[1807–1880]도 사랑했다는 사실을 암시하고 있다.[11]

이 모두는 이루어질 수 없는 사촌동생들에 대한 불행한 사랑의 갈등을 노래한 것이다. 그런데 후일 죽음의 병석에서 하이네는, 어린 시절 자신의 첫사랑은 형리[刑吏]의 딸 요세파[Josepha, 일명 붉은 셉프헨]라 불리는 독일 소녀였다고 「회고록[Memoiren, 1884]」에서 말하고 있다. 하지만 이 이야기는 낭만주의 동화에서나 읽어 볼 수 있는 허구적인 '사랑의 접가지'에 불과한 소년기의 일일 뿐이다.[12]

사실 하이네의 「노래의 책」 초기 서정시에서 사랑의 주역으로 암시되고 있는 상상의 연인은 아말리에였다. 하이네가 1816년 함부르크에서 아말리에를 처음 보게 되었을 때, 그녀는 17세의 예쁜 처녀였고 테레제는 9세의 어린 소녀였다. 그러므로 하이네의 애정적 호감은 아말리에에게 더욱 깊었을 것으로 추측된다. 하이네 자신도 그 당시 소년기를 넘어 미래를 꿈꾸는 청년기로 들어서고 있었다. 따라서 사랑에 대한 갈등 역시 자연스럽게 생겨날 수 있었던 것이다. 그런데 이러한 사랑에 대한 도전과 이루어질 수 없는 불행한 사랑의 상처가 정신적으로는 문학이나 정치적 관심 영역을 자극하여, 그의 시 문학에서 고통의 산물로 나타난 것이다.

이런 고통 외에도 직업 문제로 방황하고 있던 하이네를 구제하려, 아버지나 삼촌은 그를 실용적인 직업으로 이끌어 보려 노력했다. 삼촌은 그에게 법학 공부를 시켜 보려 했다. 당시 유대인으로서 생업을 이어 갈 수 있는 확실한 직업은 의학이었고, 그 다음이 법학이었다.

그런데 법학 공부를 하면 자연스럽게 공직을 택해야 하는데, 이를 위해서는 유대인들이 기독교로 개종하거나 독일인에 동화되는 것이 유리했다. 때마침 나폴레옹이 패전하고[1815] 프로이센의 지배가 강화된 시기여서, 유대인들은 시민권을 박탈당하거나 차별받기도 했다. 더불어 그들의 독일인화 문제가 논쟁의 대상이 되고 있었다. 프리드리히 빌헬름 3세 치하에서는 유대인들이 게토 유대인과 기독교 세례를 받은 유대인 두 종류로 나누어졌다. 그 가운데서 그나마 개종한 유대인들의 생업은 희망적이었다.

이런 상황에서 대부분의 유대인들이 개종을 한 것이다. 1816년 3월 21일에는 모세스 멘델스존의 아들인 은행가 아브라함과 손녀 파니[Fanny, 10세], 천재적 음악가 손자 야콥 펠릭스[Jakob-Felix, 9세]와 손녀 레베카[Rebekka] 그리고 손자 파울[Paul, 2세]이 기독교 세례를 받았다. 칼 마르크스의 아버지인 헤르셸 마르크스[Herschel Marx]도 정부 변호사 직에서 해고를 면하려 1817년 여름에 세례를 받았다. 그리고 이듬해인 1818년 3월 5일에 칼 마르크스를 낳은 것이다. 그뿐만 아니라 하이네와 함께 초기에 자유 민주주의를 위해 투쟁하다 엄격한 과격주의로 인해 하이네와 갈등을 빚었던 루드비히 뵈르네[Ludwig Boerne, 1783-1837]도 1818년에 세례를 받았다.[13]

이처럼 불안한 시기에 하이네는 본 대학에서 학업을 시작했다[1819. 2학기간]. 그러나 이듬해에 특별한 이유 없이 괴팅겐 대학으로 옮겼으며[1820. 1학기간], 그 이듬해에는 베를린 대학으로 옮겼다가[1821-1823. 4학기간] 다시 법학 공부를 마치려 괴팅겐 대학으로 되돌아왔다[1824-1825]. 그리고 1825년 6월 28일, 하이네는 그림[Grimm] 목사 주도로 세례를 받은 것이다.

4. 본 대학 시절

— 슐레겔 교수와 아른트 교수와의 만남 그리고 「알만조르」

하이네의 학창 시절은 그의 초기 문학 활동이나 정신적 세계를 성장시키는 데 중요한 시기였다.

어머니는 특히 하이네가 본 대학에서 법학 공부하기를 적극적으로 원했다. '영국이나 프랑스 및 입헌 국가 독일에서는 법학 공부를 한 계층들이 가장 강력한 권력자이며…… 최고의 관직에 오를 수 있다고' 믿고 있었기 때문이다.

하지만 하이네는 고대 로마인들이 생각하는 법이란 정치인이나 범법자들이 자신들의 범죄 행위를 보호하기 위해 악용하는 것이라 여겼다. 따라서 '로마의 법전이 얼마나 무서운 책인가. 이는 이기주의의 성서 Die Biebel des Egoismus이지 않은가!'[14] 하고 회의하며 법학 공부에 부정적이었다. 오히려 역사와 철학, 문학 및 예술에 관한 강의에 열중했다. 1784년에 문을 열었으나 1818년에 새롭게 설립된 본 대학에 새로운 학풍을 지닌 낭만주의의 대표적 학자들이 많이 모여들었다. 그중에서도 슐레겔 교수 August Wilhelm Schlegel, 1767-1845와 아른트 교수 Ernst Moritz Arndt, 1769-1860의 문학 강의는 그에게 많은 영향을 주었다.

아른트는 낭만주의적 애국 시인이었고, 슐레겔은 낭만주의 학파의 대부였다. 그들은 고대 그리스 문화와 로마 문화를 모방하려 했으며, 18세기 계몽주의 문학에 대항해 독일 영혼이 담긴 낭만주의의 새로운 문학 운동을 전개한 작가이다. 많은 외국어와 인도학까지 섭렵한 슐레겔의 독일어 문학사에 관한 섬세한 지식은 하이네의 운율학과 산문적 수사학에 교훈적이었다. 더욱이 그의 학문적 산문은 학생들이 독일 낭만주의에 열광하게 하기에 충분했다.

하이네가 슐레겔 교수와 관계를 맺게 된 것은, 하이네가 창작한 초기 시 몇 편을 그에게 보여 주었을 때부터다. 그는 만족해하면서 교정도 해주고 운율에 대한 지식도 개선해 주었다. 이를 통해 젊은 시인 하이네는 시학에 관해 보다 큰 정확성과 형식에 대한 의식화를 함양할 수 있었고, 자신의 산문 작법에도 많은 영향을 받았던 것이다. 자신의 초기 시를 슐레겔에게 보여 주었을 때 받은 인상을, 그는 학생 친구 보이그헴^{Friedrich v. Beughem}에게 다음과 같이 전하고 있다.

'그는 나의 시를 보고 대단히 만족하고 시의 독창성에 놀라 기뻐하는 듯했다. 나는 그가 나의 시에 놀라는 것에 어쩔 줄 몰랐다. 최근 내가 슐레겔 교수로부터 형식을 갖춰 초대받았을 때는 나 자신 그에게 빠진 기분이었다. 그리고 커피 향에 젖어 한참 동안 그와 함께 재잘거리기도 했다^(1820.7.15).'[15] 그 후에도 몇 번 초대되어 시에 관해 논의도 하고 조언도 받고 용기도 얻었다. 그는 늘 묻기를 하이네의 시가 언제 출간되느냐 하며 출판되기를 희망하는 듯한 인상도 주었다^(1820.11.7. 브록하우스 출판사에 전한 편지에서) [16]

본 대학 시절, 슐레겔은 하이네의 문학적 지적 재능을 결정적으로 발굴시킨 스승이자 멘토^{Mentor}였으며, 하이네는 슐레겔 정신에 충실한 낭만주의 작가가 된 것이다. 따라서 하이네는 그에게 감사하는 헌정문으로 「낭만주의

Die Romantik, 1820」란 짧은 산문을 발표하기도 했다. 이것은 하이네에게 있어서 첫 번째 산문이다. 이 헌사에서 하이네는 슐레겔의 낭만주의 정신에 충실한 독일 혼을 담은 독일어에 대한 찬사도 아끼지 않았다.

'독일어는 우리들의 성스러운 재산이며 어떤 약아빠진 이웃도 옮겨 놓을 수 없는 독일의 경계석이다. 독일어는 어떠한 낯선 폭력자도 혀를 마비시킬 수 없게 자유를 일깨워 주는 자명종이며, 조국을 위한 전쟁터에서 왕의 황금 깃발인 것이다. 그리고 어떠한 바보나 간사한 자도 배반할 수 없는 조국 그 자체인 것이다.'[17]며, 낭만주의 정수인 독일 혼을 설파했다.

그러나 슐레겔 교수에 대한 존경과 의존도 그가 본 대학에서 학업 중이던 1819년에서 1820년 중반까지였다. 그 후 1824~25년경부터는 다소 소원해지면서 비판적인 입장을 드러내기도 했다.[18]

하이네는 후일 「낭만주의 학파Die Romantische Schule, 1833」에서 이렇게 말했다. 슐레겔은 '가장 위대한 독일 운율학자'이며 '셰익스피어 번역에 있어 타의 추종을 불허할 정도의 명성을' 얻고 있는 대가였다.[19] 하지만 하이네가 그와 거리를 갖기 시작하게 된 이유는 '슐레겔이 아무런 철학적 근거 없이 당대의 작가들을 불손하게 비판적으로 공격하고 있다.'고 생각했기 때문이라 했다.[20]

그 예로 다음과 같은 사실을 들었다. 슐레겔은 젊어서 셰익스피어의 「한여름 밤의 꿈」을 함께 번역했고, 자신의 문학적 아버지라 할 수 있는 독일의 대중적 담시 작가인 고트프리드 아우구스트 뷔르거Gottfried August Buerger, 1747-1794를 저평가하였다.[21] 가장 현대적 사상을 지니고 있는 프랑스의 첫 번째 현대적 시인이었던 라신느Jean Baptiste Racine, 1639-1699를 '우리들 독일인을 위해서는 문예계의 왕으로 관찰하기에는 무용한 인물이라' 평하였다. 그리고 몰리에르Moliere=Jean Baptiste Poquelin, 1622-1673 같은 희극 작가도 '그는 익살쟁이지

시인은 아니다.'[22]고 폄하하였다.

이들에게 호감을 갖고 있던 하이네는 슐레겔에 대해 의혹을 갖기 시작했고 거리를 두었던 것이다. 특히 슐레겔은 뷔르거를 높이 평가하지 않았다. 독일어로 '뷔르거'란 이름은 독일어뿐만 아니라 프랑스어로도 '시민Citoyen'[23]이란 뜻이므로, 그의 대중적 담시 사상은 독일의 '3월 이전Vormaerz, 1848' '젊은 독일파'의 자유 민주주의적인 이상적 시민 사상과 친화적이고 민중적 민주 사상을 함께 지니고 있는 것으로 생각되었다. 이러한 뷔르거의 담시 사상이 슐레겔 자신의 낭만주의적 애국 혼과는 맞지 않는 사상으로 여겨졌기 때문이었다. 다시 말해 슐레겔은 뷔르거를 그의 이름이 뜻하는 바대로 '시민Citoyen' 사상을 지닌 담시 작가이지 독일 혼을 담은 애국 시인은 못 된다는 듯이 폄하했던 것이다.

여기에 대해 하이네는 「낭만주의 학파」에서, '만일 슐레겔이 뷔르거를 폄하하려 했다면 그는 뷔르거의 담시를 영국의 담시 작가 퍼시Thomas Percy, 1729-1811가 수집한 영국 담시와 비교하기도 하고, 퍼시의 담시가 훨씬 단조롭고 소박하며 고고학적이고 시적으로 창작되었음을 보여 주면서' 그를 폄하했어야 하는데, 그러지를 못했다 하였다. 그러므로 '이른바 말하는 슐레겔의 비평이란 내면적으로 공허한 것이라는 것을 우리는 인식하게 된다.'고 비평했다.[24]

이와 같이 슐레겔의 뷔르거에 대한 폄하는 충분한 근거 없이 공허하게 내려진 평가였기에, 하이네는 슐레겔의 태도를 온당치 않게 생각한 것이다.

다른 프랑스 작가들에 대한 폄하도 같은 맥락으로 보았다. '프랑스 국민은 세계적으로 산문적 국민이기에, 프랑스에는 시 문학이 없을 것이다.'는 공허한 생각으로 슐레겔은 라신느나 몰리에르 같은 작가들을 폄하했다.[25] 하이네는 이러한 슐레겔의 공허한 태도에 거리를 두었던 것이다.

하이네가 슐레겔과 거리를 두게 된 또 다른 이유가 있다면, 슐레겔의 낭만주의는 독일 혼의 뿌리를 찾는 애국적 문학 운동이었기에 자칫 독일인과 비독일인 유대인 간의 차별화가 일어날 수 있었기 때문이었다.

비극 「알만조르Almansor, 1820-1821」는 하이네가 법학 공부를 계속하려 본에서 괴팅겐 대학으로 옮겨간 시기에[1820] 집필하기 시작한 첫 드라마 작품이다. 이 작품은 아랍계 무어 제국이 기독교인들에 의해 무너지고, 무슬림 무어인들이 아랍으로 쫓겨 갈 때, 스페인 그라나다에서 발생한 애정 비극이다.

무슬림인 알만조르는 어려서부터 같은 종족이었던 주라이마Zulaima와 약혼한 사이다. 망명해 죽은 줄만 알았던 알만조르는 살아서 아랍으로부터 그라나다로 되돌아와 옛 약혼녀를 찾는다. 하지만 그녀는 몇 년을 기다리다 돈나 클라라Donna Clara란 이름으로 세례를 받고 기독교로 개종한 여인이 되어, 강제로 스페인 기독교인과의 결혼을 계획하고 있었다. 이에 알만조르는 결혼식 날 그녀를 납치하여 산으로 도망친다. 그리고 그들을 잡으러 온 사람들을 피하기 위해 바위산 낭떠러지에서 투신함으로써 죽음으로 삶을 마감한다.

이 애정 비극은 1492년경에 생존을 위해 종교를 바꿔야 하는 스페인 무어인들의 불행과 종교적 갈등을 소재로 한 작품이다. 따라서 그것은 유대인들의 처지를 암시한 알레고리비유가 되고 있는 것이다.[26]

하이네가 이 작품을 쓰게 된 동기는 다음과 같다. 첫 번째로는 낭만주의 작가 푸케Friedrich De la Motte Fouqué. 1771-1843의 소설 「마술 반지Der Zauberring, 1813」에서 언급된 가이페로스의 설화시Gayferos Romanze에서, 기독교인 돈나 크라라Donna Klara와 돈 가사이로스Don Gasairos와의 애정 비극을 읽은 것이 자극이 되었다 (1823.6.10. 푸케에게 보낸 하이네의 편지). [27] 내용적으로 기독교인과 이교도 무어인 간의 애정 비극을 이야기하고 있는 것이다.[28] 두 번째로는 15세기경의 아랍·페르시아 문학으로서 비극적 애정 서사시인 드샤미Dschami의 작품 「메드쉬는과 라이라Medschnun und Leila=독어 번역자 Anton Thedor Hartmann에 의함. Amsterdam, 1808」를 읽고 착상하였다고 한다. 이 작품 역시 종족 간 적대 관계에 놓여 있는 두 남녀가 서로 사랑한 나머지 남자 연인을 따라 애인도 함께 죽은 순애보 소설이다. 하이네는 이들 소설을 1820년경 본 대학에서 읽고, 거기에 자극되어 「알만조르」를 집필하기 시작했다.

하지만 보다 적극적인 이유는 이미 1815년부터 독일에서 심화된 반유대주의가 1819년경에 와서는 여러 도시에서 소요를 일으키는 반유대주의 운동헵 헵 운동으로 확산되었기 때문이다. 즉 유대인들의 고통을 1492년도 스페인 그라나다에서 일어난 무어인들의 고통을 통해 대변하려 했던 것이다. 비극 「알만조르」에는 주인공 알만조르와 주라이마, 두 연인의 희생을 통해 종교적 갈등을 해소할 수 있는 종교 간의 관용적 이해와 조화로운 해결을 모색한 계몽적이고도 낭만적인 메시지가 담겨 있는 것이다.[29]

5. 괴팅겐 대학 시절

-「하르츠 기행¹⁸²⁴」

하이네는 이러한 비극을 창작하면서, 1820년 9월에 괴팅겐 대학으로 옮긴다. 특별한 이유는 없었다. 괴팅겐 대학¹⁷³⁷· 설립은 그 당시 젊은 본 대학이나 베를린 대학과는 달리 오랜 전통을 지니고 있어 고답적이고 보수적이었다. 본 대학이나 베를린 대학의 학풍이 자유분방하다면, 괴팅겐 대학은 엄격한 학풍에 고루하고 건조했다. 법학부도 계몽주의적인 비판과 조직적인 교육 방법으로는 좋은 평판을 얻고 있었지만, 낭만적인 포근한 학풍은 없었다. 따라서 하이네는 법학 공부에 별 취미를 갖지 못했다.

문학사는 계몽주의의 마지막 대변자로 알려진 보우터베크^{Friedrich Bouterweck} 교수의 강의가 유명했다. 그럼에도 불구하고 그의 저서 「13세기 말 이후의 웅변사와 시학사¹⁸⁰¹⁻¹⁸¹⁹」를 통한 유럽 문학사는 '낭만주의적 구조와 감정에는 미흡했다. 하지만 내용이 세분화되고 비판적이며 진지해서' 다른 문학사적 관찰을 접하는 데는 도움이 된 것 같다. 그러나 전반적인 학풍이 고루해서, 하이네가 추구하고 있던 '자유와 자연성 문학적 상상력'을 얻고자 하는 데는 도움이 되지 못했다.

하이네는 경직된 대학의 학풍과 지식인들의 고답적인 문화 풍토에 항의하는 비판적인 생각을 갖고, 이러한 대학 풍토에서 자유로이 해방되고 싶은 마음으로 자연을 동경한 나머지 '하르츠 여행'을 시도했다. 그 속에서 환상적인 자연을 문학적 상상력으로 묘사하였던 것이다. 그러므로 「하르츠 기행Harzreine, 1824」은 당시의 엄격한 대학 문화와는 반대되는 자연과 인간의 자유 및 애정, 문학적 환상 세계를 동경한 기행문이 되고 있는 것이다.[30]

기행문 속의 시인 화자는 당시의 어려웠던 법학 공부 시절을 회상하며, 이를 벗어나려 자연으로의 여행을 시도한 자신의 감정을 다음처럼 적고 있다.

'카우제 호숫가에는 신선한 아침 공기가 불었다. 새들은 기쁘게 노래하고 나도 점차 다시 신선하고 기쁜 기분이 들었다. 나에게는 정말로 원기 회복을 위한 청량제가 필요했다. 최근에는 정말로 법학 공부로부터 헤어날 수가 없었다. 로마의 관례 법률가들의 궤변론은 나의 정신을 거미줄처럼 뒤덮고 있었고, 나의 마음은 철창 같은 법 조항들과 이기적인 법 제도 사이에 갇혀 있었다. 나의 귓전에는 비잔틴 법률가 트리보니아누스?-546'나 동로마 제국 황제 유스티아누스482-565 등의 법론만이 쟁쟁 울리고 있었다. 나무 밑에 앉아 있는 부드러운 사랑의 연인들도 로마 법전을 손에 안고 있는 듯 보이기만 했다.[31]

이처럼 대학의 엄한 분위기와 경직된 대학 관료 체제 그리고 불행했던 애정 체험 등이 자신을 압박하고 있었기에, 화자는 이로부터 벗어나 자연 속에서 보다 자유롭고 인간적이고 낭만적인 환상 세계를 추구하지 않을 수 없었던 것이다. 따라서 하이네는 「하르츠 기행」 시작부터 이러한 정서를 담은 시를 서술하고 있다.

검은 상의에, 비단 양말,
예의 갖춘 하얀 와이셔츠 소매 단추에

부드러운 말솜씨, 입맞춤하는 이들-
헌데(아) 그들이 마음씨만 있었다면!

가슴속에 마음과 사랑
마음속에 따뜻한 사랑이 있었다면-
헌데(아) 그들의 거짓된 사랑의 고통 노래가,
나를 죽이고 있었다네.

나는 산으로 올라가고 싶다네,
경건한 초가집들이 있는 곳,
가슴이 자유롭게 이어지는 곳,
자유로운 공기가 부는 곳으로 말이네.

나는 산으로 올라가고 싶다네,
어두운 낙엽송이 솟아 있고,
계곡의 시냇물이 속삭이며 새들이 노래하는,
그리고 멋있는 구름들이 흘러가는 곳으로.

잘들 있게나, 매끈한 사랑방이여
매끈한 신사들이여! 매끈한 숙녀들이여!
나는 산으로 올라가고 싶다네,
웃으면서 그대들을 내려다보면서.[32]

이처럼 작품 속의 화자는 고답적인 지식인 사회로부터 해방되어 고통이
사라지는 자연으로의 여행을 계속했던 것이다. 동화적인 전설이 담긴 문화

적 유적지나 시골 마을도 체험하고, 꽃들과 침엽수 활엽수가 교대로 펼쳐진 산과 계곡을 거쳐, 일제 공주와 하인리히 황제와의 전설적 사랑으로 비유되고 묘사된 일제 시냇물이 흐르는 계곡으로 내려왔던 것이다. 그리고 이 기행문의 끝자락 일제 계곡에서는 자연의 신선함과 사랑의 에로스도 흠뻑 느낀 것이다.

'만일 이 자연의 현상 세계가 우리들의 정서 세계와 함께 용해되어 (계곡에) 흐르고, 푸른 나무들과 상념隊念들, 새들의 노래와 비애, 푸른 하늘의 천공과 회상들 그리고 약초들의 향기가 아리따운 아라베스크 모양으로 함께 엮어져 흡수되어 있다면, 자연에서 오는 이 감정이란 영원한 축복이 될 것이다.'[33] 이렇게 화자는 일제 바위산을 넘어 일제 성곽이 내려다보이는 계곡에서 허구적인 아름다운 소녀로 의인화된 일제를 연모했던 것이다. 아름다운 자연에 탄복하고 있었던 것이다.

'오늘은 5월 1일. 나는 아름다운 일제 너를 생각하고 있단다. 그러나 네가 마음에 든다면 너를 아그네스라고도 불러 볼까?- 나는 너를 생각하고 있단다. 그리고 네가 환하게 빛나는 모습으로 산에서 (흘러) 질주해 내려오는 너의 모습을 다시 보고 싶단다. 하지만 가장 좋은 것은 내가 계곡 아래 서서 너를 두 팔로 맞이하여 껴안고 싶은 것이란다. - 참으로 오늘은 아름다운 날이다! 사방에서 나는 푸른 색깔 희망의 색깔을 보기도 하고 사방에서 꽃들이 피어오르는 성스러운 경이로움을 보는구나. 그리고 또한 나의 마음도 다시금 꽃피우고 싶구나.

바로 이러한 마음이 경이적인 꽃이란다. 이 마음은 겸허한 제비꽃도 아니고 환한 웃음을 짓는 장미꽃도 아니며 순수한 백합꽃도 아니다. 소녀의 감성을 사랑스럽게 기쁘게 하거나 아름다운 소녀의 가슴에 예쁘게 꽂히는 꽃도 아니며 오늘 졌다가 내일 다시 피어오르는 꽃들도 아니란다. 이 마음은 전설에서 백년마다 단 한 번만 피어오르는 브라질 숲 속의 모험적인 의미

있는 꽃과 같은 것이란다.'³⁴

모처럼 자연에 대한 경이로움과 영원한 사랑의 에로스를 흠모하고, 자연으로부터 피어오르는 성스러운 사랑이나 성스러운 마음이 백년의 꽃으로 싹터 오름을 실감하고 있었던 것이다.

괴팅겐 대학에서의 생활은 그렇게 낭만적이지 못했다. 하이네는 나폴레옹¹⁷⁶⁹⁻¹⁸²¹ 말기의 조국 통일을 위한 청년 애국 운동에도 참여하고 낭만적 애국심도 고취시켰다. 하지만 청년 운동의 내면이 자신이 상상했던 이상과는 상이했기에 실망도 컸다.

그는 1817년¹⁰·¹⁸⁻¹⁹에 있었던 청년 애국 운동 '바르트부르그 축제Wartburgfest'와 1832년⁵·²⁷⁻³⁰에 있었던 '함바흐 축제Hambacherfest'를 「뵈르네 회고록Ludwig Boerne, Eine Denkschrift, 1840」에서 돌이켜 보며, 이 자리에서 '바르트부르그 축제'가 지극히 편협한 애국 운동이었다고 고백했다. '함바흐 축제'는 프랑스 7월 혁명¹⁸³⁰ 이후의 여파로 민주주의적이며 자유주의적 세력권의 청년들 약 3천여 명이 모여 독일의 공화주의적 통일을 외치는 축제였다. 이에 반해 '바르트부르그 축제'는 1517년의 루터의 종교 개혁을 회상하고 독일 신교도들 간의 내면적 통합을 위한 애국 운동으로 시작되었다. 하지만 애국주의 혼을 일깨우려는 '체육 운동Turnbewegung'의 창시자 프리드리히 루드비히 얀Friedrich Ludwig Jahn, 1778-1852의 영향 아래, 13개 대학의 신교도 학생들이 초청되어 프랑스 점령으로부터의 해방과 독일의 자유 및 통일을 외치는 국수주의적 애국 운동 축제가 되었다. 그래서 불행히도 축제가 끝날 무렵에는 루터 종교를 신봉하는 소수 청년들이 1520년 로마 교황이 신교 운동에 가담한 자에게 내린 파문장을 모은 서류 책자들²⁵⁻³⁰권과 나폴레옹 법전을 불태우는 분서焚書 소동이 일어났던 것이다.

훗날 하이네는 「뵈르네 회고록」에서 이들 축제에 관해 다음과 같이 말했다. '함바흐 축제에서는 태양이 떠오르는 현대적 시대의 노래와 함께 모든 인간이 형제애로 도취된 노래를 부르며 환호했고' …… '프랑스의 자유주의에 도취된 산상 설교^{마태복음 5-7}가 행해지고 있었다.' 하지만 '바르트부르그 축제에서는 사랑과 신앙에 관해 빈정거리는 편협한 국수주의가 지배하였으며, 그들이 말하는 사랑이란 것도 외국인에 대한 증오 이외에는 아무것도 아닌 조국애였다.' '신앙이란 것도 비이성적인 것으로 성립된 것이고, 무지 속에서 최선의 것을 찾는다는 것이 책들이나 불태우는 것 이외에는 아무것도 없었잖은가!' …… 그리고 '바르트부르크에서 책들을 불태우자고 제안한 이 무지한 자들이 또한 브뢰더^{Christian Gottlich Broeder, 1745-1819}가 편찬한 라틴어 문법책까지 불속에 던져 태워 버릴 뻔했잖은가!'[35]

안타깝게도 바로 이러한 분위기가 당시 괴팅겐 대학의 학생들을 지배하고 있었던 것이다. 더욱이 하이네가 괴팅겐 대학 생활에서 놀랐던 일은 애국 청년 운동이 순혈주의 애국 운동으로 흘러가면서, 유대인 같은 이방인들에 대한 추방 운동이 비밀리에 진행되고 있는 사실을 알아차린 것이다. 이 일을 하이네는 「뵈르네 회고록」에서 다시금 회고하고 있다.

'나는 언젠가 괴팅겐의 지하 맥주 집에서 놀랐던 일이 있다. 그것은 당시 나의 옛 독일 친구들이 자신들이 지배하는 날이 오면 독일에서 추방해야 할 이방인 비밀 명부를 대단히 철저하게 작성하여 놓은 것을 알게 된 일이다. 프랑스계나 유대계, 슬라브계의 애국 청년 회원들 가운데 7명 중 한 사람은 추방 대상으로 판정되어 있었던 것이다. 최소한 (애국주의 운동가) 얀이나 옛 독일인들을 우습게 보고 글을 쓴 사람들은 사형까지 할 수 있도록 되어 있었다. 사형 집행은 단두대로 집행하는 것이 아니라 독일에서 발명한 밧줄 사형이었다. 소위 말하는 중세부터 잘 알려진 로마인들의 "밧줄 교수형^{die welsche Falle}"이었다.'[36]

정말 어이없고 불길한 일이었다. 그런가 하면 괴팅겐 대학에는 하노버 왕가의 귀족 출신 학생들이 많이 와 있었는데, 그들은 속물적인 이야기들이나 하고 있었다. 하이네는 그들에 대한 반감이 컸다.

'그들 하노버 출신 귀족 젊은이들은 서로가 함께 쪼그리고 앉아 자신들이 즐기던 개나 말들 그리고 조상들에 관한 이야기나 하고 있지, 그들이 최근에 일어난 최근세사에 관해서 이야기하는 것은 들어 보지를 못했다. 혹시 그들이 최근세사에 관해 이야기하는 것을 들어 본다 할지라도 그들이 말하는 감성적 모습이란 귀족들만이 모여 앉아 이야기하는 남작들의 탁상 모습의 표식에 불과했다. 사실 이런 원망스런 모습들은 하노버 귀족 젊은이들의 보다 나은 교육을 통해 예방할 수도 있었는데, 이들 젊은이들은 그러지를 못하고 옛날 귀족들이나 마찬가지였다. 이들의 공허함이란: 마치 이들 귀족 청년들이 세계의 꽃이라고 가정한다면, 우리들 다른 젊은이들은 단순한 잡초에 불과한 것이었고; 이들의 바보스러운 점이란: 조상들의 공덕으로 자신들의 무가치함을 덮어 위장하려는 것이었으며; 그들 귀족 영주들이 충직하고 덕망 있는 하인들에 의해 존경되는 것이 아니고, 뚜쟁이나 아첨꾼 같은 총애 받는 악당들에 의해 은혜를 베푸는 귀족처럼 존경되고 있다는 사실을 최소한 그들 젊은 귀족들이 생각하여야 하는데, 이러한 공덕 문제에 관해선 전혀 알지를 못하고 있었다. 결국 그들의 무지함은 그들의 바보스러움이었다.'[37]

그래서 하이네에게 귀족 학생들에 대한 감정은 좋지 않았다. 그런가 하면 소수의 국수주의적 애국주의자들이 일반 대중들에게 열광적으로 선언하고 감동시키는 말들이 '인간성이나, 세계 시민성, 아들들의 이성이나 진실성'과는 거리가 먼 '조국과 독일 아버지들의 신앙!'이란 애국주의적 언어만을 외치고 있었기에, '그들 국수주의적 대표자들은 세계 시민주의적 대표자들보다 독일 토양에 더 깊이 뿌리를 박고 있었음을 알 수 있었다.'[38]

괴팅겐 대학의 교육 계획에 대해서도 하이네는 별로 열광하지를 않았다.

학문적 명성은 높았으나 교육 방법이 주로 암기 위주여서 이념을 창출할 수 있는 사유의 폭이 적었기 때문이다. 그러기에 하이네는 후일 「탄호이저 Tannhaeuser, 1836」에서 괴팅겐 대학 생활에 관해,

> 괴팅겐에서 학문은 꽃피우고 있었으나,
> 학문의 열매는 맺지 못하고 있다네.
> 나는 그곳에서 아주 캄캄한 밤을 통해 지내 왔으며,
> 빛이란 아무 곳에서도 보지를 못했었지.[39]

하고, 자신의 학업이 괴팅겐에서 성과를 거두지 못했음을 스스로 인정했던 것이다.

그런데다 그는 1820년 가을까지 창작한 「꿈의 영상」과 「노래」 들의 초기 시들을 뽑아 「꿈과 노래」란 제목으로 라이프치히의 유명한 브록하우스 출판사의 출판인 프리드리히 아르노 브록하우스Friedrich-Arnold Brockhaus에게 원고를 보내 출판을 부탁하였다(1820.11.7. 편지).[40] 하지만 정중하게 거절된 채 반송되어 와서 마음이 대단히 불편했다. 그렇지만 괴테 같은 위대한 문인 역시 처음에는 이러한 경우가 있었음을 알고 스스로 자위하고 말았다.

이처럼 하이네는 괴팅겐에서 별로 좋지 못한 기분 속에서 지내고 있었다. 때로는 상처 입은 마음을 달래기 위해 거리의 처녀들에 안겨 성병에 전염되었다는 소문도 있었고, 학업 자체도 그에게는 지루한 일이 되어 교수들에게 실망을 주기도 했다. 더욱이 학생들 간에는 자유 평등을 주장하는 유대계 학생들에 대한 애국주의적 편견으로 논쟁이 일어 결투도 있었다. 불행히도 하이네는 이러한 논쟁에 연관되어 비벨Wiebel이란 학생과 결투를 하게 되었다. 그 결과 대학으로부터 6개월간의 정학 처분을 받아, 1821년 일시적으로 괴팅겐 대학을 떠나야만 했다. 이때 그는 베를린 대학으로 옮겼던 것이다.

6. 베를린 대학 시절

━━━━━━━━━━━━━━━━━━━━━━━━━━

― 헤겔에 대한 열광과 살롱에서의 문화인 교류(라헬 파른하겐, 슐라이어마허, 푸케 등)

1821년 하이네가 베를린 대학 법학부로 옮겨 갔을 때는 독일 낭만주의가 최고봉에 이르렀을 시기다. 베를린 오페라 좌에는 신비주의와 애국주의적 시대정신을 노래한 칼 마리아 폰 베버Carl Maria von Weber, 1785-1826의 가극 「자유의 사수Der Freischuetz」가 공연되고 있었다. 그런가 하면, 은행가 아브라함 멘델스 존1776-1835의 집에서는 매주 공휴일마다 낮 음악회가 열렸는데, 당시 12세밖 에 안 된 아들 야콥 루드비히 펠릭스 멘델스존1809-1847이 자매들과 함께 자신 의 곡을 연주하기도 했다. 실내 음악회 모임이나 베를린의 문학 살롱에는 낭만주의의 대표적 작가들과 사상가들이 모여들었다.

대학에서는 헤겔 강의가 학생들에게 가장 인기가 높았다. 사실 표현이 화 려하지도 않았고 '독백하는 방식으로 목젖에 쿡쿡 밀어 치는 탄식조의 탁한 목소리'에 '계속되는 기침' 때문에 그의 강의를 '이해할 수 없었는데도' 수강 생은 늘어만 갔다. 하이네는 그의 강의 모습을 우스개 삼아, '묘하게도 그의 강의 모습은 마치 부화하는 암탉이 알을 품고 한참 동안 앉아 있는 정중한 얼굴로 보였는데, 강의 목소리는 암탉이 알을 낳고 난 뒤 꼬꼬댁 꼬꼬 하고

터져 나오는 목소리로 들렸다.' '정중히 말해서 그의 수업은 이해하지 못했
으나, 나중에 가서야 생각을 한 나머지 비로소 그의 말을 이해할 수 있게 되
는' 강의였다.⁴¹ 즉 변증법적 사유 과정을 필요로 하는 합리주의적 이상주의
철학 강의였던 것이다.

하이네가 이러한 헤겔 철학 강의를 열광적으로 수강하는 동안, 그의 합리
주의 철학 사상은 낭만주의의 뿌리에 푹 젖어 있는 하이네의 영혼 위에 놓
이게 된 것이다. 이로부터 하이네에게는 합리주의와 낭만주의 사이에서 이
를 통찰할 수 있는 절대정신의 토양이 구축되었던 것이다.

그런데 이들 두 축의 사상가들이 함께 교류하면서 정신적 중심 역할을
할 수 있었던 곳이 라헬 파른하겐Rahel Varnhagen von Ense, geb. Levin, 1771-1833이 이끄
는 다락방 살롱이었다. 그곳에는 젊은 학자들과 부유한 시민, 장관, 연극
배우, 예술가와 철학자 등이 출입하고 있었다. 하이네는 슐레겔의 추천으
로 이 모임에 참여하게 되었다. 이곳에서 계몽적인 정치가 빌헬름 훔볼트
W. Humboldt와 자연 연구가 알렉산터 훔볼트A. Humboldt 형제를 알게 되었다. 그리
고 신학자 프리드리히 다니엘 슐라이어마허F. D. Schleiermacher와 그를 연모했던
미모의 헨리에트 헤르츠Henriette Hertz, geb. de Lemos 여사도 함께하였다. 여기에
작가 아델베르트 샤미소Adelbert Chamisso와 푸케Friedrich de la Motte-Foqué, 철학자 헤
겔 등이 참여했던 것이다.

50대의 라헬 부인은 가냘픈 몸매에 미모의 얼굴은 아니었지만, 따뜻하고
감성적인 목소리로 사람들의 마음을 사로잡았다. 또한 그녀 부부는 베를린
에서 괴테 문화를 숭상하는 설교자였으며, 그녀의 매혹적인 인격과 현명함,
문학적인 취미와 삶의 지혜는 문학사에 각별한 위치를 차지하고 있었다. 당
시 새로운 작가가 새로운 작품을 출간하면 그녀의 서평을 기다릴 정도였다.

그런 그녀가 하이네의 서정시적 재능을 천재적이라고 찬양하면서 그의
시를 높이 평가했던 것이다. 그러면서도 그의 시에 대한 비평도 덧붙였다.

그의 시는 내면에서 우러나오는 자기도취적인 궤변이 찬란하고 예리함이 계속 반복되는 것이 흠이라 비판했던 것이다. 때로는 그의 궤변을 참지 못해 하이네가 모임에서 나간 뒤에는 그 장황스러움을 식히기 위해, 그녀는 '창문을 열어 놓아야겠다.'고까지 말하기도 했다는 것이다.[42]

사교적인 면이 부족했던 하이네는 라헬 부인을 다른 어느 여인들보다도 존경했다. 그래서 베를린을 떠난 뒤에도 그녀를 생각하며, 자유주의 작가 루드비히 로베르트[1778-1832]에게 보낸 편지에서 '위대한 영혼을 지닌 사랑스럽고 좋은, 작은 부인께 많은 안부를 전해 주게나.' 하고 부탁했다는 것이다[1823.11.27].[43] 몇 년 후 외교관인 그녀의 남편 칼 아우구스트 파른하겐[K. A. Varnhagen]에게 보낸 편지에서도 라헬 부인을 찬양하는 외침으로 안부를 전하고 있다. '부인께서 진리를 위해 얼마나 많은 투쟁을 하셨으며 고생도 하시고 싸우기도 하시고 때로는 거짓말까지 하셔야 했는지— 내가 부인께서 쓰신 글 한 줄 한 줄에서 얼마나 큰 기쁨을 만끽했는지를!' 모르겠다며 끝을 맺었다[1830.2.28].[44]

그런데 하이네가 자신의 필명으로 시를 발표하게 해준 사람은 그녀의 남편 파른하겐이었다. 베를린 학생 시절에 파른하겐이 당시 이름 있는 잡지 〈동반자[Der Gesllschafter]〉의 편집장인 프리드리히 구비츠[Friedrich Gubitz] 교수에게 하이네를 추천했던 것이다. 그래서 하이네가 낯모르는 교수를 방문하며 자신의 이름으로 시를 발표할 수 있게 해달라고 간청했을 때, 그는 흔쾌히 이를 받아들였던 것이다.[45]

이렇게 하여 하이네의 시 몇 편이 1821년 5월 〈동반자〉에 그의 이름으로 실리게 되었다. 이에 베를린 문인들 사이에서는 하이네란 사람이 도대체 누구냐 하는 관심이 일어나기 시작하였다. 그리고 구비츠 교수는 하이네를 위해 프리드리히 마우러[Friedrich Maurer]가 운영하는 출판사를 소개하며, 이

전에 브록하우스 출판사에서 거절당했던 시집을 「하이네의 시들Gedichte von H. Heine」이란 제목으로 1821년 12월에 출간될 수 있도록 한 것이다.

당시 24세의 하이네는 인세는 한 푼도 받지 못하고 초판 40권만을 받았을 뿐이다. 그중 한 권을 바이마르에 있는 괴테에게 짧은 편지와 함께 보냈던 것이다. '존경하는 귀하, 나는 수백 가지 이유로 귀하께 나의 시를 보내 드립니다. 나는 딱 한 말씀만 올리겠습니다: 나는 귀하를 사랑합니다. 그것이 전부입니다―(내가 아는 바로는 나의 시들은 아직 별 가치가 없다고 봅니다. 그저 이곳저곳에서 알게 된 것들을 읽어 볼 수 있게 표현한 정도지요. 나는 시의 본질에 관해 아직도 나 자신과 일치시키지 못하고 있습니다. 사람들은 슐레겔에게 자문을 받으라고 하고, 슐레겔은 귀하에게 읽혀 보이라고 합니다. 그래서 나는 정중하게 실천에 옮기고 있는 것입니다. 나의 행위가 조금이라도 옳은 일이라고 생각되신다면 귀하께 고맙게 생각하겠습니다)―나는 나와 전 독일 국민들에게 천국으로의 길을 가리켜 주고 계신 귀하의 성스러운 손에 입을 맞추고 있습니다(1821.12.29. 괴테에게).'46 이렇게 진정 어린 편지를 전하면서 괴테를 방문하려고 했다.

그러나 실망스럽게도 괴테는 그를 만날 생각을 갖고 있지 않았다. 단지 베를린 살롱 가에서만 하이네의 시들을 열정적으로 암송하고 있었던 것이다.

하이네가 자신의 시를 이렇게 어려운 길을 걸어가며 발표하고 있었기에 독자들은 그의 시에 더욱 큰 관심을 갖고 있었던 것이다. 때마침 그 당시는 후기 낭만주의에서 오는 염세주의가 유행이었다. 따라서 하이네 시들도 내면적 고통과 갈등이란 세계적 고민을 안고 있는 시로서 독자들의 공감을 불러일으키기에는 충분했다. 그랬기에 당시 문학적 살롱을 이끌고 있던 여류 작가 엘리제 폰 호헨하우젠Elise von Hohenhausen, 1812~1899은 하이네에게 '독일의 바이런Byron'이란 별명을 붙여 준 것이다. 하이네의 머리 모습도 당시에 이미 신화적 존재가 된 영국의 낭만주의 작가 바이런1788~1824의 그것과 비슷하게 닮아 갔다는 에피소드도 있다.

　하이네는 베를린 학업 시절, 낮에는 대학 강의실에 오후에는 라헬 부인의
살롱을 방문했는데, 루터-베그너Lutter-Wegner란 지하 포도주집도 자주 찾았
다. 그곳 포도주집에 라헬 살롱에 초대받지 못했던 호프만E. T. A. Hoffmann, 1776-
1822과 자유분방한 문인들이 많이 출입했기 때문이다. 하이네는 담배는 피
웠지만 술은 못했다. 그러면서도 호프만을 만나기 위해 그곳을 찾았다.

　당시 45세였던 호프만은 심한 병고로 얼마 살 수 없을 정도의 상태였다.
아버지 없이 어려운 시민 가정에서 성장한 그도 생활상의 이유로 '빵나무
Brotbaum'라 할 수 있는 법학 공부를 시작하였다. 하지만 하이네와 마찬가지
로 젊어서부터 예술에 대한 천부적 재능을 지니고 있어 환상적인 소설도 쓰
고 음악도 작곡하고 그림도 그렸다. 그는 푸케Karl de la Motte-Foqué의 산문 동화
「물의 요정 운디네Undine, 1811」를 오페라 「운디네1812-1814」로 작곡도 하고 많은
환상적인 낭만주의 소설을 남겨 하이네가 감탄한 작가다.

　특히 동화적이며 환상적인 단편 소설 「브람빌라 공주Prinzessin Brambilla, 1820-
1821」는 꿈속의 현실 세계와 현실 속의 꿈의 영상 세계를 체험하게 하는 문학
적 유머와 이로니irony가 지배하고 있어, 혼란스런 인간 관계와 모든 존재의
고통을 카니발적 웃음으로 한번에 해소시킬 수 있는 우수한 작품이었다.
이 점에서 '하이네는 이 작품을 천재적'이라 했다.

　내용은 로마의 카니발 축제를 무대로 한다. 꿈의 영상 세계를 서로 교대
로 추구하고 추격하는 연극배우 기길리오Gigilio와 장신구를 만드는 여인 기
아신타Giacinta의 연인 사이를 갈라놓으려는 혼란스런 유희 과정을 모든 인간
들이 겪는 '존재의 고통을 성스러운 희열로 교류시키는' 카니발이란 '유머
적 연출'을 통해 해소시키고 있다. 이 역할은 두 연인들 사이에서 협잡꾼 셀
리오나티Celionati의 유머적 재치를 통해 연출되고 있다.

모든 인간들이 모순으로 가득한 시민적 일상생활에서 겪고 있는 고통을 작가는 경이적인 꿈속의 현실이나 현실 속의 꿈의 세계로 체험케 한다. 그렇게 함으로써 일상생활의 강요된 고통으로부터 인간이 자유로이 해방될 수 있도록 '카니발의 웃음' 속에서 고통의 실체를 해소시키는 것이다. 그러므로 이곳에서 터지는 '카니발의 폭소란 보편적인 것이다. 카니발은 도덕이나 윤리적 습관에 관해서도 웃기고…… 권력에 관해서도 희극적 시를 통해 웃긴다: 바보스런 왕도 선거를 통해 선출하며 미사도 가장무도회로 웃긴다. 카니발은 무섭고 불안스런 것들도 웃긴다. 악마가 어릿광대로 업신여겨지며 성직자가 악마를 쫓아내려 해도 코믹이 된다. 카니발이란 아래·윗사람들이 뒤집히는 유희이며 선과 악, 아름다움과 증오, 남녀가 뒤집히는 유희인 것이다. …… 카니발은 진실이 뒤집히는 세계다. 카니발의 대가족 속에서는 성직자들의 교권 제도도 사라진다. 사람도 자기중심에서 벗어난다. 생의 중심이나 표준 같은 자기중심을 위한 모든 것들이 힘을 잃고 사라진다. 카니발에서는 함께 속한다는 것이 분리되며, 함께 속한다는 것은 일반적인 것이 못 된다. 카니발은 태어남이나 사랑과 죽음 같은 생의 기본적인 모든 것들을 인간이 기뻐하는 상대적 관계의 유희 속으로 끌어들인다.

그렇기에 이러한 카니발의 환경 속에서 주인공인 기길리오^{Gigilio}와 기아신타^{Giacinta}는 그들 삶에 관한 웃음이나 연애에 관한 웃음, 동경과 충족 사이의 심연에 관한 웃음을 배우며, 그들 자신이 자신과 서로로부터 헤어질 수 없는 상황으로 변화하고 있음을 알게 된다. 그들은 바보스런 익살^{Faxen}을 만들고 있다지만 그들은 살고 있는 것이며, 그들이 살고 있다는 것도 그들이 바보스런 익살을 만들고 있기 때문에 살고 있는 것이 아닌가 한다.' 사실 이 작품의 카니발 무대에서는 '생기발랄하고 명랑한 허무주의가 조롱조의 모든 불쾌감을 유머의 작용으로 제거하고 있는 것이다.'

호프만은 이러한 '유머의 작용'을 '경이로운 작용'으로 보고, 경이로운 유머의 효과를 다음처럼 정의했다. 유머에서는 '자신의 아이러니한 제2의 자아를 만들어 내기 위해 자연의 심오한 관찰에서 오는 타고난 사유의 힘을 갖고, 제2의 아이러니한 자아에서 만들어진 묘하고도 바보스런 익살Faxen들을 자신의 익살로 만들고 있다. 바로 이러한 타고난 사유의 힘이 경이적인 힘인 것이다. -당돌한 말로 말해서-모든 존재의 익살Faxen을 현세적으로 인식하고 그 익살 속에서 온갖 고뇌를 잊고 즐겁게 하는 것이 유머의 효과이며 생기발랄하고 명랑한 허무주의적 카니발인 것이다.'

하이네는 바로 이러한 경이적인 힘을 지닌 호프만의 카니발적 유머와 이로니에 감탄하고 「브람빌라 공주」를 천재적이라 한 것이다. 호프만이 '가장 위대한 공상가이자 낭만적인 작가로서 낭만주의 시대를 마감하고 자유주의적 사실주의로 접지接地한' 작가였다. 그런 까닭에 익살의 재치가 넘치는 하이네는 낭만주의에서 사실주의로 접지한 그의 사상을 꿈의 영상 속에서 현실을 실현코자 한 자신의 이상과 같다고 생각하고, '회의적 공상가'인 그를 좋아했던 것이다.[47]

하이네는 베를린에서 공부하는 동안에도 법학 공부보다는 창작 활동에만 관심을 쏟고 있었다. 이에 재정적 지원을 하고 있던 삼촌 살로몬Salomon은 실망한 나머지 베를린에 와서 지도 교수인 구비츠Gubitz의 자문을 구했다. 그러나 구비츠 교수는 그의 문학적 재능이 천재적이라는 극찬만을 하면서 그를 도와주라는 충고를 했다. 그 결과 궁핍했던 하이네의 경제생활은 해결되었다. 그는 2년 반의 베를린 생활에서 5번이나 집을 옮겨야만 했던 것이다. 다행히 삼촌의 도움으로 생활 문제는 해결되었지만, 그에게 진행되는 두통은 신경 질환이 되어 모든 일에 더욱 예민해지게 했다.

그는 베를린 대학 동창생 크리스티안 세테Christian Sethe에게 보낸 편지(1823.1.21)에서 '병이 나를 고립시키고 친구를 적으로 만들고 생을 즐길 수 없게 하고 있는 것이 현재 나의 베를린 생활이라'고 털어놓았다. '나는 지금 거의 쓸 수도 없고 관수욕을 필요로 하고 있으며, 친구들도 거의 없어지고 무뢰한 악당들은 나를 망쳐 놓으려 온갖 방법을 다 쓰고 있다고 한다. 그저 이름 있는 몇몇 친구들에게만 연락이 되고 있다.'[48]면서, 때로는 거의 편집 증에 가까울 정도로 모든 일에 부정적인 불신을 하고 있었다.

이러한 증세를 크리스티안 세테에게 보낸 또 다른 편지[(1822.4.14)]에서도 언급하고 있다.

'오, 크리스티안, 자네는 알고 있겠지만 나의 영혼이 얼마나 평화를 갈구 했으며 나의 영혼이 얼마나 매일매일 날이 갈수록 갈갈이 찢어지고 있는지 를. 나는 하룻밤도 거의 잠을 잘 수가 없다네. 꿈에서는 소위 말하는 친구 들이 보이는데 친구들이 이야기나 귓속말로 알려 주는 속삭임들이 마치 납 덩어리가 나의 뇌에 흘러 들어오는 듯하다네. 이러한 일상생활은 내 자신 을 불신감으로 몰아치고 있다네. 나는 사방에서 나의 이름 소리는 듣고 있 지만 그 뒤에서 조롱조로 비웃는 소리를 듣고 있다네.' 더더욱 그에게 심해 진 점은 '내가 지금 이러한 기분 속에서 살고 있다는 점이며, 이러한 기분이 모든 사람들에게도 관여되어 있다는 것이라네. 나에게는 독일어로 된 모든 것에 대해서도 반감이 생기고 있다네. 자네도 유감스럽게 독일인이지만 모 든 독일적인 것들이 나에게는 폭약같이 작용하고 있고 독일어가 나의 귀를 갈가리 찢고 있는 듯하다네. 독일어로 쓴 나의 자작시를 볼 때도 나의 시가 가끔 나를 구역질 나게 하고 있으니 말이네.'[49]

이처럼 하이네는 유대인이 아닌 친한 독일인 친구 세테에게까지도 편집 적인 불신감을 나타내는 태도를 보였던 것이다. 참으로 애석한 고통의 증 세이다. 창작 시를 출간하는 데도 어려움이 있었고, 뇌 질환 증세도 시작되 었으며, 인종적인 차별도 체감되고 있었기에, 모든 일에 일종의 불신이 싹 튼 것이 아닌가 싶다.

7. '유대인 학문과 문화를 위한 연합체' 가입 및 작품 활동
하이네는 1821.8.4. 가입-1824. 해체까지 활동

―「알만조르」및「빌리암 라트클리프」등 완성

　하이네가 베를린에서 학업을 시작한 1819년 11월 7일에는 7명의 유대인 젊은이들이 헤겔의 수제자였던 에두아르트 간스^{Eduard Gans, 1798-1839}의 제안에 따라 '유대인 학문과 문화를 위한 연합체' 창설에 참여할 것을 약속한 적이 있었다. 한동안 잠잠했던 유대인에 대한 박해[1819]가 다시금 점화되었기 때문이다. '에두아르트 간스의 추천에 의해 하이네도 1821년 8월 4일 이 모임의 회원이 되었고, 같은 해 9월 29일 처음으로 회의에 참석하였다.'[50] 특히 종교적 적대감이 있었기에 유대 문화를 이해하고 갈등 문제를 해소하기 위해서였다.

　당시의 많은 유대인들은 종교적 갈등을 피하고 완화하기 위해 기독교로 개종했고, 개종하지 않은 사람들 가운데서는 정교적 유대주의를 개혁하려는 운동이 벌어졌다. 그 결과 1823년에는 베를린에 사는 유대인 절반인 1,236명이 기독교로 개종했으며, 나머지 절반은 개종을 하든지 유대주의를 개혁하든지 해야 할 딜레마에 빠졌던 것이다. 이에 '유대 학문 설립자인 레오폴드 준즈^{Leopold Zunz, 1794-1886}와 헤겔파의 법학자 에두아르트 간스, 영적

지도자 모세스 모저[Moses Moser, 1796-1838] 등은 유대교의 정교주의[Orthodoxie]와 게토 생활 문화를 이론적으로나마 극복하고 기독교적 중동 문화를 접합시켜 보려는' 개혁 운동을 시작했다. 그리고 이를 위한 연구 기구로 '유대인 학문과 문화를 위한 연합체'를 설립한 것이다.[51]

이 단체에서는 당시 탈무드 학교에서 도피하려는 젊은이들과 폴란드의 게토 생활에서 벗어나 끊임없이 베를린으로 몰려드는 유대계 젊은이들이 독일 생활에 보다 낫게 동화될 수 있도록 계도시키기 위한 학교 교육을 실시해야만 했다. 수학이나 역사, 지리, 문법과 어법을 익힐 수 있도록 하는 교과 내용을 펼쳤으며, 유대인에 대한 적대감을 갖지 않도록 하기 위해 유대인들이 지켜야 할 언어 표현이나 매너 교육도 시켰다. 그리고 유대인들이 올바른 인간으로서 상인으로서뿐만 아니라 산업이나 학문, 예술에도 진출할 수 있도록 하는 교육도 시키고, 심지어 농업 교육을 위한 학교 설치까지 계획했다. 이런 모든 교육 계획은 유대인들이 소수 민족의 콤플렉스에서 벗어나 민족자존의 체면을 간직하면서도, 겉으로는 타민족들과 국민으로 살아갈 수 있게 하기 위한 인간 교양을 위해서였다.

하이네도 이 단체에 가입한 뒤, 1822년 9월 말부터 일주일에 3번씩 프랑스어와 독일어 및 일반 역사를 가르쳤고, 수주일 동안 부서기로서 회의록을 작성하기도 했다.

그런데 그의 관심은 주로 유대 민족의 역사에 있었고, 회장 간스와 부회장 준즈, 서기 모저의 도움으로 소설 자료를 모아 「바하라흐의 랍비[Der Rabbi von Bacherach, 1825]」라는 소설도 집필하였다. 또한 베를린 학업 친구로서 폴란드 귀족 출신인 오이겐 폰 브레자[Eugen von Breza, 1802-1860]의 초청을 받은 폴란드 여행을 통해 유대인들의 생활상도 살펴볼 수 있는 「폴란드에 관한[Ueber Polen, 1823]」이라는 기행문도 잡지 〈동반자〉에 발표했다. 이러한 모든 활동은 동화된 유대인들의 사라져 간 정신적 근원을 파악하고, 사라져 간 민족이라 해도 그들 학문과 문화에 대한 명예를 간직하기 위함이었다.

그런데 '유대인 학문과 문화를 위한 연합체' 설립의 세계관적 철학적 기초는, 헤겔의 영향도 있었지만, 간스의 연설문에서 명확히 밝혀지고 있다. 즉 헤겔이 습관적으로 말하기를, '유일신의 이념을 따르고 있는 유대교가 기독교의 출현과 함께 유대교의 역사적 사명을 충족시켰다고 보고 있으며, 그의 정의에 따르면 기독교는 유대교가 유일신의 이념을 협의의 민족 종교로부터 광활한 세계 종교로 쏘아 올린 유대교의 영광스런 승리의 결실로 보았다; …… 이를 예들에 비교한다면, 기독교는 씨앗의 싹이 빈껍데기만 남기고 풍성한 나무로 성장한 모습을 보이고 있는 것과 같다. 그러므로 유대인들은 명예롭게 자취를 감추고 역사 무대에서 물러서야만 한다. 이는 마치 바빌론인들이나 그리스인들, 로마인들 그리고 고대 시대의 사라져 간 모든 민족들이 그들의 의무를 다하고 전체 인간의 소유로 자신들의 문화를 남긴 다음 사라져 간 것과 마찬가지이기 때문이다.' 그렇다고 해서 '유대인이 사라지고 유대교가 파괴될 수는 없는 일이다. 결국 유대인의 미래는 커다란 (개혁) 운동을 통해 마치 강물이 대양에 흘러 들어가 사라져 머물듯이 보다 넓은 곳에서 (동화되어) 실존토록 해야 할 것이다. 에두아르트 간스는 1822년 10월 28일 연합체 총회에서 죽음의 환약 같은 고언을 완곡하게 전하였던 것이다.'

이 같은 간스의 주장은 결국 유대인들이 자신들의 정신을 고이 깊은 곳에 묻어 둔 채 독일 문화나 타민족 문화에 동화되어 살아가야 된다는 뜻이었다. 유대인들에게 이러한 이중적 정체성을 지니고 살아가라는 말은, 그들에게 다소 혼란스런 위로의 말이지만, 피할 수 없는 것이었다. 간스의 고언은 '헤겔의 변증법처럼 유대교의 문제가 존재하느냐 존재하지 않느냐 하는 선택으로서의 문제가 아니라 기회로서의 문제가 된다.'는 것이며, '유대교의 해체가 역사적 필연성이 되고 있지만 위대한 스승들의 정신은 꺼지지 않

는다는 것을 알고: 유대교는 바다의 수면 아래 깊은 문명의 심연 속에서 계속 실존되어야 한다는 것이었다'. 그래서 준즈Zunz는 '연합체의 과제는 유대교를 재생시키는 데 있는 것이 아니고 유대교를 명예롭게 죽음의 무덤 속에 묻어 놓는 것이라고 말하기도 했다.'[52]

따라서 '연합체'의 목적은 유대인의 정신과 문화를 깊은 곳에 묻어 두되, 타민족 문화에는 동화되어 살아갈 수 있도록 '상이한 두 문화권의 관계를 좁히고 동화되도록 하며, 이를 위한 교양과 삶의 태도를 여타 유럽 세계의 수준으로 이끌어 주는 데 있다.' 그렇게 함으로써 '유대인들의 기독교적 독일 사회로의 동화도 쉽게 이루어질 수 있다.'고 본 것이다. 이러한 유대인들의 동화 문제가 '연합체'의 우선적 과제가 되기 때문에, 유대교의 전통이나 역사에 관한 계몽 교육이나 종교적 문제는 차후의 문제였다. 종교 문제는 상이한 종교 문화권에서 해결하기 어려운 갈등을 가져오기 때문이다.

따라서 '하이네 자신도 종교 문제에 관해서는 무차별주의자라고' 스스로 고백했던 것이다(1823.5.3. Moritz Embden에게 보낸 편지에서).[53] 오히려 그는 주안점을 사회적 참여 문제로 돌리고, '유대인의 권리문제나 시민적 평등을 위해 열정을 다하겠다고 고백했던 것이다(1823.8.23. 모세스 모저에게 전한 편지에서).'[54] 그래서 그는 두 번째 산문인「폴란드에 관한[1823]」기행문에서는 비참하게 살고 있는 유대인들의 생활상과 러시아, 오스트리아, 프로이센의 외세에 억눌려 세 갈래로 갈라져 살고 있는 폴란드 국민들의 삶을 살펴보고, 이들의 해방과 자유, 평등을 더욱 절실하게 희구하고 있었던 것이다.

여행은 짧았지만[1822.8.7-9.25] 첫 번째의 먼 여행이어서 인상이 깊었다. 여행 동기는 '유대인 학문과 문화를 위한 연합체'에서 친 폴란드 작가들과의 대화를 통해 그곳 사정도 익히고 알고 있던 차에, 폴란드 독립을 외치던 폴란드 유학생들이 베를린에서 체포되고 있었고, 베를린에서 함께 공부하던 친구 오이겐 폰 브레자 백작이 그 이전에 베를린에서 체포령을 피해 본국으로 도피하기도 했었는데[1822.3], 그 후 그가 하이네를 초청했기 때문이다.

하이네가 그곳에서 받은 인상이란 대부분의 국민인 농민들은 우매한 상태에 놓여 있었다는 사실이다. 따라서 애국정신을 대변해 줄 수 있는 계층이란 지성적인 귀족들밖에 없었다. 그런데 그들이 호소하는 애국주의란 외세로부터의 조국 해방과 노예 상태로부터의 자유, 국민들에 대한 사랑이었다. 이런 그들의 외침이 국민들에게는 어둠의 불빛이 되었다. 그들의 요약된 애국주의는 '폴란드인의 첫 번째 말이 있다면 조국이고 두 번째 말은 자유였다. 자유란 아름다운 말이지! 그리고 가장 아름다운 말이 있다면 이는 확실히 인류에 대한 사랑'이라고 하는 말로[55] 함축되어 있었다. 결국 폴란드인들은 '조국'과 '자유', '사랑'을 호소하고 있었던 것이다. 이러한 그들의 호소가 그곳에 살고 있는 유대인들에게도 동의어적 호소가 되고 있었다. 유대인 역시 같은 어려운 처지에 놓여 있었기 때문이다.

폴란드 기행문에 따르면, 하이네 자신이 유대인 생활상에 관한 내용을 3분의 1이 넘게 기술하고 있다. '유대인 생활의 겉모습은 참으로 처참했다. 내가 우선 메세리츠[Meseritz] 강 너머로 유대인들이 살고 있는 폴란드 마을을 보았을 때는 두려움이 엄습했다. …… 내가 그들의 생활 상태를 근거리에서 관찰하자 구역질이 나다가도, 그들에 대한 동정심 때문에 구역질이 사라졌다. 돼지우리 같은 우묵한 곳에서 살고 있으면서 유대인 사투리로 떠들썩했고, 기도를 드리며 장사꾼 노릇도 하고 있었다. – 참으로 비참했다.' …… '그들의 정신세계도 탈무드를 추종하는 공리공론가들이 수천 가지의 경이로운 형태로 떠들썩하게 떠드는 불쾌한 미신의 늪에 빠져 있어, 겉으로 보아서는 유럽적인 문화에는 한 발짝도 진전이 없는 듯했다.'

그러나 '그들이 머리에는 비록 야만적인 모피 모자를 쓰고 야만적인 이념에 가득 차 있는 것처럼 보였음에도 불구하고, 나는 폴란드계 유대인들이 머리에 남미 볼리비아 혁명가들의 모자나 쓰고 장 파울을 숭배하는 에두아르트 간스의 생각을 머리에 담고 있는 독일계 유대인들보다는 훨씬 높다고 평가하고 싶었다. 냉정하게 결론지어 말해, 폴란드계 유대인들의 성격은 관용적인 대기의 호흡을 통해 자유란 낙인을 받은 사람들의 성격 그대로의 전부였다. 인간 내면에는 혼잡스런 구성으로 섞인 감정이 없었고, 프랑크푸르트의 유대인 거주 지역 게토의 담벽처럼 강요된 것도 없었으며, 매우 영리한 도시 규정이나 법적 제한으로 침해당하는 것도 없었다. 폴란드 유대인들은 비록 더러운 모피 모자를 쓰고 풍성한 턱수염에 마늘 냄새를 풍기고 떠들썩하게 카드놀이나 하고 있었다지만, 나에게는 돈 많은 (독일계) 유대인들이 채권이나 증권으로 뽐내는 것들보다는 훨씬 이들이 좋았다.[56]

비록 폴란드 유대인들이 처참한 생활을 하고 있었지만, 역설적이게도 그들이 자신들의 생각과 생활 방식대로 살면서 자유를 누리고 있는 것에 대해, 하이네는 동화되어 살아가야 하는 독일 유대인들의 생활보다는 폴란드 유대인들의 자유로운 생활에서 더욱 좋은 인상을 받았다. 하이네 자신도 여행 후 얼마 안 가서 1823년 2월 3일에 유대인 젊은이들이 정체성을 지니기 위한 종교 교육의 필요성을 느끼고 유대 종교 교과서를 발간할 것을 연합체 위원회에 건의하였던 것이다.

그러나 그것은 일반적인 건의에 불과했다. 당시 연합체의 중심 과업은 독일 생활에 동화하여 자유와 평등권을 얻고 독일 조국의 일원으로 자연스럽게 살아갈 수 있도록 하는 계몽이 우선이었다. 그다음이 유럽인, 세계인으로서의 시민이 되도록 하는 데 있었다. 그러므로 외견상으로 준즈^{Zunz}를 비롯한 '유대인 학문과 문화를 위한 연합체'가 주장하는 독일인으로의 동화란 것은 유대인의 전통 의식을 묻어 두고 타민족에 동화하라는 '아주 무서운 장례식'이 된 것이다. 이것은 후일 유대교 신비주의자 게르숀 숄렘^{Gershon Scholem, 1897-1982}이 평가한 말이다.[57]

하이네는 연합체 회원들 가운데서도 유일하게 유대인의 뿌리를 찾아보려는 작가였다. 독일 낭만주의 자체가 민족의 영적 뿌리를 추구하는 문학 운동이었기에, 낭만주의 작가 하이네도 유대인들의 전통 의식을 묻어 두기보다는 오래전에 사라져 간 뿌리를 찾아 구제해 보려는 생각이 있었기 때문이다. 그래서 비유적으로 창작된 첫 번째 비극 작품이 스페인에서 추방당한 무슬림 무어인들의 삶을 묘사한 「알만조르Almansor, 1820~1821」였다.

그러나 두 번째 비극 「빌리암 라트클리프William Ratcliff, 1822~1823」에서는, 첫 번째 작품과 달리 소재를 바꿔, 부자와 가난한 사람들의 양극 관계를 축으로 한 사회적 비판 의식을 보여 주었다. 스코틀랜드 산악 지대에 있는 도둑과 의적들이 모인 소굴에서, 먹고살기 위한 행위에 관해 정직한 주인 톰과 라트클리프 간의 대화가 이어진다. 이 장면은 이 작품에서 가장 중요한 대목의 하나이기도 하다.

라트클리프가 (불안하게 방을 왔다 갔다 하며) 말하기를:

호의호식하는 애들은,
비단옷이나 입고, 굴이나 먹지,
샴페인으로 목욕도 하고,
그라함 박사 집 침대에서 잠시 쉬려고만 하지,
길거리에 굴러가는 황금 마차 속에서는,
우쭐거리며 굶주려 고통 받는 자들을 내려다보고,
굶주린 자는 마지막 남은 옷을 팔짱에 끼고,
천천히 한숨지으며 전당포로 떠돈다네.
(쓰디쓴 웃음 지으며)
오 나는 알고 있다네, 현명한 배부른 자들을,

그들은 법의 방패막이를 갖고,

귀찮게 소리 지르며 보채는

굶주린 자들의 온갖 침투에 자신을 잘도 보존하고 있지!

이러한 방패막이를 뚫고 들어오는 자들에게는 참으로 슬픈 일이지요!

이미 법관이나 형리 교수대 밧줄은 준비되어 있는데—

그런데도 지금은! 이런 것을 두려워하지 않는 사람들이 가끔 있답니다.

이에 톰^{Tom}도 말하기를,

나도 역시 그렇다고 생각합니다, 그리고 사람들은

두 개의 부류^{나라}로 나뉘어, 서로가 거칠게 전쟁을 하고 있지요;

즉 배부른 자와 굶주린 자들이.

나는 후자에 속해 있는 까닭에,

나 자신 배부른 자들과는 자주 싸워야 한답니다.

그러나 나도 이 투쟁이 공평하지 않다는 것을 알고 있답니다,

그래서 점차 나 자신 이러한 (투쟁) 작업에서 물러나려 합니다.

나는 이러한 일로 쉴 새 없이 떠돌아다녀서 지쳐 있답니다,

빛이 달아나고 있는 것을 그 누구도 눈으로 볼 수 없듯이,

교수대를 지나갈 때면, 나 자신도 혹시나 불안스럽게

교수대에 처형당할 수 있는 것은 아닌지 쳐다보게 된답니다,

그러고는 보터니—베이^{Botany-Bay}*에 관한 꿈이나,

감옥과 감옥에서 평생 일하는 여직조공들에 관한 꿈만 꾼답니다.

참으로, 이러한 것은 개 같은 인생이지요!

사람이 야생 동물처럼 숲이나 들판으로 쫓겨 다니고,

나무들 사이에서는 추적하는 포리^{捕吏}나 보게 되고,

은폐된 조용한 방에 앉아 있는 사람은,

방문이 열리기만 해도 놀라고 있으니 말이지요.[58]

* Botany-Bay는 18세기 말 백인 죄수로서 영국에서 추방되어 오스트레일리아 동부 해안에 정착하게 된 사람

　이 대화 내용은, 굶주린 자와 배부른 자들 간의 싸움에 있어서 굶주린 자의 절박한 행위가 도의적으로 용인될 수 있는 상황에서 취해진 것이라면 이들을 위한 투쟁의 의미가 크겠지만, 그렇지 못한 불공평한 상황에서 사기꾼 같은 굶주린 자들의 부당한 행위를 위한 투쟁이라면 이들을 위한 투쟁은 서로에게 별 의미가 없는 '개 같은 인생'이 되고 만다는 것이다. 이렇게 하이네는 피할 수 없는 절박한 상황에서 행해진 가난한 자들의 행위를 위해, 인권과 평등권 차원의 인도주의적 입장에서 (역지사지의 생각으로) 그들을 위해 투쟁하려 한 것이다. 작품에 나타난 투쟁은 바로 하이네 자신이 평소 지녔던 소신이었다.

　결국 하이네는 「알만조르」와 「빌리암 라트클리프」 두 비극 작품을 통해 유대인의 권리와 가난으로부터의 인간 해방이란 두 기치를 들고 자신의 인생 투쟁을 시도하려 한 것이다. 그는 이 두 작품을 발표한 지 29년 만에 「새로운 시」 제3판 서문에서[1851.11.24] 「빌리암 라트클리프」에 관한 자신의 소감을 서문 전체 내용으로 회상하고 있다.

　'나는 1821년 1월 마지막 3일간 베를린 운터 덴 린덴가에서 라트클리프의 비극을 집필했다. 햇빛은 기분 좋게 눈 덮인 지붕과 슬프게 낙엽이 진 나무들 위를 비추고 있었는데 나는 단숨에 초안도 없이 이 작품을 썼다. 내가 집필하는 동안에는 새들이 날개 치며 속삭이는 소리가 내 머리 위로 들리는 듯했다.'

　그러나 작품 속 '도둑의 소굴'에서는 부자와 가난한 자들의 생존 문제가

대화의 중심을 이루고 있었다. 즉 「빌리암 라트클리프」속 톰의 부엌 화덕에서는 이미 커다란 스프 문제^{die grasse Suppen frage}가 끓어오르고 있었던 것이다. 끓어오르는 스프 문제는 이제 수천 명의 퇴패한 요리사들이 숟가락질이나 하며 휘젓는 것이었으나 매일 거품이 날 정도로 끓어 넘치고 있었다.' 대화 내용을 이렇게 비유함으로써[59] 부자와 가난한 자 간의 '사회적 갈등이 이미 비극의 원인으로서^{Movens der Tragoedie} 이야기되었다기보다는 '대중의 비참화^{Verelendung der Massen}'로 끓어 넘치고 있음을 확인하고 있는 것이다.'[60]

빵 문제에 해당하는 '스프 문제'에서 논의된 '대중의 비참화'는 점차 사회주의적 정신으로 점화되어 갔다. 그 결과 이러한 정신은 근대에 와서 유대계 혁명가들인 모세스 헤스^{Moses Hess}나 칼 마르크스^{Karl Marx}, 페르디난트 라살레^{Ferdinand Lassalle}, 로자 룩셈부르그^{Rosa Luxemburg} 같은 좌파 사상가들을 낳은 것이다.

그렇다고 「빌리암 라트클리프」가 '커다란 스프 문제'만 제시한 것은 아니다. 작가 자신이 젊어서 이룰 수 없었던 사촌 여동생 아말리에와 그녀의 남편과의 삼각관계에서 가졌던 불행한 사랑을, 주인공 라트클리프와 그 연인 마리아, 그녀의 신랑 더글라스 백작^{Graf Douglas} 간의 삼각관계에서 오는 연적 관계라는 운명적 비극으로 구성해 본 것이다. 이 작품의 주인공 라트클리프는 자기 자신의 화신인 제2의 자아를 통해 연인 마리아를 살해하고 연인의 아버지도 살해하는 비극을 초래한다. 그리고 이에 대한 죄책감에 마리아의 아버지 맥 그레고르의 '성^城'에서 스스로도 자결하고 마는 것이다.

하지만 '성'에서 연출된 귀족들의 연적 관계라는 비극이나 '도둑의 소굴'에서 실토된 '스프 문제'는 줄거리상 '아무런 연관 관계 없이' 별도로 구성된 주제였다. 단지 부자 귀족들과 가난한 도둑들 가운데서 일어나는 '사회적 갈등 문제를 확인시키기 위한' '적절한 조합'으로 구성된 병렬적 작품이었

던 것이다.[61]

「빌리암 라트클리프」의 비극적 줄거리는 빌리암 부모 세대들의 애정 관계가 있었던 이전 이야기로 소급되고 있다. 즉 스코틀랜드 귀족 출신인, 에드워드 라트클리프[Edward Ratcliff]는 쇤 베티[Schoen Betty]를 사랑한다. 그러나 그는 그녀를 연적 맥 그레고르[Mac Gregor]에게 빼앗기고 만다. 이 삼각관계의 실연에서 회의에 젖은 에드워드는 제니 캠프벨[Jenny Campbel]이란 여성과 결혼하여, 이 비극의 주인공인 빌리암 라트클리프를 낳는다. 쇤 베티와 맥 그레고르는 여주인공 마리아를 낳았다. 하지만 에드워드는 첫사랑을 잊지 못해 계속 쇤 베티에게 구애한다. 그 결과 그녀의 남편 맥 그레고르의 질투심은 더욱 자극되었고, 결국 그는 연적 에드워드를 살해하게 된다. 하지만 아이들은 이런 부모들 간의 참극을 모르고 자란다.

20년 후 어느 날 빌리암은 맥 그레고르의 성에서 우연히 마리아를 알게 되고, 그녀를 사랑하게 된다. 그러나 마리아는 빌리암의 구애를 냉정히 거부한다. 깊은 상처를 입은 빌리암은 상처를 치유하기 위해 런던으로 가 다른 여성들에게 애정을 구애해 본다. 하지만 도움이 못 되고, 마리아에 대한 실연의 상처만 더 깊어진다. 그래서 빌리암은 마리아가 결혼하려는 모든 연적들을 살해하기로 결심한다.

작품의 시작부터 빌리암은 마리아가 결혼하려 할 때마다 연적들인 필립 맥도널드[Phillip Macdonald]와 던컨 공[Lord Duncan]을 차례로 살해했다. 우연히도 이러한 비극은 2년마다 일어났다. 그런데 빌리암은 마리아와 결혼하려는 세 번째 신랑을 살해할 시점을 놓친다. 그리하여 마리아는 세 번째 구혼자인 더글라스 백작과의 결혼을 잘 끝낼 수 있었다.

빌리암은 다음에라도 그를 죽여야겠다는 생각을 갖고 있었다. 그러다가 생각지도 못한 일이 일어났다. 빌리암은 더글라스를 두 번 만나게 되는데, 첫 번째의 만남에 있어서는 서로가 잘 알지 못한 상태였다. 그때 더글라스는 도둑들의 손에 붙잡혀 있었는데, 빌리암은 연적을 살해할 생각을 않고 도둑들로부터 그의 생명을 구해 준다. 그러나 두 번째의 만남에서는 빌리암이 그에게 결투를 요구하고 그를 죽일 생각을 갖고 있었다. 하지만 결투에서 세력이 역전되어 더글라스가 빌리암을 죽일 수 있는 상황이 되었다. 그런데 더글라스는 과거에 빌리암이 자신을 구해 준 일이 있어 이에 감사하는 마음으로 살해할 마음을 접는다. 빌리암 역시 더글라스가 보답한 행위 때문에 연적을 살해할 수가 없었다.

그러나 실연에 대한 상처가 너무나 깊어, 자기 자신 자결이라도 할 각오로 맥 그레고르의 성을 찾는다. 그리고 그곳에서 연인 마리아를 목 졸라 죽이고, 아버지의 살해자 맥 그레고르도 살해한 다음, 빌리암 자신은 자결하고 만다. 시체가 모아진 곳에는 더글라스 시체도 함께 있었다.[62]

이 작품은 우연히도 주인공이 2년마다 연적을 살해하게 되고, 부모 세대의 연적 관계에 놓여 있던 2세들이 또다시 서로 삼각관계에 서서 연적을 살해하게 되는 운명극이다. 비록 하이네가 살았을 때는 무대에 상연되지 못했지만, 당시 유행했던 비극적 운명극 장르로는 대단한 비중을 차지한 단막극이었다.

※ 당시 비극적 운명극으로 그릴파르저[F. Grillparzer, 1791-1872]의 「조상 할머니Ahn Frau」와 베르너 자카리아스[W. Zacharias, 1768-1823]의 「2월 24일[1810]」, 아돌프 뮤엘너[A. Muellner, 1774-1829]의 「죄Die Schuld, 1813」 및 「2월 29일[1812]」 등이 있었다.

주인공 자신도 상상할 수 없는 '제3의 강력한 힘'인 유령 같은 '제2의 자아'를 통해 연인과 연적들을 살해하게 되는데, 그 힘은 스코틀랜드의 우울한 자연환경에서 온 것이라 한다. 「알만조르」가 따뜻한 남녘 스페인 땅에서 연출된 작품이라면, 「빌리암 라트클리프」는 안개 자욱한 북부 스코틀랜드에서 '제3의 힘'인 '안개 인간'에 의해 연출된 비극인 것이다.[63] 결국 이 작품은 삼각관계의 애정에서 연적까지 살해하게 된 애정 관계의 고통과 도둑 소굴에서 '커다란 스프 문제'를 갖고 사회적 갈등 문제를 실토하고 있었다는 점에서, 젊은 하이네 자신이 당시 지녔던 갈등의 문제를 간접적으로 암시하고 있는 것으로 보인다.

8. 「서정적 간주곡」[1822-1823]

「알만조르」와 「빌리암 라트클리프」가 〈동반자〉에 소개된 다음, 「서정적 간주곡[1822-1823]」이 다른 시들과 함께 단행본으로 출간되었다. 베를린 학창 시절에도 하이네에게는 여전히 사촌 누이동생 아말리에와 테레제에 대한 사랑의 실연 문제가 커다란 연민의 정으로 자리 잡고 있었다. 그래서 「서정적 간주곡」에 담겨 있는 모든 시[65개의 시]들은, 「노래의 책[1817-1821]」에서 '젊음의 고통'을 노래하고 있었던 것처럼, 연정의 실연에서 오는 실망과 고통에서 깨어나는 꿈들을 꿈의 서정시로 표출시키고 있는 것이다.

이들 시는 모두 낭만주의에서 흔히 사용되는 비유적 은어인 장미와 수선화, 나비와 꾀꼬리들의 노래, 야자수와 연꽃, 요정과 작은 요정, 매혹적인 숲들과 춤추는 유령들로 사랑을 노래했다. 실연의 상처를 패러독스하고 아이러니한 기법으로 표현하고 있어서, 이들 고통의 애정시들은 낭만주의적 특성이 강했다.

「서정적 간주곡」 가운데 사랑의 싹틈과 실연의 아픔을 아이러니한 쌍곡선으로 함께 엮은 시들을 소개하면 다음과 같다. 우선 「서정적 간주곡 3번

Lyrische Intermezzo 3 」「장미와 백합, 비둘기 태양[1821-1822]」이 한 예이다.

장미와 백합 비둘기 태양,
나는 언젠가 이들 모두를 사랑의 희열 속에서 사랑했었지.
(헌데) 나는 이들 모두를 더 이상 사랑하지 않는다네, 나는 오직
작고 우아하고 순수하며 하나의 것만을 사랑한다네;
이들 모두는 사랑의 샘 그 자체인데,
장미와 백합 비둘기 그리고 태양이라네.[64]

결국 이 시는 사랑과 실연 그리고 또다시 사랑의 '샘'이란 장미와 백합 등
의 은어로 회귀하는 사랑의 쌍곡선을 표현하고 있다. 「서정적 간주곡 4번」
「내가 너의 눈을 볼 때면[1821-1822]」에서는 실연의 슬픔 속에서도 낙관적으로
희망해 보는 씁쓸한 사랑의 심정을 실토하고 있다.

내가 너의 눈을 볼 때면,
나의 고통과 슬픔은 모두 사라지지만;
내가 너의 입에 키스할 때라면;
나는 더욱더 건강해진다네.

내가 너의 품에 기댈 때면,
나에게는 너의 품이 하늘의 희열처럼 다가오지만;
나는 너를 사랑한다! 하고 네가 말할 때면:
나는 쓰디쓰게 울어야만 하였다네.[65]

그리고 「서정적 간주곡 5번」「너의 얼굴은 사랑스럽고 아름다워[1821-1822]」란

시에서는,

> 너의 얼굴은 사랑스럽고 아름다워,
> 나는 얼마 전 꿈에서 보았는데;
> 너의 얼굴은 온화하고 천사 같았지,
> 하지만 그렇게도 창백하고 아플 정도로 창백했다네.
>
> 그리고 너의 입술만은 붉었는데;
> 키스를 하자 입술은 죽음처럼 창백해졌지,
> 꺼지게 된 것은 하늘의 빛인데,
> 그 빛은 경건한 눈에서 터져 나온 것이었다네.[66]

「서정적 간주곡 4번」에서는 실연의 슬픔이 '슬픔의 희열 같은' 정서로 지배되었고, 「서정적 간주곡 5번」에서는 사랑의 슬픔이 창백한 슬픔과 붉은 입술의 '백색과 적색', '죽음과 생'이란 쌍곡선 속에서 변주됨으로써 실연의 슬픔과 사랑의 그리움이 교차되었던 것이다.

한편 「서정적 간주곡 29번」「내가 그렇게 오랜 세월 머뭇거렸을 때[1822]」에서는 연인을 연적에게 빼앗기고 오랜 세월 잊었다가 다시 그리워하는 고독한 자의 슬픔이 드러난다. 그런데 이러한 슬픔이 심술궂은 심정으로 연적과 자신을 가장 바보스럽고 어리석은 자로 질책하는 아이러니한 이면으로 표현되고 있다.

> 내가 그렇게 오랜 오랜 세월 머뭇거렸을 때,
> 외지에서 (나는) 동경하고 꿈꾸어 왔지;
> 하지만 그 세월 나의 연인에겐 너무나 오래되어,

연인은 결혼 드레스 바느질하고,

아리따운 손으로 얼싸안았겠지,

어리석은 젊은이 중 가장 어리석은 자를 신랑으로 말이네.

나의 연인은 아름답고 온화해,

아직도 나에겐 그녀의 예쁜 모습 어른거린다네;

제비꽃 눈, 장미꽃 뺨,

해가 갈수록 타오르고 피어오른.

내가 그러한 사랑에서 떠나야 했음은,

나의 어리석은 짓 중 가장 어리석은 짓이었다네.**⁶⁷**

이렇게 하이네는 연인을 타인에게 놓치고 홀로 사랑의 고민에 빠진 자신을 '어리석은 자'로 자책하고 있다.

하지만 이는 피할 수 없는 일이었다. 아말리에에 대한 사랑은 어디까지나 어린 시절 친족 간의 이성적 그리움에서 시작된 것이었기에, 그녀가 타인과 결혼할 시점에 와서는 서로가 거리감을 두고 떨어져야만 했다. 그런데 그것이 그에게 서운한 감정을 불러일으킨 것이다. 바로 이러한 서운한 감정이 「서정적 간주곡 47번」「그들이 나를 괴롭혔지[1823]」에서 상대방을 증오하면서도 담담한 심정으로 자제하며 관용해야 하는 자신의 심정을 '패러디' 하고 있다.

그들은 나를 괴롭혔지,

멍하고 창백하게 분노케 했지,

한 사람은 사랑 때문에,

다른 사람은 증오 때문에.

그들은 나의 빵에 독을 넣었지,
컵에 독을 탔었지,
한 사람은 사랑 때문에,
다른 사람은 증오 때문에.

하지만 나를 가장
괴롭히고 분노케 하며 슬프게 한 그녀는,
나를 증오하지도 않았고,
사랑하지도 않았다네.[68]

이렇게 애증이 교차되는 시점에서는 증오스런 감정이 앞섰으나, 다시금 내면적인 변화에서 무상한 연민의 정을 느끼게 되었던 것이다.

그리고 「서정적 간주곡 48번」 「무더운 여름[1823]」에서는 그들 연인간의 멀어진 거리감을 '여름'과 '겨울'이란 계절적 은유를 통해, 이별의 '겨울'이 사랑의 '여름'으로 바뀌기를 희구했다. 연인의 매혹적인 얼굴 모습을 은유적이며 잠언적인 표현 형식을 통해 그리워하면서.

무더운 여름은
너의 뺨에 자리 잡고;
추운 겨울은
작은 너의 가슴속에 자리하고 있다네.

이러한 것이 너에게 있어서는 바뀌겠지,
너 나의 사랑하는 연인아!

겨울이 뺨에 자리하고,
여름이 가슴속에 자리 잡기를 말이네.[69]

시인은 사랑을 잃고 고독한 자리에 있으면서도 연인을 동경하는 심정을 계속 갖고 있었다. 그래서 「서정적 간주곡 33번」「한 가문비나무가 고독하게 서 있다네[1822]」에서도 추운 겨울 땅에 서 있는 '가문비나무'가 남녘의 '야자나무'를 연모하는 심정으로 실연의 슬픔을 달래고 연인에 대한 사랑의 희망을 걸고 있었던 것이다.

한 가문비나무가 고독하게
북녘의 헐벗은 저 높은 곳에 서 있다네.
그를 잠들게 하려 하얀 이불
얼음과 눈이 그를 감싸고 있다네.

그는 한 야자나무를 꿈꾸고 있다네
저 멀리 동방에 있는 한 나무를,
고독하게 침묵하고 슬퍼하며
타오르는 절벽 바위 위에 서 있는 그 나무를 말이네.[70]

이 시는 연인을 그리워할 뿐만 아니라 또한 자유가 없는 동토에서 자유를 그리워하는 그의 자유주의적 진보주의 사상을 대변하기도 했다.

9. 괴팅겐 대학 재입학 시절

─「귀향」, 「바하라흐의 랍비」 등 창작 그리고 기독교로 개종

사랑의 실연과 그리움을 「서정적 간주곡」에서 노래하고 있는 동안, 하이네는 26세의 나이가 되었다. 하지만 아직도 스스로 살아가기가 어려워 가족들로부터 빨리 학업을 끝내라는 압력을 받게 된다. 따라서 그는 다시 베를린 대학을 떠나 괴팅겐 대학에 재입학하러 가는 도중, 잠시 함부르크를 거쳐 부모님이 있는 뤼네부르크에서 4개월간을 지낸다[1823.9월 중순-1824.1]. 이 기간 동안 실연의 아픔을 달래기 위해 페트라르카[Petrarca, 이탈리아 시인, 1304-1374] 풍의 짧은 애정시 형태로 「귀향[Heimkehr, 1823-1824]」이란 연시들을 창작했다.

괴팅겐 대학에 재입학하고[1824.1] 법학 박사로 졸업하게 된[1825.7] 뒤에도 「하르츠 기행에서[Aus der Hartzreise, 1824]」에서 발표된 시들과 「여행 풍경1/2[Reisenbilder, 1826-1827]」, 「북해 1/2/3[Nordsee, 1825-1827]」 등의 연시들을 발표하고, 이들 모든 시들을 수정·보완·정돈하여 다시금 「노래의 책」으로 출간했다[1827].

그런데 그는 베를린을 떠나 뤼네부르크에 머물기 전에 삼촌 살로몬이 있는 함부르크를 방문했다[1823. 7월과 9월 초]. 하지만 그곳에서 이미 결혼한 사촌 누

이동생 아말리에는 다시 볼 수 없었다. '과거에 대한 사랑의 열정이 다시 솟
아올라 차라리 함부르크로 가지 않았더라면 좋았을 것을 하는 생각에 가능
한 한 빨리 그곳을 떠나야만 하였다.'고 후회했다. 그러면서 '슬픔에 잠긴
분노가 마치 불타오르는 철판처럼 나의 영혼 위를 뒤덮고 있었다.'고 자신
의 참담한 심정을 고백하기도 했던 것이다^(1823.7.11. 모세스 모저에게 보낸 편지) **71**

　실연의 아픔을 간직한 어두운 함부르크에서 과거의 연정을 다시 되살린
하이네는「귀향」의 첫 연부터 다음처럼 읊고 있는 것이다.

　　너무나 어두운 나의 인생 속에서
　　예전의 한 예쁜 모습이 빛을 내고 있는데;
　　이젠 그 예쁜 모습 창백해져,
　　나는 완전히 (어두운) 밤으로 덮였다네.

　　어린아이들이 어둠 속에 있게 되면,
　　그들의 마음 불안해지는데,
　　그들의 불안 묶어 두기 위해
　　그들은 커다란 소리로 노래를 부른다네.

　　나는, 멋있는 아이여서, 나는
　　이제 어둠 속에서 노래한다네;
　　이 노래가 비록 (나를) 기쁘게 하지는 못할지언정,
　　나를 불안으로부터 해방시켰다네(「귀향 1번」 1823. 가을)**72**

　이렇게 슬픈 심정을 벗어나기 위해 노래로 호소했을 뿐만 아니라 날카로
운 회한의 웃음으로 불안을 이기려 했다. 나아가 자신의 슬픔을 잊기 위해

때로는 바닷가로 나가 그곳에서 아픔과 슬픔을 억제하며 불행한 연인의 영혼을 위로하고 탓하기도 했다. 이에 「귀향 14번」「바다는 먼 곳에 빛나고 있는데[1824.3]」에서는 후일의 「북해[1825~1826]」 연시 형태를 예고나 하듯, 자유로운 리듬시로 바다의 요정 같은 연인을 그리워하면서도 그녀를 독살스럽고 불행한 연인으로 회한悔恨하며 원망하는 시를 읊고 있다.

바다는 먼 곳에 빛나고 있는데,
마지막 저녁 햇살 속에서;
우리는 고독한 어부 집에,
묵묵히 홀로 앉아 있었다네.

안개는 떠오르고 바다는 물결치고,
갈매기는 이리저리 나는데;
사랑스런 너의 눈에서는,
눈물이 떨어지고 있었다네.

나는 눈물이 너의 손에 떨어지는 것을 보고,
무릎 위에 엎드려;
너의 하얀 손으로부터
눈물을 닦아 마셨다네.

그 시간 이후 나의 몸은 소진되고
영혼은 그리움 (때문)에 죽었으니;
그 불행한 여인이 나를
그녀의 눈물로 독살시킨 것이라네.(「귀향 14번」 1824)**73**

하지만 하이네는 실연의 아픔을 접어 두고 학업이나 속히 마쳐야겠다는 생각으로 괴팅겐 대학에 재입학한 것이다. 그리고 학업에 열중하려는 뜻을 모세스 모저에게 전하였다.

'사랑하는 모저! 이제 나는 이곳에 온 지 9일이 되었다네. 지루한 나날은 이미 지났고, …… 이제 나는 완전히 법학 속에서 살고 있다네. 만일 내가 좋은 법률가가 되지 못할 것이라고 자네가 믿는다면 자네는 정말로 잘못 생각하고 있는 것일세(1824.2.2).'**74** 하고, 실제로 자신이 법률 공부에 열중하고 있음을 피력했다.

하지만 시인으로서 이미 유명해져 있었던 그는 틈틈이 글도 쓰며 「귀향」 시집 출간을 앞두고 있었다. 그리고 첫 번째 단편 소설 「바하라흐의 랍비[1824]라는 유대인 역사 소설을 썼다. 「바하라흐의 랍비」는 3장으로 된 단편 작품이지만, 2장과 3장은 후일 다마스쿠스에서 유대인의 대량 추방이 있던 1840년에 가서 추가로 쓰인 미완성 작품이었다.

이 소설을 쓰게 된 동기는 하이네가 베를린에서 '유대인 학문과 문화를 위한 연합체'에 참여하면서 유대인의 역사와 관습 등에 많은 관심을 갖게 되었고, '폴란드' 여행을 통해 비참한 생활을 하면서도 전통적 신앙에 사로잡혀 있는 유대인들의 생활상을 보고 느낀 바가 있었기 때문이다. 그리고 박해와 추방 그리고 게토 생활로 이어지는 일련의 유대인들의 수난사를, 예수의 수난으로부터 시작하여 당시에 이르기까지 소개하고 싶어서였다. 소설 1장 초반부터 12세기 초[1147] 라인 강가의 '바하라흐'에서 있었던 3명의 유대인 처형과 1283년 대량 학살로 이어진 바하라흐 지역의 어두운 수난사, 그리고 1287년에 있었던 이 지역 유대인들의 참혹한 생활상을 화두로 꺼내고 있다. 그뿐만 아니라 페스트로 인한 죽음을 유대인들이 우물에 독약을 넣었다는 누명으로 몰아, 많은 유대인들이 대량 학살[1348~1350] 당한 수난을 바하라흐 출신인 아브라함 랍비와 부인 아름다운 사라[Sara]와의 신앙 고백을 통해 표현하고 있는 것이다.

　이러한 유대인들의 수난사에 관한 랍비의 고백은 그간 하이네가 읽은 문헌과 체험을 통한 이야기들이었다. 여러 문헌 가운데 요콥 슈트의「유대인들의 기억할 만한 일들Johan Jakov Schutd: Juedische Merkwuerdigkeiten. Frankfurt a. Main/Leipzig. 1714-1721」과 자크 바스나게의「유대인 역사, 예수로부터 현재까지Jaques Basnage: Histoire des Juifs, depuis Jesus-Christ Jusqúa Present. Den Haag. 1716」 등을 참고한 것이다.[75] 그리고 하이네 스스로가 친구들과 함께 유대인들이 이집트 노예 생활로부터의 해방을 축하하기 위해 행하는 신년 축제봄 축제, Pessach-Fest의 저녁 '식사Seder'에 참석하여 느낀 의식들이나 게토 지역에서 체험한 생활상 등을 참고하여[76] 랍비 가정의 상징적 '식사' 의식을 통한 이야기로 수난사를 소개하고 있는 것이다.[77]

　'신년 축제'의 '저녁 식사' 의식에서 이야기된 랍비의 우화는 이스라엘 국민이 겪은 그간의 고통과 치욕, 억압과 죽음이란 수천 년간의 희생적 순교가 오해되지 않게 예방하고 방지하려는 뜻이 있었다. 구약 창세기 22장에 언급된, 아브라함이 자신의 신심을 진심으로 하나님께 입증하려 하나님의 명에 따라 아들 이삭을 제물로 번제하고 그러한 희생적 죽음을 통해 구원을 비는 속죄양의 순교 정신이 오도될 수 있음을 예방하려 했던 것이다. 그 예로 1287년에 바하라흐에서 있었던 '성 베르너 교회' 이야기가 소개되고 있다「바하라흐의 랍비」1장).[78]

　'성 베르너는 훈스뤽크 지방에서 태어난 14세 된 어린아이였다. 이 아이는 부활절 시기에 성체를 훼손했다는 누명으로 유대인들에 의해 3일간 지하실에 감금되었고, 피를 방혈시킨 후 결국 살해되었다. 그런데 한 소녀가 이 살해 행위를 알고 누설하자 행위자들은 그 시신을 마인츠로 옮겨 가려 했다. 하지만 시신을 실은 배가 라인 강변 바하라흐 지역에서 좌초되자 더 이상 가지 못해 그들은 그 시신을 그곳에서 매장했다.

이 같은 행위가 알려지자 급격히 유대인들에 대한 보복 학살이 시작되었다. 2천 명의 유대인이 살해되었고 헤아릴 수 없는 유대인들이 변상액으로 팔려 갔다. 그리고 희생된 베르너는 후일 성자 명부에 올려지고, 라인 강변에 있는 4곳 교회의 수호자 성인으로 명명되었던 것이다.

하지만 세월이 흐르는 동안 유대인들이 베르너를 살해했다는 사실이 역사적 조사에서는 명확히 해명되지를 못하고 있어 애매해졌다. 그 아이의 죽음이 혹시나 성적인 살인 행위에서 일어난 것은 아닌지 하는 추측이 있어 가톨릭 성자 캘린더에서는 베르너의 이름이 지워져 있는 것이다. 그러나 라인 강변 지류인 오버베셀 지역의 교회와 바하라흐 지역의 교회 폐허에 남은 지석에는 아직도 그의 성도 이름이 각인되어 있다고 한다. 다만 오버베셀 지역의 옛 화려한 수도원만은 성도 베르너의 이름으로 세례되어 있지 않고 성모 마리아의 이름으로 세례되어 있다.'[79]

이처럼 바하라흐 지역의 전설에 따르면, 한 기독교 소년이 성체[聖] 도둑이란 애매한 혐의로 유대인들에 의해 살해되었다고 한다. 하지만 그 사실은 아직도 불확실하다. 그러나 후일 희생된 소년의 영혼을 구원하고 달래기 위해 그를 성도 반열에 추대하게 되었고, 그 여파로 많은 유대인들이 학살되었다는 것이다. 그렇기에 유대인들 가운데에서는 추방과 학살의 위기에서 살아남기 위해서도 그렇고 또한 독일 시민으로 동화되어 시민권도 얻고 평등하게 살기 위해서도 자의반 타의반 기독교로 개종하지 않으면 안 되었던 것이다.

이러한 이유로 하이네 자신도, 당시까지만 해도 비밀에 가려져 알려지지 않은 사실이지만, 유대인 출신으로 독일에 동화되기 위해 기독교 학교에

보내졌던 것이다. 그랬기에 그의 영적 내면세계에는 기독교와 유대교적 이
원성이 늘 내면적 고민으로 남아 있었던 것이다.

그 당시 크리스티안 프리드리히 류스란 사람의 반유대주의적 저서인 「독
일 시민권에 대한 유대인의 요구에 관하여^{Christian Friedrich Ruehs: Ueber die Ansprueche}
^{der Juden an das deutsche Buergerrecht. Berlin. 1816}」란 책과 철학 교수 야콥 프리드리히 프
리스의 「유대인으로 인한 독일인의 성격과 복지 상태의 위기^{Jakov Friedrich Fries:}
^{Ueber die Gefaehrdung des Wohlstandes und Charakters der Deutschen durch die Juden. Leipzig. 1816}」란 책이
출간되어 유대인들의 정체성을 묻고 있었다.

사실 하이네는 '내가 독일인이겠지 하면서도—독일인이 아닌' 것에 대한
황망한 '정서적 관계'의 고민을 갖게 되었다. 이 사실을 그는 친구 모저에게
고백했다^(1823.8.23. 편지). **80** '나는 역시 독일인이 아니다.'라는 자신의 정체성을
인정하면서도^(1824.1.24. 모세스 모저에게 전한 편지. HSA. Bd. 20. S. 136.), 기독교도 친구들에게
는 자신이 독일에 동화되어 살고 있는데 독일인이 아니고 무엇이겠는가 하
며, 자신은 독일에서 태어나 독일을 사랑하는 독일 시인임을 천명하고 있
었던 것이다.

'나는 내가 가장 독일적인 야수임을 알고 있답니다. 물고기에 물이 있듯
이 나에게는 독일이 물이며 이러한 생명의 요소인 물에서 벗어날 수 없음을
너무나 잘 알고 있답니다. 그리고 내가 독일인의 물에서 뛰쳐나오면 죽은
건어물이 된다는 것도 너무나 잘 알고 있기에 나는 물 같은 독일과 물고기
같은 내 모습을 간직하려 합니다. 게다가 나는 이 세상 모든 것들보다도 독
일을 근본적으로 사랑하고 있으며 나의 욕망과 기쁨도 독일에 대한 사랑에
있고, 나의 가슴은 마치 나의 두 개 시집이 독일 노래의 문서실이 되고 있듯
이 독일 감정의 문서실이 되고 있답니다^(1824.3.7. 루돌프 크리스티아니에게 보낸 편지). **'81**

이렇게 하이네는 독일에 대한 애국심과 자신이 독일인이 아니고 누구이

겠는가를 호소하고 있는 것이다. 그래서 그를 낯선 사람으로 보는 고향의 한 연인이 자신에게 '낯선 자 너는 도대체 누구인가?'라고 묻는 질문에, 그는 한 유명한 독일 시인이라고 대답한「귀향 13번[1824]」처럼 자신이 독일 시인임을 자랑스럽게 노래하고 있는 것이다.

내가 너의 집 앞에
아침마다 지나갈 때면,
나는 기뻤지, 너 사랑스런 자그마한 여인이여,
내가 창가에 서 있는 너를 쳐다볼 때면 말이네.

너는 검은 갈색 눈으로
나를 탐색하려는 듯 내려다보았지;
너는 누구이며 부족한 것은 네겐 무엇인가 하고,
너 낯선 자, 병든 사람아?

"나는 한 독일 시인이라네,
독일에서 유명한;
사람들이 가장 좋은 이름을 부른다면,
역시 나의 이름을 부를 것이라네.

그리고 나에게 부족한 점이 있다면, 너 자그마한 여인이여,
독일에서도 많은 사람들에게 부족한 점들이지;
사람들이 가장 나쁜 고통을 부른다면
역시 나의 고통을 부를 것이라네."[82]

이처럼 자신이 독일 사람들에게 잘 알려진 유명한 독일 시인이라는 것을 자랑스럽게 소개하고, 자신에게 부족한 점이 있다면 독일 사람도 마찬가지라고 말한다. 거기에 독일 사람이 가장 나쁜 고통으로 알고 있는 것도 자신이 안고 있는 아픔과 같은 것일 것이라고 덧붙이고 있다.

하이네는 괴팅겐에서도 고통스러운 생활을 하고 있었다. 침대도 없는 방에서 홀로 지내며 20개월 동안 4번이나 이사를 해야만 했다. 소음에는 대단히 예민했고 담배나 술은 금욕시했다. 두통도 호소하였다. 방에는 책들이 정돈되지 않고 여기저기 흩어져 있었다. 하지만 겉치레 옷은 대단히 유행적이며 멋졌다. 정말 멋쟁이였다. 위의 두 단추가 열려 있는 갈색 외투에 챙 없는 납작한 사각모를 쓰고 검은 비단 목도리를 목에 걸치고 있었다. 얼굴은 창백했으며 작은 체구로 안락의자에 앉아 보통은 침묵하고 있었다. 그러다가도 함께한 친구들이 그의 시에 관해 이야기할 때면 갑자기 두통이 사라진 사람처럼 얼굴이 홍안으로 변하기도 했다.[83]

드디어 하이네는 1825년 5월 3일 괴팅겐 대학에서 성적3[Note3]으로 학위 시험을 마치고 7월에 졸업하게 되었다. 시험공부는 열심히 하였으나 성적이 1급에 오르지 못한 것은 두통 때문이었다.

이때 베를린에서 '유대인 학문과 문화를 위한 연합체' 회장으로 있던 에두아르트 간스[Eduard Gans]가 베를린 대학 교수로 임명되기 위해 기독교 세례를 받으려 한다는 소문이 들렸다. 이는 하이네에게 서글픈 충격으로 받아들여졌다. 하지만 암울한 순교자의 심정으로 이해가 되었고 예견된 일이기도 했다. 하이네 자신도 이미 「바하라흐의 랍비」를 집필하는 가운데 기독교로 개종해야겠다는 생각을 가졌다. 그리고 유년 시절부터 뒤셀도르프의 프란체스코 수도원 학교와 예수회 고등학교에서 기독교 의식을 익혀 왔으며, 이제는 어쩔 수 없이 개종해야 할 상황에 직면했던 것이다.

그는 1825년 5월 24일 괴팅겐 근처의 잘 알려지지 않은 하일리겐슈타트Heiligenstadt란 마을로 가서, 그곳 고트로브 크리스티안 그림Gottlob Christian Grimm이란 목사에게 자신을 소개하고 세례를 받고 싶다는 소망을 피력했던 것이다. 그 결과 목사는 1825년 5월 28일 다음과 같은 청원서를 에르푸르트Erfurt 정부에 제출했다.

'뒤셀도르프 태생의 이스라엘인으로 부모가 전에 무역업을 하다가 현재 뤼네부르크에 살고 있는 분의 아들인 해리 하이네Harry Heine란 젊은이가 나에게서 세례를 받겠다고 신청했습니다. 그는 괴팅겐에서 법학을 공부했는데, 그를 잘 알고 있는 그곳에서 세례를 받고 싶지는 않고 그를 모르는 낯선 곳 이곳에서 세례를 받으려 한답니다. 즉 소리 소문 없이 조용하게 세례를 받고자 한답니다.

자신은 유대인 부모 사이의 출신이지만, 그가 이미 어려서 기독교 학교를 방문했음을 비밀시하여 왔기에 이러한 사실이 알려지지 않도록 하기 위해서도 그렇고, 그가 유대인 공동체로부터 떨어져 나온 이후부터 유대인으로 불리지도 않았고 유대인 이름으로 세례 받지도 않았다고 지금까지 알려지고 언제나 기독교인으로 칭해져 왔기에 소리 소문 없이 조용히 세례를 받으려 한답니다. 그리고 그는 나에게 이러한 자기 고백을 비밀로 지켜 달라고 간청했습니다.

두 번째 이유로는 만일 그가 자기 아버지의 믿음을 거부하고 개종한다는 인식이 알려지면, 그는 그의 중요한 친척들의 도움을 상실하게 될 것이라는 이유에서 조용히 세례를 받고자 한답니다.'

그 결과 1825년 6월 1일, 괴팅겐의 감독관 루페르티Ruperti로부터 소행 증명서를 보내 달라는 요청이 있었다. 여기에 덧붙여 오명 없이 잘 지내는 이 학생의 은거 생활 방식에 관한 괴팅겐 두 하숙집 주인들의 조회가 있은 다음, 1825년 6월 23일 그림 목사의 세례를 위한 초청이 이루어졌다. 6월 28일 오전 11시, 린덴알레^{Lindenallee}에 있는 목사 집에서 종교적 심문에 따른 세례가 창백한 얼굴을 지닌 괴팅겐 학생에게 시행되어, 크리스티안 요한 하인리히 하이네$^{Christian\ Johann\ Heinrich\ Heine}$란 세례명의 기독교인이 된 것이다. [84]

이제 하이네는 인종적으로는 유대인이지만 법적으로는 기독교인이 되었다. 그리고 그가 세례를 받기 전에 이미 라헬 레빈$^{Rahel\ Levin}$이나 헨리에테 헤르츠$^{Henriette\ Herz}$ 여사, 루드비히 뵈르네$^{Ludwig\ Boerne}$와 모세스 모저$^{Moses\ Moser}$ 가족이 기독교 세례를 받았다. 따라서 그도 이제는 그들과 함께 기독교가 지배하는 유럽인이 된 것이다.

그림 목사는 '하이네를 위한 세례는 외형적 형식의 단순한 변화에서 온 것이 아니라 모순 없이 강요된 내면적 필연성에서 온 결과'라 하면서, '세례 받은 자는 유럽 문화로의 입장권을 얻게 된 세례표로 표식된다.'고 기록했다. 이제 하이네는 유럽인으로서의 문화인이 되었던 것이며, 또한 기독교인으로서 1825년 7월 20일에 '하인리히 하이네 박사'란 이름의 법학 박사 학위를 마치게 된 것이다. [85] 그리고 하이네가 개종한 같은 해 가을 1825년 10월에는 에두아르트 간스도 파리에서 개종을 한 후 베를린 대학 법학 교수가 되었다.

10. 기독교로 개종 후의 고뇌

역설적인 것은 '유대인 학문과 문화를 위한 연합체' 회장이었던 간스가 교수가 되기 위해 기독교로 개종을 했다는 사실이 하이네에게는 별로 유쾌한 일이 못 되었다. 그를 배반자로 조롱하던 자기 자신도 개종했다는 사실이 그를 고뇌하게 한 것이다. 이 일로 그는 거의 자살을 생각할 정도로 영적 위기를 맞고 있었다. 그래서 친구 간스가 철저한 기독교인이 되었다는 소식을 들은 뒤, 하이네는 자신의 고민을 모저에게 다음처럼 전하였다.

'나는 간스가 기독교를 설교하면서 이스라엘 아이들에게 개종을 권유하고 있다는 사실을 확인해 준 콘Cohn의 말을 듣고, 이에 대해 무어라고 말해야 좋을지 모르겠네. 간스가 이러한 생각을 확실하게 주장하고 있다면 그는 바보가 아닐지. 그가 위선에서 이러한 주장을 하고 있다면 그는 누더기 인간은 아닌지. 나는 계속 그를 좋아하겠지만, 차라리 이러한 소식을 듣는 것 대신에 그가 오히려 은스푼을 훔쳤다는 이야기 같은 것을 듣는 쪽이 낫다고 고백하고 싶네.

사랑하는 모저. 콘이 확인해 준 이 사실을 너 자신도 알고 싶겠지만, 간스가 생각하는 것처럼 자네도 생각해야만 한다면 나는 믿을 수 없는 일이 되 겠네. - 나 자신이 세례 받은 것도 자네에게 만일 괜찮다는 생각으로 비춰 진다면 나에게 있어서는 정말 대단한 고통이 될 것이네. 만일 법이 은스푼 같은 절도 행위를 허용했다면 나도 세례를 받지 않았을 것이란 점을 나는 자네에게 확언하겠네. - 이에 관해서는 할 말이 많다네(1825.12.19. 모세스 모저에게 전한 편지) '86

　이처럼 동화되어 살기 위해 어쩔 수 없이 개종을 했다지만, 간스처럼 교 수가 될 목적으로 개종을 해야 했다는 갑작스런 운명에는 하이네 자신도 함 께 고민해야 될 부분이었다. 그래서 하이네는 간스가 개종했다는 소문을 듣고 그 즉시로 그를 유대교를 배반한 배신자로 보는 「배교자에게」Abtruenniger, 1825.12란 시를 남긴다. 이것은 그 자신도 함께 갈등을 빚는 아이러니한 고민 을 간스의 종교적 배반 행위에 쏟아 놓은 것이었다.

　오, 성스러운 젊음의 용기여!
　오, 너는 어찌도 그리 빨리 길들여졌는가!
　그리고 냉철한 피를 지닌 네가,
　사랑스런 주님을 이해했다니.

　그리고 너는 십자가로 비굴하게 기어갔다지,
　네가 무시했던 십자가로,
　몇 주 전까지만 해도 너는
　먼지 속으로 들어가는 것으로 생각했잖은가!

　오, 이러한 일은 많은 읽음이 가져다주었겠지
　슐레겔이나 할라 부르크처럼-

어제까지만 해도 영웅이었던 사람이,

오늘에 와서는 이미 무례한 사람이 되어 있으니 말이지.[87]

하며 간스를 배교자나 변절자로 몰아붙이고 있다. 이와 더불어 젊어서 자코뱅당의 진보적 사상을 지녔다가 독일의 애국주의 숭배자가 되었고 결국에 가서는 1808년에 기독교에서 가톨릭으로 개종한 프리드리히 슐레겔[1772-1829]이나, 외교관과 법학자로서 1820년에 가톨릭으로 개종한 칼 루드비히 폰 할라[K. L. v. Haller, 1768-1854] 그리고 영국의 민주 정치인으로서 프랑스 혁명을 적으로 삼았던 에드먼드 버크[E. Burke, 1729-1797]를 변절자의 대열에 함께 묶어 조롱하고 있는 것이다.

하지만 하이네 자신도 이러한 신념의 대전환이나 종교적 개종에서 오는 변절자의 고민에서 자유롭지는 못했다. 그 역시 유대인 가정에서 태어나 기독교 문화의 세례를 받게 된 사람이 되었기 때문이다. 그래서 그도 기독교 세례를 받은 것에 대해 후회하기에 이른다. 특히 그가 유대교 사원을 방문하여 변절자에 대해 질타하는 설교를 듣게 되었을 때는 더욱 자신의 정체성이 유대인도 아니고 기독교인도 아닌 뉘우침의 감정에 사로잡혔던 것이다. 이러한 감정은 1825년 12월 19일 모저에게 보낸 편지에서 계속 언급되고 있다.

'지난 토요일 나는 (유대교) 사원을 방문했었네. 살로몬 박사가 세례 받은 유대인들에 대해 말하는 것을 기쁘게 경청했다네. 특히 그는 조롱하기를 어떻게 유대인이 하나의 일자리를 얻기 위한 희망으로 부모들의 신앙을 배반하는 데 유혹되었는지를 야유했다네. 나도 자네에게 확언하건데 그의 설교는 좋았으며 그를 가까운 시일에 찾아보기로 했다네.

콘[Cohn]도 나에 대해 공격을 했지. 내가 그의 집에서 안식일 식사를 함께했는데 그는 열띤 총알을 나의 머리에 쏘아 부었다네. 나는 성스러운 안식일 음식을 뉘우치는 마음으로 먹었다네. 음식은 유대 문화의 보존을 위해서 그곳에 있던 세 개의 잡지를 읽은 것보다 효과가 컸다네. 잡지 가운데도 좋은 글들이 들어 있었지만 말이네^(1825.12.19. 편지). **'88**

이제 하이네는 유대교나 기독교 모두를 잃은, 버림받고 고립된 느낌이었다. 그래서 그는 모저에게 다시 전하기를, '나는 이제 기독교인이나 유대인에게서도 증오를 받고 있다네. 나는 나 자신 세례 받은 것을 대단히 후회하고 있네. 나 자신 세례 받은 후로는 내가 잘되었다고 생각하는 것이 없네. 반대로 그 후부터 불행한 일 이외에는 가진 것이 없다네. …… 내가 세례를 받자마자 유대인으로서 욕만 먹고 있으니 이게 멍청한 일이 아닌지. 자네에게 말해 두지만 세례 받은 이후 적대적인 불운만을 가졌네. 한 예로 1825년부터 나의 명성은 놀림만 당하고 있으니 말이지^(1826.1.9. 모세스 모저에게 전한 편지). **'89**

이렇게 세례를 받음으로써 자신이 간스와 같은 친구처럼 회자의 대상이 되고 있는 것을 고민했다. 하지만 하이네는 자신을 포함한 여타 친구들이 당시 유럽 정신에 동화되어 살아가기 위한 계몽적 입장에서 세례를 받았기 때문에 보다 큰 신앙적 지혜 속에서 이해해야만 했다. 다만 하이네가 불편한 심기를 갖게 된 것은 간스처럼 유대인 학문과 문화를 연구하려 협회를 조직하고 선봉에 섰던 친구가 일자리를 얻기 위해 자신의 초심을 깨고 기독교인이 되었다는 충격 때문이었다.

그런 까닭에 그는 간스의 개종을 너그럽게 생각하고 있는 모저에게 이렇게 말하였다. '나는 거의 기독교의 자려마^{어두운 색을 지닌 일종의 붉은 여우, Brandfuchs}가 되어 있는 간스가 기독교인인 체하기 시작하는 것을 희망치는 않네! …… 하지만 그가 언젠가는 그렇게 행동해야만 할 일이라면 십자가에 못 박힌 유대교의 구세주로서 당신은 고통스럽지만 그를 향해 외쳐야 할 것이야: 이를 어쩌나 간스 박사야! 이를 어쩌나 간스 박사야! 왜 너는 나에게서 떠났는가!Dr. Eli! Dr. Eli! Lama schbatani!=Dr. Gans Elijahu, Dr. Gans Elijahu, mein Gott, mein Gott, warum hast du mich verlassen!(1826.10.14. 모저에게 전한 편지)'**90**

그러나 간스가 유대교를 떠나 기독교인이 되었다고 해서 하이네가 그를 증오하지는 않았다. 오히려 그는 간스가 헤겔의 수제자로서 헤겔 철학을 열심히 전파하고 심취하고 있는 친구였기에 그를 사랑하고 우정에도 변함이 없었던 것이다. 그래서 모저에게 보낸 편지 말미에서도, '좋은 친구 간스에게 내가 그를 사랑하고 있다는 안부를 전해 달라고 당부했으며, 내가 매일 그와 그의 사랑스런 마음씨를 생각하고 있고, 그가 언제나 나의 내면적인 친한 친구로 간직될 것이라는 안부를 전해 달라고' 부탁했던 것이다 (1826.10.14. 편지). **91**

단지 하이네가 간스를 조롱했던 것은, '유대인 학문과 문화를 위한 연합체'의 회장으로서 책임을 다하지 못하고 침몰하는 배의 선장으로서 먼저 빠져나온 격이 된 것에 대한 실망을 피력한 것이었다. 이러한 종교적 개종에서 파생되는 갈등은 당시 유대인 지식인들이 지니고 있던 공유된 고민이었다. 따라서 친구들인 그들 사이에 있어서의 우정만은 별 변화가 없었다.

11. 시온주의의 예견

-「예후다 벤 할레비」

하이네가 '유대인 학문과 문화를 위한 연합체'에서 회장 간스^{E. Gans}와 부회장 준즈^{L. Zunz}, 서기장 모저^{M. Moser} 등과 함께 일하고 있을 때는 유대인들의 해방과 자유 및 시민권을 얻기 위한 운동을 하면서도 정신적이며 인도주의적 의미에서의 뿌리 찾기 운동이 존재했으며 생존권의 자유를 위한 새로운 정착지를 찾으려는 움직임이 있었다. 하지만 아직 테오도르 헤르첼스^{Theodor Herzels, 1860-1904}와 같은 사람의 정치적 시온주의 운동은 없었다. 하이네 자신도 시온주의를 의식하지 못하고 있었을 때이다.

왜냐하면 시온주의 운동은 1897년에 가서야 바젤^{Basel}에서 열린 시온주의 1차 회의에서 제기되었기 때문이다. 다만 당시는 유대인들이 자신들의 옛 고향 이스라엘을 동경하면서 그들의 뿌리를 찾기 위한 연구에 관심이 많았던 때이다. 그들이 어느 곳에 살든 그곳에서 평등한 시민권을 얻어 동화된 삶을 영위하면서 정신적으로나마 정체성을 잊지 않고 고향을 동경하고 있던 시절이다.

이 시기 하이네가 가장 즐겨 읽던 성서 구절은 구약 시편 137장 5-6절이었다 한다.[92] '내가 만일 예루살렘을 잊는다면 나의 오른손이 바싹 말라 그 재주를 잊을 것이며[5절], 내가 예루살렘을 기억하지 아니하거나 내가 예루살 렘을 나의 최고의 기쁨으로 여기지 않는다면 나의 혀는 나의 입천장에 붙 어 버릴지어다[6절].' 바로 이러한 구절에서 호소하듯 유대인은 그들의 고향을 동경하고 있었기에, 뒷날 하이네는 「히브리어 멜로디」의 「예후다 벤 할레비 Jehuda ben Halevy, 1850」에서 이 구절을 시의 화두로 열고 있는 것이다.

"바짝 마르게 나의 혀는
입천장에 붙을 것이고,
나의 오른손은 시들어질 것이라네, 만일 내가
언젠가 너 예루살렘을 잊게 된다면—"

가사와 선율은 끊임없이
오늘 나의 머릿속에 윙윙거리고 있으며,
나에겐 마치 성가의
합창 소리와 남성들의 목소리들이 들리는 듯하다네.

때때로 역시 나타나니
수염과, 그늘진 긴 수염을 지닌—
꿈속의 인물 모습들이, 그들 가운데 누가
예후다 벤 할레비일까?[93]

시인 예후다 벤 할레비[1075-1141]를 내세우면서, 그를 통해 유대인들의 정신 적 고향에 대한 동경을 불러일으키고 있다. 예후다 벤 할레비는 11—12세기 경 독일의 괴테나 실러에 버금가는 스페인계 유대인 시인이다. 그는 스페인 톨레도에서 태어났으나 유대인들에 대한 학대와 추방으로 그곳을 떠나 팔레스타인으로 귀향하여 생을 마쳤다. 그래서 이스라엘을 동경하는 유대인들은 그의 인생행로를 무한히 그리워하며 팔레스타인 고향으로의 귀의를 동경했던 것이다.

하이네 역시 「예후다 벤 할레비」에서 구약 시편 137장 1-4절에서 나오는 기원전 586년 바빌론의 포로가 된 유대인들이 고향 지온^{시온, Zion}을 동경하고 울부짖고 있던 모습을 인용하고, 고향에 대한 애국적 향수와 원수들에 대한 원한이 섞인 감정을 표현하고 있다. 성서 구절은 다음과 같다.

우리는 바빌론의 물가에 앉아 울고 있었지, 우리가 지온^{시온}을 생각할 때면. 우리는 하프를 그곳의 버드나무에 걸어 놓았지. 왜냐하면 우리를 포로로 잡아 놓은 자가 그곳에서 우리에게 노래를 청하고 우리를 황폐하게 한 자가 자기들의 기쁨을 위해 우리에게 지온의 노래를 부르라 했기 때문이지! 이 어찌 우리가 낯선 이방에서 여호와^{주님}의 노래를 부를 수 있을고?^(시편 137장 1-4, 포로들의 호소)

하이네는 이러한 포로들의 억눌린 슬픈 감정과 고향에 대한 그리움을 「예후다 벤 할레비」 2장 첫 구절에서 다시 시구로 옮겨 놓았다.

바빌론의 강변에서 우리는
앉아 그리고 울었지, 우리들의 하프는
수양버들나무에 걸어 놓고서-
너는 아직 그 옛 노래를 알고 있는가?

너는 아직 그 멜로디를 알고 있는가,
처음부터 비가적인

울음소리와 부엌에서 들끓는
냄비 소리처럼 부글거리는 멜로디를?

이미 오랜, 수천 년 전부터
나에게 들끓었지. 이 어두운 슬픔이!
그리고 시간이 나의 상처를 핥아 주었다네,
마치 개가 욥^{Hiob, 욥기 2장 7}의 악창을 핥아 낫게 하듯이.

너, 개야 고맙구나, 너의 타액이-
정말로 그것이 시원하게 진정시켰지-
죽음만이 나를 낫게 할 수 있는 것이지만,
그러나 아 나는 죽지 않고 있다네!

……

세월은 오고 가고
인간의 눈물은 떨어져
대지에 흘러, 대지는 눈물을
조용한 열망으로 흡수하고 있다네.[94]

이렇게 고향을 잃은 슬픔의 향수를 달래고, 이국에서 천대받은 고난의 상
처를 치유하려 구원을 소망하고 있다. 즉 유대인들이 오랜 세월 떠돌면서
흘린 눈물은 대지가 흡수하고 온몸에 멍든 상처들은 세월이 낫게 해주며 상
처 입은 악창은 개가 핥아 주어 죽어서 천당에 갔다는 거지 라자로의 우화
를 인용하고 있는 것이다. 이것은 구약 욥기 2장 7절과 연관된다.[95] '사탄이

······ 욥을 쳐서 발바닥에서 머리 정수리까지 악창이 생기게 한지라(구약 욥기. 2
장 7) '

이런 욥의 고통을 세월과 대지가 흡수하여 치유하고 개까지 와서 악창을
핥아 주어 낫게 하며 죽어서는 천당에 갔다는 '부자와 거지 라자로'의 우화
에 비유 혼합해 놓은 것이다. 이와 관련된 신약성서의 구절은 다음과 같다.

'라자로란 이름을 가진 가난한 거지가 악창을 앓으며 한 부잣집 대문 앞
에 누워 부자의 밥상에서 떨어지는 빵 부스러기로 배를 채우려 하니, 심지
어 개들이 와서 그 악창을 핥더라. 이에 그 거지가 죽으니 그는 천사들에 의
해 아브라함의 품으로 옮겨지고, 부자는 죽어 무덤에 매장되었다네. 부자
가 지옥에서 고통 중에 눈을 떠 멀리 있는 아브라함을 쳐다보니 라자로가
그의 품에 있더라(신약. 누가복음 16장 20-23) '

결국 시인은 욥과 라자로의 모습을 통해 고통스런 유대인이 구원될 것이
라는 뜻으로 유대인을 위로한 것이다.

후일 오랜 세월 병상에 누워 고통을 겪던 하이네는 자신의 병고도 죽음을
통해 아픔을 잊게 할 수 있을 것이라 믿었다. 하지만 자신에게는 죽음이 오
지 않고 고통만이 있으니, '아 나는 죽지 않고 있다네!' 하며 자신의 삶을 한
탄하였던 것이다. 물론「예후다 벤 할레비」가 창작된 시기는 하이네가 병고
에 시달리고 있던 1850년경이었다. 그렇지만 괴팅겐 대학에 다니던 젊은
시절에도 '예후다 벤 할레비'의 인생을 그는 동경하고 존경하였던 것이다.

전설에 따르면 예후다 벤 할레비는 고향 예루살렘에 도착한 지 2개월 뒤,
아랍인 마적들에게 살해되어 생을 마쳤다 한다. 그런 까닭에 많은 유대인
들은 고향을 사랑하면서도 그곳을 두려워하는 착잡한 마음을 가슴 한가운
데 간직하고 있었던 것이다.[96] 하지만 정신적 고향 지온시온으로 귀의하려는

유대인들의 동경은 끊임이 없었다. 이는 유대인 민족사에서 흔히 엿볼 수 있는 대목이다.

나폴레옹 전쟁 후 유럽에 밀어닥친 경제적 위기와 유대인들에 대한 억압은 새로운 이민 물결을 야기했다. 하이네가 살았던 19세기에 유럽에서 신천지로 이민 간 유럽인은 5천만 명이나 되었다. 그 가운데 3백만 명의 유대인들이 남북아메리카 등으로 건너가 그곳에서 새로운 정착지를 찾았던 것이다.

바로 이 무렵 1819년, 미국 뉴욕 주에서는 어느 민주당 정치인이 나이아가라 강변의 한 섬을 사서 유대인의 정착지로 삼으려 했다. 그는 1785년 필라델피아에서 태어난, 유명한 언론인이자 극작가였던 모데카이 마누엘 노아Mordecai Manuel Noah였다. 그전에 미국 제2대 대통령이었던 존 아담스John Adams가 그에게 유대인들의 이민 독립국을 팔레스타인 유대아Judea에 건설하는 것이 어떻겠냐는 의견을 제시했다. 그런데 이러한 제안은 시온주의가 영토주의로 변하는 어려움이 뒤따르기 때문에, 노아는 우선 미국에 유대인들의 자유를 누릴 수 있는 지역을 확보하려는 계획을 수립했던 것이다.

이러한 노아의 계획이 알려지자 베를린에 있는 '유대인 학문과 문화를 위한 연합체' 회장 간스는 노아에게 용기를 북돋는 편지를 보냈다(1822.1.1). 그리고 그를 연합체 명예 회원으로 받아들이고, 미국에 연합체 지국을 설치할 것을 제의했다. 그뿐만 아니라 인도적 의미에서 미국에 자유로운 정착지를 설치했으면 하는 희망도 표명했다.

이때 연합체 회원 중 젊은 의사인 엘리제르 시나이 키르쉬바움Elizer Sinai Kirschbaum이란 사람이 노아의 계획을 찬양하면서도 유대인의 정착지를 미국이 아닌 아프리카로 했으면 어떻겠느냐 하는 의견을 내놓았다. 그는 연합회 회원이자 중동 지역 전문가인 루드비히 마르쿠스Ludwig Marcus의 연구에 따

라, 유대 12개 종족 중 사라진 단^{Dan}족의 후예인 어두운 피부색을 가진 펠라
샤^{Felascha(Falaschas)} 부족이 에티오피아^{아비시니아} 산악 지대에 존재한다는 사실을
알고,[97] 그곳에 팔레스타인과 연결되는 영혼 속의 국가를 세우는 것이 어떠
냐 하는 제안을 했던 것이다.

이러한 키르쉬바움의 시도는 실행 불가능한 허상에 불과했기에 하이네
는 미국으로의 이민 정착을 지지했다. 이러한 그의 생각은 1823년 5월 23
일 모저^{Moser}에게 보낸 편지 속에서 읽히고 있다. 그는 편지에서 모저가 생
각하고 있는 시온주의적 귀향 감정은 '금괴^{Goldbassen}' 같은 기본 가치의 '감정'
으로 이해되지만, 자신이 신천지 타향으로의 이민도 괜찮다고 생각하는 감
정은 교환 가치를 지닌 '주식 증권^{Papiere}' 같은 '감정'으로 이해된다고 했다.
그러면서 증권 종이에 담긴 내용이란 구약의 문구가 담긴 양피지 상자의 경
패^{經牌, Gebetsriemen} 기도문 같은 것이므로, 이 증권 종이는 유대인들이 어느 곳
에서나 경패의 율법 정신을 잊지 않고 기도할 수 있는 성서가 된다고 말했
다. 따라서 이 증권을 지니고 신천지로 이민 간다는 것은 성서를 지니고 이
민 가는 것과 일치한다 했다. 그래서 유대인들이 고향 지온이 아닌 미국으
로 이민 가는 것도 무방하다고 본 것이다.

그는 유대인들이 모여 살 수 있는 국가 모습을 다음처럼 상정하며 말했
다.

'만일 언젠가 유대인들의 미국 정착지 간스타운^{Ganstown}이 건설되고 행
복한 종족^{유대 민족}이 미시시피 강변의 종려 나뭇가지^{부활절에 쓰이는 종려나무의 가지,}
^{Lulef=Palmzweig} 아래서 축복되며 그곳에서 유월절 빵을 먹게 된다면, 그리고 그
곳에서 새로운 유대인 문학이 꽃피우게 된다면, 지금의 상행위적인 주식
증권 표현들도 시적 언어로 들릴 것이고 자그마한 마르쿠스^{Ludwig Marcus}가 언
급한 유대계의 시^詩적 후손들도 간스타운의 공동 마을 앞에서 기도문과 경
패로 노래할 것이다^(1823.5.23. 모저에게 전한 편지)·'[98]

즉 하이네는 미국의 미시시피 강변 언덕에 하나의 유대 국가를 상정해 보았던 것이다. 여기서 미시시피 강변의 '간스타운'이란 '연합체' 회장 간스Gans가 노아의 이민 제안을 지지했기 때문에, 그 뜻에 따라 정착촌 이름을 부른 것이다. 사실 노아의 이민 제안에 따라 얻어진 지역은 간스타운으로 상정된 그랜드 섬이었으며, 그곳은 대략 천 헥타르 정도의 넓이였다 한다.

노아의 제안에 따라 이곳으로 이민 온 가족은 스물다섯 가족이었다. 그런데 노아는 이곳 정착지 이름을 간스타운이 아닌 구약 창세기 8장 4절에 나오는 '아라라트Ararat'로 했다. 성서에 '노아의 홍수가 150일 만에 줄어들어 7개월 17일 만에 방주가 아라라트 산에 머물러' 인류를 구해 새 인류의 새로운 출발이 가능했다는 내용이 있다. 그런 성서적 의미로 새로운 정착촌을 '아라라트'로 한 것이다.

그런데 노아가 정착지로 정하여 사들인 땅의 인계식은 강을 건너는 교통수단의 어려움 때문에 그랜드 섬에서 행해지지 못했다. 그 근처에 있는 인구 2천 5백 명의 버팔로Buffalo 시에서 미국 독립 기념일 50주년을 맞이한 1825년 9월 15일 아침에 행해졌다 한다.

축포가 터지는 가운데 공무원과 군대, 자유 수공업자들의 행렬이 그곳 교회의 오케스트라 행진곡에 맞춰 행진하였다. 기독교 목사와 교회 합창단의 합창 속에서 노아는 '우리들의 유일신 이스라엘 신은 들으시오.'라는 히브리어가 새겨진 초석을 놓고, 영어로 '유대인의 피난처 아라라트'라는 이름의 정착촌을 건립하려 했다.

이렇게 볼 때 노아는 사실상 이스라엘 국가를 상정한 전초 단계로 미국에 하나의 유대인 국가를 만들어 보려는 이상주의자가 된 것이다. 그런데 유감스럽게도 일부 사람의 의견 가운데는 그가 그랜드 섬을 구매한 것은 정착촌을 위해서라기보다는 투기 목적으로 사들였다는 비난이 있었다. 참으로 이상한 일이다.

하지만 공교롭게도 버팔로에서 그랜드 섬을 인계하기 위한 축하 행사가 있은 후 노아는 그랜드 섬에 가 보지를 않았다. 초석도 그랜드 섬 '아라라트' 정착촌으로 옮겨지지 않고 현재 버팔로에 있는 지역 역사박물관에 진기한 골동품으로 남아 있다고 한다. 이런 일련의 사실로 보아 노아의 시도는 하나의 모험적이며 오류적인 사건으로 남겨져 있는 것이다.[99]

노아의 제안에 따라 미국으로의 이민을 적극 지지했던 '연합체' 회장인 간스도 입장이 난처했는지, 하이네의 꿈속에서 노아와 함께 찬란한 햇빛 들판에 나타난 자리에서 '놀랍게도! 마치 물고기처럼 아무 말도 없이 침묵하고 있는' 모습으로 나타났다고, 하이네는 모저에게 전하고 있다(1826.4.23. 모저에게 전한 편지).[100]

미국으로의 이민을 지지했던 간스나 하이네 등 모두는, 바빌론 강변에서 고향 지온으로의 귀의를 그리워했던 유대인 포로들의 갈망처럼, 유대인의 해방과 자유를 위한 그들의 희망을 우선 팔레스타인으로의 귀의로 상정했다. 하지만 현실적으로 그것이 불가능한 일이었기에 미국으로의 이민을 지지하려 했다. 추방과 박해를 당하던 유대인들은 그들의 삶의 희망을 당시 디아스포라[Diaspora] 속에서 찾고 있었다. 그들은 세계 어느 곳에 가든지 정신적 뿌리를 잊지 않고 정착지 문화에 동화하여 그곳 시민으로 살아가도록 하는 계몽과 인간적 해방을 요구받고 있었기 때문이다.

그들은 그들이 사는 곳에서 자유와 평등, 해방을 추구하고 그곳 문화 속에서 참된 시민이 되어 자신들의 정신적 부활을 꿈꾸는 낭만주의자가 되었다. 바로 이러한 첫 번째 독일계 유대인 낭만주의자가 하이네였다. 그는 「예후다 벤 할레비」를 통해 정신적 고향 지온을 동경하고 있었지만 그의 실천적 삶의 발걸음은 예루살렘이 아닌 파리로 향했으며, 요르단 강이 아닌 라인 강에서 그의 사상적 욕구를 펼쳐 보려 했던 것이다. 그런 까닭에 그는 역시 철저한 유럽적인 독일 시인이 된 것이다.

「귀향 13번¹⁸²³⁻¹⁸²⁴」에서 '나는 독일 시인이다!'[101] 하고 자신의 정체성을 알리고 있는 것도, 자신의 뿌리는 유대인과 분리될 수 없지만 자신의 삶의 토양과 현장은 독일이며 자신을 성장시킨 나라가 독일이었기에, 자신이 독일인임을 자랑스럽게 자처하고 나선 것이다. 이는 유대교와 기독교 문화 두 세계를 안고 살아가던 독일계 유대인들이 18-19세기에 와서는 이미 독일 문화에 동화되고 '순화'되어 사회적 통합으로 용해되려는 계몽적 노력이 있었기 때문에 가능하게 된 것이다. 따라서 그들은 사실상 독일인, 또한 애국주의적 독일인이 된 것이다.

그러나 하이네 자신이 독일 조국에 대한 애국주의적 향수를 더욱 느끼게 된 것은 후일 그가 독일을 떠나 파리에서 망명 생활을 하던 때이다.

12. 독일에 대한 사랑

하이네의 조국 독일에 대한 사랑이 가장 애국적으로 회상된 시는 그가 파리로 망명하여 쓴 「낯선 외지에서3$^{\text{In der Fremde, 1833~1834}}$」이다. 애정과 아름다운 고향에 대한 향토적 향수를 비가적인 감성으로 되돌아보며, 조국 독일을 그리워하는 정서를 표출시키고 있는 것이다.

나는 언젠가 아름다운 조국을 가졌지.
한 참나무가
그곳에 높이 자랐고, 제비꽃들이 부드러이 인사하는.
이는 하나의 꿈이었다네.

조국은 독일어로 나에게 입 맞추고 독일어로 말했지
(사람은 믿지 않겠지
얼마나 그 말이 좋았는지) 그 말은: "나는 너를 사랑한다!"는 말이었어
이는 하나의 꿈이었다네.[102]

하이네가 자유민주주의자로 프로이센 독재 군주국으로부터 추방되어 파리에서 망명 생활을 하면서도[1830 이후] 조국을 사랑하고 있었다는 것은 참으로 패러독스한 일이다. 그것은 그가 이미 젊어서부터 독일을 사랑하면서 성장했기 때문이다. 비록 유대인의 피를 지녔다 하더라도, 그는 이미 동화된 독일인이었기에 독일에 대한 애국적 향수는 말로 표현할 수 없을 정도다.

이는 하이네와 함께 '젊은 독일파[1830-1850]'에 속했던 루드비히 뵈르네[1786-1837]의 경우도 마찬가지다. 뵈르네도 7월 혁명[1830] 이후 파리로 망명해 왔으나 하이네보다 더욱 과격한 자유민주주의적 혁명가가 되었다. 자연스럽게 두 사람은 상호 경쟁적 관계에 놓였다. 또한 그도 독일에 대한 정치적 비판이 강했으나 독일에 대한 애국심은 그 누구보다도 강했다. 따라서 그와 적수 관계에 있던 하이네도 뵈르네의 애국심에 대해서는 「뵈르네에 대한 회고록[1840]」에서 찬사를 아끼지 않았다.

'그래, 정말로 뵈르네는 위대한 애국자였지. 모르면 몰라도 게르만의 계모 품 안에서 열렬한 인생과 쓰디쓴 죽음을 흡수하고 살았지만 가장 위대한 애국자였지! 이 사람의 영혼 속에서는 감동적인 조국애가 환호했고 열렬한 피가 흘렀지. 성품이 수줍기는 했으나 모든 사랑이 그렇듯이 투덜대는 욕설과 불평스런 불만은 숨겨 놓았다가 자유로운 시간이 오면 강력히 분출하는 조국애였지.'

그는 늘 독일이 잘못되어 가는 일에는 안타까운 심정으로 비평을 가하면서도 다시 조국을 그리워하며 사랑하는 사람이었다. 그는 '독일은 세계에서 가장 좋은 나라이며 가장 아름다운 나라이고 독일인은 가장 아름답고 고귀한 민족이며 민족 중의 참된 진주 같은 민족이다. 독일인 이외에 현명한 사람은 없다.'고도 했다. 그런 사람이 조국을 떠나 타향에 와서 고통스런 순교자적 심정으로 조국을 위한 고민을 하고 있었으니, 누가 그 심정을 이해할 수 있었을까.

'망명 생활을 알지 못하는 사람은 얼마나 우리들의 고통이 찢어질 듯 채색되어 있으며 얼마나 우리들의 생각에 밤과 독약이 스며져 있는지를 이해할 수 없을 것이다. 단테는 망명 생활 속에서 자신의 지옥을 기록해 놓았답니다. 망명 생활을 체험해 본 자만이 무엇이 조국애인지를 알 것이고, 조국애가 모든 그들의 애틋한 두려움과 그리움에 가득찬 비애와 함께하고 있음을 알 것입니다!'

'다행히도 프랑스에 와서 살고 있는 우리들 애국주의자들은 이 나라에서 독일과 유사한 것들을 제공받고 있답니다; 기후나 식물성 음식, 생활 방식 등이 거의 비슷해서 말입니다. "이러한 유사한 것들이 없었다면 이 망명 생활은 얼마나 두려웠을까요."-'[103]

사실 외지에 망명한 이들의 정신적 삶에는 조국에 대한 그리움이 그득했다. 이들은 박애와 평등, 자유주의적 사상 때문에 본의 아니게 프로이센 군주국으로부터 추방되었기 때문이다. 그래서 언젠가는 귀국하게 될 것을 믿었고, 독일 조국에도 자유 민주주의적 혁명이 다가올 것으로 확신하고 있었다.

비록 유럽 국가들 가운데 독일에서 자유 민주주의적 혁명이 가장 뒤늦게 일어났지만[1848. 3월 혁명], 이들은 이러한 격변기가 곧 독일에 다가올 것으로 믿었다. 그리고 한번 이러한 혁명이 일어나면 독일의 젊은이는 게르만 민족의 영웅 지그프리트처럼 과감하게 이를 완수할 수 있는 저력을 지닌 국민으로 믿고 있었다. 그러니 이웃 프랑스인들은 독일인을 멸시하면 안 된다고 경고하면서, 독일에 하루바삐 이러한 혁명이 일어났으면 하는 「독일[1840]」이란 조국애에 넘친 시를 남겼던 것이다.

독일은 아직 작은 아이,
하지만 태양이 그의 보모;
보모는 조용한 우유 먹이지 않고,
보모는 거친 불꽃을 먹인다네.

이러한 음식물에서는 사람이 빨리 자라고
피도 혈관에 끓어오른다지.
이들의 이웃 아이들은 조심해야지
혈기 왕성한 젊은이와 싸우는 것을 말이네!

이 젊은이는 거친 거인이라네,
땅에서 참나무도 뽑아내는,
그리고 그것으로 너의 등도 쳐 상처를 내며
머리들도 휘어감을 것이라네.

그는 지그프리트와 같고 고귀한 젊은이와도 같다네,
우리가 노래하고 이야기하는;
그는 칼을 만든 후엔
철판^{모루}도 쳐서 쪼개어 낼 수 있다네!

그러니 너는 언젠가는 지그프리트처럼 되어,
증오스런 용도 죽일 것이니,
야! 하늘은 기뻐서 굽어볼 것이고
너의 보모는 좋아 웃을 것이라네!

너는 용도 죽이고, 용의 보물과^{니벨룽겐 보물},

제국의 보석들도 갖게 될 것이니.

야! 너의 머리에선

황금의 왕관이 빛날 것이라네.**104**

결국 독일이 언젠가는 지그프리트와 같은 젊은 혈기로 혁명을 완수할 것이며 빛나는 자유주의 국가로 태어날 것이라는 희망적 찬사를 표출하고, '이웃 아이들은 조심해야지'란 말로 이웃 프랑스는 독일을 넘보지 말고 조심하라고 경고를 했다.

사실 하이네는 이러한 자유 민주주의적 이념을 지향하는 조국애를 갖기 이전에 젊어서부터 조국에 충성하려는 조국애의 열망으로 가득했다. 나폴레옹이 워털루 전투¹⁸¹⁵에서 패하고 독일의 자유해방 전쟁이 승리로 이끌어질 무렵, 젊은 그는 본 대학에서 애국주의적 낭만주의에 심취해 있었다. 그렇기에 그는 독일이 프랑스에 점령당했음을 치욕으로 생각하고, 해방된 조국에 대한 충성을 맹세하는 같은 제목의「독일¹⁸¹⁵」이란 애국시를 짓기도 한 것이다. 이 시에서 그는 점령당한 어두웠던 시대를 회상하고, 독일이 해방 전쟁에서 싸우다가 입은 젊은이들의 상처를 치유하며 따뜻한 조국의 품 안에서 다시 조국애를 꽃피우자는 맹세를 선서했던 것이다. 이러한 시대의 과정을 노래한 이 시를 소개하면 다음과 같다.

「독일¹⁸¹⁵」

독일의 명성을 노래로 찬미하고 싶다네요.

나의 가장 아름다운 노래 들어 보세요!

나의 영혼의 울림^{정신}을 높이 날게 하고 싶네요,

나 자신 환희로 전율케 하는.

나의 앞에는 시대의 책이 놓여 있다네요;

이곳 지상에서 일어나는 것;

선과 악이 싸우는 것,

나의 눈으로 모든 것을 알게 하는.

머나먼 프랑켄 지역^{프랑스 지역}에서

언젠가 지옥이 교활하고 노련하게 들어왔다면,

치욕과 모멸적인 부끄러움만을 가져왔다네요

경건한 독일 지역에는.

그리고 덕성과 신앙

천상의 영혼들인-

온갖 선한 것들은 지옥이 훔쳐 가고,

죄악과 고통만을 우리에게 가져다주었다네요.

독일의 태양은 어두워지고,

독일의 치욕을 밝혀 주려 하지 않았지요,

그리고 답답한 슬픔의 속삭임은

독일 참나무를 통해 전해졌다네요.

그리고 태양이 밝아지니,

참나무는 기쁘게 속삭였지요.

징벌 재판관들은 와서,

치욕과 고통을 속죄하려 했지요.

기만의 제단은 흔들리어,
무서운 협곡으로 떨어지고.
모든 독일인들의 마음은 감사해하며;
독일인의 성스러운 땅은 자유로워졌다네요.

너는 산 위에 높이 타오르는 것을 보았는가?
그 거친 불꽃이 무엇을 뜻하는지 말해 보겠는가?
산 위의 불꽃이 뜻하는 것은,
독일의 순수함이요, 강력한 모습이라지요.

죄악의 밤에서 벗어나,
독일은 무사해졌지요;
하지만 답답한 곳에선^{불타는} 연기가 남아 있고,
아름다운 형식은 사라졌다네요.

오랜 참나무 줄기에선
꽃싹들이 멋있고 아름답게 피어오르고,
낯선 꽃들은 시들어져;
슬프게 옛 바람에 인사를 전하고 있다지요.

아름다운 모든 것들은 다시 오고,
선한 모든 것들도 되돌아왔으며,
독일인들은, 경건하고 성실해,

그들의 행복을 기꺼이 즐기고 있다네요.

옛 풍습과 옛 덕성,
그리고 옛 영웅들의 용기,
독일 청년들은 칼에 날개를 달아;
헤르만의 후손은 피를 두려워하지 않는다네요.

영웅들은 귀머거리를 낳지 않고,
헤르만의 종자는 사자와 같지요;
하지만 아름다운 신앙의 사랑은
강함과 함께 부드러운 한 쌍이 되어 있다네요.

자신들의 고통은 독일인 자신들을 가리키고 있다지요,
기독교도의 부드러운 어록을 이해토록 말이오;
기독교도는 독일 땅에서 형제들만 낳으니,
인간성만은 아름답다네요.

또한 역시 경건한 사랑의 연가도
되돌아오고, 가수의 희열도,
성스러워, 경건한 사랑의 연가는,
독일 남성 영웅들의 가슴을 장식하고 있다네요.

영웅들은 전쟁 속에서 자라났다지요
뜨거운 프랑켄 전투에서 말이오;
거짓 맹세의 위증을 복수하려

피나는 강력한 힘으로 싸웠다지요.

그리고 여인들은 집에서

사랑이 가득한 부드러운 손으로 보살피며,

조국을 위해 피 흘리고,

성스러운 상처들을 간호하고 있다네요.

축제일답게 검정 옷 입은

아름다운 독일 여인들은 빛이 났고

그리고 꽃과 보석 장신구,

금강석 허리띠로 몸을 장식하고 있다네요.

하지만 성스럽게 장식한

그녀들을 나는 호의적으로 바라다보았지요,

병실 침대에서 허리 구부리며

독일 부인들이 걱정스럽게 보살필 때면 말이에요.

부인들은 정말로 하늘의 천사들 같았지요,

그들이 마지막 청량음료를

상처 입은 병사들에게 건넬 때면 말이에요;

죽은 듯하면서도 병사들은 고맙다고 미소만 지었지요.

그들은 용감히 하나의 무덤을 얻으려 했다지요

야전 전투장에서– 참으로 가엾은 일이었어요;

하지만 부인의 품에서 죽게 되니,

이는 하나님의 천당이라네요.

불쌍하고 가련한 프랑켄 아들들,

너희들의 운명은 성스럽지 못하다네;

센 강변에선 아름다운 부인들이

잘 세공된 황금만을 얻으려 정교를 맺고 있으니 말이지요.

* 17세기 이후 프랑스 여인은 덕성 없이 탐욕만 있고, 독일 여인은 덕성 그득한 여인으로 비교되었음

독일 부인, 독일 부인!

이 말은 대단한 매력을 지닌 말이지요!

독일 부인, 독일 부인

이들은 영원토록 변치 않고 정교를 맺고 있으니 말이에요!

독일의 딸들은 루이제와 같고^{프리드리히 빌헬름 3세 부인},

독일의 아들들은 프리드리히와 같아^{프리드리히 빌헬름 3세}.

무덤 속에서도 루이제는 나의 말을 듣는답니다!

독일 제국도 성스러이 꽃피어 오르고요![105]

   이처럼 프랑스에 대한 해방 전쟁을 승리로 이끈 독일인들의 조국애는 프로이센 왕 프리드리히 빌헬름 3세와 그의 왕후 루이제¹⁷⁷⁶⁻¹⁸¹⁰를 위해 온 국민이 꽃피어 오르는 듯한 충성을 다하겠다는 성스러운 애국심으로 표현되고 있다. 프랑스 점령으로부터 벗어나려 싸운 자유해방 전투에서 온 병사들과 국민들은 혼연일체가 되어 투쟁했으며, 프랑스 점령이 독일에 가져다준 지옥 같은 부도덕성이 독일 국민의 건전한 윤리와 도덕성 및 신념의 애국심으로 치유되고 있음을 하이네는 자랑스럽게 찬양하고 있다.

이처럼 애국심과 충성심을 함께 지녔던 하이네가 괴팅겐 대학 시절인 1815년, 예나에서 결성된 '애국 대학생 연맹 조합Burschenschaf'에서 자신도 모르게 유대교도란 종교적 이유로 제명된 적이 있었다[1829.12]. 그 충격은 하이네에게 조국애에 대한 대단히 큰 상처로 남았다. 또한 독일 조국에 대한 실망도 컸다.

그 결과 그는 그간 독일어로 시를 지은 자신의 애국정신이 무색할 정도로 자신의 조국애에 회의를 품게 되었다. 다행히도 일시적이었다지만, 1822년 4월 14일 실망스런 그의 감정은 친한 독일 친구 크리스티안 세테Sethe에게 보낸 편지에서 폭발했다. '독일어로 된 모든 것들이 나에게는 거부된다네; 유감스럽게도 자네는 독일인이지, 모든 독일어로 된 것이 나에게는 폭약처럼 작용하고 있다네. 독일어가 나의 귀를 찢고 있다네. 내가 쓴 독일어 자작시도 가끔 구역질이 난다네.'[106] 이렇게 자신이 입은 마음의 상처를 실토했던 것이다.

하지만 그에게는 독일어가 태어나서부터 모국어로 사용되었고, 그의 글은 독일어로 창작되었다. 독일어는 그의 정신과 사상이 담긴 조국애의 정체성과 일치하고 있는 것이었다. 그는 「낭만주의Die Romantik, 1820」란 글에서 '독일어란 성스러운 우리들의 재산이며' 사상을 일깨우는 '자유의 자명종'이고 '조국애 그 자체'라고 말하기도 했다.[107] 1824년 3월 7일 친구 루돌프 크리스티아니Rudolf Christiani에게 보낸 편지에서도 '나는 내가 가장 독일적인 야수임을 알고 있네. 나에게 있어 독일어란 물고기에 있어서의 물과 같음을 너무나 잘 알고 있지. 그리고 내가 물이란 생명 요소로부터 벗어날 수 없음도 잘 알고 있다네.'라 하였다. 그러면서 '나는 근본적으로 독일어를 이 세상에서 가장 사랑하며, 나의 욕망과 기쁨이 독일어에 있으며, 마치 두 개의 나의 책이 독일 노래의 문서실이 되고 있는 것처럼 나의 가슴도 독일 감정의 문서실이 되고 있다.'고 덧붙였다.[108] 이처럼 그는 독일어를 통한 자신의 애

국심을 자랑하기도 하고, 독일 시인이란 자신의 정체성을 이에 일체화시키
고 있었던 것이다. 참으로 그는 독일어에 대한 애정이 컸다.

하이네는 후일 「독일의 종교사와 철학사[1835]」에서도 국민의 신앙적 이해
를 돕기 위해 성서를 독일어로 번역한 마르틴 루터의 업적을 계몽적이며
개혁적인 애국 행위로 추앙했다. 성서의 본질을 쉽게 이해시킨 마르틴 루
터야말로 독단적 종교에 대한 이성의 도전자이며, 독일에서 '사상의 자유
Geistesfreiheit'와 '사유의 자유Denkfreiheit'를 일으켜 세운 기념비적 사상가로 칭송
했던 것이다.[109] 그에게 있어 신앙의 뿌리는 향토적 애경심에서 출발하여
범우주적 신의 사상으로 확산된 혁명적이고 계몽적인 개혁주의에 있었다.

이런 이유로 루터의 개신교 사상은 조국을 위한 단순한 낭만적 애국주의
에서 자유 민주주의적 애국 사상으로 전환한 하이네의 혁명적 사상과 맥을
같이하고 있는 것이다. 마르틴 루터 이후, 사람이 자유롭게 사유하고 표현
한다는 것은 고대 그리스나 중세 대학 강단에서 신학과 철학 사이의 진리
문제를 스콜라적 토론으로 이어 가는 토론 문화가 아니라, '공개된 시장에
서 향토적 언어로 두려움과 부끄러움 없이 자유로이 토론하는' 대중 시대의
토론 문화로 전환한 것이었다. 따라서 하이네는 '독일어로 토론하는' '사유
의 자유'와 '표현의 자유'가 '종교 개혁'을 쉽게 이끌고 합법화시키는 데 중
요한 계몽 수단이 되었다고 보았던 것이다.

하이네는 이러한 '사유의 자유'를 꽃피운 것 또한 '개신교주의'였으며, 나
아가 근대 독일 철학인 것으로 보았다.[110] 그에게 있어 루터의 '개신교주의'
는 '표현의 자유'와 '사유의 자유'를 시민적 계몽에 두었고, 또다시 헤겔 철
학과 젊은 헤겔 파들에게도 사상적 자유를 계도한 이데올로기로 발전된 것
으로 보았기 때문이다.[111] 그가 1848년 3월 혁명 이전의 정치 문학 그룹인
'젊은 독일파[1830~1850]'들과 함께 자유 민주주의적 혁명적 애국심을 호소했던

것도 바로 이러한 루터의 개신교주의에서 오는 '사유와 표현의 자유'에서 영향 받은 것이다.

하이네는 루터에서 시작된 계몽적 사상을 계몽주의 작가 레싱[1729-1781]이 또한 계승한 것으로 보고, 이들 두 사람이 독일에 있어 사상과 감정의 자유를 가장 폭넓게 계몽시킨 투쟁자라 생각했다. 이들은 독단적 종교와 완고한 종교적 전통 의식에서 벗어나 인간의 이성을 추구하고 해방시키기 위해 노력한 계몽적 사상가들이었다. 하이네는 이들에게서 인본주의적 인간의 평등사상과 자유 박애 사상의 원류를 찾았던 것이다.

루터는 성서를 번역함으로써 교조적 전통 의식에서 벗어나 기독교적 의미를 대중화시켰다. 레싱은 자신의 소박한 논리와 심성을 관통하는 위트를 통해 '성서 문자'가 지배하는 성서의 교조적 교리와 '완고한 언어 사용ein starrer Wortdienst'을 해방시켰으며, 성서의 '폭군적 문자를 해방시키는 데 일조함으로써'[112] 종교를 초월한 자유로운 신앙적 해방을 가져왔다. 그뿐만 아니라 레싱은 독일의 연극 예술에 있어서도 이탈리아와 프랑스 연극론의 지배로부터 벗어나 독일적인 연극론「함부르크 연극론」, 1767-1769을 새롭게 정립하여, 2만 명의 로마 군대를 물리친서기 9년 게르만의 영웅 아르미니우스Arminius처럼 독일의 '문학적 아르미니우스'가 되었다.[113]

하이네는 루터와 레싱 같은 사상가들을 독일이 낳은 위대한 계몽주의 사상가들로 칭송했을 뿐 아니라, 인본주의 입장에서도 이들이 민족과 종교를 초월한 시민적 애국주의자였다고 찬양했다. 왜냐하면 이들 두 사상가는 종교적 교리에 있어서나 예술론에 있어 시민적 의사소통을 편리하게 하기 위해 독단적 언어 사용을 피했기 때문이다. 독일어로 된 소박하고 간결한 문장과 정중한 위트나 유머로, 루터는 성서의 교리 내용을 대중화시켰고 레싱도 이에 일조했다.

레싱은 예술론에 있어서도 쉬운 비평문으로 보편적 독일 연극론을 정립하였기에, 그의 업적은 독일 예술을 새롭게 창설한 독보적인 애국 행위가 되지 않을 수 없었다. 더욱이 레싱은 「현자 나탄[1779]」에서 반지 우화를 통해 모든 종교에 대한 선입견을 해방시키고, 관용적인 신앙관으로 모든 종교가 동일하다는 무차별적 신앙심을 인간에게 심어 주었다. 따라서 그의 인본주의 문학은 보편적인 종교관을 갖도록 하는 신앙적 시민 교양에 큰 영향을 미쳤다. 루터와 마찬가지로 레싱의 종교관도 세계 시민적이라 할 수 있다.

특히 유대계 독일인으로 태어난 하이네로서는 레싱의 종교적 관용주의에 전적으로 공감하지 않을 수 없었다. 하이네가 1825년 개신교로 세례를 받았을 때의 느낌은 바로 이러한 레싱의 신앙적 관용성이 그의 종교적 교체에 최소한의 위로가 된 것으로 생각된다. 개신교로 세례를 받는다는 것은 기독교가 지배하고 있는 독일과 유럽에서 세례를 받은 자신의 정체성이 종교 교체를 통해 독일 시민이 되고 유럽 시민이 되었다는 세계 시민적 상징적 표식이 될 뿐만 아니라, 자신이 독일인이며 유럽인이 되었다는 자랑스러운 애국 행위의 증표가 되기 때문이다.

하이네는 자신의 「산문 메모[Prosanotizen1, 1831.5월까지의 메모]」에서 '세례 받은 쪽지는 유럽 문화에 진입하는 입장권'[114]이었다는 글을 남겼다. 즉 세례를 받음으로써 그가 독일 시민으로서 살아갈 수 있는 당당한 시민적 권리를 보장받은 것이 되었고, 유럽 시민이란 자유 시민으로서도 독일 조국에 헌신할 수 있다는, 세계 속의 조국애와 자유 시민적 애국 사상을 행동으로 보인 격이 되었기 때문에 그러했다. 그리고 자신이 이러한 사상을 갖기 위해 종교를 교체한 것 역시 '마르틴 루터에 대한 개인적 존경심과 사상과 사유의 자유를 가져온 루터의 종교 개혁에 대한 존경심에서 왔다.'고, 하이네는 그의 「독일 종교와 철학사」에서 고백하고 있다.[115]

따라서 하이네의 애국 사상은 루터나 레싱 같은 사상가들의 계몽적 자유주의 사상과 폭넓은 관용주의적 신앙관을 통해서 온 것이며, 향토적이고

낭만주의적 애국주의 사상에서 출발하여 민족과 종교를 초월한 세계 시민
적 애국 사상으로 변모한 것이다. 하지만 이러한 애국 사상의 변모는 이미
젊은 학생 시절부터 시작된 것이다.

13. 캄페 출판사와의 관계

하이네는 괴팅겐 대학 시절 1825년 6월 28일에 기독교 세례를 받고, 같은 해 7월 20일에 박사 학위를 마친 다음, 여름휴가를 보내기 위해 북해 노르데르나이Norderney로 여행을 했다. 그리고 돌아오는 길에 뤼네부르크에 잠시 머물렀다가 변호사로 일해 볼 생각으로 함부르크를 들렀다. 그러던 중 1826년 1월 초, 우연히 그는 호프만 캄페라는 서점에서 자신의 「비극」 시집「서정적 간주곡, 1823」을 구입하려 했다.

서점 주인과 하이네는 전혀 모르는 사이였다. 하이네는 서점 주인에게 "하이네의 비극"이 있느냐고 물었다. 그랬더니 서점 주인은 "있다" 하고, "하이네의 첫 번째 「시집」「젊음의 고통시들Gedichte, 1821~1822」도 있는데 사면 어떻겠냐고 물었다." 이에 하이네가 "그 시집은 싫다." 하면서 "나는 그 시집을 무시한다."고 대답하였다. 그러자 서점 주인이 "어째서 그 시집을 무시하느냐?"고 나무라면서 묻자, 그는 "여보시오, 내가 그것을 썼기 때문에 그 시집을 내가 더 잘 안답니다!" 하고 대답하였던 것이다.

그제야 서점 주인 율리우스 캄페는 젊은 고객이 하이네임을 알아채고 껄 껄 웃으며 말했다. "젊은 박사님, 이제 당신이 다시 이러한 가치 없다고 생각되는 시집을 생산하게 되거나 이를 출판해 줄 출판사를 찾지 못하게 된다면 나에게 그 원고를 가져오시오. 나는 그 시집 원고를 명예롭게 생각하고 나의 회사에서 출판해 주겠소."[116]

바로 이 만남의 인연으로 하이네는 캄페를 알게 되었고, 「하르츠 기행」 원고를 캄페 출판사에 부탁했다. 그것은 베를린의 한 출판사^{동반자, Gesellschafter}에서 1년 이상 묵혀 있었고 라이프치히의 브록하우스 출판사에서 출판하려 했으나, 그곳에서도 받아들여지지 않은 원고였다. 그로부터 4개월 만에 그 원고는 「여행 풍경^{Reisebilder}」이란 제목의 제1권^{「귀향」, 「하르츠 기행」, 「북해1부」}에 포함되어 첫판 1,500부를 발간하게 되었다^{1826.5월 중순}. 그리고 「여행 풍경」 제2권^{「북해2, 3부」, 1827}과 「이념, 러 그랑의 책^{Ideen, Das Buch le Grand, 1827}」 및 「노래의 책^{Buch der Lieder, 1827}」 등을 캄페 출판사가 계속 발간해 주었다. 그럼으로써 그들 간에는 하이네가 죽기까지 30년간의 상호 관계가 시작된 것이다.

이들 간의 선풍적인 협력 관계에도 검열과 금전 관계에서 온 갈등의 어려움들은 있었다. 그러나 하이네에게 있어서 캄페 외의 좋은 출판사가 없었고, 캄페에게 있어서도 하이네 이외의 빛나는 스타가 없었다.

여기서 율리우스 캄페^{Julius Campe, 1792~1867}를 잠시 소개해 보면, 그는 당시¹⁸²⁶ 34세 나이로 작은 체구에 완벽하고 현명하며 재능과 용기를 갖춘 열정적인 출판인이었다. 특수하고 비판적인 문학을 출판하는 데는 주저함이 없었고 자유주의적이었다. 하지만 작가들보다는 덜했다. 그의 출판 사업은 결코 이상주의에서 출발한 것은 아니었다. 물론 모험적이며 상업적인 면도 있었다.

본래 '캄페 출판사'는 계몽주의 시대의 중요한 개혁주의 교육가이며 "젊은 이 로빈슨¹⁷⁷⁹"이란 대중적 소설 작가였던 율리우스 캄페의 삼촌 요하임 하인리히 캄페^{Joachim Heinrich Campe, 1746~1818}가 운영해 왔다. 율리우스 캄페는 13세의 어린 나이로 이복형제 아우구스트 캄페로부터 서점상에 대한 이론을 배우고, 그런 다음 1823년에 호프만 캄페 출판사를 물려받았다. 그는 1634년부터 설립되어 오랜 전통을 이어 온 이 출판사에 새로운 현대적 프로필을 보여 주기 위해 열성과 재능을 다했다. 그리고 새로운 정치적 문학을 출판하게 된 최초의 출판사가 되었던 것이다.'

'캄페는 해방 전쟁 당시에는 게릴라전을 하던 뤼츠코브^{Luetzkow} 지역의 의용병에도 참여한 바 있었고, 검열과도 투쟁을 하면서 몇 년 안에 독일어로 된 문학적 비평 서적들을 출간하는 가장 중요한 출판사를 만든 것이다. 그렇기에 거의 중요한 젊은 작가들인- 칼 구츠코브와 호프만 폰 팔라스레벤, 프란츠 딩겔슈테트, 칼 임머만, 루드비히 뵈르네, 게오르 베르스, 루돌프 비엔바르그, 아돌프 그라쓰브렌너, 루돌프 고트샬 및 프리드리히 헵벨- 등의 책들이 이곳에서 출판된 것이다. 하지만 출판사의 기함^{Flaggschiff}은 역시 하이네였다.'[117]

이들 작가들이 주로 해방 전쟁 당시 애국주의 작가들 아니면 자유민주주의를 추구한 '젊은 독일파'의 진보적 작가들이었기 때문에 관련 당국이나 정부로부터의 검열과 감시도 심했다. 그러나 캄페는 이러한 검열에 굽히지 않고 지혜롭게 출판을 해냄으로써 작가들의 마음을 샀다. 때로는 정확한 인세 지불이나 출간 일정을 맞추지 못해 작가들과의 갈등도 있었고, 때로는 미리 집필에 대한 인세를 선불해 주기도 했기에 이들 간에는 원망과 애정이 함께했다.

그 예로 하이네의 「여행 풍경」 제2권이 집필되었을 때는 대금을 선불해 줘 고맙기는 했으나 작가가 집필에 쫓기게 되었다. 또 하이네가 파리 망명 생활에서 병고에 시달릴 때는 전집 출간을 위한 부분 개작과 보완 작업에 사례금도 주었으나, 하이네의 생활비에는 크게 보탬이 되지 못한 원망도 있었다. 그런 까닭에 하이네는 캄페에게 보낸 편지에서 그에게 감사의 마음을 표시하면서도 부족함을 호소했던 것이다. '나는 당신이 사랑스런 마음으로 나를 잘 돌봐 주고 있음을 알고 있습니다. 하지만 당신의 사랑스런 마음씨의 길이 나의 호주머니 사정에 이르기까지는 너무나 멀리 있군요 (1847.6.20) '118

하지만 하이네는 캄페 출판사가 자신의 초기 시집들을 적극적으로 지원하여 출판해 줌으로써 자신이 세계적인 서정 시인으로 유명해진 것에 대한 고마움을 늘 잊지 않았다. 그리고 그 같은 결과를 가져온 것은 시인 자신과 출판사 간의 문학적 부부 관계가 잘 이루어져 왔기 때문이었다.

1827년 초기 시들을 모아 「노래의 책」이란 제목으로 새로운 시집을 출간하였을 때, 캄페도 이 시집이 기념비적인 책이 될지는 모르고 있었다. 그런데 이 「노래의 책」은 하이네를 세계적인 서정 시인으로 만든 기본적인 텍스트가 되었다. 서정적인 젊은 인생을 담은 이 시집은 하이네가 죽기까지 13판이나 출간되었고, 캄페 출판사의 판권이 소멸될 때까지 50판 이상 출간되었다. 그뿐 아니라 그 후에도 무수한 재판이 이루어져서, 이 수많은 「노래의 책」의 재판을 회상하기 위한 화려한 기념비가 함부르크에 세워지기도 한 것이다. 또한 수많은 중요한 작곡가들이 그의 시를 음악으로 만들었던 것이다.

'프란츠 슈베르트나 로베르트 슈만, 요하네스 브람스, 펠릭스 멘델스존, 바르티홀디, 프란츠 리스트와 리하르트 바그너 등도 독일 노래가 꽃피던 시절에 하이네의 시구를 음악화시키지 않았더라면 자신들이 중요한 작곡가가 되지 못했을 것이라 했다. 「음악 속의 하이네」란 책을 쓴 귄터 메츠너G. Metzner의 목록에 의하면 거의 일만 번에 가까울 정도로 하이네 시가 음악화되었고, 하이네 시 가운데 '너는 하나의 꽃과 같구나' 하는 서정시만 갖고도 388번이나 음악화되었다.' 따라서 '독일 노래들의 조화로운 음조는 「노래의 책」의 마술적 음색과 함께 속삭여졌던 것이며…… 「노래의 책」은 괴테와 실러의 시를 제외한 금세기에 있어서의 가장 위대한 대중성을 얻는 데 성공

한 시집이 된 것이다.'[119]

즉 하이네의 「노래의 책」은 서정적 노래로 애창되는 대중화에 선풍적인 성공을 거두었던 것이다. 비록 하이네의「하르츠 기행」같은 산문들이 사회 정치적 풍자를 함으로써 '정치적 산문'이 되었다는 비판도 있었으나, 「노래의 책」은 음색과 조음으로 애창되어 「하르츠 기행」과 같은 산문과 「노래의 책」같은 시집의 관계는 '이곳에선 논쟁이[Polemik] 저곳에선 노래[Gesang]!'가 불린다는 시각도 생겼다.[120]

하지만 하이네는 이러한 구분에 개의치 않고 기행문의 일환으로 발표한 「여행 풍경」[하르츠 기행, 1824][북해, 1827] 등에서 '논쟁'과 '노래'를 모두 통합한 비판적이고 반추적인 산문으로 기술하고 있었다. 다만 사회 정치적 종교적 풍자의 음색이 내재적으로 강했기에 이들 「여행 풍경」이 검열의 대상이 되었던 것이다. 그 결과 1827년 4월 12일에는 프로이센의 지배 아래에 있는 라인 지방에서는 「여행 풍경」 제2권[북해2, 3부]이 금서가 되었다. 이것은 괴팅겐에서 있었던 「여행 풍경」 제1권인 「하르츠 기행」에 이어 다음으로 강화된 금서 조치가 되었다.

그러나 하이네와 캄페 출판사는 이러한 검열에서 오는 어려움들과 여타 문제들을 조심성 있게 극복해 냈고, 그들 간의 협력 관계는 하이네가 죽기까지 잘 이루어졌다. 두 사람 사이의 상호 의존 관계가 제대로 이루어지지 못했더라면 하이네가 세계적인 명성을 얻는 데 장애가 많았을 것이다. 그러므로 이들 두 사람은, 처음부터 시인 자신이 유명해진 것에 대해 출판인에게 감사해야 했으며, 출판인도 자신의 출판사가 성공했다는 사실에 시인에게 감사하면서 자신이 시인을 위해 헌신적인 노력을 다하고 있음을 고백하고 있는 것이다. 이는 두 사람 간의 편지에서 잘 드러나고 있다.

먼저 하이네가 캄페에게 보낸 편지를 소개하면 이렇다.[1827.12.1]

'내가 이미 이렇게 유명해져 있다는 사실에 대해 나도 믿기가 어렵답니다. 이에 대해 나는 우리 두 사람에게 감사해야만 하겠는데: 이는 나 자신 하인리히 하이네와 율리우스 캄페이지요. 두 사람은 역시 서로 한 몸이 되어야만 하겠어요. 적어도 보다 낫게 개선하고자 하는 시도나 이윤을 추구하려는 시도에서 나 자신 쉽게 변하지는 않을 것입니다. 생각건대 우리는 늙어서도 함께할 것이고 언제나 서로를 잘 이해하게 될 것입니다.'[121]

이처럼 하이네는 캄페에 대해 만족하고 있었다. 캄페 역시도 하이네에게 보낸 편지에서 그들의 관계를 위해 최선을 다하고 있음을 고백했다[1827.12.26. 캄페가 하이네에게 전한 편지].

'나는 사람들이 당신을 존경하고 있다는 사실을 믿고 싶습니다. 그리고 사람들이 당신의 작품들을 사야겠다는 절박함[필연성]을 알고 있을까? 하는 생각도 해 보았지만 알고 있다고 믿고 있습니다. 나는 이러한 일이 성취된 것으로 봅니다. ······' 그리고 '25년간 서적상에만 몰두하면서 하이네를 위해 타인에게는 하지 못한 공을 다 들여 온 이 분야의 해박한 사업인 중의 한 친구랍니다! 사랑하는 하이네 씨, 당신은 내가 당신을 나의 인형으로 관찰하고 있는 것으로 알고 있었겠지요. 하지만 당신 때문에 내가 얼마나 많은 시간을 희생하고 있는지는 누구도 판단하지 못할 것입니다. 당신마저 나를 방해하고 있었다 할지라도 나는 중단 없이 당신을 위해 희생했답니다. 비록 내가 당신 때문에 일어나는 일이나 작업 때문에 일을 더 이상 하지 말아야 하겠다고 화가 났다 할지라도 말입니다.'[122]

이 정도로 캄페는 하이네의 성공을 위해 정신적으로나 물질적으로 갈등이 있었다 할지라도 모든 희생을 다한 출판인의 결연한 태도를 보였던 것이다. 바로 이러한 서로간의 의존 관계가 세계적인 시인을 낳는 바탕이 되었던 것이다. 또한 이러한 인연으로 오늘날까지 캄페 출판사에서 하이네에 관한 문헌들이 간행되고 있음을 우리는 잘 알고 있다.

14. 교회, 성직자, 귀족에 대한 비판

- 「여행 풍경 1/2」, 「북해」, 「이념, 러 그랑의 책」 및 「도시 루카」 중심으로 -

이처럼 하이네와 캄페 간의 신뢰는 쌓여 갔으나, 불행히도 「여행 풍경」 제 2권^{「북해2. 3부」와 「이념, 러 그랑의 책」}이 발간되자¹⁸²⁶ 라인 지방에서 검열이 시작되고 금서 조치가 내려졌다^{1827.4.12}. 그 이유로는 「여행 풍경」 제2권에서 하이네는 바다의 전함처럼 '교회나 귀족 및 검열'에 대한 공개적인 비판적 포문을 열었기 때문이다.[123] 그리고 교육 제도나 절대주의 및 여타 성스러운 것들에 대한 비판도 풍자적 위트로 더했고, 특히 「여행 풍경」에 수록된 「이념, 러 그랑의 책¹⁸²⁶」에서는 '나폴레옹과 프랑스 혁명'에 관한 세계사적 관심까지 불러일으키며 조용한 독일에 혁명적 소동을 자극했기 때문이다^(1827.1.10. 프리드 리히 메르켈에 보낸 편지) [124]

금서 조치는 하노버 지역과 오스트리아, 멕클렌부르크, 프로이센에서도 시도되었으나 실제로는 이행되지 않았고 라인 지방에서만 실행되었다. 그런데 공교롭게도 「여행 풍경」 제2권이 발간되고 금서가 된 1827년 4월 12일에, 하이네는 자신의 책에 대한 일반적인 반응을 외지에서 관찰하고 혹시 있을 수 있는 논박과 보복을 피하려 4개월간의 영국 여행을 떠났다.

이 책에 대해 여러 언론 매체에서 평가를 내렸다. 대체적으로 '코믹하고 익살스러운 면에서 분명한 발전'이 있고 '대담하고 고상한' 글이었다고 평해졌던 것이다[^1830.4.14. 〈라이프치히 문학 신문Leipziger Literatur Zeitung Nr. 89〉]. 그런데 「여행 풍경」은 '대중적인 인기가 높았음에도 불구하고 책의 판매 부수에 있어서는 절대적인 베스트셀러는 못 되었다.'[125] 그렇다고 증쇄가 없었던 것은 아니다.

「여행 풍경」제2권 가운데 「북해3」 산문에서는 처음으로 정치적 상황을 고려해서 인간 해방의 발전을 저해하는 제도적 사회 문제를 언급하여 독자의 관심을 끌었다. 특히 민주주의의 기본권에 해당되는 사상의 자유가 제한되거나 귀족 계층에 의한 평등이 제한되는 부분을 거론함으로써 당시 복고주의적 국가 제도에 대한 비판을 시도했던 것이다.

하이네는 「북해3」에서 이러한 생각들을 파도가 넘실거리는 바다를 자유의 물결로 상상하고, 서민적 삶을 영위하는 섬사람들을 평등한 국민들로 상정하면서 자신의 비판 의식을 농축시켰다. 본래 섬에 거주하는 주민들이란 어부들이나 뱃사람들로 고독하게 살면서 비슷한 낮은 정신 상태와 생활 환경 속에서 유사한 체험과 기억들을 지니고 사는 사람들이다. 그들 대부분은 평등한 생각과 평등한 감정을 지닌 보통 국민들처럼 단조로운 생활 관습에 젖어 있다. 그런데 이러한 그들의 생활 관습이 중세부터 지배해 온 교회 의식에 구속되어 무의식중에도 지배되고 있음을 알고, 그는 당시의 교회와 성직자들을 비판하기에 이른다.

하이네의 비판을 소개하면 다음과 같다.

'모르면 몰라도 중세 시대에 있어 로마 기독교회는 이러한 국민 생활 의식 상태를 전 유럽의 단체 조합으로 확립하려 했을지도 모른다. 그래서 모든 인간들의 생활 관계나 모든 힘들, 나타나는 모든 현상들과 육체적 도덕적인 모든 인간들을 교회의 후견인적 보호 아래 두려 했던 것이다. 이러한 교회의 보호를 통해 사람들은 평온한 행복을 확립하고 생활도 따뜻한 마음으로 꽃피웠고, 예술도 조용히 싹터 오르는 꽃들처럼 우리가 지금 감탄하게 되었으며 성급한 지식으로는 모방할 수 없는 성스러운 예술들을 발전시켰던 것이다. 이러한 사실들은 부정할 수 없는 일이다.

그러나 (인간) 정신이란 그들의 영원한 권리를 갖고 있는 것이다. 어떠한 법조문으로도 제한할 수 없는 것이고 교회의 종소리로도 잠재울 수 없는 것이다; 정신은 그들의 감옥을 파괴했고 그들의 교회 본당으로 이끄는 쇠사슬도 끊었다. 그리고 정신은 해방이란 도취 속에서 전 세계를 사냥하고 산의 최고봉에 올랐으며 과격할 정도로 흥분하고 개벽의 날에 대한 경이로움에 몰두하면서 밤의 별들을 세고 있는 것이다.

하지만 우리는 아직도 별들의 수를 알지 못하고 있다. 개벽의 날에 대한 경이로움의 수수께끼도 풀지 못하고 있으며, 우리들 영혼 속에 있는 옛 의혹들은 더욱 강렬해지고 있다. – 그렇다고 지금의 행복이란 것이 옛날보다 더해졌을까? 이러한 물음에 관해서는 우리가 쉽게 긍정할 수도 없음을 알고 있다; 그러나 우리는 역시 거짓말에 대해 감사하고 있는 행복이란 것이 참된 행복이 아니라는 사실을 알고 있다. 또한 마비된 맹신으로 취생몽사해 지내 온 오랜 세월 속에서보다는 고차원적인 정신적 품위나 유사한 신들을 믿는 상태의 개별적인 파괴된 순간들 속에서 오히려 행복을 더 많이 느끼고 있음을 우리는 알고 있다. 여하튼 교회의 지배는 가장 나쁜 억압 방법이었다.'

그뿐만 아니라 '로마는 언제나 지배하려 했다. 그리고 로마 군단이 침입한 지역에는 독단적 교의를 송신하고 있었다. 그리고 로마는 라틴계 세계의 한 중심에서 커다란 왕거미처럼 군림하면서 끝없는 그물망을 덮었던 것이다. 그리고 그물망 아래서 민족들은 세대를 거듭하며 조용한 인생을 영위했고, 그들은 로마의 그물망을 가까이 덮여 있는 하늘로 생각하고 있었던 것이다.'[126]

바로 이러한 상태에서 중세의 평범한 국민들은 기독교적 정신에 묶여 표면적으로는 평온한 삶을 영위하고 있는 것으로 보였다. 하지만 하이네는 그들이 이러한 그물망을 천상의 세계로 보고 살았음을 풍자했던 것이다.

귀족들에 대한 비판도 이러한 풍자로 가해지고 있다.

'귀족들의 망상은 젊은 사람들이나 늙은 사람들에 있어서도 마찬가지였다. 자신들을 세계의 꽃처럼 생각하고 다른 사람들은 잡초처럼 생각하고 있었다. 이러한 것은 어리석은 행동이다: 조상들의 공덕으로 자신들의 보잘것없는 가치를 은폐하려 하고 있으니 말이다; 영주 귀족들이 뚜쟁이나 아부꾼들 그리고 비슷한 악당들이 귀족이 되려 충성하는 것은 존경하며 참되게 충복하는 도덕적인 하인들을 존경하는 일이 드물다는 사실도 최소한 생각할 문제다. 이러한 공덕에 대한 문제는 무지를 말하는 것이다.'[127]

바로 이러한 비판을 「북해[1826]」 기행문에서 귀족들에게 던지고 있었기 때문에, 영주들은 이 작품을 비판적인 책으로 간주하고 금서 조치하려 한 것이다. 물론 기독교와 귀족들에 대한 비판은 이곳에서만 표현된 것은 아니다. 다른 작품에서도 언급되고 있었다. 그러나 그것들은 자유와 평등, 사랑과 진실에 관한 자신의 생각을 대변하는 과정에서 파생된 단편적인 것이기에 간헐적인 비판이라 하겠다.

그런데 기독교에 대한 비판적 풍자는 「이념, 러 그랑의 책」에서도 유대인과 회교도들까지 모두 포괄적으로 비판하는 가운데 함께 조롱의 대상으로 풍자되고 있다.

흔히 종교에서 '지옥'이라 불리는 곳은 세상에서 저주받은 인간들이 구원받지 못하고 가는 곳이라 생각된다. 그런데 「이념, 러 그랑의 책」에서는 저주받은 인간들이 '지옥' 속의 악마들에 의해 부엌에서 불에 구워지고 있는 웃지 못할 대상으로 첫 장부터 조롱된다. 이처럼 비판의 장소가 '커다란 시민적 부엌'으로 풍자되고 있는 것이다. 참으로 익살스러운 장면이다. 부엌의 기다란 난로 위에는 솥들이 세 줄로 놓여 있다. 그 솥에서 저주받은 인간들이 태워지고 있다. 지옥의 악마들에 의해서 기독교적 죄인들과 세례를 거부하는 유대인들, 그리고 이교도들이 구워지고 있다.

그런데 그들 가운데 기독교가 함께 조롱거리로 희생되고 있는 장면이 언급됨으로써 기독교에 대한 비판도 함께 있음을 암시한다. 그러나 여기서의 비판은 종교에 대한 비판이 아니다. 지옥에서 고통 받고 있는 죄인들의 고통을 작가 자신의 고통으로 비유하기 위한 상황적 인식을 풍자한 것에 불과하다.

지옥 속 고통의 장면을 소개하면 다음과 같다.

'첫 번째 대열의 솥에는 기독교적 죄인들이 앉아 있었다. 이러한 일을 믿어야만 할 일인지! 이들의 수는 적지 않았다. 그리고 악마들은 그들 가운데서 불꽃을 지피는 특수한 일을 하고 있었다. 다른 대열의 솥에는 유대인들이 앉아 있었다. 그들은 계속 소리를 지르며 악마들로부터 야유를 받고 있었다. 야유는 마치 헐떡거리는 한 뚱뚱보 전당포쟁이가 이루 말할 수 없는 불꽃의 열기에 비탄하는 소리만큼이나 큰 소리로 조롱되고 있었으며, 한 악마는 몇 개의 물통에 든 찬물을 전당포쟁이의 머리에 퍼부으면서 물의 세례가 참된 신선함을 주는 선행임을 그가 알도록 조롱조의 야유를 퍼붓고 있는 것이었다. 세 번째 대열의 솥에는 유대인들처럼 이교도Heiden들이 앉아 있었다. 그들은 영생의 행복에는 관여할 수도 없고 영원토록 불태워져야만 할 사람들이었다.

그런데 한 억센 악마가 솥 밑에 새로운 석탄을 부어 넣고 가열시키려 하자 이교도 중의 한 사람이 솥 속에서 불만스럽게 외치는 소리를 나는 들었다: "나에게 해를 입히지 마시오, 나는 죽은 자들 가운데 가장 현명한 소크라테스랍니다. 나는 진리와 정의를 가르쳤고 덕성을 위해 나의 생명을 희생한 사람이랍니다." 그러나 억센 악마는 자신의 일을 중지함이 없이 으르렁대며 말하기를: "아이 뭐라고! 모든 이교도들은 불태워져야만 해. 한 사람 때문에 예외를 둘 수는 없어." ……

나는 확신컨대 이러한 (지옥) 상황은 견딜 수 없는 뜨거운 열기였답니다. 말할 수 없는 외침들이나 탄식들, 한숨들, 울부짖는 소리와 쓰디쓴 소리들의 소용돌이였지요. ─ 그리고 이러한 모든 무서운 소리들을 통해 나는 울지 못한 눈물의 운명적인 노래 멜로디를 엿들을 수 있었답니다.'[128]

여기서 '울지 못한 눈물Ungeweinten Traenen의 운명적인 노래 멜로디'란 작가 자신이 젊어서 사랑한 사촌 여동생 아말리에와 테레제와의 애정에서 온 실연의 눈물이었고, 이에 따른 사랑의 고통을 상징한 우울한 노래를 말한다.

그런데 하이네는 「이념, 러 그랑의 책」의 서두에서 '사랑과 우정의 표시로서 이 책을 에벨리나Evelina에게 바친다.'고 썼다.[129] 에벨리나는 본래 나폴레옹 군대의 북 치는 고수장이 사랑했던 연인이었다. 하지만 여기서는 하이네가 사랑한 아말리에와 테레제를 연상한 허구적인 여성인 동시에, 그가 1823년 베를린에서 알게 된 미모의 부인 프리드리케 로베르트로 지목된다. 그녀는 유명한 베를린 살롱계의 여인 라헬 파른하겐Rahel Varnhagen, 1771-1833의 동생 루드비히 로베르트의 부인으로, 1822년 7월 18일에 결혼했다. 하이네보다는 두 살 위였고, 남편과는 17세 차이가 나는 젊은 여성이었다.[130]

하지만 그녀에 대한 하이네의 연정도 아말리에와 테레제에 대한 실연의 연장선상에 있었다. 그래서 하이네는 애정의 실연에서 오는 고통을 지옥의 고통으로 비유하고 「이념, 러 그랑의 책」을 에벨리나에게 바친다고 했던 것이다. 그리고 작품 첫 장에서부터 익명을 요하는 '마담'에게 자신의 고통을 지옥의 고통으로 풍자하면서 익살스럽게 고백했던 것이다.

특히 기독교 세례를 거부한 '유대인'에 대한 악마의 야유는 자신이 기독교로의 개종 세례를 받은 후 자신이 택한 개종 행위에 대한 심리적 고뇌를 풍자했던 것이다. 그리고 '이교도들'가운데 한 사람이 자신은 도덕론을 위해 생명을 바친 소크라테스인데 왜 이러한 나에게 고통을 주느냐고 외친 대목은 소크라테스가 젊은이를 유혹하고 그리스의 모든 신들을 부정하여 기원전 399년에 사형선고를 받아 희생된 것을 희화한 것이다. 결국 신들의 세계를 모독한 모든 종교의 저주받을 인간들을 지옥을 통해 해학적으로 비판했던 것이다. 이에 기독교의 죄인까지 함께 조롱한 것이다. 더불어 사랑의 실연에서 온 고통을 종교적 지옥의 고통으로 풍자한 것이다.

'지옥'은 '아픔의 외침이나 탄식, 한숨, 울부짖음의 소용돌이'로 가득했으며, 이들의 무서운 소리들은 실연에서 오는 '울지 못한 눈물'들을 머금고 호소하는 '운명적인 노래의 멜로디'로 들렸던 것이다. 그리고 이러한 지옥의 고통들이 실연의 고통에서 왔든 종교적 고통에서 왔든, 고통의 본질은 동질적인 것임을 작가는 암시하고 있다.

그런데 하이네가 이곳에서 실연의 고통을 지옥의 고통으로 풍자한 것은 1장 서두에서 언급되는 '옛 작품'이란 것에서 동기를 찾고 있다. 여기서의 '옛 작품'이란 아돌프 뮐네르Adolf Muellner, 1774-1829의 희곡 작품인 「죄Die Schuld, 1816」와 연관된다.

이 작품은 하이네의 사촌 누이동생 아말리에가 자신이 가장 좋아하는 책이라면서 자신을 사랑했던 하이네에게 애정의 표시로 선물한 책이다. 그리고 불행하게 끝난 애정의 소재를 담은 작품이었기에 하이네의 아말리에에 대한 실연의 상징물도 되었다. 사랑할 수 없는 연인을 사랑함으로써 빚어지는 사랑의 범죄적 비극과 고통을 종교적 의미에 있어 죄로부터의 자성과 구원의 세계로 이어지는 지옥의 고통 세계로 풍자한 것이다. 그래서 작가는 1장 서두에서 익명의 연인 '마담'에게 '당신은 우울한 비극적 운명극 "옛 작품"을 아시나요.' 하고 묻는다.[131] 여기서 '옛 작품'이란 근친상간의 사랑에서 빚어진 비극 소포클레스의 「오이디푸스기원전 406」와 실러의 「메시나 신부1803」의 비극적 운명극을 참고한 뮐네르의 「죄1816」이다.

「죄」는 주인공 후고Hugo 백작과 그의 부인 엘비레Elvire 그리고 엘비레의 전남편인 카를로스Carlos와의 삼각관계에서 오는 비극적 운명을 소재로 하고 있다. 엘비레는 전남편 카를로스가 사냥터에서 사망하여 과부가 되었다. 그리고 카를로스의 형제 같은 친구 후고가 그녀를 사랑함으로써 그와 결혼한다. 하지만 전남편이 사망하게 된 이유를 알고 보니 후고가 엘비레를 차지하려는 음모에서 그를 살해하였음이 밝혀진다. 이에 엘비레는 남편 후고를 살해하고 스스로도 자결하는 비극적 운명을 맞이한다.

바로 이러한 비극적 작품 「죄」에서 끝막에 삽입되어 있던 음악곡이 또한 '울지 못한 눈물의 운명적인 노래 멜로디'였다. 따라서 이 멜로디는 사랑의 고통을 상징한 노래인 것이다. 그리고 이러한 불행한 범죄적 사랑의 비극에서 빚어진 인간의 비극적 고통을 '지옥'이란 세계를 통해 풍자했던 것이다. 그런데 이러한 고통의 '지옥' 세계에 기독교를 풍자의 대상으로 덧붙인 것은 교회에 대한 비판을 간접적으로나마 시사하기 위해서였다.

「이념, 러 그랑의 책」에서 이러한 사랑의 비극적 고통이 '지옥'이란 고통으로 풍자되었던 또 다른 이유가 있다면, 당시 하이네가 영웅으로 추앙했던 나폴레옹이 워털루 전투에서 패한 후 세인트헬레나로 유배되었던 비극적 결과와 아말리에와 테레제에 대한 자신의 실연, 그리고 루드비히 로베르트와 결혼한 프리드리케에벨리나에 대한 연정의 고통이 일시에 몰아닥쳐 와

그의 심정이 참담한 상태였기 때문이다. 이 모든 고통이 작품에서 지옥의
고통으로 풍자되었던 것이다.

그러나 하이네가 고통의 세계를 종교적 의미에 있어서의 '지옥' 세계로
풍자했다고 해서 종교의 성스러움을 부정한 것은 아니다. 그는 후일 「겨울
동화[1844]」에서 로마 가톨릭교회를 '정신적 감옥'으로 비판한 적도 있고, 이
탈리아로의 「여행 풍경」 제4권에 실린 「도시 루카[1829-1830]」에서는 귀족과 성
직자들에 대한 예리한 비판을 가해 프로이센 정부로부터 금서 조치를 받은
적도 있었다[1831.4]. 하지만 종교에 대한 인간의 기본적 태도로서 종교의 신성
함을 부정한 적은 없다. 어느 개인이나 국가 제도가 종교성을 그릇되게 이
해하고 이념적으로 그릇되게 독점 관리함으로써 생기는 오류만을 풍자적
으로 지적했던 것이다. 그는 이러한 점을 「도시 루카」에서 다음처럼 말하고
있다.
'…… 나는 모든 종교의 내면적 성스러움을 존경하고 있다. …… 나는 신
의 성스러움을 믿고 있다. …… 나는 (교회의) 제단을 증오하는 것이 아니
고 오랜 제단들의 부스러기 밑에서 숨어 기다리고 있는 뱀들을 증오한다;
…… 그리고 나는 국가와 종교의 친구이지만 국가 종교라 불리는 조롱조의
피조물인 기형아를 증오한다. 이 조롱조의 피조물은 세속적인 권력과 정신
적인 권력 간의 정사에서 발생했기 때문이다.'[132] 즉 국가가 종교를 독점 관
리함으로써 사람들에게 종교를 개종시키거나 신앙을 강요하는 오류를 가
져오는 '국가 종교'에 대해 진실을 기본으로 하는 참된 종교를 강조했던 것
이다. 그래서 그는 '종교들이 국가 권력과 상호 호혜적인 관심 공동체를 이
루는 데 있어 독점적인 입장만 취하지 않는다면, 종교들은 성스럽고 존경
할 가치가 있는 것으로 본다.'고 했다.[133]
이 점은 루카에서 그가 체험한 기독교에 대한 인상에서 분명해진다. 처음

방문[128]했을 때 받은 인상은 1830년 전후의 독일의 국가 종교를 상상한 나머지 '거리를 행진하는 성직자와 신부들, 촛불을 든 사람들이나 대주교의 행렬이 유령 같은 가장무도회나 생생한 죽음 축제'로 느껴졌다.[134] 하지만 두 번째 방문[1829]에서는 비교적 자유분방한 이탈리아인들의 본원적 진면목에서 무엇인가 진실한 이탈리아 가톨릭교회에 대한 희망을 엿보았다. 그것은 역시 이탈리아의 자연과 이탈리아인들의 명랑한 성격에서 비롯된 것으로 추정된다.

하이네는 루카 여행에서 약속한 대로 프란체스카와 마틸데[후일 부인이 됨] 등과 만난다. 그리고 자연과 도시 교회를 순례하면서 이탈리아인들과 성직자들의 모습을 관찰한다. 그가 받은 인상이란 '독일 사람들은 정중하고 생각이 깊으며 참을성이 있는 데 반해, 이곳에 사는 이탈리아 민족은 열정적이었다.'[135] 그것은 자연환경이 인간에게 미친 영향에서 온 것은 아닐까 하며, 하이네는 신비적 자연 철학의 관점에서 그 곳 성직자들의 인상을 관찰했다.

그런데 거리를 누비고 있는 성직자들의 행렬에서 받은 첫인상이란 검은 사제복 속에 감춰진 그들의 얼굴 모습이 모두 질병이나 고통을 안고 있는 증후들로 보였다. 지나치게 말하자면 '병이 든 사람이나 무릎 통풍, 실망한 명예심이나 골수 질환, 후회스러움이나 치질, 친구들로부터 배신을 당했거나 적으로부터 모함을 받은 마음의 상처들, 자신들의 죄로부터 생긴 마음의 상처들이었으며' …… '이들 모두가 …… 성직자들이 걸치고 다니는 거친 사제복 속에 자리를 차지하고 있음을 알았다. 오! 이는 시인이 자신의 고통 속에서 외치기를 "인생은 하나의 병이며 온 세상은 하나의 라자로의 병동이구나."라고 말한 것이 지나침이 없다는' 인상을 받았던 것이다.[136]

하지만 이러한 인상은 어느 어두운 날에 가톨릭교회를 보게 된 첫 번째

인상이었다. 밝은 날에 있어서의 가톨릭교회에 대한 인상은 이와는 달라, 슬픈 그림자들을 모두 쫓아내고 있었다. 그것은 역시 이탈리아의 자연에서 오는 신선한 향기처럼 명랑한 인간 모습과 경건한 교회의 모습으로 다가왔기 때문이다. 하이네는 이런 희망적인 모습을 이탈리아 출신 연인 프란체스카를 저녁 교회 예배에서 만난 뒤, 마틸데가 머물고 있는 호텔로 향해 걸어가는 순간부터 가톨릭교회에 대한 경건한 진면목을 체험했다.

'하늘 위에는 구름 사이로 넓고 밝은 푸른 공간이 나타나고 그곳엔 마치 에메랄드 색깔의 바다 위에 떠가는 은색의 곤돌라처럼 반달이 떠 있었다.' …… '그녀의 발걸음은 보통 때는 명랑했으나 지금은 교회 분위기에 젖어 가톨릭처럼 무거우며 장엄한 교회의 파이프 오르간 박자에 따라 움직이고 있는 것이었다. 그리고 전날 밤에는 죄를 짓는 듯한 발걸음이었으나 오늘의 그녀 발걸음은 종교의 걸음걸이였다. 걷는 도중 성스러운 모습 앞에서는 머리와 가슴에 십자가를 긋는 것이었다;'[137] ……

'그러나 가슴에 황금 칼을 안고 머리 위에 쓴 등불 왕관에서 불빛을 내며 슬픔에 잠긴 성모 마리아의 대리석 석상이 서 있는 성 미하엘 교회를 우리가 지나올 때는 가냘픈 프란체스카가 나의 목을 얼싸안고 키스를 하는 것이었다. 그리고 속삭이기를: "세례 받지 않은 삭발 성직자님이시여, 귀하신 성직자님이시여Cecco, Cecco, caro Cecco! Abbate Cecco!" 하는 것이었다. 나는 조용히 그녀의 키스를 받아들였다. 물론 나는 그녀가 로마 가톨릭교회의 봉사자나 볼로냐 성직자에게 하는 식으로 생각되는 키스로 알고 있었지만 말이다. 신교도로서의 나는 나에게 이러한 가톨릭 정신의 착한 마음이 베풀어 주는 것을 받아들이기에는 양심이 허락되지 않았다. 그리고 나는 그 순간 프란체스카의 경건한 키스에 세속화되고 말았던 것이다.' ……

하지만 '이날 밤만은 프란체스카가 자기 영혼의 행복을 기원하기 위해 무릎을 꿇고 기도를 올리기로 결심한 듯했다.' 그리고 그녀와 함께 걷는 순간,

'나는 내가 조금씩 한 예수회 수도자가 된 기분이었으며 …… 결국은 내가 나 자신 오늘 하룻밤만을 위해서라도 가톨릭 교인이 되겠다고 간청하고 싶은 기분이었다.'[138]

하이네는 이때 무거운 가톨릭을 기쁘고 경쾌하게 이해할 수 있는 신앙적인 매력을 느꼈던 것이다. 그것은 프란체스카가 교회에서 성스러운 미사를 올린 뒤 함께 거닐면서, 성스럽고 사랑스런 키스로 그에 대한 존경의 표시를 보인 태도에서 이탈리아인의 특별한 '경건성과 쾌활성Froemmigkeit und Froehlichkeit'의 민첩한 교환성을 엿보았기 때문이다.[139]

그리고 미사를 올리는 그녀의 경건한 행위와 애정 행위 사이에서 신앙으로부터 자유로운 해방을 느낄 수 있었으며, 신들에 대한 무모한 모독적인 언행을 피할 수 있다는 새로운 지혜도 얻을 수 있었다. 그래서 그가 프란체스카와 헤어지는 순간 그녀의 태도로부터 얻은 감정이란 하룻밤이라도 자신이 가톨릭 교인이 되었으면 하는 기독교의 참된 진면목을 그녀로부터 체험하게 된 것이다.

'프란체스카여! 하고 나는 외쳤다. "나의 사상생각, Gedanken의 별이여! 나의 영혼의 사상이여! 내가 사랑했고 키스도 자주했던 아름답고 날씬한 가톨릭적 믿음의 프란체스카여! 나와 함께한 이 유일한 밤에 나는 내 자신 가톨릭이 되고 싶단다. 단 하룻밤이라도! 오 아름답고 영원한 가톨릭 밤이여!

나는 너의 품에 안겨 너의 사랑의 하늘 아래에서 엄중한 가톨릭을 믿고 싶단다. 우리는 입술로 성스러운 인식과 키스를 하고 있지. 말이 육체가 되고 믿음이 육감적이 되며 형식과 모습 속에서 믿음이 되는 이 종교를! 너의 성직자들을! 주여 불쌍히 여기소서 하는 기도의 소리들이 환호하며, 초인종 소리와 분향 냄새에 종소리가 울려 퍼지고 성당 오르간 소리가 물결치며, 그 유명한 팔레스트리나 미사가톨릭교회 음악의 모범적 연주와 함께한 교황 마르셀리(1520-1594)

^{의 미사}가 울려 퍼지고 있다네:

"이것이 생명체인지!"- 나는 이러한 믿음을 갖고 축복을 받으면서 이날 밤 잠에 들었다네.- 그러나 다음날 아침 내가 깨어나 가톨릭을 눈에서 비벼 대자 나는 선명하게 태양을 보게 되고 성서를 보게 되었으며, 나는 다시 이성적인 신교도가 되어 옛날처럼 허전하게 깨어 있었다네.'¹⁴⁰

결국 그는 신교도로서 깨어나 있었다지만, 기독교인으로서의 하이네는 독일의 가톨릭보다는 가톨릭의 근거지인 이탈리아에서 프란체스카를 통해 본원적인 기독교의 참모습을 느끼고 이에 호응했던 것이다.

그리고 이러한 감정은 그후 하이네가 오이겐 렌두엘^{Eugéne Renduel}과 함께 프랑스 어로 낸 번역본¹⁸³³에서 더욱 분명한 내용으로 표출되고 있다. 프랑스 번역본에 따른 내용은 다음과 같다.¹⁴¹

'나는 점차적으로 예수회 추종자가 된 기분이었다. 내가 그녀를 얼싸안았을 때는 동시에 그녀의 신앙과 예배 의식도 얼싸안게 되었다는 생각을 나의 양심으로 약속했다. "프란체스카여!" 하고 나는 외쳤다.

"나의 사상의 별이며 나의 영혼의 사상이고 나의 사랑이며 춤도 추는 독실한 신자인 프란체스카여! 나에게 너의 문을 열어 다오! 이는 또한 나를 위해 하늘의 말이 되고 너의 아름다운 가톨릭적 하늘의 말이 될 것이란다. 나는 너에 대한 사랑을 가져 보지도 못한 채 믿었던 증오스럽고 냉정한 종교인 신교도적 신앙을 포기할 것을 너에게 약속하겠다. …… 나는 숭배할 만한 너의 하얀 발목에 머리 숙여 루터의 오류를 맹세하겠다. 세속적인 필연성과 사탄 같은 프로이센의 간계에 사로잡혀 내가 믿게 된 루터의 오류를 맹세하겠다. ……

나에게 너의 문을 열어 다오 그리고 나는 가톨릭 사도의 가르침에 따른 로마 교회의 품 안에 안기고 싶단다! 나는 너의 정교도적 품 안에서 영원한 축복의 행복을 누리고 싶단다! 너의 입술 속에서 나에게 달콤한 상징이 계시되니, 성스러운 신비의 경이로움이 작용하는구나. …… 말이 육체가 되고 …… 하나님의 사랑이 되니 …… 하나님의 사랑 때문이라도 이젠 나에게 문을 열어 다오!"

아! 성스러움의 문이 이 밤에 열리지 못한다면 나는 집으로 돌아가 뒹굴며 짜증이나 내고 저주하면서 예전처럼 신교도가 될 것이라네.'142

결국 하이네는 이탈리아의 자연환경에서 온 프란체스카의 쾌활하고 사랑스런 애정과 경건한 신앙심을 통해 인간이 사랑스럽고 신비로운 신앙심으로 매혹되는 가톨릭 종교의 원초적 신앙심을 체험하게 된 것이다. 그리고 자연스럽고 자유로운 신앙심으로 추구될 수 있는 기독교 태초의 자유주의 사상을 그녀에게서 체험했던 것이다. 이것은 신앙을 맞이함에 있어 인간의 엄중한 '정신주의'와 인간적인 '감상주의'의 이원론이 하나로 융합된 가톨릭의 본원적 신앙심을 이탈리아의 자연환경에서 맛볼 수 있었음을 뜻한다.

이러한 느낌은 하이네가 어두운 독일의 국가 종교적 가톨릭에서 거부감을 가졌던 느낌과는 대조적인 것이었다. 그가 루카에서 독일에 있어서의 엄중한 가톨릭 성직자들의 모습을 떠올린 나머지 저녁에 행진하는 이탈리아 성직자들을 바라보았을 때는 그 첫인상은 그들이 질병과 고뇌에 찬 무거운 모습을 지니고 있는 것처럼 보였다. 하지만 하루이틀이 지나 밝은 낮에 보게 된 루카의 성직자들과 시민의 모습에서는 전혀 다른 쾌활한 영적 신앙의 모습을 보았던 것이다. 그가 받은 인상을 보면 다음과 같다.

'다음날 태양이 다시 하늘로부터 따뜻한 마음으로 내리쬐며 웃고 있을 때 나는 지난날 저녁에 성직자들의 행렬로부터 삶이란 질병이고 세계는 라자로 병동 같은 것으로 보았는데, 나에게 자극된 이러한 모든 슬픈 생각들과 감정들이 이젠 완전히 사라져 없어졌음을 알게 되었다.

도시 전체가 명랑한 국민들로 운집되어 있었고 단정한 옷차림을 한 다양한 사람들 사이에선 검정 옷 입은 신부님이 이리저리 뛰어다니는 것이었다. 사람들의 웅성거림과 웃고 재잘거리는 소리에 미사와 성단으로 초대하는 종소리의 계속적인 울림은 들리지도 않았다. 교회는 단조롭고 아름다웠다. 다양한 대리석으로 덮인 전면은 층층이 쌓아 올린 돌기둥으로 장식되어 있었다. ……

명랑한 음악이 물결치는 군중에게 울려 퍼졌고 나는 프란체스카와 팔짱을 끼고 들어가 그녀를 성수대로 다가서게 했다. 그러자 달콤하게 적신 손가락으로 우리들의 영혼을 감전시키는 것이었다. 나에게도 역시 감전의 맥박은 발걸음을 재촉했다. …… 내가 사방을 둘러보니 부채질하며 무릎을 꿇고 기도하는 여인이 보이는가 하면, 부채질 뒤에서는 영국 여인 친구 마이 레이디My lady가 낄낄 웃어 대는 눈도 보였다. 내가 그녀에게 허리 굽혀 인사를 하자 그녀는 나의 귀에다 애원하는 귓속말로 "매우 기쁘고 즐겁군요 Delightful!" 하는 것이었다. "무슨 말씀!" 나는 귓속말로 "진지하게 계시고 웃지를 마세요. 그렇지 않으면 우리는 여기서 쫓겨날 겁니다!'"143

그리고 교회 벽화를 둘러보니, '민주적 그리스도교의 의미를 상징적으로 나타내고 있는 안드레아 델 사르토Andrea del Sarto, 1488~1531의 제자가 그린 「가나안의 결혼식」과 베니스의 틴토레토Tintoretto, 1518~1594가 '건강을 위해 예수의 발에 약을 발라 주는 성모 마리아상'을 그린 것으로 보이는 화폭들이 회상되어 감탄이 이어졌다.144 그러면서 사도들 가운데 고리대금업으로 부자가 된 은행가의 이야기를 담은 틴토렌토의 「유다의 배신Judas Ischariot」145을 보고는 인상을 찌푸리기도 했다.

이때 영국 여인 마이 레이디는 귓속말로 '내가 지금 하이네 박사님을 관찰해 보니 귀하신 당신께서도 불쾌감을 가질지 모르겠지만 용서하시고 당신께서는 좋은 기독교인으로 보입니다 하는 것이었다. 그래서 말하기를 우리끼리만 말한다면 나는 기독교인이 맞습니다. — 그랬더니 묻기를, 당신께서는 예수 그리스도가 신이라고 믿고 있습니까? 하는 것이었다.

그것은 나의 좋은 친구 마틸데가 잘 이해하고 있지요. 내가 가장 사랑하는 것도 신이랍니다. - 신이 태초부터 세계를 지배했고 신의 아버지도 신이라는 합법적인 신 때문이 아니라, 신은 하늘의 타고난 프랑스 황태자일지라도 민주적인 생각은 지니고 화려한 궁중 의식은 사랑하지 않는 신이기 때문이며, 원칙만을 따르는 문헌 학자나 단발머리에 끈으로 장식한 창기병의 귀족적인 신도 아니기 때문입니다. 신은 선량한 시민적 신Buerger-Gott인 겸허한 국민의 신이기 때문이랍니다. 참으로 예수 그리스도가 신이 아니라면 나는 예수 그리스도를 선량한 시민적 신으로 선택할 것입니다. 그리고 강요된 절대적 신보다는 오히려 내가 선택한 신을 나는 따를 것이라고' 했다.[146]

이것은 하이네가 예수 그리스도를 정치적 세속화로 비유한 신을 말한 것이다. 그는 1830년 프랑스 7월 혁명 이후 대중적인 '시민 왕'으로 선출된 루이 필립Louis-Philip을 '시민적인 선거 왕Buergerlicher Wahlkoenig'이라 일컫고, 그를 '시민적인 신Buerger-Gott'으로 상정했다.[147]

그리고 오랜 기간의 절대 왕정에서 벗어나 민주화의 시민 혁명으로 넘어가는 과도기에 '시민 왕'으로 선출된 루이 필립을 왕정에서 민주화로의 중용적 융합 인물로 보았다. 그랬기 때문에 이탈리아 가톨릭의 참된 신앙 모습도 이에 맞춰 정신주의와 감상주의, 정신과 사랑의 융합으로 성취될 수 있는 조화로운 모습으로 관찰하였던 것이다. 더불어 이러한 이탈리아의 신앙 모습에서 자유롭고 진취적인 혁명적 가능성을 엿보았던 것이다.

일반적으로 독일 성직자들이나 이탈리아 성직자들도 겸허하고 경건한 것은 마찬가지다. 하지만 하이네가 받은 인상이란 '독일의 가톨릭 신부는 자기의 품위를 자신의 관직을 통해 나타내려 할 뿐 아니라, 자신의 관직을 자신의 인물역할을 통해 나타내려 했고; 독일 신부는 처음부터 자신의 소명을 정중하게 생각하고 있기 때문에 자신의 순결성과 경건성의 기원^{祈願}이 아담의 원죄 의식과 충돌할 때면 이를 공개적으로 손상되게 하지 않으려 하고…… 겉으로라도 성스러운 척하려 했기 때문에, 독일 성직자들에게 있어서 위선적인 성스러움이나 위선과 거짓스런 경건성이 나타나고 있다는 것이다; 이에 반해 이탈리아 성직자들에 있어서는 오히려 그들의 가면^{Maske}이 투명했고 확실히 풍부한 아이러니와 쾌활한 세계 소화력을 지니고 있었던 것이다.'[148]

그뿐만 아니라 그는 가톨릭 성직자들의 본원적인 모습을 이탈리아에서 발견할 수 있었는데, '이탈리아 성직자들에게 있어서는 성직자 계층의 요구나 이상적 의무들, 거부할 수 없는 감성적 자연의 욕구들 사이에서 오는 상대적 갈등이나 정신과 물질 사이에서 오는 영원한 갈등들을 그들 자신이 지니고 있는 국민적 유머 성격과 풍자들 그리고 노래와 단편 소설 속에서 드러내 놓고 해소하고 있었던 것이다.'[149]

그런데 성직자들이 '이상적인 정신적 요구와 의무만을 위해 금욕주의적 정신만을 추구한다면 상대적으로 거부할 수 없는 감성적 욕구'는 위축되어 정신과 감성 사이에는 끊임없는 갈등이 일어나게 된다. 더욱이 감성적 욕구는 나름대로 독자적인 권리를 추구하게 됨으로써 '정신과 물질^{감성}'의 갈등은 더욱 심화된다. 바로 이러한 갈등 대립을 극복하기 위해, 하이네는 경건하고도 에로스적인 프란체스카의 모습에서 이를 극복할 수 있는 참된 신앙적 태도를 발견했던 것이다. 그리고 교회 성단 왼쪽에 걸려 있는 그림에서 한 여인이 면사포를 두른 채 성모 마리아 앞에서 무릎을 꿇고 기도를 드리는 모습을 보고, 이를 재인식했던 것이다.

이 성모상의 참모습은 '사랑의 십자가를 안고 고통에 잠긴 아름다운 성모인 사랑의 여신 비너스 돌로로사^{Venus dolorosa}'였다.[150] 하이네는 바로 이 '슬픔에 잠긴 비너스의 여신상'을 '고통스러워하는 예수의 성모상'과 '고대 이교도적인 사랑의 여신상'을 융합한 「성모 돌로로사Mater dolorosa」 상으로 보았던 것이다. 하지만 이 「성모 돌로로사」 상은 성모의 가슴에 일곱 개의 칼이 꽂혀져 고통을 안고 있는 「슬픔의 성모상」으로 상징된 것으로, 15세기 이후 조형 예술로 여러 성당에 존치되어 왔다.[151] 하이네는 이 성모상을 트리엔트와 루카의 성당에서 보았던 것이다.[152]

하이네는 이곳 슬픔의 성모상인 「성모 돌로로사」가 기독교적인 성모상과 이교도적인 비너스 상이 결합된 매혹적인 사랑의 여신 슬픔의 성모상인 것을 인지했던 것이다. 이러한 성모상에서 그는 정신주의와 감성주의, 기독교와 이교도, 나자레티즘과 헬레니즘 간의 이원론적 상반성이 신비적이고 매혹적인 사랑을 통해 극복되고 있음을 발견했던 것이다. 프란체스카가 하이네에게 준 '경건한 키스'도 이러한 상반성의 해소를 뜻한 것이었다. 즉 가톨릭적 사랑의 밤에 행해진 이 키스는 '말이 육신이 되고 믿음이 감성이 되며 형식과 모습Form und Gestalt 속에서 이룩되는 이 종교를! 이것이 생명체이지!'[153] 하고 감탄한 경건한 키스의 황홀함 속에서 이탈리아 가톨릭의 진면모를 보여주고 있었던 것이다.

다시 말해 하이네가 이탈리아 가톨릭에서 발견한 참모습이란 '한편으로 정신이 에로스적인 의미로만 낮게 평가되고 있는 사랑의 신비를 감성적 자연의 토양으로 되돌아오게 함으로써 신성 모독으로 생각된 감성을 해방시키고 있고, 다른 한편으로는 물질을 신격화함으로써 해방된 감성을 전제로 한 해방된 종교의 모습을 생성토록 하고 있다.'는 점에서 긍정적 면목으로 본 것이었다.[154] 이처럼 '해방된 종교 모습'으로 성립시킬 수 있다는 이탈리아의 신앙 모습에서, 하이네는 평소 자신이 지니고 있던 진보적 자유주의 사상의 가능성을 엿보았던 것이다.

그런데 하이네의 독일 가톨릭에 대한 비판은 바로 이러한 해방된 자유주의의 가능성이 독일에서는 엿보이지 못하고 있기 때문이었다. 독일 가톨릭

은 이탈리아 가톨릭과 같은 매혹적인 유연성이 부족하고 금욕적 정신주의
만을 바탕으로 경건성과 엄중함 그리고 관료적인 국가 종교의 성격을 지니
고 있었기에 감성적 요소가 위축되어 자유롭고 자연스럽지 못했다는 점이
다. 하이네는 이처럼 자연스럽지 못한 국가 종교의 모습에서 감성적 해방
과 복원을 추구하려 했던 것이다. 그런데 이러한 감성적 추구가 독일에서
는 신성 모독적 신앙으로 인식되어 결국 1831년 4월, 프로이센 정부는 전
지방에 걸쳐 하이네의 작품을 금서로 지정하기에 이른 것이다.

15. 「영국 단장」

「영국 단장Englische Fragmente, 1827-1828」은 부분적으로 「도시 루카」1829-1830」보다 먼저 발표되었으나, 최종적으로는 후일 「여행 풍경」 제4권1831에 모두 수록됨으로써 출간되었다. 「여행 풍경」 제1권1826에 「귀향」, 「하르츠 기행」, 「북해 1부」가 실렸고, 제2권1827에는 「북해2, 3부」와 「이념, 러 그랑의 책」 및 「베를린으로부터의 편지」가 발표되었다. 그리고 제3권1829에서는 「뮌헨에서 제노바로의 여행」과 「루카의 온천」이 발표되었고, 제4권에는 「머리말」과 「도시 루카」, 「영국 단장」 및 「결어」가 함께 수록되어 발간되었던 것이다. 그러나 모든 개별 작품들은 서로 다른 시기에 집필되었다.

「영국 단장」은 하이네가 1827년 봄 4월 14일에서 8월 15일까지 5개월간 영국에 머물렀던 인상을 토대로 작성한 것이다. 체제 비용은 「여행 풍경」 제2권의 출판에서 받은 사례금과 삼촌 살로몬이 보태 준 용돈으로 충당되었다. 용돈은 런던에 있는 나탄 로스차일드 은행에서 찾아 쓰도록 되어 있었다. 하지만 과다한 지출로 삼촌으로부터 꾸지람도 들었다.[155]

그곳 런던의 봄 날씨는 '눈과 안개, 석탄 증기로 자욱했다.' '생활비도 비싸고…… 몇 개의 책 구입에 1파운드의 관세를 지불해야 했으며, 책값도 급격히 비싸졌다.' 그래서 '자신은 오래 있어도 6월 중순까지만 런던에 머물다가 그 후 3개월은 해수욕장에서 보내고 싶다.'는 편지를 함부르크에 있는 친구 메르켈F. Merckel에게 전하고 있다(1827.4.23). **156**

그가 머물렀던 런던 크레이븐Craven가 32번지의 집에는 오늘날도 그를 기념하기 위한 기념패가 걸려 있다. 당시만 해도 런던은 인구 2백만의 대도시였다. 사람들은 쉴 새 없이 분주히 뛰어 돌아다니고 인파에 밀려 인간 자아를 상실할 정도로 복잡한 대도시란 것을 하이네는 알고 있었다. 그리고 그곳이 자신이 옛날에 '젊어진 세계의 젊은 태양인 자유를!' 하고 외쳤던 '자유의 나라'가 아니라 '나이 먹은 태양과 사랑 및 신앙이 꽃 지고 냉혹해져 더 이상 빛을 밝히지 못하고 따뜻함이 사라진' 나라임을 알았다.

그래서 하이네는 첫 장부터 템스 강변 언덕을 바라보면서, 작가 옆에 몸을 감춘 채 생명과 빛을 고대하면서도 고통과 무상함, 질투와 시기심에 지쳐 있는 노란 얼굴 모습을 한 한 '황색인Der gelbe Mann'이 서 있는 것으로 말문을 열고 있다. 그는 그 사람의 언행을 보며 산업화의 모순으로 인한 영국 사회의 명암을 예견하고 있었던 것이다. 그의 인상은 다음과 같았다.

'옛날에 사람을 활기차게 살게 했던 상록수의 숲들은 사라졌고 부드러운 잡목들 사이에 이젠 겨우 예쁜 작은 비둘기호도애만이 둥지를 트고 있었다. 옛날에 자신들의 신앙을 천당에라도 건설하려 했던 원기 발랄하고 경건한 사람들이 하늘 높이 거대하게 지어 놓은 옛 성당들도 가라앉아; 이젠 부식되고 허물어져 그들의 신들도 더 이상 신앙되지 못하고 있었다. 신들은 노쇠했고 우리들의 시대는 새로운 것을 창조하기에 환상을 잃고 있는 것이었다. 따라서 이젠 모든 사람들의 마음의 힘은 자유에 대한 사랑에 둘 것이고 자유가 우리 시대의 종교가 될 것이며, 자유의 종교가 다시금 부자들을 위한 설교가 될 것이 아니라 가난한 사람들을 위한 설교가 되어야 했다. 동시

에 자유의 종교는 그들의 복음주의자들이나 순교자들과 배신자들까지도 갖게 될 것이다!'[157]

이렇게 하이네는 산업 사회의 모순이 시작된 초기 영국 사회를 경악스런 시선으로 바라보았다. 그리고 이를 치유하기 위해서는 이제 영국에서도 새로운 창조적 자유를 새로운 종교로 인식하는 '자유의 종교'가 추구되었으면 하는 희망을 드러냈다. 왜냐하면 하이네는 런던에서 놀랍게도 역동적이면서도 가난과 굶주림, 증오가 함께한 묘한 모습을 보았기 때문이다. 그래서 그는 '런던'에 관한 인상기의 서두부터 자신이 받은 기억 속의 인상을 강하게 언급하고 있는 것이다.

'놀랍게도 나의 기억에는 돌로 지어진 주택 숲과 주택 사이로 생동감 넘치는 인파들이 몰리는데, 그들의 얼굴들은 다양한 열정을 지니기도 하고 섬뜩한 사랑의 조급함이나 굶주림, 증오의 혐오스러움도 지닌 모습들이었다. 나에게는 아직도 이러한 것들이 강한 기억으로 남아있다.'[158]

이러한 모습들은 역동적으로 발전하는 초기 산업 사회에서 함께 일어나는 명암의 세계였다.

우선 런던 세태世態가 주는 명암의 양면성을 그는 이렇게 비유하고 있다. '한 철학자를 런던에 보낸다면 그는 시인이 되지 못할 것이다! 철학자를 그곳에 보내 서민 지역의 한 모퉁이에 서 있게 한다면 그는 독일 라이프치히 도서 박람회에서보다 더 많은 것들을 배우게 될 것이다; 그가 몰려오는 인파들과 함께 속삭인다면 그에게는 새로운 사상이 바닷물처럼 밀려올 것이며 그에게 물결치고 불어닥치는 영원한 정신은 이 사회 질서의 감춰진 비밀들을 그에게 갑작스럽게 계시할 것이고, 그는 이 세계의 맥박 소리를 잘 듣게 될 뿐만 아니라 명료하게 보게 될 것이다. — 런던은 세계의 오른손이고 행동하는 가장 강력한 오른손이기 때문이며, 증권가에서 다우닝 가로 인도되는 거리가 세계의 맥박으로 관찰되기 때문이다.

그러나 시인을 런던으로 보내서는 안 된다! 모든 사물의 정중함이나 거대한 단조로움, 기계화된 움직임과 기쁨조차 싫증나게 하는 과격한 충동의 런던은 환상을 억제시키고 사람의 마음을 갈기갈기 찢고 있기 때문이다. 만일 런던에 한 독일 시인 몽상가를 보내 개별적인 현상들 앞에 서 있게 하거나 찢겨진 옷을 걸친 거지 여인 앞과 화려한 금은보석 상점 앞에 서 있게 한다면─ 오! 이는 그에게 정말로 좋지 않은 일이 될 것이다. 그는 모든 것들을 밀어제치고 나지막한 소리로 "빌어먹을 놈들Got dame!" 하고 내뱉을 것이다. "빌어먹을 놈들!" "정말로 빌어먹을 것들이야!" 하고 말이다.[159]

이것은 하이네가 격동하는 런던에서 겪은 역동적인 산업의 발전상과 그 이면에 가려진 마음의 상처들을 말한 양면성을 언급한 것이다.

당시 런던 사람들은 비싼 물가에 의식주를 해결하고 잘살아 보려는 의욕에서 '지출을 충당하기 위한 돈을 벌려고 밤낮으로 일을 해야만 했다. 새로운 기계를 발명하려 밤낮으로 머리를 쓰며 얼굴에 땀을 흘리며 앉아 계산도 하고 항구에서 증권가로 증권가에서 (하이네가 묵었던) 스트랜드 가로 정신없이 이리저리 뛰고 달려야만 했다. 그런데 이때 만일 서민 지역 한 모퉁이에 그 딱한 독일 시인이 한 화랑 앞에서 하품을 하며 그림을 감상하느라 뛰어가는 영국인여기서는 상징적 영국인 대명사로 존 불John Buell로 지칭했음의 길을 방해하고 서 있었다면 그 영국인은 미안하지만 그를 거칠게 밀어제치고 "빌어먹을 놈!'" 했을 것이다.[160]

이것은 결국 산업화로 치닫는 자유분방한 영국인의 모습과 정신적 감상을 누리는 관념적인 독일 시인을 비유함으로써 정신없이 질주하는 영국인의 생활상을 이야기해 본 것이다.

사실 영국인은 분주하게 일했고 기계화된 산업화도 이루고 부를 축적한 부호들도 많았다. 하지만 가난한 서민 지역에는 여전히 산업화에 희생된 많은 서민들이 빈곤과 질병을 떨쳐 내지 못하고 신음하고 있었던 것이다. 그렇기에 런던의 서민 지역 모습은 마치 1812년 12월 4일 나폴레옹 패전 당시 프랑스 군이 퇴각하던 러시아의 베레지나 강Beresina 다리에서 벌어진 참상을 연상이나 할 듯한 혼돈 상태였다.

'내가 …… 울부짖는 그곳 거리를 보았을 때는 런던 시 전체가 마치 남자나 여자들, 어린아이들 그리고 말과 우편 마차, 시체 행렬의 혼란스런 신음소리들이나 외침들, 탄식과 삐걱거리는 소리들이 물결쳤으며, 모든 사람들이 말할 수 없는 불안 속에서 목숨을 건지려고 몸부림치며 건너갔던 베레지나 강 다리의 모습처럼 보였다. 말 탄 정신 나간 놈이 가련하게 걷고 있는 사람들을 말굽으로 짓밟거나, 말 탄 사람이 땅에 떨어져 사라지기도 하고, 친한 친구가 아무 느낌 없이 다른 친구들의 시체를 넘고 달리며, 수천 명의 병사들이 지칠 대로 지쳐 피를 흘리면서 다리의 강판을 붙들고 살려고 해도 헛되게 차디찬 죽음의 얼음 강물 구덩이로 떨어졌던 베레지나 강 다리의 참상처럼 나에게는 보였던 것이다.'161

이런 혼란스런 런던 모습에 비하면 독일인의 생활상은 얼마나 한가하고 쾌적한지 모를 정도였다. 이에 하이네는 독일인의 생활상을 잠시 상기시키기도 했다.

'우리들의 사랑스런 독일에서는 이러한 혼돈과는 반대로 얼마나 명랑하고 살 만한가! 얼마나 꿈처럼 쾌적하고 얼마나 안식일처럼 일들이 조용히 진행되고 있는가! 망보는 야경꾼도 조용히 일어나고, 그들의 제복이나 집들에도 조용한 햇빛이 비치며, 지붕 석판에는 제비들이 날갯짓하고, 창가에는 뚱뚱보 법률 고문관 여인이 미소를 지으며, 인기척 있는 거리는 여유롭고, 개들은 다소곳하게 냄새나 맡고, 사람들은 편안하게 서서 극장 이야기나 토론하고 있지 않은가. 어떤 점잖고 한가한 사람이나 옛 치마에 화려한 허리띠를 띠고 있는 사람, 화장을 하고 황금색 관복을 입은 궁중 장관 같은 사람들이 인사를 하면서 경쾌하게 지나갈 때면 사람들은 깊이깊이 허리 굽혀 인사를 하지 않는가!'[162]

이것이 (충성스러운) 독일의 한가한 모습이었다. 하지만 런던의 모습은 달랐다.

'집들은 보통 두세 개의 창문에 자그마한 굴뚝들로 장식되어 있었다. 이들 집들의 지붕 기와는 습한 공기와 석탄 연기로 인해 모두가 갈색의 올리브 초록색으로 같은 색을 지니고 있었다. …… 넓은 길에는 군인들의 병영처럼 끝없이 두 줄로 지어진 서민 가옥들이 서 있는데, 이들 집은 보통 2인 가족의 영국식 주거 환경이었다.'[163]

그러나 런던의 반대편 '서부 끝자락'에 있는 '고귀한 사람들이나 사업하는 세계의 사람들이 살고 있는 곳은 일정한 형식으로 건축된 집들이지만 모든 집들이 궁중만큼이나 컸고 겉으로도 좋았다. …… 그러나 고귀한 사람들의 주택이나 부자들의 집으로 꽉 차 있는 지역에서 얼마 떨어진 골목길이나 어둡고 습기 찬 골목에서는 남루한 옷을 입고 눈물로 지새우는 가난한 사람들이 침투해 살고 있었다. 외지 사람들이 런던 거리를 거닐 때 천민들이 살지 않는 곳에서는 비참한 사람들이 별로 보이지 않았다. 하지만 어두운 골목길 초입에만 가 보아도 이곳저곳에서는 말없이 갈기갈기 찢겨진 여인이 고민으로 여윈 젖가슴에 어린 아기를 안고 눈빛으로나마 구걸하고 있는 것이었다. ……

일반적인 거지들은 길모퉁이에 서 있는 북아프리카 무어인들이었으며, …… 패륜아나 범죄인 사회의 가난한 사람들은 저녁때가 되면 은신처 모퉁이에서 기어 나와 나타났다. 그들은 화려하게 보이는 부자들의 오만과 그들의 참상이 너무나 두렵고 불안하게 비교되기 때문에 대낮의 빛을 두려워하고 있었다. 다만 굶주린 자만이 점심시간에 어두운 골목길에서 뛰쳐나와 말없는 시선으로 응시하면서 부자 상인이나 돈주머니의 동전 소리가 나는 상인에게 구걸하는 것이었다. 하나님처럼 높은 한가한 귀족이 말을 타고 몰인정하게 고귀한 시선이나 던지면서 굶주린 자에게 다가가거나 굶주린 자의 욕망과 고통은 아랑곳하지 않은 채 그를 보잘 것없는 개미 떼나 낮은 피조물의 무리들처럼 내려다보며 그가 서 있는 혼란한 곳으로 다가설 때면 그는 애절하게 구걸하는' 모습이었다.[164]

이렇게 양면적인 혼란스러운 모습들은 당시 런던 시 도처에서 목도되었다. 하이네는 이러한 상황을 예견이나 한 듯, 그전에 발표한 「빌리암 라트클리프William Ratcliff, 1822」 첫 장에서 런던의 모습을 예고하고 있는 것이다. 주인공인 신부 마리아가 신랑 더글라스 백작에게 요즘 런던의 상황이 어떠냐고 묻자, 더글라스는 다음과 같이 응답하는 것이다.

사람들은 달리고 타고, 거리에서 거리로 쫓고 있지요.
사람은 낮에도 자고 밤에도 낮처럼 일한답니다.
런던의 놀이공원이나 저녁의 커다란 사교 모임 야외 놀이에는 사람들이 몰리고 있지요;
런던의 두 극장인 두르그레인과 코벤가든에도 유혹되고 있지요.
오페라 극장에서도 속삭이고
악보를 사기 위해 파운드 수표도 교환하고 있답니다.
하나님이 왕을 보호하세 하는 애국가도 함께 부르며,
애국자들은 어두운 술집에 누워 정치 논쟁을 하며,
서명도 하고, 내기도 하며, 저주도 하고, 하품도 하며,
조국의 안녕을 위해 술을 퍼마신답니다.
로스트비프나 푸딩에는 김이 솟아오르고 흑맥주에는 거품이 일고,

이들 요리법은 미소를 띠며 생크림으로 쓰이고 있답니다.

소매치기들도 들끓으며 사기꾼들도,

그들의 예의로 고민한답니다.

거지들도 그들의 걱정스런 시선과

신음 소리로 고민하고 있답니다.

무엇보다도 (런던 시 사람들은) 불편한 옷 때문에도 고민하고 있는데,

가슴과 허리를 조인 상의나, 뻣뻣한 목걸이, 거기에다 바벨탑 같은 높은 모자 때문이랍니다.[165]

사실 이 대목은 귀족적인 정치인들과 가난한 국민들 간의 양극화 현상이 뚜렷하게 함축되어 표현되고 있는 것이다.

이러한 현상은 대체적으로 산업화 과정에서 발생된 모습이지만, 나폴레옹과의 전쟁을 수행하는 과정에서 빚어진 국가 부채와 의회 정치의 과단성 부족에서도 생겨난 것이다. 빈부 격차 문제를 해소하기 위해 프랑스에서는 자유·평등·박애란 구호 아래 인권 해방을 위한 혁명적이고 진보적인 정치 운동을 펼치고 있었다. 이에 반해 영국은 가장 오래된 산업 혁명의 역사와 가장 오랜 의회 정치의 전통을 지녔는데도 불구하고 귀족들이 의회 정치를 지배하고 있었기에 개혁에 있어 진보적이지 못했다.

따라서 하이네가 영국 여행에서 받은 인상은 국민들의 자유해방이란 발전 과정에서 본 시각에서는 진보적이지 못해 실망스러운 것이었다. 당시의 영국 민주주의 상태는 변화를 위한 적극적인 대처가 아니라 작은 개선을 위한 부분적 대처 방안으로 행동하는 모습이었다. 하이네는 그것을 다음처럼 기술하고 있다.

'대영국에서는 사회적 변화가 진행되지 못하고 있다. 시민적 정치 제도의 구조도 파괴되지 않은 채 있었고 계급 지배나 시민 조합 제도도 오늘날까지

그대로다. 비록 영국이 새로운 문명의 따뜻함이나 불빛에 도취되어 있다 할지라도 중세풍의 상태를 고집하고 있는 것이었다.

자유의 이념을 인허認許하는 사람들도 중세풍을 고집하는 사람들과의 싸움에 지쳐 있었다; 그리고 모든 현대적 개선들이 원칙에서 오는 것이 아니라 어쩔 수 없는 사실상의 필연성에서 오고 있었다; 모든 현대적 개선이란 것이 어중간하다는 저주를 지니고 있었다. ……

종교적 개혁도 영국에 있어서는 반만 완성되었다. 감방같이 텅 빈 방벽으로 둘러싸인 앙그리카니쉬 영국 교회의 주교 방에서는 넓고 예쁘게 단장되고 안락한 의자가 놓인 가톨릭교회의 정신적 감옥에서보다도 개혁이 더 나쁘게 진행되고 있었다.

정치적 개혁도 더 이상 개선되지 못하고 있었다. 국민들의 대변도 부족했다. 계층 간의 구별이 더 이상 옷 입은 상의에 의해서 구분되지는 않았지만, 여전히 상이한 재판 관할 소속 법원이나 귀족 보호, 궁중 입궐 자격이나 우선권, 인습적 특권과 여타의 숙명적인 것들에 의해 구분되고 있었다; 국민들의 인격이나 소유 재산도 귀족들의 자유재량에 의한 것은 아니었지만 법률에 의존되었는데, 그 법률이란 것도 귀족 족속들이 그들의 노획물을 재빨리 착취하기 위한 위협 방법이나 국민을 암살하는 단검 이외의 다른 것이 아니었다.

사실상 유럽 대륙의 전제 군주는 그의 재량 욕심에서 높은 과세로 압력을 가하는 일은 없었는데, 영국에서는 법률 때문에 많은 과세를 지불해야만 했다. 그리고 대륙의 어떠한 전제 군주도 영국의 형법처럼 돈의 액수나 냉혹한 법조문 때문에 사람이 매일처럼 죽게 되는 무서운 법은 갖지 않았다.

바로 이러한 영국의 슬픈 상황을 개선하기 위해 많은 개선책은 최근에 준

비되어 왔다. 하지만 역시 세속적인 욕심이나 정신적인 욕심들을 제한하는
정도의 개선책이며, 공장 지역 곳곳에서 투표수의 부족으로 자격을 잃었
는데도 불구하고 부정하게 국민대표 의원을 선출했던 부패 선거구^{로텐부르그,}
rottenborough로부터 전달된 국민대표 의원들의 커다란 거짓말들을 …… 겨우
가라앉힐 정도의 개선책이었다. 동시에 여러 파벌들이 소송 논쟁을 불러일
으키면서 다른 파벌을 배척하는 얼어붙은 편협성도 겨우 온건하게 누그러
뜨릴 정도의 개선책들을 준비하고 있었던 것이다. – 그렇기에 의회에서 제
정되는 이러한 모든 개선책들이란 불쾌한 수선만을^{nur leidige Altflickerei} 위한 개
선책이었으며 오래가지 못할 개선들이었다.'¹⁶⁶

당시의 의회 정치는 여야의 논쟁이 대립적이면서 시급한 상황에서는 상
호간의 쟁점을 이성적이고 논리적으로 검토하여 합의점을 도출하는 것이
쉽지 않았다. 따라서 경우에 따라서 일시적으로 수선만을 위한 대책을 강
구할 수밖에 없었을 것이다. 그뿐만 아니라 그들은 논쟁을 하면서도 타협
하고 절제된 대책을 강구하여야 했기 때문에 서로의 양보와 이해를 구해야
하는 적절한 '중용 정치^{Maessigkeitspolitik}'를 펼쳐야만 했다. 그러므로 영국의 의
회 문화에는 귀족적인 의원들의 자유로운 토론 문화를 통한 타협적 정치 문
화가 당시에 존재했다고 본다.

그들이 서로 격렬한 논쟁을 벌일 때라도 '영국 의회에서는 자유로운 위트
와 위트 있는 자유로움의 명랑한 연극이 제공되고 있었다; 수천 명의 생명
과 전 국가의 안전 문제가 연출되는 정중한 논쟁에서도 그들 가운데 어느
누구도 독일적인– 굳은 표정의 국회의원 얼굴을 빚어내거나 프랑스적인–
격정적 열변을 토해 내는 착상을 가진 사람은 없었다; 그들의 육신처럼 타
고난 그대로 그들의 정신은 완전히 자연스러웠고 농담과 재치 있는 야유 및

빈정거림, 정서적 기질과 지혜, 악의적 언동과 선한 마음씨, 논리와 시구들이 다양하게 피어난 꽃 색깔의 유희처럼 용솟음쳐 분출되고 있었다. 그래서 몇 년 후의 의회 연감에는 가장 정신적으로 풍부한 대화가 있었음을 우리에게 기록 보존될 것으로' 본 것이다.

이러한 영국 의회의 토론 모습들은 '독일 남부 국회의원들의 지루하고 답답하며 딱딱한 연설' 모습에 비하면 너무나 대조적이었음을 하이네는 언급하고 있다.[167] 또한 그는 의회 토론에 있어서도 많은 의원들의 의회 연설 모습을 기술하고 있다. 그들 가운데서도 가장 유일하게 특기할 만한 연설자의 모습으로 당시 야당 지도자로서 자유주의 정치인이자 변호사이며 언론인이었던 헨리 브로엄 남작[Henry Brougham and Vaux, 1778-1868]의 1827년 5월 1일 하원 연설을 예시하고 있다.

브로엄은 흑인 해방 문제나 아일랜드 가톨릭 해방 문제와 자유 무역을 지지한 정치인이었다. 1820년 1월 29일에 웨일즈 왕자로서 영국 왕위에 오른 조지 4세[George 4세]가 별거 중인 부인 카롤리네 아말리에 엘리자베스[Karoline Amalie Elizabeth von Braunschweig Wolfenbuettel, 1768-1821]에게 왕후로서의 권리와 품격을 포기시키고 이혼하려 하자, 그는 여왕을 변호하며 그녀가 죽을 때까지 이혼에 관한 논쟁을 파기시켰던 유명한 일화를 남긴 사람이었다. 그는 당시 영국 시장을 세계 전역에 확장시키려 스페인과 중남미 및 그리스의 자유주의 운동을 지원하고 있던 조지 캐닝[George Canning, 1770-1827] 총리와 견줄 만한 훌륭한 연설가였다.

하이네는 그의 하원 연설 모습을 일거수일투족 모두 상술하고 있다. 정신적으로 풍부한 그가 느긋한 생각과 신중한 발걸음으로 연단에 올라 '자유로운 들판에서 설교하는 설교자의 모습처럼' 연설하는 것이었다. '한가한 공휴일에 하는 현대적 설교자의 모습이 아니라 도시나 교회에서 신앙의 순수성을 보호받지 못했을 때에 신앙의 순수성을 보존 유지하며 이를 황량한 들

판에서 널리 포교하려는 옛 시대의 설교자 같은 모습이었다. 그의 목소리
는 완전히 멜로디처럼 흘러갔으나 사람들에게는 믿음을 줄 수 있도록 천천
히 톤을 올려 가며 신중하게 노력하는 연설이었다. 설교자의 정신적 힘이
대상을 지배할 수 있는 능력이 있는 것인지 또는 그의 물리적 기력이 대상
을 표현할 수 있는 힘이 있는 것인지를 알 수 없을 정도로 느긋한 어조로 첫
문장을 열어 갔다.' ……

그러나 연설의 '모든 문장들은 심오하고 분명했으며 만족스러웠다. 선택
된 자료도 예술적 선택으로 연역 증명하는 것이었으며, 서서히 전문적 지
식으로 순수한 본질을 간직하는 것이었다. 그러고는 모든 문장들이 하나의
일정한 방향으로 접어들어 강력한 힘을 발휘하는 느낌을 가졌다.'[168]

연설 구성도 '선량한 철학적 토양과 이성의 깊이에서 오는 것이었다.'
…… 점점 상승하는 연설의 억양과 태도의 모습은 '바다의 무한한 물결'처
럼 다가왔고 '표현된 어휘들보다 내면적 정신이 더욱 강력하게 빛나고 재생
되는 것이었다; 그리고 연설을 시작할 때 겸손하게 보였던 그의 눈빛도 이
제는 모든 사람의 마음을 감탄토록 점화시키는 유성의 불꽃이었다.'[169]

그의 열정적인 열변은 절정에 올라갔고, 그가 연설을 마쳤을 때는 '자신
이 속해 있는 정당에서 환호성이 지나칠 정도로 터져 나왔다. 하지만 불행
한 그의 정적 중의 한 사람은 연설자의 수사학적 연설에 의해 뼛속까지 괴
로움을 받고 사지가 망가지도록 짓밟혔다. 그리고 연설자의 육신은 자신의
정신력에 의해 원기가 소진되고 피곤해져 그가 자리로 되돌아가 주저앉게
되자 의원 전체로부터는 요란한 박수 소리가 끝없이 터져 나왔다.'[170]

이러한 브로엄의 연설을 함께 참관하여 들어 본 독일 영주 작가 퓌클러
무스카우[Pueckler Muskau, 1785-1871]는 그의 연설 모습을 다음과 같이 요약한 바도
있다.

'그의 연설은 적들의 무장을 해제시키려는 방향으로 맑은 물이 흐르는 듯

멋있는 연설이었다. 그의 연설은 빈정거림으로 상대방을 무안하게 만들기도 하지만, 천천히 톤을 높여 가며 모든 청중을 사로잡고 주장하는 연설이었다. …… 이미 예전에 나는 그의 연설을 들은 바 있고 감탄한 바도 있다.

그 누구도 그렇게 경쾌하게 연설하는 사람은 없었다. 그 누구도 몇 시간을 중지함이 없이 맑은 강물이 흐르듯 아름답고 분명한 목소리로 주의를 사로잡으면서 감정을 상하게 함이 없이 반복함이 없이 연설하는 사람은 없었다. …… 그는 연습을 많이 한 독자가 인쇄물을 낭독하듯 거침없이 연설하는 것이었으며, 찌르는 듯 제압하는 위트와 보기 드문 정신으로 연설하면서도 모든 사람의 마음을 따뜻하게 하는 천재의 힘을 가진 …… 최소한의 연설이었다.'[171]

하이네가 그의 연설 모습을 장황하게 소개하는 이유도 연설의 수사학적 음률과 어법에도 감동을 했겠지만, 의회의 예술적 토론 문화에 감탄한 나머지 자유민주주의에 대한 동경이 컸기 때문이기도 하다. 특히 캐닝이나 브로엄 같은 정치인들은 17세기 말[1690] 이후 아일랜드에서 신교도의 (비밀 결사대) 오렌지 당원[Orengemen]들에 의해 억압되어 온 가톨릭교도들을 해방시키자는 찬반 논쟁에서 가톨릭교도의 해방을 지지했던 정치인들이었다. 그렇기 때문에 이들의 자유 평등 사상을 위한 논쟁을[1827.5.1] 하이네는 높이 평가했던 것이다. 그 결과 영국과 아일랜드의 가톨릭교도들은 1829년에 비로소 국가 관리직이나 상업직, 수공업 분야에서 함께 일할 수 있는 종교-정치적 자유해방 법령을 의회에서 성취하여 민법적 보장을 받게 된 것이다 1828년 5월 9일과 1829년 4월 13일자 의회 법령에 의함

또 다른 정치인을 하이네는 언급하고 있는데, 바로 워털루 전쟁[1815]에서 나폴레옹을 참패시키고 그를 세인트헬레나 섬으로 유배시켜 사망케 한 당시의 막강한 정치인이자 야전군 사령관이었던 아서 웰링턴[Arthur Wellesley Herzog]

von Wellington, 1769-1852이다. 그는 정치적 위세가 당당하여, 캐닝 내각 퇴진 후 1827 보수 내각에 참여하여 외무부 장관1834-1835까지 지냈다. 하지만 하이네는 그가 보수적 반동 정치인이었으며, 나폴레옹 전쟁에 너무나 많은 재정적 지출을 하여 국민 생활을 파탄케 하였다는 이유로 그를 증오했다.

나폴레옹은 정치적 명분으로는 유럽의 전제 군주들에 억압된 국민들을 해방시키고 민주적 자유를 부여하기 위해 유럽을 제패하면서 유럽에서 천재적 영웅으로 추앙되었다. 하지만 후일 나폴레옹의 점령 아래 있던 유럽 국민들은 차츰 자국의 독립을 자각한 나머지 나폴레옹에 항전을 해야 했다. 이들에 대한 지원이 필요했고, 더불어 전쟁에서 희생된 가난한 영국 국민들에 대한 보상금도 지불해야 했기 때문에, 웰링턴은 전쟁 경비를 충당키 위해 많은 국가 부채를 져야만 했다. 당시 영국 정부가 나폴레옹 전쟁에서 승리를 거두기 위해 지출해야 했던 부채는 전체적으로 '11억 2천5백만 파운드'였다고 한다.172 그러니 영국 경제 상황이 얼마나 황폐해졌는지는 추측하고도 남음이 있다.

따라서 하이네는 유럽의 해방과 민주화를 위해 싸운 나폴레옹을 제거하기 위해 그 많은 국가 부채를 지면서 국민을 도탄에 빠뜨린 웰링턴의 승리를 좋게 보지 않았다. 그는 전쟁을 승리로 이끈 웰링턴에 관해 이렇게 말했다. 웰링턴은 '행운을 갖기 위해 불행을 갖게 된 위대한 정치인들 가운데 한 사람이며, …… 우리를 분노케 하고 그를 증오하게 만든 장본인이다. 우리가 그에게서 알게 된 것이란 보나파르트 나폴레옹이 망한 곳에서 아서 웰링턴이 승리했다!는 말이- 천재에 대한 바보스러움의 승리였을 뿐nur den Sieg der Dummheit ueber das Genie이란 것이다.'173

'민주주의의 기수였던 나폴레옹 황제와 귀족 정치의 기수 웰링턴 양쪽 군대가 워털루 전투에서 대치하여 웰링턴의 승리로 끝났다는 것은 뿌리 깊게 낡아 빠진 특권(층)의 승리라는 나쁜 사건을 말하는 것이며, 굴종적인 비굴함과 거짓이 웰링턴과 함께 승리한 것을 말한다.' 그러므로 '문제는 자유와 평등, 박애와 진실 및 이성에 관한 관심인 것이며, 워털루 전투에서 잃어버린 인간성'이 중요한 관심사였음을 하이네는 그의 「고백록 부록^{Zu} ^{Gestanendnisse}」에서 진술하고 있다.^{174}

문제의 핵심은 웰링턴이 민주주의의 기수 나폴레옹을 참패시키기 위해 그 많은 전쟁 경비와 부채를 떠안아야 했던 재원을 차라리 전쟁 비용을 감당하여야 했던 가난한 영국 국민들의 자유와 평등, 박애 등의 인간성 해방에 지출하였더라면 더 좋았을 것을 하고 하이네는 개탄했던 것이다. 따라서 하이네는 기득권층인 영국 귀족들을 보호하기 위해 그 많은 경비를 안고 전쟁을 수행한 웰링턴의 승리라는 것이 '바보스런 승리'에 지나지 않음을 지적한 것이다.

물론 천재 영웅 나폴레옹에 대한 웰링턴의 승리는 영국 역사상 불멸의 영예를 가져온 영웅적 승리이다. 하지만 민주주의의 영웅 나폴레옹에 대한 웰링턴의 승리는 마치 로마 시대의 유대의 총독 '빌라도'가 예수 그리스도의 사형 집행을 승인한 잊을 수 없는' 나쁜 역사적 사건과도 비유되는 것이다.

그래서 하이네는 웰링턴과 나폴레옹의 관계를 다음처럼 비교했다. '웰링턴과 나폴레옹! 이 두 사람의 인간적 정신은 동시대에 생각할 수 있는 경이적인 현상이다. 외형적인 현상으로 보아서는 이 두 사람들보다 더 큰 비교는 없다. 웰링턴은 뻣뻣한 육신에 잿빛의 영혼을 지닌 바보스런 유령이며 얼어붙은 얼굴에 무뚝뚝한 미소를 짓는 사람이다. 하지만 그와 나란히 서 있는 나폴레옹 모습에서 생각할 수 있는 것은, 머리에서 발끝까지 모두가 신^{왕} 같은 모습이다$^{Jeder Zoll ein Gott}$!'^{175}

영국의 귀족적이고 보수적 정치인 웰링턴보다는 유럽 국민의 자유와 해방, 민주주의를 추구한 나폴레옹에게 예수 그리스도와 같은 정치 종교적 시각에서의 신적인 영웅의 모습을 부여했던 것이다. 그리고 당시의 귀족적인 영국 의회 정치의 보수적 성격보다는 국민들로부터 자유·평등·박애 사상을 부르짖게 한 프랑스의 혁명적 진보주의 사상에 호감을 나타낸 것이다. 그런 까닭에 하이네는 「영국 단장」 말미에서, 자유주의 사상은 영국과 프랑스가 공유하고 있다지만, 영국에서보다는 프랑스에서 보다 새롭게 그 중심지가 형성될 것이며, 그 여파가 독일에도 미쳤으면 하는 염원을 표명했던 것이다.

'그래, 나는 이 「영국 단장」을 공개하면서 자유라는 말을 반복하고 있다. 자유라는 것은 새로운 종교이며 우리 시대의 종교다. 예수 그리스도가 이러한 종교의 신은 아니라 할지라도 그리스도도 이러한 종교의 높은 설교자는 된다. 그리고 그의 이름은 젊은이들의 마음속으로 축복되게 빛날 것이다. 그러나 이러한 새로운 종교의 선택된 국민은 프랑스 국민이며, 그들의 언어로 첫 번째 복음과 교조Dogmen가 표시될 것이다. 파리가 새로운 예루살렘이 될 것이며, 라인 강은 자유로 세례 받은 지역을 속물 지역으로부터 분리시키는 요르단 강이 될 것이다.'[176]

이렇게 그는 프랑스 파리가 성지 예루살렘 같은 자유의 성도가 되고, 라인 강이 요르단 같은 자유의 성스러운 강이 되었으면 했던 것이다.

그런데 이처럼 하이네가 프랑스 파리가 자유주의의 성지가 될 것이라 믿은 것은 영국과 프랑스, 독일 국민들이 지니고 있는 상이한 민족성 때문에 그렇게 판단하였던 것이다.

하이네에 따르면 우선 '영국인들이란 가정적인 국민이며 제한적인 가족 생활 내에서 다정하게 살고 있는 사람들이다; 그들은 그들의 타고난 서투른 사회적 낯가림 때문에 가족의 범위 내에서만 영적인 쾌적함을 느끼고 있기에 집 밖에서는 영적인 쾌적함이 거부되고 있다. 그렇기에 영국인들은 자신의 개인적인 권리가 보장되고 자신의 육신이나 재산, 부부 관계와 신앙, 자신의 변덕스러운 감정들이 절대적으로 보호되는 집 안에서의 자유만을 갖고 만족한다. 그 결과 그들의 집 안에서는 자기 자신만을 칭송하기 위한 표현을 사용토록 하고 있으며, 집 안에서 영국인 이외에는 자유로운 사람이 없다. 4기둥의 집 안에서는 영국인 자신이 왕이며 주교인 것이다. 그렇기에 영국인이 일상적으로 사용하는 말인 "나의 집이 나의 성곽My home is my Castle"이란 표어가 부당한 표현이 아니다.' 따라서 영국인에게 있어 자유라는 것은 '개인적인 자유를 위한 최대한의 필요성'에서 오고 있는 것이다.[177]

그런데 프랑스인에게 있어 자유의 개념은 그들에게 '평등'이란 것이 전제가 되는 상황에서 충족되고 있다.

'프랑스인들은 가정적인 국민이 아니다. 사교적인 국민이다. 그들은 영국 사람들의 대화 모습처럼 묵묵히 서로 마주앉아 사랑하는 사람들이 아니다. …… 그들은 카페에서 카지노로, 카지노에서 살롱으로, 이리저리 재잘거리며 돌아다니는 사람들이다. 그들은 경쾌한 샴페인 혈기와 타고난 사교성으로 사회생활을 하는 사람들이며, 그들의 영혼에는 첫 번째 조건이나 마지막 조건이 평등인 것이다. 그렇기에 프랑스에 있어서는 사회성의 교육과 함께 평등의 필요성이 함께 성립되고 있다. 혁명의 이유도 계산적인 예산으로 시도해 볼 수 있겠지만, 혁명이란 첫 번째 어휘나 목소리들은 고귀한 귀족들과 함께 평등이란 발걸음으로 파리의 살롱으로 걸어 들어가 함께 지내고 있는 풍부한 정신을 지닌 천민들로부터 수여된 표현들이다. 이러한 말이나 목청들이 때로는 거의 알아차릴 수 없는 표현들이라 할지라도 귀족들에게는 대단히 모욕적인 불평등을 회상토록 하고 있는 말이기에 더욱 깊게 상처 입게 된 귀족들의 미소가 되고 있다; ……'[178]

그래서 프랑스인들이 투쟁하는 자유의 개념 이면에는 '평등을 향한 노력이 혁명의 주 원리가 되고 있음을 잘 알아야 한다. 왜냐하면 프랑스인들은 그들의 위대한 황제가 프랑스인들의 미성년성을 고려하여 그들의 모든 자유를 위해 엄격한 후견인 역할을 하면서 그들에게 완전한 명예로운 평등의 기쁨을 넘겨주고 있기에, 황제 통치하에서도 그들은 행복하고 만족스럽게 느끼고 사는 것이다.' 즉 프랑스인들의 자유는 황제 통치하에서 언제나 평등을 동반하고 있음을 강조하고 있는 것이다.[179]

그런데 '독일인은 자유도 평등도 필요로 하지를 않았다. 독일인이란 사변적인 민족이며 관념적인 사람들이다. 먼저 생각하고 후에도 생각하는 사색가이며, 과거와 미래에서만이 살면서 현재를 갖고 있지 않은 몽상가들이다. 영국인이나 프랑스인들은 현재를 갖고 매일처럼 서로 투쟁을 하면서 그들의 역사를 갖고 있다. 그런데 독일인은 무엇을 위해 투쟁하여야 할 것을 갖고 있지 않다. 독일인은 어떤 사물의 소유가 소망스런 가치를 지닐 수 있는 일이 실제로 존재하게 될 때에 사물의 실존에 대해 의문을 가지도록 독일 철학자들이 가르치고 있다는 생각 속에서 모든 사유가 시작되고 있기 때문이다. 물론 독일인들도 자유를 사랑하고 있다는 사실은 부인할 수 없다. 그러나 다른 민족들과는 다르다.

영국인들은 그들의 자유를 합법적 부인처럼 사랑하고 소유하고 있다. 그들은 부인을 각별한 부드러움으로 다루지는 않는다 할지라도, 부인이 위기에 처했을 때는 남성처럼 방어해 줄 줄 아는 사람들이다. …… 프랑스인은 자유를 선택한 신부처럼 사랑한다. 그는 신부를 위해 열정적으로 불태우듯 사랑한다. 신부의 발밑에 몸을 던져 가며 지나칠 정도의 맹세를 선서한다. 신부를 위해서라면 죽음과 삶을 걸기도 하고, 수천 가지의 어리석음도 행하는 사람들이다. 그런데 독일인은 자유를 자신의 늙은 할머니에 대한 것처럼 사랑하는 사람들이다.'[180]

여기서 독일인의 자유를 늙은 할머니에 대한 사랑처럼 비유한 것은, 당시 독일 청년 학생들이 결성한 독일 청년 동맹 축제의 함성처럼, 조국애만을 위해 투쟁하는 자유의 외침으로 생각할 수도 있었기 때문에 그런 것은 아닌가 한다. 하이네는 바로 이러한 '독일 학생들의 조국애만을 위한 투쟁Pro-Patria-Kaempfe deutscher Studenten'이[181] 극단적인 협의적 애국심으로 오도되지는 않을까 걱정했다.

자유는 인간이 어떻게 수용하여 활용하느냐에 따라 장단점의 결과가 나오는 것이다. 자유가 너무나 방임되어서도 안 되겠지만 과도한 조국애로 치달아도 안 될 것이다. 결국 인간이 추구하는 자유와 평등이 어떻게 조화를 이루느냐 하는 것이 문제가 된다. 독일인의 자유를 늙은 할머니에 대한 사랑으로 비유하는 것도 조국애만을 고집할 가능성이 크기 때문이다. 가정에서 어린아이들에게 동화를 읽어 주고 꿈을 키워 주는 할머니의 역할로 볼 때, 자유의 개념은 대단히 무한하고 환상적일 수도 있다. 꿈속에서나마 자유의 씨앗을 어떻게 뿌려 주느냐가 중요한 것이다. 그런데 이러한 자유의 활용을 제대로 내다보는 사람이 없기 때문에 문제가 생기는 것이다.

비록 영국인이 자유를 합법적 부인으로 사랑하고 소유한다 할지라도, 잘못되면 '한 괴팍한 영국인이 자기 부인에 싫증이 난다고 부인의 목을 밧줄로 매고 가축 시장으로 끌고 가서 판매하는' 경우가 생긴다. 프랑스인이 자유를 자신의 신부처럼 열정적으로 사랑한다 할지라도, '한 경박한 프랑스인이 사랑했던 신부를 배반하고 궁중 여인과 노래나 부르고 춤이나 추며 놀아나는' 예가 생긴다면 잘못된 것이다. 하지만 '독일인은 늙은 할머니를 문전 박대하는 경우가 절대 없다. 이들은 할머니를 따뜻한 난로가로 모셔 그곳에서 경청하는 어린이들에게 동화를 읽어 줄 수 있게 한다. ─ 그런데 절대 있어서는 안될 일이지만, 만일 어느 날 자유가 이 세상에서 사라졌다고 한다면, 독일의 몽상가는 그의 꿈속에서 또 다른 자유를 발견하게 될 것이라 했다.'[182]

사실 독일인은 환상적 꿈속에서 자유의 꿈을 창조할 수 있는 낭만적 민족이다. 하지만 그들의 환상적 자유가 어느 독재자의 모습처럼 광증적 유령의 모습으로 나타난다면, 이는 참으로 경계해야 할 대상이 되는 것이다. 예로 히틀러를 상정할 수 있다. 그렇기에 자유와 평등의 실현은 참으로 각 나라의 정치·경제·사회적 환경과 민족성 및 정신적 상황에 따라 상이하게 형성되는 난제인 것이다.

이러한 난제를 하이네는 그가 처음 런던 템스 강변에서 만난 한 예언가적 황색 노인의 탄식하는 비탄과 실망 속에서 충분히 이해하고 있었던 것이다. 황색 노인은 젊은 하이네의 어깨에 손을 올려놓고, 안개 자욱한 런던 하늘의 창백한 별들을 쳐다보며 그의 은밀한 생각들을 실토하는 것이었다.

"'자유와 평등! 이러한 말들은 이곳 지상에서는 볼 수 없고 저곳 천상에서도 볼 수 없답니다. 저곳의 별들도 똑같지가 않답니다. 어떤 별은 다른 별보다 더 크기도 하고 밝게 빛나기도 하며, 그들 중의 어떠한 별들도 자유롭지가 못하답니다. 그들 모든 별들은 철칙처럼 정해진 규칙에 따라 순종하고 있답니다. - 결국 노예는 천상에도 있고 지상에도 있는 것이지요." 그러자 한 여행 동반자가 갑자기 안개로 뒤덮인 런던에 우뚝 솟은 런던타워를 가리키면서, "저기 저 타워를!" 보세요. 어두운 꿈의 유령같이 우뚝 솟아 있네요 하고 외치는 것이었다.'[183]

런던타워는 옛날 왕이 살던 왕성이었다. 하지만 1509년에서 1820년까지 형무소와 사형장으로 사용되었던, 국민들의 회한과 비통이 그득한 어둡고 혐오스런 장소인 것이다.[184]

다시 말해 하이네는 절대 군주가 군림하는 군주국에서는 자유롭지 못한 국민들의 복종 관계만이 형성될 수 있음을 알아차렸다. 그래서 때로는 절대 군주가 어두운 유령처럼 나타나 국민의 자유와 평등을 구속할 수도 있다는 회의를 품었던 것이다. 따라서 당시 궁핍했던 정치 경제 상황에 대한 황색 노인의 허탈한 실망과 탄식을 통해 자유와 평등을 위한 해방 정신을 호소하고 있는 것이다. 이러한 호소는 또한 하이네의 호소이기도 하다.

16. 남쪽 뮌헨으로의 여행

하이네는 「영국 단장」에서 정치적인 관심만을 주로 취급했다. 영어 의사소통 부족으로 작가들과의 직접적인 만남이 적었기 때문에 특기할 만한 일이 없었던 듯하다.

그가 5개월간의 영국 여행을 마치고 함부르크로 돌아온 후[1827.9], 그는 처음으로 뮌헨의 고타Cotta 출판사에서 발행하는 잡지 〈신일반 정치 연감Neue Allgemeine Politische Annalen〉의 편집장으로 초대되었다. '연봉으로 2천 탈러Taler가 되는' 고액 보수도 제공되고[1827.11.28. 파른하겐에게 보내는 편지], [185] 명예로운 자리였기에 그는 대단히 기뻤다. 정규직에다 그가 그때까지 받아 본 보수 중에서 최고액이었을 뿐만 아니라, 괴테와 실러의 작품을 출판한 남부 독일의 출판 제국 황제로 오늘날까지 각인된 고타 남작Johann Friedrich Cotta, 1764-1832의 출판사에서 일할 수 있는 기회가 생겼기 때문이다.

그래서 그는 1827년 10월 27일 마차 편으로 함부르크에서 뮌헨으로 출발했다. 가는 도중에 부모님이 계신 뤼네부르크에서 며칠 머물면서 기쁨을 나눈 뒤, 그는 옛 베를린 학창 시절의 친구 모세스 모저Moses Moser와 역사학

교수가 된 친구 게오르그 사르토리우스Georg Sartorius가 있는 괴팅겐으로 가 그들을 다시 만났다. 그런 다음 평소 야콥 그림과 빌헬름 그림 형제의 전래 동화 및 시문학에 관해 많은 관심을 가졌기에 그들이 있는 카셀로 갔다.

■ 16-1. 그림 형제와의 만남

그는 카셀에서 8일간 머물면서 1827년 11월 9일 그림 형제들에게 초대되어 처음으로 친교를 맺었다. 그 자리에서 화가로 유명했던 그림 형제의 다섯 번째 동생 루드비히 에밀 그림Ludwig Emil Grimm, 1790-1863은 그의 얼굴 옆모습을 스케치하며 동판화를 남겼다. 이 동판화는 오늘날도 하이네의 값진 자화상이 되고 있다. 그가 스케치한 하이네의 옆모습은 길쭉한 독일인의 얼굴로 동경에 가득 찬 시선을 하늘로 치켜 보는 모습이었는데, 이는 마치 높은 이마에 아름다운 머리와 세상을 경멸하는 시선으로 바라본 영국 시인 바이런의 옆모습과도 비교된다.

그런데 루드비히 에밀이 그의 초상화를 스케치하는 동안 그는 하이네가 독일 사람이 아닌 것 같은 느낌을 받고, 베를린에 살고 있는 네 번째 동생인 페르디난트Ferdinand, 1788-1844에게 편지를 보내 그가 유대인이 아니냐고 물어보았다 한다. 그랬더니 페르디난트는 '그가 유대인인 것은 맞고 유대인처럼 대단히 위트가 풍부하고 예리한 분이라고 하면서, 그의 작품들은 대단히 가치 있게 읽히고 있지만 그분이 각별히 호감 가는 분은 아니라 하고, 작품 「라트클리프」에는 뛰어난 장면들이 많은데 「알만조르」에는 기독교를 탁월한 방법으로 조롱하기도 했다.'고 전했다는 것이다.[186]

이렇듯 그림 형제들은 하이네와 서로 알게는 되었지만, 칼뱅 계통의 개신교와 애국주의적 가정에서 성장한 이들 학자들은 젊은 하이네와 처음부터 친숙할 수는 없었다. 하지만 '야콥 그림은 왠지 모르게 하이네를 대단히 좋아하는 것처럼 보였다.' 한다(1827.11.28. 파른하겐에게 보낸 편지). **187** 그리고 페르디난트는 당시 베를린에 있는 라이머Reimer 출판사의 교정사로 일하고 있었기 때문에, 하이네의 초기 작품 출판에 관한 단편적 뒷이야기를 알고 있었다. 그렇기에 그는 하이네에 관한 소식을 전해 줄 수 있었던 것이다.

하이네는 사실 본래부터 그림 형제들의 전래 동화와 민요 및 경구들이 담고 있는 독일 낭만주의의 중심적 영혼 세계에 관해 관심이 높았다. 그는 본대학 시절부터 슐레겔 교수의 낭만주의 강의에 심취하고 있었기 때문이다. 특히 독일의 낭만주의란 '중세 문학의 재발견'에서 온 것이기에, 당시 중세 문학의 신비적 영혼 세계에 관심이 높았던 하이네는 독일의 영혼을 이해하기 위해서도 그러했고 자신의 서정시를 위한 시학을 참고하기 위해서도 그림 형제의 언어학과 문학에 관심이 높을 수밖에 없었던 것이다.

따라서 카셀에서의 그림 형제들과의 만남은 평소 그가 지녔던 낭만주의 예술에 관한 인식을 폭넓게 확인하는 데 도움이 되었다. 특히 빌헬름 그림의 「고대 덴마크 영웅 노래Altdaenischen Heldenliedern, 1811. Heidelberg」 소재는 하이네의 민요조 로맨스 시Romanze에 많은 영향을 미친 것으로 이해된다. **188** 바로 그림 동화와 민요조 설화 시에서 오는 낭만주의적 무한 세계와 신비주의 및 경이로움의 환상적 소재가 하이네의 서정시와 로맨스 시에 변형된 소재로 전용될 수 있었기 때문이다.

그 예로 빌헬름 그림이 쓴 「고대 독일의 룬 문자에 관하여Ueber Runen, 1821」란 글과 「북구의 에다Edda 문학에 나타난 무술巫術 노래Beschwerungslieder」가 하이네의 「해변 가의 밤Die Nacht am Strande, 1825-1826」에 원용된 바가 있다. **189** 하이네의 「메테 부인Die Frau Mette, 1832-1839」은 빌헬름 그림의 「고대 덴마크 영웅 노래」 가운데 「황금 뿔나팔Die goldene Hoernlein」에 근거하고 있으며, **190** 하이네의 「태초에 밤꾀꼬리가 있었다Im Anfang war die Nachtigall, 1830」도 그림 동화의 「(신부) 조린데와

(신랑) 조링겔Jorinde und Joringel을 원용한 것으로 보기 때문이다.**191**

여기서 하이네 시들이 빌헬름 그림으로부터 영향 받았다는 사실을 기억하기 위해, 시 몇 작품을 번역 소개해 보겠다. 우선 「해변 가의 밤」에서의 첫 시구만을 소개해 보면 다음과 같다.

별도 없는 추운 밤에,

바다는 넘실거린다;

괴물의 북풍이,

바다 위로 몰아쳐 땅으로 엎어지며,

은밀하게, 신음하는 목쉰 소리로,

기분은 좋으나 고집 센 불만처럼

북풍은 물속으로 수다를 떤다네,

그리고 멋있는 많은 이야기들을 이야기한다네,

거대한 동화나 때려죽이려는 듯한 기분으로,

노르웨이의 옛 전설들을,

그리고 간간히 계속 울려 퍼지는 소리로 웃기도 하고 울부짖기도 하며

에다 전설의 무술巫術 노래와,

(먼 옛날의) 룬 문자 격언들을,

어두운 고집과 마술적 폭력으로,

하얀 파도의 물결들이

껑충 솟아오르고 환성을 지르며,

오만스럽게 속삭이듯 이야기를 한다네.**192**

마치 지중해와 흑해 연안을 지배했던 고대 그리스의 '헬라스 신들'이 신들의 여명기에 마술적인 고대 언어로 속삭였듯이, '에다 전설의 무술巫術 노

래'와 '룬 문자의 격언'들이 거센 북풍의 바다 소리처럼 '북구 신들의 여명기'에 게르만적 고대어로 속삭여지고 있다. 이것을 하이네는 새로운 영감으로 받아들여, 북해의 속삭임이란 은어적 비유로 표현해 본 것이다. 그러한 영감이 그림의 「고대 독일의 룬 문자에 관하여」와 「에다 전설」의 북구 문학에서 그리스의 서사시적 메아리처럼 하이네의 시에 수용된 것이다.[193]

그리고 「메테 부인」Die Frau Mette, 1832-1839은 부부간의 사랑이 친구간의 장난기 어린 내기 때문에 죽음이란 비극을 초래한 노래다. 노래는 다음과 같다.

페터와 벤더가 술자리에 앉았는데,
벤더가 말하기를: 내가 내기를 하겠는데
너의 노래가 전 세계를 제압한다지만,
절대로 부인 메테를 제압하지는 못할 것이다.

이에 페터가 말하기를: 나도 나의 말馬을
너의 개犬에 내기로 걸겠지만,
나는 (너의) 부인 메테를 노래로 나의 집으로,
오늘 밤 자정에 데려갈 수 있다고 했다.

그리고 자정이 되자,
페터는 노래를 부르기 시작했다;
강 너머 숲 너머로,
달콤한 노랫소리는 퍼져 갔다.

전나무들도 조용히 엿듣고 있었고,

강물도 속삭임을 멈추고,
하늘에도 창백한 달이 떨고 있었으며,
현명한 별들도 귀를 기울여 엿듣고 있었다.

이에 부인 메테는 잠에서 깨어났다:
누가 나의 방 앞에서 노래를 부르는 것일까?
그녀는 어깨에 옷을 걸치고 걸어 나갔다;-
(헌데) 이것이 커다란 비참한 일이 되었다.

숲 속을 통해, 강을 통해
그녀는 끊임없이 걸어갔다;
페터가 그녀를 자기 집으로
그의 강렬한 노래로 이끌어 갔던 것이다.

그리고 그녀가 아침에 집으로 돌아왔을 때,
문 앞에는 벤더가 서 있었다;
"부인 메테, 당신은 오늘 밤 어디에 있었소?
당신 옷이 젖어 있네그려?"

나는 오늘 밤 요정의 강가에 있었어요,
그곳에서 예언을 들었지요,
조롱하는 물의 요정이
나에게 물을 첨벙거리며 물을 튕겼나 봅니다.

"요정의 강가에는 고운 모래들이 있는데,

그곳에 당신은 가지 않았는데요,
당신 다리가 찢기고 피가 나고,
당신 뺨에도 피가 나 있으니 말이오."

나는 오늘 밤 요마의 숲에 있었어요,
요마의 춤을 보기 위해서,
나는 나의 발과 뺨에 상처를 입었지요.
가시덤불과 전나무 가지들 때문이에요.

"요마는 5월에나 춤을 추는데요,
부드러운 꽃 들판에서,
하지만 지금은 추운 가을이잖아요
그리고 바람은 숲 속으로 울부짖고 있고요."

나는 오늘 밤 페터 닐슨 집에 있었어요,
그가 노래를 불러서 노래의 강렬한 마력에 끌려,
숲을 통해 강물을 통해
나를 끊임없이 끌어갔답니다.

그의 노래는 죽음보다도 더 강력해서,
밤과 파멸로 유인했답니다.
아직도 나의 마음속에는 울려 퍼진 열정이 타오르고 있답니다;
나는 지금 내가 죽어야 마땅함을 알고 있어요.-

교회 문에는 검은 천이 걸렸고,

조종이 울리고 있으니;

가련한 부인 메테를 의미하는

비탄스런 죽음을 알리는 듯하군요.

벤더는 관 앞에 서 있고,

가슴속으로부터의 탄식이 터져 나오니:

이제 나는 나의 아름다운 부인도 잃고

나의 충견도 잃어버렸네요.[194]

　서사적이고 극적이며 서정적으로 융합되어 노래된 이 로맨스 담시는 매혹적인 부인이 남성을 유혹하는 소재가 아니었고, '데몬 같은 남성이 노래의 마력으로 결혼한 유부녀를 유혹하여 부부간의 마술적 사랑을 파탄시킨' 내용이다. 금실 좋은 부부간에 그만 신의를 잃은 부인이 개인적으로 죽음이란 벌을 선택하게 된 사랑의 갈등을 말한 것이다. 다만 이 시는 이러한 갈등을 '전설적이며 신화적인 옷으로 포장하여' 부부간의 사랑을 실험대에 올려놓고 비극을 자초한 격이 되었다.

　그런데 하이네는 빌헬름 그림의 「고대 덴마크의 영웅 노래」 가운데 「황금 뿔나팔」 소재를 가지고 이 시를 창작한 것 같다. 하지만 하이네가 고귀하고 자랑스러운 '부인 메테'가 그만 남성에게 유혹되어 생을 마감하게 된 부끄러운 불륜의 비극을 주제로 삼으려 한 것은 아니다. 도리어 '매혹적인 음악의 마술적 힘'에 의해 부인이 유혹되었음을 표현하려 하였기에, 이것은 음악으로 유혹된 「로렐라이」 노래 시와 평행선을 긋고 있다.[195]

　「로렐라이」 가운데 '아름다운 요정이 황금 빗으로 머리 빗으며 노래를 부른다; 기이하고도 강렬한 선율의 노래를.'[196] 하고 표현한 대목은 바로 선율의 마력이 배에 탄 사공을 유혹해 죽음으로 이끈 동기가 되고 있기 때문이다.

그다음 「태초에 밤꾀꼬리가 있었다」는 '태초에 말씀이 계셨다.'고 한 성서
요한복음 1장 1절에 나오는 하나님의 영원한 창조적 생명과 빛을 꾀꼬리란
동물을 통해 로고스적 생명으로 노래한 시이다.

태초에 밤꾀꼬리가 있었으니,
노래를 부르기를; 주키트! 주키트!
밤꾀꼬리가 노래를 부르자 사방에서
푸른 잔디, 제비꽃, 사과나무 꽃 들이 싹이 텄다네.

밤꾀꼬리가 자기 가슴을 톡톡 찌르니, 그곳에서
붉은 피가 흐르고, 피에서는
아름다운 장미나무가 싹터 올라;
밤꾀꼬리는 장미나무에 사랑의 열정을 노래하고 있다네.

숲 속에 있는 우리들의 모든 새는
상처로부터의 피를 미화하고 있었지;
하지만 장미 노래가 사라지자
온 숲들은 파괴되어 갔다네.

그래서 한 어미 참새는 참나무 둥지 속의
아기 참새들에게 이를 이야기 하니;
아기 참새는 둥지 속에서 가끔 찍찍 울고,
어미 참새는 상석에서 쭈그리고 있었다네.

어미 참새는 가정적인 좋은 새이기에

착하게 새끼들을 품고 상을 찌푸리지 않고;

어미 참새는 시간을 보내기 위해

아이들에게 신앙의 강의를 하여 주었다네.[197]

이것은 마치 요한복음 1장 1절에서 언급한 하나님이 창조하신 만물의 생명과 빛처럼, 새봄에 새로운 사랑과 새 생명이 싹트고 있는 자연 현상을 '동물의 모습을 통해 종교적이고 윤리적이며 철학적인 이념으로 신앙 교육을 하고 있는' 것으로 묘사한 것이다. 하이네는 가끔 동물들을 '종교 철학적 신앙 교육을 위한 합리적이고 예시적인 주연'으로 등장시키고 있다. 그리고 첫 시구에서 꾀꼬리가 '주키트! 주키트!' 하고 노래하는 대목은 그림 동화 「(신부) 조린데와 (신랑) 조링겔」에 나오는 표현이다.[198]

조린데는 늙은 마녀의 마술에 빠져 꾀꼬리로 변한 채 숲 속 성곽에 갇혀 있다. 그녀를 사랑하는 조링겔은 꿈속의 계시에 따라 숲 속으로 가 '피 붉은 꽃Blutrothe Blume'을 발견한다. 그리하여 그 꽃의 마력으로 '꾀꼬리로 변하여 주키트 주키트 하며 고통을 호소하고 있는' 조린데를 환생시킨다. 그런 다음 늙은 마녀도 사라지게 한 후, 그들 부부는 다시 만나 한평생 행복하게 살았다는 내용이다.

하이네는 조린데가 성곽에 갇혀 고통스러움을 노래하고 있는 동화 속의 시를 자신의 시에 원용했던 것이다. 동화 속에서 조링겔이 엿들은 조린데의 노래는 다음과 같았다.

빨간 예쁜 반지를 낀 나의 새

노래를 하네, 고통스러워 고통스러워:

어린 비둘기에게도 자신의 죽음을 노래하고 있네,

고통스러워 고통스러워 주키트 주키트 주키트.[199]

이처럼 조린데의 노래 가운데 '주키트! 주키트!'란 고통의 호소가 하이네의 시에 인용되었던 것이다.

또한 '붉은 피에서, 아름다운 장미나무가 싹터 올라; 밤꾀꼬리는 장미나무에 사랑의 열정을 노래하고 있다네.' 하는 구절 역시, 동화 속의 '피 붉은 꽃'에 이슬방울이 영롱하게 붉게 맺혀 있는 신선한 아침 꽃의 모습을 떠올리고, 새 생명과 새 생명에 대한 사랑을 노래한 것이다. 그것을 '싹터 오른 장미나무에 대한 꾀꼬리의 열정'으로 비유해 놓은 것이다. 결국 하이네는 그림 형제의 신비적 낭만주의 세계를 자신의 서정시에 자주 원용했던 것이다.

16-2. 뵈르네와의 인연과 운명

자신에게 낭만주의적 영향을 미친 그림 형제와의 만남을 뒤로하고, 하이네는 프랑크푸르트로 옮겼다[1827.11.12-15]. 그리고 프랑크푸르트에서는 뵈르네Boerne. 1786-1837에게 초대되어 3일간 머물면서 서로의 만남을 가졌다. 하이네가 뵈르네를 처음 본 것은 1815년 9월, 프랑크푸르트 가을 박람회 때 린즈코프Rindskopf 은행에서 수습을 받기 위해 아버지를 따라 그곳에 갔을 때이다. 그때 그는 아버지와 함께 프리메이슨 결사대 지부 '떠오르는 여명을 위해Logo a L'Aurore naissante'의 독서실에서 신문을 읽고 있었는데, 그의 옆에 앉아 있던 젊은이가 '조용히 귓속말로' '저기 저분이 연극 비평가인 뵈르네 박사'라고 했기에 그를 알아보았다.[200]

뵈르네는 1786년 유다 뢰브 바루흐Juda Loew Baruch란 이름으로 프랑크푸르트 게토 지역에서 태어났다. 그도 하이네와 마찬가지로 후일 신교로 개종한 사람이다. 그는 이미 〈시민 생활과 학문 예술을 위한 잡지, 저울Die Waage,

^{1818.7~1821}〉을 발간했고, 주간지 〈시간의 날개^{Zeitschwingen, 1819.7~10}〉를 편집해 온 독일의 중요한 정치 평론가이자 비평가였다.

하이네가 1815년 그를 처음 보았을 때의 인상은 게토 지역에서 살아 본 지식인으로서는 비교적 '유복한 여유로움'을 지닌 모습이었다. 하지만 일반적으로 '도전적인 사람의 얼굴에서 느낄 수 있는 거대한 불만을 지닌 혁명가'였으며, '거동도 확실하고 결정적이며 (도덕적 주관이 뚜렷한) 성격 있는' 사람으로, 눈에서도 '정신의 빛이 은밀히 감싸 흐르는 특별한 사람이 아닐까?' 하는 생각을 가졌다.[201]

그런데 이번 만남에서는 작품 인지도가 높아서 그런지는 몰라도 하이네에 대한 뵈르네의 인식이 대단히 좋았다. 하이네 자신도 그의 진심 어린 사랑과 호의적 영접에 감탄했다.

'나는 프랑크푸르트에서 3일간 그와 함께 지냈는데 …… 뵈르네가 나를 그렇게 좋게 생각하고 있는지를 미처 알지를 못했다; 그가 나를 우편 마차역까지 배웅해 줄 때까지 매 순간 우리는 떨어질 수 없는 사이였다.' 이렇게 하이네는 칼 아우구스트 파른하겐에게 전하였다^(1827.11.28).[202] 그러면서 마지막 작별 순간에도 그가 뮌헨에서 좋은 직장을 구해 잘 지낼 수 있도록 언행에 조심하라는 뜻으로, '뮌헨에서는 가톨릭 신부님들과 충돌하시는 것을 조심하라고 뵈르네가 귓속말로 당부하기도 했다.'고 말하였다.[203]

뵈르네는 하이네보다 12살 위였다. 하지만 두 사람은 진보적 자유주의 투쟁가로, 반유대주의자들의 표적이 되기도 했다. 그래서 그들은 초기부터 자유·평등·해방이란 혁명적 사상에 서로 의기투합했던 것이다. 단지 나폴레옹에 대한 판단에서 서로 다른 생각을 가졌다. '뵈르네는, 내가^{하이네} 천지를 창조하고 세상을 현철하게 통치하는 신에 대해서는 별로 경의를 표하지 않고 전제 군주였던 나폴레옹에 대해 지나친 경외심을 표하고 있다고 하며, …… 뵈르네도 무의식중에는 나폴레옹에 대한 위대한 존경을 영적으로 지니고 있음에도 불구하고 나폴레옹에 대한 사랑은 적은 듯 보인다.' 하이네는 그 차이점을 이렇게 말하였다.[204] 하이네 자신이 지나치게 나폴레옹을 존경하고 신격화한 것에 대한 뵈르네의 비판적 태도를 언급한 것이다.[205]

하지만 그들은 프랑크푸르트에서 만난 동안, 그들이 살았던 게토 지역과 시내 거리를 거닐면서 많은 대화를 나누었다. 프랑크푸르트의 게토 거리는 1808년에 뵈르네가 언급한 대로, 주거 지역에는 '태양 이외에는 하늘이 보이지 않았으며, 사방에는 좋지 않은 냄새가 진동하여 병균의 전염을 막기 위해 수건으로 얼굴을 가리고 다녀야 했다.' 거리는 진흙탕이어서 '조심성 있게 진흙탕 길을 천천히 걸어야 했기에 거리를 자세히 볼 여유는 가질 수 있었지만, 발걸음을 옮길 때마다 어린이들이 진흙탕에 짓밟히지 않도록 두렵고 조심성 있게 걸어야 했다. 하지만 어린이들은 무수한 구더기들이 태양의 힘에 의해 더러운 오물 속에서 부화하듯, 더러운 밑바닥을 떠돌아 헤엄치기도 하고 진흙탕을 가로지르기도 하는 것이었다.'[206]

주거 환경이 이처럼 나쁜 게토 지역은 유럽 여러 곳에서 겪었던 유대인들의 수난을 말해 주기도 한다. 당시 독일에 있어서의 유대인들은 '유대인 행동 강령'에 따라 제한된 사항이 많았다. '공동체는 5백 가족으로 제한되어 있었고, 공동체에서는 연간 14쌍만이 결혼할 수 있었다. …… 그리고 거의 모든 직업을 택할 수도 없었다. 1787년 이후부터 겨우 공휴일에 한해서만 17시 이후부터 산책을 할 수 있었는데, 그것도 공개된 산책로에서는 금지되어 있었다.' '부활절 전날부터 부활절까지와 대관식 같은 날에는 유대인들이 게토를 떠나서는 안 되었고, 증명서 없이는 일하러 시내로 들어갈 수도 없었다. 두 사람 이상이 함께 다녀서도 안 되었다. 1728년까지만 해도 유대인들은 노란 반지를 보이게 끼고 다니는 것이 의무화되어 있었으며, 1816년까지도 …… 유대인들이 피를 빨아먹거나 페스트를 옮기는 벌레 같은 사람들이란 반유대적 욕설들이 난무했다.'

이처럼 유대인들에게 제한된 법적 사회적 환경은 18세기에서 19세기 중반까지 혼란과 모순 속에서 반복되고 있었다.

'19세기 중반까지만 해도 수공업이나 보호된 상행위, 대학교수, 군 장교 및 외교관 같은 일반 시민적 직업은 금지되어 있었다. 1847년에 가서야 비로소 관직을 얻을 수 있게 개선되었고, 교수가 된다 해도 지리학이나 언어학 분야에서나 가능했으며, 기독교 정신을 지녀야 할 문학 같은 분야에서는 불가능했다. 헤겔의 제자로서 하이네 친구였던 에두아르트 간스가 기독교로 개종한 뒤에야 1825년에 교수가 된 것은 그 자신이 주도면밀하게 계획하였기 때문에 가능한 일이었다.'[207]

시대를 거슬러 올라가 19세기 초반에는 유대인들을 '유해한 독충'이라 매도하면서 '유대인을 살해해도 죄가 안 되고 범죄도 안 된다고' 서슴없이 비방하는 사람이 있었는가 하면, '흑인 대신 유대인을 영국인에게 노예로 팔거나 남성을 거세하고 부인과 딸들은 창녀촌으로 보내야 한다.'는 호소도 있었다. 그 결과 '19세기 초 뷔르츠부르크와 프랑크푸르트, 코프렌츠, 함부르크 등지에서는 반유대주의적 "헵 헵 운동"이 더욱 확산되었으며, 시너고그들이 불태워졌던 것이다.'[208]

바로 이렇게 아픈 상처들을 간직하고 있는 프랑크푸르트 게토 거리를 하이네가 뵈르네의 안내를 받아 거닐고 있었다. 그때 주택가의 어두운 소굴에서 한 늙은 노인이 우수에 잠긴 채 흐느끼며 비가를 노래하는 소리가 들렸던 것이다. '나는 이것이 "무슨 노래이지요?" 하고 동반자에게 물었다. 그는 시무룩한 미소를 지으며 대답하기를, "이것은 좋은 노래랍니다." 하고 금년도 연감 시집에서 이와 비슷한 노래를 어렵게 발견했는데 서정적인 걸작이랍니다. …… 당신도 독일어로 번역된 것을 아마 알고 있을 것입니다: '우리는 바빌론 강가에 앉아 수양버들에 하프를 걸어 놓고' 하는 화려한 그 시를 말이오!(이 시는 구약 시편 137편에 따른 시이지요.) 언젠가 늙은 랍비 카임Chayim, 1821년 함부르크에서 사망한 랍비 작가이자 학자이 이 노래를 떨리고 쇄진한 목소리로 잘 불렀지요; 쉬는 날에는 그가 더 큰 소리로 노래했지만 표현과 감정을 다하지는 못했어요. …… 노래하는 저 늙은 사람도 바빌로니아 사람들을 여전히 증오하고 있는 까닭에 아직도 매일 바빌로니아 왕 네부카드네자르Nebuchadnezzar, 기원전 604-562에 의해 예루살렘이 멸망한 것을 슬퍼하며 울고 있는 것이랍니다.'[209] 이렇게 바빌론에 포로로 잡혀갔던 옛 유대인들이 자신들의 옛 고향 예루살렘의 멸망에 대해 슬퍼하며 동경하는 비가를 하이네와 뵈르네가 게토 거리에서 듣게 된 것이다. 그리고 자신들의 정체성에 관한 상념에 잠시 젖어 보았던 것이다.

그리고 그들은 은행가 가문의 종주격인 구텔 마이어 암셀 로스차일드Gutel Mayer Amschel Rothschild, 1743-1812의 집 앞을 지나갔다. 그러면서 그에 관한 이야기도 나누었다. 그는 '경건함과 착하고 선한 마음'을 지닌 사람으로, '자선적 선행'을 통하여 좋은 가문의 터전을 이룩했다는 이야기였다.[210]

그런데 뵈르네는 그의 아들들에 대해서는 증오스러운 평을 내렸다. 그의 아들 5형제가 재벌이 되고 난 뒤에는-1822년 메테르니히의 제안에 따라 5형제 모두가 남작 작위를 받고 '재벌 귀족'이 되었기에,[211] 뵈르네 자신의 혁명가적 사상과 배치된 우스꽝스런 귀족들로 보였기 때문이다. 게다가 재벌이 된 '부자 유대인들에 있어서의 일상생활이란 것이 기독교 세례를 받는 일로 일상화되었으며, 복음을 전한다는 것도 배반한 유다에게 설교가 쓸모 없듯이 복음이 부자들에겐 하나의 시가선詩歌選처럼' 들렸던 현실에서, 뵈르네는 이들의 자기기만적인 행위에 회의를 느꼈던 것이다. 다시 말해 세례란 것이 형식뿐이지 내실을 충족시키지 못하고 있는 위선임을 비판적 시각으로 보았던 것이다.

그래서 뵈르네는 하이네에게 질문을 했다. '당신은 세례를 통하여 내면적 자연성격도 완전히 변한다고 믿습니까? 당신은 사람이 물로 세례를 준다고 해서 이Laeuse가 벼룩Floehe으로 변한다고 믿습니까?' 하이네는 '나는 그렇다고 믿지 않습니다.'라고 했다. 그러자 뵈르네도 '나도 역시 그렇다고 믿지 않습니다.' 하였다. 그러면서 그들 유대인은 세례만을 통해서는 진정한 기독교인이 될 수 없음을 알고,[212] 로스차일드 같은 가문이 세례를 받았다 해도 그들의 신앙생활 본질에 있어서는 재벌로 포장된 자기기만을 내포한 것에 불과하다는 사실을 조롱하였다.

이처럼 하이네는 뵈르네와 프랑크푸르트에서 첫 만남을 가졌고, 1831년 파리 망명 생활을 시작하였다. 그때까지만 해도 두 사람은 최소한 실러와 괴테처럼 좋은 관계를 유지했다. 그러나 파리 생활 직후부터 그들 간에는 차츰 경쟁 관계가 발생했고 증오가 싹터, 결국 비난도 서슴지 않는 적대 관계로 변해 갔다.

경쟁 관계는 서로 문필가로서 파리 생활을 시작하는 과정에서 일어났다. 뵈르네는 「파리로부터의 편지Briefe aus Paris, 1831~1834」를 통해 7월 혁명1830에 관한 보고와 사회·정치·철학에 걸친 프랑스 자유주의 사상을 베를린 〈조간신문Morgenblatt〉에 소개하는 데 재능을 쏟았다. 하이네 역시 작가로서의 유명세와 함께 독일 아우크스부르크의 〈보통 신보Allgemeine Zeitung〉에 「프랑스 상황Franzoesische Zustaende, 1832」을 알리고 프랑스 자유주의 사상을 확산시키는 역할을 하고 있었다. 뵈르네의 언론인 역할이 하이네의 위세에 경쟁 관계가 되었던 것이다.

그 당시 파리에 와 있던 독일 작곡가 페르디난트 힐러[Ferdinand Hiller, 1811–1885]
는 그들의 관계를 다음처럼 회고했다. '뵈르네는 …… 하이네가 싫어하는
속죄양[bête noire]이 될 하이네의 유령이 되었다. 뵈르네의 정신으로부터 번득
이는 언론인의 빛나는 재능을 인정하기 위해 사람들은 이미 이들 두 사람을
쌍둥이라고 불렀다. 이렇게 불리는 것에 대해 하이네는 "내가 뵈르네와 무
슨 관계가 있단 말인가." 하고 불쾌하게 외치면서, "나는 시인이다!" 하고
자존적 자아의식으로서의 진실을 시인이란 말에' 담아 뵈르네와의 관계를
차별화하려 했다.[213]

다시 말해 하이네 자신은 유명한 시인이지만, 뵈르네는 자신과는 다른 언
론인 작가임을 구분하려 했던 것이다. 게다가 그들은 모두 자유주의 사상
을 신봉하는 사상가들이었지만, 뵈르네가 하이네보다 더 과격한 애국주의
적 자유주의에 기울어 있음을 보여 주는 일이 일어났다. 온건한 민주적 자
유주의를 생각하고 있던 하이네에게는 그 행위가 거슬렸던 것이다.

그것은 바로 뵈르네가 파리로 온 후 독일 노이슈타트[Neustadt]의 함바흐 성
에서 열린 '함바흐 축제[1832.5.27-30]'에 논객 중의 한 사람으로 초대된 일이다.
그곳 모임에서는 '3만 명의 학생들과 소시민 및 수공업자들의 선언문이 발
표되었다. 그 선언문은 독일 통일과 자유에 대한 요구였으며, 혁명적이며
국가주의적 독일 민주주의를 요구하는 것이었다.' 그리고 축제 선언은 '애
국 청년 조합[Burschenschaft]'의 흑과 적, 황금 3색의 물결로 상징화되었다.[214] 바
로 이러한 애국주의적 축제에서 뵈르네 자신이 개선장군처럼 영접을 받았
던 것이다.

당시의 인상을 뵈르네는 여자 친구 자네트 볼[Jeanette Wohl, 1783-1861]에게 다음
처럼 전하고 있다[1832.5.28. 편지].

'나는 나폴레옹처럼 존경되었다. 어저께 저녁에는 하이델베르크 학생들이 나에게 몰려와서 …… 나의 집 앞에서 횃불로 만세를 불러 주었다. 그래서 나는 일찍부터 뵈르네 만세, 독일인 뵈르네 만세! 파리로부터의 편지 작가 만세! 하고 외쳐 대는 길거리로 다가섰다. …… 오늘 내가 거리로 다가갔을 때는 마차를 타고 떠나는 사람들도: 뵈르네 만세! 하고 외쳐 대는 것이었다. ……어제 저녁에는 사람들이 나의 방에까지 꽉 차 들어섰으며 문도 열린 채 모든 사람들이 서 있어야만 했다. 자리가 없는 사람들은 마당에 머물러야만 했다. 그들은 나의 손을 꽉 잡고 마치 연인들이 껴안듯이 얼싸안기도 했다.'[215]

뵈르네가 독일의 애국주의적인 정치 축제에 참여하여 영웅적 대접을 받은 것에 대해 경쟁적 상황에 있는 하이네로서는 다소 기분이 좋지 않았을 것이다. 정치에서 멀리 떨어져 파리에 와서 자유로운 예술적 집필 활동을 해 보려 한 하이네에게는 그런 시위적인 정치 행보가 마음에 들지 않았을 것이다. 그래서 하이네는 뵈르네와 같은 선동적 정치 행위보다는 예술가적 감성적 사유를 지니고 파리의 살롱 문화 속에서 지성인들과의 대화를 활성화하는 것이 더 낫다고 생각하고, 그와의 거리를 멀리하려 했다. 실제로 하이네는 이 점을 칼 임머만Karl Immerman에게 보낸 편지(1832.12.19)에서 고백하기도 했다. '나는 지금 정치로부터는 멀리 서 있으며, 선동 정치인들로부터는 증오를 받고 있다.'[216]

이러한 하이네 태도가 뵈르네에게는 연약한 작가의 모습으로 보였다. 따라서 뵈르네는 1831년 10월 14일 자네트 볼에게 보낸 긴 편지에서 이미 하이네에 관한 험담을 전하고 있는 것이다. 마치 하이네가 살롱이나 출입하면서 방탕한 생활을 하고 있는 사람처럼 말이다. 편지는 다음과 같다.

'하이네에 관해 나쁜 이야기를 해야겠는데, 내가 이를 즐기기 위해 말하는 것으로 생각지는 마십시오. 절대로 아닙니다. 하이네는 작가로서나 인간으로서 나에게는 관심 있는 사람입니다. 그래서 나는 다른 사람들로부터 그에 관한 이야기를 듣거나, 나 자신 그를 관찰한 모든 것들을 모으고 있습니다. 하이네에 관한 책이나 그에 관한 계산된 생각을 해 보기에 나로서는 이제 지루하기 때문에, 그에 관해 일어난 모든 것들을 차례로 편지에 적어 보겠습니다. 하이네가 그의 글에서 밝혀 보이는 연약한 성격은 파리에서 완전히 변종된 것입니다.

내가 보기에 역사적 관심이나 인성학적 관심에서 그의 흔적을 추적해 보면, 그는 나쁜 길로 가는 것으로 보입니다. …… 어느 독일인이 나에게 말하는데, 하이네가 그에게 이야기한 말입니다: 메테르니히가 파리에 있는 모든 처녀들을 나에게 준다면; 아마도 그러한 방법으로만이 메테르니히는 나를 매수할 수 있을 것이다.(나는 처녀라고 말하지만 하이네로서는 나쁜 표현으로 사용한 말일 것입니다.)

그는 내가 책에서나 삶에서도 볼 수 없고 심리적으로도 해명할 수 없는 경박한 생활을 하고 있답니다. 흔히들 사람들은 이를 저속한 감성적인 일로 치부하겠지만; 젊은 사람들도 이런 저속한 탈선행위를 아름다운 일로 드러내 말하는 사람은 드물 것입니다. 낭만적 사랑이란 것이 부끄럽기도 하고 침묵해야 할 말이 되었습니다만, 하이네는 밤낮으로 그 저속한 길거리 창녀들을 따라다녔고, 증오스러운 저속성에서 미학적 즐거움을 발견하고 있다고 말하고 있답니다.[217]

뵈르네가 이처럼 하이네에 대한 험담을 자네트 볼에게 전한 것은 그들의 경쟁 관계가 적대 관계로 접어들고 있었기 때문이다. 하지만 뵈르네 자신도 하이네의 예술가적 기질을 알고 있었다. 따라서 그의 생활에서 창작된 '하이네의 에로틱한 시들이란 현재의 향락보다는 도취된 환상들의 영감들을 더 많이 감흥 받으려 한 것에서 온 것임'을 인식하고, 재빨리 하이네에 대한 비난 수위를 일반적 저음으로 낮추기도 했다.[218]

그러나 자코뱅 당 같은 혁명적 공화주의자인 뵈르네와 귀족적이며 진보적 자유주의 작가인 하이네 사이는 마치 '음유 시인이 방어적으로 강철의 칼로 손에 든 칠현금七絃琴을 타는' '기사와 음유 시인Ritter und Spielmann'의 관계처럼 상극이었다.[219] 더욱이 독일 연방 정부의 결정에 따라 프로이센과 오스트리아 정부에서 하이네의 전 작품이 금서로 결정된 1835년에는 뵈르네가 하이네에게 격렬한 비판을 가하기도 했다. 하이네가 프랑스 7월 혁명[1830] 이후 등장한 루이 필립의 중용적 정치를 지지하고 있었기에, 과격한 공화주의자인 뵈르네에게는 귀족적인 온건파적 자유주의자 하이네가 위선적인 인물로 보였기 때문이다.

이에 뵈르네는 프랑스 좌파 공화주의 기관지인 〈개혁자Reformateure〉 문화면(1835.5.30~5.31)에서, 하이네는 정치적으로 불확실한 귀족적 인물로 '재능은 있으나 성격이 없는' '문학인으로서의 북 치는 고수鼓手'라고 말했다. 그러면서 하이네는 위선자이거나 음모가이며 박식하고 대중적 인기가 있는 사람이지만, 유연하고 나약하며 평범한 사람으로 공허하게 춤추는 언론인이라고 비판했던 것이다. 즉 '하이네는 진실을 위한 봉사에서 정신을 보여 주어야 하는데 그것을 충족시키지 못하고 있다면서, 그는 용기를 보여 주어야만 한다고 했다. 프랑크푸르트 연방 의회에 대해서도 그들과 머리를 맞대고 몇 마디 악의적 연설을 했거나, 가끔 독일의 자유를 위한 일에도 아름다운 축원과 함께 꽃다발도 보내야 했는데, 이를 충족시키지 못했다; 단지 조그마한 기쁨에만 작가로서의 수사학적 공허함으로 기뻐하는 것이었다. 그러나 이러한 공허한 말들도 독일 법정의 취조실 지붕 아래서 탄식하고 있는 불행한 동포들을 기쁘게 하지는 못하고 있답니다. ……

그리고 가장 능숙하고 약삭빠른 고양이 같은 비판들도 고양이의 비판보다도 더한 쥐 같은 하이네를 사로잡는 데는 성공하지를 못하고 있습니다. 그는 도덕적 세계나 정신적 세계, 종교적 사회적 모든 세계의 구석구석에 빠져나갈 구멍들을 마련하고 있는 사람이며, 이러한 모든 구멍들이 지하 속까지 통로로 서로 연결되어 있답니다.

(마담 볼) 당신은 하이네가 이러한 조그마한 의견들 가운데에서도 빠져나올 수 있는 것을 보게 될 것입니다. 당신이 그를 사냥하고 좇는다 해도 그는 다시 제자리로 돌아올 사람이랍니다. 당신이 그를 급습하여 사로잡는다 해도 당신 자신이 오히려 사로잡힐 것이라는 것을 알게 될 것입니다. 그는 상반된 의견에서도 재빨리 벗어날 줄 아는 사람이기 때문입니다. 당신이 노력과 기지를 다한다 해도 패하는 결과를 가져올 것입니다. …… 하이네는 말을 뒤집기도 잘하며 반론도 잘 펼치는 사람이랍니다. 만일 당신이 그러한 오색찬란하게 변하는 (그의) 영롱한 빛의 정신을 평가할 줄 모른다면, 더욱 곤란해질 것입니다. 당신은 수사학적 요리의 높은 수준에 미치지도 못할 것이고, 맛있는 음식을 만든다 해도 의견들의 불쾌한 혼합물 이외에는 아무것도 나올 것이 없을 것입니다.'[220]

이렇게 하이네에 대한 비판의 목소리를 높였던 것이다. 하지만 이런 비난에도 불구하고, 하이네는 뵈르네가 1837년 2월 12일에 사망하여 파리의 뻬르 라쉐즈[Père Lachaise] 공동묘지에 묻힐 때까지 침묵하였다. 그것은 매우 잘한 일이었다. 그런데 뵈르네의 사후에 쓰인 「뵈르네에 관한 회고록[Denkschrift, 1840]」에서는, 분노의 차원에서 뵈르네의 부도덕성에 관하여 딱 한 번 비난의 목소리를 냈다.

뵈르네의 여자 친구였던 '자네트 볼은 자유와 인권을 위해 불타오르는 여인이었으며, 그러한 정서로 존경받을 여인이었다.' 그런데 그녀가 젊은 상인 살로몬 스트라우스와 결혼한 상태인데도 뵈르네는 그녀와 연인인지 부인인지 구분할 수 없을 정도로 친밀한 관계가 되어, 그들 부부와 함께 한 지붕 아래 '이들 세 사람이 하나의 가정을 이루고 있었던 것이다.' 그래서 그녀는 묘하게도 '이중성의 여인'처럼 보였다. 그런데다 그녀의 남편은 유명한 사상가 뵈르네와의 접촉을 위해 의도적으로 뵈르네와 친했던 마담 볼에게 접근하여 그녀와 결혼까지 하였다고 한다. 그렇다면 이들 부부는 아무리 관용적으로 이해하려 해도 좋은 부부가 될 수가 없었던 것이며, 그녀의 남편 역시 '좋은 종류의 사람이 못 되었던 것이다.'[221]

하이네는 '내가 진실을 고백한다면, 나는 뵈르네의 집안에서 구역질 나는 부도덕성을 보고 있다.'고 했다.[222] 더욱이 '마담 볼이 부부간의 한 이불 아래서 혹시라도 쓰라린 육체와 가끔 관계를 맺어야 될지도 모르는 우스꽝스러운 제3의 사람 뵈르네와 함께 모두가 잠자리를 같이하는 동안 그녀의 정신이 달콤한 뵈르네의 정신에서 방목된 상태로 즐기고 있었다면 …… 이것은 정상적인 경우라 할지라도 그리고 또한 이성적인 친구에게 순수하고 아름다운 정서가 제공되거나 거친 남편에게 아름답지도 순수하지도 못한 육체가 제공되는 경우라 할지라도, 이들 전체의 집안 생활이란 더러운 거짓에 기반하고 있는 것이며 더럽게 모독된 부부나 위선 및 부도덕성에 기반하고 있는 것이'[223] 아닐까 하고, 하이네는 그들 부부와 뵈르네의 사생활을 비난했던 것이다.

그러나 그 외에 뵈르네에 대한 비방은 없었다. 단지 자신과 뵈르네 사이에 나타난 사상의 차이점들을 「회고록」에 담았을 뿐이다. '나는 그의 친구도 아니었고 적도 아니었다. 그가 가끔 나를 자극한 불쾌함에도 별 의미를 부여하지 않았다.' '나는 그가 살아 있는 동안 한 줄도 그를 비방한 글을 쓴 적이 없으며, 그를 생각하지도 않았고 완전히 무시하고 있었다.' 그리고 '그의 장례식에도 참석하지 못했음을' 언급하면서, '그는 천재도 아니고 영웅도 아니며 올림포스의 신도 아니다. 그는 한 인간으로서 지상의 한 시민이었고, 좋은 작가로서 위대한 애국주의자였다.' 이렇게 말하면서 뵈르네를 객관적인 위상의 인물로 단조롭게 묘사했던 것이다.[224]

한편으로는 찬양도 했다. '참으로 뵈르네야말로 위대한 애국주의자였다. 게르마니아의 계모 품 안에서 열렬한 삶과 쓰라린 죽음을 젖 먹고 자란 가장 위대한 애국주의자일지도 모른다!'[225]

이처럼 그들 간에는 우여곡절이 있었지만, 하이네와 뵈르네는 처음부터 혁명적이며 진보적 자유주의에 젖은 사상가들이어서 서로 친숙했다. 그렇지만 이들의 사유는 상이하게 전개되었다. 뵈르네가 혁명이란 인생관에 수직적 사유로 몰입된 원리주의자였던 데 반해, 시인이었던 하이네는 이런 혁명적 과격주의에서 유보적인 온건한 진보주의적 사상가로 변했던 것이다. 다시 말해 뵈르네는 '공상적 에너지를 순간적으로 희생하는' 행동파적 '자연주의자'이자 '전술가Taktiker'였고, 하이네는 '유토피아적 잠재력을 자그마한 활동성의 불꽃 위에서는 요리하려 들지 않는' '현실주의자'이자 '전략가Stratege'였다고 구분하기도 한다.[226]

낭만주의적 시인이었던 하이네는 영적 세계에서 환상적 꿈의 세계를 추구하려는 사유 과정을 불꽃같은 혁명이란 행동에 순간적으로 개입하려 들지 않고 긴 호흡으로 사유하는 전략적 사고를 가졌다. 정치적 상상에 있어서도 그는 '혁명적인 자코뱅 당 같은 사람들과는 나쁜 관계를 갖고 있다.'고 말하고, '자신의 관심은 정치적 혁명가에 있는 것이 아니고 사회의 형식이 아닌 경향을 조명하는 철학적인 것에 있음을' 작가 아우구스트 레발트August Lewald에게 강조하였다(1837.1.25. 편지). [227]

사실 하이네는 인간 해방과 생명 승화란 헬레니즘적인 인본주의에 젖어 있는 시인이었다. 반면에 뵈르네는 나사렛적인 정신주의 정서에 도취된 금욕주의적 정신 속에서 공화주의적 도덕성에 순교하려는 혁명가였다. 두 사람의 성향은 이처럼 상이했던 것이다. 이렇게 다른 정서를 지닌 두 사람이 본의 아니게 서로가 싫어하는 입장에 서게 되었기 때문에, 상대를 비난하면서도 서로가 주변을 살피고 조심해야 했던 것이다. 그런 까닭에 하이네는 「뵈르네에 관한 회고록[1849]」을 썼을 때나 그 후에도 뵈르네에 대한 평가에 많은 고민을 했던 것이다. 하이네의 고민을 알프레드 마이스너[Alfred Meissner]는 1849년 초에 다음처럼 회상하였다.

하이네는 말하기를 '뵈르네는 명예로운 사람이고 성실하며 확신 있는 사람이다. 그러나 원한을 품고 사는 까다로운 인간이다. 프랑스 사람들이 말하는 지독히 화 잘 내는 까다로운 사람[unchien hargeneux]이기도 하다. 나는 그의 "파리로부터의 서신들"을 읽고 싶지는 않다. 화 잘 내는 사람의 글은 유쾌한 음료수가 되지 못해서이다. 내가 그에 관해서 집필한 것도[뵈르네에 관한 회고록] 고백하자면 쓰지 않았으면 했던 글이며 접어 두었으면 했던 글이다.

더욱 커다란 독자층과 지지하는 군단을 갖고 있는 한 작가에 대해 증오스런 진실을 표현한다는 것은 정말로 생각해야 할 일이었다. 그의 책에 쓰인 이러저러한 몇 줄의 글에 대해 싸운다는 것도 혼자서 할 일이 못 되며, 이러저러한 그의 성격적 무례함에 대해 공격한다는 것도 혼자서 할 일이 못 된다. 공격한다면 그의 친구 모든 군단을 동시에 공격해야 하며, 작가 자신도 내면적으로 감동하고 적중하여 무장 해제되도록 해야 하는 것이다. 그리고 그의 뒤에서 그의 작품을 소지하고 있는 수만 명에 대해서도 적중하도록 끌어당겨야 하는 것이다.'

이런 면에서 '괴테는 참으로 현명한 분이었다. 그는 실러에 대해 확실히 많은 배려를 했다. 한 시대의 열광에 자신이 거역되지 않도록 어떤 일을 표현하는 데도 조심했던 것이다.'[228]

이러한 괴테의 태도가 하이네에게 하나의 귀감이 된 듯하다. 하이네도 「뵈르네에 대한 회고록」에서 자신의 어려운 고민을 실토하고, 그에 대해 미운 정이 있다 해도 그것을 거두고, 그를 추모하는 사실대로의 심정을 표현하려 했던 것이다.

'나는 최근 〈멋진 세계를 위한 신문Zeitung fuer die elegante Welt〉에서 뵈르네의 무덤에 세워진 십자가가 폭풍에 넘어졌다는 기사를 읽었다. 그런데 한 젊은 시인이 이 상황을 아름다운 시에 담아 노래했다는 것이다. 살아서는 산문散文의 썩은 사과로 자주 더럽혀진 뵈르네가 지금 사후에는 향기로운 시구詩句로 분향되고 있다. 사람들은 그의 예언이나 추억 성유물聖遺物들을 가슴속 깊이 사모하기 위해 비석을 세우려 한다; 오늘 우리를 향해 짖는 개가 내일이면 믿음으로 우리들의 유골에 키스를 할 것이란다!-'

'내가 이미 말한 바 있듯이, 나는 지금 쓰고 있는 이 책에서 한 남자의 비평이나 변호를 보내려 하는 것이 아니다. 단지 그 사람이 나와 마주 앉았던 장소와 시간의 정확한 데이터Angaben로 그의 모습만을 묘사하려 하는 것이다. 더불어 나는 우리들의 만남에서 지배했던 좋았던 기분이나 좋지 않았던 기분들을 숨김없이 남김으로써 내가 제공하는 데이터가 신뢰를 위한 척도가 되는 데 기여하도록 함이다.'[229]

이렇게 하이네는 솔직한 심정으로 「뵈르네에 관한 회고록」을 쓰려 했다고 술회했다. 그러나 「뵈르네에 관한 회고록」이 발간된 후 이 책에 관한 찬사는 없었다. 비록 하이네가 뵈르네와의 사상적 견해 차이를 고민하면서 조심성 있게 사실대로 묘사했다 할지라도, 그들의 경쟁 관계에서 비롯된 개인적 사사로움의 분노를 전혀 무시할 수 없었던 일이기 때문이다. 따라서 「회고록」에 표출된 내용들이 독자들에게는 그렇게 흡족하게 느껴지지 못했던 것이다.

어쩌면 하이네 스스로가 고백했듯이 '쓰지를 않았으면 했던 글'이었기 때문일지도 모른다. 그래서인지 하이네는 「뵈르네에 관한 회고록」이 발간된 직후 캄페에게 자신의 책 출판에 대한 소감을 솔직히 말해 달라는 부탁을 했다. 이에 캄페는 즉시 1840년 8월 14일자 편지에서 솔직한 출판인으로서 의 진실을 전했던 것이다.

'내가 당신에게 진실을 말해야 될까요? 나는 이 책을 발간해 줌으로써 당신과 화해했습니다. 당신이 책에서 뵈르네와 자신을 비교했다는 사실이 한탄스러운 일이 될 것이라고 당신에게 말한 바 있지요. 이러한 모든 것들이 나에게는 숙명적인 것이지만, 나는 당신에게 말했어요: 당신은 이런 책을 쓰는 것을 참았어야 했다고! 이미 말했듯이 나는 이 문제를 떠나, 벌써 당신의 글을 "너그럽게 읽어 본 독사讀師, Lettore Benevole"였답니다. -;

그러나 이 책이 처음 유통될 때, 독자들의 반응은 어떠할까!- …… 뵈르네는 독일에서 이루 말할 수 없는 인기를 얻고 있답니다; 모든 사람들이 뵈르네에게서 보기 드문 성격을 알게 되고- 그를 사랑하고 존경하게 되었답니다- 그것이 일반적인 반응이랍니다!- …… 일반적인 분노들이 당신을 깨어나게 했고, 감상적인 정념情念은 계속되고 있는 것이지요- ……

당신에게 정직한 사람으로서 말한다면, 이 책을 찬양하는 사람은 없답니다. 모든 사람들이 불만스러워 하면서도 마지못해 좋게 얘기하는 것이지요; 나는 이것이 진실이라고 당신에게 보고하겠습니다. - 당신이 나에게 요구한 것에 대해서 말입니다. 당신께서는 당신이 접하게 될 이 점을 유념하십시오.'[230]

캄페는 본래 조용하고 교양 있는 사람이었다. 아첨도 할 줄 모르는 출판인으로 하이네에게는 좋은 사람이었다. 하지만 하이네가 「회고록」에서 뵈르네를 비교 평가하는 데 사사로운 분노와 경쟁에서 비롯된 감정을 드러냈다는 점에는 자제했어야 함을 직언한 것이다. 독일 언론에서도 하이네의

「뵈르네에 관한 회고록」에 대한 비평은 좋지 않았다. 특히 제일 먼저 〈독일을 위한 전문Telegraph fuer Deutschland〉 Nr. 137과 138에 공개된 「칼 구츠코브의 뵈르네 인생에 대한 선언」[231]에서, 하이네와 뵈르네의 관계처럼 후일 적대 관계가 된 칼 구츠코브Karl Gutzkow, 1811-1878가 날카로운 비평을 했다.

그는 '하이네 책은 뵈르네로서는 받아들일 수 없는 것이며, 이 책을 쓴 사람에 대해서도 불행이고 두 사람이 기여한 일에 대해서도 거의 사형 선고'에 해당된다고 했다.[232] 그리고 하이네와 뵈르네의 성향을 나름대로 재단하면서, 그는 하이네에게 예리한 비평을 가했다. '뵈르네는 하이네의 의견대로라면 프랑스의 과격한 행동파 공화당원 상퀼로트Sansculott이다. 그와 반대로 하이네는 사건들의 경과를 철학적 정서로만 바라보는 관찰자이다. 뵈르네가 산악의 정당에 소속된 사람이라면 하이네는 늪지대의 정당에 속한 사람이다.'[233]

'뵈르네는 시인은 아니지만 예언자처럼 글을 쓰는 사람이었고, 하이네는 시인인 체하면서 악동처럼 글을 쓰는 사람이다. 뵈르네는 자신의 오류에서 벗어나지 못했지만 자기주장의 불꽃 속에서 강철 같은 성격을 연마시키고 있는 사람이다. 하지만 하이네는 거짓의 바다 속에 흠뻑 젖어 있으면서 점차 공허한 황금빛의 밤 속으로 증발되고 있는 사람이다. 뵈르네는 살아 있는 자들과는 싸우지만 죽은 사람들과는 화해하고 있는 사람인데, 하이네는 살아 있는 사람은 두려워하고 그들이 죽고 나면 비로소 망자들과 싸우는 사람이다.'[234]

이런 이유로 예술가적 자유주의자인 하이네는 프랑스 7월 혁명[1830] 이후 파리에서 이들 과격한 자코뱅 당 공화주의 작가들과 갈등이란 악천후를 맞이하게 되었던 것이다. 하지만 이는 과격한 공화주의 사상가들과 온건한 공화주의자들 간의 피할 수 없는 심리적·시대적 갈등으로 볼 수밖에 없다.

■ 16-3. 뮌헨에서의 일들과 교수직의 좌절

악연을 뒤로하고, 하이네는 프랑크푸르트를 떠나 1827년 11월 말 고타 출판사에서 일하기 위해 뮌헨으로 갔다. 가는 도중 의학 공부를 하는 동생 막스를 만나기 위해 하이델베르크로 갔으나, 불행히도 그곳 지방 관청으로부터 하이네를 체포하거나 축출하라는 명령이 떨어졌다. 할 수 없이 하이네는 그곳을 피해 슈투트가르트에 잠시 들르게 되었다.

거기서 옛날 본 대학 친구이자 문학 비평가인 볼프강 멘젤Wolfgang Menzel, 1778-1873을 만났다. 그는 자유주의적 사상에 젖어 있었기에 서로 의사소통이 되었다. 하지만 그는 몇 년이 안 되어 괴테의 적으로 변신한 국수주의적 절대주의자가 되어, 하이네와도 적대 관계로 변하고 말았다. 그러나 초기에는 같은 낭만주의적 자유주의 사상에 젖은 오랜 동지였기에, 두 사람은 슈투트가르트에서 만나고 뮌헨으로 갔다.

하이네가 일하게 된 고타 출판사는 괴테와 실러 작품의 출판으로 유명했다. 또한 남부 독일과 오스트리아 지역의 주요 신문도 소유하고 있는 거대한 출판사였다. 그런 고타 출판사가 하이네를 편집장으로 초청하여 〈새로운 일반 정치 연감〉을 발간하려 했던 것이다.

고타Johann Friedrich Cotta, 1764-1832 남작은 본래 슈투트가르트에 살고 있었다. 그런데 당시 바이에른의 루드비히 1세가 정치적 혁신을 시도하려 진보적 지식인들을 이사Isar 강변 뮌헨으로 모으고, 고대 그리스의 아테네처럼 그곳을 학문과 예술, 음악의 중심 도시로 만들려고 다른 지역의 출판사들도 끌어들인 것이다. 그렇게 됨으로써 그 후 뮌헨은 요셉 셸링Joseph Schelling의 철학 강의도 들을 수 있고, 작곡가 슈만Robert Schumann이나 건축가 레오 폰 클렌츠Leo von Klenz와 희곡 작가 페터 코르넬리우스Peter Cornelius 같은 유명인들이 모인 문화 도시가 되었던 것이다.

하이네는 이러한 뮌헨의 문화적 분위기를 농담 삼아 '꽃피어 오른 맥주-아테네Aufbluehende Bier-Athen'라고 고타에게 평한 바 있다(1828.3.14. 편지). **235** 뮌헨을 왕래했던 고귀한 지성인들이 맥주 파티로 활기를 띠고 있었기 때문이다. 오늘날 뮌헨이 맥주로 유명한 것도 이와 무관하지 않다. 맥주가 바이에른 주법에 따라서는 지금도 식료품으로 분류되어 있다는 사실 또한 눈여겨볼 대목이다.

하지만 하이네는 뮌헨에 도착한 바로 직후에 다시 건강 상태가 좋지 않아 '반은 죽은 듯' 괴로웠다. 그래서 '카셀, 프랑크푸르트, 하이델베르크, 슈투트가르트를 거치며 뮌헨에 오는 동안에도 서행을 했고' 두통이 심했다고 캄페에게 전하고 있다. 다행히 〈연감〉 편찬 작업에는 편집인으로 같이 일하는 린드너Lindner 박사가 잘 협력해 줘 만족스러웠다.

그런데 하이네 자신이 본래부터 이탈리아로의 「여행 풍경」(3부)을 계속 집필하고 싶은 마음이 있었고, 캄페 출판사로부터도 독촉을 받고 있었다. 따라서 그는 시간 나는 대로 이탈리아 여행을 통한 문학 작업에 관심을 가져 보려 했다. 캄페에게 전한 편지에서도, '나는 자유로워지고 싶다. 만일 이곳 기후가 나를 위협하고 작업 분위기가 좋지 않은 경우에는 이곳에 얽매어 있고 싶지 않다; 나는 건강이 위험하다고 생각되면 짐을 싸서 이탈리아로 여행하게 될 것이라' 전하기도 했다(1827.12.1. 캄페에게 보낸 편지). **236**

얼마 후 하이네는 친구 프리드리히 메르켈Friedrich Merckel에게 '이곳 기후가 나를 죽이고 있다.'고 전했다. 그렇지만 '모든 것들이 마음에 들어 잘 견뎌 내고, ……이제 나와 린드너가 공동 편집인으로 나오는 〈연감〉의 첫 호1828도 8일 내 출간될 것이며, 거기에 내가 쓴 자유와 평등이란 작은 논문도 실려 있다. 나는 병에도 불구하고 〈연감〉의 특성을 위해 최선을 다하고 있다.'고 말하였다(1827.12.30. 메르켈에 전한 편지). **237**

출판사 주인인 고타 남작은 바이에른 왕 루드비히 1세와 가까운 자유주의적 귀족으로, 나폴레옹 숭배자인데다가 유대인 해방에 도움을 주려는 사람이었다. 바이에른과 뷔르템베르크 의회에서 유대인 문제가 논의되었을 때도 간접적인 영향을 미치려고 〈정치 연감〉에 자유와 평등, 해방 문제를 다룬 글들을 게재할 수 있도록 했다. 특히 뷔르템베르크 의회에서 유대인에 관한 인도주의 문제가 도전받고 있을 때, 그는 유대인 편에 섰다고 한다. 하이네는 이를 베를린에 있는 친구 모세스 모저^{Moses Moser}에게 사적인 편지로 전하기도 했다.

'착한 고타는 마치 유대인 편에 선 사람처럼 말하고 있다네.' 그래서 '나는 〈정치 연감〉 다음 호에는 뷔르템베르크 의회에서 유대인 문제를 논의한 것을 인쇄토록 하고 있다네; 이것이 다음 호 전부를 메우게 될 것이며, 판매할 수 있도록 하려 하네. …… 자네는 내가 얼마나 이러한 대상을 갖고 움직이는지 생각지 못할 것이네. …… 그리고 나는 지금도 여전히 병이 들어 있어 두 달 내에 이탈리아로 여행을 해야겠다네^(1828.4.14. 모세스 모저에게) '238

하이네는 고타에서 일하는 동안에도 인간 해방 문제에 관한 관심을 놓지 않고 있었다. 후일 발표한 「영국 단장¹⁸³¹」에서도 종교적 문제로 차별받고 있는 영국에 예속된 6백만 명의 아일랜드 가톨릭 교인들의 시민권 문제를 영국 의회에서 토론한 모습을 취급하였고, 「뮌헨에서 제노바로의 여행¹⁸²⁹」 29–31장에서도 '자유의 종교'와 '인간 해방' 문제를 언급했던 것이다.239

그런데 하이네와 고타와의 6개월간의 계약은 1828년 여름에 이미 끝났다. 하이네가 편집장으로서 특별하게 잘한 일은 없었으나, 고타는 그와의 인연을 유지하고 싶다며 그의 일에 만족했던 것이다. 고타는 하이네의 일이라면 잘 도와주고 싶어 했다. 때마침 뮌헨 대학에 교수 자리가 하나 생겼는데, 하이네는 대학으로 옮겨 좀 여유로운 시간을 갖고 작가로서의 글을 쓰고 싶었다. 그래서 그곳 왕과 친한 고타의 도움을 통해 교수직을 신청하려 했고, 고타도 이에 적극 호응했던 것이다.

하지만 하이네는 이전에 금욕주의적 가톨릭교회에 비판적인 글을 쓴 적이 있었다. 그래서 내심 가톨릭이 지배하고 있는 이곳 대학에서 자신의 교수직 신청이 제대로 접수될 수 있을지 의문의 여지가 있었다. 그러나 자신은 이미 유명한 젊은 독일 시인으로서의 인지도가 있고 루드비히 1세의 혁신 정책에 일조할 수 있다는 자신감도 있었기에, 고타에게 도움을 요청했던 것이다. 또 고타의 조언도 있고 해서 최근에 자신이 발표한 3개의 책「여행 풍경 1/2」와 「노래의 책」을 왕에게 전해질 수 있도록 고타에게 보냈다. 하이네는 고타에게 편지로 다음처럼 간청했던 것이다.

'남작님! …… 청컨대 귀하께서 만일 왕에게 가신다면 나의 책을 가지고 가십시오; 그리고 귀하께서 왕께 말씀만 잘해 주신다면 나에게 좋게 될 것이라고 봅니다: 이 책의 저자는 대단히 온순한 사람이고 이 책은 이전의 작품들과는 달리 보다 낫게 쓰인 작품이라고 말입니다. 내가 생각하기로는 왕께서는 대단히 현명한 분이셔서 작품의 예리함에 따라서만 작품의 울림을 평가하실 것으로 봅니다(1828.6.18. 고타에게) ……'240

하이네는 자신의 자질을 우선 책으로 평가받고, 고타의 도움도 얻고 싶었던 것이다. 그를 비방하고 싶은 사람들은 이런 편지가 하이네가 왕을 위한 궁중 서기가 되려고 하는 비열한 행위라고 꼬집는 사람도 있었다. 그런가 하면 '뮌헨에서 귀족들의 대기실에서 귀족 부인들과 사랑이나 나누고 있어 …… 귀족들에 대해서는 …… 아무런 비판도 가하지 못하고 있는 사람이라' 비난하는 사람도 있었다. 그러나 '이것은 사람들이 대단히 잘못 생각하고 있는 것이다.'

하이네는 비록 사람들이 자기를 비난하고 있다 할지라도, 자신은 평소 〈정치 연감〉에서 주장했듯이 인간의 자유와 평등에 대한 신념으로 일하는 사람이라고 거듭 강조하였다. 모세스 모저^{Moses Moser}에게도 '인간 평등에 관한 나의 사랑이나 가톨릭 성직자들에 대한 나의 증오는 지금보다 더 강한 적이 없다.'고 말했다^(1828.9.6. 모세스 모저에게). **241** 그러면서 이러한 변함없는 생각들을 관철하기 위해서라도 〈정치 연감〉 같은 잡지에 게재할 글들을 더욱 강화해야 될 것으로 생각한다 했다.

그런데 당시 상황으로는 일반적으로 '독일인들은 정치적 감각이 없고 좋은 정치적 글을 쓸 필자도 찾을 수 없기 때문에' 우선 '〈정치 연감〉은 4호로서 막을 내려야' 할 처지라고 다른 친구 볼프강 멘젤에게 전하고, '몸이 좋지 않아 이탈리아 여행을 동경하고 있다고 했다^(1828.4.16. 볼프강 멘젤에게). '242

그러나 하이네가 뮌헨 대학 교수가 되려는 계획에는 변함이 없었다. 이를 위해 그는 뒤셀도르프의 고향 사람인 에두아르트 폰 셴크^{Eduard von Schenk}와 접촉을 하고, 그에게 개인적인 희망을 전했다. '그는 문학 애호가로서 (시인이자 극작가) 비극 작가인 동시에 가장 가까운 왕의 신뢰자였으며, 루드비히 1세 정부의 문화부 장관으로서 대학도 전담하고 있었다. 1828년 9월에는 내무 장관으로 임명되기도 했다.

셴크가 하이네의 교수직을 공식적 서한으로 추천했을 때^{1828.7.28}는 정교수직이 아닌 외래 교수직^{Aussenplanmaessiger Prof, 특임교수 정도에 해당}이었으며, 왕에게는 신하의 간청을 고려하여 선처해 주기를 부탁한다고 했다. 그래서 하이네는 자신이 교수직으로 임명되리라는 확신 가운데 뮌헨을 떠나 이탈리아로 여행을 갈 수 있었던 것이며, 기쁨으로 다시 돌아와 뮌헨에 머무를 수 있을 것이라' 기대했던 것이다^(1828.9.6. 모저에게 보낸 편지에서). **243**

하이네가 이탈리아 여행을 출발했던 때는 1828년 8월 초였다. 여행 목적은 「여행 풍경」을 쓰기 위한 것도 있었지만, 교양을 위한 여행이라기보다는 우선 건강 회복과 온천욕을 통한 '즐기기 위한' 여행이었다. 여행은 '티롤 지역과 트리엔트, 베로나, 브렛시아, 마일란트, 파비아, 제네바 쪽으로 정했으며, 거의 9월 한 달 동안은 토스카나 지방의 루카 온천에서 보냈다.' 그리고 계속해서 피렌체와 볼로냐를 거쳐 베니스로 가려 했다.

그런데 여행 중 '가장 오랜 기간을 보낸 곳은 10월 1일부터 11월 24일[1828] 까지 머물렀던 피렌체였다. 루카 온천에서부터 쓰기 시작한 여행기의 문학적 평가를 정리하기 위해서였고, 그 곳에서 셴크로부터 기쁜 소식을 전해 받으려고 기다렸기 때문이다.

그렇지만 그 곳에서 어떤 소식도 접하지 못했고, 11월 중순 종국적으로 교수직이 좌절되고 말았다. 그가 뮌헨에 없는 동안 성직자들의 음모가 있었고, 그가 여행을 떠난 바로 직후에 잡지 〈새벽의 여신[Eos]〉에 신학자인 이 그나즈 폰 될링어[Ignaz von Doellinger]의 반유대주의적 모욕적인 글이 게재되었기 때문이다. 이에 영향력이 큰 가톨릭 성직자들과 보수층의 공개적 저항에 그만 보수적인 셴크 장관이 하이네의 교수직을 언급조차 할 수 없었다.'

그 당시 하이네는 피렌체에서 겨울도 넘기고 로마로 가려 했다. 그런데 '자신이 희망했던 긍정적인 소식 대신에 아버지가 심장 경색으로 위독하다는 소식을 접하게 되어, 그는 볼로냐와 페라라, 파두아, 베니스를 거쳐 로마로 가려던 여정을 접고, 베니스에서만 며칠 머문 뒤 곧장 베로나를 거쳐 뮌헨으로 되돌아갔다. …… 그리고 그간 부모님이 이동한 함부르크로 향했다. 그러나 아버지가 돌아가셨다는 소식을 함부르크로 가는 도중인 12월 중순 뷔르츠부르크에서 들었고, 1월 초에 도착하였기에 아버지의 임종은 보지도 못했다. 아버지는 64세의 나이로 1828년 12월 2일에 작고했고, 하이네는 사후에 모든 사람들 가운데 가장 사랑했던 사람이 아버지였다고 술회하기도 했다.'[244]

하이네가 교수직에 임명되지 못한 데에는 가톨릭교회의 성직자들이나 보수층의 반대가 있었던 것이 가장 큰 이유가 되었다. 하지만 또 다른 이유가 있다면, 그가 왕에게 전달한 책 가운데 왕이 「이념, 러 그랑의 책¹⁸²⁷」을 읽다가 프랑스 군의 북 치는 고수 러 그랑의 이야기가 나오는 대목에서 놀랐기 때문이다.[245]

바로 하이네가 어려서 뒤셀도르프에서 나폴레옹 군의 행진을 따라 보고 듣게 된 행진곡을 인용한 대목에서였다^{1792.4.24-25, Claude-Joseph Rouget de Lisle(1760-1836)에 의해 스트라스부르크에서 작사 작곡되었으며, 마르세유 의용 군단이 1792.7.30일 파리에 입성하였을 때 처음으로 노래된 마르세유 혁명가, 현재는 프랑스 국가}. 즉 고수가 「마르세유 행진곡」에 맞춰 '자유'와 '평등'을 외치면서 북을 쳤고, '아! 처형하라, 처형하라! … 귀족들을 교수형으로 처형하라 ^{Ah! ça ira ça ira … les aristocrates á la Laterne!}' 하는 외침이었다. 이 외침은 1789년에 프랑스 혁명 당시 부른 노래로, 작곡은 Bécourt가 하고 작사는 Ladré가 붙인 혁명가이기도 하다.[246].

그런데 이 노래에 따라 북을 치는 고수의 모습을 왕이 읽게 되었던 것이다. 물론 행진곡의 혁명 가사는 하이네가 어려서 체험한 것이어서 이해조차 못 하고 나중에야 이해하게 된 어휘들이다. 하지만 어린 하이네가 북 치는 고수의 모습에 열광하여, '고수의 마음에 들도록 귀찮을 정도로 따라다니며, 그의 옷 단추를 거울 빛처럼 빛나게 닦아 주기도 하고 조끼를 깨끗하게 치장해 주기도 하면서, 고수를 따라 위병소나 점호하는 곳, 열병식을 쫓아다녔다.'[247]는 행위가 왕의 마음에 부담이 된 것이다.

왕이 이 대목을 읽었을 때는 비록 하이네가 어린 시절이었다 할지라도 '귀족들을 교수형으로 처형하라!'는 북 치는 소리에 매혹되어 따라다녔다는 사실에 임명을 재고하지 않을 수 없었을 것이다. 하지만 이런 어렸을 때의 행위보다는 하이네가 유대인으로서 가톨릭에 회의적이라는 가톨릭 성직자들의 수군거림이 오히려 그가 교수직에 임명되지 못한 가장 큰 이유가 되었다.

▬ 16-4. 플라텐 백작과의 적대 관계

또 다른 사건은 독일 낭만주의 시대의 중요한 작가 아우구스트 폰 플라텐 August Graf von Platen- Hallermuende, 1796-1835 백작과의 문학적 적대 관계 때문이다. 플라텐은 모든 유럽 언어를 포함해 페르시아 어까지 10여 개 언어에 능한 작가였다. 1824년에는 이탈리아 여행에서 매일 60km씩 종횡무진으로 걸으면서 문화적 답사를 하기도 했다. 그는 고대 고전주의를 통해 시학적 형식주의를 추구했으며, 정서적으로는 낭만주의 감정에 젖어 있었다.

하이네는 이런 플라텐의 문학에 다소 불합리한 점이 있다고 보았다. 즉 '플라텐 백작은 …… 고전성에 노크 하고 있었음에도 불구하고 대상들을 오히려 낭만적으로 취급하고 있으며, 낭만적인 위장이나 동경 및 (가톨릭) 성직자들처럼 취급하고 있다.-' 그래서 '나는 한마디 해야겠는데:(그의 문학은) 위선적이다.' 했다.[248]

그뿐만 아니라 하이네는 플라텐과의 문학 논쟁1829-1830에서 그를 다음처럼 비난하였다. '플라텐의 아름다운 필체는 찬란한 빛의 날개를 지닌 독수리의 노래와는 반대로 날개의 활력도 없고 아름다운 시구詩句도 시적 비약도 없다.' '내가 다시 후렴처럼 반복해 말하지만: 플라텐 백작은 시인이 아니다.' 이렇게까지 혹평했던 것이다.[249]

하이네는 플라텐이 낭만주의 작가임에도 불구하고 시학을 익힘에 있어서 낭만주의적인 '티크L. Tieck, 1773-1853나 그리스의 희곡 작가 아리스토파네스 Aristophanes, 기원전 450-386의 전형에는 머물려 하지 않았다. 노래에 있어서는 괴테를, 송시에 있어서는 호라즈Horaz, 기원전 65-8, 로마의 송시 작가를, 소네트에 있어서는 페트라르카Francesco Petrarca, 1304-1374를, 페르시아풍의 가젤Ghasel, 짝수 절은 동일한 음률로 끝을 맺으나 홀수 절은 다른 음으로 끝을 맺는 중동풍의 시형에서는 하피스Hafis, 1325-1389, 페르시아의 서정 시인를 호흡하려는' 고전적 형식주의에 몰입한 작가라고 비난했다.[250]

플라텐은 그의 '문학적 형식주의' 모방 때문에 결국에 가서는 '문학적 콘셉트^{복안}가 부자연스럽고 연약하며 시대에 맞지 않게 그의 작품에 관통되고 있다.'고 하이네는 조롱했다. 그러자 플라텐은 이러한 비난에 맞서 발표한 그의 풍자극 「낭만적 오이디푸스^{Der romantische Oedipus, 1829}」에서 하이네를 '불유쾌한 방법으로 침투하는 유대인이라고' 반유대적 감정으로 질책하기에 이른 것이다.

당시 플라텐과의 문학적 논쟁에는 하이네뿐만 아니라 칼 임머만^{Karl Immermann, 1796-1840}도 함께했다. 그런 까닭에 플라텐은 「낭만적 오이디푸스」에서 임머만에게도 '문학적 실패자'라고 비난했다. 그러면서 임머만은 그의 이름 뜻대로 '언제나 존재하는 남자'여야 하는데 그러질 못하고 언제나 존재하지 못하는 남자 '님머만^{Nimmermann}'이며 비참한 남자 '얌머만^{Jammermann}'이라 힐난했다. 더불어 하이네도 유대인들이 사막을 유랑하던 고통의 시대를 회상하는 '장막절^{帳幕節}에 대한 애정의 고통을 호소한 페트라르카^{Petrarca des Laubhuettefest}'풍의 연정 시인이며, 유대인의 조상인 '아브라함의 씨앗'에다가 '시너고그의 자랑'이나 하고 '그의 키스에서는 마늘 냄새만이 분출되는 사람'이라고 '반유대주의적' 시각으로 풍자했던 것이다.[251]

특히 하이네가 '기독교 세례를 받'은 것에 대해서는 그가 유대인으로서의 정체성을 잃은 것이어서 그를 임머만의 별명처럼 존재치 않는 남자 '님머만'이라 불렀는가 하면, 기원전 586년경 북쪽으로 추방되어 이민족들에 동화되어 살아남은 남부 유대계의 벤야민 소수 부족 출신 그리스 시인 핀다루스^{Pindarus, 기원전 522-442} 같은 사람으로도 풍자했다.[252]

이처럼 그들 간의 적대적 증오 관계가 생긴 사실이 은밀히 퍼지고 있을 때, 바이에른 루드비히 왕으로부터 한 유명 독일 시인에게 '국고 아닌 왕의 사비로 연봉 6백 굴덴'의 연금을 지급하겠다는 소식이 있었다.[253] 그리고 언제나 '나는 시인이다 시인이다!'고 '자화자찬' 하며 '자만심'에 사로잡혀 있었고, 착실한 '가톨릭' 교인으로 '성직자가 되어 수도원으로 가겠다.'[254]는 소문이 자자했던 플라텐이 스스로 왕의 연금을 희망했던 것이다. 그 결과 플라텐은 1826년부터 왕의 연금을 받게 되었다.

하이네와 적대 관계가 된 그가 왕의 측근에서 시인으로 근접해 있었기에, 하이네의 교수직 임명에도 경쟁적 위치에서 나쁜 영향을 미쳤던 것이다. 더욱이 플라텐 백작의 「낭만적 오이디푸스」 풍자극에서는 작가 자신이 귀족 출신이며 가톨릭 성직자들의 정신적 영향에 종속된 사람으로서 반유대주의적 감정으로 하이네를 풍자하였다. 그렇기 때문에 비록 그의 작품이 희극적 위트로 풍자된 훌륭한 작품이라 할지라도, 하이네에게는 '귀족과 성직자, 반유대주의적 성격의 결합체인 플라텐'은 그의 자유주의 사상과는 어울릴 수 없는 존재였다. 그러므로 하이네가 뮌헨에 머무는 동안, 플라텐이 계속 투쟁의 대상이 될 수밖에 없었던 것이다.[255]

이렇게 하이네는 플라텐과의 악연 때문에 교수직 임명에 악영향이 있었고, 플라텐만이 1828년 9월에 '뮌헨 학술 아카데미 특별 회원'으로 임명되어 계속 약속된 연금을 지급받게 되었다. 더욱이 하이네가 이탈리아 여행을 출발한 직후 〈새벽의 여신[EOS]〉에는 플라텐의 대학 친구였던 될링어의 하이네에 대한 모욕적인 글이 플라텐 시의 찬사와 함께 발표되었다. 그 때문에 될링어의 글은 가톨릭 성직자들과 보수층의 반대와 함께 하이네의 교수직 임명에 치명적 장해가 되었다.[256]

하이네는 이러한 플라텐의 반유대주의적 공격을 돌이켜 생각하고, 자기 자신도 플라텐과 그의 귀족 일당들이나 성직자들에 대한 투쟁을 결심할 수밖에 없었음을 파른하겐[1785-1858]에게 토로했다. 그는 파른하겐에게 보낸 편지[(1830.2.4)]에서 다음처럼 말했다. 자신과 플라텐과의 투쟁은 과거 '예술 시대'에 있었던 '실러-괴테의 경구 투쟁Xnienkampf'처럼 삶의 가상 세계로 표현된 예술적 경구를 누가 더 많이 써서 발표하느냐 하는 '감자 전쟁'이 아니라 '삶 자체'에 최고의 관심을 갖고 싸우는 절박한 투쟁이다. 거기에 '혁명이란 것이 문학에 들어와 있는' '보편적인 시대 투쟁'에서 온 싸움으로, 투쟁이 불가피하다고 결심한 듯했다.

그는 자신의 결심 동기를 다음처럼 말하고 있다.

'뮌헨에서 나 자신이 성직자들로부터 처음 공격을 당하고, 나에 대한 유대인 문제가 화제가 되었을 때 나는 웃고 말았다. – 그들의 공격을 단순히 어리석은 일로 여겼기 때문이다. 그러나 나를 비웃는 유령 모습이 점차 위협적인 흡혈귀처럼 보이고 조직적이라는 냄새를 맡게 되자, 그리고 내가 플라텐의 풍자 의도가 무엇인지를 철저히 관찰하게 되자, …… 나는 허리띠를 졸라매고 가능한 한 빨리 이를 쳐부숴야겠다는 생각이 들었다(1830.1.4. 파른하겐에게 보낸 편지).'257

그래서 하이네는 이탈리아 「여행 풍경」 가운데 「루카의 온천1829」에 플라텐에 대한 비난을 별도의 장10-11장으로 추가하여 발표하기에 이르렀다. 여기에 묘사된 플라텐에 대한 비판은 대단히 풍자적이었다. 파른하겐은 하이네의 「여행 풍경」에 관한 「평론1830」에서, 하이네의 플라텐에 대한 비판을 '명장名匠으로 수련된 형리가 처형을 완수한 것이지요!'라고 평하였다. 그러면서 아마도 '그렇게 명랑하게 웃음을 자극적으로 자아내면서 문학적 죄인을 무서운 종말로 걸어 나가도록 한 것을 아직 우리는 본 적이 없다!'고 하여, 하이네의 플라텐 비방을 옹호했던 것이다.258

그러나 당시 성직자들이나 보수층에서는 하이네의 플라텐 풍자를 좋게 보는 사람이 아무도 없었다. 플라텐의 반유대주의적 비방에도 사람들은 침묵을 하고 있었던 것이다. 사실상 하이네는 고립무원이었다. 하이네가 믿고 있었던 모세스 모저도 하이네를 변호하지 못해 우정이 일시 끊어지고 말

앓다. 오로지 파른하겐만이 '유일하게 이러한 우울한 곤궁에 처해 있는 자신을 실제로 이해하고 자기편에 서서 돕는 것으로' 안다고, 하이네는 파른하겐에게 전하였다(1830.2.28. 파른하겐에게 보낸 편지). **259**

하이네가 뮌헨에서 플라텐 사건으로 인해 어려운 처지에 빠진 것은 어쩔 수 없었던 일이다. 플라텐을 지지하는 사람들이 귀족들과 성직자들인데, 이들의 문화가 뮌헨 정서를 지배하고 있었기 때문이다. 하이네를 옹호할 수 있는 세력이란 자유주의적 여론 세력과 보수주의 세력 가운데에서도 하이네의 문학적 재능을 탁월하게 인정하는 사람들뿐이었다. 다행스럽게도 하이네의 문학적 재능을 아는 사람들과 자유주의적 사상을 지닌 세력들에게 하이네에 대한 감동은 대단했다. 역시 하이네의 문학적 재능이 그의 정치적 성향이나 지나친 비윤리적 해학적 비방에도 불구하고 월등히 우세했기 때문이다. 더욱이 이탈리아 여행에 관한 하이네의 「여행 풍경3 1829」이 발표되었을 때는 그의 재능에 대한 평이 대단했다. 대표적으로 모리츠 바이트의 평론은 다음과 같았다(Moritz Veit: Rezession zu Reisebilder, 1830).

'그는 열광도 받고 감격할 수도 있는 사람이다. 그의 언어나 환상은 대단한 위력을 지녔다. 그는 이러한 모든 아름다운 본성적 특성을 지니고 있기 때문에 시인으로 낙인된 것이다: 단지 그의 아름다운 본성에 부족한 점이 있다면, 성격적인 힘이나 그의 재능을 고상하게 만들려는 순수한 의지 및 성스러운 정중함의 기초가 부족한 것이다. …… 그러나 이러한 그의 본질적 기조는 처음부터 그의 성품의 모호성과 갈등으로 이미 존재해 있었다.'

하이네에게 있어 '재능'과 '성격' 차이에서 오는 갈등은 오늘날까지도 하이네 수용에 있어 논의되는 스테레오판 논쟁이 되고 있다. **260** 즉 그의 문학에 대한 천부적 '재능'과 그의 자유주의적 성향이나 유대계 독일 시인이란 '성격'적 차이에서 오는 갈등이 때로는 해학적으로 또는 은유적 유머로 비방 표출되는 경우가 많았다. 그렇기 때문에 그의 문학에 대한 투쟁적 저항도 또한 만만치 않은 것이었다. 그리고 그 대표적인 예가 뮌헨에서 있었던 하이네와 플라텐 일파와의 투쟁이었던 것이다.

결과적으로 플라텐 일파와의 싸움에서 얻은 것이란 그의 교수직 임용에 나쁜 영향만을 가져왔다는 사실뿐이다. 교수직에는 제3자인 국수주의적 독문학자 한스 페르디난트 마쓰만Hans Ferdinand Massmann, 1797-1874이 임용되고 말았던 것이다[1829]. 마쓰만은 체조 선생이자 독문학자로서 뮌헨에서 애국주의 운동을 펼쳤고, 이를 위한 방안으로 '독일 체조 운동'을 결성한 보수주의 학자였다. 자유주의적 사상을 지닌 하이네와는 적대 관계에 선 사람인 것이다.

후일 프리드리히 빌헬름 4세는 프로이센에서 애국주의적 체조 교육을 강화하기 위해 마쓰만을 뮌헨 대학에서 베를린 대학으로 옮기게 하였다[1842]. 그 당시는 프로이센이 가장 강한 국가였고, 베를린 대학의 교육 강화를 위해 셸링Friedrich Wilhelm Schelling, 1775-1854, 1827년 이후 뮌헨 대학 교수로서 1841년 베를린 대학으로 이동이나 코르넬리우스Peter Cornelius, 1783-1867, 1825년 이후 뮌헨 예술 아카데미 원장으로서 1841년 베를린 대학으로 이동 등을 베를린 대학으로 옮기게 했던 시기였다[1841]. 이와 반대로 바이에른 왕 루드비히 1세는 주변의 학자들을 놓치게 되는 슬픔을 안게 되었다.

하지만 뮌헨 대학에서 마쓰만을 임용했을 당시[1829]는 반유대주의적 국수주의 정서와 가톨릭 성직자들의 반대가 있었기에 하이네는 좌절했고 마쓰만이 임용되었던 것이다. 따라서 하이네는 자신이 믿고 충성했던 바이에른의 루드비히 1세에게 크게 실망했고 원망도 했으며, 반대로 마쓰만과 가톨릭 성직자들을 더욱 증오하게 되었던 것이다. 이러한 그의 심정은 후일 그가 프랑스 파리에 망명하고 난 다음 자신과 아르놀트 루게Arnold Ruge, 칼 마르크스K. Marx, 베라이스Berays가 함께 발간했던 〈독불獨佛 연감1844, 41-44〉에 루드비히 1세와 마쓰만 및 가톨릭을 비판한 풍자시로 표현되었던 것이다.

그 시가 바로 「루드비히 왕에 대한 찬가1843-1844」이다. 이 시는 '왕에 대한 여타의 논쟁과는 달리 공격당한 왕의 정치적 태도에 대한 것이 아니라 왕의 문화·정치적—종교적 활동에 관한 비판을 하기 위한 것이었다.' 시는 3부로 나누어졌는데, '1부에서는 루드비히 1세를 시인 동료나 예술 보호자로서 비판했고, 2부에서는 하이네 자신이 교수 임용에 실패했기에 (마쓰만과 연관된) 그 당시 왕의 직업 정책에 관한 비판이며, 3부에서는 (본래 1부에 속했던 부분으로) 바이에른 궁중을 지배했던 가톨릭주의에 대한 풍자적 비판이었다.'[261]

독자들의 이해를 돕기 위해 시 전체를 번역 소개하겠다.

1부

이 분이 바이에른 루드비히 왕이랍니다,
이러한 분은 드물지요;
바이에른 국민은 그를 존경한답니다
말을 더듬더듬거리는 왕을.

그는 예술을 사랑하고, 가장 아름다운 여인을
초상화로 그리도록 하지요;
그는 채색된 후궁 저택으로 가
예술—환관으로서 산책을 한답니다.

레겐스부르크에 그는 대리석 해골 납골소^{초혼당}를,
짓도록 했지요.루드비히 1세가 1842.10.18. 레겐스부르크에 건립,
그리고 그는 스스로 모든 머리에
예절에 따른 표식을 작성했답니다.

"(전사자의 혼령을 모신) 초혼당招魂堂 친구"란, 걸작,
그곳에서 그는 여러 남성들의
공로와 성격, 행위를 찬양했답니다,
게르마니아 여신으로부터 마적단 선동자 쉰더한네스^{Johann Bueckler, 1783-1803를 지칭하는}
인물에 이르기까지.

그곳 초혼당에는, 고집스런 루터¹⁴⁸³⁻¹⁵⁴⁶만이 빠져 있답니다,
초혼당 서류 기록도 그를 섬기지 않고 있지요;
수집된 박물관 표본에
가끔 물고기들 가운데 고래가 빠져 있듯이 말이지요.

루드비히 씨는 위대한 시인이랍니다,
그리고 노래도 읊는답니다, 그래서 예술의 신 아폴로에게 달려가
그 앞에 무릎 꿇고 청하고 간청을 한다지요:
멈춰 주시오! 그렇지 않으면 나는 미치겠어요, 오!

루드비히 씨는 용감한 영웅이랍니다,
그의 아들 오토 1세처럼;
오토 1세는 (그리스) 아테네에서 실패하여,
그곳에서 자신의 왕위를 더럽혔다지요.

루드비히 씨가 사망하자, 로마에서는
성부께서 그를 성도 명부에 올리도록 했다지요-
그러한 얼굴에 대해 영광은 어울리는 것이겠지요
마치 우리들 수고양이에 팔목 단추 장식이 어울리는 것처럼!

원숭이와 캥거루도

기독교로 개종한다면 곧바로,

이들은 성 루드비히를

수호 천신天神으로 숭배할 것입니다.

2부

바이에른 루드비히 씨는

탄식하며 홀로 말했다네요;

여름이 가고, 겨울이 다가오니,

낙엽은 여전히 노래지고 있다고요.

셸링과 코르넬리우스,

그들이 옮겨 간 후로는; 1841년 뮌헨에서 베를린대로 이동

한 사람에게는 머릿속에 이성이 사라졌고,

다른 사람에게는 환상이 사라졌답니다.

하지만 사람들은 나의 강철 왕관에서

가장 좋은 진주를 훔쳐 갔답니다,

나에게서 체조 대가를 훔쳐 간 것이지요,

인간 보석, 마쓰만을. ─뮌헨대에서 베를린대 교수로 이동. 1842

이런 일로 나를 굴복시켰고, 나를 꺾어 놓았답니다,

나의 영혼을 분쇄시켰다지요:

이제 나에게는 이 사람이 결여되어 있답니다, 그의 예술이
기둥 최고의 꼭대기까지 기어오른 사람이!

나는 (마쓰만의) 짧은 다리를 더 이상 볼 수 없게 되었답니다,
납작한 코도 더 이상 볼 수 없게 되었고요;
그는 하나의 복슬강아지처럼 (체조가의 구령에 맞춰) 상쾌하게-경건하게-쾌
활하게-자유롭게,
잔디에서 재주넘기를 했지요.

그는 고대 독어만이 이해했던, 애국주의자,
야콥 그림^{Jakob Grimm, 1785-1863, 독문학 설립자}과 조이네^{Johann August Zeune, 1778-1853, 독어학회 설립자}만
이 이해했지요;
그에게 외국어는 언제나 낯설었답니다,
그리스어나 라틴어도 말입니다.

그는 조국애의 정서를 지녀,
(참나무) 도토리 커피만을 마셨답니다,
그는 반프랑스주의자로 림브르그 치즈만을 먹어,
악취가 났답니다.

오, 매제여!^{루드비히 1세의 매제가 프로이센 프리드리히 빌헬름 4세, 부인은 엘리자베스} 나에게 마쓰만을 되
돌려 주게나!
왜냐하면 얼굴들 가운데,
그의 얼굴이, 나 자신이기 때문이라네,
시인들 가운데 시인으로서 말이네.

오 매제여! 코르넬리우스는 소유하거나,
셸링도, (너는 뤼케르트^{F. Rueckert}를
소유할 수 있었으니 자명한 일이지)-
만일 마쓰만을 되돌려만 준다면 말이네!

오, 매제여! 너는 명성으로 만족하거나,
네가 나를 오늘날 어둡게 만든;
독일에서 첫째였던 내가,
이젠 겨우 둘째가 되었으니 말이네 …….

3부

뮌헨의 성곽 교회에는
한 아름다운 마돈나가 서 있지요:
그녀는 품 안에 그녀의 예수 아기를 안고 있고,
세상과 천상의 기쁨을 안고 있다지요.

바이에른 루드비히가
성모상을 바라보고 있을 때는,
그는 경건하게 무릎을 꿇고
축복을 비는 기쁨 속에 중얼거렸다네요.

"마리아는, 천상의 여왕,
너 여성 군주는 부족함이 없지!

성도들로부터는 너희 궁내관^{宮內官}이 나오고
너의 하인들은 천사들이니.

날개 달린 시동^{侍童}들이 너를 기다려,
시동들이 너의 황금 머리에
꽃묶음을 엮는다지, 시동들이 품 안에 안고 따라다닌다지,
너의 끌리는 옷자락을.

마리아는 순수한 아침의 별,
너 백합은 흠이 없지,
너는 많은 경이로움을 일으켰고,
많은 기적을 일으켰으니.

오, 너의 은혜는 샘물이 되어,
나에게 물방울을 가져다주고 있지!
나에게 너의 은총 표시를 베풀어 다오,
최고의 은총을."-

그러더니 성모는 움직이고,
그녀의 입을 분명히 움직이며,
급히 머리를 흔들고
그녀 아이에게 말하였다네:

"이것은 하나의 행운이란다 내가 너를
품 안에 안고 있다는 것이 더 이상 배 안에 안고 있는 것이 아니고,

하나의 행운이란다, 내가 하늘의 소명 때문에,
더 이상 두려워할 필요가 없으니 말이다.

내가 나의 임신 속에서
증오스러운 뇌신雷神을 바라보았더라면,
나는 아마도 확실히 하나님 대신에
(잘못 바뀌어) 기형아惡魔를 낳았을 것이다."[262]

이 시는 풍자적 메시지를 전하고 있다. 1부에서는 루드비히 왕이 시인이
고 예술 보호자였다지만, 사랑과 미의 여신 아프로디테Aphrodite, 비너스로부터
사랑을 받고 아름다움에 대해 그리스의 사포Sappho체의 시구로 노래한 '아도
니스Adonis와 같은 친화적인 미소년이 못 되고 말을 더듬거리고 어물거리는
왕'이 되었다고 조롱했다. 2부에서는 루드비히 왕이 하이네 대신에 반프랑
스주의적 애국주의 시인 마쓰만을 교수직으로 임명했으나, 결국 매제가 되
는 프로이센의 빌헬름 4세에게 빼앗긴 아픔을 표현했다. 그리고 3부에서는
루드비히 왕이 경건하게 숭상하는 성모 마리아가 '임신 중 증오스런 뇌신을
바라보았더라면' '예수가 아닌 기형아를 출산했을'지도 모른다는 '성모 마
리아의 자애로움Mutterschooss을 조소한' '신성 모독Blasphemie'에 가까운 풍자를
더했다.

이 시는 전반적으로 '군주국에 대한 비판과 가톨릭주의에 대한 조롱'을
노래한 것이다. 따라서 진보적 자유주의자와 애국주의적 보수주의자 간에
격렬한 찬반 논쟁이 일어났다. 하지만 반대 여론이 더 우세했다. 그리고 결
국 이 시를 발표한 〈독불 연감〉이 군주국 비판을 허용할 수 없도록 출간을
금지하기도 하고, 연감 발행인들인 하이네와 마르크스, 루게 등이 독일 국
경을 넘어오면 체포할 것이라는 프로이센 내무장관의 경고령이 내려지기

도 했다[1844]. 그뿐만 아니라 이 시를 복사한 전단을 판매한 남부 독일 울름Ulm의 서적상인 헤어브란트Heerbrandt에게는 6주간의 요새 금고형이 내려지기도 했다[1844]. **263**

〈독불 연감〉이 정간되자, 하이네는 다른 발행인들과 함께 파리에서 '연감' 대신 〈전진Vorwaert〉이란 신문을 발행하여[1844.6] 군주국에 대한 비판적인 시를 계속 발표했다. 그러자 1844년 7월 11일 하이네와 루게, 마르크스 등에 대한 프로이센 정부로부터의 체포령이 정식으로 포고되었다. 그리고 〈전진〉도 폐간되고, 발행인 중 하이네를 제외한 마르크스와 루게 등은 프랑스로부터 추방되고 말았다.

이처럼 하이네가 「루드비히 왕에 대한 찬가」라는 풍자시를 발표함으로써 일어난 파장은 컸다. 더불어 하이네 자신의 신경 질환도 더욱 악화되고 건강 상태가 나빠져 집필 활동도 어려워졌다.

그가 이러한 풍자시를 남기게 된 동기는 역시 1828년 말에 뮌헨 대학의 교수직에 임용되지 못했기 때문이다. 유대인에 대한 반유대주의 정서와 진보적 자유주의 사상에 대한 보수주의 사상 때문에 독일에서는 그를 감시 대상으로 보았던 것이다. 더욱이 가톨릭에 대한 그의 비판을 완고한 군주국에서 용납하기 어려웠다. 바로 이러한 이유들 때문에 뮌헨에서 그의 계획은 무너지고 만 것이다. 그리고 같은 시기에 아버지도 사망해[1828.12.2] 하이네의 심정은 착잡할 수밖에 없었다.

평소 부자간의 관계는 하이네가 상인이나 은행원이 되기를 희망했던 아버지와 문학적 재능을 발휘하려 했던 아들의 갈등 때문에 그렇게 가깝지 못한 처지였다. 그런데 아버지가 사망하고 나니 뒤늦게 그 깊은 사랑을 절감하게 되었고, 삶에 대한 실질적 의지도 각성하게 되었던 것이다. 따라서 하이네는 1854년 과거의 추억을 더듬어 자신의 자서전을 준비하려 했던 「비망록」후일 에두아르트 엥겔에 의해 1884년에 공개에서 아버지에 대한 상념을 다음처럼 털어 놓았다.

'아버지는 모든 사람들 가운데 내가 이 세상에서 가장 사랑했던 분이다. …… 이전에 나는 내가 아버지를 잃게 되리라는 것을 생각해 본 일도 없었다. 지금도 나 자신 아버지를 실제로 잃어버렸다는 사실을 생각할 수도 없다. 우리가 내면적으로 그렇게 사랑했던 인간들의 죽음에 관하여 확신한다는 것은 어려운 일이다. 그러나 인간들은 역시 죽지 않는 것이다. 우리들 속에 계속 살아 있는 것이며, 우리들의 영혼 속에 살고 있는 것이다. 아버지가 돌아가신 이후로 내가 돌아가신 아버지를 생각하지 않은 밤은 한 번도 없었다. 그리고 아침에 깨어나면 꿈의 반향처럼 아버지의 목소리가 들리는 것으로 믿어졌다. …… 나의 아버지는 언제나 일찍 일어나셨다. 겨울이나 여름이나 자기 일에 몰두하셨다. 그리고 내가 책상에서 아버지를 보면 아버지는 언제나 나에게 손을 내밀고 입을 맞추시곤 했다.'[264]

그랬던 아버지가 사망하고 어머니도 남편을 잃어버린 슬픔 때문에 고통스러워했다. 거기에 뮌헨에서의 교수직 임용도 실패하였기에, 하이네는 대단히 고통스러웠다. 하지만 그는 다시 새로운 기회를 찾으려 베를린으로 향해야만 했다.

17. 정체성의 고민과 질병의 고통

하이네는 1829년 2월 20일 함부르크를 떠나 23일 베를린에 도착했다. 이곳에서 이전에 '유대인 학문과 문화를 위한 연합체'에서 함께 일했던 옛 친구 모저와 준즈, 간스와 라헬 파른하겐^{로베르트 루드비히의 누이동생 Rahel Levin, 1771-1833}을 비롯하여, 베티나 폰 아르님^{클레멘스 브렌타노의 누이동생, 1785-1859} 및 아델베르트 폰 샤미소¹⁷⁸¹⁻¹⁸³⁸ 등 낭만주의 작가들도 만났다. 그런데 '연합체'를 계속 이끌고 있었던 사람은 준즈뿐이었다. 그는 구전으로 내려오던 유대인에 대한 신의 계시 율법 아가다^{Aggada}에 관해 연구하고 있었다. 반면에 간스는 기독교로 개종한 이후 베를린 대학의 법철학 교수가 되어 출세하였다. 그의 문하생 중 한 사람이 바로 칼 마르크스였다.

하이네는 어떤 도움이 있으면 베를린에서 학문적 영역에서 일하고 싶었다. 이에 파른하겐이 많은 노력을 기울였지만, 베를린 대학의 시간 강사^{Privatdozent} 자리도 얻을 수가 없었다. 그래서 베를린에서 생활을 확보하려 했던 그의 계획도 무산되고 말았다. 하이네에게 의기소침한 시기가 새롭게 시작된 것이다. 그 당시 하이네는 프리드리케 로베르트^{Friederike Robert} 부인에게 다음처럼 자신의 처절한 심정을 호소하기도 했다.

'어제저녁 11시에 나는 귀하의 아리따운 시구를 또 한 번 읽었답니다. 이에 나의 마음은 수난곡을 만들고 있었습니다. 그러나 오늘 아침 나의 마음은 완전히 죽어 있습니다. 나 자신의 마음은 단지 걸어 다니는 육체 관棺에 지나지 않습니다. …… 얼마 동안이나 이런 상황이 계속 될는지요. 나도 역시 불행하게 (기원전 537년 앗시리아 제국의 풀이나 뜯어먹고 살아가야 했던 바빌로니아 왕 네부카드네자르처럼) 풀이나 뜯어먹고 살아가야만 하는 것은 아닐는지요.'(1829.3.11. 프리드리케 로베르트에게 전한 편지)**265**

결국 그가 베를린에서 좌절의 심정을 갖게 된 이유도 뮌헨에서 겪었던 것과 마찬가지로 반유대주의 정서 때문이었다. 하이네는 언제나 자신이 '독일에서 유명한' '독일 시인「Heimkehr 13, 1824」'이라 생각했고, **266** 완전한 독일인으로 의식하며 살아왔다. 그런데 자신이 유대인이란 이유로 직업 선택에 좌절하게 되어, 그는 다시금 정체성에 관한 고민으로 의기소침했던 것이다.

하이네는 내면적으로 생각했던 유대주의에 대한 의식을 다시 생각하지 않을 수 없었다. 바로 그러한 자신의 심정을 하이네 자신은 이미 괴팅겐 대학 시절에 예상이나 한 듯 모저에 보낸 사적인 편지에서「랍비 프로젝트Rabbi Projekt」란 비공개된 시로 전한 적이 있었다. 하이네 자신은 무심코 작성하여 비공개적으로 전하였기에, 이 시에 어떠한 가치도 부여하지 않았다. 이 시를 공개하지 말고 비밀리에 혼자서 읽어 보라고 모저에게 말하기도 했던 것이다. 여기에 이 시를 소개하려고 한다.

소리 높이 울기 시작하라,
너 어두운 순교자의 노래를,
나는 이 노래를 오랜 기간 지니고 다녔다네
잔잔한 불꽃 정서 속에 간직한 채.

이 노래 온갖 귓속에 들려,

귓속을 통해 마음속으로 울려오니;

나는 강력히 선서했다네

수천 년의 아픔을.

이 노래에 큰 사람이나 작은 사람도 운다네,

냉혹한 사람들까지도,

부인들이나 꽃들도 운다네,

하늘의 별들도 운다네.

그리고 모든 이의 눈물이 흘러

남쪽으로 흘러 조용히 합쳐지고,

흐르고 범람하여

모두가 요르단 강으로 흘러간다네 (1824.10.25. 모세스 모저에 전한 편지에서). **267**

이 시는 하이네 자신이 슬펐던 유대인들의 정서를 겸허하고 나지막한 심정으로 읊어 본 정체성에 대한 호소였다. 그리고 이렇게 애절한 수난의 운명을 겪고 있던 유대인의 존재를 해명해 달라고 호소하는 「질문Fragen, 1826」이란 시를 짓기도 했던 것이다. 「질문」에서 그는 인간이 겪고 있는 수난의 운명에 관해 그 누구도 만족스런 해답을 줄 수 없는 물음을 던지고 있다.

신비한 상형 문자 모자를 쓴 이집트 성직자나 터번을 쓴 이슬람교 이맘, 검은 사각모를 쓴 기독교 목사와 가발을 쓴 학자에게도 질문을 던지고 있다. 하지만 하이네가 던진 문제의 해답은 오히려 끊임없이 물결치는 무한한 바다의 파도처럼, 무상하게 극복되는 형이상학적 종교적 해답으로 찾게 되었던 것이다. 「북해」2부 7번에 실린 「질문1826」은 다음처럼 묻고 있다.

황량한 밤중의 바닷가에,

한 젊은이가 서 있다네,

가슴에는 우수가 그득하고, 머리에는 의혹이 그득한,

암담한 입술로 그는 물결치는 파도에게 묻고 있다네:

"오 나에게 삶의 수수께끼를 풀어 다오,

고민으로 그득한 태초의 수수께끼를,

이에 관해 많은 머리들이 골똘히 생각했겠지,

난해한 문서 모자를 쓴 머리들과,

터번이나 검은 사각모를 쓴 머리들이,

가발을 쓴 머리들이나 수천의 다른 머리들이,

가련한 사람들의 머리들이나 땀 흘리는 머리들이 말이네-

나에게 말해 다오, 인간이란 무엇을 의미하는 것인지를?

어디에서 그가 왔는지를? 어디로 그가 가는지를?

누가 저곳 황금빛으로 빛나는 별들 뒤에 살고 있는지를?"

파도는 영원히 물결치고,

바람은 불며, 구름은 날고,

무관심하고 냉정하게 별들은 반짝이는데,

한 바보는 답변을 기다리고 있다네.[268]

하이네는 인생과 삶의 운명에 대한 질문을 파도에 묻고 있지만, 결국 만족할 만한 해답은 없었다. 밀물과 썰물처럼 파도치는 바다에서 삶의 고통과 기쁨, 수난과 극복의 순환들이 덧없이 반복되는 초월적 현상 속에서 수난의 구원만을 찾고 있었다. 다시 말해 그는 뮌헨에서 좌절의 슬픔을 안고,

그것을 해소하려 북해의 헬고란트 해변을 찾았던 것이다[1830]. 그에게는 좌절에서 온 정신적 고통을 치유할 안식이 필요했다. 그런데 그는 그 곳에서도 끊임없는 질문을 자신에게 던졌던 것이다. '실제로 나는 어디로 가야만 할까?' 하고 말이다[1830.7.1. 헬고란트에서]. **269**

프랑스로 망명한 뒤에도 이 질문은 계속 현실 문제로 제기되어 하이네를 고민에 빠지게 했던 것이다. 이러한 고민이 표출된 시가 「이젠 어디로 Jetzt Wohin?1848」였다. **270** 이 시를 발표할 당시의 파리 생활은 '세상이 무너질 듯 나빠져 보였고 걱정이 되었다. 특히 예술가나 시인들은 끼니가 어려웠다. …… 더더욱 하이네는 병이 심해져 모두가 어둡게 보였다. – 따라서 파리를 떠났으면 하는 소망이 치밀어 올라 다시 누이동생이나 어머니에게로 돌아 갔으면 하기도 했다[1848.8.29. 샤롯테 엠덴에게 보낸 편지].' **271**

영국으로 가자니 '기계적이고 고집스런 영국인이 싫고' 러시아로 가자니 '제정 러시아의 학정과 추운 겨울'이 싫었다. 역시 미국이 '자유의 곳간 Freiheitstall'이고 '평등이 도리깨질하는Gleiheitsflegeln, 날뛰는' 나라이기에 가장 이상적이었다. 그런데 그 곳에도 인종 차별과 황금만능이 있기에, 질문 그대로 '이젠 어디로' 가는 것이 좋은가 묻는 것이다. 하이네는 이 시에서 사실은 미국으로의 이민을 생각하고 있었다.

> 나에게는 자주 생각되었지
>
> 미국으로 배 타고 갈 것을,
>
> 커다란 자유의 곳간과
>
> 평등의 도리깨질이 있는 그 곳을 향해 말이네.**272**

그런데 '인종 차별'과 '자유에 대한 광신주의' 때문에 미국으로의 이민 생각도 접었다. 하이네는 헬고란트에서 써 놓은 일기[1830.7.1]에서도 미국에 대해 회의적인 생각을 가진 적이 있다. 인종 차별이 주원인이었다. 일기는 다음처럼 전한다.

미국에서 흑인에 대한 학대가 너무 심해 평등주의적 심정에서 그들을 동정한 나머지 그들을 딱하게 보았던 '어느 뉴욕 시의 신교도 목사가 자신의 딸을 흑인과 결혼시켰다.' '이러한 그의 참된 기독교적 실천 행위가 알려지자, 사람들이 목사 집으로 몰려와서' 어떻게 유색인과 결혼시킬 수 있느냐고 분노하면서, '목사 집을 부수고 목사의 딸을 움켜쥐고 분노를 퍼부어 딸이 불쌍한 희생이 되고 말았다. 그들은 그녀의 옷을 벗겨 갈기갈기 찢었고, 새털 붓에 타르를 묻혀 온갖 칠을 다 했으며, 타르가 묻은 붓대를 휘두르며 시내를 활주하고 조롱했던 것이다. …… 오 자유여! 너는 나쁜 꿈이로구나!'[273]

진정한 의미에 있어서의 평등과 자유란 것이 미국에서는 지나친 '평등의 급진주의Gleichheitsradikalismus'와 '자유의 광신주의Freiheitsfanatismus' 현상으로 나타났다고 이야기하고 있다. 결국 하이네의 미국으로의 이민 문제는 평등과 자유의 과격한 현상 때문에 방황하게 되었던 것이다. 그래서 그는 「이젠 어디로?」의 마지막 두 구절에서 자신이 갈 곳을 찾지 못하고 방황하고 있음을 호소하기에 이른 것이다.

슬프게도 나는 높은 곳을 바라보고 있다네,
수많은 별들이 내려다보고 있는-
하지만 나의 별은
그 곳 아무 곳에서도 찾아볼 수 없었다네.

하늘가에 있는 황금의 미로 속에서
혹시 방황하고 있는 것은 아닌지,

마치 세속의 혼란 속에서

나 자신 방황하고 있는 것처럼 말이네.[274]

이렇게 하이네는 방황의 미로 상태에 놓였던 것이다. 뮌헨과 베를린 대학에서 시간 강사 자리도 구하지 못하고 있었을 때나, 후일 파리에서 경제난과 병에 시달려 어디론가 보다 나은 안식처를 찾아야만 했을 때나 그의 슬픈 처지와 처절함은 마찬가지였다. 그는 어디론가 새로운 출구를 찾아야만 했다. 바로 이 점에서 이 시는 하이네 인생에서 계속 구원의 질문으로 존재하고 있는 것이다.

사실 뮌헨에서 플라텐과의 적대 관계로 고립되었고 베를린에서의 계획도 좌절되자, 하이네의 심신은 피로해졌으며 병세는 더욱 나빠졌다. '격렬한 추위'로 인한 호흡 질환이 생겨 '피를 토하기도 하는' 증상이 발생했고 (1830.2.3. 칼 임머만에게 전한 편지에서), [275] 폐결핵 기운도 있었다. 이러한 증상은 라헬 파른하겐[1771-1833]의 여동생이자 여류 작가인 로사 마리아 아씽[R. M. Assing, 1783-1840]이 그녀의 일기에서 알리고 있다. '오늘 오후 하이네가 생각지도 않게 우리 집에 왔는데 대단히 심하게 감기에 걸린 듯했으며 가슴에 고통을 받고 있었다[1830.2.4. 일기].'[276] 또한 하이네 자신도 자신이 병에 걸려 지쳐 있음을 파른하겐 부부에게 전하기도 했다.

'사랑하는 친구여! 대단히 나쁜 강추위로 모든 자유주의적 인간들이 병에 걸렸는데, 나도 강추위에 병이 들어 고생했답니다; 한 달간 거머리나 가뢰[spanische Fliege] 때문에 고생했고 약이나 유감스러운 친구들 때문에도 고뇌했지요. 그 이후로 이제야 병이 다시 회복되어 가고 있습니다만 나는 문학사에서 시작[詩作]에 몰두한 나머지 병이 난 문인들에게서 보았듯이 피를 토하듯 지쳐 있답니다. 나는 대단히 걱정을 했고, 불안 때문에 모든 시적 감정을 거부하고 더더욱 시 짓는 것을 엄격히 금하고 있답니다. 시를 쓴다는 것은 끝난 것 같습니다; 그래서 나는 공개적으로는 산문이나 쓰며 계속 살게 될 것 같아요.' 같은 편지에서 '나의 가련한 머리는 황량한 피로에 싸여 있기 때문에 몇 줄의 편지를 추가하는 것도 번거롭답니다. …… 용서하십시오. 내가 당신께 이렇게 난잡한 편지를 쓰게 된 것을, 나의 머리는 이처럼 지쳐 있답니다(1830.2.28. 칼 아우구스트 폰 파른하겐에게 전한 편지) '277

사실 하이네는 그 후로는 시보다는 산문을 많이 남겼다. 그리고 이 시기에[1830] 그는 외로움과 피로감으로 지쳐 있었던 것이다. 그래서 어떤 이는 그가 술친구들이나 여자 친구들의 위로를 받기 위해 '매일 저녁과 밤이면 극장에도 가고 술집과 포도주집에 살면서, 새벽 아침이면 그를 유혹한 여러 여인들의 손님 침대에서 만나기도 했다고 한다. 과연 이러한 일이 그의 기분을 풀 수 있었고 걱정거리를 돌릴 수 있었을까?' 하지만 '하이네가 이러한 탈선행위를 했다는 증거는 없다.' 오히려 '그는 조용함을 필요로 했다. …… 그는 병세가 나빠지면 나빠질수록, 신경이 날카로워지면 날카로워질수록 귀가 예민해져 약한 소음에도 예민했다. 그래서 그에게 제공된 방은 어두침침하고 가장 조용한 방이었다고 한다.'278

1830년경에 하이네를 가장 자주 방문한 사람은 연극배우이자 언론인이었던 아우구스트 레발트August Lewald, 1792-1871였다. 그는 하이네를, '그는 두통을 심하게 앓고 있는 것'으로 회상하고 있다. '그는 모든 대화를 할 때마다 무심코 아, 나는 병이 들었어! 하고 …… 손을 이마에 올려놓는 것이었으며 …… 나도 하이네가 두통을 앓고 있는 것으로 믿고 있었다. 그는 체질이 약했고 특별한 충동도 없이 그의 얼굴은 갑자기 붉게 타오르기도 했으며, 늘 거의 흥분된 상태에 있었다; 자신의 건강에 유의해야 할 사람들은 하이네의 생활방식을 모방할 수는 없었다. 하이네는 여러 번 나와 함께 잠을 잤다. 그럴 때면 시계는 침실에서 멀리 떨어진 곳에 놓아야만 했을 뿐 아니라 옆방에서도 조용해야만 했다. 똑딱거리는 시계 소리도 그를 방해하여 다음 날 아침이면 심한 두통을 앓게 되는 이유가 되었다. ……'[279]

하이네 자신도 파른하겐K. A. Varnhagen von Ense. 1785-1858에게 보낸 편지에서 이 사실을 인정하고 있다.

'나는 기분이 황량하며 두통이 심하고 아무것에도 마음을 쓸 수가 없답니다. 나는 황폐하고 냉혹한 운명적인 한 해를 보냈답니다! 나의 기분이나 입장이 변화되었으면 해요! 나를 구속하고 있는 중요한 의무만 없었더라면 나는 이로부터 날아갔을 것입니다! 다만 내가 두려운 것은 결국에 가서 나의 글 쓰는 필력이 떨어지지 않을까 하는 것입니다(1830.6.21. 파른하겐에게 전한 편지).'[280]

하이네는 건강 회복을 위해 1830년 6월 25일 헬고란트 해변으로 갔다. 하지만 그 곳 해수욕장에서도 많은 해수욕 손님들의 소음 때문에 두통이 더욱 심해졌다. 그는 누이동생 샤롯테 엠덴에게 이 일을 다음과 같이 적고 있다.

'나는 이곳해수욕장에서 나를 괴롭히고 있는 슬픈 기분들을 방어할 수가 없단다. 사람들이 수다도 많이 떨고 많이도 먹고 많은 생각들도 하는 이런 좋지 못한 사회생활 속에서 내가 지내고 있으니, 나에게는 윙윙거리는 소리와 두들기는 소리들이 귓전을 때리고 두통은 더욱 심해지기만 한단다(1830.7.28. 샤롯테 엠덴에게) '[281]

18. 7월 혁명 소식에 열광하다.

그런데 이때에 파리의 7월 혁명[1830]에 관한 소식이 전해졌다. 하이네는 대단히 흥분하여 생기가 솟아난 듯했다. 이를 지켜본 '젊은 독일파' 친구 비엔베르크[Ludolf Wienberg, 1802-1872]는 그 당시[1830] 하이네의 인상을 다음처럼 전하고 있다.

'7월 혁명의 발발은 하이네를 우울하고 비생산적인 기분에서 열정적인 흥분으로 던져 놓았다. 하이네는 7월 혁명이 그의 인생에 있어 의미 있는 장을 형성시킬 것이라고 느꼈던 것이다. ……' 그리고 혁명이란 '그 거대한 진실을 눈앞에 두고 있는 시인의 환상 속에 나타난 신경과민적 흥분에 나는 감동되었다. 따라서 그 후부터 나는 너무나 가볍게 예술적으로 표현되고 있다고 생각되는 그의 문학 속의 날카로운 감정 표현들에 대해서 너그럽게 인내하고 있다.'[282]

'시인의 환상 속에 나타난 신경과민적 흥분'이란 그의 병리학적 한계에서 오는 감성적 흥분이기도 했다. 그런 까닭에 혁명에 대한 하이네의 열광이 있은 후에는 다시금 그의 병세와 우울함이 되돌아오는 것이었으며 그의 기분도 불안정해졌다. 즉 그는 열광과 고통의 순환 속에서 불안한 병세의 증

후를 보였던 것이다. 그래서 1830년 11월 19일에 파른하겐에게 보낸 편지
에서는 다음과 같이 말하고 있는 것이다.

'나는 지금 신선하게 정신이 나고 건강하며 혁명사를 밤낮으로 연구하는
것 이외엔 아무것도 하는 일이 없답니다.' …… 그런데 '최근 8일 전부터 두
통과 분노로 괴로워하고 있답니다. 마음으로는 나 자신 자유롭고 신선하며
커다란 일을 할 것 같은 생각이 드는데도, 매일 나의 주변 상태는 점점 음울
해지고 있네요. …… 그래서인지 나는 두통이 심하고 분노가 더욱 심하답
니다. 그렇지만 않다면 당신에게 즐거움을 줄 수 있는 이야기라도 할 수 있
을 텐데요. …… 당신은 지금 내가 죽어 있는 사람이라고 말할 수도 있고,
겨우 먹는 것을 통해 산다거나 매일 같은 분노를 통해 산다고도 말할 수 있
겠는데, 이것은 (나의 삶이) 생동하는 세상과 연관되어 있기에 죽지 않고
살아간다고 말할 수 있을 것입니다.'[283]

그리고 며칠 후 파른하겐에게 전한[(1830.11.30)] 편지에서는, 자신의 불안한
심정에서 오는 우울함이나 고독이 심한 곤경에서 오는 것이 아니라 자신에
대한 부족함의 분노에서 오는 자기 고민임을 고백하기도 했다. 즉 병의 고
통 때문에도 그랬겠지만, 용기 부족으로 7월 혁명에 적극 참여하지 못하고
있는 가혹한 자아비판적인 입장에서 고백한 것이다.

지금 '당신께서 만일 나 자신이 곤혹스러운 순간에 불안해하고 있는 걱정
거리들을 알고 싶으시다면; 그것은 결정적인 곤경에서 오는 걱정이라기보
다는 오히려 나 자신의 서투른 당혹감이나 실수 및 어리석음에 대해 내가
고민하고 있는 것에 관한 분노인, 분노로, 알아주셨으면 합니다. 그리고 나
에게는 모든 짜증스러운 불쾌함이 쌓여 왔고 차고 습한 추위에 대비할 염려
같은 것들이 마음에 간절히 권고되고 있기에, 그 속에서 모든 불꽃들이 꺼
져 가고 있으니 당신께서는 그러한 개념을 알지 못할 것입니다!'[284]

즉 자기 자신의 곤란한 처지와 병 때문에 생동하는 프랑스적 혁명 정신에

적극 참여하지 못하고 있다는 초조한 자기 불안을 자아비판적으로 호소하고 있음을 이해해 달라는 것이다.

하지만 그는 이런 불안과 병고 속에서도 7월 혁명^{1830.7.27–29} 소식을 접했을 때의 열광은 잊지 않고 있었다. 비록 그가 7월 혁명에 대한 소감을 쓰고 피로한 심신을 회복하기 위해 이곳 헬고란트 해변에 와서 휴식을 취하고 있다지만, 그의 상념에는 인간 해방과 자유 평등에 대한 희망이 여전했으며 이에 충만되어 있었다. 그리고 끝내 혁명이 승리할 것으로 믿고 있었다. 그런 이유로 그는 해변을 거닐면서도 바이런의 아름다운 시구를 통해 자신에게 원기를 북돋고 있었다.

　　파도는 차례대로 물결쳐 다가오고,

　　차례대로 무너지며 해변으로 사라지고 있지만,

　　그러나 바다 자신은 앞으로 전진만 하고 있다네 ……

'전진하는 파도'의 '자연 현상'을 바라보며 그는 용기를 얻었다. '인간성도 역시 썰물과 밀물의 법칙에 따라 움직이는 것이니, 모르면 몰라도 모든 인간사의 정신세계에도 마치 달이 별들의 힘에 영향을 받아 지배되고 있듯이 작동될 것이다. …… 오늘날의 젊은 빛은, 나의 영혼을 이리저리 고민하게 하고 있는 우울한 의혹에도 불구하고, 경이적인 예감에 슬그머니 덮쳐 다가서고 있다. 이것은 지금 이 세상에서 무엇인가 각별한 일이 일어나고 있음을' 알리고 있는 것이라 보았다.

사실 하이네는 이미 혁명의 빛이 퍼져 나가 은연중 승리의 길로 투영되고 있음을 예견하고 있었다. 그래서 그는 저녁노을 해변을 고독하게 산책하면서도 '축제적인 고요함이 사방에 지배하고 있음을' 감지하고, 자연 현상에서 무엇인가 암울한 가운데에서도 희망적인 일들이 전개되고 있음을 읽고 있었던 것이다.

'높은 둥근 하늘은 고딕 교회의 둥근 지붕과 같았고, 하늘에 있는 별들은 무수한 등불처럼 걸려 있었다; 하지만 별들은 음울하게 떨면서도 타오르고 있었고, 바다의 파도는 물의 오르간 소리처럼 속삭이며; 폭풍우 소리의 찬송가도 고통과 의혹으로 그득했다. 그렇지만 이러한 모든 것들은 서로가 역시 승리를 거두면서 작동하고 있는 것이었다(1830.8.1. 헬고란트에서). '285

즉 자연 현상이 자유와 평등이란 이념을 잉태하기에는 너무나 많은 고통과 아픔을 함께하고 있지만, 결국은 이 모든 것들이 자연이 내포하고 있는 현상처럼 서로간의 조화로운 승리로 마감될 것임을 예시하고 있는 것이다. 그리고 하이네는 혁명의 이념들을 자연 현상을 통해 간접적으로 승화시키고 있다.

실제로 7월 혁명은 썰물과 밀물의 현상이었다. 멀리서 울려 퍼져 오는 프랑스적 천둥소리였다. 1830년 7월 29일 파리에서 그 유명한 혁명 정치인 라파예트 Marie Joseph Lafayette, 1759-1834 장군에 의한 무장 투쟁이 있은 후, 8월 2일에는 샤를 10세가 물러나고 루이 필립 1세인 오를레앙 공이 프랑스의 시민 왕으로 등극했으니 말이다. 이것은 마치 '로물루스 제국이 아우구스투스 로물루스로 끝나고 새로운 로마 제국이 시작되었듯이, 샤를 10세의 종말로 새로운 프랑스가 시작된 것으로' 비유된 것이다(1830.8.6. 헬고란트에서). 286

하이네는 라파예트를 높이 평가하였다. 라파예트 장군은 이미 1789년 프랑스 혁명 당시 국민군 사령관으로서 혁명을 이끌었고, 국민 의회에서 인권 선언을 위한 법안을 제출했던 꿈같은 정치인이다. 그 이전 1777년에는 미국의 독립 전쟁에도 참전하여 투쟁한 미국 시민이기도 했다. 그런 인물이 이제 다시 돌아와 제2의 혁명인 7월 혁명에 시민의 지도자로 활약하고 있으니, 하이네로서는 그에 대한 흠모와 감격이 대단했던 것이다.

'파리의 탑들에는 삼색기가 다시 휘날리고 마르세유 국가가 울려 퍼지고 있다! 라파예트와 삼색기, 마르세유 국가. …… 나는 이에 도취되어 있는 듯했다. 대담한 희망들이 열정적으로 솟아올랐다. 황금 열매를 맺고 무성하게 자란 나뭇가지에 가는 잎사귀들이 구름에 닿을 듯이 뻗쳐 솟아오르듯 말이다. …… 하늘에는 바이올린이 그득히 걸려 있고 …… 푸른 하늘의 기쁨 속에서 계속 연주되고 있으니, …… 그 소리는 마치 명랑한 소녀들이 킥킥 웃어 대는 듯한 에메랄드 색의 물결 속에서 울려 퍼지고 있는 것이었다(1830.8.6. 헬고란트에서)'287

하이네 자신도 흥분되어, 비록 헬고란트에서 휴식을 취하고 있다지만, 7월 혁명에 대한 자그마한 정치적 서적을 준비하기 위해 「헬고란트 편지」도 쓰고 모든 자료를 수집하려 노력했다. 즉 7월 혁명에 대한 '관찰 기록'을 집필하려 했던 것이다. 그러면서 혁명에 도취된 헬고란트에서의 체험기를 담으려 그 곳에서 계속 휴식을 취했으면 했다.288 그래서 혁명이 일어난 며칠 후의 헬고란트 회고록에서 다음과 같이 말하고 있는 것이다.

'라파예트와 삼색기 그리고 마르세유 국가'에 …… 나는 도취된 듯하다. 그리고 7월 혁명에 관한 혁명사를 쓰기 위해서도 '휴식에 대한 나의 동경은 계속되고 있는 것이다. 이제 나는 다시금 내가 무엇을 하고 싶고 무엇을 하여야만 하며 무엇을 하여야 할 것인가를 알고 있다. …… 나는 혁명의 아들이다. 그리고 어머님이 기도 주문에서 말씀하신 불가사의한 무기들을 다시 잡고 있는 것이다. …… 꽃이여! 꽃이여! 나는 사느냐 죽느냐 하는 적들과의 싸움을 위해 나의 머리를 꽃으로 장식하여야만 하겠다. 그리고 내가 전투의 노래로 부를 수 있도록 나에게 노래 시가 부여되고 …… 불타오르는 별 같은 언어와 …… 번쩍거리는 투창 같은 언어가 주어졌으면 한다. …… 나 자신은 기쁨과 노래, 칼과 불꽃으로 온몸이 화신되어 있다(1830.8.10. 헬고란트에서)'289

19. 혁명에 대한 오해와 열광

　그런데 이상하게도 '독일에서는 모든 커다란 전쟁이 끝나면 서민들이 승리하는 것이 아니라 귀족들이 다시 강화되는 것이었다. 전 유럽에 걸친 30년 전쟁¹⁶¹⁸⁻¹⁶⁴⁸이나 7년 전쟁¹⁷⁵⁶⁻¹⁷⁶³, 자유해방 전쟁¹⁸¹³⁻¹⁸¹⁵ 이후에도 그러했다. 프로이센의 프리드리히 대제는 자유해방 전쟁 이후 군대에서 귀족 출신이 아닌 모든 장교들을 퇴출시키고, 다시 직접 귀족들의 지배를 강화하기 시작했다. 그리고 그 후에도 이런 현상은 계속 증가했다.'

　바로 이런 사회적 현상 때문에 서민들은 이 같은 현실을 풍자하기 위해, 커다란 혁명이 일어나면 혁명은 가난한 사람들의 승리가 아니라 귀족들의 승리라고 조롱하고 있었던 것이다. 하나의 예로 '술집에서 만취한 한 녀석이 파리로부터 혁명군 점령으로 인한 포성 같은 (승리의) 천둥소리가 전해지자 즉시 외치기를: 당신들, 천둥소리 들으셨지요. 전쟁은 끝났습니다. 이는 귀족들의 승리랍니다!' 하고 외쳤다는 것이다. 이 풍자적 일화는 파른하겐의 부인 라헬이 그녀의 일기^(1836.12.23)에 적어 놓은 것인데, 하이네가 그녀로부터 오래전에 그것을 듣고 그 일화를 소개한 것이다.²⁹⁰

하이네가 헬고란트에서 휴식을 취하면서 파리로부터의 혁명 소식을 들었을 때, 이와 관계되는 특이한 일이 또다시 일어났다. 그 당시 헬고란트에 7월 혁명의 소식이 전해지자 불쌍한 헬고란트 어민들은 본능적으로 7월 혁명에 대한 기쁨에 환호하고 있었다. 그런데 '한 어부'는 귀족들이 승리했다는 말은 하지 않고, 이와 달리 '… 웃으며 나를 바라보고는 본능적으로 불쌍한 사람들이 승리를 했답니다!' 하고 말을 건넸다는 것이다.

이것은 서민들의 입장에서는 당연한 희망적 표현이지만, 오히려 이 말이 특이하게 들렸던 것이다. 왜냐하면 7월 혁명에서는 역설적이게도 가련한 사람들이 승리한 것이 아니라 부자들이 승리했기 때문이다. 7월 혁명에서 루이 필립이 '시민 왕'으로 등극하게 된 이유는 혁명 주체인 시민들의 분노를 무마시키기 위한 것이었다. 그 방법으로 시민들과 왕정 정치의 절충적 융합형으로 귀족들 가운데 가장 시민에 가깝고 덕망 높은 필립 공을 시민 왕으로 선출했던 것이다. 그리고 선출 과정에서도 많은 부호들의 지원이 함께하고 있었다. 그러니 결국 순박한 헬고란트 어부는 잘못된 정보를 듣고 '불쌍한 사람들이 승리했다.'고 전한 것이다.

이것은 그 당시 독일에서 '커다란 전쟁이 있은 뒤에는 언제나 귀족들이 승리하고 있다.'고 믿는 일반 서민들의 습관적 판단과 달리 터져 나온 역설적인 말이 되었다. 그러나 그 어부가 던진 말은 혁명에 대한 일반적인 개념으로 이해되는 탁월한 어록이 되었다. 실제로 파리에서는 시민 왕이 정치를 시작한 이후, 외형적으로는 공화주의적 정치를 추구하는 듯했지만 내면적으로는 귀족 정치를 동경했고 부호들을 옹호하는 경향이 있었다. 그래서 시민 왕이 국민들 입에 자주 오르내리곤 했던 것이다.

즉, '시민 왕의 통치 아래서는 시민 왕의 정치가 부자들만을 풍요롭게 하는 정부Enrichissez-vous-Regime라고도 하고, 발자크Honore de Balzac 같은 작가는 벼락부자Raffke-Typen나 주주로 출세한 사람들Aktionaers-kassieren, 규방과 연결된 사람들_{Boudoir-Liaisons}의 정치란 말이 정확한 표현이라면서, 파리에서는 부자들이 승리했다.'고 비판하기도 했던 것이다.[291]

그런데 전쟁 후 '부자들이 승리를 가져왔다.'는 말이 라헬 부인의 또 다른 일기에서 다시 언급되고 있다. 자유해방 전쟁 당시 나폴레옹의 독일 지배에 결정적인 종지부를 찍기 위한 라이프치히의 3일간의 민족 전투[1813.10.16-19]에서, '전투가 끝날 무렵 한 하녀가 갑자기 (파른하겐 부인) 방으로 달려 들어오더니 걱정스런 소리로 외치기를 "귀족들이 승리했답니다." 했다는 것이다[1830.8.10. 헬고란트에서].[292]

이러한 그녀의 외침은 독일에 있어서는 전쟁이 끝나면 언제나 귀족들이 승리하는 것으로 생각되어 왔기에, 서민들 사이에서 변화에 대한 체념적 상태에서 터져 나온 말이었다. 그 당시 유럽에 있어서의 전쟁이란 대부분 군주국들이나 영주 국가들 간의 세력 다툼이나 헤게모니 싸움에서 돌발되고 있었고, 언제나 귀족들 간의 승리로 끝나는 것으로 서민들은 생각하였기 때문이다.

하이네 역시 7월 혁명에 열광하고 있었으나, 군주국들 간의 이러한 정치적 상황도 이해하고 있었다. 그렇기 때문에 잠시 혁명에 대한 관심은 접어두고 우선 자신의 생업 문제를 위한 직업 선택에 집중하려 했던 것이다. 그래서 그는 함부르크의 법률 고문 자리도 탐색하고 법률 고문 위원회 자리도 구하려 했다. 그뿐만 아니라 베를린에 있는 파른하겐에게도 도움을 요청했다. 그러나 이러한 노력이 좌절되며 다시 실의에 빠지게 되었다.

그리고 7월 혁명에 대한 여파로 독일 전역이 불안했다. 더욱이 나폴레옹에 대한 독일의 해방 전쟁 '라이프치히 전투'에서 '귀족들이 승리했다.'는 한하녀의 외침도 알고 보면 독일 국민들이 습관적으로 하던 말이었다. 따라서 7월 혁명 이후에도 이러한 말이 독일에서는 귀족들과 서민들 간에는 덤덤한 말이 되었으며, 그것이 오해의 소지를 가져오기도 했던 것이다.

해방 전쟁 당시 일반 독일 국민들은 애국주의 입장에서 독일 군주국들을 위해 나폴레옹 군대와 대치하여 '참나무 숲' 속에서 게릴라전도 펼치고 '세계의 해방을 위해' 바리케이드도 치고 전투를 감행했다. 그렇기 때문에 사실 해방 전쟁은 국민들의 승리로 보고 있다. 그럼에도 불구하고 귀족들의 승리로 오해되었던 것이다. 그러므로 여기서 해방 전쟁이나 7월 혁명은 국민들이나 시민들의 승리라는 사실을 분명히 알릴 필요가 있었던 것이다.

사실 7월 혁명의 여파로 노동자들의 소요와 폭동이 독일 도처에서 일어나고 있었다. 그런데도 이를 '귀족들의 승리'로 보는 것은 '부당^{Apokryph}'한 것이다. 그 예로 7월 혁명이 있었던 한 달 동안, '라이프치히에서는 수공업자들이 브록하우스^{Brockhaus} 출판사의 인쇄기를 파괴하는 폭동이 있었다. 그리고 베를린에서는 티어 공원에서 금연에 항의하는 소동이 있었고, 어떤 소공국^{小公國}의 군주는 정부^{情婦} 때문에 실각하기도 했다.'[293]

심지어 '프랑스에 대한 증오가 가장 뿌리 깊었던 함부르크 시민들도 프랑스 혁명에 열광하고 있었다.' …… 그들은 자유와 평등을 위한 혁명에 열광하고 있었기에 '모든 것을 잊고 있었다. 프랑스의 다보^{Davout, 나폴레옹 휘하의 장군으}
로 1814년 이후 함부르크를 점령하고 함부르크 시에 전쟁 의연금으로 4천 8백만 마르크를 내놓으라고 강요하면서 이를 함부르
크 은행으로부터 압류해 간 군인 장군도 잊고 있었으며, 프랑스군에 의해 처형당한 시민들도^{1813. 2월 프랑스 점령군에 저항해 폭동을 일으켰다는 죄로 처형당한} 잊고 있었다. 옛 독일 남성의 옷이나 자유해방의 노래 그리고 국부 블뤼허^{Bluecher, 자유해방 전쟁에서 유명했던 프로이센}
^{군인} 장군도 잊고 있었다. 이들 모두를 (열광의 도가니 속에서) 잊고 있었던 것이다.' ……

그뿐만 아니라 '함부르크에서는 삼색기가 휘날리고 도처에서 마르세유 국가가 울려 퍼졌으며, 심지어 숙녀들은 극장에 삼색 리본을 가슴에 달고 나타나 푸른 눈과 붉은 입술, 하얀 코로 미소를 짓고 있었고, …… 부호 은행가들도 …… 대담하게 일반적인 기쁨에 동참하고 있었던 것이다.'[294] 이처럼 함부르크 시민들은 나폴레옹 점령 당시의 과거사는 잊고 프랑스 혁명에 열광하고 있었다.

이렇게 함부르크 시민들이 7월 혁명에 열광하고 있는 와중에도 불행하게도 좋지 않은 일들이 발생했다. '1830년 9월 어느 날 저녁인가 사람들이 식당에 있는 유대인들을 몰아내고 창문을 부수고 약탈해 가는' 반유주대주의적 난동이 벌어졌다.[295] 그런가 하면 하이네가 자유 평등주의 시각으로 가톨릭교회와 귀족들을 비판한 그의 「여행 풍경 증보판[1831]」 제4권「도시 루카」의「서언」과「영국 단장」의「결어」가 포함된 증보판이 1831년 1월 21일자로 출판 금지가 된 일이 발생한 것이다.

그러자 하이네는 취업도 거절된 상태에서 더욱 깊은 마음의 상처를 입게되었다. 그의 책이 금서 조치를 당한 것은 그가 「영국 단장」에서 귀족들에 대한 비판을 강화했고 「도시 루카」에서는 종교적 비판을 가했기 때문이다. 특히 「여행 풍경 증보판」 제4권 가운데 「도시 루카」는 종교적인 '성스러움을 폄하하고 분노할 만한 신성 모독을 내포하고 있으며 경박스러운 표현을 통해 선량한 예절을 모욕하고 국가 제도나 국가 관리에 대해 가장 증오스러운 험담 이외에도 프리드리히 대제에 대한 험악한 욕설 표시도 있었다.'는 이유로 프로이센 최고 검열 기관으로부터 금서가 결정되었던 것이다.[296]

그러나 그의 비판이 종교적 비판과 귀족 비판을 목적으로 한 것은 아니었다. 7월 혁명이란 포괄적 의미에서 자유가 없고 평등하지 못한 사회적 이해관계에 해당되는 것들을 비판한 것이었다. 그래서 그가 파른하겐에게 보낸편지[1830.11.19]에서는, 계층상으로 '귀족적인 부르주아들을 자신이 더 증오하고 있다.'고까지 했다.[297]

20. 귀족들에 대한 논쟁과 혁명에 대한 철학적 단상

━「칼도르프의 귀족론 선언」과 「독일 종교사와 철학사」와 연관하여

이때 독일에서는 7월 혁명에 대한 영향도 있고 해서 귀족들에 대한 비판적 논쟁이 가열되고 있었다. 발단은 덴마크 출신인 마그누스 폰 몰케 백작 Graf Magnus von Molke, 1783-1864이 쓴 「귀족과 시민 계층과의 관계Ueber den Adel und dessen Verhaeltnisse zum Buergerstaende, Hamburg, 1830」란 작은 글[65페이지]에서 시작되었다. 그는 주장하기를 귀족이란 자연 발생적으로 생긴 '자연스러운 위계질서'이며 '계층의 차이도 존재하고 있는 그대로 역사적 비자의적非自意的으로 확정된 것'이다.[298] 따라서 자연스러운 위계질서 차원에서 귀족은 세습 제도로 수용될 수밖에 없다고 온건하게 옹호했던 것이다.

그러자 1824년 이후 청년 동맹 지도자로 마그데부르크 성곽에서 자유 언론인으로 활동하고 있던 로버트 베셀회프트Robert Wesselhoeft, 1796-1852는 칼도르프란 이름으로 「칼도르프의 귀족론Kahldorf ueber den Adel, 1831」이란 책을 집필하였다. 이 책은 몰케 백작의 귀족론에 대한 반론으로 내놓은 논쟁서였다.

몰케는 '복고주의'적 입장에서 귀족을 변호하고 있었는데 반해, 베셀회프트는 '영원한 혁명'을 통해 귀족 제도를 개선해야 한다는 '개혁론'을 주장했다. 혁명 속에서는 최소한의 '인간 이성'을 찾게 되고, '인간이란 것은 어느 곳에서나 동일한 것이기 때문에 일정 계층에게 예외적인 우수성이 존재하는 것은 아니라고' 했다. 그렇다고 해서 베셀회프트가 귀족을 완전히 부정한 것은 아니었다. 단지 세습되어서는 안 된다고 했던 것이다.

베셀회프트는 이 세상의 '모든 민족은 한 자연스러운 귀족을 갖고 있는데, 그들 귀족이란 그 나라에서 가장 용감하고 현명한 사람들을 가리키는 말이다. 그러나 귀족이 세습되어서는 안 된다.'고 확언했다. 그런데도 '독일에서는 아직도 세습 귀족이나 그들의 특권이 완전히 제거되지 못하고 있기에' 문제가 있다고 지적했던 것이다.

논쟁서 말미에서 그는 세습 귀족들이 중단되고 있는 좋은 예로 프랑스를 들었다. 프랑스에서는 '지식 계급들이 거의 평준화로 번성하고 있다.'고 했다. 그러면서 '사회의 최고 계층으로 존재하고 있는 태생적 귀족들도 끝나가고 있음을 그들은 의식하고 있으며, 한 계층의 특권이나 기업주들의 정상적인 실리주의 원칙에서도 그들의 가장 높은 이해관계가 보장되지는 않고 있다는 사실을 그들은 의식 속에서 깨어나 알고 있다.'고 언급했다. 그런데 독일의 귀족 계층은 아직 그렇지를 못하고 있음을 비판했던 것이다.[299]

하이네도 이 논쟁에서 베셀회프트의 귀족론을 지지했다. 그러나 베셀회프트의 귀족론이 발간되던 때도 검열이 심해서 출판사로서는 어려움이 많았다. 이에 캄페 출판사는 베셀회프트의 논쟁서에 힘을 보태기 위해 하이네에게 「서언」을 부탁하고 편집도 요구했다. 인쇄 장소도 검열을 피해, 함부르크에서 라이프치히를 거쳐 뉘른베르크로 옮겼다.[300] 그리고 하이네가 편집해 출간한 책은, 베셀회프트의 귀족론 원고를 이미 다 읽고 파악한 다음 집필한 것으로, 「서언」을 포함한 「칼도르프의 귀족론」이 「몰케 백작에게 보낸 편지 속에서의 칼도르프의 귀족론^{뉘른베르크. 1831}」이란 제목으로 발간되었다.[301]

「서언」은 1831년 3월 8일에 완성되었다. 그것은 프랑스 7월 혁명을 위주로 한 입장에서 독일 귀족에 대한 비판을 가했기에 베셀회프트의 귀족론보다도 더욱 강하게 귀족을 비판하고 있었다. 그래서 「서언」으로 집필된 이 책도 결국 프로이센 정부로부터 1831년 6월 18일자로 금서가 되고 말았다.[302]

「서언」은 처음부터 1789년 프랑스 혁명의 첫 수탉이 운 이후 '이제[1830. 7월 혁명] 두 번째의 프랑스 수탉이 울었다며, 독일에서도 이러한 날이 올 것이라' 예고하고 있다. 그리고 프랑스 혁명이 중세의 어두운 밤을 끝내고 보다 나은 시대의 새로운 날을 열었듯이, 독일에서도 그러한 날이 올 것으로 기대하고 있다고 했다. 뒤이어 '프랑스로부터 멀리 떨어져 있는 (독일 성직자들의) 수도원이나 (귀족들의) 성곽들, (부호들과 과두 정치를 하고 있는 고위 시민들이 살았던) 상업 도시 같은 중세의 마지막 은신처로부터 …… 그들의 망령과 유령들이 도망가고 그곳으로 (자유의) 햇살이 비춰져, 우리가 눈을 비비게 되고 성스러운 빛이 우리 가슴에 스며들어 깨어난 생명으로 속삭이게 되었다. 이에 우리는 놀라서 우리들 스스로가ㅡ 우리는 지난밤에 무엇을 했지? 하고 자문하게 되었음'을 실토하였다. 즉 프랑스로부터 자유의 태양이 불타올라 그 빛이 전 세계에 밝혀지고 있으니, 이제 독일에서도 이 빛을 받아 그러한 날이 오지 않겠나 하며 자문해 보고 있었던 것이다.[303]

그리고 독일에서도 이러한 날이 반드시 올 것이라 믿었다. 하이네의 생각으로는, 프랑스의 혁명사와 독일의 철학사는 서로 비유되기도 하고 실제로 상호 간의 영향력을 교류 보완하고 있었기 때문이다. 그래서 그는 독일에서의 검열이란 장애물을 피해 가기 위해 프랑스 혁명사를 독일 철학사를 통해 우회적으로 재미있는 익살과 공격적 풍자로 합리화시키고, 독일인에게 프랑스의 혁명이란 꿈을 일깨워 주려 했던 것이다. 또한 그는 프랑스인들은 현실적인 일에 깨어나 있으면서 이에 몰두하는 성향이 있는데, 독일인들은 잠 속에 빠져 이상적인 꿈만을 꾸고 있는 성향이 강하다 생각했다. 그런 까닭에 독일인의 꿈을 현실로 옮기게 하는 데는 프랑스인의 혁명적 성향이 필요하고, 프랑스인들의 현실에 이념을 심어 주기 위해서는 독일인의 철학적 꿈이 필요하다 믿었던 것이다. 반대로 '독일인의 철학은 프랑스 혁명의 꿈 이외에는 아무것도 아닌 것으로' 비유하기도 했다.

하이네는 「칼도르프의 귀족론」「서언」에서 계몽적 의미에서 프랑스 혁명 사상이란 칸트의 「순수 이성 비판」에서 오는 '이성을 정신적 혁명의 출발점으로 삼았고 가교로 생각하고 있었다.'고 하였다. 그러므로 그에게 있어서는 칸트야말로 독일의 철학적 자코뱅으로서 프랑스 혁명의 이념을 제공한 사람이다. 그래서 '칸트는 우리들의 로베스피에르Maximilian Robespierre였다.'고 강한 어조로 말하여, 칸트 철학의 역사적 역할과 공로를 높이 평가했던 것이다.[304]

하이네는 그의 「독일 종교사와 철학사」에서, 칸트의 「순수 이성 비판」은 독일 사상에 있어서 자연의 이법理法에 의해 지배되는 '이신론理神論 또는 자연 신론Deismus'을 처형한 이성적 '형리Scharfrichter'의 칼로 비유하였다. 그러므로 프랑스 혁명의 형리로서 이성적 독단주의자인 로베스피에르 같은 자코뱅이 칸트와 비유된 것은 일리가 있었다. 하지만 사상적 크기로 보면 로베스피에르를 칸트와 비교할 수는 없다. '로베스피에르에가 칸트와 비교되었다는 사실만으로도 로베스피에르에게는 크나큰 명예가 되고 있는 것이다.'[305] 그러나 이성을 정언적명령의 원리로 보는 '형리' 역할에서 본다면, 로베스피에르는 이에 따른 실천적 행위자였고 칸트는 위대한 철학적 이념의 제공자였음이 분명하다.

그뿐 아니라 하이네는 「칼도르프의 귀족론」「서언」에서 칸트를 '철학적 자코뱅'에 속하는 사상가로 보았다면 '그의 후계자들로는 피히테Fichte와 셸링Schelling 및 헤겔Hegel을 들 수 있다.'고 말하였다. 이들 간에는 프랑스 사상과의 공유된 사상적 맥이 관통하고 있었기 때문이다. 알다시피 피히테는 독일의 '자아 철학자$^{\text{Ich-Philosophie}}$'이다. 그런데 피히테의 철학에 비유되는 가장 유사한 프랑스 정치인은 나폴레옹 황제였다. 그는 '유아독존의 사상과 보편적 제국을 빠르게 건설하려는 절대적 자아 의지'를 지녔고, ……'절대 군주적 위용을 과시한 고독한 이상주의와 최고의 이기주의 및 사랑'으로 화신된 황제였다. 따라서 나폴레옹과 피히테는 서로가 '자아 철학'으로 구체화된 '동일' 사상가인 것이다.[306]

관념적 칸트 철학의 '형리' 역할과 피히테의 초월적 이상주의의 '자아 철학'이 연결되는 곳에서는 프랑스 혁명 같은 이상주의적 이념이 시너지 효과를 발휘할 수 있었다. 그러나 이러한 철학적 이념들이 실현될 수 없는 미숙한 사회 정치적 환경에서, 혁명이 과도한 속도로 작동될 경우에는 혁명은 성공적으로 완성될 수 없다. 바로 이러한 역사적 사례가 실패로 끝난 것이 프랑스 혁명^{1789}이었다. 프랑스 혁명에서는 아직 미숙한 사회에서 숭고한 혁명적 이념들이 너무나 빠르게 앞서 갔기 때문이다.

그 결과 로베스피에르 같은 과격한 혁명가들에 의해 귀족들이 일시에 너무나 많이 처형되었고, 나중에는 그들 간의 자책과 자중지란으로 그들 스스로가 단두대에 서게 되는 사회적 혼란을 가져왔다. 그래서 역사의 발전 과정에서는 혁명의 완급이 필요한 것이며, 성숙되어 가는 역사적 단계에 맞는 적절한 점진적 개혁이 요구되는 것이다. 다시 말해 과격한 혁명에는 그에 따른 부작용으로 복고적 후퇴가 일시적으로나마 변증법적으로 필요한 것이다. 하이네 역시 「독일 종교사와 철학사」에서 다음처럼 말하였다. '만일 사람들이 칸트에게서 프랑스 혁명 당시의 폭력적인 국민 공회$^{1793.5-1794.7}$를 보게 되고 피히테에게서 나폴레옹 같은 황제 제국을 보게 된다면, 셸링에게서는 이들 이후에 뒤따르는 복고적 반응을 보게 될 것이다.'[307]

하이네가 셸링 철학을 '복고적 반응'으로 본 것은 그것이 '고대 그리스 철학에서 발견된 자연 철학을 복고'시킴으로써 '정신과 자연의 화합을 꾀하고 영원한 세계적 영혼 속에서 이를 통합해 보려는' 시도가 있었기 때문이다. 셸링은 18세기 말과 19세기 초의 프랑스 혁명 과정에서 혁명의 순환과 복고주의의 반혁명적 순환을 지켜본 증인이기도 했다. 그래서 칸트 철학에서 오는 이성적 인식 방법으로서의 혁명과 시민적 자유를 자아의식 철학으로 확립하려는 피히테 사상을 프랑스 대혁명 과정에서 통찰할 수 있었다[1789]. 그뿐 아니라 진보적 의식 속에서 변증법적 헤겔 역사 철학까지 1830년 7월 혁명을 통해 체험했기에, 그는 칸트와 피히테 철학에 대한 반명제로서 자연 철학이란 복고주의적 반응을 보였던 것이다.

그런데 불행히도 셸링 철학이 '종국에 가서는 나쁜 의미로 프랑스의 왕정 복고에 비유될 수 있는 귀족의 복고주의'로 이해됨으로써 '공공연한 이성이 더 이상 참을 수 없다며 셸링을 사상의 왕위로부터 끌어내어 주저앉히고, 헤겔이 집사로서 그로부터 머리의 왕관을 취하고 그를 벤 것이다. 이에 놀란 셸링은 그로부터 뮌헨 도시의 가련한 성직자처럼 살게 되었다.' 그 후부터는 '헤겔이 베를린에서 왕위에 즉위하여 …… 독일 철학을 지배했으며, 그와 함께 우리들의 철학적 혁명은 끝났다.'[308]

사실 프랑스에 있어서의 7월 혁명이란 헤겔의 변증법 철학의 알리바이에 맞도록 왕정과 시민 혁명의 종합적 타협으로 루이 필립 오를레앙 공이 '시민 왕'으로 선출되면서 혁명의 막은 내려졌다. 그런 이유로 헤겔은 '철학의 오를레앙'이라고 비유되었던 것이다. 그리고 헤겔은 하이네에게 있어 그 당시 독일 철학계의 최종적 지배자로 높이 평가되었던 것이다.

다시 말하자면, 당시의 부패한 귀족 사회와 고루한 성직자 사회를 비판하기 위해서는 칸트의 「순수 이성 비판」에서 인식되는 이성적인 정신적 비판을 통한 '형리' 역할이 필요했기에 '칸트는 우리들의 로베스피에르'라 불렸던 것이고, '이성'을 통한 혁명적 이념을 제공한 중요한 독일 철학자가 되었던 것이다. 더불어 프랑스 혁명사의 두드러진 사상적 친족 관계가 되어 '칸트적 자코뱅'으로 비유되었던 것이다.

한편 피히테는 절대적 자아 철학에서 개인적 자아가 아닌 '보편적 세계 자아'를 추구하고 있었기 때문에, '피히테를 철학의 나폴레옹'으로 하이네는 비유했던 것이다. 반면에 셸링은 '이상에서 현실을 구성하려는' '철학의 나폴레옹'인 피히테의 자아 철학과는 반대로, '현실에서 이상을 암시하고' '자연을 순수 이념 속에서 해결하려 한' '자연 철학의 이념화'를 시도하였던 것이다.

이것을 추가적으로 설명하면 다음과 같다. '피히테가 정신의 해부를 통하여 현상 세계에 이르게 되고 사상에서 자연을 창조하고 이상에서 현실을 구성하려 했다면, 셸링은 이와 반대로 현상 세계를 통하여 순수 이념에 이르게 되고 자연이 사상이 되며 현실이 이상으로 구성되게' 하였다. 이 점에서 이들의 철학은 두 부분으로 나누어지는데, '전자는 이념에서 자연을 현상으로 나타나게 하고', '후자는 자연이 순수 이념 속에서 해결되는 것으로 나타나게 되었다.' 따라서 이들의 '철학은 초월적 이상주의와 자연 철학으로 와해되어,' 전자의 철학은 '초월적 이상주의의 제도'가 되었고 후자의 철학은 '자연 철학에 대한 이념'이 되었던 것이다. 그러나 이들 철학은 '사상과 자연이 하나가 된다는' 이상주의 철학이란 면에서 이들 '철학의 방향은 상호 보완적이 되고 있다.'[309]

철학의 출발점에 있어서 피히테의 철학은 초월적 이상주의에서 절대적 자아를 추구하는 힘의 철학이 되고 있다. 여기에 반해 셸링의 철학은 자연 철학이란 감성적 정서 때문에 그의 이상주의가 냉정한 논리가 아닌 '꽃과 별들이 떠 있는' 시적 자연에서 '강력히 꽃피고 빛나게' 됨으로써, 그의 철학적 힘은 자연의 생기에서 솟는 문학적 소시인^{小詩人}의 반응으로 추구되고 있었던 것이다. 따라서 셸링 철학은 '하루 온종일 좁은 교실에서 낱말 공부나 하고 숫자 부호에 시달렸던 어린 학생들이 수업이 끝난 뒤 자유롭게 …… 자연으로 쏟아져 나와 질주하며 신선한 공기와 햇볕이 쪼이는 현실에서 환호하고 재주넘기를 하며 야단법석을 피우는' 생기 넘치는 자연스런 광경으로 비유되었던 것이다.

셸링의 철학은 일정한 교의와 규율에 연계된 것이 아니라 욕망과 기분에 따라 누구나 자유롭게 예언할 수 있는 '철학 속의 성령 강림절의 축제 Pfingstfest in der Philosophie'처럼 보았던 것이다.[310] 그리고 그는 자신의 '자연 철학적 이념이 근본적으로 … 스피노자의 이념'에서 온 것으로 보았다. 따라서 '셸링의 신은 스피노자의 신의 우주'였으며 '그의 신은 자연과 사유, 물질과 정신의 절대적 동일성인 …… 우주 자체였고 신의 우주였다. 그러므로 여기에서는 어떠한 상반성이나 구분이 없다. 절대적 동일성이나 절대적 전체성만이 존재하는 것이다.'[311] 결국 셸링은 종국에 가서 그의 「철학과 종교¹⁸⁰³」에서 자신의 자연 철학을 절대적 동일성과 전체성이란 '절대론'으로 귀결시키고 있다.

여기서 셸링의 절대론을 하이네는 다음과 같이 분석하고 있다. '첫째 범주적 형식으로' 볼 때, '절대자는 이상도 아니고 현실도 아니며 (정신도 아니며 물질도 아닌) 두 개의 동일성이다.' '둘째 가설의 형식으로' 볼 때, '주관과 객관이 존재한다면 절대자의 두 본질은 상등성^{相等性}이다.' 그리고 '셋째 선언적^{選言的} 형식으로' 볼 때는, '이것은 단지 하나의 존재이다. 그러나 이 하나의 존재는 동시적으로 상호간에 이상^{Ideal}으로 관찰될 수도 있고, 완전한 현실^{Real}로서도 관찰될 수 있다. 첫째 형식은 완전히 소극적인 것이고, 두 번째 형식은 조건을 전제로 한 것이며, 세 번째 형식은 완전히 스피노자의 형식'이라고 말하였다.[312] 여기에 하이네는 '철학의 길에서 셸링은 스피노자를 더 이상 넘어갈 수는 없었다.'고 덧붙이며, 셸링 철학에서 추구하는 '절대자를 지적으로 관찰하려 시도한다면 셸링의 철학적 행로는 이것으로 종결되는 것'이라 했다.

다음으로 하이네는 헤겔에 대해 다음처럼 말했다. 헤겔은 셸링의 '자연 철학을 완전한 제도로 완성시키고, 이러한 자연 철학의 종합에서 오는 완전한 현상 세계를 설명하면서 셸링의 위대한 이념에 더 위대한 이념을 보완하고 모든 (원리적) 규율을 통해 완수하면서 학문적 기초를 설정해 놓은 위대한 사상가이다. 헤겔은 셸링의 제자였다. 그러나 스승의 모든 힘을 지닌 철학의 제국에서 점차 이를 모두 정복하고 지배하려 한 제자였다.' '그는 독일에서 라이프니츠 이후로 탄생한 가장 위대한 철학자였으며, 그가 칸트와 피히테를 넘어 우뚝 솟은 철학자라는 것은 물을 필요도 없다.'[313] 헤겔은 칸트와 피히테의 철학에 셸링의 자연 철학을 종합하였다. 이에 하이네는 7월 혁명에 즈음하여 「칼도르프의 귀족론」에서 그를 '철학의 오를레앙'이라고까지 풍자했던 것이다.

귀족에 대한 비판에서 칸트를 '로베스피에르'로, 피히테를 '나폴레옹'으로 비유했다면, 셸링은 자연 철학의 신비적 절대자를 추구하려는 긍정적 의미에 있어서는 자연 철학으로의 복고주의자로 불렸고, 부정적 의미로는 왕정복고라는 절대자를 추구하려는 「프랑스 귀족[Pair]」으로 풍자되기도 했다. 그러나 헤겔은 이들을 변증법적으로 종합한 인물로, 7월 혁명 당시 왕정과 시민 의식을 융합하여 선출된 '시민 왕' 루드비히 필립 오를레앙 공과 같은 인물로 비유되어 '철학의 오를레앙'으로 풍자되었던 것이다.

나아가 프랑스 사상가로는 공화주의의 도덕성을 지닌 계몽주의적 정치 작가 몽테스키외[Montesquieu, 1689-1755]를 덴마크 왕궁에 대한 비판과 혁명적 기능을 수행했던 햄릿 왕에 비유하였다. 그리고 프랑스 혁명 이전 문학적 비평을 가한 장 자크 루소[1712-1778]의 역할과 비교해 '프랑스의 햄릿'으로 비유하기도 했던 것이다. 한편 볼테르[Voltaire, 1694-1778]는 그리스의 정신세계에 대한 장단점을 비판했던 풍자시인 루키안[Lukian, 125-180]에 비유해서 '기독교의 루키안'이라 풍자하기도 했다.[314]

결국 하이네는「칼도르프의 귀족론」에 관한「서문」에서 일련의 독일 사상가와 프랑스 사상가들에 대한 비평적 지론을 통해 '시대의 이성과 모순된 귀족'들을 풍자적으로 비판하고 있었던 것이다.[315] 그리고 독일 철학자들의 관념적 이념과 프랑스 철학자들의 실천적 사상이 현시적으로 연관되어, 분출된 프랑스 혁명에서 새롭게 불타오르는 '자유의 태양'이 온 유럽에 비치기를 희망하고 있었던 것이다.[316]

그러나 하이네가 귀족에 대한 비판을 가하게 되자「칼도르프의 귀족론」「서언」에 대한 귀족들로부터의 위협이 강화되었고, 결국 (하이네가 독일을 떠난 후 즉시로) 1831년 6월 18일에「서언」에 관한 공식적인 출판 금지가 프로이센 정부로부터 내려졌다. 이미「여행 풍경 증보판」제4권이 1831년 1월 21일에 베를린에서 금서 조치에 취해진 적이 있었고 취업 역시 좌절되었기에, 하이네는 독일에서 더 이상 문학적 활동을 할 수 있는 희망을 잃게 되었다. 그뿐만 아니라 체포령에 대한 두려움도 커서, 결국 그는 조국을 떠나지 않으면 안 되었다. 이런 당시의 분위기를 그는 자신의「고백록[1854]」에서 다음처럼 회고하고 있다.

'나에게 있어서는 고향의 대기도 매일처럼 건강하지 못했고 분위기의 변화도 정중하게 생각해야만 했다. 흐르는 구름 떼는 나를 불안하게 했으며, 이 모든 것들이 운명적인 바보로 재단된 듯한 환상을 갖게 되었다. 나에게는 가끔 태양도 프로이센 휘장처럼 나타났으며, 어느 밤에는 증오스런 검은 독수리가 나의 간을 파먹는 꿈을 꾸기도 했다. 나는 대단히 우울했다.'[317]

여기서의 독수리는 프로이센의 휘장에 나타난 국가 상징으로, 하이네 자신이 프로이센 정부로부터 체포령을 받게 된 두려움을 독수리가 간을 파먹는 표현으로 비유했던 것이다.

하이네는 결국 1831년 5월 1일, 고향 함부르크를 떠나 프랑크푸르트, 하이델베르크, 칼스루헤, 낭시를 거쳐 파리로 향했다. 프랑크푸르트에서는 유대계 화가 모리츠 오펜하이머Moritz Oppenheimer에 의한 초상화를 남기고[1831.5.13.], 5월 15일 그곳을 떠나 5월 19일 파리에 도착했다. 그의 초상화는 상냥하고 창백한 얼굴에 꿈을 동경하는 시선과 가볍게 미소를 지은 것으로, 비교적 실제 인물에 가깝다고 평가된다. 최근 이스라엘에서 행해진 국제 학회에서는 이 초상화가 기념우표로 등장되기도 했다[2001년].[318]

III
파리에서의 하이네

1. 하이네의 초기 파리 생활

하이네가 1831년 5월 20일부터 생을 마칠 때까지 파리에 머물게 된 이유는 물론 독일의 정치 사회적 환경에서 비롯된 사상적 추방이 있었기 때문이다. 하지만 그가 그곳을 선호하여 몸담게 된 것은 문화적 현상으로 보아 지성인의 유토피아적 구상을 실현시킬 수 있는 최적의 도시가 바로 파리였기 때문이다. 그 당시 런던이나 상트페테르부르크, 마드리드나 콘스탄티노플도 문화의 도시였다. 하지만 괴테 시절의 로마[18세기]나 하이네 시절의 파리[19세기]와 같은 독보적인 의미는 지니지 못하였다.

로마가 괴테 문학에 있어 그리스 고전주의의 환상을 불러일으킨 역사적 정체성의 상징적 도시였다면, 파리는 하이네 문학에 있어 자유와 평등, 박애 사상을 일깨워 준 감성적 현존 세계이며 문화적 표준으로서의 모범적 도시였다. 특히 젊은 시절의 하이네에게 파리는 나폴레옹의 꿈이 실현된 유럽의 문화적 중심 도시였다. 유럽의 개화된 모든 지성인들이 동경하였으며, 자유와 진보, 정신적 화려함이 지배했던 곳이었다.

중세에는 라틴어가 귀족들과 지식인들의 제2의 공용어였다면, 프랑스어는 그 당시 유럽 왕족들과 귀족들, 정치인, 외교관, 작가와 학자들의 제2의 교양어였다. 그래서 파리에서 프랑스어를 사용하며 지낼 수 있다는 것은 유럽 지성인들에게는 또 하나의 문화적 세례를 받을 수 있는 좋은 기회가 되었다.

1830년 7월 부르봉Bourbon 왕조가 무너진 뒤, 파리는 다시 모든 격동적인 사상가들의 중심지가 되었다. 사회주의자나 공산주의자, 무정부주의자나 여타 이념 사상가들의 작업장이 되었다. 그뿐 아니라 예술과 유행, 음식 문화와 고귀한 예법들이 출렁이는 문화 중심지가 되었다.

하이네는 1831년 5월 19일 파리에 도착하여, 곧바로 루이 14세를 기념하기 위해 건립한 생 드니 볼바르Boulevard St. Denis 거리의 개선문을 지나갔다. 그때 그가 느낀 감정이란 14세의 어린 소년으로 고향 뒤셀도르프에서 개선장군 나폴레옹을 맞이했던 당시에 느꼈던 열광적인 기분 그 자체였다. 도시의 문화적 화려함이나 장엄함이 어린 시절에 열광했던 나폴레옹에 대한 신비적 동경을 충족시키고 있었던 것이다.

사실 하이네는 어려서부터 나폴레옹의 혁명적 위대성을 신격화하고, 혁명의 진원지인 파리의 신비적 모습을 동경하고 있었다. 그래서 그는 자신이 파리로 출발하기 수주일 전에 파른하겐Varnhagen von Ense에게 보낸 편지(1831.4.1)에서 이미 파리로의 여행을 기뻐하며 흥분하고 있다고 했다.

'나는 신선한 공기를 호흡하기 위해서도 그렇고, 나의 새로운 종교인 혁명적 사상에 대한 성스러운 감정을 불어넣기 위해서도 파리로 여행할 것을 결심하고 짐을 싸고 있답니다. 마치 나 자신이 신부로서의 마지막 영세를 받기 위해 떠나는 심정이랍니다.' 이렇게 혁명적 결심을 작심한 채 파리로 입성하려 했음을 알리고 있다. 확실히 파리는 프랑스 혁명기로부터 20세기

말까지 많은 진보적 사상가들이 자유롭게 뛰놀 수 있었던 자유분방한 도시였다. 금붕어들이 어항 속에서 자유로이 상상의 날개를 펼치며 놀 수 있는 것처럼, 파리는 자유의 하늘 아래서 신선한 대기를 마음껏 마시며 사유할 수 있는 요람으로 생각되었다. 하이네와 뵈르네 같은 '젊은 독일파'들이나 마르크스와 쇼팽 같은 지성인들이 그곳으로 모여들었던 것도 그 때문이다.

그리고 20세기 초반[1930년대]에 들어와서는 발터 벤야민[Walter Benjamin]이나 막스 에른스트[Max Ernst], 하인리히 만[Heinrich Mann], 요셉 로트[Josef Roth]와 같은 추방된 독일계 유대인뿐 아니라 운디네 그륀터[Undine Gruenter] 및 파울 니죤[Paul Nizon] 같은 젊은 세대들이 그곳으로 망명하여 모여들었던 것이다. 그들은 이곳의 문화적 분위기에 젖어 자유로운 사상적 영감을 얻고 있었다. 그러므로 파리는 언제나 사상적 다양성을 잉태시키고 주도했던 신비한 도시였다. 인상파의 화가 예술로부터 최근의 샹송 음악에 이르기까지[Chevalier, Piaf, Trenet 등], 1950년대 사르트르의 실존주의로부터 1968년의 반체제 운동에 이르기까지 사상의 흐름을 촉발시킨 발원지가 되기도 했다.

실제로 파리는 거대한 사상의 깃발을 높이 들고 흥분의 도가니 속에서 사상의 꽃을 개화시킨 환상의 도시였음이 틀림없다. 바로 그러한 곳이 파리였기에, 이곳은 언제나 지성인들이 흠모했으며, 그곳을 찾아든 사상가들에게도 실망스러움이 없도록 현지의 지성인들이 애틋한 열정으로 환대를 다하고 있었다. 하이네도 이러한 환대를 받았던 작가 중의 한 사람이다.

하이네가 처음 파리에 처음 도착했을 때, 파리의 신문 〈지구[Le Globe]〉는 열린 마음으로 그를 환영하면서 유명한 독일 작가 하이네가 파리에 입성했다고 소개했다. 덧붙여 '그는 귀족적인 사람들이나 이들 동조자들에게도 개의치 않고 두려움 없이 진보적 사상을 위해 투쟁한 용감한 사상가라 격찬을 했다.'[1] 그것은 많은 사람들의 각별한 관심을 모았다.

그는 혁명적 영웅 라파예트^{Lafayette} 장군도 만나고, 로스차일드^{Rothschild, 독일명} ^{으로는 로트쉴드} 백작 집에 초대되기도 했다. 빅토르 위고^{Victor Hugo}의 정중한 환대와 발자크^{Balzac}와의 산책도 즐기는 귀한 손님이 되었으며, 낭만주의 작가 뮈세^{Alfred de Musset}나 비니^{Alfred de Vigny}와도 교류하게 되었다. 그리고 작곡가 베를리오즈^{Louis Hector Berlioz}가 그의 연인 해리엣 스미스슨^{Harriet Smithson, 아일랜드 출신 여배} ^우과 결혼하는 데 증인으로 요청할 정도로, 현지 유명 인사들로부터 명예로운 신뢰와 환대를 받았던 것이다.

하이네는 독일에서 자신의 독자들로부터도 받아 보지 못한 환대와 존경을 이곳 파리 망명지에서 받았던 것이다. 그의 작품 자체도 독일에서는 널리 알려지지 않은 상태였는데, 이곳 파리에서는 위대한 국제적 사상가의 위상에 걸맞은 예술가로 인식되고, 그에 상응하는 대접을 받았던 것이다.

케루비니^{Cherubini}나 로시니^{Rossini}, 마이어베어^{Meyerbeer}나 쇼팽^{Chopin}, 리스트^{Liszt}나 미키에비치^{Mickiewicz}, 도니제티^{Gaetano Donizetti}나 벨리니^{Vincenzo Bellini} 같은 세계적인 음악가들을 비롯하여, 잠시 파리에 손님으로 와 있던 한스 안데르센^{Hans Christian Andersen}이나 프란츠 그릴파르처^{Franz Grillparzer}, 펠릭스 멘델스존 바르톨디^{Felix Mendelssohn Bartholdy}와 같은 예술가들에 상응하는 대접을 받고 그들과 함께하고 있었던 것이다. 하이네는 동생 막시밀리안^{Maximilian Heine}에게 보낸 편지^(1834.4.21)에서도 '나는 이곳에서 너무나 과분한 예우를 받고 있기에 압도되어 있단다. 너는 이러한 나에 대한 커다란 명성이 얼마나 나에게 부담을 주고 있는지 상상하지도 못할 것이다.'[2]라고 전했다. 그러면서 이곳 파리야말로 정말로 많은 지성인들이 모인 '프랑스의 수도일 뿐만 아니라 완전히 문명화된 세계의 수도이며, 정신적 저명인사들이 모인 모임 장소'라 했다. 그리고 '프랑스가 꽃다발을 엮기 위해 가장 아름다운 꽃들을 꺾어 낼 수 있는 정원처럼 보이는 곳이라면, 이곳 파리는 이러한 꽃들을 한 묶음으로 엮어 놓은 꽃다발'이라 했다.[3] 그런데 하이네 자신이 바로 이러한 꽃다발

한가운데 엮어진 한 송이 꽃처럼 저명인사들의 반열에 올라 융숭한 대접을 받고 있었던 것이다.

그는 파리에 도착한 첫날부터 자유의 속삭임에 젖게 되었다. 위인들의 무덤이 모여 있는 판테온^{Pantheon}에서 볼테르^{Voltaire}의 무덤 앞에 서서 상념도 하고, 루브르에서는 밀로^{Milo}의 아름다운 비너스^{Venus} 상도 감상하였다. 볼바르 거리^{Boulevard}에서는 자유분방한 젊은 시민들의 웃음 넘치는 화려함에 감탄도 했다. 더욱이 1829년 이후부터 파리는 가스 가로등으로 거리가 밝아져 더욱 아름다워졌다. 밤거리가 유령이나 악마의 두려운 환상 세계로 인식되어 집 안에만 갇혀 있게 되었던 독일 도시에 비하면, 파리의 화려한 밤거리는 그에게 현란한 모습으로 다가왔던 것이다.

다이아몬드처럼 반짝이는 가로등 거리에서 오페라 좌나 극장, 놀이터나 카페로 몰려드는 시민들의 모습이 그저 행복하고 아름다울 뿐이었다. 하이네는 마담 스탈^{Madame de Staël}이 언젠가 '행복이란 이곳에서는 언급할 필요가 없는 곳'이라 지적한 질투 섞인 푸념이 정확한 말이라 생각했다^{(Franzoesische} Zustaende, 1832.2.10. 보고문)**4**

이런 가운데서 하이네도 차츰 자유로이 마담 다굴^{d'Agoult} 살롱에 드나들면서 음악 시인 테오필 고티에^{Theophile Gautier}나 오를레앙 공작^{Duc d'Orléans}과 벨지오조소^{Belgiojoso} 공주 등을 만나게 되었다. 리볼리 거리^{Rivoli}에 있는 봄바르다 ^{Bombarda} 식당에서 저녁 식사도 즐기게 되었으며, 루이 필립^{Louis Philippe} 왕¹⁸³⁰⁻ ¹⁸⁴⁸이 주최하는 춤 파티에도 참여함으로써 파리 사교계의 감상적 정서에 젖어 갔던 것이다. 그럼으로써 하이네는 '파리에서 쾌락주의자가 되었다고는 말할 수 없겠지만 감상주의자가 되기에는 쉬웠던 것이다.'**5** 이것은 하이네의 생활이 파리에서 자유분방의 절정에 이르렀음을 의미하는 것이었다.

하이네는 자신의 파리 생활에 관해 독일 작곡가 페르디난트 힐러^{Ferdinand}

Hiller에게 다음과 같은 풍자적 일화로 전한 적도 있다. 만일 어떤 사람이 혹시 자신의 안부를 묻는다면, '물속의 물고기'처럼 자유롭게 잘 지낸다고 말해 주고, 또한 바닷속의 물고기가 자기네들끼리 서로의 안부를 물을 때는 '파리에서의 하이네처럼 잘 지낸다.'고 풍자적 답변을 쏟아낼 정도로, 자기는 이곳 파리에서 자유롭게 잘 지내고 있음을 알리고 있었던 것이다.[6]

그런 가운데에서도 가장 즐거워했던 순간은 파리에서 첫겨울을 넘긴 해의 카니발 마지막 축제일[1832.3.25]이었다. 그가 시민들과 함께 볼바르[Boulevard] 거리를 산책하는데, 사육제에 참여하기 위해 가면 의상을 입은 수많은 여인네들이 마차에 올라타 환호하는 모습들을 보았다. 하이네를 대동하고 있던 하인이 행복과 기쁨에 찬 그들을 가리키며, '보십시오, 저 국민들이 얼마나 행복해 하는지'를 하고 말문을 여는 것이었다. 그러자 하이네에게도 그 유명한 옛 격언이 생각났다. 바로 '사랑스런 하나님이 천상에서 지루하실 때면 창문을 열고 파리의 볼바르 거리를 내려다본다.'는 농담이었다.[7]

실제로 카니발에서는 가면 의상을 입은 남녀들의 행태가 정치 사회적 모순을 풍자하기도 하고 즐거운 애정 행위도 자아낸다. 그럼으로써 그간 인간 내면에 쌓인 적체물을 일시에 쓸어 낼 수 있는 카타르시스 역할을 하기 때문에 즐겁게 보였던 것이다. 그리고 인간들의 세속적 행위들이 패러디되어 익살스런 웃음과 즐거움을 자유롭게 보여 주기 때문이었다.

이러한 인생의 자유로운 익살들이 볼바르 거리에서는 일상적으로 펼쳐지고 있었다. 그래서 사람들은 지루함을 잊고 이곳을 흥미로워했던 것이며, 이러한 분위기에 매료된 하이네 또한 점차 감상주의에 빠지게 된 것이 아닌가 한다.

2. 「프랑스 상황[1832]」

─ 풍자된 필립 왕

   하이네가 파리로 옮겨 온 이유 중 하나가 바로 이런 자유로운 문화적 분위기를 동경했기 때문이다. 하지만 또 다른 주된 이유는 독일에서 자유주의적 진보주의 사상에 대한 억압과 반유대주의가 점차 증가되어 갔기 때문이다.

   이미 하이네가 독일을 떠나던 1831년에 함부르크에서는 반유대주의적 분위기가 확산되어 갔다. 이듬해인 1832년에는 자유주의적 진보주의 사상에 대한 언론 탄압이 연방 의회의 결정에 따라 더욱 강화되었다. 그리고 1835년 12월에 가서는 자유주의적 민주 세력의 주축을 이루고 있던 '젊은 독일파' 작가들에 대한 연방 정부의 탄압 결정이 내려짐으로써, 하이네의 작품은 모두 프로이센과 오스트리아에서 금서가 되었다. 1836년에는 바이에른 주에서도 금서가 되었으며, 정부의 검열 행위도 점차 강화되어 갔다.

   이와 같이 탄압이 강화되고 반유대주의가 확산되자, 프랑스로 옮겨 온 하이네의 임무는 바로 자유로운 프랑스의 사회적 분위기와 생시몽주의를 근간으로 하는 진보주의 사상을 독일에 전파하는 일이었다. 물론 하이네가 전파하고 싶었던 이념은 프랑스 혁명의 자유·평등·박애주의였지만, 그가 가장 원했던 것은 자유주의를 바탕으로 한 1830년의 프랑스 7월 혁명 정신을 전파하는 것이었다. 7월 혁명은 그간 영주 국가들을 보호해 왔던 부르봉 Bourbon 왕조를 무너뜨리고 타협안으로 왕권주의자와 공화주의자들이 모두 수용할 수 있는 시민 왕 루이 필립을 탄생시켰기 때문이다.

루이 필립은 외향적으로는 태평한 사람처럼 보이는 왕으로서, 18년간을 집권하는 동안 자유주의를 근간으로 산업 혁명을 일으켰으나 후일 사회적 빈곤의 그림자도 남겼다. 그는 즉위하자 토지 관리를 귀족들의 손에서 빼앗아 로스차일드와 같은 은행가들에게 넘기고 경제를 살리는 산업화에 힘썼다. 증권 시장도 번창시키고 무역도 확대시켰으며, 철도망도 전국적으로 확충해 갔다. 그리고 해외 식민지로의 증기 기관 선박 항로도 확대시켜 나갔다.

이런 활동이 경제 성장을 가져와 국가는 많은 이익을 창출했다. 그러나 산업화로 인한 피해는 점점 커져 갔다. 농민은 농촌을 떠나 공장 노동자가 되어 갔고, 전문 인력은 기계화로 실직 당함으로써 제4계층이란 프롤레타리아를 낳았다. 공장 굴뚝에서 솟아나는 연기가 무서운 삶의 현실을 가렸고, 노동자는 하루에 16시간이란 긴 노동을 해야 했다. 5세 이상의 어린이와 부인들까지도 저임금 노동에 시달리면서 탄광이나 공장에서 일해야만 했다. 시내 한복판에는 사람들이 견디어 내기 어려운 참혹한 삶의 주거 환경이 형성되어 더러움과 냄새 및 질병, 실직자들과 굶주림, 범죄와 매춘 등이 횡횡했다. 이렇게 됨으로써 7월 혁명은 가난한 사람들이 승리한 것이 아니고 부자들이 승리한 결과를 낳게 되어 산업화로 인한 명암이 엇갈렸다. 하이네는 이러한 사회적 모순을 극복하기 위한 혁명 정신을 바로 세우려 했다.

이때 하이네가 뮌헨 시절에 잘 알고 지냈던 친구이며 독일에서 가장 영향력이 큰 〈아우크스부르크 보통 신보Augsburger Allgemeinen〉의 발간인인 구스타브 콜브Gustav Kolb가 파리를 방문했다. 그는 하이네에게 파리의 당시 상황을 자기 신문에 기고해 달라고 간청했다. 이에 하이네는 파리의 정치 사회적 상황들을 상세한 보고체로 기고하기로 승낙했다. 그렇게 해서 기고된 칼럼들은 「프랑스 상황Franzoesische Zustaende, 1832」이란 보고문으로 발간되었다.[8]

내용은 자유주의적 사상을 근간으로 하는 7월 공화국 정신을 올바르게 알리면서, 혁명에 반하는 왕권주의자들에 대한 경고와 반혁명적인 여건들에 대해 비판을 던지는 것이었다. 그리고 독일의 반민주적 반자유적 독재에 대한 비판을 가하는 내용이었다. 특히 7월 혁명의 결과로 즉위한 루이 필립의 어정쩡한 행위에 대한 비판부터 시작하였다. 루이 필립은 하층 국민의 자유민주적 혁명 정신도 적극 수용하고 왕권주의도 계승하고 싶은 애매한 위치에 서 있었다. 그는 서민에게도 사랑을 받아야만 했고 귀족들에게도 영합해야 할 우스꽝스러운 모습이 되었던 것이다. 그뿐 아니라 산업화로 인해 제4계층의 노동자와 실직자들이 양산됨으로써 불안과 소요는 점증되어, 나날이 심화되는 폭동에 싫증이 난 그는 이를 억압하여야 할 어려운 정치적 위치에 서게 되었던 것이다.

노동자의 권익을 위해 최선을 다하여야 할 그가 노동자들의 과도한 투쟁에 실망한 나머지 이를 억압하여야 할 모순된 처지에 서게 된 것이다. 하이네는 독일 〈아우크스부르크 보통 신보〉에 전한 첫 번째 통신에서(1831.12.28) 바로 이러한 어려운 사회적 상황을 알리는 것부터 시작하였다.

'사람들이 말하는 바와 같이 낮은 계층 국민들의 상황이란 사소한 계기에 있어서도 여타의 폭동 때보다 더한 폭동을 가져올 정도로 암담하답니다.' 이렇게 풍요롭게 산업화된 서방 국가에서 빚어진 그늘진 도시 프롤레타리아 노동자의 사회적 문제를 전달한 것이다.

하이네가 보기에 폭동이 사방에서 일어날 것 같지는 않았다. 하지만 사람들이 불안해하고 수천 명이 빈곤으로 죽어가는 데도 대담한 구제책을 강구하기에는 정부가 너무 약하고 야당도 힘이 없었다. 그런 까닭에 사회가 어려운 상황에 놓여 있다고 판단하면서, 그 당시 프랑스의 상황은 '춥고 안개 낀 겨울 날씨'와 같다고 우려했던 것이다.⁹ 그런데 이러한 사회 문제를 독일 독자들에게 전하게 된 것은 하이네가 언론인으로서 첫 번째였다. 칼 마르크스만 해도 그 당시엔 13세밖에 되지 않은 어린 나이였기 때문에 이런 사회 문제에 관심을 가질 수는 없었기 때문이다.

이때 하이네는 우선 첫 번째 통신문에서⁽¹⁸³¹.¹².²⁸⁾ 프랑스의 7월 혁명에서 탄생한 루이 필립의 속내를 엿보이게 하는 양면적 모습을 묘사하고 있었던 것이다. 루이 필립은 혁명 후 우선 시민 왕으로서 선출되었기 때문에 전 계층의 국민들에게 호감을 갖게 하려는 마음가짐과 행동을 취하고 있었다. 그러나 다른 이면에서는 그가 왕족 출신이었기 때문에 왕권주의자들에게도 호응하려는 왕정주의 태도를 취함으로써 모순된 오해를 낳게 했다.

7월 혁명 당시만 해도 서민들의 입장에 서 있던 루이 필립은 '모든 영주 가문이나 군주 가문 후예들과 그들의 의상에 관하여 조롱을 하면서 몇몇 젊은 공화주의자들에게는 호감이 가는 말을 남겼다. 황궁 왕관이란 겨울에 쓰기에는 너무나 춥고 여름에 쓰기에는 너무나 덥다. 왕권과 권위를 상징하는 왕홀王笏, Zepter도 왕의 권위를 유지하기 위한 방패로 사용하기에는 너무나 무디고 힘이 빠져 있다. 이제 오늘날에 있어서는 왕관 대신에 둥근 펠트 모자가 더욱 유용하며 왕홀 대신에 우산을 손에 드는 것이 더욱 유용하다.' 고 하면서, 서민적 태도를 취하고 있었던 것이다.

그런데 '필립 왕이 마지막으로 둥근 펠트 모자를 쓰고 우산을 들고 파리 시를 거닐던 모습을 본 일은 한참 되었으니, 그가 자신이 한 말을 아직도 의식하고 있는지 모르겠다. 그 당시 그는 식료품 장사나 수공업자 같은 사람들을 만날 때면 매번 그들 모두와 악수도 하며 친근감을 나타내기도 했는데, 사람들이 말하기를, 그러한 그가 자신의 옛 친지 귀족들이나 은행 장관, 정치적 음모꾼이나 아첨꾼 등 높은 지위의 사람들을 만나게 되면 매번 사용하던 더러운 장갑을 벗어던지고 깨끗한 고급 가죽 장갑을 끼고 그들을 정성스럽게 맞이하고 있다는 것이다. 아마도 내가 그를 마지막으로 보았던 때는 그가 지붕 위에 꽃들과 대리석 화병들이 놓여 있는 오를레앙의 화랑과 황금 탑 사이를 거닐고 있었을 때인 것 같다. 그는 검정 프록코트를 입고, 얼핏 보면 남자들이 속임수를 쓰려고 복잡한 생각에 잠겼을 때처럼 거의 우울하게 보이는 그런 얼굴이었다. 그럼에도 불구하고 그는 넓적한 얼굴에 아무런 걱정도 없이 거니는 태연한 사람처럼 그곳을 산책하고 있었던 것이다. 하지만 사람들의 말에 따르면 그의 기분은 그의 얼굴이 짓고 있는 표정처럼 전혀 걱정이 없는 것이 아닐 것이라 했다.'10

결국 겉으로는 서민층에 가까운 척하면서도 내면적으로는 보수적인 왕권을 수용하려는 그의 자가당착적 태도 때문에 필립 왕의 모습은 모순적 얼굴 표정으로 국민들에게 인식되고 웃음거리가 되고 있었던 것이다.

물론 국민들이 왕을 희롱거리로 삼는 것은 질책해야 할 일이었지만, 그가 국민들에게 조롱거리가 되고 있었던 것은 사실이다. 그 결과 '사람들은 왕의 얼굴을 익살거리의 대상으로 선택하였고, 모든 풍자만화 가게에도 그의 얼굴을 조롱의 표적으로 걸어 놓았다. 법정이 이런 불손한 일들을 못 하도록 조치하려 한다면 이러한 나쁜 일들이 더욱 증가될 것으로 보였다. 최근에 우리는 이러한 일로 벌어진 법정 소송에서 왕이 이 일에 더욱더 개입하여 다른 사람들과의 오해를 풀어야 된다고 생각했다. 그것은 만화 잡지의 발간인인 필리퐁Philipon이란 사람이 그린 만화 때문에 일어난 일로, 그가 법정에 서서 자신을 변호하는 데서 그 이유를 알 수 있었다.

사람이 어떤 만화 그림에서 왕의 얼굴과 비슷한 유사성을 발견하게 되면, 각자 나름대로 생각하게 되는 변태적 초상화로 보게 된다. 그런데 그것이 결국에 가서는 그 누구도 모욕당한 폐하의 고발로부터 자유로울 수가 없는 변태적 초상화가 되고 마는 것이다. 하지만 그 변태적 초상화가 고의적인 그림이 아니었음을 증명하기 위해 필리퐁은 종이 위에 여러 개의 만화 그림을 그려 보였다.

그중 첫 번째의 초상화는 기발할 정도로 왕의 얼굴과 유사하게 그려졌다. 두 번째 초상화는 왕과의 유사성을 전혀 알아차릴 수 없게 그렸는데도 첫 번째 초상화와 유사하게 되었다. 같은 방법으로 그린 세 번째의 초상화도 두 번째의 얼굴과 유사하게 되었고, 네 번째 초상화는 세 번째의 얼굴과 유사하게 그려졌다. 그런데 네 번째 초상화는 완전히 배^{Birne, 과일 배} 모양으로 보이는 초상화로 그려진 것이었다. 그럼에도 불구하고 이 배 모양의 초상화는 조용하면서도 더욱 진지하게 사랑받는 군주의 특징을 담고 있는 (유사성의) 초상화가 된 것이다. ……

필리퐁은 자신의 변호를 위한 증거물로 이 4개의 얼굴이 담긴 만화를 종이에 인쇄하여 제시했다. 그런데 "배"라고 하는 이름으로 유명해진 이 인쇄물 때문에 정신적으로 풍부한 이 예술가가 지금 다시 피고가 되어 사람들의 관심거리가 된 법정 소송에 서게 된 것이다.'[11]

결국 만화가는 왕의 모습을 있는 그대로 자연스럽게 묘사하려 했다지만, 본의 아니게 그림을 4회에 걸쳐 반복하여 그리는 동안 "배"라는 변태적 모습으로 보여 왕을 조롱한 것으로 오해받게 된 것이다.

그렇지만 만화는 사실에 대한 진실된 표현이기 때문에 왕 스스로가 이에 대한 의구심을 해소하여야 한다. 왕은 겉으로는 서민에게 친근감을 나타내려 하면서도 내면으로는 귀족들을 선호하고 있었다. 이러한 그의 '교활한 소박성^{Verschlagene Naivitaet}'이 국민들의 오해를 불러일으킨 행위가 된 것이다.

따라서 배의 모습으로 표현된 왕의 얼굴도 이러한 군주의 특징으로 인식되어 오해되었고 조롱되었던 것이다.

알다시피 필립 왕의 정부는 7월 혁명에 의해 성립된 것이었다. 그런데 그 후 계속되는 사회적 혼란과 폭동으로 인해 왕 스스로가 이에 염증을 내어 다시 절대 영주권에 영합하려는 슬픈 태도를 취하게 된 것이다. 그 결과 '루이 필립은 자신의 정부가 국민 주권의 원칙에 의해 성립되었다는 사실을 차츰 잊게 되었다. 이런 슬픈 현혹 속에서 그는 자신의 정부를 절대 영주들과의 결합이나 왕정 복고주의의 계승을 통해 준합법 정부로 유지하려는 왕정을 행하게 되었던 것이다. 바로 이러한 왕의 태도 때문에 이제는 혁명의 사상가들은 그를 증오하게 되었고, 모든 일에서 그와 갈등을 빚게 되었다.' '7월 혁명으로 왕관을 쓰게 된 루이 필립은 혁명 당시에는 국민에게 감사하고, 국민들이 혁명에 가담해 돌팔매질을 했던 길가의 돌멩이에도 감사를 하여야 했다. 그런데 이제는 매일매일 더 많은 돌팔매질로 떨어지는 돌멩이들 때문에 싫증이 나, 이들 돌멩이들이 달갑지 않은 존재가 되었으며, 또한 이들의 행위에 대단히 실망스런 생각을 갖게 되었다(1832.12.28).' **12**

결국 프랑스 혁명은 국민 주권을 위한 이상주의에서 출발했던 것인데, 그 혁명이 실패한 이유는 바로 이러한 혼란스런 사회적 현상의 후유증 때문이었다. 매일매일 거듭되는 폭동 때문에 질서는 혼탁해져 민중 혁명에 대한 회의가 깊어진 것이다. 이에 필립 왕 자신도 이러한 회의에 사로잡혀, 한편으로는 국민들의 자유주의 정신을 수용해야 하면서도 다른 한편으로는 군주적 왕권을 계승하려는 모순적 태도를 취하게 된 것이라 믿는다.

그리고 이렇게 모순된 그의 태도 속에서 절대주의적 왕권주의가 점차 자리 잡고 있음을 알게 된 파리의 언론이나 자유주의 작가들은 필립 왕에 대한 비판을 더욱 강하게 가하기 시작하였다. 하이네도 당시 세계적으로 가장 사려 깊었던 잡지 〈시대Temps〉와 함께 비판의 목소리를 〈아우크스부르크

보통 신보〉에 내기 시작했다. 특히 독일의 엄격한 검열 아래에서도 절대 군
주제에 비판을 가하고 있던 〈아우크스부르크 보통 신보〉에 게재한 제2의
통신문Artikel 2, 1832.1.19에서 그는 자신의 반왕권주의적 사상을 피력하고, 파리
의 〈시대〉도 여기에 동조하고 있음을 알리고 있었던 것이다. '〈시대〉야말
로 정말로 사려 깊은 세계적 잡지인 것이었다!'**13**

그리고 계속 이어 보고하기를 '우리도 루이 필립이 우리의 마음에 들도록
시민 왕으로 남아 주었으면 했는데, 이제는 그가 매일매일 절대적 왕처럼
되어 가고 있기 때문에 그를 증오하고 있는 것이다. 그는 확실히 인간으로
서는 명예스러운 분이며 존경스러운 가부장이요 부드러운 남편에다가 좋
은 경제인이다. 그러한 분이 흔들리는 자신의 오를레앙 가문을 위한 방어
방防의 버팀목을 세우기 위해 모든 자유사상가들인 자유의 나무들을 벌목
하고 있고 어여쁜 나뭇잎들까지 벗기고 있으니, 이러한 일들이 이제는 우
리를 싫증 나게 하고 있는 것이다. 그래서 자유주의 언론들이 그에게 분노
하고 있는 것이며, 진실을 토하는 사상가들도 그와 싸우기 위해 거짓말을
마다하지 않고 있는 것이다. 이런 일련의 마주치는 전술 행위 때문에 또한
죄 없고 사랑스럽던 왕의 가족들이 비판의 대상으로 고통을 당해야만 한다
는 것은 참으로 슬프기도 하고 걱정스런 일이다(Artikel 2, 1832.1.19).**14**

7월 혁명에 의해 즉위한 시민 왕이 절대 군주적 태도로 변해 감으로써 자
유주의 사상가들에게 외면당하게 되고 국민들로부터도 배의 모습으로 조
롱거리가 되었다. 그러니 왕이 받는 고통이란 참으로 슬픈 웃음거리가 되
지 않을 수 없는 연민의 정을 느끼게 한다. 그런데 역설적이게도 이런 현상
은 1789년의 혁명적 영웅이었던 과격한 공화주의자들의 운명과도 같았다.

혁명 후 날로 점증해 가는 하층 국민들의 폭동과 이들에 의한 왕족과 귀

족들의 대량 처형으로 사회적 혼란이 계속되자, 공화주의에 참여한 과격한 혁명가들도 혁명의 본래 취지에 회의를 느끼게 되고 허탈감에 빠지게 되며 스스로의 위안을 얻고자 환락에 빠지게 되었던 것이다. 그들은 적법한 재판도 없이 4만 명이나 넘는 사람들을 처형함으로써 이념과는 무관하게 반인도적 처형이 가져온 결과로 역사의 웃음거리가 된 것이다.

결국 그들의 투쟁이란 한낱 수많은 사람들을 처형하게 된 공허한 바보짓이란 것을 깨닫게 된 것이다. 본래 그들은 인류의 자유와 평등, 박애를 위한 이상을 성취하려고 공화주의적 기치를 높이 들었다. 하지만 결과적으로는 많은 사람들을 본의 아니게 단두대에서 처형하는 반인도적 혼란만을 가져왔다. 그렇기 때문에 자신들의 행위에 회의를 느끼게 되고, 종국에 가서는 그들 자신들도 서로의 반목으로 단두대에 서게 되었던 것이다. 따라서 이들 혁명가들의 행위는 필립 왕이 조롱되었던 모순된 행위와 같이 모순된 코미디적 슬픈 운명으로 끝났던 것이다.

부패한 왕족들이나 귀족들, 교회나 성직자들에 반기를 들었던 혁명적 공화주의자들이 자신들의 과격한 행위로 혁명에 실패하고 오히려 귀족적 쾌락주의에 안주하게 된 것이나, 혁명을 통해 시민 왕으로 추대되었던 필립 왕이 절대 군주로 회귀함으로써 국민들로부터 조롱거리가 된 사실은 모두가 맥락을 같이하는 역사적 아이러니가 아닐 수 없다.

다시 말해 당통이나 로베스피에르 같은 혁명가들이 자신들의 혁명적 행위에 회의를 느끼고 귀족적인 쾌락에 안주하게 되고, 이들 스스로가 옥중에서 단두대로 사라져 간 일들은, 후일에 필립 왕이 시민 왕에서 절대 군주로 회귀한 모순된 역사적 코미디와 풍자적 의미를 공유하고 있는 것이다. 이 모두가 자유주의적 국민 의식이 성숙되지 못한 역사적 상황 속에서 연출된 비극적 코미디였다. 그리고 이러한 상황 속에서의 주인공들은 코미디적 슬픈 인물로 오르내리지 않을 수 없었다.

특히 1830년 7월 혁명 이후 검열 제도가 폐기되고 자유로운 언론이 확산
되자 자연히 필립 왕에 대한 풍자만화는 더욱 많이 '배'의 모습으로 조롱거
리가 되었으며, 1789년의 혁명적 영웅들도 공화주의적 이상을 잉태시키지
못한 공허한 이상주의자들로 각인되었다. 하이네도 1789년과 1830년의 혁
명적 사상에는 동조하고 있었으나, 그러한 공화주의적 이상이 프랑스의 시
대적 상황으로 보아 제대로 실현될 수 있을까 하는 데는 의심을 갖고, 프랑
스인들의 정치의식을 해학적으로 분석하고 있는 것이다.

그는 혁명적 공화주의나 왕권주의 사이에서 빚어지는 이러한 정치인들
의 해학적 모습을 프랑스인의 다양하고 다감한 정치 문화적 기질에서 추적
하고 있다.

'나는 여기서 프랑스인들이 갖고 있는 공화국의 가능성에 대한 열광적인
광기에 대해서 이의를 제기하고 싶지는 않다. 또한 프랑스인들이 지니고
있는 타고난 성향의 왕권주의에 대해서도 확신을 갖고 있다. 생각건대 나
는 프랑스인들이 공화국도 견디어 낼 수 없고 고대 그리스의 아테네 헌법이
나 스파르타 헌법도 견디어 낼 수 없는 것으로 본다. 북아메리카 헌법은 더
욱 견뎌 낼 수 없다는 확신을 갖고 있다. 아테네 사람들은 인간성을 공부하
고 있는 젊은이들이었으며, 아테네 헌법은 일종의 아카데미적 자유였다.
그런데 이러한 헌법을 우리들이 살고 있는 성장 시대와 늙어 가는 유럽에
도입하려 한다는 것은 어리석은 일일지도 모르겠다.

거기에다가 위대하면서도 진부한 애국주의만을 생산하는 공장과도 같고
공화주의적 도덕으로 가득한 병영과도 같으며, 고귀하면서도 저속한 평등
주의만을 요리하는 주방과도 같은 이곳에서 맛있는 진한 수프가 잘못 요리
된 스파르타 헌법 같은 것을 우리가 어떻게 견디어 낼 수 있겠는가? 이러한
헌법 때문에 아테네의 익살쟁이들은 스파르타 사람들은 생명을 경시하는
사람들이 되어 전쟁터에서 목숨을 아끼지 않는 용감한 영웅들만 낳고 있다

고 주장하니, 과연 이러한 스파르타 헌법을 우리가 어떻게 견디어 낼 수 있을까? 또한 이러한 스파르타 헌법이 유명한 (카르멜 수도원의 요리사들과 같은) 프랑스 요리사들의 조국과 미식가들의 이곳 파리 휴게실에서 어떻게 번성할 수 있단 말인가!

확실히 프랑스 요리사들은 자살 후 향연을 개최할 수 없었던 정치인 바텔Vatel이나 고대 로마의 정치 웅변 예술가로서 달인이었던 요리 예술의 브루투스Brutus와 최후의 미식가 같은 사람들이 아니겠는가! 사실 로베스피에르가 스파르타식의 요리법을 더욱 강하게 도입했다면 그만큼 단두대의 처형은 더 많이 넘쳐 났을 것이다. 왜냐하면 이로 인해 최후의 귀족적인 사람들도 너무나 놀란 두려움 때문에 스스로 죽어 갔거나 가속도로 이민 가야 했기 때문이다.

오, 불쌍한 로베스피에르여! 그대는 15만 명이 넘는 화장품 제조업에 종사하는 여인네들이 살고 있고 15만 명이 넘는 가발과 향료를 판매하는 여인네들이 미소를 지으며 머리를 가다듬고 향기로운 화장업에 종사하고 있는 이곳 도시 파리에서 공화주의적 엄격성만을 도입하려 했다니! 참으로 가련하다. 더욱이 미국식 생활의 단조로움이나 무색함, 속물적인 속성들은 호기심과 허영심, 유행과 신유행품의 고향이라 할 수 있는 이곳 프랑스 파리에서는 더더욱 견디어 내기가 어려울 것이다.

사실 명예의 상징만을 추구하는 병은 세계 어느 곳에서도 프랑스에서처럼 창궐하는 곳이 없는 것으로 안다. …… 그리고 프랑스 사람들처럼 명예스러움을 나타내기 위해 색채가 찬란한 리본으로 장식하기를 좋아하는 여인네들도 없다. 독일에서는 슐레겔August Wilhelm Schlegel 부인을 제외하고는 없는 것이다. 게다가 자유와 평등을 위해 투쟁했다는 프랑스 7월 혁명의 영웅들까지도 타 민족의 영웅들과 차별하기 위해 푸른 리본을 장식하고 있었던 것은 더욱 특기할 만하다.

명예를 추구하는 영웅적 심리 때문에 프랑스에 있어 공화국의 번영이 잘 이룩될 수 있을까 하는 의구심은 갖고 있지만, 그렇다고 모두가 공화국에 있어 실패할 것이라고 단언할 수는 없다. 또한 보다 나은 개선책을 위해 왕권주의적 개인 숭배 대신에 공화주의에 관한 애경심이 대두된다는 사실도 부인할 수는 없다. 그리고 야당이 이미 15년간이나 왕과 코미디를 연출한 바와 마찬가지로, 현재도 야당이 왕권과의 똑같은 코미디를 계속하고 있다는 사실도 부인할 수 없다. 또한 공화국이 최소한 단시일 내에 그들 노래의 끝을 가져올 것이라는 사실도 부인할 수는 없다(Artikel 2, 1832.1.19) **'15**.

이처럼 프랑스의 영웅주의적 주인공들은 공화국을 실현시키려는 혁명적 기질과 왕권주의를 계승하려는 권위주의적 기질 사이에서 성숙치 못한 역사적 현실과 충돌하면서 희극적 인물로 연출되고 있었던 것이다. 로베스피에르나 루이 필립이 바로 그러한 운명을 지닌 인물이었다.

그런데 당시에 루이 필립이·비록 공화주의를 실현할 수 없는 반시대적 영웅으로 비난받고 코믹한 인물로 조롱거리가 되기는 했다지만, 그의 18년 집권 기간에 일궈 놓은 경제적 업적과 평화는 후세에 지혜로운 업적으로 평가되고 있다. 더불어 그가 공화주의와 왕권주의 사이에서 중용주의를 택함으로써 자신이 원하는 왕정을 유지해 온 점에서는 현명한 왕으로 생각되고 있는 것이다.

그런 까닭에 하이네도 그에 대해서는 동정을 하고 있었다. 루이 필립은 자신의 통치 기간에 정치 경제적인 면에서 폭동과 불안으로 분열된 사회적 유산을 물려받았고, 그를 살해하려는 음모도 8번이나 있었다. 하지만 그럼에도 불구하고 이를 극복하고 경제적 비약과 평화를 완수한 왕이었기에, '역사 기록자는 언젠가 이러한 역할을 완수한 사람이 필립 왕이라 하는 증명서를 그에게 부여하게 될 것'이라고 하이네는 평했던 것이다. 그리고 '그가 비록 익살의 표적물로 선정되어 풍자되고 조롱되었다고는 하지만, 그가 경제적 부흥과 평화를 가져왔다는 국민들의 의식이 그를 위로할 것이다. 또 필립 왕만큼 자기 나라의 수도에서 조롱받은 영주도 없었지만, 결국은 가장 마지막에 웃는 자가 가장 크게 웃는 자가 될 것이라는 철학을 그로부터 생각하게 되었다. 더불어 그를 이루 말할 수 없는 배 모양으로 풍자한 익살쟁이들이 그 배를 먹을 수는 없게 될 것이고, 그 배가 오히려 그들을 먹어 치우게 될 것이라는 생각을 그로부터 하게 되었던 것이다.'[16]

왕관 대신에 베레모를 쓰고 우산을 든 채 시민 왕으로 등극한 루이 필립이 왕권주의로 변해 '배'의 모양으로 풍자되었다지만, 결국 그는 중용적 변신을 통해 평화를 가져왔고 국민들의 욕구를 충족시킨 왕이 됨으로써 사람들의 동정을 사기도 했던 것이다. 이러한 결과는 왕이 자신의 정치 철학을 현재보다는 미래에 두었다는 것이었고, 현재의 진행이 오해를 불러일으키는 것일지라도 좋은 결과를 가져온다면 오해는 스스로 풀리게 된다는 철학을 시사한 것이다.

그런데 루이 필립이 경제적 부흥을 가져옴으로써 일시적인 결과는 좋았다지만, 과연 왕권주의로 오해받은 그가 시민 왕으로서의 첫인상을 계속 간직할 수 있었을까 하는 문제는 역시 커다란 의문으로 남는다. 그가 시민 왕으로서 공화주의적 시대 흐름을 계속 실천 완수할 수 있었다면 그리고 왕권주의적 태도를 보이지만 않았다면, 그는 더욱 지혜로운 왕으로 기록되었을 것이다. 그러나 그가 취한 왕권주의적 태도는 그간 너무나 오랜 왕권주의 전통을 유지해 왔던 프랑스인의 문화적 기질에서 왔기 때문에 왕권주의의 범위를 벗어날 수는 없었던 것이다.

영국 사람들이 지니고 있는 공화주의적 정신은 비록 귀족을 중심으로 한 입헌군주적 형태를 취하고 있다지만 그 뿌리는 국민에게 있었다. 이에 반해 프랑스인들의 공화주의적 정신은 절대 군주국의 전통과 연관된 애국주의적 정서 속에 젖어 있었기 때문에 왕정의 정서를 벗어날 수 없었던 것이다. 바로 여기에 루이 필립의 모순된 모습이 나타난 것이다. 결국 그는 공화주의 흐름에 따라 시민 왕으로 선출은 되었다지만, 그의 내면적 정서는 왕권주의를 계승하려는 모습을 보였기 때문이다.

3. 공화주의 영웅들

하이네는 「프랑스 상황[1832]」에서 공화주의 사상을 광범위하게 독일 〈아우크스부르크 보통 신보〉에 보고하고 있었다. 그것은 당시 어두웠던 독일의 절대 왕권주의 영주 사회에 인권과 자유주의 사상을 계몽하려 했기 때문이며, 프랑스 혁명기에 일어난 사회적 제반 현상을 보도함으로써 공화주의에 관한 올바른 인식을 갖도록 하기 위해서였다.

공화주의 정신은 독일에서나 프랑스에서도 절대 왕권 아래 억압된 인권 사상을 제기하는 데 있었다. 그래서 하이네는 루이 필립이 통치하는 변혁기에 프랑스에서 발생한 사회적 현상을 독일 독자에게 보고하려 했던 것이다. 루이 필립이 공화주의 정신을 수용하면서도 왕정을 유지했던 정치 기술이나 유럽 공화주의자들의 사상과 교훈을 보고하기도 했다. 또한 공화주의자들의 폭동과 과격한 혁명 투쟁에서 일어난 사회적 현상과 굶주림이나 질병 문제를 포함하여 왕권주의와 연관되는 국민 주권 문제나 귀족적인 부르주아 문제 등을 상이한 역사적 관점에서 비판적 안목으로 보고하였다.

그 가운데서도 가장 핵심적인 내용은 공화주의 정신에 대한 것이었다.

'공화주의 정신은 본래 로베스피에르가 프랑스 혁명기인 1793년 4월 24일 국민의회에 제출한 인권과 시민권에 관한 성명서 2항에 따른 생존권과 보호받아야 할 인권 문제를 원칙으로 하는 데서' 출발하고 있다. 자유와 평등을 원칙으로 하는 이 성명서는 1830년대 초기에는 프롤레타리아의 생존권과 인권에 관한 공화주의적 '문답식 교과서Katechismus'가 되기도 했다.[17]

이러한 생존권과 인권을 위한 투쟁에서 비롯된 기억할 만한 사건이 1832년 1월 12일에 있었다. 그것은 공화주의자들에 대한 배심원 재판이었다. 피고인들은 소송 심리에서 정부와 생존권에 관해 폭발력 있는 날카로운 정치적 논쟁을 벌였다. 그 중심인물은 당시 26세에 불과했던 블랑키Louis-Auguste Blanqui, 1805-1881였다. 그는 프랑스 공산주의자로서, 1830년 혁명을 이끌었던 공화주의자였다. 그는 이제 막 '성립한 연약한 정부를 무너뜨리고 공화국을 설립하려는' 음모를 꾸미고 언론 법을 어겼다는 죄명으로 재판정에 서게 된 것이다. 그는 품위 없는 방법으로 정권을 잡으려는 일에는 절대로 참여하지 않겠다는 단체인 '국민의 벗 협회Societe des amis du peuple, 1830.7.30.월 결성' 회원으로서 자신의 입장을 변호하는 연설을 했다. 그리고 '그는 절대로 음모를 꾸민 일이 없으며 일반 민중들의 여론에 따른 자신의 정견을 발표했을 뿐이라는 사실을 입증함으로써 배심원 합의로 무죄가 되었다(Artikel 2, 1832.1.19. 보고문).'[18]

그해 1832년 2월 2일 블랑키는 '국민의 벗 협회' 군중 앞에서 열변한 그의 유명한 변호 연설로 청중들의 열렬한 갈채를 받았다. 그의 연설은 공화주의 초기와 당시 성립된 노동 운동에 가장 중요한 정치 교과서 중의 하나가 되었던 것이다. 「프랑스 상황」의 1832년 2월 10일자 보고문Artikel 3에서 하이네는 블랑키의 그 상황을 상세히 소개하고 있다.

"'국민의 벗 협회'에 모인 청중들은 약 1,500명이었다. 그들은 좁은 홀에 마치 연극을 보러온 관객들처럼 몰려들었다. 협회 회원이자 시민의 한 사람인 블랑키는 장황한 연설을 했다. 그의 연설은 상점 주인들의 화신 격인 루이 필립을 왕으로 선출한 부르주아들과 상점 주인들에 대한 조롱으로 가득 찼다. 그들이 필립을 왕으로 뽑은 일은 절대로 수치스런 착취 행위에 가담하는 공범자가 될 수 없다는 순수한 국민들의 이해관계에서 왕을 선출한 것이 아니라, 부르주아들이나 상점주인 자신들의 이해관계에서 그를 선출한 것이라 했다. 그의 연설은 정말 정신과 성실성, 분노에 가득 차 있었다. 그러나 그가 평소 주장해 왔던 자유의 문제는 이번 연설에서는 빠져 있었다.

그의 연설 태도는 공화주의적 엄격성을 지니고 있었음에도 불구하고 여성들에 대한 연정 어린 친절한 태도를 잊지 않았고, 여성이나 숙녀들을 연설 무대의 옆 가장 좋은 자리에 조심스럽게 모시고 있었다. 이 모임의 분위기는 자코뱅 당의 선언문과 외침들이 담겨 있던 앙상하고 날카로운 헌 신문인 1793년도 〈세계 신보Moniteurs-Allgemeinen Anzeige〉의 견본에서 풍기는 냄새로 가득 차 있었다. 이번 모임에 참가한 사람들은 대부분 젊은이들과 노인들이었다.

첫 번째 혁명1793. 루이 16세 처형 시대에서는 자유에 열광한 중년 남성들이 더 많았다. 그들 중년 남성들은 승려들의 망상이나 귀족들의 오만함에 대한 젊은 열기의 불만에다 남성적인 분명한 사려가 함께 투합된 사람들이었다. 그러나 이번 혁명1830의 젊은이와 노인들이란 주로 지난 정부의 추종자들로서, 노인들은 머리가 허옇게 은빛으로 센 사람들인가 하면 젊은이들은 공화주의적 관습대로 시민적인 소박성에 대한 불만을 갖고 있던 왕당파의 부르주아 청년들과 귀족적인 청년Jeunesse dorée들이었다. 즉 이번 혁명에는 첫 번째 혁명 때와는 반대로 주로 자유주의에 열광하는 사람들이 중년 남성들이 아닌 젊은이와 노인들로 주축을 이루고 있었다. 이들은 자신들의 경험을 통해 낡은 정부의 혐오성을 인식하고 힘 있고 위대했던 첫 번째 혁명을 황홀하게 되돌아 생각하는 사람들이었다.

젊은이들도 자신들의 희생을 영웅적으로 실천하려는 사람들로 위대한 행위를 갈망하고 있었다. 그렇기 때문에 이 시대를 사랑하는 사람들이었으며, 권력자들의 인색한 소심성과 비열한 이기심을 경멸하고 있는 사람들이었다. 그리고 중년 남성들은 거의가 왕정복고 시대를 거치는 동안에 편하지 못한 야당 생활에 지쳐 있거나, 들끓는 명예욕과 화려한 군인 계층들이 모든 시민적 소박성과 자유를 말살시켰던 황제 시대에 의해 타락하거나 쇠퇴한 사람들이었다.

그 외에는 오늘날 중심적인 남성 역할을 해야 될 많은 사람들의 생명이 황제적 영웅시대에 희생되었기 때문에, 그 결과 최근 수년 동안 겨우 살아남은 남성들 가운데 이 시대를 살아온 몇 사람만이 표본적 인물로 존재하게 된 것이다. 그래서 이번 "국민의 벗 협회" 집회 홀에는 젊은이와 노인들이 대부분의 자리를 차지하고 있었다. 그들에게는 언제나 인간에게서만 강하게 느낄 수 있는 품위 있는 정중함이 지배하고 있었다. 그들의 눈빛은 빛났으며, 연설자가 사실을 토로할 때마다 그들은 정말 그랬었지! 정말 그랬어! 하고 열광하는 것이었다(Artikel 3. 1832.2.10. 보고문).'19

블랑키가 연설을 한 이번 집회1832.2.2는 7월 혁명1830 이후 가장 큰 공화주의자들의 모임이었다. 이번 연설도 15번째 배심원 심리 과정에서1832.1.12 행한 연설 내용의 연장선에 있었다. 없는 자들의 생존권과 1793년에 로베스피에르가 주창한 '인권과 시민권 선언 2항'을 강조하는 외침들이었다.20

하이네가 이러한 공화주의자들의 외침을 「프랑스 상황」에서 언급한 것은 역시 인권의 사각지대에 놓여 있던 독일에 대해 프랑스 공화주의자들의 정신을 알리려 함이었다.

하이네가 소개하고 있는 공화주의 정신이란 1789년 대혁명기에 있어서의 로베스피에르의 '인권과 시민권'에 생 쥐스트[Louis Antoine de Saint Just, 1767-1794]
가 주장한 '빵을 먹을 수 있는 국민의 생존권' 혁명 원칙을 함께한 것이었
다. 당시 국민의회를 지배하고 있던 이들 자코뱅 당의 사상은 1830년대 초
기에도 계속 수용되어 왔다. 그래서 하이네는 1789년 혁명 당시의 자코뱅
당원들의 기본 정신을 비교적 상세하게 보고하고 있는 것이다.

이들의 기본 정신인 자유와 인권, 시민권과 생존권, 평등권 및 재산권
은 계몽주의 사상가인 장 자크 루소[Jean-Jacques Rousseau, 1712-1778]나 볼테르[Voltaire, 1694-1778] 등의 정신적 배경에 원류를 두고 있었다. 로베스피에르, 생 쥐스트
같은 과격한 자코뱅 당 동맹자는 루소의 자연주의적 인권 사상과 평등권을
중시하는 엄숙주의자들이었고, 당통[George-Jacques Danton, 1759-1794]이나 카미유 데
물랭[Camille Desmoulins, 1760-1794] 등은 자코뱅 당 내의 우파 인물들로 볼테르적 이
성주의에 젖은 혁명가들이었다.

이들은 모두 혁명 초기에 의기투합하여 제3신분의 평민 대표들로 국민
의회를 구성하고[1789.6.17], 1789년 7월 9일 제헌 의회를 선포하였다. 그런데
이들의 행보를 저지하려는 루이 16세가 국민의회에 대항하기 위해 군대를
소집하고 이를 탄압하려 했기에, 이에 분노한 이들은 파리 시민들과 함께
바스티유 감옥을 습격함으로써 혁명이 시작되었던 것이다[1789.7.14]. 이러한
혁명이 시작된 날을 기념하기 위해 오늘날 1789년 7월 14일을 혁명 기념일
로 정하고 있다.

그 후 1791년에 성립된 입헌 의회에서는 1792년 왕정을 폐지하고 공화제
를 선포하였다[1792.9.22]. 공화제에 의해 탄생한 국민 공회[Konvent]의 주류 세력은
1791년에서 1793년까지 국민 공회 우파로서 부르주아 시민 층을 대변했던
지롱드 당과 혁명 당시 귀족들의 반바지를 입지 않고 긴 바지에 자유를 상
징하는 붉은 모자를 쓰고 다녔던 소시민들과 천민들, 노동자 계층을 포함
한 과격한 상퀼로트[Sans-culottes], 프롤레타리아 혁명가 그룹이었다. 이들에게

는 중산층 숙련공과 소매상들도 함께하고 있었다. 그리고 이들의 중심 배후에는 자코뱅 당이 있었다.

이들은 루이 16세의 처형을 놓고 계파 간 의견이 첨예하게 대립되었다. 그리고 과격한 자코뱅 당의 승리로 1793년 1월 21일 루이 16세가 단두대에서 처형되었고, 같은 해 왕비 마리 앙투아네트[Marie Antoinette, 1755-1793]도 그 뒤를 따랐다.

여기서 알아 두어야 할 것은 혁명가들의 분열상이다. 1789년 혁명 당시의 초기 인물로는 코르들리에 그룹[1790년 결성]으로 당통[George-Jacques Danton, 1759-1794]과 마라[Jean-Paul Marat, 1744-1793], 데물랭[Camille Desmoulins, 1760-1794] 등이 있었고, 자코뱅 당 지도자로서는 로베스피에르[Maximilian Robespierre, 1758-1794]와 생 쥐스트[Louis Antoine de Saint Just, 1767-1794] 등이 있었다. 이들은 모두 초기에는 의기투합하였으나, 그들의 행보는 차츰 상이해졌다. 볼테르의 이성적 자유주의 사상에 영향 받은 당통이나 데물랭은 루소의 엄숙주의를 수용한 로베스피에르나 생 쥐스트와 달랐다.

또 왕정을 폐지하고 공화제를 실시하게 된 1792년에는 국민 공회를 주도한 세력이 처음에는 부르주아 시민 계층의 온건한 지롱드파와 노동 계층 및 중산층 소매상을 중심으로 한 상퀼로트 그룹 그리고 자코뱅 당이었다. 그러나 1793년에 국민 공회의 공안 위원회를 이끈 당통이나 로베스피에르, 생 쥐스트, 마라 등의 자코뱅 당과 상퀼로트파가 국민을 선동하여 지롱드 당을 숙청하자, 1793년 10월부터는 로베스피에르가 주도하는 자코뱅 당의 독재적 공포 정치가 펼쳐졌다. 그 결과 왕비 마리 앙투아네트를 비롯한 귀족들이 처형되었던 것이다. 게다가 1794년 3월에는 공안 위원회의 과격한 테러리즘에 찬동할 수 없다는 관용주의적 태도를 취한 자코뱅 당 우파인 당통과 데물랭까지도 로베스피에르에 의해 단두대에서 처형되었다.

그렇게 되자 자코뱅 당 내에서는 자연히 반로베스피에르파가 형성되었고, 급기야 이들에 의해 로베스피에르와 그의 동지들이 체포되어 처형된 것이다[1794.7.28]. 로베스피에르가 체포된 1794년 7월 27일은 자코뱅 당이 몰락하기 전날이라 하여, 이날을 프랑스 '혁명력'에 따라 테르미도르[Thermidor]의 반동이라 부른다[테르미도르는 프랑스 혁명력에서 7월 19일에서 8월 18일에 해당되는 열월(Thermidor, 熱月)을 의미하기 때문에 이 시기에 있었던 자코뱅 당의 종말은 테르미도르의 반동을 뜻했다].

이때에 행한 로베스피에르의 마지막 연설은 억압자들에 대한 호소였기에, 그의 연설은 1830년 7월 혁명기에도 공화주의자들의 복음서로 전해지고 있었다.

하이네는 1789년의 혁명 정신을 사랑하고 존경하며 경탄하면서도 수많은 사람들이 피를 흘렸기 때문에 과격한 혁명에는 회의적이었다. 다만 그들 혁명가들의 고귀한 자유주의적 기본 정신과 공화주의를 높이 인식하였기에, 그들 간의 과격한 행위와 갈등은 정신적인 면으로만 이해하려 했다. 여타 과격한 행위에 대해서는 회의가 컸다. 하이네는 당시 혁명가들의 정신적 상황을 다음과 같은 주석으로 덧붙이고 있다.

'나는 옛 혁명가들의 투쟁[1789] 정신과 영웅들에 관한 회상을 사랑하며 프랑스 젊은이들이 존경하는 만큼이나 그들을 존경한다. 그리고 7월 이전의 로베스피에르와 생 쥐스트 지지자들[Sanktum Justum=Saint Just] 및 대산악당[자코뱅 당 혁명가 가운데 민주적 좌파들을 가리켜 흔히 산악당Montagnards이라 하는데, 이들은 국민 공회의 윗자리에 앉았던 당원들이었다]에 대해서도 경탄한다. ― 그러나 나는 이러한 숭고한 사람들의 연대 통치 아래서는 조금도 살고 싶지 않다. 더욱이 매일처럼 많은 사람들이 단두대에서 처형되는 데 대해서는 참을 수가 없다. 이러한 일은 어느 누구도 참을 수 없는 일이다. 프랑스 공화국이 승리할 수 있다면 이는 피를 흘려 승리

한 것이다.'21

　이렇게 하이네는 과격한 혁명에는 회의적이었다. 그러나 혁명가들이 피
를 흘리게 된 급진적 행위들은 단순한 사회 정치사적 갈등 구조에서 온 것
만이 아니고 그들 상호간의 정신적인 적대적 내면성에서도 왔음을 그는 알
리고 있다. 그 내면을 하이네는 「프랑스 상황」 보고문 6장(1832.4.19) 주석Note. a
에서 추가하고 있다.

　'국민 공회를 구성하고 있는 혁명가들 간의 투쟁은 다름 아닌 볼테르적 경
박함légèreté에 대한 루소적 엄숙주의Rigorismus의 은밀한 원한에서 오고 있다.
자코뱅 당 내의 순수한 혁명적 민주적 좌파들인 산악 당원들은 루소의 사고
방식이나 감정을 신봉하고 있었다. 하지만 이들이 자코뱅 당 우파였던 볼테
르적 당통파나 헤르버트Herbertisten파를 처형하고 있었을 때, 그들에게 더 이
상 루소적 사고방식이나 감정을 옹호할 수가 없었다. 루소적인 엄숙주의 혁
명가들이 느슨해진 중도파를 강하게 설득하고 있는 데도 불구하고, 이와는
반대로 중도파나 볼테르적 당통파 등은 걷잡을 수 없게 거칠어져 가는 상퀼
로트주의 (흐름) 속에서 온건파적 태도로 변하고 있었기 때문이다. ……

　사실 이들 야성적인 혁명가들 모두는 옛 절대 왕권을 무너뜨리는 데는 처
음에 전원 합의를 이루고 있었다. 하지만 그들이 무언가 새로운 것을 건설
하려 할 때나 다른 적극적인 것을 주장해야 할 때는 자연스럽게 그들 상호
간에 서로 충돌하는 반감이 뛰쳐나오는 것이었다. 그 결과 루소적 엄숙주
의를 정중하게 동경했던 생 쥐스트Saint-Just는 정신적으로 명랑하고 풍부하
게 호언장담하는 허풍쟁이 데물랭Desmoulins을 증오하게 되었고, 도덕적으로
순수하고 청렴했던 로베스피에르Robespierre는 감성적이고 돈에 얼룩진 당통
Danton을 증오하게 되었다.

　로베스피에르가 성스럽게 간직한 생각이란 루소의 현현顯現이었다. 로베
스피에르는 종교적으로 신앙심이 깊었고 신과 영원성을 믿는 사람이었다.

그래서 그는 볼테르적 경박한 태도로 종교를 아유하는 사람들을 증오했다. 1793년 가톨릭 서약을 파괴한 파리 주교 고벨[Gobel, 1727-1794] 같은 종교인의 품위 없는 희롱도 증오했고, 무신론자의 방종이나 정신이 이완된 자들도 증오했다. 그는 풍자적 익살쟁이나 웃기 좋아하는 가벼운 모든 사람들을 증오했던 것이다[Artikel 6, Note. a].'[22]

그러나 로베스피에르 자신이 국민 공회에 의해 체포되고 처형된 '테르미도르[Thermidor]의 반동[1794.7.27-28]은 결국 얼마 전까지 억압되어 왔던 볼테르 그룹이 승리한 날이 되었다. 이들 볼테르 그룹에 속한 사람들은 사실 혁명 당시의 집정 내각에서도 산악당에 대한 저항을 계속 시도해 왔다.' 따라서 이들의 승리는 너무나 과격했던 루소 그룹의 역풍으로 얻어진 것이었고, 이로 인해 루소적인 엄숙주의 노선을 걷던 산악당이나 과격한 공화주의자들은 점차 상대적으로 억압되어 갔다. 그렇지만 이들은 억압된 상황 속에서도 공화주의 정신을 계속 지키려 노력하였다. 그들의 정신적 복음은 1830년에 와서 다시 재생되었고, 자유주의 투사들의 정신적 원류가 된 것이다.

하이네는 당시 상황을 다음과 같이 적고 있다.

'루소 그룹 당원들은 불행했던 테르미도르의 반동 이후부터는 억압된 채 가난하게 살아왔다. 그러나 정신적으로나 육체적으로는 파리 근교에 있는 노동자 거주지인 공화주의 운동의 중심 지역 생 앙투안[St. Antoine]과 생 마르소[St. Marceau] 외곽에 은거하면서 건재하고 있었다. 그리고 자유의 복음을 위해 피의 증인으로 자주 등장했던 다른 많은 고귀한 공화주의자들과 교류하면서 자유주의 정치인인 가르니에 빠제[Etienne-Joseph Garnier-Pagès, 1801-1841]와 고드프루아 까베냑[Eléonore-Louis-Godefroy Cavaignac, 1801-1861] 같은 사람들의 모습으로 살아간 것이다.'[23]

그럼으로써 1830년대에 와서 그들의 공화주의 정신은 다시금 활로를 찾게 되고 부활했던 것이다.

4. 「민중을 이끄는 자유의 여신」이 주는 메시지

1830년 7월 혁명 당시 공화주의의 정체성은 테르미도르의 반동 이후 공화주의와 왕권주의 간에 변천을 거듭한 시련기를 통해 비교적 유연한 공화주의가 확립된 모습이었다. 특히 1815년 이후 왕정복고루이 18세, 샤를 10세 시대를 거쳐 7월 혁명기에 와서는 공화주의와 왕정세력 간의 타협에 의해 시민왕이라는 루이 필립이 입헌 군주로 탄생했고, 그는 그들 간의 관계에서 애매모호한 위치에 놓였던 것이다.

그러나 프랑스에 있어 혁명적 증후는 언제나 루소적 엄숙주의와 볼테르적 경박주의, 과격파와 온건파, 시민 문화의 이성적 자유주의와 감성적 자유주의에서 오는 양면적 구조 때문에 공화주의의 정체성도 이중성을 함께하고 있었다. 따라서 프랑스 혁명을 바라보는 시각도 이성적인 면과 감성적인 면, 지성적인 면과 퇴폐적인 면, 정신적인 면과 물질적인 면이 공존하고 있는 것이다.

그 좋은 예로 하이네가 1831년 파리의 그림 전시회를 보고한 「프랑스 화가1831」에서 해명한 들라크루아Eugène Delacroix, 1798-1863의 「민중을 이끄는 자유의 여신」을 들 수 있다. 본래 이 그림의 참모습은 투쟁적인 혁명상을 담고 있는 것이다.

'그림 한가운데는 젖가슴을 내놓은 채 한 젊은 여인이 우뚝 서서 손에 삼 색기를 들고 진군을 외치고 있다. 그녀의 옆에는 검은 실크 통모자에 검은 옷을 입고 홀쭉 마른 얼굴을 가진 총 든 시민과 양손에 권총을 든 튼튼한 소 년이 그녀를 엄호하면서 쓰러진 시체를 넘어 전진하는 군상으로 혁명상을 나타내고 있다.

그런데 하이네는 이러한 모습들을 통해 혁명을 풍자적 정체성으로 비유 했다.

영웅적인 여인을 볼바르 거리의 창녀로 묘사했고, 실크 통모자를 쓴 창백 한 투사는 사회적 파산을 당한 인간 모습으로 기술했으며, 용감한 소년은 자그마한 사기꾼으로 보고 있었다. 하지만 문제의 본질은 하이네가 그들을 이렇게 감성적이고도 퇴폐적 인간들로 풍자를 하면서도 결론에 가서는 이 들을 인간적 귀족의 지지자들이나 정치적 이데올로기와는 무관한 인간적 위대성을 지닌 사람들로 승화시키고 있었던 점이다.'[24]

이는 하이네가 들라크루아의 「민중을 이끄는 자유의 여신」이 7월 혁명의 군상들을 인간의 존엄성과 위대함을 돋보이려는 조화로운 공화주의 정신 을 일깨우는 것으로 해석하고 있었기 때문이다. 7월 혁명의 군중상을 일방 적으로 이성적 자유주의의 표상으로나 감성적 자유주의의 표상으로만 해 명할 수도 있겠지만, 그는 보다 종합적인 시각에서 인간의 존엄성을 위해 투쟁하는 파리 시민의 인간적 군중상으로 해명하려 한 것이다.

본래 프랑스인의 기질에는 문화적 전통으로 보아 과격하고도 예리하며 이성적인 정서가 있는가 하면 낭만적이고도 경박하며 감성적인 정서가 그 들의 자유주의 사상에 내재되어 있다. 그래서 하이네는 이러한 문화적 양 면성을 풍자적 시각으로 종합하고, 자유의 여신을 인간적 존엄성을 상징하는 위대한 인간상으로 부각시키려 했던 것이다. 하이네가 서술한 내용이 7월 혁명상을 종합적으로 이해하는 데 도움이 되기에, 「민중을 이끄는 자유의 여신¹⁸³¹」에 관한 내용 일부를 소개하려 한다.

그림은 '7월 혁명 당시의 민중 그룹을 표현하고 있다. 민중의 한가운데는 자코뱅 당의 자유의 상징인 붉은 모자를 머리에 쓰고 한 손에는 총대를 다른 한 손에는 삼색기를 든 한 젊은 여인을 비유적 인물로 부각시켰다. 그녀는 투쟁을 외치면서 시체들을 넘고 넘어 앞으로 진군하고 있다. 허리까지의 아름다운 상체는 노출되어 있으며, 얼굴은 대담한 측면 모습에 고통스러움이 특징적이다. 묘하게도 창녀 같은 여인상에 어시장 바닥의 생선 파는 여인과 자유의 여신상이 혼합된 거칠고도 대담한 모습이었다.

그녀가 지니고 있는 모습의 최종적 의미는 결정적으로 말할 수는 없지만, 운명적으로 무거운 짐을 진 야성적인 민족의 힘을 표현하고 있었다. 그녀의 모습은 때로는 창녀를 떠올리게 하고 때로는 저녁에 불바르 거리에서 서성대며 재빨리 연애하는 여성이나 사랑의 질주자를 회상케 하였다. 고백하건대 이 그림에 나타난 민중들의 모습 가운데는 이러한 골목 미녀인 사랑의 여신 옆에 굴뚝 그을림뿐만 아니라 여러 가지로 더럽혀진 옷을 걸치고 애욕에 찬 자그마한 굴뚝 청소부가 양손에 권총을 들고 서 있는 것 같은 모습이 보였으며; 땅속에 묻혀 있는 위인들의 합사묘인 판테온 후보자가 전날 저녁에 사용한 재입장권으로 극장에 다시 입장하려는 모습으로 보이는 인물도 있었다; 그리고 총대를 들고 돌진하는 영웅들의 얼굴에는 많은 노와 돛으로 무장된 군함에서 싸운 영웅들로 보이는 사람들의 모습이 보였고, 땀으로 얼룩진 그들의 보기 흉한 상의에서는 배심원의 냄새가 물씬했다. ─

이처럼 보잘것없는 사람들인 천민들의 모습에서도 위대한 사상이 엿보였다. 이러한 위대한 사상이 그들을 고귀하게 만들고 성스럽게 하는 듯했다. 그들의 영혼 속에서는 잠에서 깨어난 장중한 품위가 다시 깨어나고 있는 듯했다. 성스러운 파리의 7월이여! 7월의 나날들은 절대로 파괴될 수 없는 인간의 근원적 존엄성을 부여한 영원한 증명서가 될 것이다. 그리고 이러한 나날들을 겪은 사람들은 희생된 사람들의 옛 무덤들을 더 이상 걱정하지 않아도 되며, 기쁜 마음으로 민중들의 부활을 믿게 하고 있다.

성스러운 7월의 나날들이여! 파리의 태양은 얼마나 아름다웠고 파리의 민중들은 얼마나 위대했던가! 위대한 투쟁들을 내려다보고 있던 하늘의 신들도 너무나 경탄한 나머지 환성을 올리고 황금 의자에서 벌떡 일어나 파리의 시민이 되려 즐거이 지상으로 내려오는 듯했다.'[25]

이처럼 하이네는 태양의 햇살에 묻힌 파리를 상상하면서 공화주의 혁명 정신이 계승된 7월 혁명을 경탄하고 있다. 비록 파리의 시민이 화려한 볼바르 거리에서 경박한 생활을 즐기고 있는 사람들이라 할지라도 위대한 인간의 존엄성을 쟁취하기 위해서라면 분연히 일어나 과감한 행동으로 혁명을 수행하는 용기 있는 사람들이라는 점을 돋보이게 한 것이다. 그리고 파리 시민들이 본래부터가 감성적인 경박성에 젖어 있는 사람들이라 할지라도 올곧은 이성을 외칠 줄 아는 조화로운 시민이라는 점을 공화주의 정신에서 읽히고 있는 것이다. 그런 까닭에 파리는 감성과 이성이 함께 용해된 영원한 자유주의의 상징적 도시인 것이다.

바로 이러한 융합이 영적 생동감으로 분출된 것이 7월 혁명이었다. 따라서 7월 혁명에서 파리를 아름답게 빛낸 영적 생동감은 태양으로 비유되었고, 민중들은 이러한 태양의 햇살 속에서 조화롭게 용해된 시민으로 비유된 것이다. 하이네가 '성스러운 7월의 나날들이여! 파리의 태양은 얼마나 아름다웠고, 파리의 민중들은 얼마나 위대했던가!' '하늘의 신들도 너무나 경탄한 나머지 환성을 올리고 황금 의자에서 벌떡 일어나 파리의 시민이 되려 즐거이 지상으로 내려오는 듯했다.'고 표현한 것도 바로 이러한 파리 시민의 조화로운 정신을 신과 함께 찬양하고 싶다는 뜻이었다.

여기서 태양이 상징하는 혁명 정신이란 인간의 감성을 자유롭게 즐기는 파리 시민과 귀족들까지도 이성의 햇살로 감싸 안으면서 조화로운 인간성을 창조할 수 있게 하는 이상주의를 표방한 것이다. 파리는 원래부터 귀족들에 의해 자유로운 생활 문화가 지배했던 곳이다. 그런데 이성의 햇살은 이러한 귀족적 감성 문화까지도 포용하며 조화로운 인간 문화를 형성해야 된다는 생각을 하이네는 관찰자의 입장에서 7월 혁명을 통해 드러냈던 것이다. 그래서 7월 혁명은 귀족들의 감성 문화에다 공화주의 혁명이 함께한 중도적 혁명으로 보는 것이다. 결국 7월 혁명은 귀족적 감성과 민중적 이성, 왕권주의와 공화주의가 함께 융합된 것이라 보겠다.

그리고 이러한 사회 정치적 분위기에서 성립된 것이 시민 왕으로서의 루이 필립의 탄생이었다. 혁명적 공화주의는 실현되어 갔지만 왕정 문화를 벗어나기 힘들었고, 왕정 복고주의는 지속되었지만 공화정은 계속되어야 했다. 이런 역사적 아이러니 속에서 태어난 것이 루이 필립의 위치였다. 그리고 당시의 파리 시민 의식도 같은 상황에 놓이게 된 것이다.

하이네는 이러한 파리 시민의 모순된 정서적 의식 문화를 태초의 귀족 문화를 함께한 반동적 혁명 문화로 풍자했다. 하이네가 파리 시민의 혁명을 묘사한 들라크루아의 그림을 감성적 경박성과 이성적 혁명 정신이 함께 담긴 그림으로 파악한 것도 바로 이러한 맥락에서 이해되는 것이다. 그는 혁명의 메카인 파리를 귀족 도시의 풍류를 전제로 한 도시로 관찰하는 반동적 시각에서 술과 태양의 도시로 풍자하고 있었다.

즉 "파리는 절대로 파괴될 수 없는 인간 태초의 귀족들에 의해 선물된 영원한 증표로서의 도시이다." 파리를 상징하는 술과 태양은 폭동^{혁명}을 일으키는 사람들을 안개로 뒤덮어 흐리게 할 수 있으며, 그러한 곳이 파리이다.

하이네는 이러한 도시에 관한 유명한 설명을 덧붙이기 위해 들라크루아의 그림에 대해 반동적 관찰자로서의 표현을 서술한 적이 있다. "후작귀족들이 한 말이 옳았다. 파리는 태양이었다." 자유가 위협당하고 있을 7월에 태양은 보다 강렬한 햇살로 파리 시민의 마음을 불타오르게 했다. 그런 햇살을 마시면서 파리의 민중들은 썩어 간 바스티유 감옥이나 하인들의 복무규정들에 저항했던 것이다.

태양과 파리는 놀랄 정도로 서로를 잘 이해하고 있으며 서로를 사랑하고 있었다. 저녁의 태양이 바다 너머로 떨어지기 직전에 태양의 시선은 한참 동안 흡족한 마음으로 파리를 바라다보면서, 마지막 석양의 햇살로 아름다운 파리의 탑들 위에 나부끼는 삼색기와 키스를 하고 있는 것이다. 즉 혁명의 깃발인 삼색기와 말이다.

그러나 본질적으로 파리는 완전히 고대 호머적인Homerischen 자연 신화의 전통에서 볼 수 있는 신화화가 된 도시이다. 태양도 더 이상 혁명의 상징이 아닌 도시의 품위를 나타내는 상징이 되고 있다. 하이네는 그의 「북해 연시」의 중심적 은유에서도 태양이 파리의 신화가 된 것처럼 신화화하고 있다.

「북해 연시」에서의 태양이 우주적 대양적 평화의 표상을 간직한 것이라면, 파리의 태양은 영원한 행복을 간직한 신화화가 되고 있는 것이다. 태양이 북해 너머 위에서 타오르는 태양의 심장이라면, 태양은 파리 너머 위에서 타오르는 행복의 별과 같은 똑같은 위성인 것이다. 그러므로 태양은 모든 대상에서 휘황찬란한 빛을 갖고 베푸는 선험적 은유가 되고 있다.'26

이처럼 하이네는 파리 시민의 혁명을 조화로운 태양의 햇살에 감싸 안긴 행복과 평화의 상징적 의미로 신화화시키고 경탄하고 있었다. 혁명이 피를 흘리는 투쟁적 상징이 아니라 고귀한 인간의 존엄성과 행복을 추구하는 평화적 상징이 되어야 함을 기대했던 것이다.

1789년의 프랑스 혁명이 실패한 까닭은 이상은 숭고했으나 과격한 혁명에 의해 많은 사람들이 피로 희생되었기 때문이다. 그래서 1830년 7월 혁명에 와서는 보다 조화롭고 성숙한 혁명을 기대했던 것이다. 그러기 위해 하이네는 과격했던 혁명가들의 공화주의 정신을 높이 평가하면서도 보다 인간적이고 평화적인 시각에서 풍자적 비평을 통해 그들의 숭고한 정신을 조화적인 것으로 계도하고 싶었던 것이다. 공화주의 영웅들이 외친 기본 사상이란 인간의 존엄성을 지키기 위한 인간의 자유와 해방, 평화와 복지를 근간으로 하고 있었기 때문이다. 빈곤으로부터의 해방이나 억압과 착취, 전쟁으로부터의 해방은 인권과 생존권, 인류 평화를 확보할 수 있는 지름길이었기에 더욱 그러했다.

따라서 하이네는 「프랑스 상황」 서언에서부터 강자와 약자, 가진 자와 못 가진 자 간의 적대 관계에서 오는 증오와 불신, 불평등 그리고 국가 간의 전쟁을 없애기 위해 글을 쓰고 있다고 고백하고, 그 일이 자신의 임무라 했던 것이다.

'우리는 서로의 불신에서 수십만 명의 살인자 군대를 먹여 살릴 필요가 없다. 그들의 칼이나 말들을 오히려 쟁기질하는 도구로 사용하여야 한다. 우리는 평화와 복지, 자유를 쟁취하여야 한다. 이러한 효과를 기대하기 위해 나는 나의 인생을 바칠 것이며, 그 일이 바로 나의 주 임무가 될 것이다.'[27]

사실 이러한 하이네의 생각들이 7월 혁명의 주제였다. 하지만 인간의 사유와 행위에는 역시 역사적 환경과 정치적 제약에 따라 행동반경의 한계가 있다. 공화주의 정신이 아무리 이성적이고 절대적이라 해도 왕정의 전통을 하루아침에 무너뜨릴 수는 없는 일이다. 지혜로운 사람은 전통적 환경과

제약을 조심스럽게 탐색하고 장단점을 가리며 올바른 정신적 방향으로 모든 문제를 이끌어 가야 되는 것이다.

모든 문제를 일시에 개혁하려는 과격한 혁명은 로베스피에르와 같은 코믹한 모순된 운명을 초래한다. 그래서 하이네도 공화주의 사상을 절대적 정치사상으로 신봉하면서도 공화주의적 자유주의를 근간으로 하는 조화로운 정치 제도를 내심 기대했던 것이다. 그가 기대했던 정치 제도의 모델은 입헌 군주 공화제였다. 그는 예술가였기 때문에 공화주의에 예술 애호가적인 귀족적 입헌 군주제를 가미한 정치 모델을 선호했던 것이다. 그러나 그의 자유주의 사상에는 언제나 공화주의가 계몽적 주류를 이루고 있었다.

5. 카지미르 페리에^{Casimir Perier}와 조지 캐닝^{George Canning}

하이네는 「프랑스 상황」에서 공화주의를 일깨운 여러 정치 사상가들을 소개하고 있다. 그 가운데에서도 정치적 비중이 컸던 프랑스 총리를 지낸 적이 있는 카지미르 페리에^{Casimir Perier, 1777-1832}와 영국 수상을 지낸 조지 캐닝 ^{George Canning, 1770-1827}을 언급하고 있다.

이들은 초기에 공화주의적 자유주의 사상이 투철한 인물들이었다. 그들의 정치 문화적 배경은 달랐지만, 이들이 선택한 공화주의 사상은 그 당시 계몽주의적 시각에서 중요한 표석이 되었다. 그래서 하이네는 「프랑스 상황」 제4장^(1832.3.1)에서 이들에 대한 정치적 행로를 자세히 서술하고 있다. 하이네가 말한 내용이 매우 구체적이므로, 여기에 소개한다.

프랑스 총리를 지낸¹⁸³¹⁻¹⁸³² 카지미르 페리에와 영국 수상을 지낸 조지 캐닝 간에는 보이지 않는 잠재적 친화력이 있다.

'이들 두 사람은 태생이 시민 계층이며, 어려운 상황 속에서도 확고한 실천력과 봉건 귀족에 대한 저항을 나타내고 있었던 점에서 유사하다. 하지만 그들의 성장 과정과 성향은 상이했다. 페리에는 비교적 유복한 시민 가정에서 태어나 성장했다. 그는 조용히 자신의 취미대로 성장하면서, 왕정 복고 시대에는 귀족들과 예수회 회원들에 대한 저항을 시민 계층의 한 사람 으로 조용히 참여한 야당 운동원이었다.

그러나 캐닝은 불행한 부모에게서 태어나 어려운 어머니의 가난한 아이 로 성장했다. 어머니는 아이의 끼니를 잇기 위해 낮에는 슬프게 울면서 일 을 해야 했으며, 밤에는 극장 무대에 올라가 코미디 연기를 하면서 웃음을 팔아야했다; 후일에는 가난이라는 작은 불행에서 더 큰 불행으로 옮겨 가 야 했다. 즉 숙부의 도움이나 높은 귀족들의 보호로만 가난을 견뎌야 되는 의존적인 불행을 겪어야했다.'²⁸

'그러나 이들 두 사람이 행복해지고 이들의 행복이 오랜 기간 지속되는 상 황을 통해서 그들 간에 상이하게 된 점이 있다면, 그것은 바로 이들이 모든 강요로부터 자유로이 해방되고 인생의 위대한 말들을 포효할 수 있는 권력 의 정점에 도달했을 때 그들이 나타낸 성향들이 더욱 상이했다는 점이다.

카지미르 페리에는 유복한 은행가와 산업가로서 황금 수단을 소유하고 있었기 때문에, 자유의 감정을 스스로 얻어 내고 형성시키며 드높이는 데 절대로 타인에게 의존하는 사람이 아니었다: 그런데도 이러한 사람이 어느 날 갑자기 소심해지고 소상인처럼 비열한 사람이 되었다; 그는 자신의 힘 을 잘못 인식하여, 자신이 충분히 제거할 수 있는 권력자들 앞에서도 허리 를 굽히고 자신이 자비를 입어야 할 사람처럼 평화를 구걸하는 것이었다; 이제 그는 상대방이 베푸는 친절에도 상처를 입히고 성스러운 불행에 대해 서도 모욕을 주고 있었다. 신들에게 불빛을 돌려주기 위해 인간으로부터 불빛을 훔쳐 가야 되는 전도된 프로메테우스가 된 것이다본래 프로메테우스는 하늘에 서 불을 가져와 인간에게 선사한 그리스 신이었다.

이와는 반대로 조지 캐닝은 한동안 영국 보수당원의 검객으로 봉사하면 서 종국에 가서 그가 (보수적) 정신 노예의 쇠사슬을 떨쳐 버릴 수 있었을

때, 그는 스스로 타고난 시민성의 존엄성으로 자신을 드높이고 자신을 후
원해 주었던 옛사람들까지도 놀랄 정도로 런던 다우닝가의 스파르타쿠스
Spartakus, B.C. 73-71, 로마 노예 해방을 위한 선동가가 되었다. 그는 모든 민족들을 위한 시민
적 자유와 교회적 자유를 선언했으며, 영국을 위한 모든 자유의 마음들을
얻어 내어 유럽의 최고 권력자가 되었던 것이다.'[29]

　하이네는 캐닝이 '신성 동맹[1815]' 체제에 대항해 유럽의 자유주의적 힘과
국민적 힘을 결집시키려는 스파르타쿠스적 호소를 행한 1826년 12월 12일
의 유명한 연설을 런던에서 들은 적이 있었다. 그래서 여기에서 캐닝을 영
국의 위대한 공화주의 인물로 거명하고 있는 것이다. 이러한 캐닝의 힘찬
선언적 연설이 후일에 소심해진 페리에에게도 일정한 자극이 되어 두 사람
은 더욱더 연대 의식이 강한 공화주의자가 된 것이다.
　페리에도 공화주의적 정치인으로서는 결코 캐닝에 뒤지지 않는 인물이
었다. 다만 캐닝이 영국의 스파르타쿠스적 인물로 묘사되고 페리에가 다소
왕정의 권력자들 앞에서 소심한 변태적 인물로 묘사된 것은 두 나라 시민
계층들의 문화적 차이에서 온 것이다. 왕족과 민중들을 잇고 있는 영국의
시민 계층이나 일반 귀족들은 뿌리의 성향이 의회 정치를 통해서 일반 국민
에게서 솟아오르고 있었기에, 이들의 성향은 군주보다는 민중이 가까웠다.
이와 대조적으로 프랑스의 시민 계층이나 일반 귀족들의 성향은 본래부터
가 절대 군주에 대한 의존적인 의식 전통이 강했기 때문에, 비록 페리에가
억압된 민중들의 권익을 보호하려는 공화주의 정치 사상가라 할지라도 절
대 왕권에 대한 태생적 충정이 잠재의식 속에 존재했기 때문에, 그의 권력
자에 대한 태도가 비열한 소심증으로 나타났던 것이다.
　하지만 이들 두 사람의 정치인이 공유하고 있는 공화주의적 정신은 두 나
라의 문화적 전통이 다소 달랐다 할지라도 이념적 지향성에 있어서는 동일

했다. 페리에는 유복한 시민 계층 출신이었지만, 성장 과정으로 보아서는 강한 공화주의적 정신세계로 세례된 사상가였으며 그의 사상적 품격도 엄격했다. 그래서 그가 행한 많은 연설들은 아름다운 시민 계층의 완성을 위한 강력한 주장을 포효하고 있는 것이다. 하이네는 「프랑스 상황」 보고문 4장(1832.3.1)에서 인상 깊었던 그의 연설 태도를 다음과 같이 서술하고 있다.

'페리에가 연설한 직후 내가 그에게 가장 좋게 판단할 좋은 면이 있었다면, 적어도 왕정복고 시대에 있어 그가 야당의 명연설가들 중의 한 사람으로서 경박한 성직자 계층이나 조정 간신배들에 대해 가장 고귀한 전쟁을 이끌었다는 사실이다. 나는 그 당시 그가 지금처럼 육체적으로 격렬한 사람인 줄은 몰랐다. 당시에 나는 그의 연설만을 읽어 보았는데, 그의 연설들은 품격 있는 태도의 모범적 연설이었으며, 동시에 나이 많은 노숙한 사람의 연설로 생각될 정도로 차분하고 사려 깊은 내용이었다. 그의 연설에는 엄격한 논리가 지배했고, 조금은 완고하면서도 고집 센 이성적 근거로 반듯하게 나열된 내용으로, 그 무엇으로도 파괴할 수 없는 철봉 같은 연설이었다.

연설 이면에는 가끔 나지막한 비애가 어린 우수를 엿볼 수 있었는데, 그것은 마치 창백한 수녀가 수도원의 철창 뒤에 서서 표정 짓고 있는 모습이었다. 그의 연설에는 철봉같이 고집 센 이성적 근거들이 남겨져 있었다. 그러나 그의 연설 이면에는 마치 사나운 야생 동물이 이리저리 뛰쳐나가려는 것처럼 보이는 무력한 분노만을 사람들이 바라보게 하고 있었다.'[30]

이처럼 페리에는 공화주의적 신념이 철봉처럼 강했다. 하지만 그가 왕정복고 시대를 거치는 동안 겪은 공화주의적 시련도 만만치 않았기에, 그의 연설 이면에는 힘없는 분노만을 읽을 수 있는 애처로운 모습도 엿보였다는 것이다.

페리에가 이러한 모습을 보였을 때만 해도 그는 프랑스 상원을 지배하고 있었고 야당 당수로서Villèle의 적으로서 정치적 인생이 활발하였을 시기이다. 그래서 캐닝이나 페리에가 주장했던 공화주의적 이념은 7월 혁명에 와서 다시 힘을 얻어 재인식되었고, 이들의 자유주의 물결은 어두웠던 독일에까지 점차 스며들기 시작했던 것이다.

정말 '독일은 당시 어두웠던 시대였다. 부엉이가 밤새는 어두운 밤이나 검열이 있는 시대였고, 감옥 같은 사회적 분위기에 체념 소설이나 읽히는 시대, 감시하는 위병들의 사열이나 위선과 어리석은 말들이 횡횡하는 어두운 시대였다. 이때에 캐닝 같은 영국 총리의 말들이 우리 독일에 불빛을 밝혀 주게 되자, 이에 아직도 희망을 느끼고 있던 몇몇 사람들의 마음은 환호를 울리고 있었던 것이다. 그리고 이 글을 쓰고 있는 나 같은 작가도 사랑하는 사람이나 애인과 작별 키스를 하고, 캐닝의 연설을 들어 보기 위해 배를 타고 런던으로 갔던 것이다.'

'그때 나는 하루 온종일 하원 국회 회의장이었던 성 스테판 교회의 회랑에 앉아서 그의 입에서 흘러나오는 말들을 마시면서, 나의 마음은 감격하고 있었던 것이다. 캐닝은 중간 정도의 체구에 잘생긴 남자였다. 귀한 모습에 맑은 얼굴, 높은 이마에 약간의 대머리, 인자한 입술에 부드럽고 또렷한 눈을 갖고 있었고, 가끔 그가 책상 위에 놓인 서류철의 상자들을 뒤적거릴 때의 모습은 강렬했다. 그러한 열정적인 모습 속에서도 여전히 그의 연설은 정중하고 품위가 있었고 점잖았다.

그렇다면 캐닝의 이러한 겉모습은 페리에의 그것과 어떤 점에서 비슷했을까?

나는 잘 모르겠지만, 페리에의 두상이 조금 더 늠름하고 커 보였지만 캐닝의 머리 모습과 눈에 띄게 같았다. 우리가 캐닝에게서 보았던 약간의 병색이 있었던 점과 과도하게 자극적인 면이나 긴장이 풀린 면은 페리에에게 있어서도 두드러지게 같았다. 그런데 바로 이러한 면들이 그들에 대해 경고해 주어야 할 것들이었다. 그들의 재능에 관해서는 두 사람 모두가 저울질할 수 없을 정도로 좋았다.

단지 캐닝은 힘든 활을 가볍게 당길 줄 알았던 오디세이Odysseus와 같이 거문고의 현을 가볍게 킬 줄 아는 사람처럼 아주 어려운 일들도 비교적 가볍게 완수하는 사람이었으며; 페리에는 이와는 반대로 사소한 행위에 있어서도 둔중함을 나타냈고, 별로 중요하지 않은 규제 대책을 해결해 내는 데 있어서도 모든 힘을 다해 풀어내는 사람이었다. 그의 모든 정신적이며 세속적인 기병들과 보병들까지도 동원하여 해결하는 사람이었다. 그가 거문고의 현을 부드럽게 키려 할 때라도 타고난 성격대로 오디세이의 힘든 활을 당기려는 사람처럼 온갖 힘을 다 주어 키는 사람이었다.

페리에의 연설 태도는 이미 위에서 성격 지워 준 것처럼 더 이상의 말이 필요 없다.

캐닝도 마찬가지로 당대의 위대한 연설가 중의 한 사람이었기에 더 이상의 말이 필요 없다. 단지 사람들이 캐닝의 연설을 비난했던 것은 그가 꽃으로 장식하듯이 미사여구로 연설한다는 점이었다. 그러나 이러한 비난은 그의 초기 시대에나 해당되었다. 그때는 그가 독자적인 자신의 의견을 표출할 수 없는 의존적인 위치에 있었기에 독자적인 의견 대신에 웅변가적인 꽃으로 장식한 미사여구나 정신적 아라베스크와 찬란한 위트만을 갖춘 연설을 하고 있었던 것이다.'

'당시 그의캐닝의 연설은 칼이 아니라 칼집만의 연설이었다. 칼집은 세공이 잘된 황금 꽃의 작품에다 풍부한 보석들이 번쩍이는 값비싼 것이었다. 그런데 캐닝은 후일에 가서 이러한 칼집에서 전혀 장식 없는 올곧은 강철 소리만을 내는 연설의 칼을 뽑아 낸 것이다. 그의 칼은 빛이 번쩍거렸고 칼날은 예리하여 무엇이든 잘라 내기에 충분했다.

　나는 아직도 그때에 캐닝과 마주앉아서 그의 연설을 가소롭게 비웃고 있던 국회의원 토마스 레스브리지 경Sir Thomas Lethbridge의 얼굴을 기억하고 있다. 그때 그는 캐닝에게 그가 자신의 각료들을 이미 선출해 놓았는가 하는 질문을 강렬하게 던지고 있었던 것이다. 그랬더니 조지 캐닝은 긴 연설이나 할 것처럼 조용히 일어나 토마스 레스브리지 경을 조롱이나 하듯이 패러디적인 열정으로 네Yes라고 답변하고 다시 자리에 앉았던 것이다. 그러자 의회 전체에서는 폭소가 터져 나왔다.

　당시의 광경은 참으로 경이적인 것이었다. 전에 야당이었던 의원들이 각료가 되어 총리 뒤에 배석하고 있었던 것이다. 이름을 들자면 용감한 러셀Russel이나 지칠 줄 모르는 브로엄Brougham, 학자였던 매킨토시Mackintosh와 황량한 얼굴을 지닌 캠 홉하우스Cam Hobhouse, 그리고 고귀하고 고고한 로버트 윌슨Robert Wilson, 거기에 추가해서 사랑스런 마음씨에 자유주의 사상이 묘목원처럼 시들지 않고 푸르렀던 열광적인 돈키호테 모습의 인물 프란시스 버데트Francis Burdett 등이 있다. ……

　이 시대야말로 나의 기억 속에서는 영원히 꽃피워 오를 것이다. 특히 조지 캐닝이 민족들의 생존권과 그들의 자유해방에 관해 연설하는 내용을 내가 경험하고 있었을 때의 그 순간만은 나 자신 영원히 잊을 수가 없다. 민족들의 자유해방에 관한 그의 연설은 마치 성스러운 천둥소리처럼 온 지상에 울려 퍼졌고, 멕시코인들과 힌두 교도의 초가집에도 위로의 메아리처럼 전파되고 있었다. 캐닝은 바로 "이것이 나의 천둥소리이다That is my thunder!"라고 말할 수 있었다.

　그의 아름답고 완전하고도 심오한 목소리는 병든 가슴속에서 비애스럽게 터져 나오는 힘찬 연설이었다. 그의 목소리는 선명하고 적나라했으며 죽을힘을 다해 토로하는 죽어 가는 자의 이별사였다.

그런데 사실은 그의 어머니가 그가 연설하기 며칠 전에 돌아가셨던 것이다. 따라서 그가 입은 상복은 그의 연설 모습을 더욱 장엄하게 했다. 그는 검은 장갑에 검은 상의를 입고 있었으며, 연설하는 동안 여러 번 자신의 상복을 들여다보는 것이었다. 그러면서 그가 어떤 상념에 사로잡힌 듯 보였을 때, 나는: 아마도 그가 지금 돌아가신 어머니와 그녀의 비참했던 오랜 인생을 생각하고 있는 것은 아닌지, 또한 풍요로웠던 영국에서 배를 굶주리고 처참하게 살아간 여타의 가난한 국민들을 생각하고 있는 것은 아닌지 하고 생각했다. 또한 내가 그의 장갑을 바라보는 순간 그의 장갑은 국민들이 그에게 기대하는 바를 잘 알고, 국민에게 손을 내밀며 도움을 주려 했던 보증물이 아니겠나 하고 생각했다.

그가 강렬한 어조로 연설하는 동안 한번은 검은 장갑 한 짝을 벗어 들었는데, 그 순간 나는 그가 영국의 귀족들 발 앞에다가 모욕당한 사람들의 인간성을 위해 도전하려는 결투의 심정으로 장갑을 벗어던지려는 것은 아닌지 생각하였다.

만일 배타적인 귀족들이 캐닝을 살해하지 않았다면 위암으로 죽은 성 헤레나의 경우와 달리 귀족들이 그의 가슴에 조그마한 독침이라도 찔렀을 것이라는 심증이 갔다. 그 예로 사람들은 말하기를, 캐닝이 당시 어느 날 의회로 가고 있을 때, 연극배우들의 이름과 돌아가신 어머니의 이름이 적히고 안에는 옛 코미디 쪽지가 들어 있는 편지를 받았다. 그런데 그가 회의실에 가서 편지를 열어 보니 그 안에는 잘 알려진 무기가 밀봉된 채 들어 있었다는 것이다. 곧이어 캐닝은 죽었고, 현재 웨스트민스터 사원 안에 영국의 자유주의 정치가로서 프랑스 혁명에 가담했던 폭스Charles James Fox, 1749-1806와 셰리든Richard Brinsley Sheridan, 1751-1816 옆에 안장되어 있는 것이다.

위대하고 강렬한 어조로 포효했던 그의 입가에는 백치처럼 침묵하게 하는 거미줄만 쳐져 있는 것으로 추측된다. 지금 그곳에는 조지 4세도 그의 선조와 아버지 옆에 석상으로 조각된 묘비 속에 나란히 누워 있다. 석두는 돌베개를 베고 있으며, 손에는 지구와 왕홀王笏을 쥐고 있다. 그들 석상 무덤 주변에 있는 높은 관들 속에는 영국의 귀족들과 고귀한 영주 및 주교들이 누워 있고 백작과 남작들도 누워 있다. 이들은 살아서나 죽어서도 왕들 곁에 몰려들고 있는 것이다.

웨스트민스터에 묻혀 있는 그들을 보고 싶은 사람은 입장료 1실링 6펜스를 내고 있다. 이 돈은 죽은 높은 지배자들을 볼 수 있도록 하는 대가로 가난하고 자그마한 한 감시인이 받고 있었다. 그는 밀랍으로 된 각료들의 모습을 가리키는 사람처럼 이들의 이름과 행적에 관해 수다를 떨고 있는 것이다. 나는 이들을 관람하면서 지상의 위대한 인물들도 죽지 않고 살아남지는 못하는구나 하는 확신을 갖고 1실링 6펜스를 지불한 것에 후회하지 않았다.

내가 웨스트민스터를 떠나고 있을 때, 나는 감시인에게 말하기를: "나는 당신의 전람회에 만족합니다. 그러나 이곳에 모아진 것들이 완전하게 모아진 것이었더라면 나는 당신에게 입장료를 배로 지불했을 것이오."라고 했다. 다시 말해 영국의 귀족들이 그들의 조상 곁으로 모두 모이지 못하는 한 그리고 웨스트민스터에 모아진 것들이 완전하게 모아진 것이 아닌 한, 태생적 특권을 지니고 있는 귀족들에 대한 백성들의 투쟁은 계속해서 승부가 나지 않을 것이라 했다.'31

이처럼 하이네는 캐닝이 귀족들에 대한 저항 운동을 한 사람인데도 귀족들이 안치되어 있는 웨스트민스터에 역설적이게도 함께하고 있음을 풍자했던 것이다. 더욱이 어려운 가정에서 태어나 일생 동안 공화주의적 의회 투쟁을 해 온 정치인 캐닝이 귀족들에게 살해되어 일생을 마치고 웨스트민스터에 귀족들 반열에 함께 묻혀 있다는 그의 극적 인생이 어떠한 것일까?

이것은 참으로 아이러니한 시대적 산물이라 아니할 수 없다.

하지만 하이네는 그의 공화주의적 자유주의 정신과 과감한 투쟁적 실천 정신을 다른 무엇보다도 높이 사고, 웨스트민스터에 묻혀 있는 그의 극적 운명을 회의적이나마 긍정적으로 평가하였다. 그의 공화주의적 투쟁 정신 은 국민들의 자유와 평등권을 위해 투쟁했던 프랑스 총리 페리에와도 같은 맥락에서 이해해야 할 좋은 사례가 된다. 페리에도 캐닝과 마찬가지로 공 화주의 사상을 실현하기 위해 초기에 과감히 투쟁한 정치인이었다.

비록 페리에나 캐닝이 왕정 시대의 그늘에서 벗어나지는 못하였다지만, 당시의 정치적 격동기 속에서 조화로운 공화주의를 실현하기 위해 최선의 투쟁을 한 사람임은 틀림없다. 다시 말해 두 사람은 모두가 공화주의적 자 유주의 사상에 투철한 정치인들이었기에, 공화주의 시대를 여는 격동기에 그들의 사상을 매개하는 데 커다란 역할을 했던 사람들이다. 비록 시대적 알리바이는 달랐겠지만 프랑스의 시민 왕 루이 필립이 탄생하게 되는 시대 적 배경에도 많은 영향을 미쳤던 사람들이다.

왕권주의와 공화주의가 혼재하는 격동기 속에서 그들은 공화주의적 이 념을 평화스럽고 조화롭게 이끌려 한 유능한 정치인들이었다. 하이네는 이 들을 지혜로운 공화주의적 매체 인물로「프랑스 상황」에서 이름을 내세우 고 있는 것이다.

특히 7월 혁명 이후 루이 필립이 시민 왕으로 추대되었을 때 페리에는 공 화주의적 정치인으로 그를 시민 왕으로 추대하고, 그의 정부에서 장관과 총리를 지냈다. 그러나 루이 필립이 내심 왕권주의를 생각하고 있음을 감 지하게 되자, 시민 왕의 정치적 안정을 위한 절충적 제도로 우파 왕권주의 와 좌파 공화주의가 융합될 수 있는 입헌 군주 제도를 구축한 것이다. 이러 한 입헌 군주국이 과도기적 제도로는 긍정적인 호응을 얻고 있었지만, 과 격한 공화주의 국민들로부터는 미완성의 혁명 체제로 냉대 받고 있었다.

그러나 7월 혁명 전후의 시대적 흐름을 아는 하이네에게는 페리에가 한 시대를 넘길 줄 아는 지혜로운 정치인으로 높이 평가된 것이다.

대담했던 공화주의자 페리에가 '소심해진' 까닭도 바로 이러한 왕권주의와 공화주의 사이에서 입헌 군주국이란 절충적 제도를 탄생시킬 수밖에 없었던 정치적 시련에서 나타난 일련의 태도라 할 것이다. 사실 당시의 '입헌 군주국' 모델은 확실히 왕권주의와 공화주의 간의 타협에서 성립된 '중도적 정치 제도Juste Milieu'였다. **32**

그것은 오늘날의 민주 공화국 제도와는 거리가 있지만, 당시 영국의 의회주의적 성격을 함께한 제도로서 왕권주의에서 입헌 공화제로 다가선 중용적 모델이었다. 프랑스는 본래부터 왕권주의적 전통이 강했기 때문에 과한 공화주의자들이 주장하는 직접 민주주의는 불가능했다.

7월 혁명 당시 프랑스 인구는 3천만 명이었다. 그 가운데 노동자, 농민, 수공업자, 군인 및 모든 계층의 여성들은 투표권이 없었다. 남성 토지 소유자 20만 명만이 투표권을 행사할 수 있었다. 이런 상황에서 의회를 통한 입헌 군주 제도를 선택할 수 있었던 것은 그나마 공화주의로의 크나큰 일보였다. 샤를 10세1824-1830와 그의 왕족들이 무너지고 루이 필립이 시민 왕으로 선출될 수 있었던 것도 공화주의자들과 제3세력인 부르주아적 재력가들에 의해 가능했다.

더욱이 노동자, 농민들의 생활상은 이루 말할 수 없이 비참했기에 정치무대의 중심에는 왕당파가 아닌 제3세력 부르주아들이 주축을 이루어야 했다. 따라서 루이 필립 정부에서 초기수상을 지낸 라피트Laffite나 카지미르 페리에Casimir Perier도 모두 은행가 출신이었다. 이들이 금융인들이었기 때문에 이들의 정치적 결정들도 경제적 측면에서 주가의 측정이나 커피 가격의 등락에 의존하고 있었다. 얼마나 많은 국민들이 경제난에 시달렸는지, 루이 필립 정부에서 마지막 수상을 지낸1847-1848 역사학자 프랑수아 구이조Fran çois Guizot도 모든 국민이 노동과 저축을 통해 부자가 되어야 한다는 주제를 정치 슬로건으로 선택하고 있었다.

7월 왕정 시대[1830~1848]에는 빈곤과 콜레라, 질병이 만연했다. 그렇게 많은 국민이 경제적 시련을 겪어야만 했고, 정치적으로도 공화주의 혁명이 미완성으로 끝난 입헌 군주 시대였다. 시민 왕 루이 필립은 정통 왕당파로부터는 왕권을 찬탈한 왕이라 비난받았으며, 혁명을 주도한 노동자들이나 공화주의자들로부터는 자신들의 혁명이 만족스럽게 실천되지 못했다는 불만을 야기했다.

루이 필립이 시민 왕으로 추대된 것이 왕당파에 의한 것도 아니고 노동자, 농민들에 의한 것도 아니었다. 제3 시민 부르주아들과 왕당파, 공화주의자들의 타협에 의해 성립된 정부였기 때문에 정부도 중도파에 의해 운영되었으며, 제도도 '황금 같은 중도 정치제Juste Milieu=Die goldne Mitte'라 일컬어졌던 것이다. 그런데 이러한 중도 정치의 중심에 섰던 인물이 바로 페리에 수상이었기 때문에 그도 많은 공화주의적 시련을 겪어야 했다.

온건파 국민들로부터는 대단히 지혜로운 정치인으로 평가되었지만 과격한 공화주의 국민들로부터는 무관심한 인물이 되고 말았던 것이다. 그러나 공화주의자이면서도 낭만주의적인 하이네로부터는 그의 노련한 정치 행위가 대단히 높이 평가되었다. 하이네 자신은 공화주의자였지만 입헌 군주제를 선호한 낭만주의자였기 때문이다. 그리고 7월 혁명에 커다란 영향을 미친 영국의 의회 정치인 캐닝도 페리에와 함께 입헌 군주 공화제에 동조한 정치인이었지만, 당시에는 공화주의 정치인으로서 높이 평가되고 있었다. 왜냐하면 캐닝의 의회주의 정신이 프랑스 입헌 군주국 설정에 일정 부분 영향을 주었기 때문이다.

6. 〈아우크스부르크 보통 신보Augsburger Allgemeine Zeitung〉

공화주의적 사상에 어두웠던 독일에서 그나마 자유주의적 사상을 호흡했던 신문은 〈아우크스부르크 보통 신보〉였다. 이 신문은 고타 남작Johann Friedrich Cotta, 1764-1832이 간행하였던 문학지 「호렌Horen」이나 연간 시집 「무젠알마낙Musenalmanach」 그리고 「프로필래엔Propylaen」과 「교양 계층을 위한 조간신문 Morgenblatt fuer gebildete Staende」 등의 신문 제국에서 기함에 속하는 위력 있는 신문이었으며, 독일뿐만 아니라 유럽 전체에서 주목하였던 신문이었다.

본래 고타 남작은 자유주의자였기에 그는 자신의 농토에서 일하던 농민들도 자유롭게 해방시켰고, 유대인 해방도 도왔으며, 하이네의 시도 즐겼다. 그런 이유로 〈아우크스부르크 보통 신보〉에는 전제 국가에 대한 비판적이며 계몽적인 글들이 많이 실렸고, 그 결과 감시와 검열의 대상이 되었다. 특히 하이네가 투고한 프랑스 공화주의 사상에 대한 메테르니히의 압력이 가해져, 출판인 고타 자신과 하이네는 스스로 자체 검열을 시도하면서 우회적으로 압력을 피해 가야만 했다.

그뿐만 아니라 신문이 살아남기 위해서는 압력을 가하고 있는 메테르니히와 그의 추종자들에 대해서도 가까이해야 했다. 그리고 신문의 높은 질적 수준을 유지하기 위해 국내외의 도시에 조직망을 강화하고, 열린 마음으로 우파의 압력이나 좌파의 비판도 함께 수용하여야만 했다. 그런 까닭에 하이네 작품을 간행했던 출판인 캄페는 〈아우크스부르크 보통 신보〉의 이러한 편집 행위에 대해, 좌우파의 모든 것을 다 받아들이는 '일반적 창녀' 같은 신문이 아닌가하는 비판도 하기도 했다.[33]

사실 하이네 자신도 〈아우크스부르크 보통 신보〉가 자신의 글을 메테르니히를 위한 친정부 성향의 글이나 반동 보수주의자들의 글과 함께 나란히 실리고 있다는 사실에 놀라워했다. 하지만 이러한 일련의 일들을 오스트리아나 독일에 있어서의 내셔널리즘이나 테러 폭력의 위협에서 오는 어쩔 수 없는 사태로 추측하고 스스로 이에 침묵하고 있었다.

하지만 하이네에 대한 메테르니히의 탄압은 계속되었다. 메테르니히의 오른팔 역할을 하던 겐츠Friedrich von Gentz, 1764~1832는 고타에게 보낸 1832년 4월 22일자의 편지에서, '모험적이며 거짓말쟁이 하이네' 같은 작가의 글을 보통 신보가 싣고 있다는 사실은 좋지 않다고 항의하면서 프랑스 공화주의 정부까지 비난하고 나섰다. 그런데 겐츠는 과거에 진보주의적 언론인 중의 한 사람이었다. 그러한 사람이 나폴레옹 패배 이후 태도를 바꾸어 메테르니히 정부에 충실한 정치인이 되더니, 하이네를 비방하고 나선 것이다.

겐츠는 한때 베를린에 있는 라헬 파른하겐의 살롱에서 하이네를 만난 적도 있고, 하이네를 시인으로서 사랑하고 높이 평가한 사람이었다. 그러한 지성인이 이제는 태도를 바꾼 것이다. 그는 라헬 파른하겐에게 보낸 편지에서, '나는 아직도 하이네 시집으로 나의 영혼을 살찌우고 있다. …… 오랜 시간 나의 영혼을 달콤한 시의 멜랑콜리에 적시기도 했다.'[34]고 하면서도 하이네를 비방하고 있었던 것이다.

하지만 고타는 겐츠와 메테르니히의 탄압을 방어할 수 있는 한 방어하고 있었다. 하이네가 그 당시 〈아우크스부르크 보통 신보〉를 위한 스타 작가였기 때문에, 그의 글을 싣기 위해서는 자신의 자체 검열을 통해서라도 자체 방어를 꾀하여야 했기 때문이다. 하이네는 고타의 이러한 생존 전략에 개의치 않고, 겐츠와 메테르니히의 탄압^{1832.6.28. 의회 결정에 따른 검열}에도 굴하지 않으면서 자신의 소신을 밝히려 노력하였다. 하이네는 '자신의 필봉을 화강석에 때려 불꽃을 피게 하고, 불꽃이 불의 열정으로 변하도록 할 줄 아는'[35] 결정적 작가였다. 따라서 그의 글은 정치적으로 더욱 첨예화되어 갔고, 상대적으로 그에 대한 정치적 압력도 커져 갔던 것이다.

이런 이유로 그 당시 〈아우크스부르크 보통 신보〉의 편집장을 맡아보았던 콜브^{Kolb}는 하이네에게 어조를 낮출 것을 강요하고, '정치적 글이 아닌' '파리의 일상생활에 관해 써 주기를' 간청했다.[36] 그러자 하이네는 프랑스 생활에 관한 보고문을 쓰는 기회에 당시 프랑스에서 질병으로 수만 명이 죽어 가는 콜레라에 관해 따로 보고하였던 것이다^(Artikel 6, 1832.4.19. 보고문).

7. 파리에 있어 콜레라

실제로 하이네가 콜레라에 관해 언급하지 않을 수 없었던 것은 이웃집 사람이 콜레라 때문에 신음하는 소리를 지르며 죽어 감으로써 그의 집필 활동에 충격을 주기도 했고 친한 친구가 사망하기도 하였기 때문이다. 그리고 수많은 사람들이 콜레라로 인해 구급차에 실려 죽어 나가는 광경이 보이지 않는 단두대로 처형되어 나가는 듯한 감정마저 들었기 때문에 더욱 그러했다.

너무나 많은 사람들이 죽어 나갔기 때문에 관이 모자라서 대부분의 시체는 포대에 담아 매장되었다. 수백 명의 사체가 담긴 하얀 포대들이 길가에 나란히 놓여 있어 시체를 찾으려는 사람들의 싸움도 여기저기에서 벌어졌다. '어떤 두 어린아이가 슬픈 표정을 지으며 내 옆에 서서 나도 대답할 수 없는 질문을 해 오는 것이었다. 어느 포대 자루의 것이 나의 아버지냐고요.'[37]

사태가 이렇게 악화될 정도로 콜레라가 쉽게 번진 것은 질병에 대한 부주의와 무관심 때문이었다. 프랑스 혁명과 나폴레옹 제국 시대의 정치인이었던 로베스피에르와 나폴레옹이 자신들에 대한 존경이나 명성에만 매몰되어 국민들이 질병으로 손상을 입는 일에는 소홀했던 이유가 있었고, 어렵게 사는 빈곤층들의 불결함이 컸기 때문이기도 했다.

역설적이게도 콜레라가 처음으로 발견된 것은 파리의 카니발 가면무도회에서였다. 모든 사람들이 즐겁게 춤추는 가면무도회에서 전염병 환자가 가면에 가리어져 뒤늦게 발각된 것이다. 그 결과 파리시 당국은 황급히 이를 공표하여야만 했다.

'콜레라가 번지기 시작한 것을 공식적으로 발표한 날은 1832년 3월 29일이었다. 그날은 네 번째가 되는 사순절 일요일이었고, 햇볕이 내리쬐는 화창한 봄날이었다. 그렇기 때문에 파리 시민들은 볼바르 거리에 나와 모두가 즐겁게 뛰어놀고 있었던 것이다. 그곳에는 콜레라에 대해 조롱이나 하는 듯 불쾌한 색상에 이상한 모습으로 그려진 만화의 가면들이 많이 엿보였다. 그날 저녁에는 어느 때보다도 더 많은 사람들이 가면무도회에 나왔다. 크게 울려 퍼지는 음악 소리와 함께 방자하게 웃어 대는 사람들은 거의 흥분 속에 있었다.

사람들 가운데는 캉캉에 열을 올리는 사람들도 있었고, 완벽한 춤을 추는 사람도 있었으며, 아이스크림을 먹거나 찬 음료수를 마시는 사람들도 있었다; 그런데 그때에 갑작스럽게 한 익살쟁이 어릿광대 옷을 입고 즐겁게 놀던 사람이 다리로부터 심한 오한을 느끼고 놀이를 멈추더니 가면을 벗는 것이었다. 그랬더니 온 세상이 놀랄 정도로 그 사람의 얼굴에는 푸른 보라색의 창백한 표정이 보였던 것이다.

이에 사람들은 금방 재미없는 일임을 알아차리고 웃음을 멈추고 침묵했다. 그러고는 사람들 모두가 불안한 마음으로 모험적인 가면 의상을 입은 채 여러 개의 마차로 가면 무도회장을 떠나 곧장 호텔 디유^{Dieu} 방향의 중앙병원으로 실려 간 것이다. 그러나 이들 모두는 그곳에서 죽음을 맞이했다. 이들은 자신들이 제일 먼저 감염된 것을 알게 되었고, 이들 호텔 디유의 손

님들 가운데 가장 나이가 많은 노인이 표현할 수 없는 고통의 신음 소리를
내더니 그와 함께 이들 모두는 사망자가 되었던 것이며, 그들은 곧장 매장
되었다.

사람들은 전하기를, 이들 모두가 다양한 가면 옷을 입은 채 매장되었기에
그들 자신이 즐겁게 살아 있었던 것처럼 무덤 속에서도 즐겁게 누워 있을
것이라고 했다.'[38]

참으로 아이러니한 일이다. 모든 사람들이 즐겁게 춤추던 도시가 하루저
녁 사이에 죽음이란 유령의 도시로 변했으니 말이다. 곧장 며칠간은 '파리
전체가 죽음의 적막으로 지배되었고, 모든 사람들의 얼굴 표정은 돌덩어리
의 신중함으로 변했다. 거기에다 여러 날 저녁 오랜 기간 동안 볼바르 거리
에는 불과 몇 사람만이 지나고 있었다. 그들도 그곳을 지나갈 때면 손수건
아니면 손을 입에다 대고 종종걸음으로 지나가고 있었다. 극장도 완전히
죽은 듯이 폐쇄되었다.'[39]

거리의 적막이 깨진 경우는 오로지 사망자들이 포대와 관에 실려 운반될
때뿐이다. 사람들은 장례 행렬 속에서 슬프게 울부짖으며, 어린아이를 잃
은 어머니는 죄 없이 죽어 간 아이를 품에 안고 통곡하고 있었던 것이다.

이때에 하이네가 각별히 언급하려 했던 일은 '시민 왕 필립이 이러한 불
행한 참사에 즈음하여 어려운 사람들을 위해 많은 돈을 희사했고 그들을 동
정하는 고귀한 행동을 하고 있었다는 점이며, 황태자와 페리에 총리가 호
텔 디유[Hotel Dieu]에 있는 병원을 방문한 후 이어서 파리 주교도 환자들을 위로
하려 그곳을 방문하였다는 사실이다. 하이네는 이에 주교를 칭찬하고 싶었
다.'

퀼랭[Hyacinthe-Louis Comte de Quélen, 1778-1839] 파리 주교가 아이러니하게도 이러한
자신의 행위와는 달리 한 번 실언을 한 적이 있었기 때문이다. 즉 '파리 주

교는 오래전에 한 번 예언한 적이 있었다. 하나님께서는 "기독교적인 돈독한 왕을 쫓아내기도 하고 헌장에서 가톨릭 종교의 특권을 폐기시킨 바 있는" 국민을 징계하기 위하여 그들에게 벌로 콜레라를 보냈다는 것이다. 그런데 이러한 하나님의 분노가 죄인들을 찾아든 지금에 와서 퀠랭 파리 주교가 하늘을 향해 자신의 기도문을 올리고, 최소한 죄 없이 죽어 간 사람들을 위해 은혜를 베풀 것을 간청하고 있다는 사실이다.

왜냐하면 많은 왕족들까지도 사망하였기 때문이다. 그뿐만 아니라 퀠랭 파리 주교는 자신의 거처 콩플랑ᶜᵒⁿᶠˡᵃⁿˢ 성을 병원으로 사용할 것을 간청했다. 그러나 정부는 이 성이 황폐하게 허물어져 있는 상태여서 수리를 하려면 비용이 많이 든다는 이유로 이를 거절했다. 주교는 아무나 마음대로 환자를 위해 활용토록 성을 내놓았다. 그러나 사람들은 불쌍한 환자들의 영혼과 육체들이 이미 이루 말할 수 없는 약한 상태에 빠져 있었기에, 주교나 신부들이 의도했던 고통스런 구제 시도로는 대체할 수 없는 것으로 생각했다.

오히려 사람들은 이들 완고한 혁명가 죄인들을 영원한 저주와 지옥의 고초에 대한 경고도 없이 그리고 참회나 견신례 같은 세례도 없이 차라리 콜레라로 죽도록 내버려 두었으면 하는 것이었다. 사람들이 가톨릭주의가 오늘날 불행한 시대에 있어 가장 적합한 종교라 주장한다 할지라도 더 이상 프랑스 사람들은 절대로 가톨릭주의에 순응하려 들지 않을 것이라 믿었다. 혹시 그들이 두려움에서 순응하려 든다면, 그렇다면 그들은 이러한 질병의 종교를 행복한 나날에 있어서도 지녀야 될 것으로 생각하였다.'[40]

그런데 이곳 파리의 사람들에게는 두려움 때문인지는 몰라도 콜레라에 대한 여러 가지 근거 없는 예방책의 속설들이 퍼져 나갔다.

'현재 국민들 가운데는 많은 신부들이 변장해 떠돌아다니면서 세례 받은 장미 화환이 콜레라를 예방하는 데 가장 좋은 수단이라 주장하고 있는가 하면, 생시몽주의자들은 생시몽주의야말로 유행하는 질병에 절대로 죽지 않는 종교의 장점을 지녔다고 계산하고 있었다. 진보가 곧 자연법칙인데 생시몽주의에는 이러한 사회적 진보가 근본으로 되어 있기 때문에, 생시몽주의의 사도들이 무수히 존재하고 있는 한 생시몽주의자는 절대로 질병에 걸려 죽지 않는다고 했다. 그리고 나폴레옹-보나파르트주의자들은 자신들이 콜레라에 걸린 듯하면 파리의 승전 탑을 바라다보면 곧 생명을 얻게 된다고 주장하고 있었다. 이처럼 모든 사람들은 이 시대의 어려움을 통해서 각자 나름대로의 신앙을 토로하며 믿고 있었던 것이다.'[41]

이에 하이네 자신도 농담조로 자기 자신을 위해서는 콜레라에 걸리지 않도록 하는 가장 좋은 수단이 '플란넬[Flanell] 옷을 입는 일이며, 적게 먹고 다이어트를 하는 방법이라고' 농을 했다.[42] 당시의 귀족이나 기사들은 몸을 보온하기 위해 플란넬 천으로 된 내복이나 허리띠 또는 목 띠를 두르고 다녔다. 그렇기 때문에 '플란넬이야말로 가장 나쁜 적들이나 콜레라에 예방되는 장갑차로 생각된다.'고 하면서, '하이네는 자신도 목에까지 플란넬을 두르고 있기에 콜레라에 저항력을 갖고 있다.'고 농담조의 속설을 토로했던 것이다.[43]

하지만 파리에서는 이런 유언비어 속설들과는 관계없이 매일처럼 수많은 사람들이 희생되어갔다.

'실제로 1832년 4월 10일에는 하루에 2천 명이 죽어 갔다. 국민들은 이러한 공개된 숫자는 믿으려 하지 않고 공개된 숫자보다 더 많은 사람이 죽어갔다고 호소하고 있었다. 나의 이발사가 이야기하는데 한 노부인이 몽마르트르 외곽 지대에서 밤새도록 창가에 앉아 실려 가는 시체들을 세어 보았는데, 하룻밤에 3백 명이나 되었다고 한다. 그런데 그 노부인도 아침이 동트자 오한이 생기더니 콜레라에 전염된 채 죽었다는 것이다.

사람들이 길거리를 내다보는 곳마다 시체 행렬이 보였고, 더욱 우울했던 것은 운구 마차가 굴러가는데 따라가는 사람들이 하나도 없었다는 것이다. 그리고 운구 마차가 부족하기 때문에 모든 운송 수단을 다하여 시체를 옮겼는데, 그 위에는 검은 천이 덮여 있어 이상한 것으로 보기에 충분했다. 또 운구 마차가 부족하다 보니 임대 마차로도 실려 나갔는데, 마차 한가운데 놓여 있는 관이 마차의 열려 있는 옆문을 통해 모두 내다보였다 한다. 더욱 역겨웠던 일은 사람들이 이사할 때 쓰이는 커다란 가구 운반차가 이제는 시체를 싣고 다니는 장례 버스가 되어 여러 길거리에서 수십 개의 관들을 싣고 공동묘지로 향하고 있었던 것이다.'[44]

이처럼 수많은 사람들이 콜레라 전염으로 처참하게 죽어 무덤으로 향하는 행렬을 보고, 하이네 자신도 죽음의 상념에 사로잡혀 통곡하고 있었다. 때는 바로 1832년 4월, 만물이 생동하는 봄철이었는데 인간 생명들이 창백한 얼굴의 자주색으로 변해 죽음을 맞이하고 있었으니 슬프지 않을 수 없었던 것이다. 더욱이 사람들이 즐겁게 춤추는 가면무도회의 카니발 계절에 콜레라가 발견되어 4월 몇 주 동안에 3만 5천 명이란 생명이 희생되어 갔으니, 인간이 얼마나 아이러니한 존재인가를 재삼 생각지 않을 수 없었던 것이다.

하이네는 이런 참참하고도 아이러니한 슬픈 감정을 달래고 기분 전환도 하기 위해 '가능한 한 재빠른 걸음으로 아름다운 도시가 내려다보이는 몽마르트르 교회 마당의 높은 언덕으로 올라갔다. 때마침 해가 저물어 가는 일몰이어서 마지막 햇살을 애처롭게 작별하기 위해서도 그러했고, 병든 도시를 하얀 수의로 덮어놓은 듯 황혼의 안개로 덮여 있는 시가지를 내려다보기 위해서도 나[하이네]는 언덕 위로 올라갔다. 그리고 이 아름다운 환희의 도시, 자유의 도시가 불행한 도시가 되었고, 모든 인간의 세속적인 구원을 위해 수난을 겪고 있는 순교자의 도시, 성스러운 도시가 되었다는 사실에 나는 너무나 가슴이 아파 메어지는 듯 슬프게 울고 있었다.'고 고백했다.[45]

하이네가 보고문에서 이처럼 질병에 관해 깊게 서술하고 있었던 것은 바로 그의 문학이 수난과 고통의 문학이었기 때문이다. 영롱한 한 알의 진주를 낳기 위해서는 조가비가 얼마나 많은 고통의 수난을 겪어야 했던가 하는 아픔의 문학이 그의 문학적 진수였기 때문에 그의 문학은 고통의 문학이었던 것이다. 따라서 여기서의 고통스런 콜레라 전염은 곧 그의 문학적 상징이기도 하다. 특히 가면무도회에서 발견된 콜레라는 즐거운 웃음 속에서 고통의 수난이 함께하고 있다는 해학적 아이러니이며, 이러한 아이러니가 그로테스크하게 다가서는 문학적 현실이 그의 문학적 상징 세계가 되고 있는 것이다.

그런데 파리에는 사람들이 죽어 가는 원인이 콜레라 때문만은 아니라는 소문이 돌았다. 오물 쓰레기와 불결한 생활 및 독약을 살포하는 사람들이 있기 때문이라는 괴소문이 떠돌았던 것이다. '야채 시장이나 빵집, 푸줏간, 포도주 상인에게서 오는 모든 생활 식료품에 독약이 살포되었다.'는 괴소문이 퍼져 파리 시민들은 공포에 사로잡혔고, 이를 의심하는 국민들까지도 이러한 소문을 믿게 되었던 것이다. 이에 놀란 시민들 가운데는 '세상에 이럴 수가' …… '프랑스인 우리에게 이런 불명예스런 일이' 어떻게 일어날 수 있을까 하는 한탄의 소리를 내며 '손으로 이마를 치는 남성들도' 있었고, '나이가 가장 많은 노인은 잔인했던 혁명 시대에도 이러한 끔찍한 일은 체험하지 못했는데' …… 어찌 이러한 일들이 지금 일어나고 있는가 하며 분노하였다.

그런가 하면 '불안한 마음으로 어린아이를 부둥켜안고 있는 부인네들은 죄 없는 아이가 고통스럽게 죽어 갈까 봐 침통하게 울부짖고 있었으며, 가련한 사람들은 먹지도 않고 마시지도 못한 채 너무나 고통스럽고 격분한 나머지 손만 비비며 동동거리고 있었다. 이야말로 세상이 무너지는 듯했다.

특히 사람들이 접근하지 못하도록 빨간 줄을 그어 놓은 포도주 상점의 길모퉁이에는 사람들이 여러 무리로 모여 조언을 구하려 수군덕거리고 있었다. 사람들 가운데서 의심스러운 사람이 보이면 그를 검사하고, 그의 주머니에서 무엇인가 의심스러운 것을 발견하면 일은 걷잡을 수 없이 난폭한 상태로 치닫고 있는 것이 아니겠는가! 사람들은 맹수나 미친 사람처럼 그에게 달려드는 것이었다. 그런 와중에도 정신 있는 사람들이 있었기에 많은 사람들이 구명되었고, 그날따라 순찰하던 지역 경찰에 의해서도 많은 사람들이 위험을 모면하게 되었다.

그렇지만 여타의 사람들은 상처도 입고 팔다리가 부러져 나가기도 했으며; 잔인하게 6명이나 되는 사람이 살해되기도 했다. 이런 광경이야말로 피에 굶주린 사람들과 이들에 의해 속수무책으로 희생되어 참살당하는 국민들의 분노 이외에는 아무것도 아니었다. 그러더니 잠시 후 길거리에는 사람들이 어두운 인해를 이루어 물결치고 있었다. 여기저기 사방에서 윗옷을 벗어던진 직공 노동자들이 뱃전에 부딪쳐 하얗게 퍼진 성난 물거품처럼 파도가 되어 몰려오면서 고함을 치며 무자비하고 이교도적인 악마들처럼 쏴쏴 소리를 지르며 달려오는 것이었다.

생 드니^{St. Denis} 거리에서는 놈들을 교수형에 처하라 la lanterne! 하는 그 유명했던 외침이 들려오는가 하면, 분노와 함께 독약을 푼 놈을 처형하라는 몇 사람의 이야기도 들려왔다. 그중 한 사람이 말하기를 독약을 푼 놈은 주머니에 부르봉 왕가의 특혜 답서가 들어 있는 것으로 보아서 왕족임이 틀림없다 하고; 다른 사람은 말하기를, 그러한 모든 짓을 할 수 있는 사람으로 보아 그 사람이 신부임이 틀림없다고 했다.

또한 보지라르^{Vaugirard} 거리에서는 백색 가루를 지닌 두 사람이 살해되었는데, 그중 불행한 한 사람은 아직도 목구멍에서 가래소리를 내며 숨을 쉬고 있었는데도 한 늙은 여인이 자신의 나막신을 벗어 들고 그가 죽을 때까지 머리를 계속 후려 때리고 있었다. 그는 완전히 벗겨진 채 피투성이가 되어 때려눕혀져 짓밟힌 채 으깨어져 있었다; 옷뿐만 아니라 머리와 살결, 입술과 코도 만신창이가 되었다. 그리고 성난 한 사람은 죽은 시체의 발목을 끈으로 묶더니 시체를 거리로 끌고 다니면서 계속 여기에 콜레라 질병의 살인자가 Voilà le Choléra Morbus! 있다며 외치는 것이었다.

그러더니 아름다운 여인상에 분노로 창백해진 한 여인이 가슴이 벗겨진 채 손은 피투성이가 되어 가까이 놓여 있는 시체에 한 발짝 다가서는 것이었다. 그러면서 그녀는 웃더니 나에게 간청하기를, 검은 상복을 한 벌 사게 몇 프랑 되는 돈을 달라고 손을 내미는 것이었다. 몇 시간 전에 그녀의 어머니가 독약으로 죽었기 때문이란다.

그 후 며칠이 지나자 신문에 공개되기를, 이처럼 참혹하게 살해된 불쌍한 이 사람들은 아무런 죄가 없는 사람들이었으며, 그들에게서 발견된 의혹의 백색 가루도 콜레라를 소독하기 위한 염소 살균제이거나 항생제인 예방약이었다는 것이다. 거짓으로 독살되었다는 소문도 콜레라로 죽었다는 것이다.'[46]

이렇게 진실 아닌 왜곡으로 많은 사람들이 희생되어 갔던 것이 당시의 현상이었다. 하루하루 고물이나 넝마를 모아 생계를 유지하는 늙은 여인네들도 더러운 넝마들 때문에 콜레라가 유행한다고 경찰로부터 통제를 받게 되고, 급기야 생계 수단을 잃게 되어 넝마상들과 고물상들이 폭동을 일으키게 되었다. '넝마주이들은 생 드니 거리 입구에다 바리케이드를 치고 낡은 고물상들의 여인네들은 샤틀레 Chatelet 거리에서 우산을 들고 투쟁하게 되었다; 이에 비상경보가 울리자 카지미르 페리에 Casimir Perier는 치안을 위해 자신의 보위병들을 선술집에서 불러 나오게 하고; 시민 왕은 떨고 있었다; 그리고 사회적 바로미터인 부르주아의 연금과 증권 주가는 떨어지고 있었다; 단지 왕족들만이 흥분하고 있었던 것이다.'[47]

이런 역설적인 사회 현상이 전개되고 있었기에, 전염병으로 인한 희생들이 독약을 살포하여 일어났다는 소문이나 넝마주이의 불결함 때문에 생겨난 것으로 오인되어 본의 아닌 타인들의 희생이 발생한 것이다. 다행히도 1832년 5월부터는 콜레라가 점차 사라져 갔고 파리의 일상생활은 다시 정상화되었다. 카페들도 문을 열었고 볼바르 거리도 산책하는 사람들로 가득해졌다. 정치인들도 그들의 작업을 다시 착수하였고, 하이네도 일상생활로 되돌아갔다.

하이네는 질병이 사라진 이후의 파리 정서를 그의 「프랑스 상황」의 1832년 5월 12일자 보고문(Artikel 7)에서 다음과 같이 적고 있다.

'대단히 심했던 콜레라의 악질적 질병은 점차 사라져 갔다. 그러나 많은 슬픔과 걱정도 남겼다. 태양은 즐겁기에 충분하리만큼 밝게 빛났고, 사람들도 다시 즐겁게 거리를 산책하며 서로 애무하기도 하고 미소도 짓고 있다. 하지만 사방에는 상복을 입고 다니는 많은 사람들의 모습이 보여 우리들의 정서는 그리 명랑하지 못했다. 국민들의 마음은 겨우 질병을 극복한 사람들에게서 느끼는 병적인 비애가 지배했다.

정부 쪽 정치인만 아니라 야당 쪽 정치인들에게서도 거의 감상적인 피로가 깔려 있었다. 증오의 열기도 사라졌고 마음들도 늪에 빠져 있었으며 머릿속 사상들도 창백해졌다. 사람들은 서로를 착한 마음으로 바라보고 있었으나 피로한 듯 하품을 짓고 있었으며, 이들에게서 악의라고는 찾아볼 수가 없었다. 사람들에게는 부드러운 생기가 감돌고 있었다. 서로를 사랑하며 위로하는 기독교적인 사람들이 되여 있었다; 만일 독일 경건주의자들이 이곳에 있었더라면 좋은 일을 할 수 있었을 것으로 생각되었다.'[48]

8. 카지미르 페리에의 사망

콜레라 홍역을 치른 프랑스 사회는 질병으로 희생된 상처가 너무나 컸다. 따라서 사람들의 마음 한가운데는 누구를 막론하고 서로를 치유하고 위로하고 도와야 할 연민의 정이 느껴졌고, 사회 정치적으로 서로를 이해하고 용서하려는 분위기가 지배했다.

특히 7월 혁명 이후 공화주의적 투쟁과 왕정파 사이에서 탄생한 시민 왕루이 필립 아래서 내무장관과 내각총리를[1831-1832] 지낸 카지미르 페리에도 콜레라로 죽게 되자[사망일 1832.5.16. 장례식 5.19] 그에 대한 연민의 정도 커졌다. 그는 프랑스의 국익과 평화를 위해 공화주의의 혁명적 열정을 합법적 질서로 절제시켜 과격한 혁명적 열광을 누그러뜨렸다. 그렇기 때문에 과격한 공화주의적 국민들로부터는 그의 태도가 비판적 논쟁거리가 되기도 했다. 하지만 그의 태도를 환영하는 사람도 많았다. 그는 당시의 시대상을 읽고 공화주의와 왕권주의를 조화롭게 매개할 수 있는 입헌 군주 제도를 국익을 위한 최선의 정치 제도로 보았기 때문이다.

이러한 메커니즘이 국가의 안정과 평화를 위해 얼마나 잘 작동하고 있는

가를 측정하기 위해서는 증권의 주가 상승과 하락을 관찰하고 분석해야 했다. 그는 은행장관으로 일한 적도 있어 그의 사고적 습관에는 사회 안정을 위해서는 경제적 안정이 가장 중요함을 인식하고 있었다. 그래서 과격한 공화주의적 자유주의 투쟁을 절제해서라도 경제적 안정과 평화를 지킬 줄 아는 애국적 지혜가 필요하다고 판단한 것이다. 그리고 그것에 대한 공화주의자들의 비판이 있다 할지라도, 그의 애국주의적 이해관계에서 오는 도덕적 판단은 요지부동이었다.

그렇다고 그가 공화주의자가 아닌 것은 아니다. 오히려 그는 공화주의적 시대 흐름을 너무나 잘 파악하고 이를 왕권주의에 슬기롭게 접목시킨 시대적 선각자이기도 했다. 그랬기에 7월 혁명 이후의 격동기에 시민 왕 루이 필립이 입헌 군주적 공화주의를 유연하게 이끌어 갈 수 있었던 것이다. 그는 국익을 위해서는 모든 것을 희생할 수 있는 도덕적 정치인이자 입헌 군주적 공화주의자였다. 그래서 하이네는 그를 높이 평가했던 것이다.

하이네는 1832년 5월 27일자(Artikel 8) 보고문에서, 페리에에 관해 다음과 같이 말하고 있다.

'나는 "위대한 사람들에게 감사하는 조국"이라 쓰인 황금 표지판이 붙어 있는 명예의 전당 판테온Pantheon에 카지미르 페리에가 묻힌다는 사실에 동의한다: 그는 위대한 사람이기 때문이다; 그는 보기 드문 재주와 의지력을 갖고 있는 사람이다. 그가 행하는 일은 조국에 유용할 것이라는 좋은 믿음에서 출발하고 있다. 그는 자신의 안식과 행복, 인생을 희생하면서 조국의 유용한 일을 실천하는 사람이었다.

조국은 행위의 성과나 유용함 때문에 이들 위대한 사람들에게 감사하는 것이 아니고, 이들이 자신의 안식이나 행복, 인생을 희생하면서 좋은 일을 실천하려는 의지를 갖고 있기 때문에 이들에게 감사하고 있는 것이다. 비록 이들이 조국을 위해 아무것도 하지 않으려 했고 실천하지도 않았다 할지라도 조국은 이들 위대한 사람들을 죽은 다음에라도 명예롭게 존경해야만 하는 것이다; 이들은 위대함을 통해 (이미) 예찬되었기 때문이다. 마치 별들이 하늘의 장식들인 것처럼 위대한 사람들은 자신의 고향인 온 지구 대지를 장식하고 있는 것이다. 위대한 사람들의 마음은 대지의 별들인 것이다. 나는 만일 사람이 하늘 높은 곳에서 우리들의 행성 지구를 내려다보게 된다면, 위대한 사람들의 마음은 마치 하늘의 별처럼 반짝이는 불빛으로 환하게 빛나고 있을 것이라 믿는다.

아마 이러한 것은 하늘 높은 곳에서만 인식될 것이다. 얼마나 많은 별들이 대지 위에 흩어져 있는지를, 얼마나 많은 대지의 별들이 대지의 어두운 황야에서 남모르게 고독하게 우리 독일 조국의 성좌들처럼 환하게 빛나고 있는지를, 빛나는 프랑스처럼 휘황찬란하게 번쩍거리고 있는지를, 은하수처럼 이들 위인들의 마음이 번쩍이고 있는지를! 말이다. 그런데 최근에 프랑스는 이들 많은 별들 중에 제일 커다란 별을 잃어버렸다. 혁명 시대와 황제 시대의 많은 영웅들이 콜레라로 사라져 간 것이다[(1832.5.27. 보고문. Artikel 8)] **'49**

질병으로 사라져 간 중요한 사람들 가운데는, 비록 다른 질병으로 죽은 사람이지만, 어떠한 정치적 과격주의도 배격하고 확고한 합법주의를 주장하며 언론 자유를 도입하고 예수회와 투쟁하면서 공화주의적 국가와 왕권주의를 조화롭게 결합시키려 노력한 마르티냑[Jean Baptiste Gay, vicomte de Martignac, 1778–1832] 같은 우수한 정치인이 있었다. 또 많은 이집트 왕릉을 발굴하면서 처음으로 상형 문자를 해독한 이집트 전문가 샹폴리옹[Jean-François Champollion, 1790–1832] 같은 학자의 죽음이 있었는가 하면, 상이한 해부학 방법을 통해 동물학의 기초를 세운 퀴비에[Georges Baron de Cuvier, 1769–1832] 같은 동물학자의 죽음도 있었다. 페리에도 이들 별들 중 한 사람으로 질병에 의해 죽고만 것이다.

페리에도 마르티냑처럼 공화주의 정치인이었지만 과격주의는 배제하고 합리주의를 선택한 온건한 정치인이었다. 그래서 왕권주의와 공화주의를 조화롭게 결합시켜 국익을 위한 국정을 지혜롭게 이끌었던 인물이다. 따라서 국익을 우선하는 합리적 국민에게는 많은 동정을 얻었으나, 일부 과격한 국민들에게서는 혁명의 배신자로 냉대를 받기도 했다. 더욱이 콜레라로 프랑스 사회가 엄청난 후유증에 휩싸여 있었기에, 그의 죽음은 야당적 일반 국민들에게는 관심이 적었고 정부쪽에서만 장례식을 장엄하게 엄수했던 것이다. 그리고 그는 평소에 국가의 안위를 증권소의 주가 등락으로 측정했던 정치인이었기 때문에 그의 죽음에 대한 관심도도 주가의 변동으로 측정되었다. 즉 페리에의 죽음 소식이 있자 주가는 8분의 1이나 떨어졌다.

'예의상 주가는 그가 죽은 날의 슬픔 때문에 최소한 약간의 하락은 예상되었지만, 국채 증권이 위대한 은행장관 카지미르 페리에의 죽음에 8분의 1퍼센트^{1/8 슬픔%}나 하락되다니! 말이다. 그의 장례식^{5.19}도 그의 사망일^{5.16}처럼 사람들의 냉정한 무관심으로 나타났다. 장례식은 다른 여느 행사와 마찬가지로 하나의 연극이었다. 날씨는 좋았고 수십만 명의 사람들이 볼바르^{Boulevard} 거리에서 뻬르 라쉐즈^{Père-Lachaise} 공동묘지로 운구되고 있는 기다란 장례 행렬을 보기 위해 모여들었다. 많은 이의 얼굴에는 미소 짓는 모습도 보였고, 다른 이의 얼굴에는 일상적인 기분이 엿보였으며, 대부분의 사람들의 얼굴은 지루한 표정이었다. (페리에처럼) 군비 축소를 위해 평화를 주장한 영웅에게는 거의 어울리지 않는 수많은 군인들과 많은 호국군 근위병들이 참여하고 있었다. 좋은 시절에 페리에 밑에서 산관^{散官}처럼 한가롭게 지냈던 포병들이 그의 죽음을 애도한다는 정당한 권한으로 조포를 울리고 있는 것이었다.

그런데 국민들은 이러한 모든 것들을 묘하게도 무감각하게 바라보고만 있었다; 증오도 보이지 않았고 사랑도 보이지 않았으며; 장례 행렬에도 무관심했다. 그의 죽음을 애도하는 사람들 가운데 진실로 슬퍼하는 사람은 상복을 입고 창백한 얼굴로 장례 마차를 뒤따르는 그의 두 아들뿐이었다. 20대 미만으로 보이는 이 두 청년은 둥그스름한 얼굴에 겉으로 보기에는 정신적인 면보다는 유복한 면이 더 돋보였다; 나는 이번 겨울에 이들을 모두 무도장에서 본 일이 있었다. 씩씩하고 즐거워 보였다.

관은 삼색기와 검은 상장喪章으로 덮여 있었다. 페리에의 죽음에 즈음하여 이제 와서 삼색기로 슬픔을 표시할 필요는 없었을 텐데 했다. 페리에의 죄로 많은 모욕을 당한 자유의 깃발 삼색기가 지금 침묵의 질책으로 관 위에 슬프게 덮여 있는 듯 느껴졌기 때문이다. 이 자유의 깃발 삼색기를 바라보고 있을 때, 나는 페리에의 장례 행렬에 그의 옛 혁명 동지였던 늙은 라파예트Marquis de Lafayette, 1757-1834 장군 모습이 보이고 있음에 감동했다. 라파예트 장군은 그와 함께 언젠가 자유의 깃발 삼색기 아래에서 혁명을 위해 찬란하게 투쟁하였다. 그런데 이를 배신한 페리에의 장례식에 라파예트 장군이 참여하고 있었기에 말이다.'50

사실 라파예트 장군이 페리에의 장례식을 조문하고 있는 광경에 하이네가 감동한 것은, 다름이 아니라 이들이 삼색기 아래서 공화주의 혁명에 함께 투쟁한 동지였다는 사실 때문이다. 그런데 페리에가 후일 과격주의적 혁명을 벗어나 입헌 군주국이란 온건 합리주의 정치 노선을 선택함으로써 혁명을 배신한 사람처럼 국민들로부터 오해받게 된 것이다. 그러나 페리에가 시대적 흐름을 잘 파악하여 좌파 공화주의와 우파 왕권주의를 슬기롭게 결합한 새로운 시민 왕의 입헌 군주제를 확립하였다는 사실을 라파예트 장군은 너무나 잘 알고 있었다. 그렇기 때문에 라파예트는 그를 혁명의 배신자로 보기보다는 국익을 위해 시대를 슬기롭게 다스릴 줄 아는 최선의 선택 행위자로 보고 그에게 조의를 표한 것이다. 이 점에서 페리에가 확립한 공화주의적 입헌 군주 제도는 7월 혁명 이후 시민 왕 루이 필립이 공화주의를 배경으로 자신의 왕위를 계승할 수 있었던 기초적 제도가 된 것이다.

본래 페리에는 왕정복고[1815] 이후 지속되어 온 루이 18세와 샤를 10세에 대한 불만을 폭발시킨 7월 혁명[1830]에서 왕정파와 공화주의파 쌍방을 매개할 수 있는 제3의 부르주아 계층 정치인이었다. 그래서 자유주의적이고 평민적 성격이 강한 루이 필립을 시민 왕으로 추대하여 입헌 군주제를 확립시킬 수 있었던 정치인이었다. 따라서 그는 부르봉 정통 왕조파의 흰색 깃발 아래서가 아니라 루이 필립이 바꿔 놓은 자유, 평등, 박애의 삼색기 아래서 혁명을 주도했던 것이다.

그런데 시간이 흐르면서 루이 필립의 속마음이 공화주의보다는 왕정에 미련을 갖고 있었기에 점차 국민들로부터 오해를 사게 되었다. 동시에 그 밑에서 총리 장관직을 수행한 페리에 자신도 국민들로부터 냉대를 받게 된 것이다. 그의 장례식에서 보여 준 국민들의 덤덤한 무관심은 이를 대변하고 있었다.

그러나 왕권주의와 공화주의가 뒤섞인 혼란한 역사적 환경에서 프랑스의 평화와 정치적 안정을 기하고 공화주의로의 진입이 가능하도록 입헌 군주 제도를 확립하였다는 사실은 그의 노련하고 능숙한 정치적 지혜에서 온 것이다. 그러므로 하이네도 그를 위대한 정치인으로 칭송하고, 그가 판테온 묘지에 안장된 것을 당연시한 것이다. 비록 그의 죽음을 맞이해서 일부 과격한 국민들이 무관심했다 하지만, 현실 문제를 해결하고 국익을 위한 입장에서 입헌 군주제의 시민 왕을 탄생시킨 일은 높이 찬양할 일이다. 그는 역시 한 시대를 이끌었던 지혜로운 정치인이었다.

하이네가 저녁 식사를 마친 7시 반경에, 그는 장례식에서 되돌아오는 군인들과 마차를 보게 된다.

'마차는 속도를 내어 명랑하게 굴러 왔다; 삼색기로 덮였던 상장도 거두어졌다. 갑기병들의 갑옷은 즐거운 저녁 햇살에 찬란히 빛났고; 빨간 옷을 입은 트럼펫 나팔수는 백마를 타고 오면서 즐거이 라 마르세예즈^{혁명가}를 불고 있었다; 국민들은 다채롭게 화장하고 미소를 지으며 경쾌한 발걸음으로 극장으로 가고 있었다; 구름이 길게 펼쳐졌던 하늘도 이제는 사랑스러운 푸른 하늘이 되었고 햇살로 물들여져 있었다; 나무들도 푸르게 빛났고; 콜레라와 카지미르 페리에도 잊혀졌다; 이젠 봄이 되었다.

이제 그의 시체는 매장되었으나 그의 제도^{시민 왕 제도}는 계속 남아 있는 것이다. 이 제도가 그의 창조물이 아니고 왕의 창조물이 아닌지? 하는 의문표가 제기되고는 있지만, 이 제도가 살아남아 있다는 것만은 사실이다.'[51]

즉 페리에는 갔지만 입헌 군주제를 기반으로 한 루이 필립의 왕정은 계속되었다는 말이다. 그러나 7월 왕정도 삼색기가 상징하는 자유, 평등, 박애의 정신을 저버리고 노동자, 농민을 소외한 왕정의 전횡으로 기울자, 민심이 이반되고 경제적 불황이 밀려옴으로써 2월 혁명[1848]을 맞게 된다. 공화주의란 옷으로 왕권주의의 몸을 감추고 있던 시민 왕 루이 필립도 그의 정치적 모순 속에서 막을 내리고[1848], 제2 공화정으로 이어진 것이다.

9. 미완성으로의 혁명

이처럼 7월 혁명에서 시민 왕으로 탄생한 루이 필립이 점차 절대적 왕권주의로 정치적 행보를 옮겨 감으로써 시민 왕이라는 입헌 군주 제도는 국민들로부터 많은 오해를 받게 되었다.

루이 필립은 자신의 통치 기간[1830~1848]에 경제 분야를 비롯해 많은 치적을 남겼지만, 국민들로부터는 연민의 정을 불러일으킬 정도로 오해받는 풍자적 인물이 되고 말았다. 겉으로는 공화주의의 탈을 쓰고 속으로는 왕권주의를 지향하는 이중적 정치 행위를 보였기 때문이다. 그래서 그는 국민들로부터 겉과 속이 다른 '배Birne 모양'의 얼굴 모습을 가진 조롱거리로 풍자되었던 것이며, 그가 남긴 시민 왕 '제도'도 '나쁜' 제도로 폄하되었던 것이다.[52]

루이 필립은 개인적으로 '확실히 고귀한 사람이었으며 나쁘다고 생각되지는 않는 사람이었다.' 그런데 그러한 사람이 일반 국민들 앞에서는 우산 속에 왕홀을 감추고 왕관 대신 펠트 모자를 쓴 채 서민 행세를 하고, 왕족이나 귀족들 앞에서는 왕권 행세를 선호하는 절대 군주처럼 행동하였기에 국민들이 그의 모습에 싫증을 느끼게 했던 것이다.[53]

하이네는 그에게서 보이는 '잘못된 결점이란 사람들이 그의 본래적 삶의 원칙이 어떤 것인지를 오해하게 하는 것'이라 했다(「프랑스 상황」Artikel 1). **54** 그는 인간적으로 왕족 출신이었기에 고귀한 인품을 지니고 있었던 것이 사실이다. 하지만 시민 왕으로 추대된 이상 입헌 군주 제도에도 충실했어야 했는데도 왕권주의만을 절대화시키려는 내심을 품고 있었기에, 그가 선택한 시민 왕 제도에 국민들이 의아해했던 것이다. 하이네는 시민 왕이 취한 이러한 인간적 모습과 시민 왕이란 제도 사이에 나타난 모순된 행위를 다음과 같이 말한 적이 있다.

'필립 왕은 확실히 인간으로서는 명예스러운 분이며, 존경받을 만한 가부장이었고, 좋은 남편에다 좋은 경제인이었다. 그런데 짜증스러웠던 것은 …… 그렇게 좋은 분이 흔들리는 자신의 오를레앙 가문만을 위해 보호 집을 지으려 자유의 나무들을 벌목하고 있었다는 사실이다.'**55**

그가 7월 혁명에 의해 시민 왕으로 추대되었다면, 적어도 그의 여유로운 가부장적 인품으로 공화주의적 혁명 정신을 십분 흡수하여 명실공히 시민 왕으로서의 신뢰를 국민에게 쌓아 갔어야 했다. 그런데 그렇지를 못하고 왕권주의로 경도된 채 국민들의 자유와 인권을 위해 투쟁한 '자유의 나무들을 벌목하고 있었던 것이' 바로 그가 자신의 임무를 다하지 못한 책무가 된 것이다. 그리고 7월 혁명을 미완성으로 끝나게 한 걸림돌이 된 것이다.

하이네는 루이 필립이 7월 혁명의 공화주의 정신을 조금이라도 실현시키려는 실천적 의지를 국민들에게 보여 줬더라면 했는데 그러지 못했음을 아쉬워하며, 다음과 같은 말을 남겼다.

'루이 필립은 국민들의 신뢰로 왕위에 오른 것에 감사하여야 했던 자신의 왕위를 국민들의 신뢰 위에서 지켰어야 했다. 그는 자신의 왕위를 자신이 찬양했던 공화주의적 제도로 감싸야만 했다. …… 그리고 자신의 전체 인생을 걸고 상징적으로 약속했던 것들을 충족시켰어야했다. 언젠가 그는 스위스에서 다음과 같은 말을 한 적이 있다. "보십시오. 아름다운 스위스 사람들이여, 스위스에서는 모든 인간들이 자유롭고 모두가 평등하답니다. 만일 사람들이 이런 것들 가운데 어느 조그마한 것이라도 머릿속에 간직하지 못한다면, 그는 이에 대한 벌로 매를 맞아야 합니다" 하고 말이다.

이 말을 그는 다시 학교 선생으로서 세상 앞에 다가서서 공개적으로 선언했어야만 했다. 그렇다. 그는 유럽의 자유를 위한 최선봉에 서서 "자유가 곧 나다."라고 외치면서, 자유에 대한 관심이 자신에 용해되어 있고 자신과 자유가 일체화되어 있다는 사실을 외쳤어야 했다. 그런데 그는 그렇게 하지를 못했다.[56]

그가 그렇게 하지 못한 것이 7월 혁명으로 성립된 입헌 군주국의 시민 왕 제도를 미완성으로 끝나게 한 이유 중의 하나가 된 것이다. 입헌 군주국을 성숙되게 완성하려 했으면 루이 필립은 지나친 왕정으로 기울지를 말았어야 했다. 공화주의적이며 입헌주의적 민주성도 함께 융합시켜 명실공히 입헌 군주제를 실현했어야 했다. 그런데 그러지를 못했던 것이다.

그 외에 당시 공화주의적 혁명가들이 너무나 과격하게 자유, 평등, 박애의 혁명적 기본 정신에만 매몰되어 왕당파와의 조화로운 융합을 꾀하지 못한 것이 입헌 군주제인 시민 왕 제도를 완성하지 못한 또 다른 이유 중의 하나가 되었다. 혁명가들이 왕정의 전통적 배경을 최소한이라도 수용하여 중도적 입헌 군주제에 동의하였더라면 시민 왕 제도는 보다 순조롭게 완성되어 갔을지도 모른다. 그 당시 하이네도 사실 공화주의적 민주 사상에 귀족적 군주제가 조화롭게 결합된 중도적 정치 제도를 희망했던 것이다. 1789년의 프랑스 혁명이 과격한 혁명주의로 인해 이미 실패한 사례가 되어 있었기 때문이다.

그런데 7월 혁명 이후에도 똑같은 증후가 계속된 것이다. 1831년에서

1839년까지 프랑스에서는 피를 흘리는 투쟁과 폭동만이 계속되었고, 정부는 이를 폭력으로 진압하는 충돌이 파리 시내 도처에서 발생했다.

사람들은 카페나 살롱, 길모퉁이에 모여 어떻게 하면 이러한 혼란을 막아 내고 평화롭게 살 수 있는 인간적 사회를 건설할 수 있을까 하고 열띤 토론들을 벌였다. 이때에 등장한 진보적 사상가들은 인간적 사회를 건설하기 위해서 자유, 평등, 박애의 공화주의적 기본 정신을 실현시키려는 사람들이 주류를 이루고 있었다. 그러나 이들의 주장 역시 지극히 과격하고 유토피아적이어서 현실적으로 7월 혁명의 시민 왕 제도를 실현시키기에는 미숙했던 것이다.

이들은 칼 마르크스가 파리에 와서 1844년 공산당 선언문을 발표하기 이전까지 사회주의와 공산주의 및 무정부주의를 개척한 사람들이다.

하이네는 자신이 접촉한 이들의 사상에서, 이들의 지나친 이상주의적 혁명 정신을 단편적으로나마 해학적으로 말한 적이 있다. 그가 접촉한 사람들은 우선 프랑스에 있어 최초의 사회주의자였던 생시몽Saint-Simon, 1760-1825의 사상적 지지자들이며 프롤레타리아의 독재자라고 낙인찍힌 공산주의자 블랑키Louis-Auguste Blanqui, 1805-1881와 사회주의자로서 자본주의의 피해에 관해 신랄한 비판을 가하고 있던 블랑Joseph Louis Blanc, 1811-1882이 있다. 그리고 사회주의 예언가로서 콜호스와 같은 협동농장 형태인 팔랑스테리엔Phalanstérien이란 공동생활 집단을 이상적 협동 생활 공동체로 생각한 푸리에Charles Fourier, 1772-1837 사상에 젖어 있는 사회주의적 무정부주의자 프루동Pierre-Joseph Proudhon, 1809-1865과도 만났다.

프루동은 「자산은 도둑질한 것이다Eigentum ist Diebstahl!」라는 내용의 책을 씀으로써 소유의 개념을 공유의 개념으로 바꾸어 놓은 사람이다. 그런데 이러한 협동 생활 공동체에 동조했던 사회주의자 '프루동Proudhon이 자신이 걸친 외투 한쪽 주머니에는 포도주 병을 다른 주머니에는 길쭉한 바게트 빵을 넣은 채 왕실의 궁궐 회랑을 따라 산책하는 모습을 하이네가 가끔 보았던 것이다.' 인간의 복지를 주장하는 사람이 술과 빵을 호주머니에 감춘 채 궁궐을 산책한다는 것은 달리 보면 혁명가의 퇴폐적 모습으로도 비친다.

프루동에 영향을 미친 '푸리에Fourier도 혁명이나 계급투쟁은 믿지 않고, 이와는 반대로 시민 계층의 도움으로 자신의 사회주의적 유토피아를 실현하려 했다. 그러기 위해서 그는 매일 오후마다 자신의 집에서 억만장자들을 기다리며즉 그들의 기부를 기다리며 자신의 계획을 준비하고 있었던 것이다. 그는 참으로 바깥세상을 모르는 묘한 사람이었다. 늙은 노총각으로서 셋집에서 살면서 고양이나 앵무새를 보살피고 유대인들은 증오하면서도 돈 많은 억만장자들의 희사를 기다리며 수년간을 헛되게 보낸 사람이었다.'

말하자면 돈 많은 시민 계층의 기부를 통해 공동체 생활 집단을 가꾸려는 생각이 있었던 것이다. 이들은 부르주아 시민들의 자산이란 착취의 재산으로 믿고 있었기에 그들의 재산을 희사 받음으로써 공동체 생활을 영위하는 데 기여할 수 있다고 생각했기 때문이다. '그러나 시민 계층의 도움으로 이를 이룩할 수 있다는 의견과는 주장을 달리 하는 새로운 세대들이 그동안 파리에서 성장했다. 이들은 7월 혁명 이후 계급투쟁을 외치며 새로운 정당으로 나타났다. 그 유명한 새로운 정당이 "국민의 벗 연합"이란 공산주의 선봉자들 가운데 하나인 신자코뱅 당이었다.

하이네는 1832년 2월 10일자 보고문에서 이들 집회에서 시민 블랑키Blanqui가 연설한 내용을 적고 있다. 블랑키의 연설은 길었다.'57 '블랑키는 루이 필립을 왕으로 선출하고 그를 자신들의 화신으로 생각하고 있는 부르주아들과 소상인들의 시민 계층에 대해 조롱하고 경멸하는 장황스런 연설을한 것이다. …… 그의 연설은 정신과 성실성 그리고 분노로 가득 찬 연설이었다. 그러나 그의 자유에 관한 연설에는 자유로운 강연이 결여되어 있었다.'58 즉 그의 연설은 공화주의적 분노로 가득한 연설이었다. 그러나 연설

행위에 있어서는 무엇인가 자유롭지 못한 대중 영합적인 허상[위선]이 있었다. 덧붙이자면 연설 무대에서 여성들에 대한 호감을 지나치게 나타낸 면이 있었던 것이다.

'블랑키[Blanqui]는 당시 27세의 나이로 사회주의 혁명사에 있어 순교자 중의 한 사람이었다. …… 그는 테러와 폭력에 대한 설교자로서 시위대나 폭동을 자신의 손으로 책동했으며, 그 결과 법정에 구속되어 그의 인생 절반에 가까운 37년 동안을 감옥에서 보냈고, 2회에 걸쳐 사형수 감방에서 지내기도 했다. 그가 첫 번째 법정에서 직업이 무엇이냐는 물음을 받았을 때 대답하기를 프롤레타리아라고 함으로써 후일 마르크스로부터 그는 프롤레타리아 독재자라는 개념을 얻게 되었다.'[59]

하이네는 자신의 「프랑스 상황」 보고문에서 블랑키[Blanqui]가 '국민의 벗 연합' 집회에서 행한 연설이 바로 '로베스피에르가 자코뱅 당이 망하기 하루 전[로베스피에르의 최후의 날, 1794.7.26]에 행한 마지막 연설을 그의 복음으로' 연설한 것으로 적고 있다.[60]

7월 혁명 당시 루이 필립을 시민 왕으로 옹립한 주류 세력이 시민 계층의 부르주아들이었기 때문에, 블랑키[Blanqui]의 연설은 곧 가진 자인 귀족적 부르주아 계층에 대한 공격이었다. 투쟁 구호도 '이들 귀족적인 가진 자에 대한 없는 자의 투쟁'이었으며[Lutezia 46. 1842.7.12. 보고문],[61] 없는 자들의 물질적 개선을 위한 외침이었다. 1832년 1월 12일 15회의 법정 심리에서도 젊은 블랑키[Blanqui]는 부자와 가난한 자 간의 전쟁을 외치며, 가난한 사람들은 부자들의 착취와 침탈에 의한 것이므로 없는 자들의 저항은 더욱 강해야 한다고 했다. 마치 '사람들이 동물을 공격하면 동물은 자신을 방어하기 위해 거칠어지듯' 말이다.[62]

그리고 사실 없는 자가 거칠게 되도록 '가난한 사람을 적으로 만든 사람은 지배자들이었다. 그런데 지배자들은 가난한 사람들의 폭동 원인을 제거하려 들지를 않는다. 얼마나 오랫동안 그렇게 할 수 있을는지? 그러니 나라고 해도 폭동에 가담하게 되겠다'[63] 하이네는 이렇게 실토하며, 블랑키Blanqui의 연설에 사회 혁명적 시각에서 동감했다. 이처럼 하이네가 그의 연설에 동의한 것은 다름이 아니라 당시의 프랑스 상황을 독일과 비교해 보니 블랑키Blanqui의 연설이 너무나 당연했기 때문이다.

'블랑키Blanqui는 그의 법정 심리에서 연설하기를, 국민들이 국가에서 부과하는 세금이나 공과금 및 부채로 너무나 많은 고통을 받고 있다는 사실에 분노하고 있었다. 그런데도 이와는 달리 독일 작가들은 공과금이나 세금을 내는 옛날 시스템이 더 좋다고 광고나 하고 있으니 말이다.'[64]

그러므로 이제 우리가 주어야 할 답변이란: '우리는 18세기에 황제에게 너무나 많은 것을 계속 바쳤으니, 이제 우리를 위해서 우리에게 남겨진 할 일을 하여야 한다.'[65] 그것은 블랑키Blanqui가 그의 15회 법정 심리에서 선언한 것처럼, 1830년 서민들의 혁명 깃발에 쓰인 7월 혁명의 표어 '자유와 복지! 그리고 외관상의 위신품위!'을 쟁취하는 일이다. 블랑키가 외친 이 표어가 뜻한 것대로 하이네도 「프랑스 상황」 서문에서 '자유와 복지 및 평화'를 정치적 프로그램으로 들고 있는 것이다. 그리고 '이에 대한 효과를 거두기 위해 나는 나의 일생을 바치고 이 일이 나의 직무'가 될 것이라고 말했다.[66]

따라서 하이네 자신이 해야 할 일이라고 생각했던 이념도 블랑키Blanqui의 호소와 서로 상통했던 것이다. 다만 블랑키Blanqui가 나라의 품격을 높이기 위한 '외관상의 위신품위'을 애국적인 면에서 요구하고 있었던 것에 비해 하이네는 독일 작가로서 독일적 정치 상황을 의식한 듯 그것을 '평화'라는 개념으로 대치하여, 다음과 같이 이를 변호하고 있었던 것이다.

'국가 상호 간의 불신으로 수십만 명을 살해하는 군대를 더 이상 먹여 살릴 필요는 없다. 이젠 칼과 말을 쟁기질하는 데 사용하도록 우리는 자유와 복지 및 평화를 쟁취하여야 한다.'[67]고 말하면서 평화를 호소했다. 하이네는 본질적으로 7월 혁명의 정치적 요구를 그대로 수용하였으나, 표어만은 '자유와 복지, 평화'라는 3화음으로 구성해 본 것이다. '자유와 복지 및 현존하는 군대의 해체'는 프랑스 공화주의가 주장하는 '문자 그대로의au pied de la Lettre 프로그램'을 고양한 것이다.[68]

그런데 '자유, 복지 및 외관상의 위신품위'을 주장한 블랑키Blanqui가 시민 왕 루이 필립의 입헌적 왕정중용적 제도에 동조하지 못했던 것은 자신의 정치적 과격주의 때문이다. 1830년대의 공화주의적 성격은 '공화주의와 생시몽주의 및 신바뵈프주의Neo-Babouvismus, 공산주의 일종' 간의 결합과 용해로 이루어져 있었다. 당시 '블랑키Blanqui의 상징적 모습도 이러한 연관 속에서 형성된 것이 분명했다. 그런데 1830년대 말에 가서 그는 신바뵈프주의에 예속된 공산주의적 공화주의자로 그의 성격이 드러났던 것이다.'[69]

그래서 블랑키Blanqui의 이러한 정치적 모습은 입헌 군주제와는 일치할 수 없었던 것이며, 그가 기대했던 7월 혁명도 입헌적 왕정 체제 아래에서는 미완성으로 이어질 수밖에 없었던 것이다. 본래 블랑키Blanqui는 자유주의자였으나 후일에 생시몽주의 영향을 받아 7월 혁명 당시에는 1789년도의 자코뱅 당 혁명 노선을 그대로 이어 간 좌파 공화주의자였다. 그러나 7월 혁명 이후 루이 필립이 중도적 정치 제도Juste Milieu=Goldne Mitte를 걷고 있었기에, 서로 이념적으로 어긋났고 상호 간에 불협화음이 발생할 수밖에 없었다.

모든 혁명이 그렇듯 7월 혁명도 국민들에 의해 이룩된 것이 사실이다. 그런데 국민들에 의한 '7월 혁명이 샤를 10세를 튈르리 궁에서 홀리우드영국의 에든버러 성로 쫓아내고, 그 자리에 필립 왕을 앉히는 일만 하고 말았으니 말이다. 만일 인물만 교체하였다면 이는 궁전을 지키는 문지기에 대해서만 중

요한 일이 되는 것이다.'[70]

여타 국민들의 자유와 평등권은 누가 지키려 하겠는가? 바로 이 점에서 혁명을 완수하려는 공화주의자들의 마음이 움직였던 것이고, 미완성의 혁명을 가져오게 될 것이라는 예측 때문에 혁명에 관한 이론적 논쟁이 다시 시작된 것이다. 국민들에 의한 혁명이란 대다수 국민들에 의해 형성되고 지배된 시대정신에 맞도록 진행되어야 했다. 그런데 국가적 정치 제도 운영이 이와는 불일치하였기에 시대정신과 어긋난 데서 오는 '국가의 병은 치유되지 못했던 것이다.' 다른 말로 표현해서 '혁명이 미완성으로 지속되는 한은 …… 국가의 병은 완전히 치유되지를 못하는 것이다.'[71] 그렇게 되면 미완성의 혁명은 국가의 병을 치유하기 위해서라도 또 다른 혁명을 불러일으킬 수밖에 없다.

하이네는 1848년의 2월 혁명을 예견이나 한 듯, 여기에 관여된 공화주의자들의 정신적 성향을 「프랑스 상황」에서 점검하고 있었다. 그가 점검했던 인물들 가운데 당시 파리에 머물고 있던 마르크스나 엥겔스, 프루동Proudhon, 블랑키Blanqui 등을 거명하고 있었던 것이다.

다시 말해 당시 7월 혁명은 미완성의 혁명으로 입헌 군주제를 낳게 되고, 이러한 중용적 정치 제도는 또 다른 2월 혁명[1848]을 맞이하게 되었다. 그런데 그 역사적 배후에는 1789년 프랑스 혁명 당시 다양한 정치적 역할을 하면서 혁명을 이끌었던 미라보Comte de Mirabeau, 1749-1791의 운명적 모습이 하나의 예가 되었던 것이다. 그래서 하이네는 「프랑스 상황」에서 미라보Mirabeau의 정치적 행보를 관심 있게 회상하고 있다.

미라보Mirabeau는 귀족 출신이었으나 국민 입법 회의 모임에서 제3계층의 국민들을 대변함으로써 혁명을 이끈 장본인이었다. 1789년 6월 23일 베르사유의 테니스 코트에 소집된 입법회의 소집을 해산시키려 군인들이 집회

장소로 진입하였을 때의 일이다. 그때 그는 왕이 보낸 사신에게 강력한 어조로 다음과 같이 외쳤다.

'우리는 여기서 국민들의 의지를 표현하려 한다. 총칼로 우리들에게 강요한다 할지라도 우리는 우리들의 장소를 절대로 떠나지 않을 것이다. 가서 왕에게 그렇게 전하라!'

그런데 바로 이런 말을 외친 것이 프랑스 혁명을 시작하게 만든 것이었다.'[72] 그 당시 귀족들이나 시민 계층의 사람들은 감히 이런 말을 왕에게 전할 용기를 갖지 못하는 때였다. 그런데도 뚱뚱한 체구에 천연두로 얼룩진 얼굴을 가진 미라보Mirabeau는 감히 이런 말을 외침으로써 혁명을 점화시킨 것이다.

이러한 외침이 있자 불과 몇 주 후 7월 14일에는 바스티유 광장으로 군중들이 밀려들었고, 미라보가 죽기 전[1791] 국민 입법 회의는 자유주의 헌법의 도움으로 왕의 권한을 제한시켰던 것이다.

이렇게 용기와 혁명 사상을 지닌 미라보Mirabeau의 호탕한 성격 이면에는 다른 모순점이 있기도 했다. 그는 국민 입법 회의로 시작되고 마감된 첫 번째 혁명기에 국민적 영웅으로 추앙되어, 석상이나 화폭에 그 모습이 담길 정도로 국민들의 사랑을 받았다. 그리고 자기 멋대로 행동하는 호탕한 사람이었다. 술도 잘하고 식탐도 많았으며 많은 정사 스캔들도 일으키고 카드놀이 노름으로 돈도 잃고 빚을 지어 감옥에까지 간 사람이었으며, 그곳에서 에로 소설도 쓴 작가이기도 했다. 그리고 그 결과 이혼까지 하게 된 '자유의 방탕자Wuestling der Freiheit'였다. 그러므로 그는 사랑과 증오, 웃음과 이를 가는 이중적 '양성체Zwitterwesen'가 교차하는 모순된 인물이 되었다. 마치 셰익스피어의 작품 「폭풍」에 나오는 대기의 유령 '에어리얼-캘리번Ariel-Kaliban'의 모습처럼 파리의 극장가에서는 그의 모습이 '천재적 찬란함과 흉측함이 함께 빛나는' 유령의 혼혈체로 연출되어 갔던 것이다.[73]

'그는 또한 훌륭한 수사학적 웅변가여서 그의 연설 앞에서는 그 누구도 분노할 수가 없었다; 그는 완강한 신성을 지녔음에도 경솔했고 빚을 많이 지고 있음에도 부자였다; 그리고 도덕적인 죄 때문에 고달플 때는 죄악의 품에서 휴식을 취하고 회복할 줄 아는 모순된 사람이었다. 그러한 사람이 결국 42세의 나이로 무희의 두 여성 헬리스베르크^{Helisberg}와 콜롬브^{Colomb}의 파티에서 독약이 든 송로^{松露} 과자를 먹고 죽었다는 것이다.'[74] 그러니 '미라보^{Mirabeau}의 인생과 성격은 도덕적 모순으로 가득 찬 만큼이나 경박하면서도 고귀했고 빚을 많이 지고 있으면서도 부자였던 그 시대의 대표적 인물이 된 것이다.'[75]

여기서 하이네의 미라보^{Mirabeau}에 관한 묘사는 여러 면에서 다음 세대가 자신에 관한 자화상을 그에게서 찾아볼 수 있도록 표현하고 있는 듯하다. 사실 하이네가 혁명적 공화주의자였으나 귀족적 입헌 군주국을 동경했던 예술 보호주의자였던 것처럼, 미라보^{Mirabeau}도 분노에 찬 혁명적인 사람이었으나 입헌적 왕정 제도의 예고자[76]가 되었던 것이다. 이렇게 두 사람의 사상적 행보는 닮은꼴이었다. 어쩌면 이러한 이유 때문에 하이네가 미라보^{Mirabeau}에 관한 관심을 장황하게 언급하고 있었는지도 모른다.

그러나 미라보^{Mirabeau}의 이러한 모습 때문에 그의 공화주의적 정치 행로도 프랑스 혁명을¹⁷⁸⁹ 성공시키지 못하고 미완성으로 마치게 한 요인이 되었다. 하지만 그가 입헌 군주제를 예견한 것은 대단히 선견지명이 있는 지혜였다. 모든 공화주의적 혁명이란 것이 과격성 때문에 점진적 발전을 가져오지 못하고 파괴적 일변도로 진행됨으로써 프랑스 혁명도 천민 민주주의 혁명으로 실패하고 말았고 다시 왕정복고 시대를 낳았던 것이다.

그런 까닭에 성숙한 진화 과정의 일환으로 미라보^{Mirabeau}는 중도적 정치 제도인 입헌 군주제를 가장 적절한 과도기적 정치 제도로 예견한 것으로 보인다. 그리고 하이네도 이러한 정치 제도를 옹호했던 것이다. 물론 여기에는 다른 미학적 근거 이유들이 있지만 말이다. 여기서 미라보^{Mirabeau}와 하이네가 입헌 군주제를 옹호한 것은 우선 이러한 제도가 절대 군주제와는 다르기 때문에 더욱 그러했다. 이들의 혁명적 의지는 처음부터 절대 군주제를 타도하는 데 있었다. 그래서 그들은 초지일관 공화주의적 기치를 내걸었던 것이다.

그러나 역사적 발전에는 모든 혁명이 일시에 이룩되는 것이 아니고 점진적으로 성숙되는 것이기에 그들은 중도적 정치 제도에 동감했다고 본다. 그리고 7월 혁명 당시에는 역시 영국식 입헌 군주제가 성숙한 공화주의 정치 제도로서 선망의 대상이 되었던 것이며, 그것이 프랑스에도 지대한 영향을 주었기에 미라보^{Mirabeau}가 예견했던 입헌 군주제가 성립되었다고 본다. 그러나 공화주의적 혁명은 여전히 미완성으로 진행 중이었다.

10. 하이네의 입헌 군주적 국가관

여기서 하이네가 입헌 군주제를 옹호했던 이유에는 역사적 발전 과정에서 오는 과도기적 정치 제도로서의 타당성 이외에도 예술 보호주의적 미학적 근거와 공화주의적 사상이 융합된 이유가 추가된다. 그는 낭만주의 작가였기 때문에 군주 제도에 대한 아름다움이나 화려함에 매료된 감이 없지 않았다. 전통의 계승이나 기사들의 예의범절 의식의 화려함이나 군주의 화려함에서도 윤리적 미를 느꼈던 것이다. 그런가 하면 그는 자유주의 사상가였기에 헌법에 자유와 정의가 보장되고, 기생해 사는 귀족들의 특권이나 부패한 성직자들의 권력은 제거하려는 공화주의적 사상을 함께 지니고 있었다. 그래서 그는 군주제에 대한 화려함과 공화주의적 자유사상이 융합된 입헌 군주제를 옹호했던 것이다.

그는 '늙은 궁중 고양이'[77]처럼 왕권에 기생해 사는 귀족들이나 '하나님의 이름으로 거짓말하는'[78] 부패한 성직자들로부터 '왕의 해방'을 가져올 수 있는 민주적 군주제를 희망했다. '예전에는 우리가 왕들에게 속해 있었으나 이제는 왕들이 우리 국민들에게 속해 있는 것이다. 그러니 우리 국민들 자신이 왕을 교육시켜야 하고, 더 이상 왕을 그들 계층의 목적에 따라 교육시키는 왕태자 궁중 교육 대가들에게 맡겨서는 안 된다. …… 국민들의 선택에 의한 최선의 시민들이 왕태자의 교육자가 되어야 한다.'고 했다.[79] 따라서 군주를 국민에게 예속시킨 민주적 입헌 군주제가 최선의 정부 형태라고 하이네는 생각한 것이다. 그리고 이러한 발전을 가져온 정부 형태가 7월 혁명의 입헌 군주제였다고 본 것이다.

그러나 7월 혁명의 입헌 군주제를 성립시킨 과정에 있어서도 문제는 있었다. 귀족들을 제거하고 새로운 시민 계층에 의해 선택된 시민 왕이 결국은 공화주의자 이외에 소시민과 돈으로 귀족이 된 부르주아적 돈 귀족에 의해 선출되었던 점이다. 하이네는 이러한 돈 귀족에 대한 공격도 신랄했다.

11. 혁명기에 있어서의 돈

특히 7월 혁명의 혼란기에는 왕정복고 시대의 마지막 왕 샤를 10세[1824~1830]를 추종하는 극우 왕당파의 저항이 있었고, 거기에 루이 필립 시민 왕을 옹호하는 신흥 돈 귀족들과 일부 공화주의 세력들이 함께했다. 공화주의자들은 돈도 없고 도덕적으로 청렴한 사람들이었다. 하지만 혁명에 가담한 가난한 천민들은 굶주림과 질병에 허덕이고 있었기에 돈에 대한 유혹도 있었다. 그래서 이들 가난한 사람들을 서로 추종 세력으로 이용하려는 그룹 간의 금전적 유혹과 음모가 있었던 것이다.

극우 왕당파는 보수 세력 나름대로 신정부에서 해고된 옛 궁중 하인들과 근위병들, 천민 혁명 세력을 돈으로 매수하려는 음모를 연출했다. 그런가 하면 돈으로 얻은 귀족들은 새로운 시민 왕을 옹립하려 가난한 사람들의 혁명 세력을 돈으로 끌어안으려는 의혹도 가졌다. 이들에게는 모두가 돈이 필요했다.

하이네는 이러한 당시의 정황을 솔직히 다음과 같이 소개하고 있다.

'나는 중요한 이유들이 있기에 침묵하지는 않겠다. 혁명에는 언제나 돈이 필요했다. 성스러운 7월 혁명조차도 사람들이 생각하는 것처럼 돈 없이 거저 이룩된 것은 아니다. 혁명 세력의 본래적 배우들인 파리 시민들은 영웅적으로 고귀한 정신을 갖고 서로 경쟁적으로 혁명에 참여했지만 사실은 이들, (영웅) 신들의 연극에는 수백만 프랑의 비용이 들었다. 물론 이러한 일이 돈 때문에 일어난 것은 아니었다. 단지 이 일을 수행하는 데 돈이 필요했다는 말이다.

바보 같은 샤를 10세Charles 10의 추종자들은 장화 신발에 돈만 끼워 넣어 준다면 제 발로 스스로 선동 음모에 서약했다. 그러나 공화주의자들만은 1832년 2월 2일 저녁에 있었던 선동 음모에 아무런 죄가 없었다. 왜냐하면 최근에 나는 선동 음모에 참여했던 사람 중의 한 사람으로부터 들은 말이 있기 때문이다. 그는 말하기를 "만일 당신이 선동 음모에 참여한 사람들에게 돈이 살포되었다는 사실을 듣게 된다면 그 선동 음모에는 공화주의자가 한 사람도 없었다는 사실로 이 일을 추측할 수 있을 것이다." 했다.

사실 공화주의 그룹은 대부분의 사람들이 정직하고 고귀한 사람들로 구성되어 있었기 때문에 돈이 적었다. 아마 공화주의자들이 권력을 장악하게 된다면 그들의 손에는 돈이 쥐어져 있는 것이 아니라 피가 얼룩져 있을 것이다. 사람들은 이를 다 알고 있다. 그러므로 공화주의자들이 피보다 돈에 더 욕심을 내고 있다고 이간질하는 음모자들에게도 공화주의자들은 아무런 두려움이 없는 것이다.'80

여기서 선동 음모에 돈으로 얼룩진 사람들은 샤를 10세의 추종자들이 많았고 공화주의자들은 없는 것으로 하이네는 규정하고 있다. 하지만 시민왕을 선출한 지지 세력들 간에는 공화주의자들 이외에 상인들과 부르주아 시민 계층이 배수진을 치고 있었기 때문에 돈과의 관계도 무관하지는 않다. 그런 이유 때문에 공화주의자로서의 시민 출신인 블랑키Blanqui는 '상인들의 화신la boutique Incarnée'이라 불리는 루이 필립을 왕으로 선출한 '상인과 부르주아'들을 비판하고 있었던 것이다. 그들은 '국민들의 이해관계에서가 아니라 자신들의 이해관계에서' 그를 왕으로 선출했다고 말이다.[81] 상인과 부르주아들은 권력과의 유착 관계가 좋아야만 그들의 사업도 번성한다는 사실을 알고 있었기 때문이다.

이것은 그 반대도 마찬가지다. 왕의 입장에서도 신흥 돈 귀족들과의 관계가 좋아야만 경제적 발전뿐만 아니라 자신의 이해관계도 유용해지기 때문이다. 그러므로 왕은 이러한 돈 귀족들에 의해 시민 왕으로 선출된 중용적 정치 제도를 자신을 위한 특허 제도로 생각하기에 이른 것이다. 따라서 '루이 필립은 자신이 시민 왕 제도를 발견한 특허권자로 생각하게 되었으며; 이 특허권으로 그는 매년 파리의 도박장에서 벌어들이는 돈보다도 많은 1,800프랑이란 액수를 벌고 있었던 것이다. 그는 이러한 수익성 있는 사업을 자신과 후손들을 위한 독점 사업으로 간직하려 했다.'[82]

그러니 입헌 군주제라는 중용적 정치 제도는 왕이 돈 귀족들과 함께 돈을 벌 수 있는 특허 제도이며, 입헌 민주제란 가면 속에 절대 군주제의 속마음이 숨겨진 가면무도회와 같은 것이다. 이에 하이네는 중용적 정치 제도Juste Milieu를 '1월 1일부터 시작하여 12월 31일에 끝나는 커다란 카니발'의 '은밀한 가장무도회'로 비유하기도 했다.

'이러한 가면무도회는 부르봉 궁에서나 보았는데 …… 이제는 비극적으로 끝날지도 모르는 치유될 수 없는 코미디가 하원에서뿐만 아니라 파리의 상원과 군주 내각에서도 연출되고 있다'는 것이다.[83] 시민 왕으로 선출된 루이 필립이 '겸손한 펠트 모자'를 쓰고 '우산 속에는 절대적 왕홀을 숨긴' 채 가면적 시민 왕으로 연출되고 있기 때문이다.[84]

정치적 인물들의 대화에 있어서도 마찬가지였다. '가장 즐기는 대화를 나누게 된다거나 어떤 사람이 핵심적인 말로 열정을 북돋우면, 사람들은 자신들이 익혀 온 역할들은 잊고 그들의 인간성만을 나타내게 되는데, 이들의 관심은 제일 먼저 예산 토의에서 참되게 관심을 가져야 할 말들은 회피하고 돈에 대한 관심만을 갖고 있다는 것이다. …… 하원에서 논의되는 핵심적인 말들도 공화주의 정신은 저버리고 돈에 관한 말들만 하고 있다는 것은 모두가 다 아는 일이었다.'[85]

따라서 '중용적 정치 제도'는 돈에만 관심 있는 사람들의 지배를 의미하고 있었다. 이들은 시민 왕과 각료들의 추종자들인데, 그중 공무원들과 은행가들, 재산 소유자들과 상인들'이 주류를 이루고 있었다.[86] 그들의 관심은 '국민들의 행복을 측정하는 온도계로 증권이나 할인율'을 분석하는 일에 집중되어 있었다.[87] '증권의 등락은 자유주의적 정당이나 천민들의 정당에 대한 관심도의 등락이 아니라 유럽 평화를 기대하는 크고 작은 희망이나 국가 채무의 이자율이 결정되는 상황적 보장에 대한 관심으로' 이해되었던 것이다.[88]

이 시대의 증권이나 할인율에 대한 관심은 '전쟁을 기다려야 하느냐 평화를 지켜야 하느냐' 하는 문제와 당시의 정치 사회적 환경을 '안정되게 하느냐 불안하게 만드느냐' 하는 문제에 돈의 역할이 결부되어 있다는 것을 강조했다.[89] 그리고 사상적 이념보다는 자신들을 위한 기존 질서의 안정적 유지에 돈의 역할이 크다는 것에 관심이 모아졌다. 그러므로 루이 필립이 이끌었던 중용적 정치 제도의 가장 큰 약점은 공화주의적 이념의 결핍이었고, 이에 대한 열정이 부족했다는 점이며, 이념에 관한 관심보다는 돈에 대한 관심만이 있었다는 것이다.

그래서 하이네는 이들을 경멸하는 어조로 '국책 증권이나 장사하는' '보잘것없는 사업에 종사하는' 사람들이라 하고, 이들을 사리사욕에 찬 거인들이라 조롱했다. 커다란 거물이 다른 것들을 훑어 삼키듯이 '커다란 은행가들이 사리사욕이란 바다 속에서 잡어들을 훑어 삼키는 고래와 같거나 …… 바다의 암벽에서 먹이를 낚아채는 독수리와도 같고 투기하는 숙녀와도 같다'고 풍자하고 있다. 또한 '대리석으로 건축된 증권가의 건물도 …… 나폴레옹이 짓도록 한 파리의 가장 아름다운 건물인데' 이곳에선 '국책을 사고 파는 보잘것없는 사업이' 진행되고 있으니, 이로 인해 이 유명한 건물의 명예와 혁명 조국 프랑스의 명예가 부끄럽게 훼손되고 있다고 비난했다.[90]

이처럼 루이 필립이 이끄는 중용적 정치 제도Juste Milieu는 돈과 재산을 소유하고 있는 사람들에 의해 에워싸이고, 하층 계층의 어려운 사람들은 혁명 투쟁에 지쳐 고달파졌기에 국민들은 정부에 대한 신망을 잃어 가고 있었던 것이다. 하지만 루이 필립이 소상인들이나 부르주아들과 함께 돈에 대한 관심이 컸던 사회적 배경에는 7월 혁명 당시 지배하고 있던 가난과 굶주림 으로부터의 생존권과 복지 문제를 해결하려는 경제적 요소도 한몫했다. 그 결과 경제적 성과도 많았음은 부인할 수 없다.

그러나 7월 혁명이 있던 1830년까지의 프랑스 생활상이 너무나 비참하였 기에, 즉시 경제적 사정이 좋아질 수는 없었다. '1820년에서 1830년까지의 통계에 의하면 파리 시민의 30%가 국가의 생활 보조를 필요로 했고, 3인 가 족의 어려운 가정에서는 최소한 한 사람이 굶어서 죽게 되었으며, 26만 천 명의 사망자 가운데 21만 6천 명이 국가의 보조로 매장되었던 것이다.'[91]

그런데 이처럼 어려웠던 생활상이 7월 혁명 이후에도 여전했다. 1832년 3월 25일자 하이네의 보고문에 따르면, 이러한 참상은 다음과 같은 아이러 니로 보고되고 있다.

'생 드니 성문과 생 마르탱 성문이 있는 습기 찬 길 위에는 창백한 얼굴에 가래가 찬 숨소리로 그르렁거리며 굶어 죽어 가는 사람이 누워 있었다. 나 와 함께 간 동반자가 나에게 확언해 주었는데, 바로 이 사람이 매일 이 길과 저 길에서 굶어 죽어 가는 사람처럼 누워 있다는 것이다. 그리고 그는 샤를 10세의 추종자들이 국민들이 새로운 정부에 대해 죽음으로 저항하도록 부추기는 연극을 연출하고, 그 대가로 그에게 돈을 지불하여 생명을 잇게 하고 있다고 했다.

그러나 이러한 연극을 위해 지불되는 돈이 너무나 적었기 때문에 실제로 많은 사람들이 굶주림으로 죽어 가고 있다는 것이다. 이 죽어 가는 사람들은 정말로 굶주림 때문에 죽는 사람들이었다. 비록 사람들이 굶주림을 오랜 기간 참을 수 있다지만, 여기에서는 매일 수천 명이 아사 직전의 상태에 있음을 볼 수 있었다. 그러나 먹지도 못한 채 3일만 지나면 굶주림에 고통을 받던 사람들은 한 사람 한 사람씩 죽어 가고 있으며, 이들 시체는 조용히 땅에 묻히고 아무도 이 사실을 아는 사람들이 없다는 것이었다.'[92] 그리고 굶주림 이외에 콜레라로 죽은 사람도 수없이 많았다.[93]

그런데 아이러니하게도 이처럼 많은 사람들이 굶주림과 질병으로 죽어 가는데도 '카니발 마지막 날 하이네의 친구인 한 백만장자Juste millionaire는 그를 파리로 안내하면서 얼마나 파리 시민들이 행복하고 명랑하게 살고 있는가를 확인시켜 주려 했던 것이다.'[94]

이 광경은 사육제 기간에 있었던 일이지만, 굶주림으로 죽어 가는 사람들과 돈 있는 사람들 간의 시각차가 너무나 크고 위선적이었다. 그렇기 때문에 하이네는 돈 번 졸부들과 영주들에 대한 비판을 독일 농민 전쟁 때[1524-1525] 농민들의 사회적 불평등 때문에 투쟁하다 사형당한 토마스 뮌처Thomas Muenzer, 1490-1525 신부의 말을 빌려 이들을 비난했다.

'보십시오, 우리들의 영주들이나 재력 있는 사람들은 고리대금업이나 도둑질, 좀도둑질하는 사람들의 찌꺼기들입니다. 그들은 이 세상 모든 피조물인 물속의 고기들이나 공중의 새들, 지상의 농산물까지 자신의 재산으로 취하고, 당연히 모든 것을 자신들의 것으로 알고 있답니다(Jes.5). 그러면서도 그들은 가난한 사람들 속에서 "너희들은 훔치지 말라는 하나님의 계명을" 설교하고 있습니다.

하지만 이러한 하나님의 계명은 그들에게는 해당되지 않는 것입니다. 그들은 가난한 농민이나 수공업자들과 살고 있는 모든 사람들을 착취하고 살을 뜯어 가는 원인을 만들어 제공하는 사람들이며[(Mich.3)], 이로 인해 가난한 농민들은 아주 작은 일에도 잘못 연루되어 교수형에 처해지고 있습니다. 그리고 거짓말쟁이 박사는 이에 동의나 하는 듯 아멘 하고, 영주들이나 부호들은 가난한 사람들을 자신들의 적으로 만들고 있는 것입니다.'[95]

이와 같이 하이네는 뮌처가 가한 비판을 인용하면서 그 의견에 동조하고 있다.

토마스 뮌처는 복음을 전파하는 독일의 설교자이자 혁명가였다. 그는 농민 전쟁 때 독일 작센 지방에서 농민과 수공업자 및 광부들의 도움을 빌어, 왕권이나 교회 문화가 배제된 기독교적 연합체를 건설하려 했다. 그의 추종자들은 형제애와 평등 사상을 실천하려는 기독교의 성서 내용을 공산주의 형식으로 실천해 보려 했다. 그의 추종자 중 3명은 1521년 12월 비텐베르크Wittenberg에 들어가 주민들의 호응을 얻어 1525년 봄에 농민 폭동을 일으켰다. 그러나 1525년 5월에 폭동은 프랑켄하우젠Frankenhausen 전투에서 진압되고, 뮌처는 튀링겐에 있는 뮐하우젠에서 처형되고 말았다.[96]

뮌처가 원시 기독교적 공산주의 평등 사상에 젖은 신부로서 또한 농민 지도자로서 농민 전쟁을 이끌었기에, 하이네는 그의 사상에 동조했던 것이다. 하지만 돈에 관심이 많았던 프랑스의 부르주아들이나 시민 왕은 그러지 못했다는 점에서 비판의 대상이 되었다. 이들은 지배 계층의 귀족과 하층 계층 간의 평등주의 사상에 확고한 신념을 보여 주지 못했기 때문에 하층 국민들로부터 사회적 의혹을 받았던 것이다.

그러나 유럽의 귀족들 가운데는 각양각색의 사람들이 있었다. 모두가 평등주의 사상에 관해 몰이해적인 것은 아니었다. 귀족들 간에도 하층 계층으로부터 신분을 상승시켜 귀족 사회에 진입한 사람들이 많았기 때문이다.

돈과 소유를 통해 신흥 부르주아가 된 사람들도 있었고 귀족이 된 사람도 있었던 것이다. 이들은 자유주의적 귀족들로 '희귀한 사람^{하얀 까마귀, Weisse Raben}'들이었다.⁹⁷ 하이네는 이들 귀족 사회로 진입한 사람들을 소개하고 있다.

그들은 주로 귀족 사회에서 함께 어울리는 '음악 연주자들이나 떠돌이 (궁중) 봉급자들, 사기꾼들 아니면 매춘을 소개하는 귀족 사회의 뚜쟁이들, 모든 세계의 정보를 알아내려 하는 첩보원들 아니면 귀족적인 건달이다. 통계의 목적으로 내^{하이네}가 연구한 자료에 의하면 이들은 주로 동방 국가의 궁중 연회장이나 행운 놀이의 만찬장 같은 곳에 참여하기도 했고, 가장 아름다운 여신들의 춤과 노래를 위한 야간 무도회 아니면 연인들이나 미식가들이 모이는 사원 같은 곳에서 함께 어울리는 사람들이었다. 즉 유럽의 명문 집안에서 살아온 사람들이다.'⁹⁸

그런데 이러한 명문가에서 함께 살다가 신분이 상승된 부르주아 신흥 귀족들 가운데는 인간을 불평등하게 경시하거나 돈만을 추구하는 사람들도 있었지만, 올바른 인간 인식을 지니고 있는 지성인 귀족도 많았다.

그 당시 유럽에서는 돈만 아는 노예 상인들의 부도덕한 노예무역에 대한 논쟁이 일고 있었다. 프랑스에서도 노예무역에 반대하는 형법이 1815년 4월 15일에 제정되었다. 그러나 국가 간에 협정된 법들이 잘 이행되지 못하였기에, 프랑스에서는 1831년 3월 4일에 더욱 강력한 법 조치가 이루어져 노예무역에 종지부를 찍었다. 그래서 노예무역에 관한 의견이 인간의 평등권 차원에서 다양하게 표출되었다. 노예무역에 반대하는 강력한 목소리를 내는 사람이 있었는가 하면 인간의 신분 관계가 태생적으로 차별화되는 것이 자연스럽다고 보는 사람도 있었다. 특히 이러한 논쟁은 자유주의 귀족들 간에 전개되고 있었다.

본래 귀족들은 자연법칙에 따라 태생적으로 귀족이라고 주장했던 사

람들이 많았는데, 그 가운데는 노예무역에 대해선 반대하는 입장으로 인
권 문제를 생각한 귀족들도 많았다. '직업 자유에 관한 사상Gedanken ueber
Gewerbefreiheit, Luebeck, 1830'을 발표한 덴마크 출신의 정치인이자 언론인인 몰트케
백작Graf von Moltke, 1783~1864 같은 사람도 이들 중 한 사람이다. 이들은 일반 평민
들보다도 더 자유를 사랑하고 자유롭게 생각하는 사람들이었다.

그러나 이들 가운데서도 시민적 평등권에 관해서는 수용하기를 주저하
는 사람도 있었다. 근본적으로 인간 모두가 똑같이 자유롭게 태어날 수는
없다고 믿는 사람이 있었기 때문이다. 어떤 사람은 자유주의의 한 부분으
로 자유로운 인간성을 지니고 태어난 사람도 있고 어떤 사람은 그렇지 못한
사람도 있기에, 각자는 자기 자신이 지니고 있는 속성 중 가장 최선의 속성
으로 특징을 나타내고 있다. 따라서 인간의 시민적 평등권이란 인습적으로
생각되는 인간적 개성을 전제로 하고 있다. 그러므로 이것에 대한 의견들
도 분분하였다.

하이네는 비인권적인 노예무역에 관해 상이한 의견을 갖고 있는 두 사람
의 의견을 소개하고 있다.

1831년에 파리를 방문한 몰트케 백작은 '귀족들의 태생적 특권을 인정한
바 있으면서도'[99] '노예무역은 불법적인 것이며 수치스런 것이라는 확고한
의견을 갖고 있어 노예무역은 폐지되어야 한다고 확신하고 있었다. 그런가
하면 이와는 반대로 노트르담의 노예상인 반 데어 눌Mynheer van der Null 같은 사
람은 노예무역은 확실히 자연스럽고 적합한 일이라 주장하고 있었다. 그러
나 귀족들이 갖고 있는 태생적 우선권이나 유산 특권들은 모든 올바른 국가
에서는 폐지되어야 할 부당한 것들이며 불합리한 것들이라 주장했다.'[100]

이처럼 이들 간에도 노예무역에 관해 의견이 엇갈렸다. 몰트게 백작은 귀
족들의 태생적 특권을 인정하면서도 노예무역은 폐지되어야 한다고 했고,
반 데어 눌은 귀족들의 특권은 폐기되어야 한다고 하면서도 노예무역은 정

당하다고 주장했다. 이처럼 이들의 의식은 상이했지만, 사실 그 당시 귀족들은 자신들의 태생적 우월권은 유지하려 했던 것이 그들의 내면적 잠재의식이었다. 그리고 그들의 지위를 획득하려 돈에 대한 관심도 높았던 것이다.

이 점이 바로 공화주의자들과 상이한 점이다. 당시의 공화주의자들은 가진 자의 돈에 대한 권리를 증오하고 있었으며, 돈맛을 본 사람이 있다면 그들은 공화주의자로서의 자격을 포기해야 한다고 생각한 것이 '공화주의자들의 본능적 태도'였다.[101] 이렇게 공화주의자들은 청렴 결백증에 젖어 있었던 것이다.

그러나 돈의 왕이나 돈의 귀족들은 돈을 벌 수 있는 증권가에만 관심이 모아져 있었던 것이 7월 혁명 이후의 현실이었다. 이러한 현실 때문에 파리에 머물고 있었던 하이네도 원천적으로는 철저한 공화주의적 의식을 지닌 사람이었으나 돈을 가진 배타적인 귀족들의 군주제에 점차 연민의 정을 느끼고 있었던 것이다.

따라서 '이념적 공리Doktrin'에 몰입된 공화주의자들과 '황제적 보랏빛 의상Kaiserliche Purpurgewand'을 걸치고 있는[102] 귀족과의 관계에서 오는 미묘한 감정을 하이네는 느끼고 있었던 것이다. 그리고 이러한 미묘한 생각을 일반적 여론에서 확인하기 위해 그는 한 계몽된 은행가에게 의견을 물어보았다. 그랬더니 그 은행가는 시대의 흐름을 잘 알고 공화주의적 태도를 전제로 한 답변을 주는 것이었다. 이에 하이네도 그의 돈에 관한 답변에 동감이나 하는 듯이, 그의 의견으로 자신의 생각을 대신하고 있다.

은행가는 말하기를, '공화주의적 헌법에 관해 누가 논쟁을 하겠습니까? 귀하께서도 아시겠지만 나도 때때로는 공화주의자랍니다. 내가 나의 돈이 들어 있는 우측 주머니에 손을 넣어 보면 차디찬 동전 금속과의 접촉이 나를 떨게 하고 나의 재산에 대해서도 두렵게 한답니다. 그러면서도 나는 군주제에 젖어 있는 사람처럼 느껴진답니다; 반면에 내가 돈이 비어 있는 좌측 주머니에 손을 넣어 보면 그 순간 즉시 모든 공포가 사라지고 나는 즐겁게 피리로 라 마르세예즈 국가를 부르게 되며 공화국을 지지하게 된답니다!'[103]

그러니 돈이란 사람의 마음을 때로는 군주제에 향수를 느끼게 하고 때로는 공화주의 정신에 흠모를 하게 하는 존재인 것 같다고 했다. 하지만 돈이란 가진 자의 입장에서는 자신들을 보호하는 '바리케이드나 방어' 수단이 될 수 있는 것이고, 없는 자의 입장에서는 그들의 '적'이 되고 있는 것이다.[104]

그러나 돈이란 것은 생존권 차원에서 조화롭게만 사용된다면 만인을 위한 귀중한 존재가 되는 것이다. 그래서 돈이 인간의 생존권을 위해 유용하게 사용되어야 한다는 공화주의 정신에 하이네는 동조했던 것이다. 은행가가 말했듯이, 돈 없는 주머니를 만지면 모든 공포가 사라지고 편안한 마음으로 프랑스 국가를 부르게 된다는 공화주의 정신에 수긍했던 것이다.

그러나 루이 필립의 중반기 이후부터는 점차 돈 있는 귀족들에 의해 지배된 산업 사회가 형성되고 있었기에 국가 사회를 운영하는 동력이 돈의 귀족들에게서 나왔고, 그들이 또한 시민 사회를 감독하는 사람이 되었다. 이 시대에는 부르주아들이 소상인들이나 증권 투자자들, 중상주의자와 졸부들로서 화폭에 그려지는 시대였지만, 이들 가운데서도 중요한 역할을 한 사람들이 있었다.

하이네는 이 시대의 대표적 돈의 귀족으로 제임스 로스차일드[James Rothschild, 1792-1868]를 들고 있다. 로스차일드 가문은 선대로부터 오스트리아와 파리까지의 철도 사업에 참여한 은행가 가문이다. 제임스 로스차일드도 베르사유를 잇는 프랑스 북부 철도 사업에 지원한 적이 있어 존경도 받았다. 그는 자금 동원 능력뿐만 아니라 정치적 능력에 있어서도 탁월한 재능을 갖춘 사람이었기에 그의 영향력은 감히 절대 군주에 버금갔다. 그래서 사람들은 그를 아이러니하게도 '루이 14세'와 같은 '태양의 왕' '별의 왕'으로 비유하기도 했다. 그의 영향력은 '휘황찬란한 별빛의 정점'에 서 있었던 것이다[1843.5.5. 보고문].[105] 그리고 '그는 오늘의 영웅이며 오늘날과 같은 우리들이 비참한 역사 속에서 커다란 역할을 하고 있는 사람이라고'[106] 하이네는 정중하게 그를 거론하고 있었던 것이다.

그는 저명인사들하고만 접촉하는 것을 원칙으로 하고 있어, 자신의 무지와는 전혀 관계없이 최고의 전문인들하고만 왕래하고 있었다. '악보를 전혀 이해하지 못하면서 로시니[Rossini, 1792-1868]와 같은 음악인을 언제나 찾아드는 가문 친구로 맞이하고 있었고, 궁중 화가인 아리 셰퍼[Ary Scheffer, 1795-1858]와 사귀고, 요리사이자 천문학자인 카렘[Carême, 1787-1833]이 그의 요리사가 되었던 것이다. 그는 그리스어도 전혀 아는 바 없으면서 헬레니즘의 대학자 래트론[Letronne, 1787-1848]을 늘 찬양했으며, 루이 18세의 주치의였던 천재적인 뒤퓌트랑[Dupuytren, 1777-1835]을 그의 주치의로 하고 있었다. …… 그리고 그의 주위에는 항시 프랑스 문학과 독일 문학에 관한 예절 있는 대화가 자리하고 있었다.'[107]

이처럼 그에게는 유명 인사들만 모여들었다. 그가 태양의 왕처럼 비유되고 있었기에, 그에게는 태양의 따뜻한 햇볕을 쬐어 보고 싶어 하는 많은 어려운 사람들이 또한 몰려들었던 것이다. '굶주린 무리들이나 좀도둑 무리들이 구원의 손길을 내밀고 있었던 것이다.' 따라서 그는 그들에게서 '돈의 비참함'을 느끼고 그들에 대한 고민도 커졌다.

그렇다고 그들을 모두 도울 수 있는 처지도 못 되고, 부호라는 자신의 명성과 칭송 때문에 그들을 외면할 수도 없는 어려운 처지에 놓이게 되었던 것이다. 그래서 '이 딱하고 가련한 태양인 로스차일드 백작은 사람들로부터 동정을 받을 정도로 어려운 사람들에 의해 괴로움을 당하고 심정적 피로감을 받고 있었다.' 하이네가 생각하기에, '그에게 돈이란 것은 행복이라기보다는 불행이라고 믿게 되었고' '과도한 부가 가난을 견디어 내기보다 더 어려울 것이라고' 보았다. 비참한 사람들이 도움을 요청하는데 그들을 위해 '창밖으로 돈을 뿌려 댈 수도 없는 난처함을' 로스차일드는 하이네에게 실토했던 것이다. '정말로 부자들이란 이러한 인생에 있어 불행한 자들이며, 사후에도 그들은 천당에 갈 수가 없잖은가!'

사실 하이네는 물질적 풍요만을 누리고 있는 현세적 부호들에 대한 모습을 종교적 의미로 다음과 같은 성서 구절로 풍자하고 있었다. '낙타가 바늘귀에 들어가는 것이 부자가 하나님의 나라에 들어가는 것보다 쉬우니라^(마태복음 19장 24).'[108] 부호들이 정말로 천당에 가고 싶다면 이성적인 마음으로 자신의 부를 모두 어려운 자들에게 베풀면 천당에 갈 수 있다는 의미였다. 이것은 낙타 문제를 통해 부호들에 던진 비평적 비유였다. '예수께서 말씀하시기를 네가 온전하고자 할진데 가서 네 소유를 팔아 가난한 사람들에게 나누어 주어라, 그리하면 하늘에서 보화가 네게 있으리라^(마태복음 19장 21).' 하는 성서의 말처럼 말이다.

그러나 지상의 부호들 가운데 없는 자를 위해 진정으로 베푸는 사람이 흔하지 않다. 부호들이 없는 자를 진정으로 도움으로써 없는 자들과 함께 천당에서 구원될 수 있음을 안다면, '그들은 확실히 이 지상에서 가난한 사람들을 잘못 취급하지 못하도록 했을 것이며 이를 감시하였을 것이다. 그러므로 우선은 우리들로 하여금 낙타의 문제를 풀도록 해야 한다는 것이다.'[109] 즉 가난한 사람들을 위해 부호들은 천당의 하나님처럼 베풀어야 한다는 것이다. 바로 이러한 생각이 하이네의 돈에 대한 관념이었다. 이에 그는 천당의 하나님을 종교적 공산주의자로 비유함으로써 베풀 줄 모르는 현세적 부호들을 비난하고 있었던 것이다.

'부자가 천당에 가는 것보다 낙타가 바늘귀에 들어가는 것이 쉽다.'는 '이러한 신적 공산주의자의 말은 부자들에 대한 무서운 파문을 말하며 예루

살렘의 재벌들이나 증권에 대한 쓰디쓴 증오를 나타내는 말이다^{(1843.5.1. 보고}
^{문)}.'110

따라서 하이네는 로스차일드와 같은 부호를 예외적 인물로 들면서도, 일
반적으로 가난한 사람을 은밀히 착취하는 졸부들에 대해서는 비난의 화살
을 던지고 있었다. '현재 프랑스에 있어서는 아주 조용한 고요함이 지배하
고 있다. 피로에 지치고 졸음과 하품만이 나는 평화가 지배하고 있다. 마치
눈 덮인 겨울밤처럼 모두가 조용한 고요함이 지배하고 있다. 단지 나지막
한 소리로 단조롭게 떨어지는 물방울 소리만이 들릴 뿐이다. 이 물방울은
계속 자산으로 떨어져 넘쳐흐르는 이자의 물방울들이다. 사람들은 부자들
의 부익부를 낳고 있는 이러한 이자의 증식을 소리로 듣고 있는 것이다. 그
러는 동안 가난한 사람들의 나지막한 탄식이 들리고 있다. 이 소리는 가끔
칼을 가는 절거덕거리는 소리처럼 (원한의 소리로) 들리기도 했다^{(1842.12.4. 보}
^{고문)}.'111

이러한 증후의 사회적 묘사가 루이 필립 시대에 나타난 돈에 대한 풍자였
다.

그런데 루이 필립은 처음부터 부르주아적 시민들에 의해 탄생한 시민 왕이
었기에 국민들로부터는 항시 많은 오해를 받고 있었다. 이러한 오해 속에서
도 경제만은 살리고 당시의 유럽 평화를 유지하려 노력한 현실적 왕으로 그
는 칭송되었다. 하이네는 그를 이러한 시대에 '용감하게 투쟁하고 상처 입은
평화의 영웅'이라고도 칭했다^(1842.7.19. 보고문).**112** 그는 시대의 흐름에 따라 자유
의 국민을 형성하는 공화주의로의 진입을 위해 경제적 기반을 닦으려 노력
했던 현실 정치인이기도 했다. 왜냐하면 경제적 질서가 안정되어야 모든 사
람이 자유의 국민으로 성장할 수 있는 사회적 기반이 이루어지기 때문이다.
이 점에서 루이 필립이 걸어온 중용 정치는 나름대로 시대적 의미가 있었

다. 그 당시 유럽의 정치적 상황은 전쟁이 일어날 수도 있는 긴장 상태였기에 루이 필립이 이끈 중용 정치의 '평화 시대'는 점진적 공화주의로의 발전이 가능토록 한 시대였다. 비록 돈으로 인한 부패한 정치가 그의 주변에 있었다 하더라도 공화주의 개혁을 위해서는 피를 흘리는 과격한 혁명보다는 점진적 발전이 더 나았기 때문이다.

루이 필립 말기에 외무장관[1840-1848]을 지낸 구이조$^{Guillaume Guizot, 1787-1874}$는 말하기를, '자유의 국민 성장'이나 공화주의적 발전을 가져오기 위해서는 '피를 흘려 쟁취하는 값비싼 혁명이 칠흑 같은 날씨에 내리치는 세계적인 벼락보다도 더 위험한 것'이라 하고, '이러한 때에는 수확된 곡물 짚단을 벼락에 젖지 않도록 처마로 갖다 놓을 시간을 벌어야 한다.'고 했다.

'사실 이렇게 잘 익은 곡물[열매]들을 곳간에 집어넣어 둘 수 있는 평화의 시대가 지속되는 것이 우리에게는 제일 먼저 필요한 것이다. 자유주의적 원칙의 씨앗이 우선 희미하게나마 푸르게 싹이 트고 조용히 성장한 뒤에야 드디어 마디가 뚜렷한 식물로 자라나게 되는 것이다. 지금까지 이곳저곳에서 인간화된 자유라는 것도 점차 사회의 하층 사람들에게 넘어가야만 모두가 자유의 국민이 되는 것이다. 그러므로 자유의 국민으로 성장한다는 것은 모든 것이 태어나서 열매를 맺게 되는 것처럼 필요한 시간과 조용함을 요구하는 은밀한 과정이 열망되는 것이다$^{(1843.5.6. 보고문)}$.'[113]

즉 완전한 인간의 자유와 평등권이 실현될 수 있는 공화주의 제도를 구현하려면 과격주의를 피해 안정된 평화의 적절한 시간이 요구된다는 말이다. 아마 루이 필립의 중용주의 시대는 이러한 과정에 속한 과도기였다고 본다. 그런 까닭에 루이 필립의 정치 무대는 수행 과정에서 언제나 부르주아적 왕권주의와 과격한 공화주의 사이에서 흔들리는 불안정한 상태였다. 따라서 그것을 극복할 수 있는 적절한 시간이 요청되었던 것이다.

12.「프랑스 상황」에서 준 하이네의 교훈과 새로운 매체 문학 장르

여기서 우리가 먼저 알아 두어야 할 것은 루이 필립은 공화주의적 시대 정신과 함께 부르주아적 시민 계층의 도움으로 시민 왕에 올랐다는 사실이다. 그런데 그의 속마음에는 은밀하게도 왕권주의의 유지가 내재하고 있었다. 그의 태도에는 왕홀을 마음속에 숨기고 공화주의자인 체하는 위선과 변장이 함께했던 것이다. 그리고 이러한 위장된 행위가 왕권주의와 공화주의를 아우르는 '중용주의'로 나타났던 것이다.

하이네는 바로 이러한 루이 필립의 이중적 위선이 못마땅했다. 따라서 하이네가 「프랑스 상황」을 집필한 이유는 루이 필립의 의식에 공화주의 정신을 더욱 확실하게 확립시키려 했던 것이 첫 번째이며, 아직도 절대 군주제에 놓여 있는 독일에 공화주의 정신을 알리려 했던 것이 두 번째다. 이러한 이유들 때문에 하이네는 「프랑스 상황」 보고문에서 비평적 아이러니를 동원하여 공화주의 정신을 강조하였던 것이다. 그는 왕권주의와 공화주의의 양면적 토양 위에서 불안하게 비틀거리는 루이 필립에게 공화주의적 자유주의 신념을 각인시키려 많은 조언을 했다. 즉 루이 필립이 자신의 정치적 선택을 더욱 분명하게 보여 줬으면 하는 소망을 전하고 있었던 것이다.

'루이 필립은 사이비한 합법성을 추구하려 들지 말 것이며, 귀족적인 제도를 유지하려 하지 말 것이고, 그러한 방법으로 평화를 구걸하지도 말 것이며, 프랑스를 무책임하게 모욕당하게 하지도 말 것이고, 여타 세계의 자유를 당신의 형리들에 의해 희생되도록 하지도 말아야한다. 루이 필립은 더 많은 국민들의 신뢰를 받아 왕위를 지탱토록 하여야 하며, 또한 국민들의 신뢰에 감사할 줄 아는 왕위를 유지하여야 한다(1832.3.25. 보고문)'114

그러면서 조언하기를, '루이 필립은 유럽적인 자유의 선봉에 나서서 유럽적인 자유의 관심을 자신의 관심으로 용해시켜 자신이 곧 자유의 정체성임을 알려야 한다. 나아가서 루이 필립의 선임자들이 "짐이 국가이다!"라고 외쳤던 것을 이제는 필립 왕 자신이 위대한 자아의식을 갖고 "내가 자유이다!"라고 외쳐야 한다.'고 했다(1832.3.25. 보고문).115

「프랑스 상황」의「노르망디 서한문1832.9.17」결론에 가서도 하이네는, 만일 루이 필립이 자유의 정신을 간직한 시민 왕으로서의 입헌 군주국을 잘 이끌어만 간다면 정말로 좋은 새로운 왕조 시대가 올 것이라고 조언했다. 즉 '필립 왕이 시민 왕으로서의 왕위와 정직한 생각들을 자신의 자손들에게 잘만 넘겨준다면 그는 역사에 가장 위대한 이름을 남기게 될 것이고, 새로운 왕조의 설립자로서뿐만 아니라 새로운 통치 제도의 설립자로서도 기록될 것이며, 최초의 시민 왕으로서 다른 모습의 세계가 펼쳐질 것이다.'라고 했다(1832.9.17. 보고문).116

이러한 그의 조언들이 루이 필립만을 겨냥해서 한 것은 아니었다. 국민들을 향해서도 공화주의를 홍보한 조언들이었다. 그런데 루이 필립은 그 당시의 시대적 정신을 잘 이용하여 시민 왕으로 등극하였는데도, 그는 자신이 형성한 시민적 중용주의 정부를 제대로 이끌지 못해 국민들로부터 많은 오해와 호소를 불러일으키게 되었다. 즉 절대 군주로 회귀하려는 모습을 국민에게 보임으로써 국민을 배신한 왕처럼 조롱의 대상이 되었던 것이다.

그렇게 된 이유는, 그가 국민의 호응을 얻지 못한 귀족적 생활 의식에 젖어 올바른 시민적 중용주의의 공감을 국민들로부터 불러일으키지 못했기 때문이다.

'이제 사람들은 그가 연인, 소첩들의 규방에서 통치하고 있음을 알아차린 것이다. 그는 은행가들의 은행 계산대에서보다도 연인들의 규방에서 자신의 명예를 찾고 있었던 것이다. 나아가 샤를 10세의 성당 예배실에서 그가 국민의 품위를 찾고 있었음을 사람들은 잊지 않고 있었다.'[117] 이렇게 루이 필립은 국민의 눈을 가린 왕권적 규방 정치 속에서 위장된 중용 정치를 하고 있음이 노출된 것이며, 이러한 왕권 정치가 공화주의적 위선과 아부로 변장되어 국민을 혼란스럽게 했던 것이다.

하이네는 이러한 위선과 아부로 가려진 중용 정치를 국민에게 알리고, 절대적 왕권과 공화주의 사이에서 위장된 제3의 길을 걷고 있는 입헌 군주적 중용주의 제도에 지나친 환상을 갖지 않도록 조언하고 있었다. 국민은 절대적 왕권과 공화주의 가운데서 어느 하나를 선택해야 하는데, 그 가운데서도 반드시 공화주의를 선택해야 한다는 확고한 신념을 국민에게 전해 주고 있었던 것이다. 그리고 이러한 신념을 널리 홍보하기 위해 그는 문학적 기능으로 언론 매체를 활용했다. 「프랑스 상황[1832]」과 「루테치아[1854]」는 바로 이러한 목적으로 집필된 매체 보고문들이었다.

이러한 그의 언론 활동은 프랑스 국민뿐만 아니라 독일 국민을 겨냥한 공화주의적 계몽 운동이 되었다. 말하자면 국민정신의 공화주의화를 위한 매체 문학 활동이었던 것이다. 그리고 이러한 문학적 매체 보고문 때문에 하이네는 새로운 문학적 기사체 형식의 문학 장르를 낳았던 것이다. 1848년 독일의 '3월 이전' 시대까지 집필된 하이네의 기행문이나 매체 보고문들은 바로 이러한 성격을 지닌 문학적 기사체 형식의 작품들이었다. 그뿐만 아니라 이러한 그의 작품들은 유럽의 커뮤니케이션을 가속화시키고 확장시키는 데 커다란 공헌을 했다.

우선 일상적인 국민 대중들의 계몽과 교양을 위한 정보와 교훈적 내용들을 우화적이며 해학적인 문학 형식으로 엮어 냄으로써 지식층에 이르기까지 강력한 영향력을 미쳤다. 그 결과로 「프랑스 상황」을 집필한 하이네는 현대적 의미로의 '의식 산업을 위한 소통 형식의 문체를' 성공시킨 최초의 '정보 문학 합금술Infotainment」의 창시자가 된 것이다.[118] 그리고 의식 산업으로서의 그의 문학적 언론 활동은 의사소통을 위한 매체 문학으로서의 새로운 길을 열어 주었다.

발터 벤야민은 1934년 파리에서 행한 「생산자로서의 작가」란 강연에서, 이러한 진보적 문학의 변형된 기술적 생산과 확대가 이룩한 매체 문학은 '문학적 형식의 강력한 재융합 과정'으로 성취된 매체 문학의 대표적 표식이라 말하였다.[119] 그리고 문학 형식을 통해 정보의 재융합 과정을 가져온다는 것은 의사소통에 대단한 폭발력을 갖고 있다. 그렇기 때문에 문인이나 지식인, 정치인이나 경제인 들 모든 사람들의 관심을 모았고, 하층 국민들에게까지도 그들의 주관적 이성을 찾게 하는 데 커다란 영향을 미쳤다고 본다.

나아가 이러한 매체 문학은 국내를 벗어나 세계적 의사소통의 매체 문학이 되고 있었던 것이다. 그래서 괴테는 '이제는 더 이상 민족 문학에 관해서는 말하고 싶지 않다. 이젠 세계 문학의 시대가 왔으니 모든 사람은 이러한 시대를 위해 영향력을 미치도록 세계 문학 시대를 가속화시켜 나가야 한다.'고 엑크만과의 대화(1827.1.31)에서 이를 예언하고 있었던 것이다.[120] 그리고 괴테는 젤터Zelter에게 보낸 편지(1829.3.4)에서도 '진군해 오는 세계 문학'이란 말을 남긴 것이다.[121]

이러한 괴테의 예언은 오늘날까지도 유효하다. 사실상 미래를 예측한 말이다. 다가오는 산업 사회에서는 기술 혁신으로 가속화된 의사소통 및 점증적인 정신적 교류가 강화될 것이고, 이념 교류나 번역술의 발전 및 잡지 정보 교류 등이 확대되어 더 넓은 새로운 사교적 의식의 지평이 열릴 것이라는 미래를 예측한 것이다. 그리고 이러한 역사적 과정에서 현대사회를 위한 세계 문학적 의사소통을 개척한 사람이 바로 하이네였다. 그는 이미 「폴란드 기행문[1822-1823]」이나 「여행 풍경[1826-1830]」을 통해 국경을 넘어 국가 간의 정신적 교류를 시도했고 지적 교량 역할을 실천한 매체적 산문 작가이다. 「프랑스 상황」과 같은 보고문도 문학적, 철학적, 정치 사회적 의사소통을 가능하게 한 새로운 세계 문학의 매체 문학으로 자리매김된 것이다.

따라서 「프랑스 상황」의 매체 문학은 괴테가 예언한 '진군해 오는 세계 문학'을 실천적으로 충족시킨 '첫 번째 세계 문학 작품' 중의 하나가 되고 있다. 이 같은 작품은 자유를 위한 공화주의 사상을 전 유럽에 전파하고 정신적 상품 교류까지를 확대시킨 중요 작품인 것이다. 그리고 이것은 하이네가 독일 작가로서뿐만 아니라 프랑스 지성인으로서의 이중적 정체성을 동시에 소화한 세계 문학 작가로서 남긴 '진군해 오는 세계 문학'의 주요 작품이 되고 있다.[122]

13. 생시몽주의와의 만남

하이네가 프랑스에서 진보주의 사상을 접하게 된 계기는 생시몽주의의 영향 때문이다. 그간 왕권적 통치 기반에서 절대적 권력만을 누렸던 봉건 체제와 완고한 기독교는 인간의 자유와 평등을 누리고 인간성을 확립하려는 현대적 복지 사회로의 전환에 걸림돌이 되었던 것이다. 이때 생시몽Comte de Saint-Simon, 1760-1825은 다가오는 산업 사회에서 자유로운 인간성과 평등 사회를 추구하기 위해서는 한가롭게 권력에만 의존하여 살고 있는 귀족과 성직자들에게서 권력을 빼앗아 새로운 계층으로 대두된 기업인이나 산업인, 관리인 등에게 넘겨주고, 가난한 사람들에게 도움이 되는 사회를 조직하여야 된다고 믿었다.

그러기 위해서는 성직자들이 차지하고 있는 자리를 지성인이나 시인, 예술가들이 대치할 수 있고, 모든 인간에게 행복한 복지를 베풀 수 있는 통속적인 새로운 종교와 종교적 복지 사회가 절실하다고 생각하였다. 그럼으로써 그는 '첫 번째 사회주의자'가 되었다. 사실 칼 마르크스도 생시몽의 사상에서 많은 이념적 영향을 받았다고 한다. 그러나 칼 마르크스의 학설이 '학문적 사회주의'였다면 생시몽의 이념은 '유토피아적 사회주의'라고 구별되고 있다. 그리고 19세기의 사회 발전을 전망하는 데 있어 칼 마르크스가 '프롤레타리아의 지배를 미래 사회의 모형으로 예언하고 있는 데' 반해 '생시몽은 재능 있는 사람들의 지배 체제인 능력 사회를 전망하고 있었다.'

'생시몽은 본래 귀족적인 사람이었다. 그런데 그러한 사람이 혁명 당시 자신의 재산을 모두 잃고 난 뒤부터는 맨 빵에다 물만 마시면서 자신의 글을 추운 냉골방에서 집필하였다 한다. 그가 받은 원고료는 겨우 옷이나 사서 입을 정도로 적었다. 나이가 들어 굶어 죽을 뻔했는데, 이때는 몇몇 양가의 젊은이들이 그를 구명했다고 한다. 그런데 그가 1825년 죽기 전에 남긴 말이란 단 한 문장이었다: 즉 "나는 나의 전 인생을 한 문장으로 적을 수 있다: 이 문장은 인간에게 있어서는 자유로운 개발만이 모든 인간의 재능을 가능하게 한다."는 것이었다.

그가 죽은 뒤에는 그의 추종자들이 재주 있는 수학자 올린드 로드리게스[Olinde Rodrigues]의 집에 모여 생시몽주의 운동을 설립하였다고 한다. 그룹에는 사업가들과 은행가들, 공장주들, 기술자들, 의사들, 변호사들, 작가들과 음악인들 등 우수한 기술 관료 엘리트들이 속해 있었다. 이들은 생시몽주의가 미래를 지배할 사상이라고 믿는 사람들이었다. 이들 가운데는 많은 유대인들이 있었는데: 재무를 담당한 로드리게스[Olinde und Eugene Rodrigues] 형제와 은행가인 자콥 에밀[Jacob Émile]과 이삭 페레이르[Isaac Pereire], 음악가인 펠리샹 다비드[Félicien David]와 시인인 레온 알레비[Léon Halévy] 및 작곡가 자크 알레비[Jacques Halévy] 형제 등이 있었다. 이들 모두가 첫 번째 유대계 사회주의자들이 된 것이다.'

'생시몽이 생각한 종교는 사라지지 않는 다른 형태의 종교로서, 그의 추종자들이 유대교나 기독교보다도 한 차원 더 높은 종교 교회로 받아들이는 종교였다. 그들의 의견에 따르면 이 종교는 3단계로 발전한 종교라 한다.

모세가 구약 성서를 창조하였다면, 예수는 신약 성서를, 생시몽은 제3의 성서를 창조하였다는 것이다. 그들은 자기 자신을 이 새로운 종교의 사도로 생각하고, 기술자인 앙팡탱Barthélmy Prosper Enfantin을 최고위 성직자로 선발했다.'[123]

하이네는 이들 생시몽주의자들의 이념을 독일에서도 알고 있었다. 하지만 파리에 도착하자마자 그 첫해에 이들과 재빨리 접촉하면서, 그들의 집회에도 참여하고 그들에게 열광하고 있었던 것이다.

생시몽은 인간의 행복 사회를 신앙적 피안의 세계에서 추구하기보다는 현세적 지상으로 옮겨 추구하고 있었다. 산업 사회의 생산적, 질적 발전을 통해 삶의 질과 행복을 높이려 했던 것이다. 사람은 각자 지닌 상이한 재능을 모두 발휘하여 능력대로 생산의 질을 높이고 유용한 삶을 향유하면 된다는 것이다. 그는 인간의 타고난 재능에 따른 능력 사회를 3개로 나누어 선전하였다.

'산업 사회와 학자 사회, 예술가 사회'로 구분하였는데, 그 가운데서 학자 사회와 예술가 사회는 상호 협력 관계로 산업 사회를 지탱시켜야 한다는 것이다. 학자는 '정신 능력'을 연마시켜 산업의 생산성을 높이고, 예술가는 '새로운 사회의 미래 비전을 제고하는 선전가'로 활동함으로써 산업 사회의 질을 높일 수 있다고 보았다. 또한 그 가운데서 인간의 행복을 찾을 수 있다고 보았다. 하지만 종국에 가서는 그의 '합리적-경제 사회 모형의 딱딱한 강도를 종교의 도움을 통해 부드럽게 풀어 나가야 한다.'는 도덕적 가치를 덧붙이고 있었다.[124] 이처럼 산업 사회의 복지론을 종교와 연결시킴으로써, 그들은 그들의 복지적 행복론을 제3의 종교라는 새로운 도덕적 가치관으로 합리화했던 것이다. 이러한 종교적 복지론은 완고한 기독교주의와 극좌파의 사상과는 달리 두 개의 극점을 뛰어넘는 제3의 신앙적 복지론이 된 것이다.

이에 하이네는 「독일 종교사와 철학사[1835]」에서, '이미 나는 이곳 지상에서 자유로운 정치적 제도와 경제적 제도의 축복을 통하여 경건한 사람들의 의견대로 최후의 심판 날에 천상에서 행해져야 되는 영생의 축복 열락悅樂 세계에 자리 잡고 있다.'고 함으로써,[125] 자신이 생시몽주의란 제3의 유토피아적 사회주의 정신에 도취되고 있음을 보여 주었다. 그리고 '생시몽주의'야말로 '이성을 통해 새로운 교훈의 진리를 입증하는' '가장 새로운 종교'라고 말했던 것이다.[126] 즉 하이네의 판단에 따르면 생시몽주의의 새로운 종교는 산업적 복지에 종교적, 도덕적 가치를 융합시킨 제3의 종교였으며, 거꾸로 정신주의적 종교 복지 사회에 물질주의를 복원시켜 결합시킨 현실적 산업 복지론의 종교로 보았던 것이다.

이에 과거의 기독교적 정신적 복지론만의 지배는 부정되고, 물질과 감정, 육체의 권리를 결합시킨 새로운 복지론적 종교를 예고했다. 따라서 이러한 복지 사회에서는 정신적 노동이나 육체적 노동 모두가 함께 작동하지만, 육체의 해방이나 물질의 복원을 특별히 강조하게 되었다. 그리고 반기독교적 충동에서 새로운 물질적 충족과 여성 해방, 성 개방 등을 위한 혁명론까지 뒤따르게 되었던 것이다.

이렇게 생시몽주의는 새로운 산업적 복지 사회를 위한 제3의 종교를 건설하려고 넘쳐났던 기독교적 정신주의 복지 사회를 공격하고 산업 사회적 복지 문제를 특별히 주장하게 되었다. 그리고 새로운 복지 사회로의 종교를 위한 도덕적 혁명은 반기독교적 생시몽주의의 찬가가 되어, 물질의 복원과 육체의 해방 등을 위한 에로스의 신적 권리를 외치게 되었다. 그 결과 1830년대에 하이네는 육체의 해방, 성의 혁명을 찾는 파리의 여직공들이나 여성 제단사들, 모자를 만드는 여성 노동자들 그리고 예술인들이나 학생들의 연애 관계를 노래하였으며, 바람둥이 아가씨들의 에로스적 연정을 노래시에 담게 되었던 것이다.

그 시가 바로 「세라피네Seraphine」 연시의 7번 시구였다. 이 시는 반기독교적인 도덕적 혁명 색채를 지닌 에로스의 신적 권리를 개입한 제3의 종교시였다.

이 암석 위에 우리는
제3의 교회,
제3의 새로운 성서 교회를 지어;
고통을 이겨 냈다네.

그렇게 오랜 기간 우리를 우롱했던
두 개의 성서신 구약성서는 부정되었고;
바보스럽게 육체를 고통스럽게 한 것도
끝내는 중지되었다네.

그대는 칠흑 같은 어두운 바다에서 신의 소리를 듣고 있는가?
수천의 목소리로 말하는 신의 소리를.
그리고 그대는 우리의 머리 위를 비추는
수천의 신의 빛들을 보고 있는가?

성스러운 신은 빛 속에 있지
어둠 속의 빛처럼;
그리고 그곳에 존재하는 모든 것이 신이기에;
신은 우리들의 키스 속에 있다네(Seraphine Zyklus 7) **127**

이처럼 생시몽주의자들은 제3의 종교로서 신에게 에로스적 육체를 개입시켜 정신과 육체를 대등하게 융합시키고 있는 것이다. 따라서 기독교의 지나친 정신세계에 물질을 융합시킨 묘한 제3의 종교 문화를 선보였던 것이다. 즉 살기 좋은 세계를 만들자는 단순한 사회 복지론을 종교 의식과 접목시켜 물질과 정신이 대립하면서도 상호 보완하는 새로운 종교 의식을 창출했던 것이다. 이러한 의식은 종교 의식에서뿐만 아니라 관혼상제를 포함한 모든 생활 축제 의식에 이르기까지 정신과 물질이 상호 대응하고 상조하는 의식 형태로 변화되었던 것이다.

결국 생시몽주의자들은 물질세계와 정신세계의 두 요소가 대립하면서도 극복되는 상호 보완적 사회 윤리 구조로 바뀌어야 된다는 종교 의식을 갖고 있었던 것이다. 따라서 인간은 홀로 살 수 없고 서로 돕고 살아야 된다는 형제적 사랑의 복지 의식으로 생활 의식이 바뀌어갔다. 예를 들어 옷을 입을 때도 혼자서 입을 수 있는 옷을 타인이 입혀 줄 수 있도록 하는 옷 모양으로 바꾸어 단추를 옷의 등 뒤에 달아 놓았던 것이다. 이 같은 옷 모양은 서로 간의 상부상조를 강조하는 상징적 의미를 주고 있다.

또한 생시몽주의를 새로운 복지론적 종교로 개혁하려 했던 생시몽주의 클럽 지도자 앙팡탱Enfantin은 자신을 마치 예수의 모습처럼 승화시키려 얼굴에 수염을 기르고 아버지Père란 낱말을 수놓은 옷을 입고 여성적 구세주 어머니Mère를 구원하는 새로운 종교를 예고하고 있었던 것이다.

이처럼 세계를 구제하려는 종교 의식이 너무나 거대한 신앙이 되자, 하이네는 생시몽주의에 다소 소원해졌다. 그러나 현세적 사회 복지론에 정신적 개혁성을 더한 이 사상이 그 당시 자유와 평등, 여성 해방 및 성도덕의 해방 등을 추구하고 있는 도덕적 혁명에 좋은 자극이 되고 있어, 하이네는 생시몽주의의 '동정자'가 되었던 것이다.[128]

14. 파리에서의 하이네와 뵈르네

7월 혁명[1830] 이후 유럽에서는 많은 혁명가들이나 혁명 동지들, 자유 투사들이 파리로 몰려들었다. 독일에서도 재단사나 구두 수선장이 등 많은 수공업자들이 이민해 왔으며, 혁명적인 정치인들도 몰려왔다. 뵈르네[Ludwig Boerne, 1786-1837]도 그중 한 사람이었다. 뵈르네와 하이네는 서로 의견은 달랐지만 마치 괴테와 실러처럼 쌍둥이 이름으로 알려진 사람들이다. 그 당시 「유대인 민족사[Voelktuemliche Geschichte der Juden, Berlin, 1887-1889]」를 남긴 그레츠[Heinrich Graetz, 1817-1891]는 뵈르네가 하이네보다 나이가 11살이나 많고 과격한 필봉으로 이름난 자유주의자요 사회주의자인데다 공산주의적 작가였기에, 하이네보다 그에게 더 관심을 가졌다 한다.

뵈르네의 본명은 바루흐[Judah-Leib Baruch]로서 프랑크푸르트 게토에서 태어나 유대교 교육을 받았다. 그 당시 많은 유대인 청년들이 독일인이 되려 시도했던 것처럼, 그도 역시 많은 고민 끝에 1811년에 프랑크푸르트 유대인들과 함께 시민권을 받았다. 학업은 의학으로 시작했으나 법학으로 마치고, 프랑크푸르트의 경찰관이 되었다. 틈이 나는 대로 그는 독일 정신에 관한 관심을 갖고 글도 썼다. 나폴레옹이 패한 이후 유대인들의 해방 문제가 철회되자, 그는 경찰직에서 해고되었다. 그 후부터 그는 이에 대한 반감으로 과격한 작가가 되었으며, 잡지 〈시간의 날개¹⁸¹⁷〉와 〈저울¹⁸²¹〉을 발간했다. 그러나 검열로 인해 폐간되었다.

그 당시 그는 연극 비평작가로도 유명했다. 그의 비평은 주로 주 정부 통치자들에 대한 것들이었기에 많은 압력도 받았다. 유대인들에 대한 정부의 압력이 강해 그는 이미 1817년에 기독교로 개종했고 독일인이 되었다. 그러나 유대인의 권리를 위한 투쟁도 함께하였기에 세계 시민적 사상으로 무장되어 갔다.

'나는 유대인이라는 사실도 기쁘고 …… 독일인이 되었다는 사실에 대해서도 부끄러움이 없다. 이는 나를 세계 시민으로 만들어 주었다.' '나는 유대인도 기독교인도 사랑한다. 그들이 유대인이고 기독교인이기 때문이 아니라; 그들이 인간이고 자유롭게 태어났기 때문에 나는 그들을 사랑한다.' 했다.[129]

이처럼 그는 계몽주의의 인본주의 정신으로 세계화되었고, 유대계 독일인으로서 독일 사회에 적응해 토착화된 독일 시민이었다. 물론 마음 한구석에는 유대인들의 침해된 인권이나 억압된 자유를 위해 그러한 사상을 가졌겠지만, 사실 그는 이미 인본주의의 이념 아래서 모든 것을 잊고 독일인으로서 또한 세계 시민으로서의 길을 걸으려 노력한 사람이었다.

하지만 7월 혁명 이후, 그가 파리로 이주해 온 뒤부터는 유대계의 시민권과 독일의 반군주적 혁명을 위한 외침을 더욱 심하게 「파리 서한문^{1832~1834}」을 통해 전파하고 있었다. 그는 정치적 망명객들의 중심에 서서 뒤떨어진 독일의 정치적 상황을 비판했으며, 독일의 자유주의적 혁명을 주장했다.

그는 본래부터 하이네와 함께 독일에서 군주 독재에 저항했고, 파리에 와서도 자유의 이념을 위한 투쟁을 계속했던 것이다. 이들의 투쟁은 초기에는 의기투합했다.

그런데 뵈르네의 독일에 대한 비평이 너무 심하자 독일에서는 그에 대한 반유대주의 운동이 일기도 했다. 함부르크 고등학교 출신으로서 「진리도 권리도 명예도 잊어버린 파리의 작가 뵈르네에 대해서Gegen Boerne, den Wahrheit- Recht- und Ehrvergessenen Schriftsteller aus Paris, 1831」란 조그마한 비판적 책자를 낸 에두아르트 마이어 박사Dr. Eduard Meyer는 '우리는 유대인들의 신앙을 증오하지는 않는다. 하지만 이들은 그들 종교의 세례와는 떨어질 수 없는 사람들이며 증오로 표식되는 아시아계의 특별한 민족이다. 이들은 수치스런 감정도 부족하며 예의범절도 부족한 파렴치한 행위를 반복하고, 경박함과 거친 태도를 반복하는 사람들이다.'라고 말했던 것이다.

그런가 하면 비판의 정점에 이르러서는 경제계의 지배를 상징하는 유대인 로스차일드와 정신생활과 예술을 지배하는 상징적 작가 뵈르네와 하이네에 이르기까지 비판하고 있었다. 그리고 뵈르네와 하이네가 독일 민족을 비방하고 있을 뿐 아니라 자신들이 속해 있는 유대계 형제들까지 무시하는 태도를 보이고 있어, 이들은 독일인과 유대인들로부터도 소외되고 있는 '불행한 중간치 피조물들이며 …… 어느 민족이나 어느 국가에도 속하지 않고 …… 세계를 모험가들처럼 떠도는 사람들이다.'라고 비판했다.[130]

사실 이들은 유대인들로부터도 비판의 대상이 되었다. 당시 함부르크의 유명한 변호사이며 유대인 해방의 선봉자였던 가브리엘 리세르Gabriel Riesser라는 사람도 하이네의 글에 거리를 두었다. 리세르는 자랑스러운 유대인에다 화려한 논객이면서도 독일의 애국주의자였다. 그는 유대인들도 가톨릭교인이나 신교도인처럼 한 종교적 공동체의 사람들이라 믿었고, 유대인들도 작센 사람이나 바이에른 사람처럼 독일계의 한 지역민으로 간주되기를 원했다.

'유대인인 우리가 충성을 서약하는 다른 나라가 어디 있겠습니까? 우리가 지켜야 될 다른 조국이 어디 있단 말입니까? 우리는 독일로 망명해 온 사람들이 아니고 독일에서 태어난 사람들이기에, 우리는 독일인이거나 아니면 실향민입니다.'[131] 그러므로 독일에서 태어난 유대인들은 독일계의 한 사람으로 생각해야 하는데, 뵈르네와 하이네 같은 작가들의 언행은 독일인들에 대해 비방을 가하고 있으니, 이러한 비방이 리세르^{Riesser}의 마음에는 편하지 않았던 것이다. 더욱이 하이네의 과격한 생각이나 날카로운 언행은 그의 눈에는 가시였으며, 유대 민족의 이해관계에도 도움이 되지 않는다고 믿었다. 그는 하이네의 말은 재앙을 가져올 수 있는 푸념이며, 유대인들이 독일 시민이 되려 노력하는 일에 방해가 될 뿐이라 생각했다.

뵈르네와 하이네가 파리에 도착한 초기에는 두 사람이 문학 정치 잡지도 함께 발간하고 편지 교류도 하면서 독일에 자유주의 바람을 불어넣으려 의기투합했다. 물론 '잠들어 있는 독일 왕국에 이러한 다이내믹한 자유주의 운동이 얼마나 스며들어 갈 것이며 독일 정부가 이러한 것을 허용할지도 모르는 기회가 제로 베이스였지만' '두 사람이 지니고 있는 풍부한 위트와 불꽃 튀기는 필봉의 수사학과 비범한 필전을 불러일으키면, 그들은 그 어떤 무엇에도 도전할 수 있으리라 사람들은 상상했던 것이다.'[132]

그리고 또한 이를 기대했는데, 그러지를 못했다. 뵈르네는 이상주의자였지 현실적이 못 되어 그러한 생각을 움직이지 못했다. 특히 어려웠던 것은 하이네와 공통적인 언어를 발견하는 데에 대한 걱정거리가 많았다. 1827년 하이네가 여행 중 프랑크푸르트와 뮌헨에서 뵈르네를 만난 적은 있었지만, 파리에 온 후 이들이 첫 번째로 만난 것은 1831년 9월 초 카스티유^{Hôtel de Castille} 호텔에서였다.

하이네가 그를 방문하였을 때, 그의 모습은 '옛날보다 살이 빠진 듯했다. 7월 태양의 햇살에 의해 살이 용해되어 두뇌로 옮겨 간 듯했다. 눈은 사색이 가득한 눈빛이었다. …… 그가 나를 영접하자 마른손으로 친절하게 내밀면서 악수를 했는데 그에 대한 동정이 나에게 넘쳤다. 그의 목소리는 약간 병이 든 듯했다. 볼은 결핵성의 붉은 무늬가 생긴 듯한 웃음을 지었다. …… 그는 나를 보자, 파리로 온 것을 환영합니다! 하고, 잘했습니다! 했다. 모두가 이곳에 오게 된 것이 가장 잘한 일로 확신합니다. 이곳은 전 유럽의 애국자들이 모이는 집회소랍니다. 이러한 위대한 집회를 위해 모든 민족들의 손이 모아져야 한답니다. 모든 영주들도 독일에서 자유가 억압되지 않도록 각자 자기 지역에서 일을 하여야 하는데. 아 하나님! 독일이여! 우리들은 곧 피를 흘리게 되고 슬프게 보이겠지요. 혁명이란 두려운 일이랍니다. 하지만 필요한 것입니다. 사지의 한 부분이 썩어 가면 절단할 수밖에 없는 것처럼 필요한 것입니다. 불안하게 생각할 것 없이 빨리 절단해야 합니다.'[133]

뵈르네의 이러한 언행에 하이네도 처음에는 동조했다. 하지만 그의 '사색에 가득한 눈초리에서 보인 것처럼, 그의 생각은 너무나 강렬한 혁명 사상으로 가득 차 있어 하이네의 느낌은 그리 편하지 못했다. 그렇게 유머가 많던 뵈르네의 말이 너무나 건조했고 피를 흘려야 하겠다는 혁명 의지가 강렬했기 때문이다.'

사실 하이네는 '투쟁과 궁핍 이외에는 아무것도 없었고 고뇌의 병독病毒으로 잠도 잘 수 없었던 고향 함부르크로부터' 파리로 피신하여, 마음으로부터 조금 자유롭게 여유를 갖고 휴양하려 했다. 이런 시기에 뵈르네로부터 강렬한 혁명 의지를 다시 접하자 그의 마음이 무거워졌던 것이다. 또한 '그의 주변에는 프로이센 첩보원들이 에워싸고 있었고' '난폭한 혁명의 일상적

파도가 소용돌이치고 있었기에' '그의 슬픈 예감은 자신을 괴롭히고 있다.'
고 하이네는 파른하겐에게 털어놓고 있었던 것이다(1831.6.27. 파른하겐에 보낸 편지). **134**

이렇게 해서 하이네와 뵈르네의 만남은 조심스러워졌다. 혁명에 대한 자
신들의 생각이 너무나 신중하고 위험했기에, 서로의 만남이 타인의 눈총도
있고 해서 서로의 대화를 접근시키기도 어려웠다. 뵈르네 자신도 하이네에
게 말하기를 '자신의 뒤에도 항시 첩보원들이 뒤따르고 집에 들어갈 때는
그들이 집 앞에 서 있기도 한데, 어느 정부가 이러한 일에 돈을 지불하고 있
는 것이 확실한 듯하다. 그 정부가 어느 정부인가를 내가 안다면, 나 자신
이 직접 그 정부에게 내가 누구와 만나고 무슨 말을 나누었는지, 나의 일거
수일투족을 매일 보고하고 그들로부터 돈을 받고 싶다. 나는 내가 보고에
일조함으로써 나를 뒤따르는 첩보원들에 지불되는 돈이 반값의 염가로 지
불되도록 하고 싶었다. …… 그러지 않으면 내가 스스로 나 자신의 첩보원
이 되어 그 대가로 돈을 받아 연명할 수도 있을지 모르겠다.'고 했다.**135**
이처럼 이들은 프로이센 정부로부터 감시의 대상이 되었다.

뵈르네는 지칠 줄 모르는 연설가에다 정치에 관한 말 많은 수다쟁이이기
도 했다. '뵈르네는 식사할 때나 침실에서도 수다를 피워 가며 열광적인 애
국주의로 나를 괴롭히기도 했다. 어느 날인가는 오밤중에 나의 집을 찾아
와 깊이 잠들어 있는 나를 깨우고 침대 앞에 앉아 전 시간을 독일 국민들의
고통과 독일 정부의 부끄러운 처사에 대해 걱정을 했고, 러시아가 독일에
얼마나 위험한 존재인가와 니콜라우스 황제로부터 독일을 구제하기 위한
글을 쓸 계획이며, 국민을 괴롭히고 있는 독일 영주들과 연방 정부에 대해
서도 글을 쓰겠다'는 등의 말을 밤새도록 퍼붓기도 했다.**136**
이처럼 뵈르네는 우국憂國의 열정에서 나오는 과격한 혁명적 언행을 독일

에 던지고 있었다. 뵈르네와의 만남이 여러 차례 거듭될수록 하이네는 부담과 긴장이 더욱 계속되었던 것이다. 그리고 결국에 가서는 자극적인 뵈르네의 과격주의와 하이네의 온건한 비판적 풍자가 서로 엇박자가 나면서, 그들의 문학적 쌍둥이와 전우 관계는 차츰 멀어져 갔다.

즉 초기에 뵈르네는 그의 「파리 서한문1832~1834」에서 독일은 인권을 유린하고 있는 거대한 형무소이며 30여 명의 영주 독재자들이 3천만 국민들에게 고통을 주고 있는 곳이라고 비판하고, 자신은 노예 출신이어서 그들보다도 자유를 사랑하기에 이에 투쟁한다고 강변했다. 하이네 역시 「프랑스 상황1832」에서 독일에서는 보수적 반동주의자들과 절대주의자들이 국민의 신망을 남용하고 있다고 비판하고 있었다. 그래서 두 사람은 처음에는 서로 동조하고 있었던 것이다. 하지만 그들 간의 거리가 멀어져 간 것은 정치적 의견 차이가 있어서가 아니라 '그들 간의 성격과 기호'가 상반되어 있었기 때문이었다.

'하이네는 향락적인 사람인데다 보헤미안적이고 풍자적이며, 뵈르네는 청교도의 기질에다가 금욕주의자이고 정치적 광증주의자였기 때문이다. 하이네가 파리의 저명한 살롱에 출입이나 하고 작품이 초연되는 극장이나 오페라에 초대되거나 도시의 저명인사들과 식사를 하며 볼바르 거리를 거닐면서 모자 만드는 여직공들과 꽃 파는 처녀들과 친분을 맺고 있는 동안, 뵈르네는 언제나 자기 집에 숨어 박혀 신문이나 탐독하고 혁명가들의 난민들과 비밀회의나 하는 것이 보통이었기 때문이다.'137 게다가 하이네가 뵈르네의 삶의 모습을 문학적 만평으로 조롱하기도 함으로써 서로 간의 감정의 골이 깊어져 간 듯했다.

뵈르네가 프로방스 가Rue de Provence에 살 때, 하이네가 2차 방문을 하면서 목격된 일이다. 그는 당시의 상황을 다음과 같이 말하고 있다.

'나는 그의 살롱에서 파리의 동식물원에서도 볼 수 없는 인간 동물원을 보았다. 살롱 뒤쪽에서 담배를 피우면서 말도 없이 침묵하다 가끔 조국애에 가득 찬 벼락 치는 언성으로 마음속 깊은 곳에서 터져 나오는 증오의 저주를 퍼붓고 움츠리고 있는 몇몇 독일 북극곰들을 보았다. 그들 옆에는 또한 붉은 모자를 쓴 채 무미건조하게 쉰 목소리로 울부짖으며 웅크리고 앉아 있는 한 폴란드 여우를 보았고, 그다음 내가 보았던 것 중 가장 보기 싫었던 모습으로는 무엇인가 가장 아름다운 것만을 찾으려 하고 있는 듯한 얼굴 모습을 짓고 있는 한 프랑스 원숭이를 본 것이다. 그리고 뵈르네의 동물원에서 또 하나의 보잘것없는 주인공은 프랑크푸르트에서 살던 포도주 상인의 아들 나젠스테른Nasenstern, 본명은 Sigmund Jakob Stern, 1809–1872 씨였다. 그는 향수 냄새도 나지 않는 향수병처럼 홀쭉하게 메마른 사람으로 그곳 분위기를 김 빼고 있었다. 뵈르네의 말에 의하면, 그는 12개나 되는 털 속옷을 겹겹이 입고 있는데도 그렇게 마른 사람처럼 보인다고 그를 조롱하고 있었다.'[138]

이처럼 하이네는 뵈르네를 추종하는 주변 인물들을 동물원 인간으로 비유하면서 풍자하고 있었던 것이다.

사실은 뵈르네가 이들 앞에서는 언제나 혁명적인 열변을 토하고 있었던 것이다. 그런데 이들은 동물원의 곰이나 여우, 원숭이들로 그려졌던 것이다. 뵈르네가 다른 곳에서 연설할 때도 마찬가지였다. 청중들은 더러운 체취만이 풍기는 천민 모습으로 묘사되었다. 왜냐하면 청중들 대부분이 어렵게 사는 무지한 서민층이 많았기 때문이다.

언젠가 한번은 하이네가 그의 연설장으로 갔다. 그런데 홀 안은 목욕도 하지 못한 청중들의 체취로 구역질이 나고 담배 연기가 그득했다. 연설자는 청중들과 악수를 하는 것이 보통이었으나, 그들과 악수를 한 뒤에는 자신의 손을 닦아 내야 할 정도로 그들의 손은 더러웠다. 그들은 행위도 거칠었다. 구부러진 다리를 가진 한 장애인 구두 수선장이가 벌떡 일어서더니 연설자에게 하는 말이, 당신이나 우리들 모두는 평등한 인간이라고 푸념을 퍼붓고 난동을 부리는 것이었다. 하지만 연설자는 이러한 무례함에 전혀 화를 내지 않고 그들에게 관용적이었다. 하이네는 이러한 모임 광경을 본 후부터는 자신이 혁명적인 정신에 열광한 만큼이나 혁명가들의 모임에 회의적이었다.

사람들은 이렇게 거친 민중의 국민들이 나라의 주인이요 주권의 주체라고 칭송하고 또 이들 민중들을 아름다운 존재로 찬양하고는 있지만, 난폭한 이들 민중들의 행동으로 보아서는 정말로 그들이 잘살고 교양 있는 인격적 인간으로 성숙되어 있는지 의심스러웠다. 유감스럽게도 민중들의 성숙도는 그렇지 못한 것이었다.

그것은 1789년도 혁명 당시도 마찬가지였다. 부패한 왕족들과 귀족들을 처단하라고 바스티유 광장에서 외치던 민중들은 사실 대부분 어렵게 사는 천민들이나 장애자들, 알콜 중독자와 거지 등이었다. 이들은 허구한 날 집회 장소에 동원되어 누구누구를 처형하라고 외쳐 댔다. 그 결과 국민 공회를 구성하고 있는 지롱드 당이나 자코뱅 당 사람들이 처형한 사람들은 무려 4만 명에 이르렀다. 드디어 1793년 1월 21일에는 루이 16세도 단두대에서 처형되었던 것이다.

혁명가들은 초기부터 이렇게 많은 사람들이 희생될 줄은 몰랐다. 왜냐하면 그들은 자유, 평등, 박애를 주장했던 혁명가들이었기 때문이다. 하지만 이러한 혁명 정신과는 반대로 수많은 인명을 살해한 예상치 못한 결과를 가져왔기 때문에 프랑스 혁명은 사실상 실패하고 만 것이다. 혁명이란 갑자기 이룩되는 것이 아니다. 민중들의 지적 성숙도와 함께 점진적으로 진화 발전하면서 이룩되는 것이다.

그런데 하이네는 1830년 7월 혁명에서 다시 이러한 집회 현상을 목격한 것이다. '민중'이라고도 하고 '천민^{Poebel}'이라고도 불리는 '거친 대중'들이 소요를 일으키면서 앞으로 합법적인 주권자로 지배자가 될 것이라는 주장에 대해 우려되는 바가 컸다. 이렇게 '서투른 주권자^{Taeppische Souveraens}'의 정부가 들어서서 어떠한 혁명을 완수할까 하는 것에 대해서도 지성인으로서 걱정이 되었다. 그들이 지니고 있는 사상의 정당성은 인정되지만, 사상의 요청에 따르는 민중의 성숙도가 일치할 수 있는 사회적 알리바이가 맞지 않았기 때문이다.

하이네는 다음과 같이 고백했다. 민중들로부터는 '치즈 냄새와 술 냄새, 담배 연기에 구역질'이 나고, '무신론자'들이나 '전율이 날 정도로 음부도 가리지 않은 채 알몸을 내보이고 있는 공산주의 집단과 연결되어 있다는' 사실에 걱정이 되었다고 말이다.[139]

'순수하고 섬세한 시인의 성품을 지닌 사람으로서는 이러한 민중들과 개인적으로 가까이 접촉한다는 것에 거부감이 생겼고, 그들과 사랑을 나누어야 된다는 생각에 더더욱 놀랄 정도로 소스라쳤던 것이다! …… 언젠가 한 위대한 민주주의자가 만일 자신이 왕과 악수를 했더라면 자신은 악수한 손을 깨끗이 하려고 불에 손을 넣었을 것이라고 말했는데, 이제 내가 그러한 방법으로 말을 하고 싶다: 나 자신이 주권자라 하는 민중과 악수를 하게 되었다면 나는 나의 손을 깨끗이 하려 물로 씻어 냈을 것이라고 말이다.'[140]

이처럼 민중들이 거칠고 더러운 모습으로 시위를 하고 있었기 때문에, 진정한 공화주의적 민주 혁명은 파괴적 난폭성으로 얼룩지게 되었던 것이다. 그래서 하이네는 성숙한 공화주의가 실현되려면 의회라는 대중목욕탕에서 청결하게 몸을 씻어 낸 후 단정한 모습으로 공화주의에 임해야 될 것으로 믿었다.

민중들이 공화주의란 미명 아래 난폭한 시위를 한다는 것은 공화주의에 대한 배반이요 남용이며, 위선적인 아부이고 거짓 행위인 것이다. 따라서 하이네는 공화주의에 대한 민중들의 위선과 거짓 행위를 질타하고, 이를 치유하기 위해서는 우선 민중들의 안정된 생활과 성숙됨을 요구하고 있었던 것이다. 그런데 이러한 거짓말쟁이와 아부꾼들은 간신들인 궁중 하인 속에도 있고 민중 속에도 있는 것이다.

'다 떨어진 거지 옷을 입은 가련한 왕 같은 민중이 아부꾼을 발견했는데, 그들은 비잔틴 제국이나 베르사유 궁전의 궁중 시복들로서, 파렴치하게 자신들의 향로로 민중의 머리통을 내리쳤던 이들이었다. 그런데 이러한 민중의 궁중 시복들은 언제나 자신의 우수성과 덕성을 자랑하며 열광적으로, 민중이 얼마나 아름다운 존재이냐! 얼마나 선량하냐! 얼마나 머리가 좋은 지식인들이냐! 하고 외쳐 대고 있는 것이다. ―

하지만 이것은 아니고, 그들은 거짓말을 하고 있는 것이다. 이 불쌍한 민중은 아름답지가 않다; 오히려 반대로 대단히 흉한 모습이다. 이러한 흉한 모습은 더러운 때를 통해서 발생하고 있는데, 왕이 민중들을 무료로 목욕할 수 있도록 대중목욕탕을 건립해 주면 흉한 모습이 사라질 것이다. 여기에는 한 조각의 비누도 아낄 필요가 없다. 그렇게 되면 우리는 깨끗이 목욕한 예쁘고 말쑥한 민중을 보게 될 것이다.

선량하다고 예찬되는 민중들도 모두가 좋은 것은 아니다. 때로는 몇몇 다른 절대 군주만큼이나 나쁜 민중도 있다. 하지만 이러한 민중들의 나쁜 습성은 굶주림에서 오고 있는 것이다; 이에 우리는 주권자인 민중이 먹을 것을 갖도록 보살펴야 한다. 그들도 먹고자 하는 것을 최고로 잘 먹고 배불려진다면, 다른 사람들처럼 서로가 다정하고 인자하게 미소를 짓게 될 것이다.'[141]

사실 민중들이 거칠고 난폭해지는 사회적 모순성은 '가난'과 '무지'에서 오는 것이다. 그렇기 때문에 '우리는 이러한 국가의 좋지 못한 불행을 없애기 위해 빵과 여타의 식량 수단을 무상으로 분배토록 하고, 민중을 위한 공교육을 시켜야 한다. ─ 그리고 민중 각자가 생업을 영위할 수 있는 지식을 습득한 상태가 되면 그들도 모두 좋은 지식인이 될 것이다. ─ 아마도 민중 자신들은 결국에 가서 귀중한 나의 독자들이나 나와 같은 사람처럼 교양이 있고 정신세계도 풍부하며 익살도 잘하는 지식인이 될 것이다. 이들 가운데서 툴루스 출신인 자스민Jacques Boé=Jasmin, 1798-1864과 같은 이발사로서의 시인 학자도 얻게 될 것이고, 우리 고향 출신인 빌헬름 바이틀링Wilhelm Weitling, 1808-1871과 같은 수공업자인 재단사로서 깊이 있는 책들을 저술한 철학자도 얻게 될 것이다.'[142]

그런데 유감스럽게도 혁명 당시의 민중들은 그러지를 못했다. 민중이 주권자라 자처하면서도 성숙한 민중이 되지 못한 상태에서 왕처럼 군림하려 했던 폭군들이었다. 그런 까닭에 '민중국민'들은 '거지 옷을 입은 가련한 왕Arme Koenig im Lumpen'[143] 아니면 주권자인 '쥐떼들의 왕Rattenkoenig'[144]이라 불리기도 한 것이다.

뵈르네는 바로 이러한 민중들 앞에서 교조적인 공화주의적 혁명론을 펼쳤다. 그의 혁명론은 자유와 평등을 위한 원리주의적 논리였지만, 민중들은 아직도 그것을 소화할 만한 성숙한 단계에 진입하지 못하였다. 그렇기 때문에 뵈르네의 엄격한 논리는 민중에게는 선동적인 효과만 있었을 뿐이다.

또한 뵈르네는 유대계의 지성인이었다. 하지만 철저한 독일 애국주의자이기도 했다. 비록 뵈르네가 독일의 절대 군주에게 저항하는 공화주의자였다 할지라도, 독일인 자신들이 토속 음식 자우어크라우트우리나라 백김치에 해당를 먹고 성장한 만큼이나 그의 애국심은 '자우어크라우트적 애국주의'였으며, '애국주의에 흥분한 열광주의자'였다.[145] 그래서 그의 연설에는 애국주의와 공화주의적 호소가 동시에 표출되었다. 그는 조국애에 대한 믿음을 맥주를 마셔 가며 사랑과 형제애로 서약하는 독일 애국주의 청년 학생 조합원들의

애국 사상과 프랑스 자유주의 혁명가를 부르며 독일 통일을 염원하는 공화
주의적 진보주의 사상을 함께 아우르는 혁명적 열정을 표출했던 것이다.

그런데 독일 혁명가들 가운데는 과격한 천민들이 서약하는 '조국과 독일
그리고 조상들의 믿음'을 신봉하는 편협한 애국주의 사상가들이 있는가 하
면, '인간성과 세계 시민성 그리고 후손들의 이성과 진실 … !'을 기대하는
대중적 사상가들도 있다.[146] 비록 뵈르네와 하이네는 후자에 가깝지만, 이
러한 모든 사람들의 생각과 감정들을 모두 수용해야 할 운명적 입장에 있었
던 것이다. 그렇기 때문에 두 사람 간에 사상적 간격은 없었다. 단지 이들
이 지닌 성격적 차이 때문에 화합할 수 없는 간격이 생겼던 것이다.

뵈르네가 '루소적인 엄격성'을 지닌 성격 소유자라면, 하이네는 '볼테르
적인 경쾌성'을 지닌 작가였다. 또 뵈르네가 '유대계 초기의 기독교인으로
서의 나사렛' 사상가라면, 하이네는 '그리스 문화의 헬레니즘'에 젖은 작가
로 분류할 수 있다.[147] 하지만 이러한 이분법적 분류가 어떤 이론적 확신을
갖고 이뤄진 것은 아니었다. 성격적 특성으로 분류된 것이다.

하이네는 그의 「기본적인 유령들Elementargeister, 1837」에서 유대교적 사고와 감
정 방식을 그리스 헬레니즘적 사고와 감정 방식에 대한 대립 관계로 그 특
성을 말한 적이 있다. '문제는 우울한 성격에 홀쭉하게 메마르고 감정을 적
대시하며 지나친 정신주의에만 몰두한 나사렛 사람들의 유대주의가 세계
를 지배하느냐, 그렇지 않으면 헬레네적인 경쾌함에 아름다움만을 사랑하
고 꽃피는 생명에 욕심을 지닌 헬레니즘이 세계를 지배하겠는가 하는'[148] 철
학적 문제를 제시하면서, 인간에 있어 유대인 성격과 그리스인 성격을 구
분한 적도 있다. 이것은 바로 뵈르네와 하이네 자신을 비유한 특성을 암시
한 것이었다.

그런데 이러한 상호 대치 관계는 프랑스 혁명 당시 서로가 혁명 동지이
면서도 증오 관계로 변해 간 로베스피에르와 당통과의 관계와도 같다. 전

자는 현란^{Blank}하면서도 욕심 없는 청렴한 사람이었고, 후자는 감성적이면서도 금전에 약한 사람으로 서로가 성격적 차이로 증오하게 되었던 것이다. 그것은 로베스피에르의 오른팔 역할을 했던 생 쥐스트^{Saint-Just}가 데물랭^{Demoulins}을 증오하게 된 경우와도 같았다.

특히 하이네와 뵈르네의 관계가 나빠진 시기는, 1832년 5월 뵈르네가 독일 여행을 한 직후부터였다. 뵈르네는 함바흐 성^{Burg von Hambach}에서 3만 명이 모인 야당 집회에 참여하여 프랑스 자유주의에 젖은 자유와 통일을 외쳤다¹⁸³². 하지만 이와는 반대로 바르트부르크^{Wartburg}에서는 애국 청년 집회가 열렸다. 이들은 낯선 사상을 배격하고 진보적 자유주의자들의 서적들을 불태우는 분서 행위를 벌인 것이다.

그런데 독일을 다녀온 뵈르네는 함바흐 집회에서 군중들의 공감을 얻었는지 독일에서 자유주의적 혁명이 가능할 것이라는 희망에 도취되어 있었다. 그래서 그는 「파리 서한문¹⁸³³」에서 독일에 대해 과격한 프랑스적 혁명을 주문하고 있었던 것이다. 하지만 하이네는 당시의 독일 상황으로 볼 때, 독일의 애국주의가 진보적 자유주의 사상보다 더 깊은 뿌리를 내리고 있기 때문에 독일에서는 '프랑스처럼' 혁명이 가속화될 수 없다는 회의적인 반응을 보였다. 그리고 '독일 혁명가들 중에서도 탁견을 지닌 사람들이 모든 것을 프랑스 기준에 따라 판단하는 것은 단견이라고' 보고 회의적이었다.[149]

바로 이러한 의견 차이가 드러나면서 하이네와 뵈르네는 점차 서먹한 관계로 접어들어 갔다. 하이네는 뵈르네가 1833년 2월 25일 파리에서 자신에 대해 비방한 내용을 「뵈르네에 대한 회고록¹⁸⁴⁰」 4–5장에서 소개하고 있다.

'하이네는 시인이자 예술가이다. 그는 가장 보편적인 인지認知가 결여되어 있고, 자신의 것에 대해서만 인지할 줄 안다. 그는 가끔 시인과 달리 존재하고 싶어 하기 때문에 자주 자신의 길을 잃고 있다. …… 예술을 신으로 존경하고 기분에 따라 자연에 기도를 올리는 사람은 동시에 예술과 자연에 죄를 범하기도 한다. 하이네는 자연에서 달콤한 꿀과 꽃가루를 구걸하고, 예술에서도 밀랍으로 형성된 벌집을 짓고 있다. 그런데 그는 꿀을 간직할 수 있는 벌집을 짓고 있는 것이 아니라, 벌집을 가득 채우기 위해 꿀을 모으기만 한다. 그런 이유 때문에 그는 그가 울고 있을 때에도 자기 자신 감동하지를 못한다; 그는 흘린 눈물을 카네이션 모판에만 뿌리고 있기 때문이다. 그런 이유 때문에 그가 진실을 말하고 있을지라도 그는 확신을 갖지 못한다; 그가 진실에 있어서도 아름다움^美만을 사랑하고 있기 때문이다. 그러나 진실이란 늘 아름다운 것도 아니고 언제나 아름답게 머물러 있지도 않다. 진실이 꽃피울 때까지는 오랜 시간이 걸리는 것이며, 진실이 열매를 맺기 이전에 진실은 꽃 지고 마는 것이다.

하이네는 독일의 자유가 만개할 때나 되어서 독일의 자유를 연모하게 될 것이다; 하지만 독일의 자유는 거친 겨울 때문에 분뇨^{퇴비}로 뒤덮여 있어, 그는 독일의 자유를 인식하지도 못하고 경멸하고 있다. 그래서 하이네는 성 메리^{St. Mery} 교회에서 있었던 공화주의자들의 투쟁에 관해서나 영웅들의 죽음에 관해서도 감격적인 아름다운 말을 못하고 있는 것이다!'[150]

그런가 하면 하이네는 '피 흘리는 …… 전쟁터에서도 나비나 잡으려 쫓아다니는 어린 소년'과도 같고, '어느 날 위급한 일로 하나님께 기도를 드려야 할 교회에서도 옆 눈으로 아름다운 소녀나 훔쳐보고 사랑스런 눈으로 밀담을 나누려는 멍청한 어린이^{jungen Geck}'라 했다.[151] 그뿐만이 아니다. 하이네는 '성격 없는 시인'으로 아부나 하는 변덕스런 사람이며[152] 세상이 무너질 것 같은 상황에서도 귀족들이나 '마리 앙투아네트^{Marie Antoinette}의 아름다운 눈을 위한 아름다운 시구^{詩句}'[153]나 짓고 있는 시인으로 공격하고 있었다.

하이네는 이러한 뵈르네의 비난에 '침묵'하고 '무관심'한 것처럼 대하고 있었다.[154] 하이네는 뵈르네가 자신을 증오하게 된 것이 일련의 시기와 질투에서 왔을 것이라 믿었기 때문이다. 그의 시기와 질투는 '한 젊은 창녀가 사랑의 눈초리를 내게 보내는데 내가 애교 없는 시선으로 응답한' 경우에 일어난 질투였으며, 모든 인생과 정치 사회 현상을 '불신의 황색 안경'으로 보려는 그의 성격 때문에 자신을 경계한 것으로 생각했다.[155]

뵈르네는 1837년 2월에 죽었다. 그의 장례 행렬에는 수천 명의 조문객들이 꽃핀 언덕 뻬르 라쉐즈 Père Lachaise의 공동묘지에 이르기까지 이어졌다. 사람들은 많은 눈물을 흘렸다. 참으로 행복한 죽음이었다.

하지만 '하이네는 그의 장례식에 참여하지를 않았다.' '자신의 적이 되는 사람의 장례 행렬에 따라가는 것보다 너그러운 유쾌한 일은 없는데도, 이 바보는 그것을 알지 못했던 것이다!' 사실 '나는 뵈르네의 친구도 못 되었고 더구나 적도 아니었다. 그가 가끔 나에게 불쾌감을 주었으나 별 의미는 없었다. 그가 준 불쾌감은 그의 중상모략에 대처한 나의 침묵으로 충분히 보상되었다. 나는 그가 생존했던 기간에 단 한 줄의 글도 그를 비방한 적이 없었다. 그렇게 생각한 적도 없었다. 내가 그를 완전히 무시하고 있어서, 이러한 것들이 그를 지나치게 괴롭혔던 것으로' 안다.[156]

'나는 그가 죽은 후에도 그가 나에게 가한 비방에 절대적으로 침묵했다.' '나의 침묵이 그에 대한 가장 엄중한 벌이었고, 그의 공격에 대한 냉정한 벌이 되었다.'[157] '나는 나를 모욕한 사람을 이 지상에서 용서하지 못한다. 그러나 뵈르네에 대해서는 예외적으로 용서했다. 나의 이름에 대해 직간접적으로 비방을 퍼트린 중상모략을 나는 용서했다.'[158] 그리고 침묵으로 일관했다.

그런데 뵈르네가 죽은 후 뵈르네와 함께 과격한 투쟁을 벌여 왔던 젊은 독일파의 칼 구츠코브^{Karl Gutzkow, 1811~1878}가 뵈르네의 자서전을 집필한다는 소문이 떠돌았다. 그러자 하이네는 뵈르네가 가해 왔던 공격에 자신을 보호하고 변호하기 위한 글을 써야겠다는 생각이 들었다. 그래서 집필하게 된 것이 「뵈르네에 대한 회고록¹⁸⁴⁰」이다. 이 책에서는 뵈르네에 대한 비방을 침묵으로 접어 두고, 뵈르네가 그의 「파리 서한문」에서 자신에게 가한 비방을 그대로 인용했다. 그리고 뵈르네의 좋은 면과 나쁜 면을 편견 없이 공개했다.

하이네는 그를 희비극적 인물로 보았다. 뵈르네는 예리한 사람이면서도 열정적인 사람이었고, 값비싼 비단옷을 입고 다니면서도 상황에 따라서는 하층민들의 선동자가 되었다는 것이다. 그는 정치적 열광주의로 이성을 깨우쳐 주는 선량한 생각과 영감을 지닌 사람이면서도, 인생 마지막에 가서는 세상을 개선한다는 이유로 많은 사람을 희생시킨 사람이 되었다.

그렇지만 하이네는 뵈르네를 원만한 모습으로 소개하려 했다. 칭찬도 하고 조롱도 했다. 그는 뵈르네가 정직하고 청렴하며 귀족들을 증오하고 반동 보수주의적 논객들과 용감하게 필전을 벌이는 작가라고 칭찬도 했다. 그런가 하면 사람을 신뢰하지 못하고 눈물이 많은 사람이라 조롱도 하면서, 정치적 광증주의자라 힐난도 했다. 그러면서 결국 하이네는 뵈르네를 하나의 평범한 애국주의자로 묘사하고 있었다. '뵈르네는 천재도 아니고 영웅도 아니다. 그는 올림포스의 신도 아니었다. 그는 이 지상의 한 시민으로서의 인간이며 좋은 작가이자 위대한 애국자였다.'라고 말이다.¹⁵⁹

사실 뵈르네는 진보주의적 광증주의자였지만 인간적인 애국주의자이기도 했다. 비록 그가 유대인으로서 독일의 보수주의적 정부로부터 박해를 받았다고 하지만, 독일에 대한 그의 애국 혼은 부족함이 없었다. '만일 독일이 나쁜 결과를 가져올 수 있는 불합리성에 빠져들거나 자신이 …… 조그마한 수술 때문에 아픔을 견디어 내고 치유하기 위한 성스러운 약을 먹어야 될 경우에 약을 먹을 용기를 갖지 못할 때는, 뵈르네는 스스로 욕지거리하며 발광도 하고 발을 구르며 저주하기도 하는 사람이었다. 그러나 예견된 불행이 실제로 닥쳐오거나 사람들이 독일을 짓밟고 독일인이 피를 흘릴 때까지 채찍질을 가할 때면, 그는 더 이상 참지 못하고 어리석은 자신을 질타하며 흐느껴 울기 시작했다. 그러면서 독일이야말로 이 세상에서 가장 아름답고 좋은 나라이며, 독일인도 가장 아름답고 고귀한 민족이고 참된 진주와 같은 민족이라 주장하고, 독일인보다 현명한 민족은 없을 것이라 했다.'

정말 '뵈르네야말로 위대한 애국자였다. 모르면 몰라도 게르마니아의 계모 품 안에서 가장 열렬한 생명과 쓰디쓴 죽음을 빨아들인 사람들 가운데서는 가장 위대한 애국자일 것이다! 이러한 남성의 영혼에는 감동적인 조국애의 혈기가 흐르고 환호하고 있다. 비록 이러한 조국애가 일반적인 사랑처럼 투덜거리는 비방과 불평을 숨기고 있다 할지라도, 지켜보는 사람이 없는 순간에는 더욱 강렬하게 폭발하며 솟아오르는 조국애였다.'고 했다.[160]

하이네가 뵈르네의 조국애를 이처럼 불타오르는 애국 혼으로 칭찬한 이유에는 또 다른 이유가 있었다. 당시 메테르니히에 충성하고 있던 가톨릭계 언론인이며 법률가였던 칼 야르케Karl Ernst Jarcke, 1801-1852가 공화주의 혁명 세력 이면에는 유대인들이 선동하고 있다는 반유대주의적 의혹을 그가 창간한 〈정치 주간지Politischen Wochenblatt, 1831〉의 「독일과 혁명」이란 글(1832.7.21. Nr. 29. S. 184-187)에서 제시하고 혁명가들을 뽑아내려 하고 있었기 때문이다. 이에 하이네는 유대계 작가들을 옹호하려는 생각에서 뵈르네의 애국 혼을 강조하지 않을 수 없었던 것이다.

하지만 야르케가 혁명가들에 가졌던 의혹이란 악의적이라기보다는 혁명가들이 주장하는 원칙들에 대한 의구심이었다. 그가 제시한 의혹은 다음과 같았다.

그들의 '원칙들이 창조적으로 현실 생활에 나타날 수 없다는 것이고, 독일이 오늘날 민족을 잘못 이끌고 있는 그릇된 지도자의 재단에 의해 공화국으로 변화될 수는 없다는 것이며, 자유와 평등이란 것이 무서운 폭력으로 관철될 수도 없다는 것이다. 이러한 것들은 모두가 맞는 말이다; 문제는 나쁜 방향으로 가는 건방진 지도자들이 독일의 가장 선량한 사람들과 가장 무서운 게임을 하고 있는 것이 아닌가 하는 의심이 있다. 그리고 이러한 지도자들이 선량한 사람들을 구제함이 없어 파멸로 이끌어 가고 있다는 사실을 자각도 못하고 있는 것이 아닌가 하는 의심이 있다. 또한 수천 년 동안 그들이 속해 있던 민족이 우리 민족에 의해 억압되고 치욕을 당한 것을 참아 가며 살아온 것에 대해 위대한 세계사적 행위 속에서 복수를 하려 현명한 계산속에서 잘못된 작품^{혁명}을 추구하고 있는 것은 아닌가 하는 의심이 있다.'[161]

이 때문에 하이네는 자신을 포함한 유대계 혁명가들을 야르케의 의혹 속에서 벗어날 수 있도록 변호해야 할 입장이었다. 그래서 하이네는 뵈르네를 옹립하고, 그의 애국 혼을 칭찬하였던 것이다. 그러나 하이네는 뵈르네의 혁명적 애국 혼을 칭찬하다가도 그의 정치적 광증에는 조롱도 하고 힐난도 했다. 그의 날카로운 이성이나 진실에 대한 애정 및 청렴성은 높이 평가하지만, 자기 환상에 도취되어 너무나 관념적인 이상에 사로잡혀 흥분하는 그의 공허한 편협성에는 비판을 던졌던 것이다. 그런데 하이네가 뵈르네에 대해 더욱 심하게 비판을 가했던 일은 자유와 인권을 위해 함께 투쟁했던 마담 자네트 볼^{Jeanette Wohl, 1783-1861}과 뵈르네와의 애정 추문이 있은 다음부터였다.

마담 볼은 하이네의 「노래의 책¹⁸²⁷」이 출간되었을 때, 하이네 시를 열광적으로 애독하고 존경했던 여성이었다. 그녀가 뵈르네 박사의 부인이 되었다는 소문이 난 것이다. 하지만 마담 볼은 뵈르네와 결혼한 것이 아니라 프랑크푸르트 출신 사업가이자 교수인 살로몬 스트라우스^{Salomon Strauss, 1795-1866}와 결혼한 것이었다. 마담 볼은 뵈르네와 아주 가까운 친구 사이였다. 살로몬 스트라우스는 부인을 통해 뵈르네와 친분을 맺으려 파리에 혼자 있는 뵈르네에게 접근한 것이다. 그런데 이제 갓 결혼한 부부가 뵈르네와 함께 한집살림을 하게 되었다는 사실이 부도덕한 스캔들로 와전되었던 것이다. 왜냐하면 마담 볼은 법적으로는 스트라우스와 부부 관계였지만 정신적으로는 뵈르네와 더욱 밀착된 연인 관계에 있었기 때문이다. 더욱이 마담 볼이 뵈르네와 결혼했다는 소문이 일고 있던 때에 갓 결혼한 마담 볼 부부가 뵈르네와 한 지붕 밑에서 동거하게 되었다는 사실은 사람들로 하여금 나쁜 생각을 갖도록 했다.

그런데다 하이네의 시를 그렇게 좋아했던 그녀가 이제 뵈르네의 자유와 인권 사상에 대해 많은 영향력을 미친 연인 관계에 있다는 사실이 하이네에게는 많은 생각을 갖게 한 것이다. 마담 볼이 소문대로 뵈르네의 부인인지 아니면 뵈르네의 플라톤적 연인인지 하는 의혹에다 스트라우스와의 부부 관계가 어떤 애정 관계인지 하는 생각들이 의혹의 대상이 되었다. 따라서 하이네는 그녀가 '표리가 있는 부인'이 아닌가 하는 의심을 갖게 되었고,[162] 그녀와 결혼한 스트라우스 역시 어떤 의도로 그녀와 결혼하게 되었는가 하는 의구심을 갖게 되었다.

사실 스트라우스가 마담 볼과 결혼한 것은 부인을 통해 뵈르네를 가까이 하고, 뵈르네의 명성 아래서 자신의 위상을 높이려는 좋지 않은 허세적 저의를 갖고 있었던 것으로 보고 있었다. 사람들이 하이네에게, '스트라우스는 뵈르네의 집에서 뵈르네를 위해 봉사하는 역할을 하고 있으며, 그의 거친 일들을 정리해 주고 그의 명예와 함께 허세로 생활하는 사람이며, 뵈르네의 적들에 대해서는 가차 없는 독기와 담즙으로 독설을 퍼붓는 사람이라 했다. 사실 마담 볼의 남편은 부인과 순수한 마음과 관용적인 마음으로 맺어진 부부 관계의 좋은 종류의 사람이 아니었다. ⋯⋯ 절대로 아니었다.

오히려 그는 서기 5세기 전 그리스 역사가인 크테시아^{Ktesia}가 쓴 「인도에 관한 책」 26장에서 언급되고 있는 나쁜 종류의 사람으로 알려졌다. 즉 뿔 달린 당나귀로 인식되었다. 모든 당나귀들은 담즙을 갖고 있지 않은 데 반해 뿔 달린 당나귀는 그의 고깃살이 쓰디쓸 정도로 담즙이 넘쳐흐르는 당나귀였다.'[163]

이렇게 스트라우스는 쓰디쓴 저의를 갖고 있는 '뿔 달린 당나귀'로 비유된 것이다. 보통 사람들은 일반적인 당나귀처럼 애정과 관용으로 맺어진 부부 관계로 비유되는데, 스트라우스는 뿔 달린 당나귀처럼 순수하지 못한 저의를 갖고 결혼한 나쁜 종류의 사람으로 비하되었던 것이다. 게다가 이러한 저의를 가진 사람과 결혼한 마담 볼이 정신적 연인인 뵈르네와 함께한 지붕 아래에서 동거하고 있었기에, 이들에 대해서는 역겨운 감정과 부도덕한 생각을 하게 되었던 것이다.

하이네는 이들 뵈르네와 마담 볼-스트라우스의 부부 관계를 역겨운 삼각관계로 비웃고 있다.

'마담 볼은 자신의 정신을 달콤한 뵈르네의 정신에서 즐기면서 때로는 가끔 쓰디쓴 고기를 맛보게 될지도 모르는 우스꽝스런 제3자와의 부부 관계라는 위장^{偽裝} 속에서 뵈르네와 함께 살고 있는 것이다. …… 이런 경우가 정상적이라 할지라도 또 이러한 경우가 이상적인 친구에게는 아름답고 순수한 정서만을 제공하고 거친 남편에게는 아름답지도 순수하지도 못한 껍데기^{肉體}만을 제공하게 된다 할지라도, 함께 사는 이러한 집안 전체는 더러운 거짓에 근거하고 있는 것이며 모독된 부부 관계나 아첨 및 부도덕성에 근거하고 있는 것이었다.'[164]

그러므로 '내가 뵈르네와 함께 만날 때에는 그의 주위 사람들에게서 위협적으로 풍기는 구역질에다가 계속 기염을 토해 내는 뵈르네의 정치적 미치광이의 정론까지 나에게 쏟아 부어져 불쾌감까지 합세하고 있었다.'고 하

이네는 술회하고 있었다.[165] 따라서 하이네가 뵈르네의 집안에서 느낀 것이
란 뿔난 당나귀의 위선과 부도덕성 및 구역질 나는 역겨움이었다.

이렇게 좋지 못한 감정들이 담긴 하이네의 「뵈르네에 관한 회고록」이 뵈
르네가 죽은 후 1840년 8월에 캄페 출판사에서 출간되자, 뵈르네를 존경했
던 급진적인 사람들이나 독일의 계몽적인 독자들은 하이네에게 비난을 퍼
부었다. 뵈르네는 정직하고 도덕성이 강한 사람인데 그를 비방하는 것은
거의 신의 모독에 가까운 것이라 하면서, 뵈르네와 마담 볼-스트라우스에
대한 하이네의 비난에 불만을 터뜨렸다.

대표적으로 젊은 독일파의 칼 구츠코브[Karl Gutzkow, 1811-1878]는 자신이 편집장
으로 있는 〈독일을 위한 통신[Telegraf fuer Deutschland, 1835-1842]〉에서 '하이네야말로
시인으로서의 자만심에 빠져 있는 부랑인 같은 작가'라 했는가 하면, 다른
신문들에서는 그를 '악의'와 '뻔뻔스러움', '비겁함'과 '무례함', '거짓'과 '비
열함', '독설가'이자 '음담패설가', '파렴치함'과 '허풍쟁이', '광기'에 찬 '망할
X'이라 비난하는 사람들도 있었다.[166]

하지만 하이네는 이들 비난에 의연한 자세로 대처했으며, 「뵈르네에 관
한 회고록」을 출간해준 캄페에게 '당신께서는 내가 이러한 비난들에 슬퍼하
고 있다고 생각하지 마십시오. 내가 걸치고 있는 황금 갑옷이 이러한 모든
비난의 화살들을 탄력 있게 막아 낼 것입니다.'라고 전했다[(1840.9.15. 편지)].[167]
그리고 이러한 비난의 화살들 가운데는 반유대주의적 독설도 함께하고 있
다고 보았다.

그러나 몇 개의 글 가운데에는 하이네를 두둔하는 것도 있었다. 특히 하
이네와 돈독한 친구였던 파른하겐[Karl August Varnhagen von Ense, 1785-1858]은 「뵈르네
에 관한 회고록」은 '참으로 좋고도 정직한 책'이라고 칭찬했던 것이다.[168]

하지만 과격한 젊은 혁명가들의 중심에 선 뵈르네는 하이네를 경솔하고

믿을 수 없는 작가로 보았고, 밤낮으로 파리 시내의 창녀들이나 뒤쫓고 아름다운 향락이나 즐기는 경박한 사람으로 보았다.[169] 그럼으로써 뵈르네와 하이네의 감정적 대립은 골이 깊어져 서로 화해하기 어려운 증오의 관계가 되었다. 더욱이 마담 볼-스트라우스 부부가 뵈르네의 글들을 모아「하이네에 관한 뵈르네의 의견」이란 책자를 내자, 이들에 대한 논쟁은 더욱 가열되었다.

그러자 하이네는 마담 볼-스트라우스가 펴낸 책자에 대한 불편한 감정을 자제하면서도, 개인적으로는 캄페에게 보낸 편지에서 책자를 발간한 이들 부부를 '비천한 마담 볼이라든가 뵈르네의 애첩 및 그녀의 뿔난 당나귀와 함께 ……'라는 등의 명칭으로 이들 부부를 비하하였던 것이다(1841.7.7. 캄페에게).[170] 여기에 흥분한 스트라우스가 파리의 리셸리외 거리Rue de Richelieu에서 하이네의 따귀를 갈기고 결투를 해 올 것을 희망했다는 소문도 있었다. 이에 하이네는 역겨운 듯이 스트라우스가 거짓말을 하고 있다면서, 결투를 거부한 자와 겁쟁이는 스트라우스라고 서로를 힐난했다는 것이다.

그 결과 하이네와 모욕당한 스트라우스의 결투는 1841년 9월 7일에 실행되었다. 스트라우스가 먼저 하이네에게 결투를 요청했고, 그는 검으로 결투하기를 원했으나 하이네가 권총으로 하자고 맞서, 결투는 권총으로 결정되었다. 하이네는 허공으로 총을 쏘았다. 하지만 스트라우스가 하이네를 겨냥한 총알은 하이네의 허벅다리를 스쳐 갔다 한다. 이 결투가 하이네 인생에 있어 마지막 결투가 되었으며, 10번째의 결투였다 한다. 정확한 숫자는 모르지만 몇 번은 실행되지 못했다는 소문이 있다. 그러나 실제로 결투가 있었던 것은 10번이라 한다. 스트라우스와의 결투가 있은 지 3년 후에도 46세의 하이네는 다시 결투의 소용돌이에 얽힌 일이 있었다. 하지만 건강상의 이유로 더 이상 이런 모험은 없었다고 한다.[171]

이처럼 하이네와 뵈르네, 스트라우스 간에는 사사로운 갈등이 있었다.

이들 간의 갈등은 서로 간의 부족한 판단에서 온 감정적 증오에서 왔지 이념적 증오에서 오지는 않았다. 하이네의 성격은 감성적 헬레니즘에 가까웠고, 뵈르네의 성격은 냉철한 이성에 바탕을 둔 나사렛 기독교주의에 있었다. 이렇게 같은 혁명적 사상가들이라 할지라도 혁명을 바라보는 인간적, 정치적 체감과 관찰 태도가 상이했기 때문에 사사로운 갈등이 생긴 것이다. 하지만 그들의 공화주의적 혁명 사상과 애국 사상의 진로에 있어서는 동질적이었다. 단지 완급과 강온의 정치적 기질 차이가 있었을 뿐이다. 뵈르네는 급진적이고 과격했으며, 하이네는 중용적이고 감성적이었다. 그래서 이들 간의 호흡은 빗나가 갈등과 증오를 낳게 된 것이다.

뵈르네가 먼저 자신의 「파리 서한문[1832~1834]」에서 하이네에 대해 비방을 하자, 하이네는 이에 대한 응답으로 「뵈르네에 관한 회고록[1840]」에서 그를 공격했던 것이다. 공격 형식은 뵈르네의 좋고 나빴던 성격을 언급하고, 뵈르네가 해 온 비방을 그대로 공개함으로써 독자로 하여금 판단하게 한 것이다. 그래서 하이네의 「뵈르네에 관한 회고록」에 대해 독자들은 상이한 반응을 보였다. 더욱이 이들 간의 증오는 유대계 지성인 간의 갈등이어서, 「뵈르네에 관한 회고록」에서 공개된 내용은 그 당시 유대인들 사이에서나 좌파 사상가들 사이에서 서로 다른 반응을 보였던 것이다.

하이네가 칼 마르크스를 만나기 전인 1842년에 엥겔스는 이 '회고록'이야말로 뵈르네에 대한 가장 '비열한 명예 훼손'과 '스캔들'을 가져온 '독일어로 집필된 책 중 가장 원시적인' 책이라 비난했다. 그런가 하면 하이네를 존경해 왔던 칼 마르크스는 이 책을 강력히 옹호하고, 하이네를 비방한다는 것은 '기독교적이고 독일적인 당나귀'들의 어리석음이 던지고 있는 비방 중의 하나라고 했다.[172]

하지만 하이네 자신은 자신의 「뵈르네에 관한 회고록」이 독자들에게 논쟁의 스캔들이 되고 있었기에, 자기 자신이 이 책자를 쓸데없이 집필한 것

은 아닌가 하는 자책감도 갖게 되었다. 그래서 비방의 글이 실린 부분인
「뵈르네에 관한 회고록」 4-5장을 재발간 시기부터는 삭제할 것을 약속했
다. 그리고 그가 살아 있는 동안에는 더 이상 이 책자가 재판되지도 않았다
(1845.12.22. 레오폴트 베르트하임에게 보낸 편지 참고) **173**.

이처럼 「뵈르네에 관한 회고록」이 그들 간의 갈등을 공개하고 있었다지
만, 그것은 어디까지나 그들의 사사로운 인간적, 개인적, 심리적 증오만을
드러냈을 뿐이다. 그들은 자신들이 지녔던 공화주의적 사상과 애국 사상
및 유럽주의 사상에는 같은 맥을 유지하고 있었다. 그랬기 때문에 하이네
는 그에 대한 비방을 삼가고 뵈르네가 죽은 뒤에는 침묵으로 일관했던 것이
다. 그리고 그들이 공유했던 사상적 재산은 유럽 사상을 형성 발전시키는
데 공동의 재산으로 크게 기여하였다.

단편적인 예로 이들로부터 영향을 받은 니체는 반기독교적인 공격을 위
한 논거의 출발점으로 뵈르네와 하이네의 성격 차이에서 나타난 '나사렛인
의 초기 기독교주의와 헬레니즘의 대립 사상'을 그의 허무주의적 극복 사상
을 위한 대립적 요소로 활용했다.**174** 또 칼 마르크스가 '종교는 아편이다.'라
고 한 말도 하이네의 「뵈르네에 관한 회고록」에서 나온 말이다. '성스러운
종교라는 것은 고통스런 인간을 달콤하게 잠들게 하는 몇 방울의 위대한 정
신적 아편인 것이며, 쓰디쓴 성배에 몇 방울의 사랑과 희망 및 신앙을 부어
넣어 주는 것이다!'고 한 말에서 비롯된 말이었다.**175**

이러한 표현들은 혁명적인 원리주의자 뵈르네와 헬레네풍의 감성주의자
하이네의 상대적 관계를 설명하는 과정에서 파생된 비유어로서, 이 시대를
지배했던 유럽적인 지성인 니체나 마르크스 등에 영향을 미친 하나의 예가
되고 있다.

15. 독일 낭만주의의 사상적 여파, 애국주의

― 마담 스탈의 독일관을 중심으로

불행히도 하이네와 뵈르네가 서로 증오하던 이 시기는 그들에게 참으로
불안한 시절이었다. 그 때는 이들 모두가 독일의 전제 군주제에 반기를 들
고 공화주의를 선동하던 시기였다. 이에 프로이센 왕 프리드리히 빌헬름
3세는 그들을 조국의 배반자라 지칭하며 1833년 1월에 체포령을 내렸고,
1835년 12월 가서는 젊은 독일파에 속한 진보주의 작가 모두를 구속할 것
을 독일 연방 의회가 결정했기 때문이다. 그래서 하이네와 뵈르네는 불안
한 운명 속에서 이방인 생활을 해야만 했다.

하지만 그들은 프랑스 지성인들의 열성적인 도움으로 자유로운 집필 활
동을 계속 할 수 있었다. 특히 하이네가 1831년 파리에 도착했을 때부터,
그는 독일의 낭만주의 시인으로서뿐만 아니라 정치적 언론인으로서 융성
한 대접을 받았고, 자유로운 집필을 권유받았다. 그간 억압받아 온 슬픈 마
음도 명랑한 프랑스 생활에서 풀고, 머릿속에 간직했던 독일의 꿈들도 자
유롭게 펼쳐 보이라는 주문이 있었던 것이다.

그러자 당시 〈유럽 문학지L'Europe littéraire〉의 발행인으로 있던 빅토르 보앵

Victor Bohaim이 그에게 독일 문학 전반에 걸친 문학사를 집필해 보라는 요청을 했다. 그래서 시도된 작품이 독일 문학사를 정리한 「낭만주의 학파[1836]」와 문화사를 정리한 「독일 종교사와 철학사[1835]」였다.

특히 「낭만주의 학파」를 집필하게 된 동기는 책의 첫 장에서 밝히고 있듯이, 독일로 일시 망명했던 프랑스 여류 작가 마담 스탈의 「독일에 관하여[De l'Allemagne, 1810]」가 괴테 생존 시의 독일 낭만주의 작가들과의 개별적 만남을 통해 집필된 내용이어서, 지나친 독일 애국주의에 편중된 감이 있다는 이유 때문에 이를 보다 객관적인 시각에서 소개해 보려는 의도에서였다. 또 다른 주된 동기는 괴테의 죽음으로 괴테의 예술 제국 시대가 마감되었기 때문에 독일 문학사의 새로운 정리가 필요한 것으로 생각되었기에 「낭만주의 학파」를 출간하게 된 것이다. 그는 이 책의 첫 장부터 다음과 같이 적고 있다.

'마담 스탈의 작품 「독일에 관하여[1810]」는 독일의 정신적 생활을 프랑스 사람들에게 포괄적으로 전할 수 있는 유일한 정보였다. 그러나 이 책자가 발간된 지는 오랜 세월이 흘렀고, 그간 독일에서는 완전히 새로운 문학들이 발전되었다. 이 문학을 과도기적인 문학이라 할까? 또는 완전히 꽃핀 절정기의 문학이라 할까? 여기에 관해서는 의견들이 분분하다. 하지만 대부분의 사람들은 괴테의 죽음과 함께 독일에서는 새로운 문학 시대가 시작되었고, 괴테와 함께 옛날 독일은 무덤으로 갔다고 믿고 있으며, 귀족적 문학의 시대는 끝나고 민주적 문학이 시작되었다고 믿고 있다. 다시 말해 최근 프랑스 언론인이 말한 것처럼 "개인 작가의 정신[사상]은 끝나고 모든 작가의 정신[사상]이 시작된 것이다."

나 자신의 개인적 의견으로는 독일 정신의 미래 발전에 관해서 일정한 방법으로 판단하고 싶지는 않다. 하지만 나 자신이 제일 먼저 정의한 "괴테적 예술 시대"의 종료라는 말은 내가 이미 수년 전부터 예언한 말이다. 나는 이것이 잘한 예언이라 믿는다!'[176]

이처럼 하이네는 자기가 새로운 문학사를 집필한 동기를, 첫째로 새로운 민주적 문학이 시작되었다는 것과, 둘째로 개인적인 괴테의 예술 제국 시대가 종료되었기 때문이라 말하고 있다. 나아가 지나간 문학들을 새로운 시각으로 조명하여 프랑스 사람들에게 독일의 정신생활을 새롭게 소개해야 된다고 믿었기 때문이다.

특히 하이네가 마담 스탈의 「독일에 관하여」와 다른 시각으로 독일의 정신생활을 소개하려 했던 것에는 '마담 스탈의 책이 놀랄 정도로 의식적인 편견을 갖고 독일의 이상주의와 정신생활을 높이 찬양함으로써, 당시 물질적 영광을 누렸던 프랑스 황제 시대와 프랑스 작가들의 사실주의에 반대하려 한 의도가 있었다는 이유 때문이며, 그녀의 책 「독일에 관하여」가 타키투스의 「게르마니아」처럼 독일인을 변호하고 찬양함으로써 자신의 동포들에 대해 간접적인 풍자를 가하려 했었다.'는 이유 때문이다.[177]

그렇다면 독일의 낭만주의가 어떠했기에 마담 스탈의 독일 낭만주의 찬양에 대해 하이네는 교정을 시도했을까? 그것은 하이네의 입장에서는 자명했다. 당시 프랑스에서는 이성을 바탕으로 한 계몽주의적 민주 시대가 번성하고 있었는데, 독일에서는 이미 계몽주의 시대를 거쳤음에도 불구하고 중세의 종교적 신비주의를 재생하려는 정신주의가 부활하고 있었기 때문이다.

물론 독일 낭만주의도 영국과 프랑스, 이탈리아의 낭만주의와 맥을 같이하는 의미를 지니고는 있다. 하지만 중세의 기독교적 순교 정신에서 싹튼 '수난의 꽃Passionsblume'이나 '우울한 꽃melancholische Blume'들이[178] 독일 민족 전설에 나오는 신비주의의 상징처럼 승화됨으로써, 기독교적 순교 정신이 신비적 유령으로 드러나 독일 문학예술 세계를 지배하고 있었기 때문이다. 여기서의 기독교적 순교 정신이란 로마 가톨릭 정신을 말하고 있다. 그런데 이러한 가톨릭 순교 정신에서 싹튼 독일 낭만주의가 하이네에게 있어서는 불합리한 정서로 다가왔던 것이다. 기독교의 순교 정신이 신비적 정신주의와 도그마적 종교 세계에 몰입되어 있었기에, 모든 감성의 육체적 요소가 정신주의에 의해 말살되어 가는 것으로 보였던 것이다. 이에 대해 하이네는 다음과 같이 말하고 있다.

'나는 이 종교에 관해 말하건대, 이 종교는 온갖 육체를 저주할 것을 첫 번째의 도그마로 삼고 있으며, 정신을 승화시키기 위해 정신이 육체를 지배할 뿐만 아니라 육체를 말살시키도록 하고 있다; 나는 이 종교에 대해 말하건대, 이 종교는 육체를 저주함으로써 순수한 감정의 기쁨들을 죄악시하고, 완전한 정신이 형성될 수 없는 불가능성을 주장함으로써 위선을 형성시키는 부자연스런 사명을 지니고 있다; 나는 이 종교에 대해 말하건대, 이 종교는 모든 세속적인 재물을 비난하고, 개 같은 충성과 천사 같은 인내심을 가지라는 가르침을 통해 전제 군주들을 지탱시키고 있다.

이젠 사람들은 이러한 종교의 본질을 인식하였고 더 이상 하늘에 대한 지시에 속지 않으며, 물질 역시 나름대로의 선을 지니고 있고 악마가 아니라는 사실을 알고 있다. 그러므로 이제 사람들은 말할 수 없는 지상의 아름다운 하나님의 정원을 만끽하고 지상의 향유를 요구하여야 한다. 그리고 이제는 우리가 이러한 절대주의적 정신주의를 이해한 이상, 우리는 가톨릭 기독교적 세계관이 종말에 도달하고 있다고 믿어도 된다.'[179]

하이네는 이 같은 중세적 기독교관이 독일 낭만주의에 부활하고 있다고 믿었다. 그래서 이를 찬양하고 있는 마담 스탈의 독일관에 선뜻 동의하기가 어려웠던 것이다. 기독교적 정신주의가 독일 민족의 자연감정에서 오는 낭만적 신비주의와 융합되어 독일의 향토적 정신주의와 이상주의를 낳고 있었기 때문이다. 그리고 독일 낭만주의가 문학사적 사조에서 온 '질풍과 노도' 시대의 격정적 불합리주의와 '독일 고전주의'에서 온 고전적 합리주의 정신과 융합되어 새로운 신비적 이상주의를 만들고 있었기 때문이다.

따라서 독일 낭만주의는 중세 기독교에서 오는 도그마적 절대주의와 자연에서 발현된 정신적 무한성에서 오는 범신론적 신비주의가 함께 융합되어 무한한 이상주의를 생성하고 있다고 생각되었다. 하지만 이러한 이상주의에서는 사실주의적 현실이 결여된 정신적 환상만이 형성되고 있다. 그렇기 때문에 이 같은 형이상학적 정신세계에서는 자칫 잘못하면 절대주의적 정신세계를 추종하는 절대 권력이 나타날 수도 있다고 우려했던 것이다. 그런데 마담 스탈은 이러한 정신주의로 가득 찬 독일 낭만주의를 찬양하였던 것이다. 하이네는 이런 마담 스탈의 독일관에 다소 의혹의 시선을 던졌다.

하이네는「고백록[1854]」에서 다음과 같이 털어놓고 있다.

'그 선량한 부인께서는 우리[독일]에게서 그녀가 보고 싶었던 것만을 보았는데: 이는 사람들이 육체[몸체]는 없이 덕성만을 지니고 눈 덮인 들판 너머로 떠돌거나 도덕이나 형이상학만을 대화하고 있는 안개 낀 영적 풍토만을 보았던 것이라 하겠다! 그녀는 독일 도처에서 자신이 보고 싶고 듣고 싶고 예기하고 싶었던 것만을 보았으나, 그녀가 우리에게서 들은 것은 너무나 적었고 참된 것은 듣지도 못했다. 그녀가 독일 학자들과 대화할 때는 스스로 혼자서 너무나 많은 말을 하거나 거친 질문을 던졌기에, 독일 학자들이 혼란에 빠져 당황했기 때문이다. 그녀는 자신의 풍뚱한 다리를 홀쭉 말라 떨고 있는 연약한 부터베크 교수[Friedrich Bouterwek, 1766~1828. 괴팅겐 대학 독일 문학사 교수]의 무릎 위에 올려놓고 "정신이란 무엇일까요?" 하고 질문하고 있었던 것이다. 그러면서도 그녀는 그 후 글로 남기기를 부터베크 교수는 대단히 관심이 많은 분이었다!든지 그분은 눈을 감은 채 많은 사색에 젖어 있었다!고 적고 있다.

내가 파리에서 나의 친지들과 대화하고 있을 때는 이런 일이 일어나지 않았다! 그녀는 도처에서 독일 정신주의만을 보았고, 우리 독일 사람들의 정직함이나 도덕과 정신 형성만을 찬양하고 있었던 것이다. ― 그녀는 독일에서 감옥이라든지 창녀들, 군부대의 병영 같은 것들은 보지를 못했다. —
그래서 모든 독일 사람들을 몽티옹^{Prix Monthyon, 1733-1820} 같은 박애주의자로 믿
게 하였다. 그리고 황제에게 불평을 하는 모든 것들은 당시의 우리들처럼
황제의 적이 되었던 것이다.'[180]

그러므로 황제에게 증오의 비난을 던졌던 하이네 같은 젊은 독일파들은
황제의 적이 되었고, 독일의 영적 풍토를 찬양했던 마담 스탈은 독일 정신
을 드높이는 홍보자가 되었다.

그렇다고 해서 마담 스탈이 물리적 권력자에 동조했던 것은 아니다. 그녀
도 자신이 권위주의적 나폴레옹 황제에게 추방되어 독일로 피신했기 때문
이다[1803-1804, 1810]. 그러나 진보 세력이 권력자에게 가한 비판은 '커다란 칼로
찌르는' 일격 같았지만, 마담 스탈의 비평은 '아주 작은 여성적인 실 바늘로
찌르는' 간지럼 격이었다 한다.[181] 여하튼 그녀가 독일의 정신주의를 찾아
독일로 갔던 이유에는 프랑스의 제국주의적 물질주의와 정치적 권력에 저
항했기 때문이며, 이에 따른 비정치적 정신세계를 찾고 싶었기 때문이다.

그녀는 독일에서 괴테, 실러, 빌란트, 피히테 및 슐레겔 형제 들을 만났
다. 주로 빌헬름 슐레겔의 영향을 받고 그의 문학적 자문을 받아 독일 낭만
주의의 이상주의 문학을 알게 되었으며, 이를 프랑스에 소개하려 했던 것이
다. 그래서 하이네는 그녀의 「독일에 관하여」가 현실 세계를 외면한 이상주
의적 문학 세계만을 담은 독일 소개서로 본 것이다. 특히 고대인도 문헌에
심취하였고 낭만주의 문학잡지 〈아테네움〉을 발간하고 있던 빌헬름 슐레
겔의 일방적인 안내를 받아, 그녀는 독일 문인들의 다락방을 순례하였다.

그런 이유로 하이네는 그녀의 문학적 탐방이 마치 인도의 이방인이 낯선
외국 문화를 탐방하는 것처럼, '그녀는 커다란 터번을 쓰고 회교 군주의 사
상적 어머니가 되어 순례하는' 모습으로 표현했던 것이다.[182] 그것은 위대

한 이방인 나폴레옹이 독일을 순례했던 모습처럼 회교 군주의 여인이 낯선 독일을 순례하는 모습으로 풍자되었던 것이다.

사실 마담 스탈과 나폴레옹의 관계는 우화적인 악연이 있었다. 마담 스탈의 「독일에 관하여」가 처음으로 출판[1810]되자, 나폴레옹의 명령에 의해 그녀의 책이 압류되고 파기된 적이 있었다. 하지만 이들의 관계가 이처럼 악화되기 전에는, 두 사람 모두 프랑스 사회에서 쌍벽을 이루는 유명 인사였다. 나폴레옹이 이탈리아 전쟁을 승리로 이끌고 파리에 개선했을 때, 마담 스탈은 그를 사모하고 열광했다.

그런데 자신에 대한 나폴레옹의 오만한 편협 때문에 그녀는 그에게 실망하고, 열광했던 그녀의 사랑은 증오로 변했던 것이다. 그 예로 마담 스탈이 한 커다란 모임에서 나폴레옹에게, 당신은 이 시대에서 살아 있거나 죽은 인물들 가운데 가장 위대한 여성이 있다면 어떤 사람을 꼽겠느냐고 물었다. 이에 나폴레옹은 질문을 던진 그녀를 무시하듯 가장 단순한 답변을 한 것이다. '아이들을 낳아 본 적이 있는 여성'이라고.[183] 이 같은 표현은 질문을 던진 지성적 여성에 대한 무례한 태도였다.

또 다른 예는 나폴레옹이 첫 번째 집정관으로 재직했을 때의 일이다. 마담 스탈은 나폴레옹에게 접근하려 그를 방문한 적이 있다. 그런데 나폴레옹의 지시에 따라 근위병이 거짓말로 그녀의 방문을 거절한 것이다. '지금 나폴레옹이 목욕을 하고 있는 까닭에 영접할 수 없으니 유감스럽다고 전한 것이다. 이에 그녀는 유명한 답변을 남겼다. "천재는 성性이 없기에[성을 구분하지 않기에] 만남에 방해가 되지 않는다.'"[184]

이 이야기들은 익살이 넘친 우화로 추측되지만, 두 사람의 지명도에 비춰 볼 때 지성적 여성에 대한 나폴레옹의 태도가 좋지 못했다는 사실을 반증하고 있다. 결국 마담 스탈은 악연에서 오는 경쟁적 자존심 때문에도 그러했고, 그녀를 추방시키는 데 이르기까지의 나폴레옹의 난폭하고 비정한 통치 태도에 불만을 갖고 독일로 피신했던 것이다.

그렇다면 그녀가 독일에서 체험한 독일의 낭만주의적 이상주의는 어떤 것이었을까? 그녀가 전수받은 이상주의는 한마디로 자유주의적 정신주의를 바탕으로 한 순수함이요, 환상적이고 영적인 정신세계였다. 그리고 순수한 낭만적 감정에 자연과 우주적 정서가 함께 녹아 있는 낭만적 자연주의 정신과 그것에 따른 인본주의 정신이었다.

하지만 좋지 못한 요소도 있었다. 영주 제도에서 오는 정치 문화와 순박한 독일 민족성 때문에 절대 군주에게 절대 복종하는 독일인들의 충성심과 국가주의적 애국주의가 그것이었다. 결국 이러한 애국주의와 낭만주의적 정신주의의 결합이 후일에 나치의 출현을 가능하게 했던 것이다. 하지만 독일의 정신주의는 그간 폭풍 같은 프랑스의 정치적 소용돌이를 체험한 마담 스탈에게는 마음의 안정과 신선함을 가져다준 청심제가 되었다.

하이네는 그녀가 독일 여행 중 외친 탄성을 다음과 같이 소개하고 있다.

"'이 얼마나 생기를 돕는 고요함이 이곳 독일에 불고 있는가!' 그녀는 프랑스에서 격앙됐던 감정을 독일에서 식히기 위해 독일로 온 것이다. 우리들 독일 시인들의 순수한 숨결들이 뜨거운 태양열로 가득 찬 그녀의 가슴을 참으로 기분 좋게^{시원하게} 했을 것이다! 그녀는 우리들의 철학을 여러 종류의 아이스크림처럼 관찰하고, 칸트를 바닐라^{Vanille} 아이스크림처럼 빨아들였고, 피히테를 피스타치오^{Pistazie} 아이스크림처럼 먹었으며, 셸링을 네 가지의 열매 향으로 만든 아를르캥^{Arlequin} 아이스크림처럼 삼켰던 것이다! ―

또한 "그대들의 숲은 얼마나 아름답고 맑은지" ― "제비꽃 향기는 얼마나 신선한지!" "방울새들은 그대들의 독일 보금자리에서 얼마나 재잘거리는지!" 감탄하며, 그녀는 계속 탄성을 올리고 있었던 것이다. "그대들 독일인들은 참으로 착하고 덕성 있는 민족이다. 우리들의 프랑스 호텔 거리^{밤거리}를 지배하는 패륜적인 개념이란 이곳 어디에서도 찾아볼 수 없구나.'"¹⁸⁵

이처럼 마담 스탈은 독일 여행에서 자연과 문학과의 관계에서 감탄할 수 있는 독일 문화의 신선미를 맛보았던 것이다. 사실 독일의 정신주의는 그녀에게 청심제로 다가왔다.

하지만 하이네는 독일의 낭만적 이상주의가 지나친 정신적 절대주의로 기울어 국가주의적 군주적 절대 권력을 낳을 수 있는 가능성이 있기 때문에, 마담 스탈의 독일 찬양론을 경계했던 것이다. 그렇다고 하이네가 독일의 이상주의를 무조건 경계한 것은 아니다. 오히려 하이네는 독일의 이상주의를 탄생시킨 역대 작가들을 좋아했고, 그들이 추구한 교양 있고 계몽된 국가관을 찬양했다. 아름다운 독일 음악과 고귀한 문학 그리고 심오한 철학을 드높였다. 독일인의 자유를 위한 투쟁과 위대한 꿈, 정신을 가꾸어 놓은 사상가들을 높이 평가했던 것이다.

그는 이성과 관용 및 인간성을 위해 투쟁했던 계몽주의 작가 레싱을 좋아했고, '모든 인간은 형제들이라'고 베토벤 심포니 9번에서 노래된 세계주의적 실러의 시「기쁨」을 드높였다. 더욱이 레싱의「인간 교육론」에서 주장된 계몽 정신은 프랑스 사람들에게도 하나의 귀감이 될 수 있으며, 낡은 것을 파괴하고 보다 새롭고 나은 것을 창조하려 한 '레싱은 문학사에서 내가 가장 좋아한 작가 중 한 사람'이라 찬양했던 것이다.[186] 그리고 '실러도 자유의 사원을 세웠고 유일한 형제들의 공동체와 모든 국가들을 아우르는 위대한 사원을 건립한 세계주의자'였다고 칭송하고, 개인의 자유를 전제로 한 그의 인본주의적 공동체 사상은 '정신적 바스티유 감옥을 파괴하고 위대한 혁명 이념을' 설계한 자유주의 사상이었다고 찬양하였다.[187]

이처럼 하이네는 독일 문학 사상 계몽적이며 자유주의적 이상을 꿈꾸었던 정신주의 사상가들을 높이 평가했던 것이다. 그러면서도 지나친 이상주의의 꿈에 몰입되어 과거 중세의 신비주의로 회귀하게 된 낭만주의 작가들에게는 그들의 꿈과 정신이 신비적 안개로 감싸여 있기에, 이를 벗기고 그들의 마음과 정신이 현실적으로 다가설 수 있도록 신비적 환상을 깨쳐야 한다고 믿고 있었다.

그 당시 낭만주의 학파는 슐레겔 형제를 중심으로 한 예나파와 티크를 중심으로 한 베를린파 그리고 아르님과 브렌타노를 중심으로 한 하이델베르크파 및 울란트와 케르너 등을 중심으로 한 슈바벤파 들이 있었다. 그들은 공통적으로 독일의 고전주의를 벗어나 새로운 현대적 문학 운동을 추구하려는 충동 때문에, 문학과 자연 그리고 신화를 결합할 수 있는 새로운 세계를 찾고 있었다. 바로 그 세계가 중세 신비주의로의 귀의였다.

그러므로 낭만주의에서 추구했던 환상적 신비주의는 이성을 주축으로 한 계몽주의와 상이했고, 합리적 고전주의와도 거리가 있는 문학 운동이었다. 낭만주의 사상은 자연 철학과 예술 철학을 합일할 수 있는 낭만적 신비주의로서 비현실적인 몽상과 환상 그리고 감성적 요소가 지배하는 불합리적인 요소가 강했다. 따라서 이성을 주축으로 한 자유주의적 진보주의 사상가들은 신비주의를 추구하는 낭만주의 작가들과는 의견 충돌이 있을 수밖에 없었으며, 낭만주의 작가들과는 어깨를 함께할 수가 없었다.

비록 슐레겔 형제들이 고전주의를 벗어나 현대적 문학을 추구하고 있었다 할지라도, 그들의 문학이 중세 신비주의에 몰입되어 그곳에서 새로운 문학적 출구를 찾고 있는 한 그들의 문학은 진보적 현대 문학이라 할 수 없었다. 더욱이 자유주의적 공화주의 혁명을 추구하고 있던 하이네의 입장에서는 그들의 국가주의적 낭만주의 신비 문학의 수용이 공허할 뿐이었다.

이와 반대로 낭만주의 작가들은 계몽주의를 거쳐 고전주의에 이르기까지의 문학사적 배경을 벗어나기 위해 나름대로의 새로운 환상 세계를 추구하지 않을 수 없었다. 그래서 슐레겔 형제 같은 낭만주의 작가는 오래된 고전주의 문학을 벗어나 보다 젊고 신선한 새로운 문학을 추구하려 한 것이다. 이에 새롭게 태어나 젊어지려 노력한 낭만주의 작가들은 너무나 젊어져 어린애가 된 것으로 풍자되기도 했다. 이를 빗대 하이네는 슐레겔파 사람들이 주장한 말을 인용하면서, 낭만주의를 다음처럼 말하고 있다.

'슐레겔파 사람들은 말한다. 우리들의 시문학은 너무나 늙었다. 우리들의 시신詩神은 물레질이나 하는 늙은 할머니가 된 것이다. 사랑의 신도 갈색 머리를 지닌 소년이 아니고 회색 머리를 지닌 쪼그라진 난쟁이가 되었다. 우리들의 감정도 꽃이 지고 우리들의 환상도 말라빠졌다:

그러므로 우리는 우리들 자신들을 신선하고 기운차게 만들어야 한다. 우리들의 말라빠진 샘을 중세의 소박하고 단조로운 시문학에서 다시 찾아야 한다. 그곳에 우리들을 젊게 할 샘물이 용솟음치고 있기 때문이다. 건조하게 말라빠진 민족에게는 두말할 여지가 없다; 변경 지대의 모래사장에 앉아 목말라하는 목구멍을 새로운 샘으로 꽃피게 하고 젊게 하고 싶구나. 불쌍하게 목말라하는 사람들은 경이로운 샘으로 달려가 이루 말할 수 없는 갈증을 해소하기 위해 물을 훌쩍거리며 퍼마실 것이다.

이들의 행위는 어느 시녀가 이야기한 말과도 같다. 시녀가 섬기는 주인 숙녀가 젊음을 재생시키기 위한 성스러운 영약을 갖고 있었다. 그런데 어느 날 그 주인 숙녀가 집에 없는 사이, 시녀가 젊어지고 싶어 그 영약이 들어 있는 약병을 화장실에서 훔쳐 몇 방울 마시는 대신에 단숨에 그 병을 훌쩍 다 마셨다 한다. 그 결과 그 시녀는 점점 젊어지는 경이적인 힘을 통해 젊음을 다시 회복했을 뿐만 아니라 너무나 젊어져 어린아이가 되었다는 것이다. ─

사실 그렇게 된 사람이 바로 우리들의 가장 우수한 낭만주의 학파 작가인 티크인 것이다. 그는 중세의 민담 책이나 시들을 너무나 많이 마셔 삼키어 다시 어린아이가 되었고, 마담 스탈이 그렇게도 감탄했던 그의 노랫소리와 노랫소리의 순결함도 꽃 져 떨어지고 말았다.'[188]

하이네는 젊고 새로워지려 한 낭만주의의 현대적 정신을 낭만주의 작가들이 너무나 많이 흡수해 어린아이가 되었다는 순박한 모습을 풍자했다. 그들의 낭만주의적 순수한 정신주의가 중세의 신비주의로 회귀함으로써 독일의 전통적 동화 세계나 향토적 신비 세계를 동경하고 사랑하는 애국주의를 가져왔다고 본 것이다.

더욱이 독일의 애국주의는 당시 나폴레옹 점령이 가져온 정치적 후유증 때문에 나폴레옹에 대한 저항이 더욱 심해졌다. 거대한 나폴레옹 통치에 항거하기 위해서는 나폴레옹의 발굽 아래 무기력해진 영주들에 의존하기보다는 종교적인 힘이 되었던 중세 기독교주의적 신비주의에 의존하는 것이 더욱 유리하다고 믿었다. 그래서 독일의 낭만주의적 애국 사상을 중세 종교적 신비주의에서 찾고 있었던 것이다. '인간이 어려울 때는 하나님과 종교를 찾듯이' 어려운 정치적 상황에 놓인 독일 국민은 '어려움이 기도를 가르친다Not lehrt beten.'는 속담에 따라[189] 그들의 낭만적 애국주의를 하나님을 향한 종교 세계에서 추구했던 것이다.

이렇게 하여 독일 국민은 중세 기독교적 게르만 민족 신화 속에서 애국주의적 원류를 찾고, 이를 실천하려 했던 것이다. 그럼으로써 독일 국민 모두는 애국자가 되었으며, 영주들이 명령만 내리면 애국을 실천하는 충복이 되었던 것이다.

이 점에서 독일 애국주의는 프랑스의 애국주의와 상이하다. 하이네는 그 차이점을 다음과 같이 설명하고 있다.

'프랑스인들의 애국주의는 자신들의 마음을 따뜻이 보살피고 자신들의 따뜻한 마음을 통해 애국주의가 넘쳐흘러 확장됨으로써, 따뜻한 그들의 마음이 가장 가까운 이웃뿐만 아니라 전체 프랑스와 문명된 전 국토를 사랑으로 감싸게 하여 이룩된다고 보았다; 이와는 반대로 독일인의 애국주의는 그들의 마음이 마치 추운 곳에서 가죽이 쪼그라지듯 협소해진 곳이나 낯선 외국 것들을 증오하고, 더 이상 세계 시민이나 유럽인이 되려 하지 않고 단지 협소한 독일인으로만 머물려 하는 데서 이룩된다고 본다.

그런데 이러한 애국주의 제도는 얀^{Friedrich Ludwig Jahn, 1778-1852, 독일 국가주의 사상으로} _{발전된 체조 운동의 창시자}이 가져온 이상주의적 서투른 운동으로 보고 있다; 이같이 서툴고 낡아 빠진 세련되지 못한 생각들이 이제는 독일에서 가장 찬란하고 성스럽다고 생각되는 인류의 박애 정신과 인본주의에도 어긋나고, 독일의 모든 교양인들이 떠받들고 있는 우리들의 위대한 사상가 레싱이나 헤르더, 괴테, 실러, 장 파울 등의 사상과 세계주의 사상에도 반하는 상대적 의견으로 시작되고 있는 것이다.'190

이렇게 하이네는 독일 국민들의 협소한 애국주의 운동에 깊은 우려를 갖고, 당시의 독일 정치 문화에 회의를 느꼈다. 이러한 낭만주의적 애국 사상이 괴테, 실러의 세계주의적 비전에 반하는 협소한 애국 운동의 시작으로 보였고, 이러한 것이 중세 독일의 기독교적 신비주의에서 시작되고 있다고 보았기 때문이다.

그런데 이러한 낭만적 애국주의가 불행하게도 후일 히틀러에 와서 오용됨으로써 커다란 희생을 불러일으키게 된 것이다. 똑같은 애국주의 사상이라 할지라도 프랑스에서는 자유와 평등을 통해 독재자에 저항하는 자유주의적 애국을 호소하였지만, 독일에서는 독재자의 명령에 복종하는 애국 행위로 역사적 후진성을 초래하고 말았던 것이다.

하이네가 독일 낭만주의 시대에 파리로 왔을 때만 해도 프랑스에는 세 사람의 자유주의 예술가가 프랑스 낭만주의를 대변하고 있었다. 이들 모두는 자유주의와 사회주의 사이에 놓인 작가들이었다. 그중 한 사람은 빅토르 위고^{Victor Hugo}였고, 다른 사람은 화가 들라크루아^{Delacroix}와 음악가 베를리오즈Berlioz였다.

빅토르 위고는 반자유주의적 7월 왕정 시대에 비상조치법[1832]으로 상연이 금지된 자신의 작품 「왕이 즐겁게 지낸다Der Koenig amuesiert sich-Le roi s'amuse, 1832, 후일 베르디의 「리골레토」 소재가 됨」를 공연함으로써 군주를 멸시하는 자유주의적 낭만주의 문학을 펼쳤다. 들라크루아는 「자유가 민중을 바리케이드로 이끌다[1831]」라는 그림을 전시함으로써 자유주의 혁명을 선동했다. 왕이 혁명적 이념이 널리 퍼지는 상황을 두려워해서 급히 이 그림을 사서 궁중 지하실에 숨겼다는 일화도 있다. 단호한 낭만주의적 음악가 베를리오즈도 바이런을 위한 기념비적 교향곡 「이탈리아의 해롤드Harold en Italie, 1834」를 작곡함으로써, 자유와 바이런을 상징하는 우상적 인물이 되었다.

그리고 프랑스의 바이런으로 이름난 작가 알프레드 뮈세Alfred de Musset, 1810-1857는 조르주 상드George Sand, 1804-1876와의 사랑에서 실연당한 아픔과 슬픔을 「어두운 밤들Les Nuits, 1835-1841」 가운데 「10월의 밤」에서 예술의 자유를 부르짖으며 위안을 찾았다. 특히 뮈세는 조르주 상드 살롱에 모이는 작가들 가운데서 언론의 자유를 가장 높은 목소리로 주장했던 사람으로, 자유를 위해 투쟁하는 그리스를 높이 찬양한 작가였다. 당시 이곳 살롱에는 이탈리아, 폴란드, 스페인, 포르투갈 등지에서 망명한 많은 자유주의 작가들이 모여들었다. 이곳에서 쇼팽이 자신의 혁명곡 C단조를 연주하면서 폴란드의 자유를 함께 노래하기도 했다 한다.

이처럼 프랑스의 낭만주의에서는 진보적 자유주의를 노래하는 저항 운동이 펼쳐지고 있었다. 이에 반해 불행하게도 독일에는 이러한 자유주의적 바람이 침투하지 못하고 있었던 것이다. 오히려 메테르니히의 억압과 검열 및 통제로 보호받고 있던 귀족들이 아래 부하들의 봉기에 두려움을 갖지 않았고, 지식인들도 현실에 어두워 소외되어 있었기에 독일 전체가 침잠에서 깨어나지 못하고 있었던 것이다.

 바로 이러한 상태가 독일의 정치 문화에 있어서 자유주의의 후진성을 가져오게 만든 것이다. 독일인들은 정신적 지식인으로부터 속물적 인간들에 이르기까지 정치에 무관심하려 했고, 절대 통치자의 권위와 지위 높은 당국자의 지시 명령에 충복하는 복종심만을 미덕으로 지니고 있었던 것이다. 하이네는 이렇게 인간의 자유를 추구하지 못하고 있는 독일 민족을 안타깝게 생각한 나머지, 자신의 「잠언과 단편Aphorismen und Fragment, 1869」에서 독일인의 복종심에 다음과 같은 비판적 풍자를 남겼던 것이다.

 '독일인들은 구속도 없고 매질도 하지 않는데도 말 한마디와 눈치만으로도 주인에게 복종하는 노예들이었다. 독일인에게 있어 하인적 굴종은 그들 자신과 영혼에도 타고난 듯하며, 그들의 노예 상태는 물질적 노예 상태보다도 나빴다. ― 그러니 그들의 하인적 굴종은 외부로부터가 아니라 내면적 세계로부터 해방되어야만 한다.'[191]

 이러한 하이네의 표현은 독일인의 복종심에 대한 불만스런 비난이었다. 하지만 그렇다고 해서 독일 국민성이 지니고 있는 통치자에 대한 충복심이나 애국주의적 사랑을 비난할 필요는 없다. 그들의 애국주의와 충복성은 순수한 마음에서 우러나온 것이기 때문이다. 단지 하이네가 불만스럽게 생각했던 것은 독일인의 애국심과 충복심이 자유 없는 충복심이나 맹종의 애국심으로 예견되기 때문이다. 그것에 대한 결과가 제3제국 시대 때 전반적인 현상으로 나타난 것이다.

 그러나 독일의 낭만주의는 이상주의에서 출발하고 있었기에 환상과 꿈을 창출할 수 있었다. 하이네 역시 지성인으로서 순수하고 무한한 독일 낭만주의 세계에 매료되지 않을 수 없었다. 그가 회의적인 시선으로 바라보았던 것은 단지 독일 낭만주의가 중세 문학으로부터 호흡된 독일인의 영혼을 민요와 동화 세계에서 지나친 애국 혼으로 노래하고 있었기 때문이다.

16. 독일 낭만주의에서 온 독서 문화와 문학적 특성

이러한 결과는 본디 독일인들이 내면세계를 추구하는 심오한 사고를 갖고 있는 민족이기 때문이며, 또한 중세 시대로부터의 신비한 영혼 세계를 추구하고 경이적이며 거대한 영적 세계를 동경하는 경향이 강한 민족이기 때문이다. 그래서 그들은 영적 세계가 담긴 기록문이나 성서 등을 읽기 좋아했으며, 영적 세계의 현현顯現인 자연 현상에 대한 애경심을 갖게 되었던 것이다. 이러한 애경심의 경향이 낭만주의 시대에 추구된 영적 세계에 대한 꿈의 세계요 자연 현상에 대한 애향심이었던 것이다.

특히 낭만주의의 정서적 모태가 되었던 '질풍과 노도1767-1785' 시대로부터 '독일 낭만주의 시대1798-1835'에 이르는 내재적 내면세계에는 이러한 환상과 꿈, 조국 혼에 대한 동경이 가득하였다. 그래서 이러한 시대로부터 애국 혼이 발현되었다고 본다.

독일인들은 이러한 영적 내면세계를 탐구하기 위해 많은 사람들이 독서를 즐겼고 집필 생활도 폭넓게 하였다. 그럼으로써 그들의 내면세계를 충족시켰던 것이다. 더욱이 낭만주의적 정서가 폭발하기 시작한 1750년과

1800년 사이에는 독서 생활의 굶주림과 집필 생활의 광기가 폭발적이었다. 독서 인구가 배로 증가하였으며, 국민의 25%가 독서광이 되었다. 많은 책들을 한꺼번에 읽으려 했을 뿐만 아니라, 읽은 책을 반복해 읽는 풍습도 생겼다. 권위 있는 책들이나 성서, 기도문, 연감 등이 주로 읽혔다. 1790년과 1800년간의 10년 사이에는 1790년대까지 발행된 소설 총량보다 적지 않은 2,500개의 소설들이 시장에 나왔으며 구매력도 선풍적이었다. 속독법도 하나의 예술처럼 되었으며, 독서 생활에 한가로움이 없었다. 그들의 일상적 독서 생활은 계몽주의 시대보다도 이성적으로 자신들의 생각을 밝게 하는 데 도움이 되었다.

많은 가정들이 하루 전체를 독서로 소일하였다. 대표적인 예로 1800년 경 프리드리히 스톨베르크 백작Friedrich Stolberg, 1750-1819 집의 모습이 소개되기도 한다. 그 집의 사교 모임을 주도했던 한 여인은 말하기를, '스톨베르크 가족은 일상적으로 아침 식사 후에 성서 한 편과 클롭슈토크Klopstock, 1724-1803의 송시를 읽었으며, 그다음에는 조용히 영국 주간지 〈관객The Spectator, Joseph Addison과 Richard Steele에 의해 창간〉을 읽고, 백작 부인은 한 시간 정도 라바터Johan Kasper Lavater, 1741-1801의 「폰티우스 필라투스Pontius Pilatus, 1782-1785」를 읽어 주었다고 한다. 그리고 점심 식사 때까지는 각자의 독서 시간을 가졌으며, 점심 후 후식 시간에는 밀턴Milton, 1608-1674의 「실락원」을 읽었고, 백작은 플루타르크Plutarch, 46-120의 「역사적 자전 문학Lebensbeschreibungen, 100-115」을 읽어 갔다. 그리고 오후 커피 시간 후에는 자기가 좋아하는 클롭슈토크의 애송시 구절들을 읽어 주었다고 한다. 저녁때가 되면 편지를 썼고, 자유 시간에는 그 당시 작가들이 집필한 소설들도 읽었다 한다.'[192]

이처럼 독일에서는 독서의 유행이 홍수처럼 다가와 내면세계를 충족시키고 있었다. 하지만 독서계가 어떤 정치적 영향력을 갖고 있었던 것은 아니었고, 사상적 흐름의 중심을 이루고 있는 수도를 갖고 있는 것도 아니었다. 그래서 독일의 사상가들은 그저 사유의 내면에 몰입된 이상적 환상 세계만을 추구하고 있었던 것이다. 그런데 독일인들이 이처럼 독서 생활에만 매몰되어 있는 동안, 영국인들은 선박 항해자들을 통해 아메리카 대륙을 발견하여 그곳을 개척하고 있었으며, 프랑스인들은 혁명 정신에 젖어 공화주의 실현에 전력을 다하고 있었던 것이다.

따라서 독일은 해외 진출도 늦었고 공화주의적 계몽도 뒤늦었다. 단지 독서 생활을 통한 문학 활동만이 넓혀졌다. 독일인들의 내면적 윤리 질서도 독서를 통해 형성되어 가고 있었다. 그렇기 때문에 괴테는 메르크Merk에게 전한 편지(1780.10.11)에서, 독일 사회에 있어서 '올바른 공론은 특별히 소설 문학을 통해서만이 인식되고 있다.'고 고백하기도 했다.

하지만 독일의 독서 생활이란 낭만주의 소설에서 서술되고 있는 중세적 신비주의의 비밀이나 무한한 영혼 세계가 반추되는 환상과 꿈들을 표현하고 있었다. 그래서 이를 이해하려 사색하고 철학하는 인간의 호기심만을 끊임없이 불러일으키고 있었던 것이다. 더불어 이해할 수 없는 신비를 밝히고 추구하려는 혁명적 정신이 개발되기도 했다.

특히 1790년대 초기 낭만주의 작가들에게 있어서는 고정적 관념의 고전주의에서 벗어나 이러한 신비주의적 영혼 세계를 이상화하고 보편적 우주 세계의 관점에서 문학 세계를 낭만화하려는 '진보적 보편 문학Progressive Universalliteratur' 운동이 시작되었다. 당시의 대표적 작가인 F. 슐레겔은 새로운 문학 운동을 추구하려 혁명이란 개념을 도입하고 있었다. 문학과 철학을 통한 '도덕적 혁명'이라든지 '아름다운 혁명', '미적 혁명' 또는 '혁명'으로서의 '이상주의'를 주장했고, 그럼으로써 나타나는 '정신의 무정부'를 가장 좋은 혁명의 출발로 생각하였던 것이다. 하지만 이러한 혁명 개념에서 정치적 혁명은 고려되지 않았다.[193]

단지 환상을 불러일으킬 수 있는 담대한 창조적 자아의식과 절대적 자아

의식을 갖도록 하는 이상주의적 정신 혁명을 생각했던 것이다. 따라서 여기서의 절대적 자아의식 추구란 객관화시킬 수 없는 주관적 사상이 되었고, 내면적으로 형성되고 있는 정신적 '낭만주의화'를 가져왔다. 그리고 이러한 정신사적 흐름에서 잉태된 보편적 낭만주의 문학을 '진보적 보편 문학'이라 불렀던 것이다.

여기서 '진보적 보편 문학'이란 문학의 장르 구분 없이 종합적으로 총괄하는 보편적 문학을 뜻하는 것이었다. 프리드리히 슐레겔은 자신이 출간하고 있던 유명한 비평지 〈아테네움-단편 Nr. 116$^{Athenaeum-Fragment\ Nr.\ 116}$〉에서 초기 낭만주의의 문학 개념을 다음과 같이 정의하고 있다.

'낭만적 문학이란 하나의 진보적 보편 문학을 말한다. 이 문학의 사명은 모든 분리된 문학 장르들을 다시 통합시키고, 문학을 철학 및 수사학과도 관련시킬 뿐 아니라, 시와 산문, 천재성과 비평, 예술 시와 자연시를 혼합시키며 때로는 융합시키기도 한다. 그리고 문학을 생명력 있고 사교적인 것으로 만들며, 삶과 사회를 문학적으로 만들고 있다. 또한 그렇게 하여야만 하는 것이다.' 그러므로 보편 문학이란 '문학이 자유롭듯이 영원한 것이며, 시인의 의지가 자신을 지배하려는 어떠한 법칙도 용납하지 않는다는 것을 최고의 법칙으로 인정하고 있는 것이다.'[194]

다시 말해 낭만적 문학의 정신은 문학의 장르적 한계나 특수성을 극복하고, 자유로운 정신적 활동이나 일상적 생활 논리 사이에서 나타나는 구분들을 제거하고, 모든 것을 총체적으로 느끼고 사색하여 창조된 주관적 무한 세계의 환상을 말하고 있는 것이다. 즉 환상의 유희를 통해 삶과 사회를 총체적으로 느끼고 철학하려는 낭만적 문학 세계를 말한다.

그 당시 슐레겔과 노발리스는 이러한 환상적 보편 문학 세계를 읽고 집필하려는 광기 어린 작가들이었다. 슐레겔은 일찍이 23세의 젊은 나이로 그리스 고전주의 문학에 심취한 나머지 「그리스 문학에 관하여^{1795}」를 썼다. 여기서 그는 빙켈만이 정의했듯이, 그리스 고전주의 문학 개념은 '아름다움과 조화'의 문학, '고귀한 소박성과 고요한 위대성'의 문학으로 인식하였다.

하지만 이러한 소박성과 위대함 이면에는 역시 비극에서 보여 주듯이 삶의 황량함과 무서움, 비관적 내면세계가 함께 내재하고 있음을 인지하여야하는 것이다. 따라서 낭만적 예술가는 이러한 양면성을 하나의 조화 세계로 표현하기 위해 자신의 천재성을 주관적 사유의 유희로 작동시켜 문제의식을 감상적 예술 형식으로 굴절시키고 있는 것이다. 이것이 바로 삶을 위대한 세계적 유희 무대로 옮겨 놓는 낭만적 유희이며 반어적 아이러니인 것이다. 여기서 우리가 그리스 고대 예술을 소박 문학이라고 말한다면, 낭만주의는 감상주의적 유희 문학을 뜻하는 반어적 유희 문학이라 할 수 있다.

바로 이 시점에 나온 문학론이 실러의 「소박 문학과 감상주의 문학론[1795-1796]」이다. 실러는 여기서 현실을 있는 대로 모방하려는 소박 문학과 현실을 이상적으로 표현하려는 감상주의 문학으로 구분하고, 환상적 이상을 표현하려는 감상주의 문학에 관심을 표명했던 것이다. 괴테가 고대 그리스의 소박 문학에 관심을 기울였던 작가라면, 실러는 감상주의 문학에 관심을 표명한 작가이다. 그래서 실러의 감상주의 문학론은 낭만주의에 많은 자극을 주었다. 이에 슐레겔은 낭만적 아이러니를 문학적 수단으로 예감한 최초의 낭만주의 이론가가 되고 있는 것이다.

여기서 아이러니의 반어적 기법은 수사학적 역할뿐 아니라 문학적 방법으로서 유머나 위트 및 풍자로 표출되고 있으며, 일정한 유한성을 상대적무한성으로 유희시키는 복합적 총체성을 대변하는 속임수의 기법이 되었던 것이다. 즉 아이러니는 유한성을 무한성의 환상 세계로 표출시키는 반어적 유희 기법인 것이며, 사유의 유희를 통해 철학하게 되는 초월적 익살과 희가극이 되고 있다.

따라서 아이러니는 모든 제한적 유한성에서 절대적 무한성을 제고시키는 천재적 예술성과 덕성을 지니고 있고, 이해할 수 없는 신비 세계와 타인의 세계를 익살스런 의식으로 이해시킬 수 있는 사교적 예술이 되고 있다. 나아가 고귀한 세련미를 통해 인간 상호 간의 의사소통을 원활히 하고, 아름다운 유희를 통해 완전한 인간성을 형성시킬 수 있는 문학적 수단이 되고 있는 것이다. 이에 아이러니는 초기 낭만주의에서는 익살쟁이 슐레겔에 의해 새로운 보편 문학론으로 제기되었고, 후기 낭만주의에 가서는 실제적 문학 수단으로 널리 활용되었던 것이다.

그런데 F. 슐레겔은 젊어서 고대 그리스 예술에 관한 책을 발표한 이후 1795 법학 공부를 중단하고 현대 문학과 철학, 의학, 경제학, 자연 과학, 종교학 등 여러 분야의 학문에 심취하였다. 그래서 그의 사유 속에서 다양한 이념을 지닌 '보편 문학'론이 제기될 수 있었던 것이다. 보편 문학은 장르의 벽을 허물고 혼합하며 서술하고 사색하고 비판하는 사유의 굴절을 통해 진실을 심층적으로 파악하려는 학문적 태도에서 출발했기 때문이다.

따라서 그는 표현된 것을 다시 한 번 굴절시켜 총체적으로 파악하려는 문학의 문학인이 되었다. 그뿐만 아니라 굴절되어 표현된 문학은 반어적 아이러니 문학이 되었고, 아이러니를 통해 완성된 문학은 마술적 환상으로 가득한 초월 문학이 되었다. 이러한 환상적 문학은 개별 작가들의 주관적 착상과 해학 및 실험과 가설을 통해 추구된 이상 문학이 되었다. 그렇기 때문에 무한 세계나 신비 세계에 대한 의미와 끊임없는 사유의 굴절을 통해 추구된 문학 정신을 융합시킨 힘 있는 환상 세계를 가져온 것이다.

17. 헤겔과 낭만주의

그런데 헤겔 철학이 영향력을 미치기 시작한 낭만주의 말기부터는 작가들의 주관적인 환상 문학을 좀 더 객관화시키려는 운동이 일어났다. 개별 작가들의 주관적 환상에서 오는 이념의 혼돈을 보고 이를 비판하면서 보다 객관화하려는 운동이 일어난 것이다.

바로 헤겔이 낭만주의 비평가로서 등장한 것이다. 그는 '세계정신^{Weltgeist}'이란 표어 속에서 주관적 세계를 포함한 주객관적 종합을 꾀하려 했고, '주관적인 생각에 따라 행해지는 혁명적 행위나 낭만적 꿈들을 모두 걷어 내고, 혁명적이며 환상적인 맥박을 세계정신이란 맥박의 마음속에 집어넣으려 했다.' 그리고 슐레겔이 요구했던 '진보적 보편 문학'을 '진보적 보편 철학'으로 대치시켰다. 주관적인 자유 의지에 따라 유희되었던 낭만주의적 환상에 역사적인 객관적 논리를 가미한 새로운 낭만적 의지를 표명하고 나선 것이다.

'즉 헤겔은 프랑스 혁명을 회상하면서 혁명 일에는 매번 적포도주를 마시며 네카 강변의 풀밭에서 셸링이나 휠덜린과 함께 자유의 나무를 심고 있었다.' 다시 말해 그는 슈바벤 지역 철학자들과 함께 주관적 환상을 벗어나 보다 실제적인 인간의 내면적 자유와 사랑을 통한 현실적인 낭만주의 철학을 시작한 것이다. 성스러운 감성과 거대한 자유의 내면세계를 현실적인 정신 세계로 구현해 보려는 철학적 사유를 시도한 것이며, 환상적 낭만주의에 현실적이며 이성적인 정신세계를 종합해 보려는 변증법적 사유를 시작한 것이다. '미네르바의 지혜로운 올빼미지혜를 상징하는 아테네의 여신가 동트는 어둠 속에서 양 날개를 펼치는 행위가 시작된 것이었다.'[195] 이것은 안개 낀 몽롱한 환상 세계에서 객관적인 이성의 빛을 찾으려는 정신적 움직임으로 이해되었으며, 공허한 이상과 객관적 현실의 이중적 토양에서 세계정신이란 하나의 정신세계로 이들 모두를 융합하려는 또 다른 낭만적 의지가 작동한 것이었다.

이 시기에는 낭만적 감상주의와 새로이 작동된 객관적 이성이 혼재함으로써 시민 사회는 혼란스런 공론들로 복잡했다. 점심 식사 때가 되면 공론을 일삼고 있는 베를린의 시민 단체들인 클럽이나 연합회, 원형 식탁 모임 등에서는 헤겔의 진보적 보편 철학에 관한 담론들이 무성했다. 대화의 분위기가 사교적이지는 못했지만 그래도 부드럽게 진행되었다. 지식 계층의 대화 장소가 더 이상 궁중이 아니고 도시의 살롱이나 클럽 또는 대학으로 옮겨져 정부로부터의 감시도 피할 수 있었고 자유롭게 토론할 수 있는 분위기가 형성되어 갔기 때문이다.

특히 헤겔이 강의를 할 때면 참석자들이 그의 강의를 이해할 수 없는 사람들이라 할지라도 많은 사람이 경청했다. 수의사들이나 관료들, 오페라 가수들, 보험 중개인들, 무역업자들에 이르기까지 각양각색의 사람들이 몰려들었다. 그의 강의는 처음에는 '청산유수가 못 되고 끙끙거리며 헛기침을 자주 하는, 사람들이 들어도 곧 잊어버릴 것 같은 독백이었다. 하지만 그의 강의에는 내면적인 울림이 배어 있고 많은 사상들이 숨겨져 있었다.

그래서 그의 강의가 영감 어린 내용으로 표출되는 순간에는 강의 자체가 위대한 시문학이 되었다. 그 순간 그의 강의는 이제까지 들어 보지 못했던 수려한 어휘로 완전한 영상들을 마술적으로 표현했다. 그렇기 때문에 그의 강의는 마술적인 힘으로 청중을 사로잡았고 붙들어 놓았다.'[196]

특히 그가 1829년 10월에 베를린 대학의 총장이 되었을 때는 그에 대한 정부의 신임도 두터워져, 그는 대학의 정신적 권위를 마음껏 드높일 수 있었다.

그런데 그가 총장으로 재임한 이듬해인 1830년에 제2의 프랑스 혁명이 발발했고, 독일에도 깊은 영향을 미쳤다. 그럼에도 불구하고 혁명으로 인한 학생 동요는 여전히 휴면 상태에 있었다. 그래서 그가 총장으로 있는 동안 정치적 이유 때문에 학생들이 처벌받은 경우는 별로 없었다. '처벌받은 학생이란 프랑스 혁명 휘장을 차고 돌아다녔다는 이유로 징계 위원회에서 정학된 학생이 딱 한 사람 있었을 뿐이며, 여타 학생들은 학칙 위반에 대한 두려움이 없었다. 금연 장소에서 담배를 피운 학생이 12명이 있었고, 3건의 결투가 있었으며, 30명이 술집에서 법석을 피운 적이 있었는데도, 그들 행위에 있어 정치적 동기는 전혀 없었다 한다.'[197]

거대한 프랑스 혁명[1830]이 일어났는데도 베를린 대학의 학생 소요에 정치적 동기가 없었다는 사실은 독일 사회의 정서가 아직도 보수적 군주 세력에 의해 지배되고 있었기 때문이다. 아직도 꿈의 잠에서 깨어나지 못한 독일 사회였기에 프랑스 혁명은 일부 진보적 지식인에게만 감격적인 사건이 된 것이다. 하이네는 1830년 여름에 헬고란트[Helgoland]에서 프랑스 혁명을 환영하면서, 독일의 상황을 다음처럼 묘사한 적이 있다.

'나는 더 이상 잠을 잘 수가 없었다. 감격적인 정신이 기괴한 밤 이야기들을 쫓아냈고, 깨어난 꿈들 모두가 미칠 것만 같아. …… 그날 지난밤에는 독일의 지방과 시골 구석구석에 이르기까지 뛰어다니면서 친구들의 문을 두들겼고 그들을 잠에서 깨웠다. …… 이를 못마땅하게 여기고 코만 골며 잠자던 많은 속물들에게도 그들의 가슴 늑골을 두들겨 주었다. 그런데도 그들은 하품만 하면서 묻는 말이, 지금 도대체 몇 시기에 그래? 하는 것이었다. 그래서 파리의 친구들이, 지금 새벽닭이 울었다 한다고 전했다. 그것이 내가 알고 있는 전부라고' 했다.

그런데 헤겔은 1831년 가을에 콜레라로 죽었다. 그렇지만 그의 철학은 사후에도 15년간 새벽닭의 울음소리가 끊이지 않았고, 새로운 세대들인 '젊은 독일파' 작가들인 빈바르크^{Wienbarg}나 구츠코브^{Gutzkow}, 문트^{Mundt}, 뵈르네^{Boerne} 등에게 많은 영향을 미쳤던 것이다. 이들 문인들은 현실을 시회^{詩化}하고 시를 현실화하려 했다. 특히 '젊은 독일파'를 대변하고 있던 구츠코브는 자신의 극작품 「네로」에서 '이제 공허한 환상은 끝났고 / 거짓된 유령의 가상과 / 괴변적인 꿈의 어지러운 시대로부터 / 참되고 순수한 / 보다 나은 현실을 건설하여야 한다.'고 하면서 현실을 중시했다.

이들은 이미 낭만주의적 정서에서 사회주의적 '꿈의 공중 제국'을 추구했던 하이네의 이상주의까지 도외시하고 실질적인 현실 세계를 중시했던 것이다. 테오도르 문트는 「벌거벗은 비너스」에서 '영혼은 육체 속에 담겨져 있기 때문에 나는 인간의 육체에 대해 위대한 애경심을 갖고 있다.'고 육체의 해방을 부르짖었다. 그런가 하면 고전적 문단에 저항 의식을 갖고 있던 '젊은 독일파'들은 괴테가 1832년 사망하자, 오래된 것은 죽은 것이고 참된 현실이 현대적인 것이라면서 기득권 세력들을 '안정 층의 바보들^{Stabilitaetsnarren}'이라고 폄하하는 발언을 주저하지 않았고^{뵈르네}, 그들을 '영주들의 하인들^{Fuerstenknecht}'이라 혹평하기에 이르렀다^{빈바르크}.[198]

이들 대부분은 인도적 견지에서 인간 해방을 위한 집단적 의식 운동으로 구호를 외쳤다. 이에 지배층으로부터의 인간 해방을 추구한 마르크스도 국민 전체를 프롤레타리아로 보는 집단적 해방 의식으로 접근했고, 이를 위한 노동자들의 결속을 다짐했다. 이런 사회 운동의 결과로 1832년에는 빈 회의[1814-1815]의 결과물인 '신성 동맹Heilige Allianz, 프로이센, 오스트리아, 러시아'에 따른 복고주의 세력에 대한 초기 자유주의적 야당 시민운동인 대중적 '함바흐 축제'가 일어났으며, 1844년에는 '직조공의 폭동'이 터진 것이다. 그리고 봉건 사회에 대한 농민 봉기를 자극한 삐라 문학인 뷔히너의 「헤센 급전[1834]」이 살포되었다.

이처럼 진보적 사회 운동이 시대 흐름에 따라 경쟁적으로 일어났다. 하지만 이들 과격주의에 비해 하이네는 다소 감상적인 공화주의를 추구하고 있었다. 그래서 이들 '젊은 독일파'나 진보주의 사상가들 간에는 상호 간의 의견 충돌과 반목도 발생했다. 엥겔스는 감상적인 하이네를 비난하고, 과격한 뵈르네는 하이네와 반목하게 되었으며, 젊은 헤겔파 사이에도 무신론자 포이에르바하Feuerbach는 범신론자 스트라우스Strauss를 비난했다. 마르크스는 이들 주장 모두가 독일의 이상주의에서 온 것이라고 한 자루에 싸잡아 평가했다.

현실을 중시하는 과학적 현대성은 1835년 뉘른베르크Nuernberg와 퓌르트Fuerth를 잇는 독일 최초의 철도가 개통됨에 따라 실제적인 현실로 다가왔다. 작가들도 환상에 사로잡힌 허공에서 현실 세계로 인간 세계를 드러내는 작품을 집필하게 되었고 사상가들도 여기에 동조했다. 구츠코브는 「발리, 회의하는 여자[1835]」에서 문트는 「마돈나, 한 성녀와의 대화[1835]」에서 여성의 육체적 해방을 주장했는가 하면, 라우베는 「젊은 유럽[1833-1837]」의 3부작 중 1부에서 모든 권위주의에 대항하는 사회적 혁명의 준비를 위한 새로운 사회 종교적 연합을 노래함으로써 현실 세계를 강조했다. 그러나 결국 이들 소설들은 모두 금서가 되고 말았다.

범신론적 종교 철학자 스트라우스David Friedrich Strauss도 그의 종교 서적 「예수의 인생^{Das Leben Jesu, 1835}」에서 종교를 내세에 대한 계시로 보는 것이 아니라, 인간 사유 속에 내재되어 있는 정신적 표출로 봄으로써 종교를 인간적 정신의 산물로 규정하고 나섰다. 그것은 종교를 인간 정신의 자체 계시로 보는 헤겔 사상의 연장선상에서 신과 세계를 하나로 통합해 보려는 범신론적 과학적 사상을 신학적으로 주장하고 있었다.

그는 종교를 신의 계시로 보지 않고 성서에 나타난 역사적 예수의 모습으로 평가하면서, 그리스도의 신화를 현세적으로 벗기고 있었다. 즉 역사적 예수의 행적과 예수 그리스도의 신화를 학문적이며 현세적인 체험적 종교관으로 이해했던 것이다. 따라서 스트라우스는 '예수의 십자가 죽음도 자신을 희생하는 상징적 모습으로 보려 했으며, 그리스도의 승천도 찬란한 미래에 대한 신화적 약속 이외에는 아무것도 아닌 것으로' 수용했다. 그의 저서 「예수의 인생」이 이처럼 현세적 미래에 대한 새로운 신학 서적으로 이해되고 있었기에, 그 당시 교양 있는 시민들에게는 대단한 영향력을 미쳐 '10만 부 이상'이나 판매되었다 한다.

그러자 니체는 후일 그를 반낭만주의적 속물이라 풍자하고 조롱하기에 이르렀으며, 무신론자 포이에르바하도 그가 낭만주의적 열광을 파괴하지는 않았지만 종교관을 천상으로부터 현세적 지상으로 끌어내린 종교 철학자라 비난했다.[199]

스트라우스는 포이에르바하와 함께 젊은 헤겔파에 속하는 제자들이었다. 하지만 이들도 종교관의 차이로 분열되어 갔다. 이들 두 사람이 종교를 전적으로 부정한 것은 아니었지만 해석의 접근 방법이 상이했다. 스트라우스는 기독교에 대한 신앙을 역사적이며 현대적 학문^{신학}으로 접근하려 한 데 반해, 포이에르바하는 신학적 접근 대신 인류학적 심리학적 접근 방법으로 종교를 이해하려 했다.

그래서 포이에르바하는 그의 저서 「기독교의 본질¹⁸⁴¹」에서, 종교란 단순

히 자연스런 삶의 현실에 근거한 것이고 신학의 비밀도 인류학적으로 이해
하여야 한다고 했다. 기독교적 종교 내용도 인간적 의미로 수용했다. 즉 그
는 '신이란 것을 인간적 유형으로 보고, 신에게 인간적인 이성이나 무한성,
사랑, 현실 등의 본질적 이름들을 부여했던 것이다.' 다시 말해 신의 비밀스
런 본질을 인간적 본질로 파악한 것이었다. '따라서 종교의 비밀이 되고 있
는 인간이 종교의 본질을 이해하기 위한 본질적 대상물이 되고 있었던 것이
다.'

또한 이것을 연구하기 위한 '그의 철학적 임상 치료 과제도 종교적 상상
의 영상이나 인류학적 의인상으로 분석하여 해결하였고, 종교나 신학에서
말하는 사랑이나 이성 등의 이름들도 임상 치료 과제의 주체로 인식하게 되
었던 것이다. 그러므로 이러한 이름들이 종교적인 것으로 일컬어질 때면
신은 사랑이라 불리겠지만, 이러한 이름들이 철학적인 것으로 일컬어질 때
는 사랑은 신적인 것으로 불린다.'고 하였다.

여기서 포이에르바하는 기독교적 종교를 인류학적 의인화로 분석하고
있다. 그렇기 때문에 1848년에는 다음과 같은 짧은 결론을 내린 적이 있다.
그는 '인간을 신학에서 인류학으로 해방시키고, 신의 사랑에서 인간애로,
내세의 후보자에서 현세의 학생으로 해방시키기 위해 인간을 자아의식을
가진 지상의 시민으로 만들어야 한다.'고 했다. 바로 종교를 인류학적 철학
으로 해명하고 해방시키고 있는 것이다. 그래서 포이에르바하에 있어 종교
적 신이란 인류학적 인간 자체로 관찰되었던 것이며, '신을 신격화된 인간'
으로 인식하였던 것이다.[200]

이처럼 젊은 헤겔파는 각기 상이한 길을 걸으면서 공허한 낭만주의적 이
상을 현실적 인식으로 바꾸어 놓으려 했다. 종교 문제에서뿐만 아니라 사

회 문제에 있어서도 같았다. 이들 중 마르크스도 1840년대에 와서는 헤겔로부터 벗어나 보다 현세적인 현실 세계에 집착했다. '헤겔은 정신이 모든 존재를 결정한다고 믿었으나 마르크스는 존재가 의식을 결정한다.'고 믿고, 노동을 통해 존재하는 인간은 낭만적인 사회적 이상을 현실적으로 실현시킬 수 있는 의식 개혁을 가져와야 한다고 믿었다.

사실 이들 젊은 헤겔학파들은 모두가 낭만주의에서 이상주의를 호흡한 사상가들이었지만, 그들은 자신들의 이상주의 철학을 보다 현세적으로 실현시킬 수 있는 새로운 비전을 개척하고 있었다. 즉 '헤겔에 있어 미네르바의 올빼미가 날개를 달았다면, 마르크스에 있어서는 올빼미가 여명을 향해 날아가야만 했다.' 마르크스는 '정신이 존재를 결정짓는다.'는 헤겔 철학을 벗어나 '존재가 정신적 의식을 결정짓는다.'는 역방향으로 날아감으로써 더욱 현세적인 사회 혁명을 주장하는 비판자가 되었다.

이러한 비판적 주장은 헤겔 철학과 연계된 연결고리에서 이상주의적 '상상의 꽃들을 뽑아내고' …… '생동하는 꽃만을 꺾어 내어' 장식하려는 꿈의 현실적 시도였다. 사실 낭만주의를 대표하는 작가 노발리스도 '푸른 꽃'이란 꿈속의 상상적 꽃을 '생동하는 꽃'으로 동경하며 추구하고 있었다. 그런데 마르크스도 이러한 꿈의 꽃을 '생동하는 꽃'으로 구현시켜 보려는 의식 개혁을 추구했던 것이다. 그러므로 그의 현실적 이상은 곧 낭만주의적 이상주의에서 출발했다고 볼 수 있다. 마르크스도 낭만주의적 이상을 전제로 한 의식 개혁을 주장했기 때문이다.

마르크스는 말하기를, 자신이 추구하는 '의식 개혁이란 인간이 (존재) 세계를 꿈으로부터 깨어나게 하고, 세계의 독자적인 행위를 선언하게 하는 데서 성립되는 것이라 했다. 이는 바로 세계가 이미 오래전부터 꿈을 스스로 지니고 있고, 꿈을 현실적으로 소유하기 위해 꿈으로부터 의식만을 꼭 소유할 수 있도록 해야 하는 것이었다. 그것은 꿈에서 동경하는 낭만주의를 공허하게 만들기 위한 것이 아니라 꿈에서 찾았던 꿈의 꽃들을 현실적인 꽃들로 만들기 위한 것이었다. 결국 마르크스는 깨어난다는 수단을 통해 낭만주의를 계승하려 한 것이다.[201] 그렇기 때문에 마르크스의 현실주의도 낭만적 이상주의를 내포한 모순적 현실주의가 된 것이다.

즉 헤겔이나 포이에르바하, 마르크스, 하이네, 이들 모두가 나름대로의 낭만주의적 꿈을 실현하는 데 목표를 두고 있었다. 그러나 그들의 철학적 이상을 현실적으로 펼치는 과정에 있어서는 비판적 낭만주의의 입장을 취하지 않을 수 없었다. 특히 이 시기에는 철강 산업과 산업 사회가 시작되어 정신적, 육체적, 노동 개념이 생산 과정의 본질적 가치문제로 대두되었다. 그리고 절대 국가에 대한 비판과 시민 사회의 평등 의식, 삶에 관한 인류학적 물질주의 및 자유와 해방 의식 등이 강조되면서, 점차 헤겔의 변증법적 비판 철학이나 포이에르바하의 인류학적 심리적 종교 철학과 마르크스의 유물론 사상이 시도되었다.

포이에르바하는 그의 「기독교의 본질」에서 '신이 인간을 창조한 것이 아니라 인간이 신과 신들의 영상을 창조하여' 신봉한다는 유물론적 인류학적 종교론을 펼쳤다. 마르크스도 자본주의가 사회의 빈곤층을 낳아 사회의 양극화를 심화시키고 있다면서 엥겔스와 함께 사회적 혁명론을 주장하기에 이르렀다.

때마침 다윈의 진화론이 등장하여 이들이 시민 사회에 대한 해부를 정치 경제학적 관점에서 시도하는 데 많은 영향력을 미쳤으며, 철학적, 학문적 혁명을 꾀하는 데도 자극이 되었다. 그리고 이러한 혁명적 사상을 가속화시킨 사회적 사건은 영국에서 진행되었던 차티스트 운동Chartisten Bewegung.

1836-1848과 프랑스 견직 공장Seidenindustrie에서 일어난 최초의 조직화된 폭동, 독일 슐레지엔 지방에서 일어난 직조공들의 폭동1844이었다.[202]

결국 낭만주의적 이상에서 시작된 그들의 꿈이 그것을 실현시키기 위한 혁명이란 비전으로 분출된 것이었다. 이러한 혁명은 사회적 산업화 과정에서 제기된 운동이었기에 그들의 낭만적 꿈도 낭만적인 혁명 사상으로 이해되었다.

18. 마르크스와 하이네

-「직조공의 노래」,「겨울 동화」

그 당시 혁명·사상에 도취된 마르크스^{K. Marx}를 하이네가 처음 알게 된 것은 1843년 12월 파리에서의 만남이었다. 마르크스는 하이네보다 21살이나 젊은 사람이었다. 그로부터 하이네가 받은 첫인상은 모세스 헤스^{Moses Hess}가 아우에르바흐^{Berthold Auerbach}에게 전한 편지에서 표현한 것 그대로이다.

'마르크스는 젊은 사람으로서 …… 심오한 철학적 정중함과 예리한 위트를 함께 지니고 있는 사람이다. 루소^{Rousseau}나 볼테르^{Voltaire}, 홀바흐^{Hohlbach}, 레싱^{Lessing}, 하이네^{Heine}를 하나로 합친 인물이었다.'[203]

하이네도 그에 대한 호기심을 갖게 되었고, 마르크스도 자신이 하는 일에 하이네가 함께했으면 했다. 그래서 하이네는 그들이 발간했던 〈독일-프랑스 연감^{Deutsch-Franzoesischen Jahrbuch}〉과 〈전진^{Vorwaerts}〉에 동참해서,「겨울 동화」초고를 〈독일-프랑스 연감¹⁸⁴⁴〉에 실었고, 〈전진〉에는 루드비히 왕을 풍자한「루드비히 왕에 대한 찬미가^{Lobgesaenge auf Ludwig, 1844}」와「직조공의 노래^{Weberlied, 1844}」를 발표했다^{1844.6}. 그것이 왕족들의 노여움을 사 그에 대한 위협이 가해졌으며, 1844년 4월에는 프로이센 내무성으로부터 독일 국경선에서 그를 체포하도록 하는 명령이 내려졌다.

사실 하이네는 그 외에도 곰을 주인공으로 한 동물 우화 문학에서 귀족들에 억압된 자들의 저항을 비유한 서사 문학 「아타 트롤$^{1841-1846}$」을 집필하였다. 그 가운데 부분적으로 완성된 10여 장을 친구 라우베^{Laube}가 발간했던 〈우아한 세계를 위한 신문$^{Zeitung\ fuer\ die\ elegante\ Welt.\ 1843.1.4-3.8.\ Nr.\ 1-10}$〉에 발표하였다. 또한 진보적인 성향 때문에 독일에서 폐간 당한 〈라인 신문$^{Rheinischen\ Zeitung}$〉을 편집했던 마르크스와 〈할레 연감$^{Hallischen\ Jahrbuechern}$〉을 간행했던 아르놀트 루게$^{Arnold\ Ruge}$는 프랑스에서 〈독일-프랑스 연감〉과 〈전진〉을 발간하면서 하이네의 글을 실었으면 했던 것이다. 물론 캄페도 여기에 동조했다.

그 결과 「겨울 동화」는 하이네의 「새로운 시」에 포함되어 캄페 출판사에서 초판$^{S.\ 277-421}$과 개정판$^{S.\ 227-343}$이 발간^{1844}되었으며, 여타 '시대 시^{Zeitgedichte}'도 〈전진〉에 발표되었다. 특히 1844년 7월 10일 「가련한 직조공$^{Die\ armen\ Werber.}$ ^{1844}」이란 제목으로 〈전진〉에 실린 시대 시는 「슐레지엔 직조공$^{Die\ schlesischen}$ ^{Werber}」이란 이름으로 수정되어 1847년에 다시 발표되었다. 이 시에 투영된 내용도 왕을 풍자한 찬양 시처럼, 신격화된 왕과 개처럼 충복하는 국민들의 애국심을 직조공의 참상을 통해 풍자하고 서사적 합창으로 호소하고 있다. 「슐레지엔 직조공」은 다음과 같다.

암울한 눈가엔 눈물도 메마른 채,
직조공은 베틀에 앉아 이를 갈고 있다네:
독일이여 우리는 그대의 수의를 짜고,
3중의 저주를 짜 넣으며 -
우리는 베를 짜고 짜고 있다네!

우리가 기도하는 신에 대한 저주,
겨울의 강추위와 굶주림 속에서 터져 나오니;
우리가 희망하고 기대했던 것은 헛되어졌고,
신이 우리를 속이고 희롱하며 바보로 만들었으니 —
우리는 베를 짜고 짜고 있다네!

부자들의 왕, 왕에 대한 저주,
왕은 우리들의 참상을 풀어 주지도 못하고,
우리로부터 마지막 동전까지 강탈하며,
개처럼 우리를 쏘아 죽이니 —
우리는 베를 짜고 짜고 있다네!

거짓된 조국에 대한 저주,
그곳은 치욕과 모멸만이 번창하고,
꽃들이 피어 보지도 못한 채 꺾어지며,
부패와 썩음이 구더기의 생기만을 돋우고 있으니 —
우리는 베를 짜고 짜고 있다네!

베틀의 북은 날고 의자는 굉음을 내며,
우리는 밤낮으로 베를 짜고 있다네 —
옛 독일이여 우리는 그대의 수의를 짜고,
3중의 저주를 짜 넣으며,
우리는 베를 짜고 짜고 있다네![204]

여기서 하이네는 직조공들의 한에 맺힌 참상을 통해, 신과 조국, 왕에 대한 3중의 저주와 분노를 표출하고 있다. 부자와 노동자들의 참상, 왕과 개처럼 충복하는 백성들의 희생을 대략 명시하면서, 서민에 대해 무심한 신과 보살핌도 없는 조국에 대한 서러운 원망을 노래하고 있다. 신과 조국 그리고 왕, 이 3자는 저주의 대상이 되고, 노동자들의 참상은 새로운 독일 조국을 건설해 보자는 혁명적 의지로 일어나게 되는 것이다.

노동자를 개처럼 착취하는 옛 절대 왕권 국가 체제를 땅속에 묻어 버리고 개혁해 보자는 뜻에서, 직조공들은 옛 독일 조국을 위한 수의를 짜고 거기에 저주와 증오를 짜 넣고 있는 것이다. 그 당시 파리로 피신해 온 칼 마르크스나 엥겔스, 아르놀트 루게와 헤르베크^{Georg Herwegh}, 헤스^{Moses Hess}, 프뢰벨^{Julius Froebel}, 라살레^{Ferdinand Lassalle}같이 사회주의 운동을 펼치고 있는 사람들에게 하이네가 동참한다는 뜻에서 이 시를 읽어 주려 했던 것이다.

때마침 「직조공의 노래」가 발표되던 무렵인 1844년 6월 4-6일에는 슐레지엔 지방의 페터스발다우^{Peterswaldau}와 랑겐빌라우^{Langenbielau}에서 직조공들의 폭동이 일어났다. 프로이센 군인들은 폭동을 무참하게 진압하고, 노동자들과 공장주 및 중개업자들의 가정들을 덮치면서 11명의 직조공을 살해했다. 그런가 하면 수십 명의 부녀자와 아이들에게 부상을 입히고, 100여 명을 체포하였다. 그러자 노동자들에게는 「직조공의 노래」가 선동을 위한 은밀한 삐라 문학으로 살포되었고, 왕권 체제에 대한 저항은 더욱 널리 의식화되어 갔다. 프로이센 군인들은 이를 저지하려 온갖 방법을 다 동원했으며, 더불어 하이네를 독일 국경에서 체포하도록 명하였다.

하지만 하이네는 부인 마틸데^{Mathilde}와 함께 1844년 7월 19일 센강 르아브르^{Le Havre} 항구에서 선박으로 독일 함부르크로 넘어가, 그간 자신이 파리에서 창작한 새로운 시들을 모아 「노래의 책¹⁸²⁷」을 이은 두 번째 시집 「새로운 시」를 간행했다. 그 당시 하이네 작품에 대한 프로이센의 검열이 심했기에, 하이네는 캄페^{Julius Campe}와 함께 자체 검열을 시도하면서 몇 곳은 지우기도

하고 보완하기도 했다. 하지만 가능한 한 소신대로 「새로운 시」와 「독일, 겨울 동화」를 별책으로 캄페 출판사에서 발간[1844]하는 데 이르렀다.

그러나 그의 작품은 서점가에서 금서로 압류되었다. 그렇지만 하이네는 언제나 미래에 있어 언젠가는 더 이상의 검열도 없어지고 강탈과 압류도 없어질 좋은 세상이 올 것이란 희망과 꿈을 갖고 있었다. 그래서 「겨울 동화」 마지막 장[27장]에서는 이러한 희망을 '따뜻한 여름날'이란 비전으로 표현하고 있는 것이다.

어느 경이적인 날 밤에
계속 꿈꾸던 일들을,
나는 너희들에게 훗날 이야기해 주마,
따뜻한 여름날에.

아부꾼인 옛 세대들은
다행히도 사라져 갔고,
오늘 이들은 점차 무덤에 묻히며,
거짓말하는 병으로 죽어 가고 있다네.

이젠 새로운 세대들이 자라나고 있다네,
허식도 없고 죄도 짓지 않은,
자유로운 사상과 자유로운 욕망을 지닌 ―
나는 이들에게 모든 것을 알릴 것이라네.

이미 시인의 기품과 착함을 이해하는
젊은이의 꽃봉오리들이 피어나고,

그들의 마음씨도,

그들의 태양 정서에서 따뜻해지고 있으니 말이네.

나의 마음도 햇빛처럼 사랑스럽고,

불꽃처럼 순수해;

가장 고귀한 우아함이

나의 칠현금七絃琴을 타고 있다네.

이는 언젠가 나의 아버지가 연주한,

똑같은 칠현금 소리,

그분은 시신詩神의 총아,

작고하신 아리스토파네스였다네.[205]

여기서 하이네는 순수한 불꽃처럼 타오르는 시심을 무기 삼아 불의에 저항하고, 아테네의 민주화를 위해 정신적 자유를 외치며 투쟁한 그리스 희극 시인 아리스토파네스를 대신하여, 진보적 자유주의 사상을 새로운 젊은이들에게 알리면서 기대하고 있다. 이러한 자유로운 사상적 기대는 모두 그 당시 사회주의 혁명에 참여하고 있던 마르크스와 젊은 사상가들과의 교감에서 온 것이었다.

하이네는 모든 위험을 피해 가면서 함부르크에서 자신의 작품을 발간한 다음, 1844년 10월 16일 증기선으로 암스테르담을 거쳐 파리로 다시 돌아왔다. 부인 마틸데는 남편의 고향인 함부르크를 처음 방문하였으나, 중병에 누워 있는 어머니 소식 때문에 그보다 먼저 파리로 돌아와 있었다.

따라서 하이네가 파리로 다시 돌아왔을 때는 자신도 무사히 돌아왔고 부인도 건강히 잘 돌아와 있었기에, 두 사람의 재회는 대단한 기쁨을 주었다. 물론 파리로 망명한 후 처음 시도된 함부르크까지의 첫 번째 여행은 12년 만에[1843.10.21-12.7] 육로로 행해졌지만, 이번 두 번째의 여행은[1844.7.19-10.16] 부인과 함께 선박으로 조심스럽게 이루어졌기에 감회가 더욱 깊었고 재회 역시 남달랐다. 하지만 이번 여행이 독일로의 마지막 여행이 되고 말았다.

19. 사촌과의 유산 싸움

하이네는 자신의 47회 생일을 맞기 10일 전에 늘 재정적 지원을 해주었던 삼촌 살로몬 하이네가 죽었다는[1844.12.23] 비보를 누이동생 샤롯테^{Charlotte}로부터 전해 들었다. 은행가 부호였던 삼촌은 고비마다 하이네에게 생활비를 지원했고, 죽은 뒤에도 일정한 유산과 은급^{생활비}을 지급하겠다고 약속한 적이 있었다. 하지만 유언장이 공개되었을 때, 그 내용을 전해들은 하이네는 대단히 실망했다.

유산으로 기대했던 금액이 대략 3천만 마르크였는데, 그 가운데 단지 8천 마르크만 일시불로 지불하고 더 이상은 줄 수 없다고 사촌동생 칼^{Carl}이 공개했기 때문이다. 나머지 금액은 칼이 간직하면서, 은급이 필요할 경우 이자 소득에서 생기는 범위 안에서 축소된 은급만을 지불할 수 있다고 했다. 그것도 하이네 자신이 집필하는 앞으로의 작품에서 가족 간의 유산 문제를 더 이상 언급하지 않을 것을 조건부로 한다고 했다.

하이네로서는 칼로부터 커다란 인간적 배신을 당한 셈이었다. 멀쩡한 날에 벼락을 맞고 암살당한 심정이었다. 그래서 사촌 칼과 유산 문제를 둘러싼 싸움이 2년간이나 이어졌으며, 목숨을 걸다시피 한 싸움이었기에 하이네의 병은 더욱 깊어 갔다.

하이네는 언론의 힘을 빌리려 친구들인 파른하겐Varnhagen이나 라셀Lasselle, 라우베H. Laube, 마이어베어Meyerbeer, 알렉산더 폰 훔볼트A. v. Humboldt, 캄페Campe 등에게 기고문을 통해 자신의 편에서 싸워 주기를 호소했다. 하지만 언론을 통한 친구들의 도움에도 사촌 칼은 무관심한 태도를 취하면서 공허하게만 듣고 있었다. 하이네는 칼에 대한 인신공격을 더욱 강화했다. 칼은 세 가지의 열정을 갖고 있는데, 그 세 가지는 창녀들이나 찾아다니고 담배를 피우며 놀고먹기를 좋아하는 것이라 비난했던 것이다.

그러자 칼은 결국 2년 후 파리로 하이네를 찾아와 화해의 손길을 내밀었다. 1847년 2월부터 원래대로의 은급을 지급하겠다고 약속하면서, 하이네가 죽은 뒤에도 부인 마틸데에게 평생 동안 지급하겠다고 했다. 이렇게 해서 두 사람 사이의 모든 갈등 문제는 해소되었다. 하지만 미래가 그리 장밋빛은 아니었다. 하이네의 지병이 너무나 일찍 닥쳐왔기 때문이다. 40대부터 시작된 육체적이며 영적인 고통이 반복되면서, 50대에 와서는 노쇠 현상이 더욱 심해졌던 것이다.[206]

20. 병과 함께한 어둠의 시대와 독일 시인으로서의 자부심

본래 하이네는 젊어서부터 두통이 심한 사람이었다. 소음이나 시끄러운 곳에서는 살 수가 없다면서 죽어서도 파리의 시끄러운 곳에 있는 뻬르 라쉐 즈^{père Lachaise} 공원묘지 같은 곳에는 묻히고 싶지 않다고 했다. 그런데다 그가 파리 생활을 시작한 후부터는 손가락에 마비 현상이 나타나기 시작했고 1832, 눈병으로 시력이 약해져 읽을 수도 없고 쓰지도 못해 때로는 받아쓰게 하지 않으면 안 되었던 것이다. [207]

1846년에는 그가 정신 병원에 갇혀 있다는 소문도 있었고, 그가 죽었다는 오보가 라이프치히 신문에 실리기도 했다. [208] 이런 일은 자신도 모르게 진행된 병 때문이었다. 라인 강변의 쾨닉스빈터^{koenigswinter} 출신으로 의사이자 문학 평론가이며 시인이었던 볼프강 뮬러^{Wolfgang Mueller, 1816~1873}는 본, 뒤셀도르프에서 함께 성장한 친구였다. 그래서 하이네의 병을 잘 알고 있었는데, 그가 40살이 되자 갑자기 비만해졌다는 것이다.

'그는 마치 부유한 사업가나 시인처럼 갑자기 비만해졌고, …… 살찐 얼굴에 눈도 작아졌으며 움직임도 민첩하지 못해 경쾌하고 익살스런 그의 발랄한 영혼이 거부되고 있었다. 그러던 그가 10년 후 50살이 되어서는 자기 스스로가 우습게 생각할 정도로 뼈만 앙상한 사람으로 말랐다.'[209]

하이네는 처절했던 자신의 모습을 여자 친구 카롤리네 야우베르트^{Caroline} ^{Jaubert}에게 다음과 같이 농담조로 이야기한 적이 있다.

'내가 힘도 없이 거리를 거닐면 마치 해골 같은 뼈다귀가 걷는 것으로 보여 아름다운 여인들은 눈길을 돌렸다. …… 나의 눈은 감겨 오른쪽 눈은 8분의 1정도만 열렸으며, 창백한 볼과 거친 수염에다 끌려가는 발걸음은 죽어 가는 인상을 줘 내 모습과 경이적으로 어울렸다! 확신하건데 나는 죽어 가는 환자로서, 현재 나 자신이 걸을 수 있다는 것만으로도 커다란 성과를 거두고 있는 것이었다. 나는 마음먹고 살고 있지만 소화가 안 된다. 나는 지금 대단히 위험한 사람이다.'

그런 사람이 사람들의 부축을 받으며 독일 신문 〈보통 신보^{Allgemeine Zeitung}〉를 읽을 수 있는 팔레 루이얄^{Palais Royal} 근처의 도서관으로 가는 것이 일상이었다 한다. 눈도 나빠서 신문을 아래위로 대충 훑어보고 사람들의 부축을 받아 가며 집으로 향하곤 했다. 사람들이 옆 사람에게 저 사람이 누구냐 물으면, 그 사람이 하이네라고 수군거렸다 한다.[210]

그처럼 하이네는 몸이 불편했다. 그런데도 친구들과의 교분을 위해서는 저녁 식사에 사람들을 초청하기도 하고 초청받기도 하며 파리 생활을 즐겼다. 오페라나 증권가, 카페도 방문하고, 건강을 위해 루소가 6년 동안이나 살았다는 발드와즈^{Val d'Oise} 지방의 몽모렝시^{Montmorencey}로 가 아름다운 시골집을 빌려 여름날을 보내기도 했다.

그러다 하이네가 프리드리히 엥겔스를 만나게 된 것은 엥겔스가 「공산당 선언」을 발표하던 해인 1848년 1월이었다. 엥겔스는 이미 1844년에 하이네의 「슐레지엔 직조공의 노래」를 영어로 번역한 적이 있어 서로 알고는 있었다. 하지만 실제로 만나게 된 것은 엥겔스가 잠시 영국에서 파리를 방문했을 때다. 엥겔스는 마르크스가 1844년 8월 팔레 루이얄^{Palais Royal} 근처의 카페 드 라 레장스^{café de la Regence}에서 서로의 우정을 맺은 이후 19-20세기에 걸쳐 많은 영향을 미친 사람들이다. 그러나 그와 마르크스는 혁명을 주도하고 있던 사람들이었기에 루이 필립은 그들을 못마땅하게 여겨, 일시적으로 1845년 1월 프랑스에서 추방하고 말았다.

하이네도 마르크스와의 교분 때문에 추방당할 뻔했다. 다행히도 여러 지인들의 도움과 나폴레옹 점령기에 그가 독일 뒤셀도르프에서 태어나 어려서 나폴레옹에 탄복한 바 있으며 프랑스에서 충실한 시민으로 생활하고 있다는 점을 고려해서 추방은 모면했다. 그러나 이전처럼 자유로운 생활은 할 수 없었다. 그렇다고 해서 그가 독일로 국경선을 넘어갔다면 그곳에서 체포되고 말았을 것이다. 독일에는 여전히 그에 대한 체포령이 내려져 있었기 때문이다. 거기에는 '하이네라는 작가는 50살로 중간 키에 코와 턱이 뾰족하게 나와 있어 유대인 타입임을 잘 알 수 있으며, 방탕한 생활에다 쇠약한 몸을 지녀 혼란스러움을 나타내고 있다.'[211]고 했다.

이때는 독일에서 많은 유대계의 급진파 인물들이 파리로 망명한 상태였다. 하지만 이들이 프랑스에서도 혁명 운동을 펼치고 있었기 때문에 당시 '중용 정치^{Juste Milieu}'를 펼치고 있던 루이 필립에게는 불편한 존재들이었다. 본래 루이 필립은 독일 철학자들의 도움으로 파리의 급진주의 정서를 완화시키려 했다. 그러나 이들 사상가들이 자신의 정치적 위상을 보호해 주지 못하였기 때문에, 그는 왕권주의로 회귀하려는 자신의 중용 정치에서 이들 혁명적인 사상가들을 추방시켜야만 했던 것이다.

그래서 〈독일-프랑스 연감〉을 공동으로 발간하고 있던 마르크스와 아르놀트 루게^{Arnold Ruge} 등 많은 혁명가들이 프랑스를 떠나야만 했다. 나아가 신문 〈전진〉도 프랑스 내무부로부터 폐간당했고, 후일 이 신문의 발간인이었던 칼 루드비히 베르나이스^{Karl-Ludwig Bernays} 도 체포되었다. 이제 파리는 더이상 인간적인 자유를 누릴 수 있는 이민자들의 수도가 못 되었으며, 세계주의적 사명을 충족시킬 수 있는 사상가들의 쉼터가 아니었다.

이때부터 망명객들의 유럽적 수도가 점차 런던으로 옮겨 갔던 것이다. 특히 시민 왕으로 등극한 루이 필립이 후기에 위선적인 중용 정치를 통해 왕권 정치로 회귀하려 하던 때부터는 이러한 증후가 역력했다. 하지만 루이 필립의 이러한 정치적 태도에 불만을 갖고 있던 시민들은 결국 거리로 뛰쳐 나왔고, 경제 불황이 닥쳐온 1847년부터는 노동자와 수공업자, 소상인, 증권인 들도 가담하여 사회가 더욱 혼란스러웠다. 거리는 1789년 혁명 당시에 불리던 사이라^{Caira} 혁명가 노래로 온통 시끄러웠다.

그러던 차에 하이네의 병은 더욱 깊어졌다. 그는 루신^{Lourcine}가에 있는 친구^{Louis gregoire Faultrier}의 병원에서 치료를 받았다. 하지만 '시력은 생명력을 잃어 가고 있었다.'[212]

그의 병이 어디서 왔는지에 대해서는 추측이 많다. 유전적인 요소도 없지 않다고 하며, 매독에서 왔다고도 하고, 결핵이나 경화증 또는 뇌종양에서 왔다고도 한다. 그의 병세가 심해지기 시작한 1846년경, 그의 병을 치료한 의사는 그 당시 파리에서 가장 유명하다고 소문난 다비드 그뤼비 박사^{Dr. David Gruby}였다.

헝가리 출신 유대인으로 천재였던 그는 새로운 치료 방법으로 수은 요법이나 요오드 요법을 쓰는 무면허 의사였다. 하지만 그 당시의 치료법으로는 그의 치료가 가장 새로운 기술이라 하여, 하이네는 그에게 의지하고 있었다. 그가 하이네의 고통을 줄이기 위해서 내린 처방은 아픈 부위의 혈관에다 모르핀 몇 방울을 투입하는 것이 최선의 방법이었다. 오늘날까지도 하이네의 병인을 식별한다는 것은 사변적인 추측에 불과하다. 하지만 그의 병인 추적은 일반적으로 그의 작품을 통해 매독으로 추정되고 있다.[213] 이것은 어디까지나 작품에 묘사되고 있는 현상적 모습으로의 추측이다.

하이네는 「슈나벨레보프스키 씨의 회상Aus den Memoiren des Herrn von Schnabelewopski, 1834」이란 단편소설에서 자신의 젊은 시절을 작품 주인공의 모험적 에피소드를 통해 고백하고 있다. 폴란드 출신의 젊은 학생이 신학을 공부하기 위해 함부르크를 거쳐 암스테르담과 라이덴에서 6개월 동안의 여행을 하고 있다. 그러던 중 함부르크에서 창녀 헬로이사Heloisa와 밍카Minka에게서 노골적인 애정 관계를 경험하고, 암스테르담의 금발 미녀와 라이덴의 하숙집 여주인에게서 에로스적인 애정과 미식가적인 음식 문화를 익힌다. 그러면서 주인공은 철학적 윤리 문제까지 사색하게 된다. 이렇게 주인공의 세속적인 삶의 인식 과정에서 이야기된 에피소드를 통해, 하이네는 자신이 성병을 갖고 있다는 사실을 암시하고 있는 것이 아닌가 추정하기도 한다.

죽기 전 해인 1855년 6월부터 하이네에게 애정을 베풀고 고통을 위로하기 위해 자주 병문안을 왔던 존경스런 연인 27세의 엘리제 크리니츠Elise Krinitz, 가명은 까밀레 셀당Camille Selden이며, 하이네는 그녀를 무슈로 불렀다에게 바친 「무슈파리를 위해서Fuer die Mouche, 1855-1856」란 그의 마지막 시에서도 같은 맥락으로 언급하고 있다. 어느 여름날 밤의 꿈속에서 작가는 한탄하고 있다. '가장 악성적인 매독이란 시대가 고귀한 님프물의 요정의 코를 갉아먹고 있구나.'[214] 이렇게 한탄하면서 꿈속에서나마 난치병의 어두운 세계로부터 생의 의지를 표출시키고 있는 것이다. 그 당시는 매독이 창궐하던 시대였다. 따라서 매독으로 인해 자신이 쇠약해져 가는 고통스런 죽음 앞에서 새로운 사랑과 생명력의 희망을 갈구했던 것으로 보인다. 그래서 그의 죽음은 작품에서의 언급으로 보아, 그 원인이 매독에서 왔다고 보는 것이다.

하지만 최근 '예루살렘 대학병원에서 근무한 안과 교수인 사울 메린Saul Merin과 신경과 전문의인 아비노안 레헤스Avinoan Reches는 그의 병인이 매독이나 결핵 또는 경화증에서 왔다고 보지 않았다. 이들은 하이네가 대학생 시절부터 두통을 앓아 왔고, 얼굴에는 경련이 있었으며, 개 짖는 소리나 시계 소리에도 병적으로 예민했다고 하였다. 또 34세부터는 왼손 두 손가락이 마비되기 시작하면서 마비 현상이 두 손과 다리로 퍼져 갔으며, 그 후 몸도 아팠고 식사도 불편해졌고 말하기도 어려워졌다는 것이다. 그리고 눈이 감기고 복시 현상으로 전혀 앞을 보지 못하는 심한 안질에 시달렸다고 한다. 이런 일련의 증후로 보아, 하이네는 젊은 시절부터 뇌에서 생긴 뇌종양Tumor 이 자라서 점차 척추로 번져, 신경 조직까지를 파괴시킨 것이 사인이 되고 있다.'고 했다.[215]

물론 오늘날 같은 의술 시대에 있어서는 이러한 병은 별문제가 못 된다. 하지만 당시에는 가장 명의인 그뤼비 박사Dr. gruby 같은 사람도 치료하지 못한 난치병이었던 것이 사실이다.

그런데 그의 병이 심해져 갔던 시기에 시대상도 어두워졌다. 하이네는 파리에서 1848년의 2월 혁명을 맞이하게 된다. 거리에는 찢어진 노동복만을 걸친 젊은 청년들이 바리케이드를 치고 사람들을 선동하고 있었으며, 74세의 가련한 루이 필립은 파리에서 런던으로 피신을 해야만 했다. 이때가 바로 프롤레타리아가 역사 무대에 처음으로 등장한 시기였다. 마르크스는 「공산당 선언」 집필을 마치고 1848년 2월 브뤼셀에서 파리로 돌아와 삼색기 옆에서 붉은 깃발을 휘두르며 혁명 대열에 가담했다. 이에 파리 혁명은 전 유럽으로 확산되기 시작했다. 메테르니히가 늘 '파리가 재채기를 하면 전 유럽이 독감에 걸린다.'고 걱정했던 말이 현실로 나타난 것이다.

1848년 3월 12일 빈에서 학생들의 폭동이 일어나자 메테르니히는 물러나고, 이듬해 3월 4일에는 합스부르크 왕가에 새로운 헌법이 제정되었다. 베네치아에서는 오스트리아 제국에 반기를 든 폭동이 유대계 인물 다니엘 마닌Daniele Manin에 의해 일어났으며1848.3.17, 그 후 그는 공화국 대통령이 되었다. 로마에서도 폭동이 일어나 교황이 추방되기도 했다. 같은 시기에 체코인들도 오스트리아에 저항하고, 헝가리도 독립을 선언했으며, 독일에서는 3월 혁명이 일어났다.

이에 혁명을 진정시키기 위해 프리드리히 빌헬름 4세는 프로이센에 자유헌법을 허락하고 검열도 없애겠다고 약속했다. 하지만 하이네는 이러한 조치에 회의적이었다. '어떻게 검열 아래에서 글 쓰던 사람이 검열 없이 글을 쓸 수 있을까? 모든 문체도 사라질 것이고 문법이나 좋은 기준도 사라질 것인데!'[216] 혁명의 열기가 독일 라인란트까지 번지자, 마르크스는 「공산당 선언」을 들고 파리에서 쾰른으로 왔으며, 페르디난트 라살레^{Ferdinand Lassalle}도 라인란트로 와서 노동자들에게 선동적인 연설을 했다.

그런데 이들의 운동은 별 효과가 없었다. 독일 프랑크푸르트 파울 교회에서 열린 국민회의에서 이미 독일 국민의 기본권을 보장하는 자유주의 헌법이 제정되고 유대인들에게도 시민권이 부여되었기 때문이다[1848]. 그 당시의 국민회의 부의장은 유대계 가브리엘 리세르^{Gabriel Riesser}였다. 사실 1848년 당시에는 유대인들도 바리케이드에 동참했으며, 이탈리아, 헝가리, 폴란드에서 일어난 폭동에도 가담해 자유를 위한 민족들의 봄을 쟁취하고 있었던 것이다.[217]

그런데 하이네는 1848년 2월 혁명에는 1830년 7월 혁명 때처럼 열광하지 않았다. 그는 대단히 소극적이었다. 7월 군주 공화국이 2월 혁명에 의해 소멸될 것이란 것을 이미 전망했고, 과격한 무정부적 2월 혁명에 싫증을 느끼고 있었기 때문이다. 그는 율리우스 캄페에게 전한 편지^(1848.7.9)에서 2월 혁명에 관해서는 할 말이 없다고 했다. '이것은 세상이 뒤죽박죽 혼란스럽게 된 일반적인 무정부주의이며 분명 하나님의 광기 어린 세상이 된 것이다! 이대로 가면 옛사람은 유폐되고 말 것이다. 이것은 전적으로 무신론자들에게 책임이 있다.'[218] 이렇게 2월 혁명에 대해 불평을 털어놓았던 것이다.

그가 이처럼 2월 혁명에 소극적인 태도를 취하게 된 이유에는 그의 병이
더욱 악화되었을 뿐 아니라, 그가 7월 군주 공화국에서 받던 예우가 2월 혁
명에 의해 밝혀지기 때문이었다. 즉 1848년 5월에 프랑스 외무성 자료인
「회고지Revue Rétrospective」에서 7월 군주 공화국의 비밀들이 공개되었는데, 그
가운데는 독일 시인 하이네가 '그의 각별한 공로로 매년 4,800프랑의 연금
혜택을 받고 있었다는 사실이 알려졌다.'

그러자 하이네를 적대시하던 사람들은 내심 잘되었다는 듯이 그를 군주
공화국에 아부한 2월 혁명의 배반자라 비방하기에 이르렀다. 이러한 비방
이 하이네에게 무거운 그림자로 다가왔고, 고통스런 아픔이 되었다. 익명
을 요구한 어떤 사람은 〈아우크스부르크 보통 신보〉에 '하이네는 자신의
필봉을 프랑스 정부에 팔아먹은 사람이라' 비난하기도 했다.[219]

하지만 하이네는 자신이 프랑스 정부로부터 받은 연금은 7월 군주 공화
국의 중용 정책Juste Milieu에 아부하거나 도움을 주어서 받은 것이 아니고, '타
국에서 자유를 찾아 망명해 온 수천 명의 사람들에게 프랑스 정부가 조건
없이 적선했던 보조금이며' 외무성의 연금 기금에서 공개적으로 지출된 돈
이라고 해명했다.(1848.5.23. 〈아우크스부르크 보통 신보〉) [220]

그 당시 구이조Guizot 내각으로부터 보조받던 사람들의 명단에는 세계 각
지에서 망명 온 사람들이 들어 있었다. '그리스나 산타도밍고, 알바니아,
불가리아, 스페인, 폴란드 등지에서 온 백작이나 영주들, 장군들과 퇴역 장
관들 및 신부들의 이름이 들어 있었으며,' …… 하이네와 같은 사람들 명단
에는 '구약성서에 나오는 유대인들이 인도에서 무어Mohr 지역까지 127개국
에 걸쳐 퍼져 있던 페르시아 제국보다도 더 큰 제국을 지배한 왕 이름까지
들어 있었다. 즉 스페인의 평화 군주로서 칼 4세에게 쫓겨나 프랑스로 망
명한 고도이godoy, 1767~1851 왕도 들어 있었던 것이다'[221] 그러나 이들 모두 어떤
조건 아래 연금을 지급받은 것이 아니었다.

하이네 자신은 프랑스로부터 연금을 받게 된 사정을 다음과 같이 회고하고 있다(1854.8.「회고적 계몽」).

'나는 독일 연방 정부가 나를 "청년 독일파1848.3월 이전의 자유주의 진보파"의 선동 지휘자로 보고, 나의 경제적 사정을 파탄시키려 하고 있음을 알고 있었다. 나의 책들이나 나의 필봉에 의해 쓰인 글들 모두를 금지하고, 나의 재산이나 생계 수단까지도 아무런 재판이나 권리 없이 앗아 가려 했다. 그렇기 때문에 보조금을 받게 된 것이다. 정말로 판결과 권리도 없이 말이다. 나는 이러한 일들에 대해서는 정당한 재판 과정이 필요한 것으로 생각하나, 그러지를 못하고 혼미한 폭력을 통해서 그렇게 된 것으로 본다. 독일 정부의 금지령은 나의 문헌들뿐만이 아니었다. …… 내 머릿속에 들어 있는 것까지도 압류 몰수했고, 죄 없는 뱃속까지도 채우지 못하게 모든 생활수단을 차단시켰다. 동시에 모든 사람들의 기억력에서도 나의 이름을 근절시키고, 일기장이나 팸플릿들도 철저히 검열하여 문제된 것을 지우도록 지시하고 있었다.'

그래서 자신은 프랑스로 피신하여 시민 왕 루이 필립의 군주 공화국으로부터 생계 혜택을 받게 되었다는 것이다.[222] 그런데 하이네에게 보조금이 지급된 것은 크리스티나 벨지오조소Christina di Belgiojoso 공주의 추천에 의해 아돌프 티에르Adolphe Thiers, 1797~1877 총리가 지급한 것이고, 그가 실각한 후에도 후임 총리 프랑수아 구이조G. Francois Guizot, 1787~1874가 이어받았다. 그것은 하이네에게 커다란 경제적 도움이 되었다. 독일인으로서는 더 이상의 대우를 받을 수 없으리만큼 자유로운 생활이 가능했다.

프랑스 사람들을 위해 문화적 봉사도 할 수 있었고, 그들로부터 존경과 예우도 받을 수 있었다. 그는 귀화하지 않은 몸으로서도 '문학 세계에서나 고급 사회에서 프랑스인들의 호감을 샀고, 보호받는 사람으로서가 아니라 친구로서 교분을 나눌 수가 있었다. 왕위에 곧 오를 사람이며 그의 시집「노래의 책」을 원어로 즐겨 읽었던 페르디난트[Ferdinand] 왕자와도 친할 수 있었으며, 크리스티나 벨지오조소[Christina di Belgiojoso] 공주의 정원에서 「프랑스 혁명사」와 「나폴레옹 제국사」를 쓰고 있던 티에르[Thiers]와 팔짱을 끼고, …… 푸른 하늘에 솟아오른 목련꽃의 향기를 만끽하며 담소도 하며 거닐 수도 있었다. 나는 그때가 독일 시인의 마음으로 가장 행복한 날들이 아니었던가 생각된다. 나는 자랑스럽고 화려했던 나날들을 잊을 수가 없다.'[223]

그러나 자신이 프랑스로부터 그러한 예우를 받고 아름다운 나날을 보낼 수 있었던 것은 결국 자신이 아름다운 독일 시를 남긴 독일 시인이었기 때문이라 생각했다. 그렇기 때문에 그는 자신이 독일 시인임을 한시도 잊지 않았으며, 조국에 대한 일념도 놓치지 않았다. 독일의 독문학자 마쓰만[Massmann, 1797-1874] 같은 사람은 그 당시 하이네 자신이 유대계 사람이고 프랑스에서 환대를 받고 살고 있어 프랑스로 귀화할 사람이라 힐난했는지도 모르지만, 그것은 그 자신에 대한 모욕이라 생각했다. 하이네 자신은 귀화한다는 생각을 상상하지도 않았기 때문이다.

'귀화한다는 것은 다른 사람들에게나 해당되는 말이다: 이러한 말은 철로 된 이마에다 구리로 된 코를 달고 있는 바보나, 교무실로 데려가 조국을 포기하라고 설득한 팔츠 지방 쯔바이부르켄 출신의 술 취한 변호사 같은 사람에게나 해당하는 말이다. …… 절대로 이러한 말은 아름다운 독일 노래를 지은 독일 시인에게는 어울리지 않는 말이다. 만일 내가 나 자신에게 나 자신이 독일 시인이면서 동시에 귀화한 프랑스 사람이라고 말하게 된다면, 이 말은 나에게 있어서는 놀라울 정도로 미친 생각이 될 것이다. - 그렇다면 나 자신은 시장 바닥의 노점에서나 볼 수 있는 두 개의 머리를 달고 있는 기형아처럼 보일 것이라 생각된다. 이는 시인으로서 나 자신 참을 수 없는 일이다. ……'

이러한 고백으로 보아 하이네는 정말로 자신이 독일 시인이란 자부심을 지니고 있던 작가였음이 틀림없다.

　'내가 흔히 말하는 프랑스 서정시 문학을 관찰하게 될 때면 나는 비로소 독일 문학예술의 찬란한 멋을 정말로 인식할 수 있었다. 그런 후에는 내가 이 분야에서 월계관을 차지하고 있다는 사실을 높이 찬양해도 좋겠구나 하는 생각을 가져볼 수도 있었다.' 하면서, 독일 시인으로서의 자부심을 「회고적 계몽^{1854.8. Lutezia 2}」에서 드러내고 있다. 그러한 자부심과 자존심을 갖고 있던 작가였기에, 그가 프랑스로 귀화한다는 말은 그에게는 정말로 용납될 수 없는 생각이었을 것이다. 오늘날까지도 그의 무덤 표석에 쓰인 '이곳에 한 독일 시인이 쉬고 있다.'는 비문은 하이네의 사상을 대변하는 당연한 진실 고백의 표현이 되고 있는 것이다. [224]

21. 병석에서의 신앙적 감정의 소생

-「밀로의 비너스」와 함께

하이네의 병은 날이 갈수록 더욱 악화되었다. 그가 마지막 외출로 루브르 박물관에 가「밀로의 비너스」앞에서 쓰러진 뒤부터 그의 병세는 더욱 암울해졌다. 이 사실은 1848년 5월 15일자 〈아우크스부르크 보통 신보〉에 공개됨으로써 알려졌다. 그해 9월부터는 흔히 말하는 '안식 없는 무덤, 무덤의 병실Matratzengruft'에서 떠날 수 없는 병고의 몸이 되었던 것이다. 이것은 그의 시집「로만제로1851」후기에서 다음처럼 회고되고 있다.

'내가 마지막으로 외출한 때는 1848년 5월이었다. 내가 행복한 시절에 숭배했던 연인인 사랑스런 비너스 우상과 작별하려 나는 힘든 몸을 이끌고 루브르까지 왔다. 성스러운 미의 여신인 우리들의 사랑스런「밀로의 비너스」가 서 있는 고귀한 홀 안으로 들어서자, 나는 그만 쓰러지고 말았다. 나는「밀로의 비너스」발밑에 엎어져 한참 동안 누워, 그녀의 석상 조각들에 연민의 정을 느끼며 강렬하게 통곡하였다. 여신도 나를 동정이나 하듯 내려다보고는 무엇인가 위로의 말을 전하려 했다. 하지만 말을 잇지 못하고 있었다 : 너 알고 있지 않니, 네가 보듯이 나는 팔이 없기에 너를 끌어안아 위

로해 줄 수가 없구나 하는 표정이었다.'[225]

이렇게 병으로 지친 하이네는, 과격한 2월 혁명도 암울한 상황에 놓여 있었기 때문에, 이러한 절망적 현실에서 탈출하려 막연하나마 신앙적 상징이 되기도 하고 마음의 안식처도 될 수 있다고 믿어진「밀로의 비너스」앞에서 구원의 손길과 마음의 위로를 찾고 있었다. 그것은 죽음에 다가가는 인간이 무언가 범신론적 신앙에 의지하려는 연약한 인간적 심리와 무신론자들의 혁명적 과격주의 사이에서 지친 마음의 평화를 찾으려 했던 것이다. 나아가 옛날의 미신 세계나 하나님 세계로의 귀환을 뜻한 행위였을지도 모른다. 그렇지만 하이네의 이러한 신앙적 구도 행위에 대해 혁명적 무신론자들이 험한 비판을 퍼붓고 있던 것도 사실이다.

뵈르네나 엥겔스 같은 사람들과의 갈등도 이와 무관하지는 않다. 하지만 하이네는 괴로운 병상에서 모든 사람들과 화해도 하고 신의 세계에서 마음의 평화도 얻었으면 했다. 그는 스스로 다음처럼 회고했다. '사람이 죽음의 병상에 눕게 되면 예민해지고 부드러워져 신과 세계와 함께 평화를 만들고 싶어 한다. 솔직히 고백해서 나도 많은 사람들을 할퀴기도 하고 물어뜯기도 해 어린양이 못 되었다. 하지만 모든 이로부터 찬미되고 온순한 용기를 지녔다고 하는 어린양 떼들도 태생적으로 유순함이 부족해 맹수 같은 발톱이나 이빨을 지니게 되는 것이다.

그런데 내가 나 자신을 칭찬할 수 있다면 나 자신이 그러한 타고난 무기를 사용해 본 적이 드물었다는 것이다. 나 자신이 하나님의 자비를 필요로 한 시기 이후부터는 더더욱 나는 나의 모든 적들에게 대사면을 베풀었다. …… 그리고 내가 옛날 미신이나 믿고 신의 세계로 귀향한 사람이라고 비난을 퍼부었던 계몽된 친구들의 분노를 해소하기 위해서도 나는 모든 피조물인간들과 창조주와 함께 평화를 만들었던 것이다.

그러나 관용적이지 못한 사람들의 비판은 아직도 나에게 거칠다. 무신론자들의 고귀한 승도僧徒들은 나에게 파문을 선언했고 무신앙에 속한 과격한 성직자들은 내가 이단자임을 인식하도록 고문해야 한다고 했다. 다행히도 그들은 비난을 가하는 계고문 이외에는 다른 고문 도구를 갖고 있지 않았다.

그러나 나는 고문 받지 않고도 모든 것을 다 알고 있었다. 그렇다 나는 오랜 기간 헤겔학파들이 보호해 주었던 돼지들 가운데서 잃어버린 자식처럼 신으로 귀화한 몸이다. …… 하나님에 대한 향수가 갑자기 엄습해서 나를 숲과 계곡을 통해 변증법의 어지러운 산길로 계속 몰아친 것이다. 산길에서 나는 범신론자들의 신을 발견했다. 그러나 나는 그 신을 사용할 수는 없다. 그 꿈같은 가련한 범신론적 신의 본질이라는 것은 세상과 함께 짜여 성장한 것이고, 그 속에 갇혀 하품이나 하고 의지도 없는 무기력한 것이었다.

하지만 하나의 의지를 갖기 위해서는 그 본질은 한 인격체가 되어야 하며, 인격체를 계시적으로 구체화하기 위해서 인격체는 오히려 자유로운 것이어야 한다. 사람이 이제 인간에게 도움을 줄 수 있는 하나의 신을 열망하려 한다면 사람은 신의 인격이나 탈세속적인 신의 성스러운 속성과 신의 지고한 선 그리고 지고한 지혜와 지고한 당위성 등을 받아들여야 하는 것이다.

우리가 계속해서 죽음을 향해 추구하는 영혼의 불멸성이란 것도' …… 속된 말로 비유해서 '프랑스 사람들이 가엾을 정도로 초췌하게 말라빠진 환자에게 원기를 회복시키고 건강을 강화하기 위해 무료로 파는 사골로 끓인 맛 좋고 아름다운 사골 탕을 마시게 하는데, 그 수프를 프랑스 말로는 "기쁨 또는 환희La rejouissance"라 부른다.'

바로 이러한 수프를 마시는 순간 환자는 새로운 생기를 얻는데, 이때 느끼는 '기쁨이나 환희'가 곧 '영혼의 불멸성'에 해당되는 말이다. '나는 그러한 "기쁨과 환희"를 거부하지 않는다. 오히려 그 기쁨이 내 마음의 정서를 더욱 유쾌하게 이끌고 있으며, 감정 있는 모든 사람들은 이러한 것을 모두 인정하고 있는 것이다.'[226] 그런데 이러한 기쁨과 환희를 불어넣고 있는 신비로운 신적 우상이 바로「밀로의 비너스」였다. 하이네는 삶에 대한 사랑스런 욕구와 기쁨을 얻으려 여신상 앞에서 구원의 손길을 내밀었던 것이다.

정치적인 시각에서 본다면, 루이 필립이 무너진 2월 혁명 이후에 프랑스는 왕권 체제나 공화국 체제 가운데 하나를 선택해야 될 처지에 놓여 있었으며, 혼합 정부 형태는 지속될 수 없다는 여론이 형성되었다. 그리고 독일에서도 '같은 방법과 의견으로 종교와 철학 사이에서, 신앙의 계시적 도구와 사유의 일관성 사이에서, 그리고 절대적인 성서 신과 무신론 사이에서 어느 하나를 선택해야만 된다는 여론이 대두되었다.'

이렇게 사람들은 선택의 딜레마에 빠져 있었던 것이다. 하이네의 생각으로도 선택은 힘들었지만, 무엇인가 자신의 태도는 밝혀야만 했다. 그래서 중용적 입장에서 스스로 고백하기를, 자신이 정치적인 면에서는 각별한 진보주의자라고 자신을 높이 찬양할 수는 없지만, '젊었을 때부터 신봉하고 열망했던 민주적인 원칙에는 변함이 없다.' 하였다. 그리고 '신학적인 면에서는 이미 고백한 대로 옛날의 미신이나 개인적인 신으로 귀화했다는 역행 사실에 대해 어느 정도 책임을 지고 있다고 했다. ……

하지만 분명히 자기 자신이 어떤 교회의 문턱을 넘어 성모 마리아의 품에 안겼던 것처럼 소문난 것에 대해서는 항의하겠다고 했다. 정말로 그렇지는 않았다. 나의 종교적인 의견이나 주장은 어떤 교회와도 관계없이 자유로웠다. 어떤 교회의 종소리도 나를 유혹하지 못했고 어떤 성단의 촛불도 나를 현혹하지 못했다.'[227]

그렇지만 그가 병든 몸을 이끌면서「밀로의 비너스」를 찾은 것은 이러한 성서적 종교관을 떠나서 숭고한 여신의 아름다움과 애정에서 지친 마음의 위로와 안식을 얻기 위해서였다. 그는 성서적 신이나 과격한 무신론도 배제했다. 이성과 감성적 요소가 융합한 신비로운 기쁨과 환희를 상징하는 여신상에서 성스러운 미와 선 그리고 애정의 손길을 추구했던 것이다.

22. 성서에서 얻는 종교 감정

이와는 다른 차원이지만 그는 성서에서도 구원의 손길을 추구하는 신앙적 충동을 느끼고 있었음을 「고백록Gestaendnisse. 1854」에서 언급하고 있다. 그는 병상에서 성서를 읽으면서 '종교적 감정'을 재인식하게 되었다고 회고하였다.[228]

하나님이 창조하신 순결한 인간 아담과 이브가 뱀의 간계에 빠져 선악을 알리는 금단의 나무에서 사과를 따 먹게 된 죄로 인간이 원죄 의식을 지니게 되었다는 인간의 타락 이야기로부터, 죄를 지은 아담과 이브가 벌거벗은 몸으로 동산에 숨었다가 하나님께 발견되자 죄지은 그들은 자신의 부끄러운 알몸을 가리기 위해 무화과나무 잎으로 치마를 두르게 되었으니(창세기 2-3), 이것이 최초의 옷의 역사가 되었을 뿐 아니라 심리적으로 인간이 죄의식을 느끼게 된 최초의 동기가 된 것이다.

헤겔의 정신 현상학에 젖었던 하이네는 성서의 이러한 현상적 존재 이야기에서, 인간이 지은 죄의식을 처음에는 변증법적 인식 과정으로 '종교적 감정'을 느꼈던 것이다. 신앙적 정서라는 것은 인간이 범한 죄를 뉘우치는

번민 과정에서 인간 스스로가 지은 죄를 어떻게 인식하고 속죄하려 하는가
의 노력 여하에 따른 신의 응답으로 인간이 구제되는 것이고 신의 품으로
해방되는 정반합의 속성을 지니고 있기 때문이다. 그러므로 인간이 구원의
길을 얻게 되는 것은 인간 스스로가 구원의 심판을 얻기 위해 얼마나 노력
하느냐 하는 성찰의 문제이며, 스스로의 내면적 선택 문제가 되는 자유의
문제이다. 그리고 신앙에 대한 자연스런 현상적 존재에 대해 어떤 인식을
갖고 어떻게 대처하여야 하느냐 하는 주객관 적합의 과정에서 형성되는 인
간의 의식 문제가 되고 있다.

따라서 자유로운 선택을 하는 의식 주체는 곧 인간이며, 인간 내부에 내
재하고 있는 신이기도 하다. 하이네는 신앙에 대한 의식 과정을 다음처럼
피력하고 있다. '인간이 인식을 통해 신이 되는 것은 인간 속의 신이 인간
자신의 의식이 되는 것과 같은 것이다.'[229] 즉 신에 대한 인식은 인간과 신
이 일체화된 인간 내부의 정체성 속에서 추구되고 있음을 알리고 있는 것이
다.

그런데 이러한 변증법적 인식 이외에도 이와 나란히 하이네는 포괄적인
범신론적 입장에서 경건한 '종교적 감정'을 성서를 통해 발견하고 있다. 이
것은 하이네가 1850년 10월 예술 평론가인 파니 레발트^{Fanny Lewald, 1811~1889}와
아돌프 슈타르^{Adolf Stahr, 1805~1876} 부부와의 대화에서 확인된다. 하이네는 말했
다.

'성서란 얼마나 위대하고 세계처럼 넓은 것인가. 성서는 창조의 깊은 곳
에 뿌리를 두고 푸른 하늘의 비밀 세계를 쳐다보며 질문하고 있다. 해가 뜨
는 것이라든지 해가 지는 것, 신의 약속이나 충족 이행, 태어남과 죽음 그
리고 인간성의 전체 드라마를 말이다. 이 모든 것들이 성서에 담겨져 있다.
…… 나무나 꽃, 바다와 별들, 인간 자체와 같은 자연 생산물의 모든 어휘
들이 성서에 담겨져 있다. 자연 생산물의 모든 것들이 싹터 오르고 있는 것

들이나 흐르고 있는 것, 번쩍이고 있는 것, 미소를 짓고 있는 것들에 대해 이들 모두가 어떻게 생성되고 왜 생성되고 있는지를 사람이 알고 있지는 못하지만, 성서는 이들 모든 것들을 자연스럽게 터득할 수 있도록 알리고 있다. ……

그러므로 나는 이제 삶의 모든 것들에 대해 새롭게 기술하려 한다. …… 성서의 문화사적 의미와 시 문학, 성서가 담고 있는 윤리적 내용이나 종교적 내용을 훨씬 더 잘 이해하고 있는 시점에 와 있기에, 나는 모든 것들을 새로이 기술하려 한다.' 이렇게 하이네는 성서로부터 삶을 새롭게 생각하게 되는 '종교적 감정'을 얻고 있었다.[230]

그리고 이러한 종교적 감정을 범신론적 시각으로 새롭게 느끼고 인식할 수 있는 것이 성서가 아닌가 생각했다. 그래서 그는 성서에 감사한다 하고, 「독일 종교사와 철학사」 제2판 서문[1852]에서 다음과 같은 성서 이야기를 하고 있다.

감사해야 할 이 성스러운 책이란 '어떤 책일까? 그래 이 책은 오랜 옛날의 꾸밈없는 솔직한 책이며, 자연처럼 검소하고 자연처럼 자연스러운 책이다; 이 책은 우리를 따뜻하게 해주는 태양과도 같고 우리를 먹여 살리는 빵과도 같은 책이다. 그리고 매일 읽게 되면서도 아무런 요구가 없는 책이다; 이 책은 나이 많은 할머니가 코에다 안경을 걸치고 사랑스런 입으로 중얼거리면서 우리에게 매일 읽어 주시던 것처럼, 우리를 선한 눈으로 바라보며 축복해 주고 신뢰를 주는 책이다.

이런 책을 간단히 말해 성서라 하는 것이다. 우리가 이런 책을 성스러운 기록 문서라 하는 것은 너무나 당연한 일이다: 신을 잃은 자는 바로 이런 책에서 신을 재발견할 수 있는 것이며, 신을 알지 못하는 자도 이런 책에서 신적 언어들의 호흡을 느낄 수 있는 것이다.'[231]

그러므로 이 책의 소중함을 알고 있던 유대인들은 예루살렘이 망할 당시 서기 70년 제2의 사원이 불길에 휩싸였는데도 성서만은 최고의 보물로 알고 구하였던 것이다. 하이네가 이처럼 성서의 중요성을 인식하고 있다는 사실은 중년기에 무신론에 가까웠던 그에게 사유의 범주에 있어 대단한 혁명적 변화를 가져온 것이다.

사실 하이네는 유대인 가정에서 태어났지만 후일 기독교 세례를 받았던 것이며, 중년의 혁명기에는 성서에 대한 세속적인 생각을 갖고 무신론에 가까웠다. 그런데 병석에 누운 후부터는 범신론적 입장에서 신의 존재를 세계 내부에서 종교 철학적으로 추구하게 된 것이다. 그는 자연 세계 밖에서 신을 추구하는 것은 이신론^{deismus, 理神論}으로 보고 있었다. 따라서 신이 세계 밖에 위치하고 있다고 생각하는 이신론자들의 생각과는 달랐다.

그는 이신론과 범신론을 구별하기 위해 다음과 같은 생각을 갖고 있었다.

'이신론자들의 신은 세계 밖에서 정신세계와 물질세계 전체를 통치하고 있는 것으로 생각한다. …… 이신론에서 신의 존재가 벼락 치는 폭군이건, 사랑스런 아버지이건, 그들의 신이 자연스런 아들로서 귀천상혼^{貴賤相婚}의 천한 여신^{Morganatischen goettin}이나 귀머거리와 결혼했건 또는 그들의 신이 푸른 허공에 존재하는 추상적인 하늘의 늙은 홀아비이건 간에, 그러한 신을 믿는다는 것은 이신론이다. 그러나 범신론^{Pantheist}은 신을 세계 안에서 추구하고 있다.' 이렇게 보면 하이네는 '범신론을 이신론의 반대 어휘로 사용하고 있었던 것이다.'[232]

그런데 하이네가 당시 「독일 종교사와 철학사¹⁸³⁴」를 집필하게 된 동기는 마르틴 루터의 종교 개혁과 칸트의 철학 혁명이 발생한 이후 독일의 종교사와 철학사를 정리해 보려는 의도에서였다. 그 당시 독일의 종교사와 철학사는 상호 연관되었다. 이것을 요약해서 말하면 독일 종교는 기독교인데

'기독교는 로마 가톨릭이었고, 가톨릭에서 신교가 나왔으며, 신교에서 독일 철학이 나온 것이라'[233] 보았기 때문이다.

그러므로 독일의 종교를 철학적으로 해명하려는 하이네의 범신론적 종교 감정은 세계 내부에서 신을 추구하려는 태도였다. 그는 기독교가 지니고 있는 '내면적 본질이나 심오한 정신, 영원한 영혼' 세계를 해치지 않고 인간적 이성과 감정으로 직관되는 자연 세계 내부에서 이성적인 윤리와 감성적인 사랑으로 신앙적 느낌을 얻으려 했으며, 그 속에서 참된 자아의식을 추구하려 한 것이다. 결국 그는 이신론적이며 도그마적인 신앙으로부터 해방되어 인간적인 보편적 윤리와 사랑으로 구원의 세계를 인식하려 한 것이다.

또한 그는 중반기의 혁명 시대로부터 스스로 '인간의 자유해방'을 부르짖던 진보적 자유주의 작가였다. 그렇기 때문에 도그마적 교회 문화에 대해서 신랄한 비판을 던졌고, 성스러운 성모 마리아와 가장 아름다운 성서적 시 문학에 대해서도 프랑스의 볼테르처럼 해학적 위트로 농담을 던졌던 것이다. 그러나 '그의 해학적 농담은 죽어 사라져 가는 기독교의 육체에 대해서만 상처를 주었을 뿐, 기독교의 내면적 본질이나 심오한 정신, 영원한 영혼에는 상처를 주지 않고 종교적, 예술적 감정으로 농담 섞인 비난을 가하고 있었던 것이다.'[234]

그러므로 그가 기독교를 비난했다는 것은 어디까지나 형식적인 교회의 도그마적 구속으로부터 '인간 해방'을 추구하기 위한 것이었으며, 내면적 본질에 대해서는 수긍하는 태도였다. 그리고 병석에 누운 뒤부터 그가 성서로부터 종교적 감정을 더욱 강하게 느끼게 된 동기도 모든 구속으로부터의 인간 해방을 언급하고 있는 성서 이야기 때문이다.

그는 자신이 유대인이었기 때문에 구약성서에 나오는 모세의 성스러운 모습^(모세 2-출애굽기)에 많은 관심을 보였다. 그는 「고백록¹⁸⁵⁴」에서 이집트에서

노예가 된 동족들을 구출하기 위해 영도적 역할을 다한^{기원전 1300년} 모세의 거
인적 모습에 감동하였다. 모세는 신의 계시에 따라 예언적 역할을 한 '의인
화된 신'의 모습^{Anthropomorphismus}이었지만, 그의 영도적 행위가 동족들을 노예
상태로부터 해방시켜 '이스라엘을 창조하게 한' 동기를 가져다주었다. 그
것이 하나의 민족으로 수천 년 동안 저항하면서도 '영원한 민족'으로 살아
남게 한 정신적 계도가 되었기 때문에 성서에 관심을 나타낸 것이다^{(구약성서 2.}
^{20ff)}.

　따라서 하이네는 모든 억압에 도전하여 민족을 지키려 한 모세뿐만 아
니라 그를 따른 유대 민족을 '인간 해방을 위한 전형^{Prototype der Emanzipation der}
^{Menschheit}'으로 내세웠던 것이다.²³⁵ 1849년까지만 해도 감성적인 그리스의
헬레니즘 정서에 호감을 느끼고 있던 그가 이젠 유대인의 굳건한 정신주의
^{금욕적 정신주의}에 호감을 갖게 된 것이다.

　'나는 그리스 사람들이 아름다운 소년이었다면 유대인은 굽힘 없는 강력
한 남성이라 보겠다. 이들은 세기 초부터 오늘날까지 18세기 동안을 비참
한 박해에 저항한 불굴의 남성들이다. 나는 이들로부터 인간의 존엄을 배
웠다. …… 나는 이 글을 쓰는 사람으로서 유대인의 조상이 고귀한 고향을
이스라엘에 두고 있고, 나 자신이 이 세상에 신과 도덕을 준 순교자의 후손
이란 점에 대해 자랑할 수 있다.'²³⁶ 이렇게 유대 민족들이 인간의 자유와 해
방을 위해 투쟁한 전형적 민족이라 자부했던 것이다. 그리고 성서에는 이
러한 수난을 겪은 유대 민족사가 담겨져 있다. 그렇기 때문에 하이네는 속
박으로부터의 자유와 해방을 가져온 모세의 성서 이야기가 인간의 존엄성
을 구해 준 '종교적 감정'을 자신에게 강하게 시사한 것으로 보았다.

　하이네가 병석에 누워서 성서 외에도 또 하나의 성서처럼 읽고 있던 책
이 있었다. 그 책은 바로 미국의 여류 작가 해리엇 비처 스토^{Harriet Beecher Stowe.}

1811–1896가 쓴 「톰 아저씨의 오두막집^{Onkel Toms Cabin, 1852}」이다. 이 책은 미국 남북 전쟁 당시 흑인 노예 해방 문제를 제기한 종교적인 책이다. 발간되던 첫해¹⁸⁵²에 이미 30만 부가 판매되었으며, 그해에 미국 아닌 영국에서도 12개의 출판사가 경쟁적으로 출간한 19세기 베스트셀러 중 하나이다.

내용은 켄터키에서 대대로 농장을 운영하던 농장주 아더 셸비^{Arthur Shelby}가 재정난 때문에 어쩔 수 없이 자신의 충성스런 흑인 노예 톰 아저씨와 다섯 살배기 아들 해리^{Harry}를 가진 가정부 노예 엘리자를 비양심적인 노예 상인 헤일리^{Haley}에게 팔아넘기게 된 데서 시작된다. 혼혈 흑인 엘리자 가족은 다행히도 노예 상인에게 팔리기 직전에 도주하여 흑인 노예의 해방을 주장한 북부를 통해 캐나다로 도피하여 구제된다. 하지만 톰 아저씨는 노예 해방에 반대하는 남부로 끌려가 갖은 역경을 겪고, 노예 상인 헤일리에게 뭇매질을 당하면서 혹독한 노예 생활을 하게 된다.

그는 흑인 아이들이 경매되는 비인간적인 광경도 보게 되고, 노예들이 착취당하는 남부 사회의 모순을 목도하면서 언젠가는 구원되리라는 겸허한 자세로 인내력을 갖고 참으며 하나님을 믿는 태도를 견지하고 있었다. 어느 날 그는 남부 귀족 사회의 딸인 천사 같은 성 클레어 에바가 물에 빠진 것을 구해 주고, 선행의 대가로 그녀의 아버지인 성 클레어에 의해 노예 상인 헤일리로부터 해방되어 사들여진다. 하지만 성 클레어의 부인은 노예에 대한 남부 지역인의 선입견을 여전히 떨쳐 버리지 못해 노예에 대한 동정이 크지 않았다.

세월이 흘러 에바가 죽고 성 클레어^{St. Clare}도 세상을 떠나자 과부가 된 부인 성 클레어 마리^{Marie}는 자신의 재산과 노예들을 다시 팔아넘긴다. 노예 시장에서 톰 아저씨는 칼뱅파의 영향 아래 있는 뉴잉글랜드 출신 시몬 레글리^{Simon Legree}라는 농장주에게 팔려 간다. 하지만 그는 늘 술만 마시며 망해 가는 농장에서 노예들을 혹독하게 착취하고 학대하는 사람이었다. 그의 혹독한 매질과 학대는 톰 아저씨의 몸을 만신창이가 되도록 만들었다. 하지만 그의 신앙적 태도만은 여전히 지탱되고 있었다.

얼마 후 시기적으로는 너무나 늦었지만 인간적인 옛 농장주인 셸비 씨의 아들 조지 셸비George Shelby가 자신의 아버지가 톰 아저씨에게 약속한 것을 지키기 위해 그를 다시 사들여 해방시키려 톰 아저씨를 찾는다. 그러나 너무나 늦고 말았다. 온갖 학대로 톰 아저씨가 이미 희생된 뒤였기 때문이다.

이 소설이 남긴 메시지는 아버지 세대에서 아들 세대에 이르기까지 셸비 가문의 의식 속에는 노예들에게 자유를 선물하려는 순수한 정신이 살아 있음을 보인 것이다. 이 소설은 당시 미국에서 노예 해방 운동을 벌이고 있던 사회 정치적 분위기에 커다란 영향을 미친 작품이다. 이 작품을 쓰기 위해 하나님은 작가의 필봉을 인간의 자유를 위한 신앙적 믿음으로 인도하고 있었다고 해명되고 있다.[237]

또한 온갖 역경과 학대 속에서도 하나님에 대한 구원의 신념을 잃지 않고 겸허하게 살아간 톰 아저씨의 순교 모습은 예수의 순교자 모습으로 예시例示되고 있어, 이 소설에서도 '종교적 감정'을 느끼게 하고 있는 것이다. 그래서 하이네는 그의 「고백록」에서 자신은 갑자기 '성서가 서 있는 자리에 톰 아저씨가 서 있는' 듯한 느낌을 갖고 있어, '나는 그 흑인 성도聖徒 옆에서 무릎을 꿇고 경건한 마음을 드리고 있다.'고 술회했다.

'말할 수 없는 이 겸허한 마음을 말이다! 나는 이 겸허한 마음을 글자도 배우지 못하고 무지한 이 불쌍한 흑인보다도 학문적으로 이해하도록 하고 있지 못하고 있으니 말이다! 이 가련한 톰이 나보다도 이 성서에 담겨 있는 깊은 의미들을 더 잘 알고 있는 듯하다. …… 때로는 나 자신이 복음서나 사도행전使徒行傳에 대해 혐오를 느끼도록 불미스럽게 응답한 것에 대해 가해진 매질보다 더 많은 매질을 톰이 끊임없이 받아 왔기에 그가 성서의 깊은 의미를 나보다 더 잘 이해하고 있는 듯하다. 그러니 이 가련한 흑인 노예가 복

음서나 사도행전을 단숨에 누워 읽었다 해도 우리보다는 더 잘 이해하고 있는 것으로 생각된다.'[238]

그러므로 흑인 노예가 겪은 수난사는 여기서 곧 예수의 수난사를 대변한 참된 이해의 수단이 된 것이며 복음의 길이 된 것이다. 이러한 톰의 수난사적 여정을 통해 하이네는 '종교적 감정'을 다시 느끼게 되고, 「톰 아저씨의 오두막집」은 성서처럼 읽힌 책으로 비유되고 있다. 더불어 미국 남북 전쟁 당시에 링컨 대통령도 이 책을 읽고 노예 해방을 더욱 결심함으로써 역사를 바꾸어 놓은 것이다.

23. 병석의 무덤에서 핀 수난의 꽃, 시詩들

하이네에게 1848년 이후 죽음에 이르기까지[1856] 8년간이란 세월은 병석에 누워 투병 생활을 한 가장 심한 고난의 시기였다. 어떻게 보면 그의 인생 전체도 긴장된 수난의 여정이었는지 모른다. 그는 독일에서 9개의 도시들을 전전하면서 23번이나 주택을 옮겨 살아왔고, 파리에서도 25년간 지내면서 15번이나 주거지를 옮겼다. 1847년 10월에는 빅토리 가에 있는 마구간 같은 곳에서 3개월간을 지낸 적도 있고, 1848년 9월부터는 암스테르담 가 50번지 3층에서 6년간을 '병석의 무덤Matratzengruft'으로 비유되는 방에서 버텨야 했다.

그는 요 두 장을 포개 깔고 이불을 덮은 채 베개에 의존하고 있었으며, 방 안 공기는 온통 약 냄새로 가득했다. 침대 옆에는 손에 잡힐 듯한 곳에 책과 신문, 메모지가 놓여 있었다. 몸 상태가 조금 나아진 날에는 안락의자에 앉아 편지도 쓰고, 산문도 비서에게 받아쓰도록 했다. 하지만 8년간이란 세월은 손이 마비되고 눈도 거의 보이지 않았으며, 경련과 두통, 고뇌의 고통이 연속되는 사투의 시기였다. 그래서 그는 병석에서 신에게 의지하려는 종교적 감정을 갖게 되었던 것이다.

1848년 12월 3일 일요일, 그는 동생 막시밀리안에게 보낸 편지에서 '잠을 이룰 수 없는 고통스런 밤에는 내가 내 손으로 쓸 수는 없지만, 우리 모두가 믿고 있는 일정한 신인 우리들 아버지의 신을 향한 아름다운 기도문을 작성하고 있다.'고 말하며, 기도의 효험으로 아픔을 달래고 있다고 했다.[239] 그런 이유로 어떤 사람은 그가 가톨릭에 귀의했다는 소문을 말하기도 하고, 또 다른 사람은 그가 신교로 세례 받은 것[1825.6월 말 괴팅겐에서]을 후회하고 있다는 주장도 했다.

하지만 기독교인이 아닌 유대인이 그를 방문하여 신앙에 관한 이야기를 나눌 때, 하이네 자신이 기독교로 개종했다는 것은 '거짓된 서약'이라 했다고 한다.

'왜냐하면 유대인은 절대로 다른 유대인의 신[예수]을 믿지 않기 때문'이라는 것이다. 그러면서 자기 스스로가 유대인이라는 사실을 처음으로 1849년 4월에 공개적으로 언급했다. '나는 더 이상 생을 사랑하고 가련한 나사렛 사람에게 건방진 미소를 짓고 있는 건강한 헬레네[그리스] 사람이 아니다. 이제 나 자신은 병이 들어 죽음에 이르게 된 가련한 유대인일 뿐이며, 가련한 모습에 동정을 불러일으키는 불행한 사람'이라면서[1849.4.15. 보고문],[240] 자기 자신이 유대인임을 당연시했다.

그렇기 때문에 그는 1850년 2월 7일 목요일 라우베에게 보낸 편지에서, '다행히도 이제 나는 과도한 고통 속에서 몇 가지 저주할 만한 신의 모독을 나 자신 허용할 수는 있겠지만, 신에 의해 원기를 회복할 수 있는 상쾌한 기분은 무신론자에게서는 기대할 수 없기에 다시 하나의 신을 갖게 되었다.'고 하였던 것이다.[241] 이렇게 자신이 하나의 신을 다시 발견하고 신봉하고 있음을 시인했다.

하이네는 나을 수 없는 질병의 고통 속에서 자신의 믿음이 기독교의 신이

건 유대교의 신이건 절망적인 고통 속에서 고통 없이 죽어 갈 수 있게 해줄
수 있는 하나의 신을 찾고 있었다. 하루하루 심해져 가는 경련과 고통 속에
서, 그는 아픔을 없애 줄 수 있는 모든 수단을 찾았던 것이다. 신도 추구해
보았고, 심한 고통에 모르핀에도 취해 보고, 마취된 상태에서 아픔을 달래
줄 수 있는 종교적인 기분도 맛보았던 것이다.

　그는 이를 1850년 1월 9일 동생 막시밀리안에게 보낸 편지에서 고백하고
있다. 이루 말할 수 없고 참을 수 없는 아픔 때문에, 그것을 잠시나마 진정
시키고 잠을 청하고 싶어, 가끔 '나는 24시간 내에 7그란$^{gran, 0.06g}$의 모르핀
을 맞고 황량한 마취 상태에서 살고 있단다. ……이제 나는 희망도 포기하
고 체념하여야 할 지경이어서 너에게 무어라 말할 수 없구나. …… 그래서
나는 가끔 나의 정신을 이러한 슬픔에서 다른 영역으로 옮겨 놓고 싶단다;
하지만 머리가 너무 아파 얼굴과 턱에는 경련이 일어나고, 구재를 위한 재
원도 말라 가고, 아편을 너무 많이 복용해서 몸도 지쳐 생각도 없어졌단다.
이러한 와중에도 종교적인 기분은 아직도 여전해 역시 나 자신은 좋은 상태
에 있다.'고 했다$^{(1850.1.9)}$. [242]

　하이네는 1850년 9월 친구 파니 레발트와 그의 형제가 병문안을 온 자리
에서 명상하며 실토하기를, 모르핀을 취하면 고통이 중지되고 마치 종교에
서 작용하듯이 아픔이 사르르 가라앉는 듯하다면서, '아편도 역시 종교'란
말을 남겼다.[243] 이때 하이네는 고통이 얼마나 심했는지, 그리스 신화에 나
오는 잠의 신 히프노스^{Hypnos}와 죽음의 신 타나토스^{Thanatos}의 쌍둥이 형제 신
화를 통해 잠과 죽음의 환상적 아름다운 천상 세계를 「모르핀$^{1849~1851}$」이란
시에서 동경하기도 했던 것이다. 히프노스는 잠을 청하는 날개를 달고 양
손에는 양귀비 줄기와 잠이 솟는 뿔을 지니고 있으며, 타나토스는 죽음의
햇불을 지니고 다니는 쌍둥이 소년들이다. 그들의 모습은 아픔에서 벗어날
수 있는 잠과 죽음이 연관된 유토피아적 내세를 제시하고 있다.

하이네는 「모르핀」에서 다음과 같이 노래하고 있다.

두 아름다운 젊은이 모습의 유사성은 크다네,
한 친구^{죽은이}의 모습이 다른 친구^{환각으로 잠든이}의 모습보다,
더욱 창백하고, 준엄한 것처럼 보이지만,
나를 자기의 품에 친밀하게 껴안고 있는 다른 친구보다는,
더욱 고귀하게 보인다고 나는 말하고 싶네―
얼마나 사랑스럽고 부드러우며, 그의 미소와 눈길이 황홀했는지!
그리고는 그의^{잠든이의} 머리에 둘려 있는 양귀비꽃 화환이,
나의 이마를 스쳐 가는 듯하면
묘한 향기는 나의 영혼으로부터
온갖 고통을 쓸어 내고 있다네―
하지만 이러한 아픔의 진정도
잠시일 뿐, 내가 완전히 나아질 수 있을 때란
엄숙하고 창백한 다른^{죽음의} 형제가
그의 횃불을 숙여 내렸을 때뿐이라네―
잠드는 것도 좋다지만, 죽음은 더욱 좋은 것―
말할 나위 없이, 가장 좋은 것은 태어나지 말았어야 하는 것이라네.[244]

얼마나 고통스러웠으면 차라리 태어나지 말았어야 했더라면 하고, 죽음의 세계를 동경하였을까? 그러나 그의 죽음에 대한 환상은 단지 아픔을 잊고 휴면을 갈구하는 충동에서 나온 것이다. 그것이 생을 저주하고 싶은 극단적 언어 표현인 '가장 좋은 것은 태어나지 말았어야 하는 것이라네.' 하는 하소연으로 표현된 것이다. 그는 생을 부정하는 자살 같은 것을 생각해 본 적이 없다. 단지 고통스런 삶에 회의를 느껴 편안히 쉴 수 있는 안식처로 죽

음을 상상해 보았을 뿐이다. 더욱이 타인에게 걱정을 끼치는 죽음이란 생각조차 하지 않았다.

그는 1850년 3월 15일 어머니[Betty]에게 보낸 편지에서, 이러한 마음의 일단을 표시하였다.

'이렇게 오랜 기간 병석에 누워 있는 것이 가장 나쁘답니다. 물론 사랑하는 어머니께선 그렇게까지 나쁜 것으로는 생각지 않겠지만, 신체적으로 많은 고통을 감수해야만 하고 회복의 희망을 잃고 있는 나의 병이 가장 나쁘답니다. 나는 급성병으로 급하게 죽어 가는 사람들이 부럽기만 하답니다.

하지만 죽음에 있어서 그렇게 갑자기 가는 운명적 죽음이란 단지 그러한 죽음으로 인해 우리가 우리들의 사랑을 비애와 불행 속으로 옮겨 놓게 된다는 사실에서만이 성립되는 것입니다. 나도 이 세상을 떠나고 싶은 마음이 있지만, 그것은 나를 낳아 주신 가련한 어머님의 어찌할 바 모를 참담한 모습이라든지 제방뚝 문에 살고 있는 노처녀 할멈의 회한이나, 주소도 잊고 있는 누이동생의 눈물에 대해서 미처 생각해 보지를 못한 탓이랍니다.'[245]
사실 이렇게 생각해 보면 자살이란 있어서는 안 될 일이다.

자살한 다음 자식을 잃고 실의에 빠진 어머니의 참담한 모습이라든지 누이동생의 슬픔 등을 상상해 본다면 그러한 죽음은 결코 허용될 수 없다. 하이네는 이러한 윤리적 감정을 이미 알고 있는 시인이었다. 그러므로 자살 같은 운명적 죽음은 타인에게 걱정만을 남겨 주는 것으로 부정하고 있다.[246] 단지 그가 잠이나 죽음의 세계에 대해 동경하고 있었던 착상은 고통의 세계에서 벗어났으면 하는 간절한 소망과 절규에서 온 것이었다.

하이네는 「모르핀[1849~1851]」에서 추구했던 죽음의 상상을 「휴식으로의 갈증[Ruhelechzend, 1853~1854]」이란 시에서 다시 반복하고 있다. 여기서 「휴식으로의 갈증」을 음미해 보면, 병든 자기 자신이 해학적으로 죽음을 동경하고 있음을 다시 엿볼 수 있다. 여기에 이 시의 전모를 소개한다.

너의 상처 피 흘리게 내버려 두게나,
눈물도 끊임없이 흐르게 내버려 두게나-
은밀한 희열 고통 속에 삼켜지니,
우는 것도 달콤한 진통제라네.

낯선 이의 손에 의해 네가 상처 입지 않을 것이면,
너 스스로 자신에게 상처를 내게나;
흐르는 눈물이 너의 뺨을 적실 때면,
역시 사랑스런 하나님께 감사하게나.

대낮의 소음이 사라지니,
긴 면사포 두른 밤이 내려온다네.
밤의 품 안에선 어떤 악한이나,
무례한 자도 너의 휴식 방해하지 못할 것이네.

이곳에서 너는 음악 때문에도,
강렬한 피아노 소리 때문에도
그리고 위대한 오페라의 화려함과
말할 수 없는 우렁찬 갈채 소리 때문에라도 방해하지 못할 것이라네.

이곳에서 너는 추방되지도 않을 것이며,
공허한 음악 거장이나
천재 마이야베어 기아코모

그리고 그의 세계적으로 유명한 박수 부대로부터도 괴로움 당하지 않을 것이라네.

오 무덤이여, 너는 낙원이라네
천민의 소심함과 섬세한 귀를 위해-
죽음도 좋다지만 보다 좋은 것은,
어머님이 우리를 낳아 주지 않았더라면 하는 것일세.[247]

우선 1-2구절은 자신의 병으로 인해 상처 입은 아픈 감정을 자해적 행위와 눈물을 통해 자아의 '피학대적 음란증 성격masochistischen charakters'으로 풍자한 것이다. 3-5구절에서는 밤이라는 은어를 통해 죽음의 평화로운 휴식 세계를 갈망했고, 오페라 작곡가 마이야베어 기아코모[1791- 1864]의 음악이 아픔을 달래는 휴식 세계임을 알리고 있다. 그런데 여기에는 역설적이게도 하이네를 비롯한 몇 사람이 마이야베어 기아코모가 오페라의 성공을 과장하려 박수 부대 패거리를 동원했다고 비판하여[248] 일시적으로 소원해진 그들의 우정을 복원하기 위한 메시지도 담겨 있다. 그리고 마지막 6구절에서는 휴식과 죽음의 세계를 동경한 나머지 차라리 태어나지 말았더라면 더욱 좋았을 것이란「모르핀」의 모티브를 반복하고 있다.

이처럼 하이네가 죽음의 모티브를 반복하게 된 것은 구약성서「욥기Hiob」3장에서 '무엇 때문에 아직도 살고 있는가?' 하고 죽음을 호소하는 욥의 모습에서 그 동기가 시작된 것이라 한다.[249] 우리말로 요약된 성서 구절의 해설을 보면, 하이네가 왜 죽음을 동경하게 되었으며, 거기서 어떻게 종교적 감정까지 얻게 되었는지 알 수 있다.

'누구든지 욥의 경우처럼 스스로 납득할 수 없는 극심한 고통을 당하게 되면, 그 원인과 결과에 대한 냉철한 사고 이전에 고독과 절망이라는 감정적 대응을 하는 것이 당연한 것이다. 따라서 욥도 자신의 출생을 한탄했으며, 죽음을 갈구하고 극단적인 절망을 토로했던 것이다.'…… '하지만 고난에 처한 욥은 비관이나 체념에 빠지지 않고, 탄식과 기도를 통해 하나님의 구원을 강렬하게 갈망하고 회개하고 있었다(참고 : 구약성서 「욥기」 3장 1-26 해설문에서).'250

참으로 놀랍게도 「욥기」 3장이 암시하는 메시지는, 하이네가 투병 생활에서 얻은 절망과 좌절에서 일련의 수난 극복을 통해 죽음과 종교로 이어지는 극복 과정을 예시하고 있음을 알게 한다. 그렇기 때문에 하이네는 고통을 넘어 죽음을 동경하게 되었고, 그러지 못한다면 차라리 태어나지 말았더라면 더 좋았을 것이라고 한탄했던 것이다.

결국 그는 종교 세계에 넌지시 의존하려 했다. 하지만 묘하게도 신이 자신의 고통을 원하는 대로 즉시 사라지게 해주지 못하고 있었기에, 신이 인간을 짓궂게 놀리는 원망스런 존재는 아닌지 하는 의구심도 가져 보게 되던 것이다. 그래서 그는 자신의 병 때문에 오는 회한의 원망을 신에게 빈정대는 어조로, 「라자로 19번 유언장Lazarus 19. Vermaechtnis, 1850」이란 시에서 다음처럼 호소하고 있는 것이다.

이제 나의 인생은 끝나 가니,
유언장도 만들어야겠네;
기독교적 생각으로
나의 적에게 선물을 담아 봐야겠네.

훌륭하고 덕망 있는
상대방은 상속받아야겠지
나의 모든 병상과 파멸을,
나의 온갖 노쇠한 고통들을.

분만 집게로 배를 아프게 한,

임산부의 산통도 나는 그대에게 물려주겠네,

요 질환과 나쁜

프로이센 사람들의 치질도.

나의 경련도 그대 가져가게나,

(침 흐르는) 침 샛길과 관절 경련,

노쇠한 등뼈들도,

모든 아름다운 신의 선물들을.

유언장 추가문엔 :

주께선 그대의 추억도

잊도록^{망각토록} 할 것이고

그대의 기억도 말살시킬 것이라네.²⁵¹

이렇게 하이네는 병상에서 신을 향해 원망스런 어조로, 자신의 모든 질병을 야기한 적에게 그 고통을 유산으로 물려줄 것이니 상속받을 자는 이 모든 고통을 다 가져가라는 저주의 유언장을 쓰고 있는 것이다. 다시 말해 건강을 주지 못하고 병만을 제공한 적에게 똑같은 벌로 물려주겠다는 저주의 유언을 호소했다. 하이네가 원한 것은 고통 없이 사라져 가는 죽음이었다. 하지만 인간은 누구나 생에 대한 욕망을 갖고 있기에, 여전히 그는 신에 의지하려 하면서도 신을 원망하고 있었다.

그는 이런 원망스런 소망을 「이별하는 자^{Der Scheidende, 1853-1854}」란 시 가운데 수록된 「나는 행복한 아들들을 부러워하지 않는다¹⁸⁵³」에서도 다시 노래하고 있다.

나는 행복한 아들들 부러워하지 않아

그들의 생 어떠하든, 부러워하는 것은

그들의 죽음에 있어,

고통 없이 급작스럽게 이별하는 자뿐이라네.

화려한 의상에 머리엔 화관

그리고 입술엔 미소를 띠며

그들은 기쁘게 생의 연회장에 앉아 있는데-

그곳에서 갑작스럽게 죽음의 신을^{사신의 상징인 굽은 낫, die Hippe} 만났다네.

예복에 장미꽃 장식,

아직도 생기 있게 피어오른 장미

황천에 다다르니

(그녀는) 행운의 여신이었다네.

질병도 행운의 여신 파손하지 못해

죽은 이의 모습은 선한 안색이었지

그리고 그녀가 궁전에서 자비롭게 영접되니

차르의 딸 프로세르피네^{Zarewna Proserpine} 공주였다네.

나는 그녀의 운명 얼마나 부러워해야 했는지!

이미 7년간을 혹독하게

고통에 찬 병상으로 나는

땅 위에서 뒹굴었으나 죽을 수는 없었지!

오 하나님이여, 나의 고통을 줄여 주소서
나를 곧 무덤에 묻을 수 있도록;
당신은 알잖아, 내가 재주가 없다는 것을
순교자가 되기 위해서는 말이지.

당신은 정말로 일관성이 없으니, 오 주여,
내가 보고 놀랄 수밖에 :
당신은 가장 쾌활한 시인을 창조할 줄 알면서도
이젠 그에게서 그의 좋은 기분 빼앗아 가고 있으니 말이네.

아픔이 쾌활한 감정 쫓아내고 있어
나를 우울하게 만든다네;
슬픈 농담이 끝을 맺지 못한다면
결국 내가 가톨릭이 되겠지.

그래서 나는 기가 차도록 당신께 울부짖고 있는 것이라네
다른 선량한 기독교인처럼-
오 불쌍히 여기소서! 사라져 가고 있는 것을
유머 작가들 가운데 최상의 유머 작가가![252]

　여기서도 작품 속의 시인은 고통 없는 죽음을 동경하고 있다. 그리고 인간을 짓궂게 생과 사로 조롱하고 있는 신을 익살스런 존재로 원망하고 있는 것이다.
　우선 시를 음미해 보면, 전반부 1-4구절에서는 시인은 생의 연회장에서 제일 먼저 상징적인 '죽음의 신'을 만나게 된다. 그러고 보니 그가 '행운의 여

신'이었고, 그녀가 바로 러시아 차르의 딸 '프로세르피네 공주'임을 알게 된
다. 이러한 일련의 암시는 바로 시인이 행복한 죽음의 세계를 동경하고 있음
을 말하는 것이다. 왜냐하면 옛 로마인들은 프로세르피네^{Proserpine} 공주를 그
리스 신화에 나오는 제우스^{Zeus}와 데메테르^{Demeter}의 딸 페르세포네 ^{Persephone}와
동일시하였는데, 그녀가 그리스의 저승 신 하데스^{Hades}에게 납치되어 부부가
되면서 남편과 함께 '죽음의 제국'을 통치하고 있었기 때문이다.

그러므로 차르의 딸 프로세르피네는 여기서 죽음의 제국을 상징하고 있
다.[253] 시인이 '프로세르피네의 운명을 부러워했다는 것'도 바로 하이네 자
신이 죽음의 세계를 동경하고 있음을 간접적으로 시사한 것이다.

시의 후반부 5-9구절에서는 자신과 같은 '유머 작가가 사라져 가는 것을'
'불쌍히 여기소서.' 했다. 이 또한 자신을 비유한 말로, 최고의 유머 작가가
죽어 간다는 참담한 현실에 하나님은 이를 감안하여 자신을 선처하여 줄 것
을 호소한 것이다. 여기서 자신은 죽음을 기다리고 있는 비극적 존재자와
유머스런 존재자 사이에서 오는 그로테스크한 심정을 해학적 표현으로 바
꾸고 고조시켜, 자신과 신의 관계가 이율배반적인 관계임을 알리고 있다.
이와 함께 자신이 겪고 있는 고통을 일관성 없는 신의 유희적 유머로 대질
시킴으로써 자신의 극적인 슬픈 인생을 끝내 주지 못하는 얄궂은 신에 대한
원망을 호소하고 있다. 그래서 '슬픈 농담이 끝을 맺지 못한다면 결국 나는
가톨릭이 되겠지.' 하는 비아냥스런 표현이 나온 것이다.

이 표현은 고통스러워하는 자신의 비극적 삶을 거두지 못하고 고통을 주
고 있는 신에 대한 일종의 조롱이었다. 그 당시 남부 독일에서는 선량한 가
톨릭 교인들 가운데 불평만하고 고통스러운 사람들을 적극적인 행동으로
돕지 못하는 정서가 지배적이었다. 그렇기 때문에 그러한 사람들을 빈정대
는 말로 가톨릭교인 같구먼 했다는 것이다. 마찬가지로 이 시에서도 신이
시인의 슬픈 인생을 적극적으로 구원해 주지 못하는 극적 상황을 빗대어,

그렇다면 나도 '가톨릭 교인이나 되어야겠군.' 하고 신을 압박하고 있는 것이다.

그런데 이러한 신에 대한 빈정거림의 압박도 결국은 신에 대해 용서를 비는 '오 불쌍히 여기소서 죄를 용서하시고O Miserere=erbarme dich, Bitte um Vergebung der Schuld' 하는 기도문으로 끝을 맺고 있는 것이다. 이것은 라틴어 성서 원전의 구약성서「시편」51 기도문 제목에서 취해졌다고 한다.[254]

사실 신은 이 시에서 '쾌활한 유머 작가를 창조할 수도 있고' '최고의 유머 작가를 사라지게 할 수도' 있는 전능한 존재이며, 시인을 마음대로 할 수 있는 익살스런 유희적 존재이다. 그렇지만 고통을 당하고 있는 시인은 이러한 신의 희극적 행위에 대해 개탄할 수밖에 없다. 하지만 만일 신이 정말 그렇게 전능하다면 혹시라도 자신을 고통 없이 사라져 갈 수 있도록 죽음의 세계로 인도해 줄 수는 없는지 간청하고 있는 것이다. 여기서 하이네는 자신을 보잘 것없는 지상의 유머 작가로 인지하고, 위대한 천상의 유머 작가 신에게 자신의 운명을 맡기려 하고 있다.

하지만 다른 한편으로는 자신의 운명이 신의 손에 어떻게 유희될 것인지 불안도 컸다. 처절한 병상에 누워서 자신을 신의 유희적 창조 능력에 비추어 보니, 신의 능력은 자신이 따라갈 수 없는 위치에 놓인 위대한 존재임을 알게 되었다. 그뿐 아니라 신의 천상 세계는 너무나 멀리 떨어져 있어 자기 스스로는 도저히 따라가기 어려운 세계로 상상되었기 때문이다. 그래서 그는 자신의 무기력함을 인지하고 신의 세계에 투항하려는 형세였다. 하이네는 비록 자신의 시적 유머 세계가 우수하다고 생각되고 자신의 문학이 유럽에서뿐만 아니라 일본이나 중국에서도 번역되어 명성을 올리고 있다고 믿을지라도, 신의 유머 세계에 비하면 그것은 보잘것없는 것이며 명성 역시 아무런 가치도 없는 것임을 자인하고 있었던 것이다.

하이네는 자신의 하찮은 명성과 문학 세계를 신의 유머 세계와 비유하여,

다음처럼「고백록¹⁸⁵⁴」에서 개탄하기도 했다.

'아! 명성이란 것은 도대체가 보잘것없는 달콤한 장난감 같은 것이며, 달콤한 아나나스^{파인애플}나 아부하는 감언 같은 것이지요. 그래서 명성이 한동안 나를 대단히 고통스럽게 했지요; 이젠 명성이란 것이 쓰디쓴 쑥보다도 더욱더 쓴 것으로 생각됩니다. 나는 …… 말할 수 있겠는데 : "나는 행운의 천치"라고 말하겠어요.

이제 나는 커다란 죽 그릇 앞에 서 있지만, 나에게는 떠먹을 수 있는 수저가 없답니다. 그러니 황금 술잔에다 건강을 위해 건배할 최고급 포도주가 축하연에 놓여 있은들, 나 자신이 모든 세상의 욕망으로부터 떨어져 욕망을 잃고 탕약이나 나의 입술에 적시고 있으니, 무슨 소용이 있겠습니까! 열광하는 젊은이와 젊은 여인들이 나의 대리석 흉상에 월계관을 씌워 주고 있다지만, 그동안 늙은 간호사가 병약한 손으로 나의 실질적인 머리의 귀 뒤에 있는 흡혈귀가 상처 입힌 자국에 반창고나 발라 주고 있으니, 무슨 소용이 있겠습니까! 장미 밭과 과수원이 많은 페르시아 쉬라스^{Schras} 시의 모든 장미꽃들이 나를 위해 부드럽게 꽃피어 오르고 향기를 뿜고 있다지만, 이 지루한 병석의 고독 속에 누워 있는 이곳 암스테르담 가에서 2천 마일이나 떨어져 있는 그곳에서 일고 있는 향기가 따뜻한 화장지의 향수만큼도 못한 향기로 다가와 내가 이곳에서 그 향기를 마시고 있으니, 무슨 소용이 있겠습니까!

아! 하나님의 조롱은 나에게 무겁기만 하답니다. 천상의 아리스토파네스라 하는 우주의 위대한 작가가 독일의 아리스토파네스라 일컫는 이 자그마한 속세적 작가에게 날카롭게 조롱을 던지고 있으니. 이 속세적 작가의 익살스런 빈정댐이란 천상에 있는 작가의 익살스런 빈정거림에 비유한다면 가련한 조롱거리에 불과하답니다. 그리고 천상 작가의 거대한 재미거리나 유머에 비하면 처참할 정도로 뒤늦어 있답니다.

그렇답니다. 그러한 대가가 나에게 퍼붓는 빈정거림의 신랄한 풍자는 경악스럽고, 그의 농담은 두려울 정도로 잔혹하답니다. 나는 그의 탁월함을 겸허하게 인식하고, 방 안에서 그에게 허리 굽혀 고개 숙이고 있답니다. 그러나 나에게 있어서는 그러한 최고의 창조력이 결핍되어 있지만, 나의 정신 속에는 영원한 이성이 번득이고 있어 하나님의 조롱을 이성의 심판에 맡기고 그의 경외스런 비평에 복종하려 합니다.'255

이것은 신의 조롱이 가혹했다 할지라도 시인은 그것을 이성적으로 수용하여 신의 경외로운 비평에 복종하려는 태도였다. 또한 자신이 보잘것없는 지상의 아리스토파네스에 지나지 않고 있음을 자인하고, 위대한 천상의 시인 아리스토파네스의 유머스런 창조적 농담에 유희되는 세속적 존재임을 고백하는 입장이었다.

그는 자신이 처참하게 누워 있는 병석에서 적어도 누구에겐가 호소할 수 있는 상대자가 천상에 있다는 사실을 알고, 그로부터 위로와 만족을 얻을 수 있었다. 그래서 그는 겸허하게 신의 유머를 경청하고, 방 안에서 고개 숙여 기도드리고 있었던 것이다. 결국 인간이란 평범한 지상의 존재임을 가리키고 있는 것이다. 자신이 지상의 신이라고 자만한다거나 명성에 도취되는 것은 바보 같은 '행운의 천치'일 뿐이다. 결국 그는 최고의 신 앞에 겸허하려 한 것이다.

'사실상 프랑스 말에는 여기에 맞는 행복한 표현이 있다. "꽁지에 악마를 끌어 달고 또는 몹시 가난하게 산다Tirer le diable par la Gueue=den Teufel am schwanz ziehen ." 는 속담이 있다이것은 아무리 사람이 곤궁에 시달릴지라도 열심히 일하면서 근근이 살아가야 한다는 말. 즉 하나님을 위해서는 언제나 최고로 겸허하게 살라는 말이다. 사실 그렇다. 나는 나에게 맞는 영광에 구속되어 있지 않다는 것이 기쁘고, 어떠한 철학자도 내가 신이다! 라고 나를 설득해서는 안 될 것이다.

나는 더 이상 건강하지도 않고 대단히 병들어 있는 불쌍한 인간일 뿐이다. 이러한 상황에서 나를 위해 정말로 좋은 일이란 누군가가 천상에 계시다는 사실이며, 내가 그에게 나의 고통에 관한 장황스런 이야기를 하소연할 수 있다는 것이다. 특히 나의 부인 마틸데^{1815- 1883, 1834년 후 동반자로 살다가 1841년 정식 부인이 됨}가 곤하게 잠이 든 자정 이후에는 내가 하소연할 수 있다는 것이 좋았다. 참으로 고맙게도!

그러한 시간에 내가 홀로 있는 것은 아니었다. 천상의 높은 분에게 주저함 없이 내가 하고 싶은 데로 기도를 드리고 흐느껴 울 수도 있었던 것이다. 그리고 최고로 높으신 그분 앞에서 나의 마음을 모두 쏟아 놓을 수도 있으며, 우리가 우리 부인에게 말할 수 없는 일까지도 그분께 신뢰할 수 있도록 쏟아 놓을 수 있었던 것이 좋았다.'²⁵⁶

이렇게 하여 하이네는 신을 신봉할 수 있는 종교적 신앙에 친숙해졌다. 참으로 놀라운 변화였다. 그는 병석에 눕기 전까지만 해도 헤겔 철학에 심취해 있었고, 이를 바탕으로 한 자유주의적 혁명 사상에 몰입되어 있었다. 그랬던 사람이 이제는 종교적 신앙에 도달해 있기 때문이다. 그는 자신이 종교적 신앙에 진입하면서 헤겔 철학을 팽개쳤을 때의 상황을 다음과 같은 해학적 표현으로 드러내고 있다.

즉 종교적인 '나의 고백에 관해 호기심을 가진 독자라면, 왜 나에게 있어 헤겔 철학에 관한 작업이 유쾌하지 못하였는가를 쉽게 이해할 수 있을 것이다. 나는 헤겔 철학의 압력이 대중적 여론이나 작가에게도 유익할 수 없다는 사실을 알고 있었다. 그리고 자신처럼 쇠약해진 인간을 위해서는 기독교적 자비로 베풀어지는 양로원의 빈약한 수프가 잘 요리된 헤겔 변증법의 직조물보다 언제나 나를 더욱 신선하게 하고 있음을 알고 있었다;- 그렇다. 모든 것을 고백컨대 나는 갑작스럽게 빌어먹을 (혁명의) 불꽃 앞에서 커다란 두려움을 갖게 되었던 것이다. - 이것도 물론 미신이었지만, 나는 두려움을 갖고 있었다.

때는 어느 조용한 겨울 저녁이었다. 벽난로 가에 강렬한 불꽃이 타오르고 있을 때, 나는 이 아름다운 기회를 이용해 헤겔 철학의 원고들을 이글거리는 불꽃 속으로 던져 버렸다; 그랬더니 불타 버린 원고는 킥킥 웃어 대는 불붙는 소리와 함께 굴뚝 속으로 날아 올라가는 것이었다.'[257]

이렇게 하이네는 헤겔 철학을 그의 생각에서 접어놓았다. 사실 병석에 누운 환자 입장에서는 자신을 구원해 줄 수 있는 절대자가 필요한 것이지 혁명적인 변증법적 진보주의 사상이 무슨 소용이 있었겠는가? 그래서 그가 신에 대한 새로운 종교적 감정을 더욱 절실하게 갖게 된 것이라 생각된다.

그리고 만년에 「로만제로」 연시 제3장 「히브리어 멜로디1850 중순~1851 중순 성립」에서도 신에 대한 종교적 감정을 표출시키고 있다. 물론 그는 유대인 가정에서 태어났기에 잠재된 유대인 전통 의식이 그의 생활에 젖어 있어 「히브리어 멜로디」에는 유대계의 신앙적 소재가 언급되고 있다. 그러나 그것이 그의 종교적 신앙에는 큰 영향을 주지 않고 있었다. 비록 그가 유대인 가정에서 태어났다 할지라도 어려서부터 시너고그에 발을 들여놓지 않았음을 자랑스럽게 여길 정도로, 그의 가정이 각별히 종교적이 아니었기 때문이다.

그럼에도 불구하고 프로이센이 반유대주의를 토착화시키고, 그가 공부했던 대학교수들이 유대인 학살에 관해 심사숙고하며 유대인 불행에 종지부를 찍으려 노력하던 시기인 1822년 8월에는 '유대인 학문과 문화 연합'에 가입함으로써 유대인 문화에 관심을 가지려 했다. 그러므로 역시 그는 유대인들의 종교 문화에 깊은 의식을 갖고 있었다고 볼 수도 있다.

하지만 프로이센이 강압적으로 유대인들에게 신교로 개종할 것을 강요하던 시기에는 그도 유대인들에게 유대교 뿌리에 관해 다시 생각할 것을 설교하고 싶었지만 그만한 용기가 없었다. 그리고 결국 그도 1825년 6월 말에는 괴팅겐에서 신교 세례를 받고 말았다. 세례를 통해 유대 민족의 평등권과 자유해방을 얻을 수 있다는 희망에서였다.

이처럼 하이네에게는 젊어서부터 늘 유대교와 신교 사이에서 오는 내면
적 고민이 있었다. 그래서 때로는 구원의 세계를 헤겔 철학에서도 찾아보
았고, 생시몽주의적 사회 종교 철학에서도 찾아보았으며, 무신론자가 되기
도 했다. 그런데 사실 이러한 회의적 고민들은 그가 겪은 생애에 있어 혼란
스런 사유의 경련에서 온 현상들이었다.

이제 말년에 와서 그는 움직일 수 없는 병석에 누워 있게 되었다. 그래서
일까? 그의 심정에 커다란 변화가 왔음을 1849년 4월 15일 보고문에서 다
음처럼 고백하고 있다.

'나는 지난해 5월 병석에 누운 이후로 다시 일어설 수가 없었다. 그동안
나에게는 커다란 변화가 왔음을 감히 고백하고 싶다: 나는 더 이상 신적인
이족二族 동물이 아니다; 나는 더 이상 자유로운 독일인도 아니며……; 더 이
상 이교도도 아니다. …… 나는 더 이상 슬픔에 잠긴 나사렛 인을 명랑하게
미소 지으며 내려다보는 생의 희열에 찬 …… 헬레네인도 아니다; 이제 나
는 죽을 정도로 병든 가련한 유대인일 뿐이며, 걱정으로 쇠약한 모습을 지
닌 불행한 인간일 뿐이다(1849. 4. 15. 보고문)!'²⁵⁸

이렇게 그간 신교 세례를 받기도 하고 무신론자가 되기도 했던 그가 어린
시절의 평범한 유대인 가정으로 돌아가는 귀소 본능적인 감정에서 새로운
신앙관을 찾게 되었음을 암시하고 있다. 사실 그는 자신의 가정이 유별난
신앙관을 갖고 있는 것도 아니지만, 그래도 그의 조상들이 성실한 유대인
들로 일상적인 겸허한 생활을 하고 있었음을 알고 있었다. 그래서 막연하
지만 그 자신도 겸허한 신앙적 태도를 가지려 했던 것이다.

그는 동생 막시밀리안에게 보낸 편지에서, 이러한 고백의 일단을 표현하
고 있다. 그러면서 신에 대한 겸허한 신앙을 고백했던 것이다. '나는 하늘에

대해 뻔뻔스럽게 이마를 맞댔지만 겸허했다. 그리고 인간 앞에서도 허리를
굽혀 기어가련다. – 그래서 나는 지금 짓밟힌 벌레처럼 땅에 누워 있는 것
이다. 이제 명성이나 명예 따위는 저 높은 천상에 계신 신에게 받치려 한다
(1849.5.3. 편지)¦'259

  그렇다면 참으로 '저 천상에 계신 신'이란 하이네에게 있어 어떠한 존재
였을까? 그것은 유대교의 유일신이었을까, 아니면 기독교적 신이었을까?
비록 그가 유대교에 심정적 동정을 가졌다 할지라도, 그가 찾고 있던 신앙
적 대상은 논쟁의 관심거리가 되지 않을 수 없었다. 그리고 이러한 논쟁은
하이네에게 있어서뿐만 아니라 중세부터 프란체스코 성직자들과 유대교
랍비들 간에 있었던 종교적 논쟁이었기 때문에 더욱 그러했다.

  일찍이 1263년 스페인 아라곤 왕국의 야곱 왕 입회하에 바르셀로나에서
진행된 종교적 비평 논쟁을 볼테르^{Voltaire}가 자신의 「유대인에 관한 서한문
^{Lettre sur les Juifs, 1771}」에서 소개한 적이 있다. 빅토르 위고^{Victor Hugo}도 그의 「문학
과 철학 논쟁¹⁸³⁴」에서 그것을 반복 소개하였다. 그리고 하이네도 이러한 비
평적 논쟁을 자신의 시 「논쟁^{Disputation, 1851}」에서 같은 생각으로 제기하고 있는
것이다. 특히 그는 시 「논쟁¹⁸⁵¹」을 통해, 1560년대까지 지속된 스페인 카스
틸랴 지방의 톨레도^{Toledo} 시 페드로^{Pedro} 왕가의 왕궁에서 있었던 프란체스코
성직자와 유대교 랍비 간의 논쟁을 상기시키고 있다.
  '싸움의 기사들은, 카프친^{프란체스코파} 성직자와 유대교 랍비였다네.' 하면서
상호간의 비난이 시작되고 있다. 「논쟁」의 중요 구절들을 소개하면 다음과
같다.

  어느 것이 참된 신일까?
  히브리인^{유대인}들은 위대한 유일신을 고집하고

알려진 그들의 용사는 나바르인
랍비 유다라지?

아니면 삼위일체의
기독교인은 사랑스런 신을 고집하고
그들의 용사는 프란체스코 성직자단 원장
수도사 요세라지?
……
……
이들 각자의 용사들은
그들의 적을 혼돈으로 이끌며
자신들의 신의 참된 신성을
시위하려 했다네.

확인된 것이란: 그들이
싸움 속에서 극복되도록,
그들 적의 종교를
수용하여 연결토록 하자는 것이었다지.

유대인들은 세례에
성스러운 새크라멘트^{성사}를 제공토록 하고
반대로 기독교인들은
할례를 부가토록 하자는 것이었지.[260]

논쟁은 점화되었다. 그런데 프란체스코 성직자들이 이 자리에서 유대인

을 무자비하게 비난하고 나섰다.

치가 떨린다 유대인들아! 성직자는 외친다
너희들은 하나님 앞에서 하나님을 매와
가시나무로 때리어 고문하고
그를 죽음으로 몰아친 사람들이라지[261]
......
......

너희들은 하나님의 살인자 복수욕에
가득 찬 민족이지
......
......

유대 민족 너희들은 상놈들이다
너희들에게는 악령들만이 살고 있지;
너희들의 육체는 악마들의 군대를 위한
병영이지.
......
......

유대인, 유대인, 너희들은 돼지나,
무소 동물 같은, 나쁜 놈들,
악어나 흡혈귀라 불리는
바보 같은 놈들이지.
......
......

너희들은 독사나 도마뱀
방울뱀 같은 놈들, 독 있는 두꺼비 같은 저열한 놈들,

수달이나 살무사 같은 놈들- 그리스도가
너희들의 저주받은 머리들을 짓밟아야 할 놈들이라지.[262]

프란체스코 성직자들은 유대인을 이렇게 비난하면서 자신들의 선에 대
해서는 다음처럼 주장한다.

우리들의 신은, 사랑이며,
어린양과 같아;
우리들의 죄를 속죄하기 위해
십자가에서 죽었다네.

우리들의 신은, 사랑이며,
이름은 예수 그리스도;
그의 인내와 겸손을
우리는 언제나 모방하려 한다네.

그래서 우리는 부드럽고,
상냥하며, 조용하고, 온화하며,
싸우는 적이 없고, 어린양의 모습이라네,
아름다운 모습과 모범적 모습의.

언젠가 우리는 하늘에서
겸허한 천사를 신성시하고,
백합 줄기의 손으로 받들며,
우리는 신에게 귀의할 것이라네.[263]

그랬더니 이에 질세라 랍비들도 응수한다.

유대인들이 그리스도를 살해했는지,
지금은 알아내기 어렵지,
왜냐하면 증빙 서류가
이미 제3일에 사라졌기 때문이라네.

......
......

우리들의 신은 사랑이 아니지;
주둥이 맞대고 애무하는 것이 그의 일이 아니기에,
우리들의 신은 뇌신^{벼락 치는 신}이며
복수의 신이라네.

뇌신의 성낸 섬광은
가차 없이 모든 죄인들에게 떨어지기에,
아버지의 죄는 흔히들
후일의 손자들이 속죄하게 되는 것이라네.

우리들의 신은, 생명력이 있기에
(그의) 천상에서
모든 영원성을 통해
돌진할 것이라네.

우리들의 신은, 역시
건강한 신, 어떤 신화도
성찬용의 **빵**이나 황천의 강물 그림자처럼
얇거나 창백하게 하지 못할 것이라네.

우리들의 신은 강하지. 손에는
해와 달, 별들을 쥐고;
그가 이마를 찌푸리면,
왕관도 깨어지고, 민족들도 사라진다네.

우리들의 신은 위대하지.
다비드가 노래하길 : 위대함의 크기는
잴 수도 없고, 지상은
그의 발판이 될 것이라네.[264]

이렇게 랍비는 자신들의 신앙을 옹호하기에 이른다.

물론 하이네는 「히브리어 멜로디^{Hebraeische Melodie, 1851}」에서 「논쟁」 외에도 괴테와 실러에 버금가는 12세기의 스페인계 유대인 시인 예후다 벤 할레비 ^{Jehuda ben Halevy, 1075-1141}에 관한 시도 짓고 그의 예술 세계를 극찬했다. 그리고 시 「사바트 공주^{Prinzessin Sabat, 1851}」에서는 고통스러운 유대인의 운명에 관한 동정심에서 그들의 사바트 축제 모습을 묘사하고 있다. 하지만 이것은 유대교의 정교적 정신을 소개하려 한 것은 아니었고, 그들의 사바트 휴식일 저녁에 있어서의 예배 의식에 나타난 유대인의 인간적인 감정과 의식의 예술성을 예시했을 뿐이다.

사실 하이네는 「히브리어 멜로디」에 수록된 이들 시에 종교적 의미를 부여하려 한 것은 아니었다고 한다. 그가 유대교에 관한 소재를 이들 시에서 소개한 것은 단지 병석에 누워 신의 구원을 추구하고 있던 자신을 성찰해 보니, 자신의 처지와 마찬가지로 유대인 역시 온갖 고통을 겪었던 민족이 었다. 그렇기 때문에 유대인이 곧 종교적 은유로 이해되어, 이들에 대한 동 정심에서「히브리어 멜로디」에 유대교에 관한 소재를 취급했다고 한다.

　이것은 또한「히브리어 멜로디Hebrew Melodies, 1815」라는 제목으로 24개의 시를 이미 지은 적이 있는 바이런으로부터 하이네가 수용한 제목이며, 하이네도 바이런과 같은 생각으로 '종교적 모티브 없이' 지었다고 한다.[265] 그러므로 이들의「히브리어 멜로디」에 있어서는 모두가 정교적 정통성이 있는 종교 적 모티브는 없었던 것이다.

　하이네는 젊어서부터 고통의 문학이라 일컬어지는 바이런 문학을 좋아 했다. 그래서 바이런에 대한 '향수적 회상die nostalgische Erinnerung'이 하이네의 「히브리어 멜로디」제목 수용에도 결정적인 역할을 한 것이다. 더욱이 '바이 런은 일반적으로 종교와는 거리가 멀었고 종파적 신앙과의 연결도 문제가 안 되었으며, 유대교와의 풍부한 관계도 없었기에' …… 바이런의「히브리 어 멜로디」는 '종교적 신앙과는 거리를 둔' '종교적 무관심'에서 창작된 시였 다.[266]

　하이네의 시 역시 바이런의 영향을 받고 모방하였기에 특정 종교에 관한 신앙 없이 신에 대한 막연한 구원만을 추구하고 있었던 것이다. 정말로 기 독교적 정교 정신이나 유대교적 정교 정신과는 관계없이 내면적 충동에서 자신에 대한 구원의 신만을 추구했다.

　하이네는 이러한 자신의 신앙관을 1850년 1월 20일 파리, 런던으로 망명 중인 독일계 유대인 철학자 루드비히 칼리쉬Ludwig Kalisch, 1814-1882가 방문하였을 때 나눈 대화에서, 다음처럼 증언하였던 것이다.

'나는 위선적인 신앙인이 되지는 않았다. 사랑스런 신을 향한 나의 길은 교회를 통해 얻어진 것도 아니고 시너고그를 통해 얻어진 것도 아니다. 신부에 의해 신에 소개된 것도 아니며 랍비에 의해 소개된 것도 아니다. 나는 나 자신 스스로가 나를 신에게 인도했다. 그리고 신은 나를 정말로 잘 받아주었다.'[267]

그의 종교성은 어떤 제도적인 중재를 통해 얻어진 것이 아니고 스스로가 택했음을 밝힌 것이다. 사실 그의 '종교적 감정'은 병석에서 읽은 성서와 모세와의 대화 가운데서 스스로 느끼고 발견한 신앙이었다.[268]

나아가 그의 신앙은 '보다 나은 세계를' 추구하려는 생각에서 출발하고 있었다. 젊어서부터 그는 무한한 세계를 그리워하는 낭만주의적 상징인 '푸른 꽃'에 대한 열정에 젖어 보기도 했고, 자유주의적 진보주의에 젖어 혁명에도 동조했던 것이며, 말년에는 내세의 죽음에서 영적인 구원과 회생을 추구해 볼 수 있는 환상적 유토피아를 동경하기에 이른 것이다. 그리고 병석에 누운 자신의 고통스러움이 미지의 죽음에서 해방되어 구원되고 경이적인 생명력이 재생되리라는 환상적 동경에서 자신의 신앙 세계를 찾고 있었던 것이다. 따라서 그는 콜럼버스 일행이 새로운 세계를 찾기 위해 항해하던 중 발견한 플로리다 동쪽 바하마Bahama 제도의 비미니Bimini 섬약 25km²을 자신의 마지막 환상적 신천지의 유토피아 세계로 상정하게 된 것이다. 물론 이것도 비현실적인 몽상이었지만 말이다.

24. 「비미니 섬」

하이네가 「비미니 섬^{Bimini, 1852/53-1854/55}」이란 미완성 서사시를 집필하게 된 동기는 1828년 워싱턴 어빙^{Washington Irvings, 1783-1859}이 쓴 「콜럼버스의 삶과 항해 그리고 그의 동료들의 삶과 항해^{The life and Voyages of Christopher Columbus, to which are added those of his Companions, London, 1828}」란 소설을 읽고 자극받았기 때문이다.

서사시 「비미니 섬」의 주인공은 1512년 비미니 섬을 동경하고 찾아갔던 바다의 모험가 후안 폰세^{Juan Ponce}이다. 그는 오랜 모험 끝에 쿠바에 상륙하여 그곳 인디언들로부터 추앙을 받아 총독이 되기도 하고 부와 명예도 누렸던 인물이다. 그러나 모험적 항해에서 얻은 많은 상처와 병고로 인해 늙고 쇠약해져, 자신의 잃어버린 젊음과 건강을 회복하려 새로운 생명력을 얻을 수 있다는 비미니 섬을 동경한다. 그곳에서 그는 4계절을 통한 열대 자연의 무성함이나 환상적 자연을 체험하고, 동화 같은 바다의 물결과 흐르는 '젊음의 강물'에서 새로운 젊음과 희망을 추구한다.

또한 항해하는 선박을 안내하는 인디언 노부인 카카^{Kaka}로부터는 젊음을 얻을 수 있다는 그리스 신화의 '청춘의 여신^{Hebe}'이란[269] '상징적 여신상'을 발견하고 더욱 삶에 대한 환상적 희망을 얻는다. 그러므로 경이적인 비미니 섬을 향한 항해의 의미는 고통스러운 주인공 자신의 노쇠한 병을 치유할 수 있고 젊음을 재생시킬 수 있는 '젊음의 강물'에 대한 동경에 있다. 그리고 고통스런 병으로부터 해방될 수 있는 방법이 건강 회복에서 발견되지 못할 경우, 죽음 이외에는 다른 방법이 없음을 인지하고 환상적인 죽음 세계를 동경하는 데 있다.

그래서 이 시는 서막에서부터 경이적이며 환상적인 죽음 세계를 동경하는 낭만주의적 무한 세계의 상징인 '푸른 꽃'을 언급하고 있는 것이다. 그리고 말미에서도 비미니 섬을 건강이 회복되고 고통으로부터의 해방을 얻을 수 있다는 황홀한 동경의 죽음 세계로 비유하고 있는 것이다.

「비미니 섬」은 다음처럼 시작되어 끝을 맺고 있다.

경이로운 믿음, 푸른 꽃이여,
이제는 사라진 꽃, 그득한 화려함으로
사람의 마음속에 피어 있었고
그러한 시대에 우리들이 그 꽃에 관해 노래한 꽃이라지요.

경이로운 믿음의 시대여! 경이로움은
그 시대 자체였지. 그렇게 많은 경이로움이
그 시대에 존재했기에 사람은
경이로움에 더 이상 놀라지 않았다지요.
......
......
어느 날 아침인가, 꽃은 신부처럼 피어올라,
푸른 조류의 대양에

바다의 경이처럼 나타나니,
그것이 하나의 완전한 새로운 세계였대요-

새로운 세계는 새로운 인종들과,
새로운 짐승들,
새로운 나무들과, 꽃들, 새들
그리고 새로운 세계 병들이 함께 하고 있다네요![270]
......
......
환상적인 식물들인
약초와, 꽃들, 초목과, 나무들,
이는 식물 제국의 귀족들
아니면 왕관의 보물 장식들이지요.

이 희귀한 특수 종들은,
비밀로 가득한 힘들을 지니고 있어,
사람을 낫게도 하고
병들게도 한대요-[271]

　여기서 「비미니 섬」은 낭만주의적 죽음의 무한 세계를 상징하는 '푸른 꽃' 세계로 암시도 되고, 그곳은 병을 치유할 수도 있고 병들어 죽게 할 수도 있는 마술적 세계임을 알린다. 이에,

　누가 나와 함께 비미니 섬으로 가시렵니까?
　신사 숙녀 여러분 승선하십시오

바람과 날씨가 그대들을
나의 배로 비미니 섬으로 데려갈 것이에요.

발의 통풍으로 아픈 사람이 있으십니까?
고귀한 신사 아름다운 숙녀 여러분
그대들의 하얀 이마에서
이미 주름살도 발견하셨는지요?

비미니 섬으로 나를 따르십시오
그곳에선 그대들이 치유케 될 것입니다
부끄러운 허약한 병이라도;
물의 치료법으로 요양케 될 것이에요!
……
……

환상이 배의 키를 잡고,
좋은 기분 배의 돛을 부풀게 하니
배의 젊음은 익살과 빛남,
뱃전에 오성梧性이 있는지? 나는 모르겠어요!

나의 돛단배는 은유메타포들
나의 돛대는 과장법
검은색 붉은색 황금빛 3색은 나의 깃발,
낭만주의의 환상적 우화 색들이 그득하지요-**272**
……
……

동화 세계의 바다를 통해,
푸른 동화 세계의 바다를 통해,
나의 배 마술 배는
꿈같은 뱃전의 고랑을 치며 질주하네요.[273]

이렇게 배는 환상적 바닷물을 가로지른다.

비미니 섬에는
영원한 봄의 햇살 꽃피우고
황금빛 종달새들이 환호하며
하늘에서 재잘거린대요.

홀쭉한 꽃들은
관목 초원의 사바나^{Savannen}처럼 무성하고,
향기는 열정적이며
색조는 짙게 타오르고 있대요.

커다란 야자수들 높이 솟아
솟아오른 나뭇잎이 부채질하니
꽃들 아래로 바람 불어
그늘의 입맞춤 달콤한 서늘함이 안겨진대요.

비미니 섬에는
최고로 사랑스런 샘이 솟아올라
값진 기적의 탄생에서

젊어지는 젊음의 물이 흐른대요.

그러므로 시든 꽃들도
샘의 물방울 적시면
물로 꽃이 피어오르고
신선한 아름다움이 찬란히 빛난대요.

그러므로 메마른 벼들도
샘의 물방울 적시면
물로 생기 얻어
새로운 싹이 터 오르고 사랑스럽게 푸르러진대요.

노인도 이 물 마시면
다시 젊어지고; 늙음도
풍뎅이처럼 허물 벗겨져
망상의 껍질도 벗겨진대요.
……
……
영원한 젊음의^{봄의} 땅,
비미니 섬을 향해
나의 동경과 욕구 찾아가 보자꾸나;
잘 있어라, 사랑하는 친구들이여![274]

여기서 모험가들의 함대는 쿠바를 거쳐 비미니 섬을 향한다. 그리고 쿠바
의 해안에 있는 가톨릭교회에서는 비미니 섬으로 떠나는 그들의 안녕을 위

해 미사를 드리는 광경이 목격된다.

　　추기경 각하께선
　　이곳 바닷가에서 장엄한 미사를 올리네요,
　　세례와 기도로써
　　축복의 기도를 올리네요.

　　작은 함대는,
　　정박한 부둣가에 출렁거리며
　　비미니 섬을 향해
　　출항을 준비하네요.

　　이곳 배들은
　　후안 폰세Juan Ponce가 함께한 배들
　　섬을 찾기 위해
　　장비 갖추고 승무원도 함께 승선했대요.

　　젊어지는 젊음의 물이
　　사랑스럽게 솟아오르는 곳 그곳 언덕으로부터는
　　수천의 축복 기도가
　　인간 구원자를 향해 뒤따르고 있대요.275
　　‥‥‥
　　‥‥‥
　　기함은 커다란
　　범선, 깃발은 스페인

카스틸랴 지방과 아라곤 레온
왕국의 문장을 보이고 있네요.

기함은 유대인 추수 감사절 축제처럼,
푸르른 자작나무 가지들과
화환으로 장식되어 있고
다양한 장식으로 펄럭이고 있네요.[276]

이처럼 함대의 출항이 추기경의 축복과 유대인 추수 감사절 때의 축제 모습으로 묘사되어 있어, 심정적으로는 모든 신앙적 기원 속에서 출항이 축복되는 듯하다.

하지만 어느 특정한 종교의 기원을 부각시키려 한 것은 아니다. 여기서의 축복 묘사는 아무런 동기 부여 없이 풍자적으로 삽입된 출항 묘사로, 그것을 하이네의 신앙 문제로 연결하는 것은 곤란하다. 단지 아름다운 환상적 섬에서 젊음을 회복하고 고통에서 해방될 수 있다는 죽음의 내세 같은 황홀한 무아지경의 자연 세계를 동경하고 있다는 것에서 신앙적 의미를 부여할 뿐이다. 그러므로 「비미니 섬」에서 종교적 신앙 문제를 성격 짓는다는 것은 '난문Aporie, 어려운 문'이다.[277]

비미니 섬에서의 신앙 문제는 어디까지나 삶의 충동과 죽음으로의 소망 사이를 내면적 변증법으로 해결하는 황홀한 자연 경지로의 종합을 의미한다. 따라서 고통으로부터의 해방과 구원을 얻기 위해 아름다운 섬 비미니를 동경하고, 그곳을 향해 항해하는 것이다.

비미니 섬으로의 항해는 물을 통한 항해이며, 비미니 섬에서의 건강 치유법 역시 젊음을 얻는 샘의 '물 치료법'에 의한다. 황홀한 자연 속을 흐르는 강물은 생명력을 회복시키고 인간의 정신세계를 아름다운 황홀경으로 빠뜨린다. 그러한 황홀경으로의 침전은 결국 인간을 무아의 경지로 옮겨 놓는 마술적 물의 세계인 것이며, 무한하고 황홀한 유토피아적 죽음 세계를 의미한다. 나아가 환상적인 비미니 섬은 삶과 죽음의 내세가 함께하는 꿈 같은 세계이다. 그곳을 흐르는 강물 역시 모든 고통을 잊게 하는 망각의 물줄기요 마술적인 영적 물줄기다. 그러므로 여기서 물줄기는 대단히 중요한 의미를 지니고 있다.

하지만 고통스런 항해를 뒤로하고 비미니 섬에 당도한 사람들은 결국에 가선 시의 말미에서처럼 다음과 같이 탄식하고 있는 것이다.

(망각의 강 황천의 강) 레테 강은 참으로 좋은 물이지요!
이 물을 마시면 그대는 모든 고통을
잊을 것이요- 정말로 잊을 것이요.
그대가 그간 당했던 모든 고통을 말이지요-

참으로 좋은 물! 좋은 땅!
이곳에 당도한 사람이라면 더 이상
떠날 수가 없지요- 왜냐하면 이 땅은
정말로 좋은 비미니 섬인 까닭이지요.[278]

이렇듯 비미니 섬은 인간의 고통을 낫게도 하고 죽음의 세계로 구원하기도 하는 경이적인 섬이었다. 그랬기에 주인공 폰세도 이곳을 찾아왔다 떠나지 못하고 영면했다고 한다. 하이네 자신도 서사시의 주인공처럼 고통으로부터의 해방을 위해 이곳 황홀한 자연 속의 물줄기를 따라 황천으로 가려는 마지막 희망을 가져 본 것이다.

「비미니 섬」은 어떠한 정치적, 역사적, 사회적, 종교적 의미도 배제했다.

오로지 무엇인가 새로운 유토피아적 무한 세계에서 자신의 구원을 찾아볼까 하는 막연한 종교적 감정에서 신에 대한 스스로의 다가섬을 표현한 것이다. 특히 이 시는 고통으로부터의 막연한 구원만을 위해 유토피아적 자연과 신, 죽음 세계로의 소망을 나타낸 시였다. 그러므로 공개적으로는 어떤 특정한 새로운 종교적 신앙을 고백했다고도 할 수 없고 배제했다고도 볼 수 없다. 그런 까닭에 '난문Aporie' 서사시인 것이다. 그리고 신앙적 견지에서 본다면 '단편적인 미완성 작품'이었다.[279]

종교적 시각에서 볼 때, 하이네가 기독교와 유대교 가운데 편견을 갖고 어느 특정 종교를 추구한 적이 없다. 그는 이미 「논쟁」 말미에서도 두 종교 간의 다툼에 염증을 낸 사람이다. 페드로Pedro 왕궁에서 있었던 카프친 성직자와 랍비 간의 '12시간에 걸친' 끝없는 논쟁을 지켜본 왕이 왕비에게 어느 쪽이 정당하다고 생각되는지 물으니, 왕비Donna Blanka는 이마에 손을 대며 생각한 나머지 말문을 열었다.

어느 쪽이 옳은지 나는 모르겠어요-
하지만 참으로 생각해 보니
랍비나 성직자
두 사람 모두 악취만 나네요.[280]

이미 하이네는 어느 정통적인 종교 신앙에 대한 관심은 접은 상태였다. 단지 황홀한 자연 세계에서 무엇인가 신적인 구원만을 간청하고 있었던 것이다.

25. 「독일 종교사와 철학사」에 나타난 신앙관

병석에서 하이네는 모세가 신의 계시에 따라 유대 민족을 이집트의 노예 생활로부터 해방시키고 자유를 얻게 했다는 성서 이야기를 읽고 자유로운 종교적 감정을 느꼈다. 그러한 종교적 유토피아 정신이 이젠 자연의 황홀경에서 추구된 것이다.

그는 이러한 신앙 문제가 이미 신이 창조한 자연 세계에서 추구되고 있음을 「독일 종교사와 철학사[1834]」에서 언급한 적이 있다. 기독교나 유대교는 신의 예언이나 지혜 또는 성서에 따른 도그마적 교리를 이성적인 초월적 유일신의 표상 세계로 신봉하는 '이신론Deismus'적 경향이 있다. 그런데 하이네는 이제 '범신론pantheismus'적 신앙에 관심을 표명하며, 또 다른 신의 표상을 찾으려 하는 것이다. 그는 철학적 종교 비평을 통해서 신의 표상을 '이신론'과 '범신론'적 신앙관으로 구별하고 있다.

하지만 어느 한쪽만을 지지하는 것도 아니고 배제하는 것도 아니었다. '이신론'은 모든 종교의 도그마적 교리와 예언을 세계 바깥에서 오는 절대적 명령으로 수용하는 신앙으로 생각했고, '범신론'은 독일의 옛 민족 신앙에서부터 낭만주의에 이르기까지 관통하는 신비주의적 이상주의 자연 철학에서 인간과 세계, 자연, 우주가 합일하는 사상 체계로 해명하려 했다.

그런데 여기서 하이네가 범신론적 관점에서 신의 표상을 분석 소개하려 했던 동기는 독일의 종교 철학 사상이 범신론적 사상을 은밀히 내포하고 있기 때문이었다. 또한 이러한 독일 사상들을 비판적 안목으로 프랑스 사람들에게 소개하고 싶었기 때문이었다. 하이네의 「낭만주의 학파[1833]」가 괴테 사후까지의 예술 시대를 총정리하여 비판적으로 프랑스 사람들에게 소개한 최초의 독일 문학사라고 한다면, 「독일 종교사와 철학사[1834]」는 독일의 종교와 철학 사상을 프랑스 사람들에게 비평적으로 소개한 최초의 독일 사상사가 되는 것이다.

이 책에서 하이네는 종교 철학사를 이상주의와 물질주의, 정신주의와 겸허주의 또는 감상주의 입장에서 서로 투쟁하는 사상사로 구분했다. 전자는 플라톤적 사상 체계였으며, 후자는 아리스토텔레스적 사상 체계였다. '플라톤은 이상주의자였고 … 신비주의자였으며, … 반대로 아리스토텔레스는 경험에서 모든 것을 창조하고 인식하는 … 경험주의자였다.'[281]

그런데 이러한 상이한 두 사람의 사상 체계는 기독교적 교회사에서 늘 갈등의 대상이 되었다. '플라톤적 성격을 지닌 사람들은 기독교적 이념이나 상징을 정서적으로 몽상적이며 신비적인 성격으로 계시하고 있었다. 반면에 아리스토텔레스적 성격을 지닌 사람들은 이념이나 상징을 실제적인 성격과 정돈하는 성격을 지닌 견고한 체계나 또는 도그마적 문화로 구축하고 있었다. 이에 성직자[Clerus]를 중심으로 구축된 플라톤적인 사람들과 수도사[Moenchsthum]를 중심으로 구축된 아리스토텔레스적인 사람들은 서로 끝날 줄 모르는 싸움만을 하고 있다. 하지만 교회는 결국에 가서 이들 모두를 포괄적으로 포용해야만 했다. 개신교 교회에서도 똑같은 투쟁이 있었다.

어떤 면에서는 가톨릭적인 신비주의자들과 도그마주의자들과의 싸움과 일치한다고 생각되는 경건주의자들Pietisten과 정교회주의자들Orthodoxien 간의 갈등이 그들의 싸움이었다. 개신교적 경건주의자들은 환상 없는 신비주의자들이었고, 개신교적 정교회주의자들은 정신없는 도그마주의자들이었다. 그런데 이 두 개신교도 그룹 간의 쓰디쓴 싸움이 있던 시대는 라이프니츠가 생존한 시기였으며, 그의 철학이 이들 간의 갈등을 중재하기 시작한 시기였다.'282 그래서 이 시기에 '환상 없는 신비주의와 정신없는 도그마주의'를 환상과 정신이 넘치는 자연 세계의 범신론적 시각에서 해소해 보려는 흐름이 시작되었던 것이다.

하이네는 스피노자로부터 셸링에 이르는 범신론적 자연 철학에서 이를 위한 해명을 찾고 있었다. 그곳에서 신의 표상도 찾으려 한 것이다. 우선 그는 스피노자에 관해 다음처럼 설명하고 있다. '스피노자의 책은 고요 속에서 생명력이 넘치는 위대한 자연 모습광경에서 하나의 감정을 우리 자신이 취할 수 있게 한다.' '이는 요지부동의 나무줄기가 영원한 대지에 뿌리를 박고 있으면서도 나무 꼭지에 핀 사상의 꽃들이 바람에 물결치고 있는 하늘 높은 사상의 숲인 것이다.' 그리고 '이러한 스피노자의 책에서 호흡할 수 있는 향기란 말로는 설명할 수 없다.'283

따라서 '스피노자의 가르침이란; 단 하나의 (자연이란) 실체인데, 그것은 신인 것이며 그 신의 실체는 무한한 것이고 절대적인 것이다.'284 그리고 인간과 같은 유한한 존재들도 '이러한 무한한 실체인 신의 존재 양식Modi'으로 존재하는 것으로 보고, 인간에게도 신성이 내재되어 있음을 알고 있었다. 그러므로 '모든 유한한 사물들이란 신 안에 존재하는 것이다. 인간의 정신이란 것도 무한한 사유의 빛살인 것이며, 인간의 육체란 것도 무한한 확대의 원자인 것이다; 따라서 정신과 육체라는 두 가지의 무한한 근원은 신이다. 바로 창조하는 자연natura naturans=schaffende Natur인 것이다.'285

이것이 스피노자의 자연 철학적 형식 개념으로 '창조된 자연natura naturata'과는 반대로 사용되는 '범신론적' 개념인 것이다.[286] 그래서 하이네는 자연 철학적 '스피노자의 관찰 방법을 범신론이란 이름으로 나타내고' 있는 것이다.[287]

'이신론'에 있어서는 세계 밖에 위대한 신이 존재함으로써 '유대인들이 신을 천둥 치는 폭군으로 생각하거나 기독교인들이 사랑하는 아버지로 생각하고 있는' 것처럼 세계 밖에서 신성을 침투시키고 있다고 본다. '범신론에 있어서는 이와는 달리 세계 자체 내에 신이 존재하는 것으로 보고, 세계의 존재와 신을 일체화시키고 있다.' 따라서 '이신론'에 있어서의 '신은 위에서부터 세계를 통치하고 있는데' 반해, '범신론'의 신은 세계의 실체와 일체화되고 있는 절대자로서 실체 모든 것들에 내재하고 있는 신성으로 보고 있다. 그러므로 '존재하는 모든 것들인 정신이나 물질 모두 신성이 있는 것이며, 성스러운 물질을 욕되게 하는 자는 마치 성스러운 정신에 죄를 짓는 자와 마찬가지로 죄를 범하는 자가 되는 것이다.'[288] 따라서 자연 속의 모든 것들을 신성시함으로써 존재하는 자연 자체의 모든 실체에 애경심을 나타내야 된다는 것이다.

이러한 태도는 비록 가톨릭 신학자였지만 스토아적-플라톤적 이상주의를 혼합하고 있는 고대 신학자 성 아우렐리우스 아우구스티누스[Aurelius Augustinus, 354-430] 같은 사람이 범신론에 가까운 신을 상정한 것과 유사한 것이다. '그는 신을 커다란 바다로 비유하고, 그 바다 한가운데서 신성을 흡수하고 있는 세계를 커다란 해면[海綿]으로 비유했다; 아니 세계란 신을 흠뻑 마시고 신을 잉태하고 있는 것일 뿐만 아니라, 신과 일체화되고 있는 것으로 보았다.'

이것은 존재하는 모든 실체가 절대자 신과 일체화되고 있다는 스피노자의 자연 철학과 맥을 같이한다. 그리고 이러한 범신론적 철학은 정도의 차이는 있지만 정신과 물질, 정신과 자연, 이상과 현실을 일체화시키고 있는 독일의 자연 철학과 의미를 함께하고 있다.[289] 그러므로 신성神性을 흡수하고 있는 자연 세계의 신비로운 무한 세계에서 신을 의식하게 되고 그곳에서 구원을 얻으려는 하이네의 신에 대한 범신론적 인식은 「비미니 섬[1851]」에 흐르는 '젊음의 강'과 '황천의 강'으로 이어지는 삶과 죽음의 강물 세계에서 환상적이며 신비로운 자연의 유토피아를 황홀한 신의 세계로 본 신앙적 태도와 맞물린다.

이러한 하이네의 '범신론'적 신앙적 접근은 외부로부터 오는 도그마적 교리와 예언적 지혜를 지상 명령으로 수용하고 있는 '이신론'과는 서로가 신의 세계란 유토피아적 이상을 지향하고 있다는 점에서는 일치할지 모른다. 하지만 '이신론'은 '범신론'처럼 세계 내부에서 절대적 신을 추구하고 있는 것이 아니고, 세계 밖에서 수령하고 있는 교조적 교리에 따라 신을 신봉하고 있다는 점에서, 이들 이론은 서로가 모순되고 배치되고 있는 것이다.

사실 하이네의 종교적 신앙은 말년에 와서 범신론적 독일 철학을 추구하는 경향이 없지 않았다. 그런데도 불구하고 자신의 가족적 뿌리가 유대인이었기 때문에, 역시 그는 '이신론'적 유일신 정서를 버리지는 못하고 범신론적 자연 철학이란 숲의 어둠 속을 헤매고만 있었던 것이다. 그래서 그가 선택했던 종교적 신앙이란 결국에 가서는 이러한 종교적 이론을 떠나 모든 종교적 감정을 아우를 수 있는 무차별적 신앙적 태도였으며, 나아가 순수한 생의 체험에서 감지된 신의 세계를 동경하게 되었던 것이다.

한편 그의 종교적 감정은 자신의 고통스런 병고에서 구원의 손길을 얻으려 한 필연적인 인간의 심정적 동기에서 생겨났다. 이러한 고통을 종교적 신앙을 통해 인내하고 있었다는 것을 그는 1851년 4월 21일자 구스타브 콜브에게 보낸 편지에서 실토하고 있다.

'나는 말할 수 없는 경련이 일어나는 고통을 안고 병석에 누워 있다네. 내가 앓고 있는 병은 사람들이 나의 병에 관해 말하고 있는 것과는 비교할 수 없을 정도의 엄청난 고통이라네. 나는 이 모든 고통들을 종교의 인내로 견디어 내고 있네. 사람들은 지금 내가 신앙인이라고 얘기들 하고 있는데, 나 자신 이를 부정할 수는 없는 까닭에 감히 나는 내가 종교적인 사람이라고 말하겠네.

그러나 내가 종교적인 사람이란 것에 관해 당신에게 확실하게 말해 두고 싶은 것은, 내가 종교적인 사람이란 것이 대단히 과장된 것이겠지만, 나 자신이 경건한 영혼에 대단히 밀접하게 속해 있다는 사실은 확실하다네. 그리고 중요한 것은 내가 이미 아주 오래전부터 독일의 무신론자들에게는 대단히 큰 거부감을 갖고 있다는 사실이며, 신의 실존에 대해서는 보다 나은 확신과 주장을 갖고 있다는 사실이라네.'[290]

이처럼 하이네가 과거와는 달리 종교적 신앙을 갖고 있다는 것은 커다란 변화였다. 사실 하이네는 젊어서부터 젊은 헤겔파인 혁명론자들과 함께 유토피아적 이상을 갖고 투쟁한 사람이다. 그런데 이제 와서 그들과 거리를 두고 거리감까지 갖게 되었다는 사실은 대단히 이율배반적이며 역설적인 일이 아닐 수 없다. 이제 그에게는 외부에서 오는 이념적 원리주의적 명령에 따라 혁명적 행동을 실천하려는 그들이 대단히 비자율적이며 부자연스런 맹목적인 사람들로 보였던 것이다.

이것은 마치 이상주의적 신의 세계를 추구하는 종교인들이 도그마적 교리만을 따르려는 이신론자들의 모순적 태도와도 유사한 것이다. 그래서 하이네는 자코뱅 당 같은 혁명적 원리주의자들과도 거리를 두었고, 이신론적 시각으로 추구되는 신의 세계도 일단 접어 두었다. 또 범신론적 입장에서 추구되는 신의 세계도 유보하면서, 성서에 나타난 진실만을 순수하고 자연스런 감정으로 이해하고, 병고의 고통 속에서 터득되는 종교적 감정을 얻으려 했다. 그것이 바로 자연스런 세계 내부에서 얻어 낼 수 있는 그의 종교적 신앙이었다. 바로 도그마적인 교리의 진리를 범신론적 감각으로 이해하려 한 자연스런 신앙적 접근이었다.

이러한 범신론적 접근은 바로 「독일 종교사와 철학사」에서 주로 소개되었던 종교 철학적 이해 분석에서 온 것으로 보인다. '왜냐하면 독일은 가장 풍성한 범신론의 토양을 지닌 나라이기 때문이다; 범신론은 가장 위대한 독일 사상가들의 종교이며 최고 예술가들의 종교이다. … 그리고 이신론은 독일에서 이미 오래전에 이론적으로 망한 것이다.' 그러면서 '범신론이란 독일에선 이미 다 알려진 비밀'이라고 했다. '사실상 우리가 이신론에서 성장하였다 하지만 우리는 자유롭기를 원하며 벼락 치는 폭군을 원치 않는다. 우리는 개화되고 싶고 성부聖父의 보살핌도 필요 없다. 그리고 우리는 위대한 기술자가 만들어 놓은 피조물도 아니다.'291 이렇게 종교적 신앙을 외부적인 교리에 따라 신봉하는 것을 배재하고, 내면적으로 신봉할 수 있는 범신론적 시각으로 신을 추구했던 것이다.

그런데 하이네가 1852년 「독일 종교사와 철학사」 제2판을 간행하였을 당시, 그가 가졌던 종교적 감정은 유대인 가정에서 성장한 인습과 성서적 교리 때문에 도그마적 교리를 신봉하는 '이신론'적 신앙관을 전혀 배재할 수는 없었다. 그래서 그는 제2판의 서문에서 유대인들의 성서적 신앙인 '이신론은 살아 있고 왕성한 생명력을 갖고 죽지 않고 있다.'고 292 전제한 뒤, 역시 구약성서의 '후기 성서 이야기'를 다음처럼 언급하고 있는 것이다.

'성서란 최고의 신이 만든 것이며, 모세가 야곱 가문에 명한 계율들을 보물로 담고 있다. 성서에 담겨 있는 계율들은 지혜로 가득하며, 지혜는 피숀 Pischon 강물이 불어나듯 성서로부터 흘러나오고, 봄에는 티그리스 강물에서

첫 열매를 맺고 … 요르단 강에서 추수를 할 수 있도록 성서로부터 오성이 흐른다.'293

이것은 구약성서 「후기^{後記}」에 담긴 「지혜와 계율^{구약성서 후기 예수 시라크Buch Jesus} ^{Sirach 24. 23-25}」을 신앙적 강령으로 재발견하고 있음을 언급한 것이다. 이처럼 하이네가 자신의 종교적 감정을 성서로부터 얻게 된 커다란 변화에는 성서 가 유대인에게 있어서는 값진 보물이며 많은 아름다운 진리를 그들에게 전 하고 있으므로 성서에 담긴 계율을 재음미하지 않을 수 없는 데서 온 것이 다. 그런데다가 자신이 유대인이기 때문에 구약성서의 성서적 이야기에 대 해선 더욱더 큰 관심을 가져야만 했기 때문이다.

그러나 다른 면에서는 하이네 자신이 젊어서부터 독일 철학에 몰두하였 고 그 속에서 성장하였기에, 성서를 보는 시각도 독일 철학의 범신론적 감 각으로 이해하지 않을 수 없었던 것이다. 따라서 성서를 파악하는 시각이 이신론적이면서도 범신론적인 두 개의 시각을 함께 할 수밖에 없었다. 그 래서 그는 교리적인 성서를 범신론적 감각으로 이해할 수 있는 자연스런 수 식어로 표현한 성스러운 책으로 관찰한 것이다.

바로 이러한 관점에서 성서에 관한 자신의 인식을 다음과 같이 적고 있 다. 도대체 '성서란 어떤 책일까? 사실 이 책은 자연처럼 겸허하며 자연처 럼 자연스럽고 오래된 소박한 책이다; 이 책은 태양처럼 우리를 따뜻하게 해주고, 우리를 양육해 주는 빵과도 같이 일상적인 나날의 별 요구가 없는 책이다.'294

이렇게 하이네는 소중한 성서를 자연스러운 소박한 책으로 수용한 것이 다. 그것은 모세가 신의 계시를 받아 유대 민족에게 가르친 「토라^{Thora}」의 교 훈들을 성서의 '상징적인 것으로 결혼시킨'295 유대인들의 성서를 마르틴 루 터가 종교 개혁을 통해 독일어로 번역하여 시민적인 이해를 돕게 하고, 로 마 교황으로부터의 정교적 교리를 범신론적 향토 신앙으로 해방시킨 소박

한 책으로 본 것과 같은 맥락이다. 그렇게 하여 '목회자'들의 자연스런 종교
적 설교를 통해 이신론적 교리를 범신론적 해석으로 이해할 수 있도록 한
성서로 보았던 것이다. 따라서 하이네에게 있어 종교 철학적 신앙 표현은
'이신론'적 종교를 '범신론'적 철학으로 용해시킨 종교적 감정으로 이해하
는 것이 바람직하다.

　사실 하이네는 이미 1835년 「독일 종교사와 철학사」가 프랑스 어판 「독
일에 관하여De l'Allemagne」란 이름으로 첫 출간되었을 때부터 '독일 철학의 내
면적 일관성은 … 이신론을 배제하고 범신론을 새롭게 안내하려는 데 있었
다.'고 하였다. '왜냐하면 하이네 자신이 본질적으로 종교적인 것을 범신론
적철학으로 수용하고 있었기 때문이다.'[296]

　그러나 1852년도 제2판에 추가된 「독일 종교사와 철학사 서문」과 「고백
록」에서는 그가 이미 젊은 헤겔파인 루게Ruge나 마르크스Marx, 포이에르바
하Feuerbach와 브루노 바우에르바하Bruno Bauerbach 같은 무신론자들과는 결별하
고,[297] 성서를 통해 새로운 종교적 감정을 얻으려 하고 있었다. 그렇기 때문
에 그의 종교적 감정은 '이신론을 복원시키려는 신학적 수정이 있는 것으
로' 보였다. …… 그러나 '이신론의 신이 세계 바깥에 멀리 떨어져 있는 신
의 표상으로 생각되었기 때문에 세계 내면에서 추구하는 신으로는 거부되
고', 그가 추구하는 신이 세계 내부에서 추구되는 범신론적 신의 표상과 함
께 추구되었던 것이다.

　그래서 하이네의 신앙적 감정은 빈트퍼M. Windfuhr 교수의 연구대로 이신론
과 범신론이 융합된 '혼합주의Synkretismus' 종교적 감정으로 이해되기도 했고,
괴쓰만Goessmann의 말대로 이신론에서 범신론으로 인지되는 '환속된 기독교
주의Saekularisierten Christentum'로 생각되기도 했다. 또 헤르만 뤼베Hermann Luebbe의
말대로 하이네가 종교 철학사에서 이신론과 범신론 사이에서 자신의 신앙
을 고민하고 있었기에 '그는 종교 비평적 작가라기보다는 종교적 작가'로

보이기도 했다.

하지만 고통으로부터 오는 그의 신앙 문제는 '병석에 누워 있는 불구의 환자로서 이신론에 있어서와 같이 멀리 떨어져 있는 신으로는 아무것도 해결할 수 없는 것이었다.' 그에게 필요했던 것은 '그의 고통을 전해 주고 위로해 줄 수 있는 현실적이고 인간적인 신이었기 때문에' 실용적인 신앙으로 세계 내부의 범신론적 신이 신의 표상으로 대두된 것이다.[298]

다른 한편으로 정치 사회적 시각에 있어서 하이네의 종교적 감정의 재발견은 모세가 유대 민족을 이집트의 노예 생활로부터 해방시킨 신앙적 행위로부터 발견되었고, 나아가 인간을 해방시킨 그의 인간애가 높이 평가되고 있었다. 그렇기 때문에 그로부터 얻은 하이네의 종교적 감정이 역시 모세의 인간적인 사랑과 자유 의식에서 온 구원 사상으로 인식되고 있는 것이다.

한동안 '하이네는 가톨릭주의에서는 의식 문화의 상징에 매혹되어 있었고, 신교에서는 정신적 자유에 매혹되어 있었다. 그리고 유대교에서는 잠시 동안 금욕주의에 젖어 있으면서도 헬레니즘적인 인간 해방에 매료되어 있었기 때문에' 그의 종교적 감정은 금욕주의적 유대교에서 벗어나 헬레니즘적 해방 의식으로 유대교를 바라보게 된 것이라 하겠다.

즉 하이네는 모세가 유대 민족을 해방시킨 '거인 모습'이나 세계 창조를 위한 '위대한 예술가'적 표상으로 인지하고 있었다. 그것은 유대인을 이집트로부터 구원했을 당시 모세가 나사렛 사람의 강력한 남성적 의지로 헬레니즘인 인간애를 발휘했고, 가난 때문에 노예가 된 유대인을 노예로부터 해방시킨 '자유애'를 구현한 '사회 개혁가'였기 때문이다. 그리고 그가 '자유를 마지막 해방 사상으로 호흡하고 빈곤과 싸운 예언자'였기 때문이다.

그런데 모세가 지닌 이러한 거대한 이상주의적 해방 의식이 하이네에게 있어 유토피아적 자유 의식과 종교 의식으로 변주된 것이다. 이제 하이네는 더 이상 과거의 헤겔파에서 바라보는 정신주의적 비평 의식에 사로잡혀 있는 것이 아니고, 인간을 고통으로부터 해방시키고 구원하려는 인간적인 종교 의식으로 그의 생각을 수정한 것이다. 그리고 그의 종교적 감정이 이신론적 신앙이건 범신론적 신앙이건 상관없이 인간에게 융합되어 내재하고 있는 무차별적 '혼합주의'의 종교적 감정으로 신의 표상을 맞게 된 것이다.[299]

　결국 하이네의 사상이란 종교적인 면에서나 정치 사회적인 면에서도 고통으로부터의 해방과 인간성 구제 해방에 기초하고 있다고 보아야 한다.

26. 마지막 주거 환경들

 이러한 하이네의 종교적 감정은 1848년부터 죽음[1856]에 이르기까지 8년 간이란 병고 생활에서 더욱 강하게 느껴진다.

 1848년 9월부터 1854년 8월까지는 암스테르담 가 50번지[당시의 지번] 3층에 있던 그의 '죽음의 병석 또는 병석의 무덤[Matratzengruft]'이라 할 수 있는 '안식 없는 무덤[Grab ohne Ruhe]'이나 '망자들의 특권 없는 죽음[der Tod ohne die Privilegien der Verstorbenen]' 같은 누추한 방[Karges Zimmer]에서 6년간이란 지병 생활을 했고, 그곳에서 그는 구원의 세계를 갈망하고 있었다.[300] 이러한 고통스러운 죽음의 환경을 벗어나려 암스테르담 가를 떠난 이후 나머지 2년간의 투병 생활도 그에게 평탄하지는 못했다. 그래서 그에게는 병고로부터의 구원과 빈곤으로부터의 해방 의식이 그 어느 때보다도 강하게 느껴지는 것이다.

 그는 독일에 있을 때도 9개의 도시를 전전하면서 23번이나 집을 옮겨 가며 살아왔고, 파리에서의 25년간이란 생활에도 15번이나 이동을 해야만 했다. 그러니 그의 생활이 얼마나 고난의 연속이었을지 상상하고도 남음이 있다.

그는 1847년 10월부터는 빅토르 가$^{Rue\ de\ la\ Victoire}$에 있는 마구간 같은 시끄러운 주택에서 3개월을 지냈고, 1848년 1월 말에는 베를린 가$^{Rue\ de\ Berlin}$로 잠시 옮겼다가, 이어서 6년간이나 '죽음의 병석' 생활을 암스테르담 가 50번지에서 지냈던 것이다. 그리고는 클리시 가$^{Avenne\ de\ Clichy}$로 이름이 바뀐 오늘날의 대로와 연결된 바티뇰^{Batignollers} 가 51번지로 옮겼다가, 1854년 11월에 마지막으로 샹젤리제 대로변 중간 지점과 맞닿은 마티뇽 가^{Matignon} 3번지로 이사했다. 그리고 그곳에서 1856년 2월 17일 오전 5시에 영면했던 것이다. 묻힌 곳은 몽마르트 공동묘지다.

암스테르담 가 50번지에서 지내는 동안, 그는 육체적 고통과 정신적 고뇌, 경제적 핍박 속에서도 위대한 역사적 영상들과 비가들을 창작한 「로만제로$^{1851.10.\ 출간}$」를 출간했고, '신에게 귀의하는' 모습을 보였다.[301] 그리고 그러한 고통 속에서도 '병석을 지킨 부인 마틸데의 애정과 독일 시의 영감 두 가지가 많은 시를 짓는 데 위로가 되었다.'고 그는 함부르크의 출판사 친구 캄페에게 전하였다$^{(1849.4.30.\ 편지)}$.[302]

암스테르담 가에서는 몇 사람의 방문객들이 있었지만 그는 언제나 고독했다. 그들에게 남긴 인상이란 마치 한 성도의 유골로 관찰되는 듯한 야윈 모습이었다고 한다. 방문객들 중에는 만년의 하이네 초상화를 완성한 화가 에른스트 베네딕트 키츠$^{Ernst\ Benedikt\ Kietz}$와 샤를 글레르$^{Charles\ Gleyre}$가 있었고, 먼 거리에서 찾아왔던 그의 형제 구스타브와 막시밀리안$^{1851-1852}$ 그리고 사촌 칼 하이네^{1850}와 사촌 테레제 할래^{1853} 등이 있었다.

그런데 그의 병석 모습은 어떠했을까? 그의 모습은 그가 로스차일드 남작에게 고백한 편지에서 단 몇 글자로 함축되어 있다. '나는 개처럼 병들어 있고 말처럼 일하고 성당의 쥐들처럼 몹시 가난하다^(1855.1.13. 제임스 로스차일드에게).'**303** 이러한 표현으로 보아, 그가 그간 작업을 하면서도 얼마나 핍박한 생활을 하고 있었나를 알 수 있다.

그래서 그는 누추한 '죽음의 병석' 집을 떠나 1854년 8월부터 2개월간 잠시나마 바티뇰^{Batignolles} 가 51번지로 옮겨야만 했던 것이다. '이 새집은 커다란 정원에 큰 나무들이 서 있고 좋은 공기에 햇빛이 들어오는 좋은 집이며, 이제는 정원의 나무 밑에 앉아 아름다운 자두를 따 먹기도 한다.'고 전하며, 마틸데의 안부도 함께 어머니에게 알리고 있는 것이다^(1854.8.31. 편지). **304**

그러나 이처럼 전원적인 집에 살면서도 역시 이 집은 습기가 많고 추워서 지내기가 어렵다 하고, 경제적 어려움에 부인 마틸데도 불평하고 있다고 친구 데트몰트에게 털어놓고 있다. '나는 지금 바티뇰 가 51번지 대로변에 살고 있다네. 한데 이 집은 춥고 습기가 많아, 나의 병을 더 악화시키지 않으려면 몇 주 내에 다시 이동을 해야겠네. 이러한 외적 고통이 여전히 있다네. 당신은 모르겠지만 부인 마틸데도 집안 정리와 살림 능력이 없어 나에게는 싫증이 나고 많은 비용이 들고 있다네. 이러한 경제적 궁핍 속에서 나는 오늘 당신에게 편지를 쓰고 있네.' 이와 같이 그가 안고 있는 고뇌의 단면을 드러내고 있다^(1854.10.3. J.H. 데트몰트에게). **305**

그는 1854년 11월에 마지막으로 마티뇽^{Matignon} 가 3번지로 옮겨 갔으며, 그곳 5층에서 15개월간 살다가 삶을 마감했다. 이 집은 1930년대에 헐려 현재 재건축되어 있다. 이 집에는 오늘날 그가 영면한 집이라는 자그마한 동판이 붙어 있다. 샹젤리제 대로와 맞닿은 화려한 대로변 모퉁이에 놓여 있어, 그 집이 그의 소망에 충족된 좋은 집이었을 것으로 상상된다. 그는 율리우스 캄페에게 전한 편지에서 '나의 집은 참으로 아름다워요. 그간 내가 2번씩이나 이사를 한 것에 대한 충분한 보상은 되겠지요. 하지만 고작 1년만 살게 되겠어요. 이제 나의 재정은 바닥이 났으니 말이에요^(1854.11.13).'**306**

사실 경제적으로나 건강상으로는 어려웠으나, 그 집은 그가 추구했던 장점을 지닌 좋은 집이었다. 그의 친구 작가 아돌프 슈타르^{Adolf Stahr}의 회상에 의하면, '신선한 공기와 햇빛을 만끽할 수 있는 집으로서 파리 한복판에 놓여 있어 좋았다.'고 했다. '하이네도 푸른 나무들의 전경과 샹젤리제 들판의 다양한 생활에 기뻐하는 모습을 나에게 보여 주기 위해 나를 발코니 밖으로 안내하기도 했다.'고 한다.[307]

그러나 그가 그곳까지 옮겨 오는 동안 그를 챙긴 사람은 부인 마틸데와 마지막 사랑이었던 뮤슈^{파리}란 별명을 가진 엘리제 크리니츠^{Elise Krinitz, 1830~1896}였으며, 의사와 간호사였다. 물론 이들 외에도 친족들과 지인들의 방문이 있었지만, 그의 마지막 인생은 외로운 삶이었다.

27. 고독한 삶

그가 '병석의 무덤'이란 암스테르담 가 집에서 사는 동안 발자크$^{Honoré de}$ ^{Balzac}나 쇼팽$^{Chopin, 1809-1849}$처럼 이미 작고한 친구도 생겼고, 파리를 떠나 시골로 이동해 찾아오지 않는 조르주 상드$^{George Sand, 1804-1876}$ 같은 친구도 생겨, 점차 친구들의 소식은 끊어지고 잊혀 갔다. 그는 홀로 부인과 돌봄이 간호사 등과 외롭게 지내야만 했다. 그는 이렇게 지내던 자신의 심정을 친구 라우베$^{Heinrich Laube}$에게 가장 솔직하게 하소연한 적이 있다.

'나는 친구를 하나하나 잃어 가고 있다네. 나에게 남은 것이란; "궁핍 속에선 친구들도 60파운드에서 10그램으로 줄어든다$^{Freunde in der Noth gehen sechzig}$ $^{auf ein Loth}$."는 뜻과 같은 속담뿐이라네. …… 지금 내가 얼마나 많은 친구를 갖고 있겠나 하면, 나에게선 일 파운드나 나올까 할 정도라네$^{(1850.10.12. 라우베에}$ $^{게)}$.'[308] 어려운 처지에서 친구들이 줄어 가고 있는 것을 급격히 줄어드는 무게의 감량으로 비유하면서, 자신의 고독한 삶을 알리고 있다. 그간 춤이나 추고 친구들과 교류했던 행복한 시기는 지나갔고, 단절된 교류 속에서 외로워졌다는 것이다.

이러한 사정을 그는 「로만제로」 「비탄^{Lamentation}」속의 시 「걱정하는 부인^{Frau} ^{Sorge, 1850-1851}」에서 다음처럼 호소하고 있는 것이다. 그는 자기를 돌봐 준 간호사 가르드 말라드^{Garde Malade}를 '걱정하는 부인^{Madame Souci, Frau Sorge}'이란 별명으로 부르면서, 그녀를 위해 이 시를 지었던 것이다.

나의 행복한 태양빛 속에서,
기쁘게 날아다녔던 모기 춤^{가벼운 캉캉}.
사랑스런 친구들은 나를 사랑도 하고
형제처럼 나누기도 했지.
내가 좋아하는 구운 고기나
나의 마지막 동전 한 푼이라도.

행복이 사라지고 주머니가 비워지니
친구들도 없어지네;
찬란한 태양빛 꺼지고,
모기 춤^{캉캉} 사라지니,
친구들도 모기^{캉캉을 추는 여자}처럼,
행복과 함께 사라졌다네.

겨울밤 나의 침대엔
걱정하는 부인 간호사로 보살피네.
그녀는 하얀 잠옷 입고,
검은 모자에, 역겨운 담배 냄새 훌쩍였다네.
담배통의 삐걱 소리 그렇게도 요란하니
늙은이도 지겨운 듯 고개를 끄덕였다네.

때때로 꿈을 꾸면 되돌아 나타남은
행복과 젊은 오월
그리고 우정과 모기[캉캉을 추는 여자]들에 대한 동경-
그 순간 담배통의 삐걱 소리 요란하니 하나님도 가련히 여길 정도,
꿈은 비눗물 거품처럼 꺼지고-
늙은이도 역겹게 코를 풀었다네.[309]

파리의 초기 생활에서 가졌던 행복과 꿈의 환상들이 궁핍과 외로움 속에서 비눗물의 거품처럼 사라지고, 과거의 행복했던 시절이 이젠 친구들을 잃은 고독한 삶으로 변했음을 전하고 있다. 역겨운 담배통의 삐걱 소리에 터지는 재채기는 모든 환상을 깨뜨리고, 외롭고 고통스런 현실을 알려 주고 있는 것이다. 이러한 고통스런 외로움을 걱정해 준 사람이 바로 간호사였기에 그는 그녀에게 이 시를 바친 것이다.

27-1 주치의 레오폴드 베르트하임

사실 그의 주변에서 친구들이 사라져 고독해진 증후는 도처에서 발견된다. 이미 1849년 4월 5일, 그를 그렇게도 참되게 돌봐 주었던 주치의 레오폴드 베르트하임[Leopold Wertheim]에게 전한 편지에서도 자신의 서운한 감정을 실토하고 있는 것이다. 이유는 그가 자신에게 너무나 쓰디쓴 약을 처방해 준다고 불평을 하였기에, 그가 자신을 다른 의사에게 떠맡기고 다른 곳으로 옮겼기 때문이다.

그래서 하이네는 그에게 용서를 빌며 호소하였다.

'당신은 알지 못할 것이오. 얼마나 내가 당신을 매일처럼 격렬하게 생각

하고 있는지를. 매번 우정 있는 참여로 나를 돌보아 주었던 때를 회상하며, 또한 당신이 떠난 후 그 차이가 얼마나 큰지를 생각하고 있다오. ……

나의 참된 친구여, 내가 당신을 보지도 못하게 되고, 지금도 육체적으로 나 정신적으로 나를 억압하고 괴롭히고 있는 모든 것들에 관해 남김없이 말할 수 있는 당신 같은 사람을 갖고 있지 못하다는 것이 나에게는 대단히 큰 불행이라오. 당신이 당신처럼 양심을 지닌 한 의사에게 나를 맡겨 주어 돌보게 함으로써 나의 상태가 일관성 있게 매일 나아지고 있으니 정말 다행이라오. 죽어 가는 느낌을 덜 갖고 있어 매일 반 시간이나 한 시간 정도는 의자에 앉아 있는 것이 보통이오. 물론 나의 상태에 관한 슬픔은 더해 가고 있지만, 나는 이에 침묵하고 싶어요.

희망컨대 사랑하는 친구여, 상태가 나아져 아무 곳에서나 한번 당신과 함께 푸른 나무 밑에서 만났으면 하오. 어떠한 사람도 당신을 이렇게 높이 평가하고 당신에게 감사하는 사람은 나 이외에는 없을 것이라는 것을 믿어 주오 (1849.4.5. 베르트하임에게).

이렇게 헤어진 주치의에 대한 간절한 우정을 고독 속에서 호소하고 있는 것이다.[310]

이러한 가운데에서도 가끔 그를 방문하여 주었던 파리 친구들 중에는 그의 작품을 번역해 주었던 작가 네르발Gérard Nerval, 1808~1855과 따일란디에Saint-Réne Taillandier, 1817~1879가 있었다.

27-2 네르발과 따일란디에

네르발Nerval은 이미 1834년에 출판사 외젠 렁뒤엘Eugéne Renduell로부터 하이네의 작품을 번역해 볼 생각이 없겠느냐는 문의를 받았고, 그로부터 6년 후에야 어렵겠지만 한번 시도해 보겠다고 답변했다. 그리고 그는 프랑스어로 표현하기 어려운 부분은 삭제하고 번역을 하였다고 실토했다.

사실 그는 하이네보다도 11살이나 젊은 작가였다. 이미 19세 나이로 괴테의 「파우스트」를 번역한 사람으로 괴테로부터 찬사를 받은 바 있으며, 호프만E. T. A. Hoffmann의 동화 같은 단편 소설이나 신비한 여인상을 담은 그의 시로부터 많은 영향을 받아 독일 낭만주의 세계에 감탄하기도 했다. 하이네의 「노래의 책¹⁸²⁷」에 담긴 초기 시가 바로 이러한 낭만주의적 감정을 담은 서정시였기에, 그는 이를 번역하였던 것이다.

또한 그는 1848년 여름 〈두 세계의 리뷰Revue des Deux Mondes〉지에 2회에 걸쳐 잊혀 가는 하이네의 서정시를 일깨우기 위해, 하이네 서정시에 관한 포괄적인 연구 논문을 발표하기도 했다. 1850년에는 〈프레스La Presse〉지에 하이네가 병석에 누워 있음을 알리면서, 비록 그의 육체가 마비되어 있다고는 하지만 정신적 상상력은 분명하고 활동적이란 소식을 전하기도 했다. 그 당시는 하이네가 죽었다는 소문까지 있었던 시기였다. 하지만 그는 일언지하에 이를 부정하고, 하이네는 '그가 죽고자 할 때나 죽을 것이라'는 말을 남기기도 했다.

그런데 네르발Nerval은 여배우 제니 콜롱Jenny Colon과의 애정이 파탄 난 직후부터는 정신적 우울증에 시달렸다. 그리고 그는 그의 시적 환상 세계와 현실적 인생을 분간하기 어려운 신경 질환에 허덕이게 되었다. 그런데다 불행하게도 그는 하이네가 죽기 한 해 전인 1855년 1월 26일에 랑떼른 가Rue de la Lanterne의 한 전신주에서 목맨 채 자살로 생을 마감하였다. 따라서 그는 19세기 격변기에 파란 많은 인생을 겪다가 생을 마친 레나우Lenau나 보들레르Baudelaire, 랭보Rimbaud처럼 '버림받은 시인Poète maudits'이란 말을 듣게 된 최초의 작가가 되었다.

하이네는 네르발Nerval이 부분적으로 번역한「북해」의 산문시가 담긴 시집 「서언1834-1856」에서, 그의 시적 언어는 이루 말할 수 없는 온화한 영혼이 순수한 애교로 표현되고 있다고 칭송했다. 또 그는 인간보다 더한 영혼인 천사의 영혼과 어린아이처럼 참된 영혼을 지닌 사람이라고도 했다.

그가 1850년 하이네를 한번 방문했을 때, 하이네의 병석에서 신경 장애가 발생하기도 했다 한다. 그런데 이러한 그가 하이네 문학을 좋아했던 이유는, 일반적으로 프랑스 시인들이 하이네 문학의 해학적 본질에 호감을 가졌듯이, 이로니irony 때문이었다고 술회했다.

'하이네의 위트나 농담은 나에게 정말로 필요한 것이 되었다. 하이네와 함께 웃고 농담을 하면서 시간을 보낸다는 것은 나를 감격하게 하고, 지나치게 끓어오르는 감정의 물결을 억제시키며, 나의 감정을 가볍게 해주고 있다. … 하이네의 유머는 그의 쾌감뿐만 아니라 그의 언어를 통해서도 자극된다. 이러한 것은 자기 마음의 꿈과 정신의 언어 수단 두 가지 방법을 통해 충족되기도 하지만, 자기 스스로를 즐기려는 쾌감이 더했다.'

그리고 그는 하이네 문학을 열정적으로 분석하면서, 하이네의 '이로니는 인생과 문학에 있어서 신발의 뒤축과 마찬가지로 함께 따라다니는 문학적 힘을 형성하는 도구가 되고 있다. 이는 언제나 사랑의 정열과도 함께하고 있다.'고 했다. [311]

그런가 하면 하이네 역시 네르발Nerval의 순수한 영혼이 담긴 문학에 찬사를 보냈으며, 그의 죽음을 애석히 여겼다.

'그는 어떠한 예술가적 이기주의도 없는 아이처럼 순진한 사람이다. 화사한 부드러움에 선량했으며 누구에게나 사랑을 주었다. 누구에게나 질투도 없었다. …… 재능과 우정, 선량함이 넘치는 그러한 사람이 랑떼른 가Rue de la Lanterne에서 생을 마치다니. 이런 불상사의 원인은 가난도 아니었는데…. 딱한 아이여! 당신을 생각할 때 흐르는 눈물은 당연하다오. 나는 이 몇 줄을

쓰는 동안 참을 수가 없어요….'

1855년 초 하이네는 자신의 시가 프랑스어 판으로 출간된 「전설의 시poé mes et Légendes」「서언」에서도 계속 그에 관해 언급하고 있었다.[312] 하지만 이제는 그의 방문도 끊어지고 말았다.

그 외에 또 다른 번역자의 방문객은 따일란디에Saint-René Taillandier였다. 그도 암스테르담 가의 '병석의 무덤'을 자주 방문했다. 그리고 〈두 세계의 리뷰 Revue des Deux Mondes, 1851.10.15과 1854.11.1〉지에 「로만제로Romanzero」와 「1853-1854년도의 시들Gedichte, 1853-1854」에서 뽑은 몇 개의 연시를 번역 소개하고, 서언에서 하이네의 경력까지 소개했다. 더불어서 하이네의 문학에 대한 찬사도 아끼지 않았다.

'하이네는 괴테 사후 독일에서 제일가는 시인이다. 그의 문학은 파탄된 인생의 꿈에서 오는 당황스런 모든 고통을 한 몸에 지니고 있어, 그의 문학은 위대하다.' 단지 비평할 점이 있다면 '그의 찬란한 인생 항로생애에 있어서 한 가지가 결여되어 있는데, 그것은 규칙과 질서, 조화' 등이 부족한 점이라 했다.[313]

사실 네르발Nerval과 따일란디에Taillandier 두 사람은 독일 캄페 출판사보다도 더 일찍이 하이네의 작품을 미하엘 레비Michael Lévy 출판사에서 프랑스어 판으로 출간할 수 있도록 주선하려 한 사람들이다. 그런데 1830년대에 외젠 렁뒤엘Eugéne Renduell 출판사가 하이네의 「독일De l'Allemagne, 1835」과 「여행 화첩Tableaux de Voyage, 1834」을 먼저 출간하였다. 하지만 판매 부수에 별 성과를 올리지 못하자, 후일 레비 출판사가 이를 다시 출판1855-1856하게 된 것이다.

마침 젊은 레비Lévy는 하이네의 작품을 현대 작가 총서의 일환으로 값싼 문고판으로 대중화시키려는 출판 계획을 시도했다. 그래서 33세의 젊은 레비는 1854년 9월에 병석의 하이네를 방문하여 출판 계약을 맺었다. 첫 번째 두 권의 책은 「독일」과 「여행 화첩」 계약 후 5개월 만에 출간되기 시작했다.

이것이 많은 독자들에게 하이네의 사후 명성을 떨치게 한 근거가 되었다. 그 결과 다른 작품들도 사후에 계속 속간되어, 하이네 작품은 살아 있을 때보다 사후에 더 많이 판매되었다 한다.[314] 이러한 인연으로 젊은 레비는 하이네가 죽을 때까지 빈번한 교류를 갖게 된 한 사람이 되었다.

▬ 27-3. 카롤리네 야우베르트

하이네의 병석을 방문했던 여인들 가운데는 카롤리네 야우베르트 Caroline Jaubert, 1803-1883가 있었다. 하이네는 여류 작가 조르주 상드 George Sand와도 교류가 있었으나, 그녀가 떠난 후에는 소식이 단절되어 서운한 감정을 표시하기도 했다. 이제 그녀 대신 카롤리네 야우베르트 Caroline Jaubert가 그를 위로해 줄 수 있는 여인 중의 한 사람이 된 것이다.

본래 하이네는 1847년부터 그녀에게 사교적인 호감을 갖고 교류가 있었다. 그녀의 본명은 꼼데스 달톤 쉐 Countess d'Alton-Shée였고 법무성 고위 관리의 부인이었다. 하이네는 그녀의 집을 왕래하곤 했는데, 마침 그녀의 집을 마지막으로 방문하였을 때 받은 인상을 카롤리네 야우베르트 Caroline Jaubert는 다음처럼 표현하고 있었다.

'하이네가 마지막으로 나를 방문한 것은 1848년 1월 초였다. 마차로부터 나의 집 2층까지 오는데 하인들이 그를 눕힌 채 옮겼다. 그를 힘들게 간신히 응접실 소파에 앉혔을 때는 그가 죽을 때까지 반복됐던 무섭고 위험한 상황이 그에게 덮쳤다. 바로 뇌로부터 시작하여 발끝까지 이어지는 경련이었다. 이러한 무서운 고통은 모르핀 주사로만 완화시킬 수 있었다.

… 후일에 내가 그로부터 알게 된 것이지만, 그가 이러한 고통을 줄이기 위해 독약에 사용한 돈만도 연간 5백 프랑에 이르렀다 한다. 이러한 고통을 겪고 있는 것을 목격한 순간에는 나에게도 강렬한 떨림이 엄습했고 심한 동정심이 생겼다. 나도 어쩔 수 없이 나 자신 한탄했다. "어떤 생각과 어떤 바보스러움이 그를 이 지경까지 오게 했을까 하고 말이다." 그의 고통이 어느정도 진정되자 나는 그에게 간청했다. 이해할 만한 간호 취급을 통해 병환이 나아질 때까지 집에서 외출을 중지하라고 말이다.

그랬더니 그는 답하기를, "나의 병은 불치병이오." "나는 눕기만 하고 일어나지를 못한답니다. 그래서 사랑하는 그대 친구에게 간청하기를 나를 방문해 주고 나를 버리지 말아 달라는 약속을 받아 내려 내가 이곳을 방문한 것이오. 만일 당신이 약속해 주지 못한다면 나는 되돌아가겠으나, 그대 때문에 지금 일어난 불안이 또 한 번 발생할 원인이 될 것이오!"

그러더니 잠시 후 온전한 정신으로 되돌아온 하이네는 지금 일어난 난처한 상황을 한탄스럽고 코믹한 회화로 창작할 수도 있겠네 하고 말하는 것이었다. 혹시 하이네 자신이 나의 소파에 앉은 채 죽었고 내가 이 현장에 있었던 사람처럼 되었다면, 아마 사람들은 사랑이란 것을 이 사건과 연관 지어 말하겠지. "이 흥미 있는 소설에서 나는 주인공이 되었겠지!" 하고 말이다.…' 사실 이러한 일이 있은 후, '나는 그가 나를 부를 때면 언제나 그를 찾아가 약속을 지키려 했다.'315

정말 카롤리네 야우베르트Caroline Jaubert는 약속을 지키려, 하이네가 죽을 때까지 8년간을 그의 병석을 방문하곤 했다. 물론 거기에는 더욱 강렬한 동정심이 자극하기도 했다.

그런데 하이네는 자신의 병세가 그래도 1848년 초까지만 해도 약간 나아질 날이 올 것 같은 느낌을 가졌던 모양이다. 그는 캄페에게 전한 편지에

서 이렇게 말했다. '병이 나아질 날들을 기대하고 있습니다. 나의 머리는 자
유롭고 정신적으로 맑으며 명랑하답니다. 또한 나의 마음도 건강하고 생의
욕망과 호기심도 건전하답니다. ― 허나 육체는 마비되었고 몸은 쓰지 못합
니다. 마치 살아 있으나 매장된 상태지요. 누구를 볼 수도 없고 말할 수도
없으니 말이지요^(1848.4.26. 캄페에게) .'316

그런데도 생에 대한 사랑과 구원을 얻으려는 마음이 간절했기에, 그는
1848년 5월 루브르박물관에 있는「밀로의 비너스」를 감상하러 생애 마지막
외출을 했던 것이다. 하이네는 이때 「밀로의 비너스」 앞에서 느낀 심정을
「로만제로 끝말」에서 이렇게 적고 있다.

'나는 온갖 힘을 다해 몸을 이끌고 루브르까지 갔다. 하지만 그 성스러운
미의 여신상인, 우리들 사랑스런「밀로의 비너스」가 서 있는 거룩한 홀에
들어서자 그만 나는 실신 상태였다. 나는 여신상의 발밑에 엎드려 여신상
이 가련히 여길 정도로 강렬하게 울었다. 역시 여신은 나를 동정하며 굽어
보고 말을 할 것 같았지만 위로는 줄 수 없었다. : 알겠느냐 내가 팔이 없으
니 도울 수가 없지 않느냐?'317

그 순간 하이네는 얼마나 애처로웠을까? 여신의 품에 안겨 사랑의 구원
을 얻으려 했으나 그러지를 못했으니, 동정하고도 남음이 있다.

이때 그의 마지막 외출을 동반했던 사람이 카롤리네 야우베르트^{Caroline}
^{Jaubert}였다. 그녀는 그 날 하이네가 스스로 자문자답하며 자신에게 이야기해
준 말을 다음처럼 소개하고 있다.

"'아! 왜 내가 그 순간 그 자리에서 죽지를 못했을까?' 그는 외쳤다. "차라
리 죽었더라면 참으로 시적인 죽음이 되고 이교도적이며 화려한 죽음이 되
었을 텐데. 그리고 보람 있는 죽음이었을 텐데. 그래, 그러한 불안 속에서
는 나의 생명의 빛이 꺼져야만 했었지."

그는 잠시 침묵하더니 다시 조롱조의 말을 계속했다. "그런데 여신은 나

에게 팔을 내밀지 않았잖아! 여신도 자신의 운명을 알고 있는 건지? 나라는 인간처럼 그녀의 신성도 그렇게 반으로 줄어들어 있는 것이었어. 그런데 모든 수학적인 규칙이나 대수학적 규칙을 다해서도 우리들 두 개의 반반들이 하나의 전체를 이룰 수가 없다니….'[318]

여기서 서로의 사랑과 동정이 하나의 전체로 이어지지 못하고 있음을 그는 애석하게 여기고 있었던 것이다.

사실 하이네는 정신적으로는 살아 있었다지만 육체적으로는 마비된 반쪽의 인간이었다. 그것은 팔이 없는 비너스의 여신과도 같은 맥락의 처지였다. 그 후 하이네의 병세는 더욱 악화되었다. 그렇지만 재정적으로 위협을 받고 있는 처지였기에, 자신의 작품이 하루빨리 출간되어 다소의 도움이 되었으면 했다. 그래서 그는 캄페 출판사에 자신의 병세를 설명하고, 소망을 간청하기도 했다.

'사랑하는 캄페 씨!… 나는 안락의자에 앉거나 침대에만 누울 수 있을 정도로 최근 8일간 완전히 마비되어 있답니다. 나의 발은 솜Baumwolle과 같고 어린애처럼 운반되어 옮겨진답니다. 무서운 경련이지요. 나의 오른손은 죽어가기 시작해 당신에게 글을 쓸 수나 있을지 모르겠어요. 마비된 턱뼈 때문에 말로 받아쓰게 할 수도 없답니다.… 하지만 18권의 전집을 나의 소망된 계획 제목대로 출간시켜 주었으면 합니다.…' '시급히 간청하는 바입니다. "지체되면 위험하겠어요Est Periculum in Mora…."'

… '나는 가난하고 죽어 가는 사람이오. 모든 관계에서 가난하고, 나의 병에 대한 비용과 필요한 것들을 부담할 수도 없답니다. 병세는 대단히 나쁘답니다.… 정말 부탁합니다.… 이 독일 시인에게 이처럼 무섭고 저주받을 운명이 닥쳐오고 있다니(1848.6.7. 캄페에게)!'[319]

그는 자신의 병세를 카롤리네 야우베르트Caroline Jaubert에게도 전하고 있다.

'나의 경련은 그치지를 않고 더욱 심해져 척추까지 아프게 하고 있어요. 종교적인 사상을 확실하게 가질 수 있게 하는 생각을 해치게 뇌까지 치밀어 올라와 있답니다.' 이렇게 죽음에 대한 정신적인 신앙적 추구까지 마비로 인해 위협을 받고 있음을 암시하기도 했다^(1848.9.19. 카롤리네 야우베르트에게) **320**

사실 하이네는 이런 고통스런 상황에서 자살하고 싶은 생각도 있었겠지만, 그런 용기는 자조적인 조롱을 통해 거부하고 있었다. 카롤리네 야우베르트^{Caroline Jaubert}가 그를 방문했을 때의 일이다. 그의 방 벽에는 목매어 자살할 수 있을 것처럼 보이는 말 탈 때의 족대 모양의 밧줄이 걸려 있었다. 그런데 하이네는 그것을 이렇게 해명했다.

'아! 그것은 내가 오른팔의 움직임을 연습하기 위해 운동하려 발명한 것이지요. 그러나 우리끼리 말이지만 이는 교수형을 위한 초대로도 생각되지요. : 나의 주치의가 착한 마음씨로 던진 말이에요. – 헌데 바보도 있어요.' 하이네는 말을 잇기를, '용기 있게 생의 마감^{자살}을 밖으로 밀어내는 용기도 감탄스러운 것이에요. 그렇지만 죽음을 내가 어떻게 시작하여야 할지에 대해 한번이라도 생각해 본 일이 있을까요?

나는 목매어 죽을 수도 없고 독약으로 죽을 수도 없어요. 머리에 총을 쏘아 죽는다는 것은 더더욱 있을 수 없는 일이며, 투신할 수도 없고 굶어 죽을 수도 없잖아요? 그것은 절대로 안 돼요! 그것은 모든 나의 원칙에 어긋나는 죽음의 종류인 것이에요. – 공개적으로 말해서 최소한 자살의 종류를 자유롭게 선택할 수는 있겠지만, 그러나 그러한 짓에 대해서는 손도 대지 말아야 해요. …'

이처럼 자살 행위란 용납될 수 없는 것임을 고백하고, 이에 대한 회의도 했다. **321**

그런데 그의 병세는 해를 거듭해 갈수록 더욱 악화되었다. 이런 와중에도 카롤리네 야우베르트^{Caroline Jaubert}는 그의 익살스런 지적 정신세계가 그의 고통을 잠시나마 잊게 하고 대화 상대의 마음을 가볍게 해주는 것으로 느꼈다. 비록 그가 좋은 친구들이나 좋아하지 않는 친구들에게 무차별적으로 조롱을 던지고 있다 할지라도, '친구들은 이러한 조롱을 자신들에게 우정을 만들어 주는 것으로 생각하고 익살스러운 위트를 나쁘게 생각하지 않고 있어, 그의 해학적 조롱은 유머로 이해되었다.'[322] 그리고 '그의 정신은 단호하고 익살스러우며 노회한 특징이 있어 볼테르와도 비교되었다. 대화에는 언제나 프랑스적인 가벼움은 없었으며, 대화에서 주제를 빠뜨리는 법이 없이 언제나 주제로 되돌아오는 것이었다.'[323]

그런 까닭에 카롤리네 야우베르트^{Caroline Jaubert}에게는 하이네가 정신세계만은 지탱하려는 강한 의지를 지닌 좋은 인상을 남겼던 것이다. 그리고 이러한 대화 상대에는 그녀 이외에도 늘 방문하여 주었던 네르발^{Gérhard de Nerval}이나 고티에^{Théophile Gautier, 1811-1842} 같은 문인들이 있었으며, 뒤마^{Alexandre Dumar, 1802-1870}나 베를리오즈^{Berlioz, 1830-1869}도 있었다. 하지만 「로만제로」가 발표[1851]되고 좋은 성과를 거둔 후부터는 그들조차도 점차 사라지고, 하이네는 예전보다 더 외로워진 듯했으며 암스테르담 가의 병석에 갇혀 시간이 정체된 듯했다. 의지할 수 있는 사람들이란 부인 이외에 간호사 말라드^{Garde Malade}나 카롤리네 야우베르트^{Caroline Jaubert}, 여자 친구 파울리네^{Pauline}와 가사 돌봄이 등이었다.

사실 그는 암스테르담 가에서의 고통스럽고 외로운 세월 속에서 처절한 자신의 생이 영원히 저세상으로 사라져 가고 있는 절망적인 상황이 아닌가 한탄하였다. 그러면서 혹시 자신이 사라진 뒤라도 사람들이 이미 죽은 자신을 찾아와 글을 쓰도록 하겠지 하는 안타까운 심정을 「라자로¹⁸⁵⁴」 연시(3)에서 읍소하고 있는 것이다.

시간이 얼마나 천천히 이승의 세계로 기어가는지,
지겨운 달팽이처럼!
하지만 나는, 완전히 움직일 수 없어
이곳 같은 장소에 머물러 있다네.

나의 어두운 방^房엔
햇빛도 희망의 섬광도 스며들지 않아;
내가 아는 바, 나의 운명적인 이 방이
교회의 무덤으로 혼동될 뿐이라네.

아마도 나는 이미 오래전에 죽었기에;
밤중의 뇌리 속에 다채로운 행렬로 나타나는
환상들이나,
도깨비 모습들뿐이라네.

그것은 유령들일지도 몰라,
아마도 옛 이교도들의 신 같은 유령들 말이야;
그들이 투기장으로 가
죽어 간 한 시인의 두개골을 고르기 좋아할 것이네-.

두려우면서 달콤한 신비스런 비교^{秘敎}와,
심야의 미친 듯한 유령들의 충동이,
때때로 아침에 글을 쓰게 하려고
죽은 시체의 시인 손을 찾으려 할 것이네.**324**

고통스럽게 죽어 간 자신의 영혼까지 찾아 글을 쓰게 하려는 사람들의 안타까운 소망을 죽은 시인의 시체 손을 찾아서라도 글을 쓰게 하라는 해학적인 유령들의 비교^{秘敎}를 통해 표현하고 있다.

하지만 죽어 간 시인이 아닌 현실 속의 시인은 병석에서 간호사 가르드 말라드$^{Garde\ Malade}$나 카롤리네 야우-베르트$^{Caroline\ Jaubert}$ 같은 이들의 도움으로 근근이 생명을 연장하고 있었다. 그러니 얼마나 자신의 처지가 저주스러운지를 한탄하게 되고, 구원의 손길을 내밀지 않으면 안 되는 상태인 것이었다.

그래서 그는 「라자로」 연시(2)에서 다음처럼 자신의 처지를 호소하고 있다.

> 검은 부인$^{간호사\ 말라드로\ 추정}$은 나의 머리를
> 사랑스런 마음으로 끌어안았지;
> 아! 허옇게 센 나의 머리엔
> 그녀의 눈물이 흘러내렸다네.
>
> 그녀는 마비되고 병든 나에게 입을 맞추고,
> 눈먼 나의 눈에도 입을 맞추었지;
> 나의 척추로부터 골수도
> 그녀의 입은 거칠게 빨아들였다네.
>
> 나의 육체는 이젠 시체가 되어,
> 정신이 그곳에 갇혀 있었지―
> 때때로 정신에는 화가 치밀어,
> 광란도 일으키고 잠잠했다가도 광폭했다네.

힘없는 저주들이여! 그대의 가장 나쁜 저주는

파리 한 마리도 죽이지 못할 것이니,

운명을 인내하고,

관대함을 빌며 기도를 드리도록 하게나.[325]

즉 병고에 갇혀 지쳐 버린 자신은 몸부림치며 광란을 일으킨다 할지라도 파리 한 마리도 잡을 수 없는 무력한 처지에 놓여 있었다. 그러니 차라리 자신의 운명을 인내하면서 구원의 기도를 드리는 것이 낫겠다는 심정을 간호사에게 실토한 것이다.

27-4 부인 마틸데

하이네 부인의 본명은 크레센스 유제니 미라Crescence Eugénie Mirat였다. 후일 마틸데Mathilde란 새로운 세례명으로 불렸다. 그녀와는 1834년에 알게 된 후 죽을 때까지 함께 살았다. 결혼은 1834년에 가톨릭 의식에 따라 거행됐으나, 플라톤적인 애정 결혼은 아니었다. 1834년 그들이 처음 만나게 되었을 때는 그녀가 하이네보다 17살이나 어린 19세의 처녀였다. 그녀는 부모 없이 성장한 후 구두가게 점원으로 일했으며, 글도 읽지 못하고 쓸 줄도 모르는 무지한 프랑스 여인이었다. 그녀는 교육을 받지 못하였으나 고집이 강했고 비교적 영리한 처녀였다. 하지만 그녀의 순진함과 뒷모습의 육체미가 그를 사로잡아 그녀를 사랑하게 되었다 한다.

그들이 알게 된 1년 후부터 그들의 사랑은 평범한 일상의 부부 관계로 전개되었다. 그녀는 하이네 주변의 인물들이 내로라하는 당시의 지성인들인지도 모르고, 하이네 자신이 세계적인 천재 독일 시인인지도 모르는 상태에서 병간호나 하며 가사를 이끈 여인이었다. 이런 부부 관계에서 단지 하이네가 불만스럽게 생각했던 점은, 그녀의 충동구매 성향이 강해 경제적인 어려움을 모르고 허황되게 옷이나 물건을 사들이는 낭비가 컸다는 점이다. 그래서 하이네는 가끔 누이동생이나 어머니에게 그녀의 낭비에 대해 언급하기도 했다.

'사랑하는 샤롯테…. 나의 부인은 집안일을 잘하고 있단다. 별로 싸움도 없단다. 단지 여전히 낭비가 심한 점이 힘이다. 어렵지만 노력해서 이를 잘 극복하고 있지…^(1844.1.23. 샤롯테 엠덴에게) '326

어머니에게도 같은 말을 전하며 우려를 표하기도 했다.

'나의 가장 좋은 친구, 어머니!… 집사람은 모범적으로 집안일을 잘 이끌어 나간답니다. 그래서 나의 생활이 아주 쉬워지고 좋아졌답니다. 위로도 되고 놀랄 때도 있지요. 그런데 나아질 수 없는 부인의 소비 성향 때문에 가끔 충격도 받습니다. 이것은 어쩔 수 없군요. 가장 나를 싫증나게 하는 일이지요. 돈을 쓰는 충동구매 열기는 그저 놀라울 뿐이랍니다. 하지만 나는 이에 인색하게 하지 않고 있어요^(1851.3.12. 어머니 베티 하이네에게) '327

그래서 하이네는 자신의 죽은 뒤에도 부인이 살아가야 할 노후 걱정까지 하면서, 삼촌이 남긴 유산에서 연금이 지급되도록 약속받기도 했던 것이다.

사실 그들은 순박한 인간적인 애정으로 부부의 인연을 맺었다. 그렇기 때문에 하이네는 부인의 노후도 준비해 주었고, 사는 동안에도 그녀의 무지를 깨우치고 교양을 쌓아 주기 위해 많은 관심을 기울였다. 정말 그녀는 남편 하이네가 유대인인지도 모르고 살았고, 독일어도 모르며 히브리어도 모르는 무지한 평범한 여인이었다.[328]. 그런 까닭에 하이네는 일찍이 미래의 부인이 될 그녀를 파리에 있는 '기숙사 학교^{Pensionate}'에 보내 교양과 매너를 익히게 했다. 또 지리와 역사 공부를 시켜 이집트의 역대 왕들이나 이집트-스페인계 유대인 문인들의 이름도 외도록 격려했다. 그 결과 때로는 그

녀가 하이네보다도 이집트 왕들의 이름을 더 잘 기억하고 있기도 했다.[329]

하이네가 이처럼 부인의 교양 교육을 위해 노력했던 사실은 그가 아랍-스페인계 유대인들의 위대한 시인들인 예후다 벤 할레비Jehuda ben Halevy나 살로몬 가비롤Salomon Gabirol 및 이벤 에스라Iben Esra 같은 11-13세기의 문인들을 찬양한 「예후다 벤 할레비Jehuda ben Halevy, 1851」에서도 언급되었다. 만일 마틸데가 스스로 배우려 노력한다면, 이러한 문인들까지도 익힐 수 있게 될 것이라는 조언을 부인에게 말해 주고 있었던 것이다.

> 연인이여, 내가 너에게 조언하고 싶다면,
> 그간 뒤떨어진 것들을 만회하고
> 히브리어도 배우도록 하게나-
> 연극이나 음악회도 가 보면 좋겠네.
>
> 그러한 공부를 몇 년간 하게 되면
> 너도 그 후엔
> 이벤 에스라와 가비롤 같은 문인들의
> 원전을 읽을 수 있을 것이라네.
>
> 그리고 할레비 문학도 이해하게 되고,
> 예술의 고대 삼두 정치나,
> 옛날에 아름다운 선율로 유혹했던
> 다비디스의 현악도 이해하게 될 것이네.[330]

이처럼 하이네는 부인에게 공부를 게을리 하지 말고 최고의 예술 세계도 섭렵할 수 있도록 노력하라 격려했던 것이다. 고대 예술가들이란 최고의 진리를 간직한 종교나 선정을 베푼 절대 군주들의 모습과 동일시되고 있었기 때문에, 예술을 이해한다는 것은 곧 최고의 진리를 이해하게 되는 의미로 수용되고 해석되었다. 그래서 예술가들의 영광스러움과 성스러움을 익히라고 조언했던 것이다.

하이네가 이처럼 부인의 교양을 위해 관심을 가졌던 것처럼 부인도 역시 남편의 병간호를 위해 죽을 때까지 헌신했다. 하이네가 죽을 때 그녀가 임종을 지키지 못한 의혹이 있어서 혹시 재혼하지 않을까 하는 의구심도 있었으나 다행히 재혼은 하지 않았다.

단지 그녀는 충동구매가 심하고 번화한 대로를 산책하기 좋아해 낮에는 대로에서 시간을 보내는 일이 많았다. 그러나 밤에는 밤새도록 하이네의 병석에 앉아 남편이 편안히 잘 수 있도록 그의 손을 꼭 잡고 지키고 있었다. 그래서 '그녀의 병간호 열정은 결혼 첫날밤에 약속했듯이 갓 결혼한 신부의 애정으로 참되게 그를 돌보는 독실한 부부가 되었던 것이다.'331

사실 하이네는 그녀보다 나이가 17세나 많았다. 그래서 부인을 마치 천진난만한 아이를 대하듯 부양책임을 지닌 어버이처럼 귀엽게 사랑하면서 그녀의 부족한 교양을 쌓아 주고 가정주부로 만들어 갔던 것이다. 마틸데 역시 남편 스스로가 사랑하며 교양을 가르친 착실한 가정부가 된 것이다. 그런가 하면 남편 간호에도 최선을 다했다. 특히 하이네의 병 상태가 더욱 나빠지자 병간호 할 일이 많아져 너무 지쳐 병이 난 적도 있었고, 남편도 고통 때문에 폭군처럼 그녀에게 신경질을 낸 적도 있었다.

이에 독일계 유대인 주치의였던 레오폴드 베르트하임Leopold Wertheim 박사는 부인의 간호 태도를 비판하기도 했다. 그러자 부인이 화를 내면서 주치의 얼굴을 때려 눈이 시퍼렇게 멍들게 한 적도 있었다. 이러한 이유 등으로 베르트하임 박사는 헝가리 출신 의사 다비드 그뤼비^{David Gruby}에게 하이네의 치료를 맡기고 그곳을 떠나기도 했다. 그후 하이네는 내심 그에게 미안한 감정이 많아 사죄하고 싶은 생각이 간절했다. 베르트하임 박사는 자신이 가장 신뢰하는 유일한 의사였기 때문이다. 그래서 그는 몇 주 후 베르트하임에게 사죄하는 편지를 썼다^(1849.4.5. 그뤼비 박사에게).

'별로 화를 내지 않던 나의 사랑하는 부인한테서 일어난 광기는 나아질 수 없을 만큼의 정신적 이상이 생겨 일어난 일입니다. 무어라 호소할 수도 없고 변명할 수도 없군요. 단지 조용히 참으시고 자비롭게 용서하여 주실 뿐입니다. …'[332]

하이네의 병은 더욱 악화되어 모르핀 주사를 맞지 않으면 잠도 잘 수 없는 처지가 되었다. '하루에 7그란^{0.06g}의 주사를 맞고 황량한 마취 상태에서 살고 있다.… 사실 희망을 잃고 체념 상태에 있는 것이다^(1850.1.9. 동생 막시밀리안에게). '[333] 그래서 모르핀 없이는 살 수 없다는 '아편이 나의 종교'란 익살스런 농담이 나온 것이다.[334]

그러나 하이네의 아픔을 그래도 가볍게 위로하고 진정시켜 준 사람은 부인 마틸데였다. 비록 그녀가 최고의 물품만 사는 낭비벽이 있는 여인이었다 할지라도 마음씨가 순박하고 착해서 하이네에게는 언제나 선한 부인이었다. 암스테르담 가의 집이 협소해서 창작의 영감을 얻기에는 어려운 곳이었다지만, 그곳에서 그녀는 성스러운 여인으로 다가왔던 것이다. 그녀의 말소리가 크게 울리지 않을 때는 그녀의 목소리는 언제나 그의 상처 입은 영혼을 어루만지는 진통제 역할을 했다.[335] 그래서 하이네는 그녀를 천사처럼 생각하고 진심으로 순수한 부인으로 대했던 것이다.

'부인의 성격이 활달하여 가끔 변덕스런 감정을 나타내 나를 혼란스럽게 하기도 하고' … 부인이 어려운 생활에서는 '어린애처럼! 아무것도 모르고 어쩔 줄 모르는 행동을 하기에 불안해서 나도 부인에 대해 어떻게 해야 좋을지 몰라 죽을 것 같은 고민을 몇 시간 동안 한 적도 있답니다.' … 그러나 '나의 부인은 하나님이 칭찬할 정도로 집안일을 대단히 잘 수행하는 사람이며, 아주 정직하고 선량한 피조물이랍니다.' 이렇게 말하면서 부인이 '나의 내면적인 인생 반려자임'을 어머니에게 전하고 변호도 하고 있는 것이다 (1842.3.8. 베티 하이네에게) **336**

하이네는 마틸데의 착한 성품에 대해 어머니에게 여러 번 칭찬을 해주었고 자기 사후의 걱정까지 해주고 있었다. '그는 자기가 죽게 되면 캄페 출판사로부터 전집 저작권 계약에 따라 부인에게 평생 연금이 지급될 수 있도록' 해 놓았으니 이것은 '생활에 특별한 도움^{역할}'이 될 것이라고 그녀에게 알려 주기도 했다(1843.11.25. 마틸데에게). **337** 그런가 하면 사촌 칼^{Carl}과도 사후에 자신의 연금 절반인 2500프랑을 삼촌 유산으로부터 마틸데에게 지급될 수 있도록 합의한 사실을 어머니에게 전함으로써(1847.2.28. 어머니 베티 하이네에게)**338** 사후의 부인을 걱정하며 대비했던 것이다.

그는 자기 부인이 착한 사람이며, 모든 이성을 초월해서 자기가 부인을 사랑하고 있다는 말을 동생 막시밀리안에게 전하기도 했다(1850.1.9. 막시밀리안에게). **339** 그리고 구스타브^{Gustav}에게도 '자기 부인이 천사처럼 자기를 보살피고 병간호를 해주고 있다.'고 전했던 것이다(1851.7.15. 구스타브 하이네에게) **340**

마틸데는 사실 자신이 할 수 있는 모든 힘을 다해 하이네를 돌보고 사랑했다. 물론 성격상 부족한 면이 있었다 할지라도 말이다.

일반적으로 프랑스 여인들은 경쾌하고 섬세한 감정을 지니고 있기 때문에 매너 면에서 공허한 표정 관리로 보이는 오해를 불러일으킬 수 있다. 하지만 하이네는 부인이 자신을 진심 어린 마음으로 보살피고 사랑하는 여인으로 보았고, 타인의 눈에도 그렇게 보이도록 그녀에게 조언을 했던 것이다. 바로 이러한 노력이 하이네에게 있어서 부인을 대하는 고귀한 성품이었다.

하이네는 자신이 고통스러운 병으로 죽게 된 이후라도 부인이 천사의 품에 안겨 보호되고 구원되었으면 하는 희망으로 「천사에게로^{An die Engel, 1849-} ¹⁸⁵⁰」라는 시를 지었다. 그는 고대 그리스 신화에 나오는 죽음의 신 타나토스 ^{Thanatos}를 통해 자신의 죽음을 대변하고, 이에 따른 부인의 장래도 천사의 사랑으로 보호되기를 호소했다.

그것은 고약한 죽음의 신 타나토스였지,
창백히 보이는 말을 타고 온;
말굽 소리와 말 징소리 들리더니,
어둠 속의 기사가 나를 데리고 가네-
나를 낚아챈 채 마틸데만 내버려 두게 하고,
오, 나의 마음 그런 생각 이해할 수 없다네!

그녀는 나에겐 부인이자 아이였는데,
내가 어두운 제국으로 사라져 가면,
그녀는 과부가 되고 고아가 되겠지!
내가 이 세상에 부인이자 아이인 그대를 홀로 남겨 놓아도,
나의 용기 믿으면서,
걱정 없이 그리고 진심으로 정절貞節을 지킬 것이네.

하늘 높은 곳에서 그대의 천사는,
나의 읍소와 간절한 탄원을 듣고 있겠지;
내가 황량한 무덤 속에 묻혀 있다 할지라도,
내가 사랑했던 부인 보호해 주시게나;
방패나 후견인 같은 모습으로,

보호해 주시게나 보살펴 주시게나 나의 가련한 아이, 마틸데를 말이네.

우리들의 인간 슬픔 때문에 울었던

그대의 눈물보다도 더한 모든 눈물로서,

신부神父만이 알고

전율 없이는 말할 수 없는 언어로서,

그대만이 지닌 아름다움과 성스러움, 온화함으로서,

마틸데를 보호해 주시게나, 나는 그대, 그대의 천사께, 간청할 뿐이라네.**341**

　이러한 그의 태도는 과거에 그가 출판 관계로 파리에서 함부르크로 첫 번째와 두 번째 여행을 잠시 했을 때1843~1844 마틸데와 떨어져야만 했던 상황과도 같은 맥락으로 표현되고 있다. 즉 그는 그 당시 부인에게 보낸 편지에서, '마틸데를 천진난만한 양으로 표시하고 자신을 양치기 목동으로' 비유하면서 목동인 '자신이 늑대들의 도시인 파리에 양을 남겨 놓고 떠나왔으니' 자신의 심정이 어떨까 하고 부인을 걱정했다. 바로 이러한 걱정이 이 시에서는 사후의 부인 걱정으로 이어졌던 것이다(1843.10.28와 1844.10.1. 마틸데에게 보낸 편지). **342**

　사실 하이네는 부인에 대한 애정에서 언제나 가족 부양의 인간적 의무 의식으로 그녀를 보살피고 있었다. 이러한 그의 의무 의식은 1855년 7월에 작성해 놓은「유언장 원안Testamentsentwurf」에서도 명료하게 밝혀져 있다.

　'나는 미라Mirat 가문 출신의 나의 부인 마틸데 크레셴스 하이네Mathilde Crescence Heine를 내가 남겨 놓은 유산의 보편적인 상속인으로 정한다. 나는 내가 소유하고 있는 모든 재산을 제한 없이 나의 부인에게 유증하며, 특히 나의 문학 작품에서 얻게 되는 나의 권리 같은 종류처럼 현재와 미래에 발생될 모든 나의 권리를 부인에게 유증한다.

　나는 미라Mirat 가문 출신인 마틸데 크레셴스 하이네M. C. Heine가 나의 법적 부인으로서 유일한 상속인일 뿐만 아니라, 그녀는 20년간 내가 상이한 여러 환경에서 망명 생활을 하는 동안 내가 사랑했고 믿었던 나의 생의 반려자였으며, 이루 말할 수 없이 두렵고 우울하고 무섭게 지낸 수년간의 고통스러운 나의 질병 생활에서도 말할 수 없는 희생을 다한 부인이어서, 부인에 대한 애정과 감사로서 또한 우정의 증표로서 나는 부인을 유일한 상속인으로 명백하게 선언해 두는 바이다.……

… 나는 부인에게 간청하노니, 내가 사망하는 즉시로 모든 나의 편지나 증명서 등을 잘 보관 정리하여 둘 것이며, 이를 가지고 내가 부인에게 문서로나 구두로 남긴 모든 지침에 따라 법적 수속을 취할 것을 간청한다(1855. 7. 유언장 초안) '343

이처럼 그는 부인에 대한 사후 걱정을 한 나머지 부인을 상속인으로 정했던 것이다.

그런데 이렇게 사랑받고 사후를 보장받았던 마틸데가 하이네의 마지막 연인으로 등장한 '무슈Mouche'를 알게 된 후부터는 그녀에게 보이지 않는 갈등이 생겨 부자연스러운 태도가 연출되었다. 이것은 하이네가 무슈를 알게 된 1855년 여름부터 죽을 때1856.2.17까지의 짧은 기간에 있었던 일이지만, 석연치 못한 관계로 부인 마틸데가 하이네의 임종을 지키지 못하고 장례식에도 참석하지 못한 채 3개월 후에 가서야 나타난 수수께끼 같은 의혹을 낳고 있는 것이다. 아마도 그것은 무슈에 대한 질투에서 온 것으로 추측된다.

27-5 무슈Mouche, 1828~1896

무슈Mouche의 본명은 엘리제 크리니츠Elise Krinitz로 독일 토르가우Torgau 지역에서 1830년경에 출생한 것으로 추측되고 있다. 그녀의 가족사와 생년월

일이 정확히 알려져 있지 않기 때문이다.

만프레드 빈트퍼 교수의 연구에 의하면, 그녀가 프라하의 스포르넨가 Spornengasse 7번지에서 백작 노스티츠Nostitz의 사생아로 1828년 6월 26일에 태어났다는 설1896.8.7. 사망도 있고, 토르가우Torgau 지역의 가난한 어부 딸로 태어났다는 설도 있어, 정확한 데이터는 불확실하다. 그후 그녀는 독일인 아돌프 크리니츠Adolf Krinitz란 장교의 양녀로 입양되어 프랑스로 와서 성장하였기에 엘리제 크리니츠Elise Krinitz라 불렸다.³⁴⁴ 그리고 프랑스에서 부유한 프랑스인 벨기어Bellgier란 사람과 결혼하여 마르고트 벨기어Margot Bellgier라고도 불리었다. 그런데 남편이 어느 날 그녀와 이혼하려 지참금을 주어 강제로 런던의 정신 병원으로 쫓아냈다. 그래서 그녀는 홀로 여기저기를 전전하다가 파리에 와서 피아노와 독일어 교습으로 생활을 영위하고 있었다.

그 후 우연히도 하이네의 친구였던 뵈멘Boehmen 지역 출신 시인인 알프레드 마이스너Alfred Meissner가 그녀를 오래간만에 만나 하이네에게 소개했던 것이다. 본래 마이스너는 그녀를 1847년부터 아는 사이였다. 마이스너는 하이네보다 25세나 젊은 시인으로서, 문학을 좋아하는 22세의 젊은 그녀에게 이미 오래 전부터 하이네 문학을 소개하였다. 그녀 역시 하이네 문학을 선호하고 있었으므로 그녀는 하이네를 찾아보고 싶어 했던 것이다.

또한 장래 익명을 필요로 하는 유명한 작가가 되고 싶어 그녀는 남성적인 아호를 갖고 있던 조르주 상드George Sand처럼 아벨 드 게라르드Abel de Gerard란 남성 이름을 취한 적도 있었고, 다시 까밀레 셀당Camille Selden으로 바꾸기도 했다. 그리고 1860년 이후부터는 이 이름으로 많은 소설 작품을 남기고 하이네 전기도 썼다. 대표적인 작품으로는 「허구적인 음악가 전기Daniel Valdy, 1862」와 하이네에 관한 것으로 「현대 독일의 정신1869」, 「하이네의 최후의 나날들1884」, 「하이네의 마지막 날1884」, 괴테의 「친화력」 번역1812 등이 있다.

이 젊은 여성이 하이네로부터 무슈Mouche. 파리란 애칭으로 불리게 된 데는 다음과 같은 사연이 있다. 하이네가 그녀로부터 익명의 편지를 받았을 때 편지 봉인용으로 사용된 그녀의 인인認印 반지에 파리가 장식되어 있었기에 파리를 뜻한 무슈란 별명을 붙인 것이다. 하이네가 자신의 부인 미라Mirat를 마틸데Mathilde란 세례명으로 불렀듯이, 그녀를 새로운 이름으로 불러 보려 한 생각에서 무슈라 했던 것이다. 그녀 역시도 하이네에겐 새로운 피조물로 다가왔기에 새로운 이름이 적합하다고 본 것이다.

그런데 무슈Mouche는 하이네에게 예기치 못했던 마지막 애인이 되었다. 그녀는 이미 수년 전부터 하이네의 작품을 읽으면서 언젠가는 하이네와 문학적 친구가 되었으면 하는 희망을 갖고 있었다. 그래서 그를 존경하고 자주 찾아보고 싶다는 뜻을 하이네에게 편지로 전하였던 것이다. 편지는 요금 미납의 우편물이었고, 이름도 마르고트 벨기어Margot Bellgier의 인장 약자인 M.B.로만 쓰여 있었다.[345] 이처럼 편지가 발송 날짜가 없고 발송인도 약자로 왔기에, 하이네는 스스로 익명인으로부터의 유혹에 빠진 기분이었다.

그녀와 하이네와의 첫 만남은 그녀가 마티뇽Matignon 가의 집을 잠깐 찾아왔던 1855년 6월 19일 아침이었다. 하이네는 그 순간 첫눈에 반해 벼락처럼 떨어진 사랑의 충격coup de foudre에 빠졌다. 이제까지는 그저 순박한 덕성만을 지닌 부인 마틸데Mathilde의 사랑에 젖어 있던 그가 문학적인 소양과 교양을 두루 갖춘 어여쁜 여인을 만나게 되니, 병석에서나마 애정에 대한 새로운 생기를 느끼게 되었던 것이다. 마치 '꺼져 가는 재 속에서 불길이 솟아난 듯이 말이다unter Asche noch glut.'[346]

다음날 즉시로 하이네는 그녀에게 편지를 띄웠다.

'대단히 사랑스럽고 어여쁜 여인이여! 내가 어저께 당신을 잠깐밖에 볼 수 없었던 것은 대단히 유감입니다. 당신은 이루 말할 수 없는 장점을 지닌 인상을 남기고 갔기에 다시 한 번 곧 만나 보았으면 합니다. 가능하면 내일

이든지 언제든지 시간 나는 대로 만났으면 좋겠으니, 지난번처럼 연락 주십시오. 아무 때나 나는 당신을 영접할 준비가 되어 있답니다. 나에게 가장 좋은 시간은 오후 4시부터 늦게까지 아무 때나 좋습니다. - 지금 나의 비서가 없기 때문에 내가 눈이 아픈데도 불구하고 편지를 쓰고 있답니다. - 귀도 잘 안 들리고 모두가 고통스럽답니다. 당신의 사랑스런 참여가 나에게 왜 좋았는지는 나도 모르겠습니다. 내가 미신을 믿는 사람 같군요. 이 슬픈 시간에 한 착한 요정이 방문하여 주었으니 말이지요. 당신은 정말로 적절한 때에 오신 분입니다. 그렇지 못했다면 당신은 한 나쁜 요정이 되겠지요? 나는 곧 알아야만 하겠군요.^(1855.6.20. 엘리제 크리니츠에게) **'347**

하이네가 그녀를 다시 만난 후 그녀에게 보낸 두 번째 편지에서는, 그녀가 보낸 편지가 M.B.란 약자로 보내어져 다소 의아스러웠지만 내용이 자신을 존경하고 찾아보고 싶다는 것이어서 기뻤다고 적었다. 그리고 자신의 병세가 좋지는 못하지만 만나고 싶은 마음은 간절하다면서, 익살스럽게 무슈란 별명으로 그녀를 부르며 편지를 적고 있었다. 편지 내용은 다음과 같았다.

'각별하게 섬세한 무슈^{파리}여! 무슈라 부르지 못한다면, 나는 당신을 당신의 약자 대신에 당신 편지에서 묻어 나오는 향기에 따라 부르는 게 어떨까 해요? 이 경우 나는 당신을 성스러운 사향고양이라 부르는 게 좋겠어요. - 그저께 나는 나의 머리에서뿐만 아니라 감정 속에서도 파리의 앞다리가 계속 꿈틀대며 기어 다니는 듯한 당신의 편지를 받았답니다. 당신이 나에게 보낸 애정 어린 편지에 진심으로 감사합니다!···

또한 당신을 곧 다시 만나 보게 될 것에 대해서도 기쁘게 생각해요. 나의 프랑스어판 시집이 발간되었는데 대인기랍니다. 아직 번역되지 않은 「새로운 봄^{Neue Fruehling}」 같은 시들도 몇 개월 내에 프랑스어판의 마지막 권으로 출간된답니다.··· 당신을 다시 만나게 됨을 정말로 기쁘게 생각해요!

사랑하는 영혼인 무슈여! 앙골라고양이만큼이나 부드러운 성스러운 사
향고양이가 나의 사랑스런 종류의 것들이랍니다. - 오랜 기간 나는 범고양
이도 사랑했지요.

그러나 그것은 위험하기도 하고 유쾌하지도 않았답니다. 나의 병세는 더
욱 악화되고 경련과 분노가 심해 정말로 절망적이랍니다! 이 죽은 자는 생
기 있는 인생의 향락을 목말라 갈구하고 있어요! 정말로 고통스럽습니다.
잘 있어요!...(1855.7.20. 엘리제 크리니츠에게)'**348**

하이네는 그가 접한 피조물들을 익살스런 이름으로 불렀듯이, 그녀를 무
슈^{파리}라 부르면서 그녀와의 만남을 기대하고 있었다.

무슈의 방문에 대한 인상은 하이네를 마지막으로 병문안하러 왔던 하이
네의 여동생 샤롯데 엠덴과 남동생 구스타브가 받은 인상기에 잘 소개되어
있다. 이들 남매는 1855년 11월 4일 자정에 파리에 도착하여 다음날 아침
에 하이네를 방문하였다. 그들의 만남은 참으로 걱정스러웠다. 하이네가
여전히 마비된 상태에서 고통스러워하고 있었기 때문이다.

'그는 7년간이란 세월을 바깥세상과 소외된 채 계속 육체적 고통 속에서
지내 왔다. 그래서 세속 일들이 어떻게 변화하고 있는지를 잘 알지 못하고
있는 것처럼 보였고, 완전히 자신의 고통스런 침대에서 자신만의 새로운
세계를 만들고 있는 것으로 보였다.'**349**

하이네의 병이 정말 처참했음을 구스타브는 목격했던 것이다. 샤롯데 역
시 만남에 있어서는 서로 얼싸안고 형제적 애정으로 기쁨을 감추지 못한 채
감격하고 있었으나, 하이네의 오그라든 육체와 생기 없는 하반신을 들여다
보고는 말할 수 없는 실의에 빠졌던 것이다. 하이네의 병세가 너무나 나빴
기 때문이다. 부인 마틸데도 아파하는 심정은 샤롯데와 마찬가지였다. 하
지만 무슈란 여성이 방문하고 있어 일종의 질투심에서 남편을 대하는 태도
가 덤덤하며 석연하지 못했다.

이에 동생 구스타브는 마틸데가 적극적으로 돕지를 못해서 하이네가 이처럼 병세가 악화되고 불행하게 된 것이 아닌가 하는 의구심도 가졌던 것이다. 더욱이 마틸데가 프랑스어만 할 줄 알고 독일어를 전혀 못 해 구스타브와 의사소통이 되지 못했기 때문에, 그는 마틸데에 대한 오해를 더욱 많이 하게 되었다. 그는 마틸데를 못마땅하게 여겼다. 그런데다 무슈가 와 있었기에 남매의 관심은 자연히 그녀에게 모아졌다.

하이네는 샤롯테에게, '얼마 전 보기 드문 재능과 어여쁨을 지닌 한 여성이 나를 찾아왔는데, 그녀는 슈바벤 출신의 활달한 독일 여성으로 프랑스적 정신과 독일적 내면성이 결합된 여성이다. 그리고 프랑스어를 잘해 내가 쓴 작품을 맑은 목소리로 읽어 주며 교정도 해줄 수 있는 사람이다.'고 무슈를 소개했다.

그래서 샤롯테는 그녀에 대한 호기심을 갖고 관찰해 보았다. 그런데 '나의 오빠^{하이네}가 그녀를 무슈라고 부르는 것이었다.… 사실 그녀는 정말로 사랑스럽고 젊게 보였으며, 내가 그곳에 머물러 있는 동안 참으로 정감이 갔다. 체구는 중간 정도였고 아름답기보다는 어여쁜 편이었다. 그녀의 고운 얼굴에는 갈색의 곱슬머리가 가지런히 둘려 있었다. 나지막한 작은 코 위로는 짓궂은 눈초리가 엿보였고, 말하거나 미소를 띨 때마다 진주 같은 치아들이 보이는 작은 입을 갖고 있었다. 손과 발은 작고 아리따웠으며, 그녀의 모든 동작은 이루 말할 수 없이 우아했다.' …

'무슈는 매일 몇 시간씩 하이네한테 와 있었다. 그리고 이 활달한 작은 여성에 대한 하이네의 존경이 유감스럽게도 마틸데에게 결국에 가선 분노로 변하게 하리만큼 병적일 정도의 질투를 불러일으켰다. 하이네의 소망은 가끔 무슈도 점심 식사를 함께하기 원했는데, 마틸데는 이를 막무가내로 거절했다. 무슈의 친절한 인사에도 마틸데는 무응대로 냉랭했다. 그녀가 병실에 들어오면 즉시로 마틸데는 병실을 떠나곤 했다.' …

그런데 샤롯테는 '12월 초[1855] 함부르크로부터 아이들이 갑작스럽게 병이 났다는 소식을 듣고 되돌아가야만 했다. 그래서 미리 주치의 그뤼비 박사[Dr. Gruby]에게 하이네의 병세가 어떠냐고 물었다. 그랬더니 그는 나를 안심시키려, 당장에는 어떤 일이 일어나지는 않겠고 앞으로 2-3년은 더 버틸 수 있을 것이라 말하는 것이었다.'[350]

이런 위안의 말을 듣고 돌아간 샤롯테는 후일 무슈[Mouche]와 친근한 우정도 갖게 되었고, 하이네가 무슈를 사랑하고 있었음도 상황적으로 파악하고 있었다. 그리고 무슈에 대한 하이네의 사랑스런 관계는 그녀에게 보낸 여러 편지에서 잘 입증이 되고 있다.

'귀여운 분이여! 나에게는 오늘 말할 수 없는 두통이 있답니다. 내일도 마찬가지로 아플 것 같군요. 그러니 내일 아침[쉬는 날]에는 오지 마시고 월요일에 오기를 간청합니다.' … '나는 눈물겨운 가을의 마지막 꽃인 그대를 동경하고 있답니다. 성스러울 정도로 바보스런 여인 그대를 말이오!- 나는 멋있고 부드러운 그대를 존경스럽게 여기고 있습니다. - 유감스럽게도- 나의 형제는 나의 죽음에 대해서만 떠들고 있는데 곧 오시기를 기대합니다 (1855.11.10. 엘리제 크리니츠에게)'[351]

1855년 12월, 하이네의 병세가 아주 좋지 못했다. 파리 박람회를 보러 온 독일 친지들도 만일 하이네가 죽을 경우 장례식에 참여하고 돌아가야겠다는 생각에서 귀국을 늦추고 있을 정도로 악화되었다. 그래서 무슈가 그를 방문할 수 있는 날짜도 유동적이었다. 따라서 유동적인 만남에 대해 사죄하는 뜻에서 하이네는 정초에 신년 인사와 함께 초콜릿과자 한 상자를 무슈에게 보내면서 사랑한다는 편지를 전한다.

'집사람이 그대를 평가하는 것과 관계없이 나는 그대를 사랑합니다. 그대는 나의 사랑스런 무슈이며, 내가 그대의 정신적인 애교나 우아함을 생각할 때마다 나의 고통이 줄어드는 듯 느껴집니다. 유감스럽게도 나는 그대에게 기념적인 좋은 말 외에는 할 말이 없군요. 새해의 소망을 기원한다는 말! 말!- 그 외에는 더 이상 말할 수가 없어요. 혹시 내일 내가 그대 무슈를 볼 수 있을는지는 추후 알려 드리겠어요. 그렇지 못하다면 모레^{목요일}쯤 만납 시다^{(1856.1.1(화요일). 엘리제 크리니츠에게)} **'352**

그러나 그의 병세가 여의치 못해 다시 만남을 연기하겠다는 편지를 적는다.

'사랑하는 영혼이여! 나는 지금 대단히 처참하답니다. 24시간 내내 기침만 해서 두통이 오늘 심하며 내일도 마찬가지겠어요.- 그러니 간청하건데 귀여운 무슈여, 내일^{목요일} 대신 금요일에 오십시오.- … 대단히 불안한 상태랍니다! 나는 거의 걱정과 참을 수 없는 고통 때문에 미칠 것 같습니다. 나는 마치 동물 학대 단체에 의해서나 가해질 수 있는 무서운 고통을 나에게 주고 있는 사랑스런 신에게 호소하고 싶습니다. 그럼 금요일쯤 만나기로 예정합시다. 귀여운 무슈 생각에 키스를 전합니다^(1856.1.2.수요일 3시. 엘리제 크리니츠에게) **'353**

이런 만남이 이어지다가 1856년 1월 22일에도 다시 그녀와의 만남을 연기하는 편지가 있다. 여기에서는 그녀를 '사랑하는 헬로이제^{Heloise}!'라 불렀다.

'나는 여전히 두통 속에 파묻혀 있답니다. 혹시 내일^{수요일}쯤이나 되면 끝날지 모르겠으니, 사랑스런 무슈여 모레^{목요일}쯤이나 만나도록 하지요. 이 무슨 걱정거리랍니까! 내가 이 정도로 병들어 있답니다! 나의 머리는 정신 착란으로 가득하고, 나의 마음은 비애로 가득 차 있답니다. 한 시인이 자신을 조롱이나 하는 듯 보이는 행복의 충만 속에서 이처럼 비참하게 된 경우는 없을 것입니다! 나는 모든 그대의 성스러움으로 생명력 있게 살아나야 되겠다는 생각을- 상념 속에서나마- 갖고 있답니다. 이러한 생각이 그대가 나로부터 가져갈 수 있는 모든 것이랍니다. 가엾은 처녀여! 잘 있으시오 ^(1856.1.22. 엘리제 크리니츠에게) **'354**

그리고 다음 날 다시 편지를 보냈다.

'사랑하는 무슈! 나는 대단히 고통스러워 죽을 것만 같아요. 오른쪽 눈도 닫히고 더는 쓸 수도 없네요. 하지만 나는 귀여운 그대를 대단히 사랑하고 그대를 생각하고 있답니다. 그대가 쓴 단편 소설은 전혀 싫증도 나지 않고 앞으로의 좋은 희망을 주고 있습니다. 그대는 겉으로 보이는 것처럼 둔한 사람이 아닙니다. 모든 기준 이상으로 우아하며 나의 감성을 기쁘게 해준답니다. 내일 그대를 보게 될는지? 나는 아직도 모르겠어요. 나의 병세가 좋아지지를 않으니. 그대는 가부간 소식을 접하게 될 거에요! 눈물만 나오는 착찹한 심정이랍니다. 나의 심장에는 경련이 있고 하품만 나는 나의 장취병Baillement은 참을 수가 없군요. 나는 죽거나 그렇지 못하다면 차라리 손발을 닦아 줄 필요가 없는 침울한 불도그가 되었으면 합니다(1856.1.23.수요일 1시. 엘리제 크리니츠에게) '355

그러고는 다음날 또다시 소식을 전했다.

'사랑하는 무슈! 나는 대단히 나쁘고 나쁜 밤을 비탄 속에 보냈어요. 거의 용기도 잃었답니다. 나는 내일 아침 그대의 재잘거리는 목소리를 듣게 될 것으로 생각하지만, 내가 처음으로 사랑했던 침울한 불도그처럼 나는 감상적이 될 것입니다. … 하지만 그대는 이해하지 못할 것입니다. 그대는 순진한 처녀이기에(1856.1.24. 엘리제 크리니츠에게) '356

마지막으로 보낸 1856년 2월 14일자 편지에서는 단 한 줄로, '사랑하는 이여! 오늘목요일은 오지 마시오. 편두통이 이루 말할 수 없답니다. 내일금요일 오시오.'라고 적었다.357 결국 하이네는 며칠 후 2월 17일에 세상을 떠났다. 그러므로 그녀가 하이네를 마지막으로 만나 본 날짜는 1856년 2월 12일 화요일이 되고 말았다.

이처럼 하이네는 자신의 고통스런 병세 때문에 그녀와의 만남을 연기하는 경우가 많았다. 하지만 그녀의 천진스럽고 귀여운 태도에다 교양을 갖춘 어여쁜 여인상 때문에 그녀를 성스럽게 동경도 하고 사랑했던 것이다.

그래서 만남 당시 27세가 되었던 그녀를 귀여운 애칭으로 '무슈'라 하고, '나의 영혼이여!'나 '연꽃이여^(1856.10.7. 편지에서)' 또는 '헬로이제^{Heloise}여^(1856.1.22. 편지에서)!'라고 불렀던 것이다. 그러나 날이 갈수록 병세는 악화되어 그녀가 더 이상 사랑할 수 없는 연인이 되고 보니, 그저 딱하게만 보인 그녀를 '가엾은 처녀여!', '순진한 처녀여!', '바보스런 여인이여!' 하는 애처롭고 익살스런 어휘로 편지 끝을 마감하여야 했던 것이다.

사실 이들의 관계는 하이네가 죽기 8개월 전인 1855년 6월 그녀가 하이네의 시를 번역하여 그에게 읽어 주려고 방문한 것이 예기치 못한 애정으로 발전하였고, 그가 죽기 직전 한 달이란 짧은 기간을 마지막 연인이 되었던 것이다. 이처럼 하이네의 애정은 예측 못 했던 일이었기에, 사랑의 이면에는 쓰디쓴 슬픔도 함께하고 있었다. 하이네는 이 짧은 기간 동안^{1855.6.20-1856.2.14} 25번의 편지를 그녀에게 쓰면서 '애처로운 가을의 마지막 꽃인' 그녀를 사랑하고 연모하며 동경했던 것이다^(1855.11.10. 편지에서).

'나는 죽을 것 같은 환자로 그대를 사랑하며 진정 어린 사랑을 하고 있어요^(1855.9.25. 엘리제 크리니츠에게).'**358** '나는 무슈에 대한 생각을 중단해 본 적이 없어요. 하지만 오늘도 내일도 그대를 볼 수 없군요. 내가 대단히 병이 들어 있기에… 나는 볼 수도 없고 쓸 수도 없답니다^(1855.11.20. 엘리제 크리니츠에게).'**359** '사랑스런 고양이여! … 그대가 자주 오면 올수록 나는 행복해질 것이에요. 그대의 자그마한 날개로 그대가 나의 코 주위를 팔랑거리고 날아드는 듯하답니다^(1855.10.2. 엘리제 크리니츠에게).'**360** 하고 사랑을 전하였다.

그뿐만 아니라 그는 무슈에 대한 시를 죽기 1개월 직전에 5개나 남겼다. 그녀를 알게 된 직후부터 하이네에게 있어서는 그녀가 어둠 속의 빛이었고 생기와 기쁨을 주는 연인이 되었다. 그래서 하이네는 그녀에 대한 동경의 집념으로 묶인 한 쌍의 연모자가 되었다. 이에 「무슈에 바치는^{An die Mouche}」이란 첫 시에서부터 이러한 연인 생각으로 사로잡힌 마음의 속박 상태를 표출시키고 있는 것이다. 이들 시는 1855년 7월과 1856년 1월 사이에 창작된 것으로 추측된다.

그 가운데 첫 시를 소개하면 다음과 같다.

나의 생각 구속은 그대에 묶여 있으니

내가 생각하고 느끼는 것

그대도 생각하고 느껴야만 하지─

나의 정신에서 떠날 수는 없을 것이라네.

한 미묘한 숨결의 혼이란

한 지배자^{Dominus}, 정신인데^{룻기 2장 4절과 누가복음 1장 28절에 의한 주 여호와를 지칭한다고 함}

최고위층의 유령 군단 속에 있지;

이러한 지배자는 뱀의 요정도 존경한다네.

항시 그대는 그의 달콤한 숨결에 스며들어서

그대가 있는 곳에 그도 있지

더욱이 그대는 침실에선 안전하지 못할 것이야

그의 키스와 킥킥 하는 웃음 때문이라네.

나의 육체는 무덤 속에 놓여 있으나,

나의 정신은 아직도 살아 있어

집의 요마^{집귀신}처럼

그대의 마음과 나의 애정 속에 함께 살 것이네.

믿을 만한 보금자리 그에게 주어진다면,

그대는 그 괴물을 떨어내지도 못할 것이고,

작은 노상강도도 떨어내지 못해,

그대는 중국이나 일본으로까지 도망칠 것이라네!

그대가 여행하는 모든 곳에선

그대의 마음속엔 나의 정신이 자리하게 되겠기에

이곳에서 그는 자신의 멋있는 꿈들을 꾸며

자신의 재주를 넘고 있을 것이네.

그대는 듣고 있는가? 그가 지금 음악 연주를 하고 있는데-

그의 현악과 노래는

그대의 속옷에서 즐겁게 지내는 벼룩도,

너무나 기뻐서 뛰쳐나오게 할 것이라네.[361]

  이렇게 무슈에 대한 시인의 사랑은 뱀의 요정도 존경할 만한 요마 같은 미묘한 유혹의 힘을 지닌 마력으로 생각되었다. 그들 서로가 이러한 마력을 통해 떨어질 수 없는 한 쌍의 연인이 되었음을 예증하고 있는 것이다.

  여기서 미묘한 마술적 힘이란 괴테 「파우스트」에 나오는 메피스토와 같은 유혹의 힘을 지닌 악마의 혼을 의미하기도 한다. 시인은 이러한 혼이 '유령 군단에 속해 있는' 하나의 지배자Dominus의 영혼 가운데 하나로 보는 '미묘한 숨결의 혼'이나 '집터를 보호해 주는 집귀신' 같은 영적 혼으로 비유하여 풍자하고 있다. 그런데 하이네는 이러한 요마 같은 마력의 힘으로 무슈를 사랑하게 된 배경을 자신의 꿈의 세계에서 음악을 통한 축제적 환상으로 구현시키고 있다. 그렇게 함으로써 자신이 무슈를 사랑하게 된 동기가 말로는 표현할 수 없는 어떤 영적 동력에 의해 이루어진 것임을 보여 준다. 그 마력이 악마의 힘이건 진정한 사랑의 정신적 힘이건 관계없이 말이다. 즉 '유령 군단에 속해 있는' 어떤 절대자적 영혼의 힘에 의해 예기치 못한 사랑이 이룩되고 있었음을 암시한 것이다.

「무슈에 바치는」 이들 시는 하이네가 죽은 후 그가 남긴 유작들을 무슈가 간직했다가, 이들 가운데 3편을 먼저 알프레드 마이스너^{Alfred Meissner}에게 1856년 8월 11일자로 보낸 편지와 함께 소개하면서 출판되기를 희망하였다. 그리고 1868년부터 그녀가 파리에서 알게 된 작가 에른스트 에크슈타인^{Ernst Eckstein}과 출판인 칼 폰 레히텐^{Karl von Rechten}에게 하이네에게서 받은 25편의 편지와 6편의 시들을 함께 묶어 회상록으로 출판되기를 간청하였다 _(1882. 5. 28. Elise Krinitz an Karl. v. Rechten.).

그런데 무슈가 간직했던 6편의 시는 현재 5개만 발표되었다. 하나는 「무슈를 위한」 장편시 「한여름 밤의 꿈」 구절에서 일부 상실되었거나 삭제된 것으로 추정된다.[362] 그리고 이들 시는 하이네가 죽은 다음 발표되었기에 연구자들에 의해서 상이하게 편집되고 있다. 빈트퍼 교수만이 「무슈에 바치는」 시라는 제목에 모든 것을 함께 모아 편집하고 있다.

무슈가 이러한 유작들을 간직하면서 하이네와의 만남을 회상한 기록에 따르면, 확실히 그들의 만남은 처음부터 '진심으로 서로가 정신적으로 순수하게 묶여 있었고 방해되는 그늘로 인해 슬퍼해 본 적이 전혀 없었다. 왜냐하면 만남의 첫 순간부터 오해의 가능성이란 그들 간에 완전히 배제되어 있었으며, 그릇된 판단 때문에 오는 두려움도 전혀 없이 있는 그대로의 순수함으로 서로 알고 보여 주고 있었기 때문'이다. 그래서 '그들의 관계는 서로 멀리 떨어져 있으면서도 느낄 수 있는 이루 말할 수 없는 독특한 매력과 서로의 존경심을 얻고 있었다.'[363]

이러한 이유로 하이네는 자신이 비록 고통 속에서 신음하고 있으면서도 그토록 그녀를 간절히 연모하게 되었고, 만나보고 싶은 마음과 만남의 기다림을 인내로 감수할 수 있었던 것이다. 그가 고통스러운 마음으로 무슈를 기다리고 있던 하루하루는 마치 예수가 십자가에 못 박혀 수난을 당했던 순교자적 괴로움의 나날과 같았다. 그래서 그의 수난은 어찌 보면 자신의 고통을 시험해 보려는 신의 유희로 풍자되기도 했다. 그는「무슈에 바치는」 시에서 예수의 수난과 같은 자신의 고통스러움을 다음처럼 표현하고 있다.

타오르는 집게로 나를 꼬집게나,
무섭게 나의 얼굴에 상처 입히게나;
나를 매질하고, 태형토록 하게나,
하지만 나 자신 기다리고 기다리게 하지만은 않았으면 하네!

온갖 방법으로 고문하고
나의 발이 부러지고 탈골되도록-
하지만 헛되이 기다릴 수만은 없다네,
기다림이란 가장 심한 고통이기 때문이네!

6시까지 오후 동안을
어저께 나는 기다렸으나 헛되었어-
헛되었어- 그대 마녀는 오지를 않았으니,
그래서 나는 정말로 미칠 것만 같았다네!

초조함에 나 자신 뱀처럼
감싸여, 매 순간
벨 소리 울리면 벌떡 일어났지-

하지만 그대는 오지 않아 나는 되돌아 넘어졌다네!

그대는 오지를 않아- 나는 사나워지고 분노해,
그리고는 악마 사탄이 나의 귀에 속삭이니;
성스러운 연꽃이여, 나는 믿기를
그대의 옛 뇌신雷神이 나를 놀리는 듯했다네![364]

  기다림에 대해 실망을 한 듯, 기다림의 고통을 체념과 이로니[irony]로 소화시키고 있다. 하지만 하이네는 다른 높은 차원에서 그녀를 달빛 아래 연꽃으로 연모했고, 꺼져 가는 불의 마지막 불씨를 다시 지피려 했다. 그러한 애정이 바로 후일에 창작된 「무슈에 바치는」「연꽃」[1855.9-1856.1]에서 다음처럼 표출되고 있는 것이다.

참으로 우리들 두 사람은
묘한 한 쌍을 이루고 있지
연인은 발이 약하고
연모자는 마비되어 있다네.

연인은 고통스런 고양이고
연모자는 개처럼 병이 나 있으니;
나는 머릿속에 믿기를 두 사람은
각별히 건강하지 못한 것이었다네.

그녀가 연꽃일 것이라고
연인은 망상하고 있었겠지;

하지만 창백한 친구, 그는,
달일 것이라고 억측하고 있었다네.

그들의 영혼들은 서로가 신뢰하고 있었겠지,
하지만 서로는 낯설며
서로 느낀 것은
영혼과 속옷 사이였다네!

연꽃은 피어 있고
꽃받침은 달빛 아래 있었지;
하지만 열매 맺은 인생 대신
연꽃은 하나의 시詩만을 환영하고 있었다네!³⁶⁵

연모자는 달빛 속의 연꽃을, 연인은 시인의 시를 환영하고 있는 한 쌍의 묘한 연정 관계가 되었음을 노래하고 있다. 이처럼 시인이 자신의 마지막 연인을 사랑하고, 연인은 시인의 시를 연모하는 연정 관계를 「연꽃」에서 노래하였다면, 다음 시 「무슈를 위하여」에서는 시인이 '한여름 밤의 꿈에서' 투병 생활로 인해 쇠진한 자신의 처절한 상황에서 이젠 애정의 구원세계도 단념하고 체념하여야 할 허무주의적 상황에 이른다. 따라서 시인은 예수의 수난사를 상징한 '수난의 꽃'인 죽음의 세계에서 구원의 세계를 얻었으면 하고 죽음의 세계를 편력한다. 죽음의 세계야말로 고통 없는 무언의 세계이기에, 투병 때문에 오는 자기 자신과의 싸움에서 해방되고 구제될 수 있는 평화로운 세계로 보았기 때문이다.

하이네는 절대적 구원 세계를 추구하는 자신과의 영적 투쟁을 역사적 정신적 싸움에 비유하기 위하여 죽음의 세계를 편력하였다. 그러면서 고대 그리스의 헬레니즘과 유대교 초기의 기독교적 나자레티즘과의 대립적 투쟁을 역사적 흔적들을 통해 추적해 보기도 하고, 아름다운 미와 진리 간의 싸움을 시인의 영적 꿈속에서 펼쳐 보기도 한다. 그러다 종국에 가서는 투쟁이란 혼란스런 싸움 소리에 놀라 소스라쳐 꿈에서 깨어나는 것으로 시는 끝을 맺는다. 결국 그는 병고의 투쟁에 지쳤기에 평화로우며 환상적인 마술 세계, 죽음의 세계에서 구원을 얻을 수 있지 않겠는가 하는 심리적 희망을 표출하고 있는 것이다.

그래서 이 시의 첫 구절은 고대 문화의 석주와 석상들이 파손된 채 흩어져 있는 고대 르네상스 시대의 폐허로부터 읊어지고 있다. 폐허에 놓인 석관에는 시인의 정신에 담겨 있는 상반된 두 개의 위대한 영적 세계 전통을 대변하는 인물들이 조각되어 있다. 이들은 고대 그리스 신화와 나사렛 성서 이야기의 두 사상에서 나오는 전설적 인물상이었다.

시의 한 구절에는 올림포스의 방자한 신들이 사방에서 춤을 추는 모습들로 조각되어 있는가하면, 다른 시 구절에서는 아담과 이브가 무화과나무 잎으로 수치스러움을 가리고 있는 모습이 펼쳐진다. 트로이 왕 프리아모스Priamos의 아들 파리스Paris가 메넬라오스Menelaos의 처 헬레네Helene를 유혹함으로써 트로이 전쟁이 발발한 모습들도 조각되어 있었고, 모세Moses와 그의 형 아론Aaron의 모습도 보였다. 석관 아래에는 아모르Amor와 아폴로Apollo, 바커스Bacchus와 비너스Venus 등 고대 그리스 신화에서 나오는 신들과, 시나이 산에서 토라를 영접하고 있는 이스라엘 사람들 그리고 구약성서에 나오는 페르시아 왕 크세르크세스Xerxes의 왕비 에스더Esther와 페르시아의 최고 사령관인 하만Haman이나 유디트Judith, 홀로페르네스Holofernes 같은 인물들도 폐허의 조각상에 등장한다. 그리고 고대 로마 신들인 세속 신 플루톤Pluton이나 강물·바다의 신 넵투누스Neptunus, 상업의 신 메르쿠리우스, 풍요의 신 프리아포스Priapus 등의 조각상까지 나타남으로써 고대 그리스의 신화적 인물 이야기와 성서적 인물 이야기를 대립시키고 있다. 이는 고대 신화에 나오는 헬레니즘과 성서적 나자레티즘의 정신사적 투쟁을 암시하고 있는 것이었다.

그러더니 갑자기 시인은 꿈의 장면을 바꾸어 예수의 수난사를 상징하는 '수난의 꽃'을 계시하고, 자신의 고통스런 모습을 표출시키는 것이다. 하지만 이러한 수난의 투쟁에서 오는 아픔 때문에 깨어난 시인이 꿈속에 피어오른 '수난의 꽃'을 보니, 그 꽃은 달빛 아래 피어오른 아름다운 연꽃이었으며, 그 꽃이 다시 아름다운 여인으로 변하여 그에게 다가서는 것이었다.

'아, 참으로 꿈의 마술이었지!' 달빛 아래 영적으로 빛나고 있는 그 꽃이 아름다운 여인으로 변하다니, '그대가 그 꽃, 사랑했던 소녀였군 그래.' '그렇게 부드러운 꽃의 입술은 본 적이 없었지.' '그렇게 불꽃처럼 타오른 꽃의 눈물도 본 적이 없었을 것이라네.'[366] 하며 감격한다. 여기서 꿈속의 꽃을 노래한「무슈를 위한」시를 소개하면 다음과 같다.

어느 여름날 밤 나는 꿈을 꾸었지
꿈속엔 휘황찬란한 달빛 아래 창백하게 풍화된
건축물이 놓여 있고, 르네상스 시대의 폐허로부터는
옛 화려한 잔해들이 비치고 있었다네.

여기저기엔 도리스풍의 주춧돌과 함께
폐허엔 하나하나의 돌기둥이 솟아
천공을 높이 쳐다보고 있으니
이들이 마치 뇌신雷神의 화살번개 빛이라도 조롱하는 듯했다네.

땅 위 사방엔 파손된 잔해들이 흩어져 있고
현관문이나, 지붕 머리에는 조각과 함께

그곳엔 사람과 동물도 섞여, 켄타우로스와 스핑크스,
사티로스, 키메라^{그리스 신화 속의 괴물들}, 우화 시대의 모습들이 조각되어 있었다네.

또한 많은 여성들의 석상도 이곳에 놓여 있고
성스러운 잔디엔 잡초만 무성하니;
가장 나쁜 매독 시대인, 그 시대가,
고귀한 님프 여신의 코 조각도 훔치어 갔는가 보네.

한 열려 있는 대리석 석관은
전혀 파손됨이 없이 폐허 속에 놓여 있고,
동시에 관 속엔 상처 입지 않은
죽은 남자 고통스러워하면서도 부드러운 용모로 누워 있다네.

목을 내밀고 굽어보는 여인상의 석주들도
기념비로 생각되는 듯 보였는데;
기념비의 양쪽엔
대가들이 양각한 모습들이 조각되어 있었다네.

이곳에선 올림포스 산^{그리스 신들이 모셔진 산}의 성스러움을 보았다네
경박한 이교도의 신들과 함께;
아담과 이브도 이곳에 서 있었고 이들 둘은
무화과나무 잎의 순결한 가리개를 지니고 있었다네.

이곳에선 트로이의 멸망과 불탄 잔해가 보였고
파리스와 헬레네, (트로이 전쟁 영웅) 헥토르도 역시 보였다네,

모세와 아론도 바로 그들 옆에 서 있었고
유디트와 홀로페르네스, 하만도[367] 있었다네.

이들과 함께 사랑의 신 아모르도 볼 수 있었고
포이부스 신인 아폴로 신과, 불카누스 신, 비너스 여신,
플루톤 신과 프로세르피네 신, 메르쿠리우스 신,
바커스 신과 프리아포스 신, 실레노스 신도[368] 볼 수 있었다네.

그 옆엔 발람의 나귀도 서 있었는데
(나귀는 할 말을 발람에 했었지)
그곳엔 또한 아브라함의 시험이나
롯이 딸들의 술 유혹에 취해 있음도 볼 수 있었다네.[369]
………
………
………

그 옆엔 시나이 산도 볼 수 있었고
산에는 이스라엘 사람들이 그들의 황소들과 함께 있었다네;
어른들이 어린애처럼 사원 속에 서 있는 것도 보았는데,
그들은 정교도들과 논쟁을 하고 있었다네.

이곳에선 상반된 이들이 한 쌍이 되어 날카롭게 대립하고 있었지;
그리스인들의 즐거운 감성과 유대인들의 신의 사상이!
그리고 아라비아 양식으로
이들 둘은 댕댕이덩굴로 휘감겨 있었다네.

하지만 정말로 멋있었어! 이러한 모습들이나
영상 작품들을 꿈꾸며 관찰하는 동안
갑작스럽게 나에게 떠오른 생각은, 나 자신이
그 아름다운 대리석 석관에 누워 있는 죽은 사람이었다네.

하지만 내가 누워 쉬는 장소의 머리맡엔
하나의 꽃이 신비스런 모습으로 서 있었는데,
꽃잎들은 유황색에 비올라색,
그러나 그 꽃엔 격렬한 우아함이 지배하고 있었다네.

국민들은 이 꽃을 수난의 꽃이라 부르지
그리고 말하기를, 이 꽃은 골고다에서 싹터 올랐다고 하네,
바로 사람들이 하나님의 아들을 십자가에 못 박고
그곳에서 세계를 구원하는 그의 피가 흘렀을 때 말이네.

순교자는, 결국, 이러한 수난의 꽃이 되고
모든 고문 도구들은
형리에 의해 순교자에게 사용되었으니
성배에 모사되어 전해지고 있다네.

그래, 수난에 사용된 모든 소도구들이
이곳에 보이니, 전체가 고문실이었지;
예를 들면, 채찍이나, 밧줄, 가시 면류관,
십자가나, 성배, 못이나 해머들이었다네.

그러한 하나의 꽃이 나의 무덤가에 서서
나의 시체 너머를 굽어보고
슬퍼하는 여인처럼, 나의 손에 키스하고,
나의 이마 나의 눈에 암담한 침묵으로 키스하고 있었다네.

참으로 꿈의 마술이었어! 묘하게도
이 수난의 꽃인, 유황색의 꽃은
한 여인상으로 변하는 것이었어-
그리고 그 여인상은 사랑하는 연인 그녀와 똑같은 여인이었다네.

그대는 꽃이었어, 그대는 사랑하는 소녀였어
그대의 키스에서 나는 그대를 알았지-
그렇게 부드러운 꽃의 입술은 없었을 것이야
그렇게 불타오른 꽃의 눈물도 없었을 것이라네!

나의 눈은 감겨 있어도, 나의 영혼은
항시 그대의 얼굴 바라보고 있었지;
그대도 나를 바라보고 있었지, 행복하고 황홀하게
그리고 달빛에 요정처럼 빛나고 있었다네,

우리는 말을 하지 않았지, 하지만 나의 마음은
그대가 묵묵히 심정적으로 생각하는 것을 엿듣고 있었지-
표현된 말은 부끄러움이 없었고,
침묵은 사랑의 순결한 꽃이었다네.

그리고 이러한 침묵이 얼마나 능변이었는지!
모든 것을 은유도 없이 말하고,
가리개 무화과나무 잎이나, 술수도 전혀 없이 말하였지
수사학의 화음이나 음절의 억양에 있어서 말이네.

소리 없는 대화였어! 거의 믿기지를 않아,
말없이 사랑스런 애정을 속삭이는데,
즐거움과 전율로 엮어진, 여름밤의 아름다운 꿈속에
시간이 그렇게도 빨리 흘러갔으니 말이네.

우리가 무슨 이야기를 했는지? 묻지를 마라, 아!
개똥벌레에게 물어봐라 왜 풀숲에서 반짝거리는지를?
물결에게 물어보라 왜 여울가에서 졸졸거리며 속삭이는지를?
서풍에게 물어보라 왜 흐느끼며 윙윙 불어오는지를 말이네.

물어보라 왜 석류석^{홍옥}은 빛을 내는지?
물어보라 왜 달맞이 제비꽃이나 장미는 향기를 풍기는지?
하지만 절대로 묻지를 마라 왜 달빛 아래서
수난의 꽃과 죽은 자가 애무를 하느냐고 말이네!

나는 모르겠어 얼마나 오랫동안
잠이 쏟아지는 서늘한 나의 석관 속에서
아름답고 평화로운 기쁨의 꿈을 즐겼는지를- 아,
이젠 나의 조용한 안식^{휴식}의 기쁨도 사라지고 말았다네!

오 죽음이여! 그대, 그대 무덤에 스며든 정적만이,
우리에게 최상의 환희를 줄 수 있었지-
어리석고 바보스런 인생은 행복을 위해
우리에게 열정의 경련과 안식 없는 쾌락만을 주었다네!

참으로 슬프구나! 달콤한 행복이 사라졌으니,
갑자기 밖에서 소동이 일어난 때였어,
욕지거리 하며 때리는 황량한 싸움이었지-
아! 나의 꽃은 이 광란을 위협으로 쫓아냈다네.

그래, 밖에서는 거친 분노의 소리가 나고
말싸움과 손찌검 욕설이 일어났지!
나는 여러 목소리를 알고 있었는데-
이는 나의 묘비 평면에 부각되어 있는 것이라네.

옛 신앙의 망상이 묘석 속의 도깨비일까?
그리고 이러한 대리석 허깨비들도 논쟁을 할까?
분노하는 숲의 신 목신牧神의 경악스런 외침은
파문당한 모세 아나테마의 외침과 거칠게 다투고 있었다네.[370]

오 싸움은 그칠 줄 몰라,
항시 진실은 미美와 다투고,
항시 인간의 무리들도 갈라져
이방인비그리스인과 헬레네인의 두 파로 나누어졌다네.

저주와 욕설 소리! 끝날 줄 몰라,

이러한 다툼은 지루한 것들이었지!

한때 나귀와 발람의 다툼도 있었지만

나귀가 신들이나 성자들보다 더 큰소리 내었다네.

이-아ㅡᴬ!이-아ㅡᴬ! 서투른 울음소리로 흐느끼는

구역질 나는 이 불협화음과 함께

그 바보스런 동물이 나를 거의 절망에 빠뜨리어-

끝내는 나 자신도 고함을 치게 되었으니- 나는 (꿈에서) 깨어나고 말았다네.[371]

이렇게 결국 꿈속의 시인도 '깨어나고' 말았다는 마지막 시어로 끝을 맺고 있다.

시인은 꿈속에서 처음부터 고전적 그리스 신화와 초기 그리스도교적 성서 문화에서 오는 많은 인물들의 조각상을 폐허의 잔해로부터 편력하며, 그리스적 헬레네인과 이방인 그리스도교적 나사렛 인간의 화해할 수 없는 영원한 싸움을 서정적 감정으로 회상하고 있다. 더욱이 여러 조각상으로 화려하게 장식된 석관 속에 누워 있는 시인은 영원히 도달할 수 없는 연인의 모습으로 변모한 수난의 꽃과 속삭이며 죽음의 평화스런 세계를 동경한다.

하지만 수난의 꽃은 독일 낭만주의에서 무한한 죽음의 세계를 상징하는 꽃일 뿐만 아니라, 예수 그리스도의 순교자적 수난을 상징하는 꽃이기도 하다. 그리고 바로 시인 자신에 있어서는 투병을 통한 죽음으로의 구원을 염원하는 순교자적 염세주의를 의미했다. 그러므로 고통스런 시인은 무덤 속에서나마 침묵과 적막으로 감싸인 영원한 안식을 얻으려 한 것이다.

그런데 폐허의 석관 속에서는 헬레니즘과 나사렛 사상 간의 싸움이나 예술과 종교, 미와 진리 간의 싸움 소리만이 들리고, 발람의 나귀 소리도 지나친 소음으로 들린다. 이를 역겨워 한 죽음의 시인은 고요한 죽음의 세계에서 소스라쳐 깨어나고 만다.

물론 싸움 소리 때문에 거의 절망 상태에 빠진 시인이 어쩔 수 없는 염세적 체념 상태에서 이를 극복하기 위해 '스스로 고함치며 깨어나기도' 했다. 하지만 시인이 깨어난 또 다른 이유는 병고와 사경을 헤매는 자신의 투병 생활 때문만이 아니라, 자신이 평소에 추구했던 조화로운 인간의 이상이나 윤리적 인간의 이상, 미학적 인간의 이상 들이 그러한 싸움 때문에 계속 충돌하고 말았기 때문이다. 따라서 이를 실현시킬 새로운 도전 의식으로 시인이 '깨어나고 말았다'는 세계관적 의미가 있다.

그것은 하이네가 평소에 추구했던 정—반—합의 종합적 이상주의 철학이 대립적 투쟁이란 비극적 역사성 때문에 이룩되지 못했음을 아쉬워하는 감상적 세계관이 내포된 것이다. 바로 이러한 이룩될 수 없는 세계관의 절망적 아쉬움 때문에 시인도 꿈속에서나마 무슈에 대한 애정과 조화로운 삶에 대한 세계와 고별하고 죽음의 세계를 동경한 것이다.

이 시의 커다란 주제 가운데 하나는 '수난의 꽃'을 통해 연인을 연모하는 애절한 애정시의 성격이고, 또 다른 하나는 개인적 체험과는 상이한 역사적 잔해를 통해 헬레니즘과 나사렛 기독교 간의 사상적 투쟁 흔적을 돌이켜보는 회고적 성격이다. 하지만 이 두 주제의 공통적 접촉점은 죽음의 동기라 보겠다. 결국 하이네는 이 시를 통해 애정이나 사상의 갈등, 병고의 투쟁 생활을 체념하고, 죽음의 세계에서 구원되려는 비극적 세계관을 아이러니하게 죽음의 석관 속에서 술회하고 있는 것이다.[372]

그런데 이 시를 남긴 하이네는 몇 주 후 죽고 말았다. 그의 마지막 나날들을 지켜본 간호인 카트린 브로이Catherine Bourlois는 하이네의 동생 구스타브에게 그의 마지막 날을 다음처럼 전하고 있다.

'하이네는 밤을 침대에 앉은 채 보냈다. 나는 한순간도 그를 떠나지 못하고 처방된 약물을 한 방울 한 방울씩 먹도록 했다. 2월 13일 수요일, 가련한 그는 그간 일주일 동안 중단했던 일들을 6시간에 걸쳐 작업했다. 나는 좀 쉬라고 그에게 간청하기도 했다. 하지만 그는 내 말을 듣지 않고 말하기를, 자신이 4일간이나 더 일해야 작품이 완성될 것이라 했다. 그는 문학적인 것에 대해서는 전혀 나에게 말한 적이 없다. 목요일[14일]에는 더 강렬한 두통 때문에 그는 고통스러워했다. 우리는 이를 그의 편두통으로 알고 있었다. 하이네는 자기 어머니에게 편지를 못 쓰고 있음을 자책하고 있었다. 그가 귀한 어머니에게 편지도 못 하고 있으니 말이지 하며 한탄하는 것이었다.

2월 15일 금요일, 나는 좀 걱정스런 예감이 들었다. 그래서 아침 9시에 그뤼비[Dr. Gruby] 박사에게 갔으나, 그가 부재중이어서 오후에 이웃에 사는 나이 많은 의사를 불렀다. 그는 30분마다 환자에게 오렌지 꽃 차 반 잔에 비쉬[Vichy] 광천수를 마시도록 하고, 매번 한 방울의 아편도 함께 타 마시도록 처방했다. 그리고 그뤼비 박사에게는 오해가 없도록 그분이 안 계셔서 자신이 응급 처방을 했다고 전해 달라 간청했다. 나는 내 마음대로 차 한 잔을 마시도록 했으면 했다. 저녁때나 되어서야 그뤼비 박사가 왔다. 그는 그 차[Tee]를 치우더니 다른 약을 처방하고, 위가 있는 복부에 얼음 싸개를 올려놓는 것이었다.

나는 이제 모든 희망이 사라졌구나 했다. 물론 이는 아픔을 가볍게 하기 위한 임시방편이었다. 그런데 하이네는 이제 나는 좋은 누이동생도 만나 보았으니 행복하다고 하면서, 아, 카트린[Catherine]이여 나는 죽은 사람이오! 하는 말을 거듭하는 것이었다. 16일 토요일엔 그의 병세가 더욱 악화되었는데도 오후 4-5시경에 가서는 "써야지" "써야지" 하는 말을 계속 중얼거리는 것이었다. 나는 도대체 그를 이해하지 못하면서 네 네 하고 답변만 했다. 그러더니 그는 "종이와 연필을…" 하고 외치는 것이었다. 이 말이 그의 마지막 말이 되었다. 그는 너무나 허약해서 연필도 손에서 떨어뜨렸다. …
내가 그를 바로 앉히니 경련은 멈추었다. 그의 몰골에 고통스런 괴로움의
표정이 그득하더니, 그만 그의 사투는 멈추고 말았다. 그는 죽기 15분 전까
지만 해도 의식이 완전했다.'[373]

이와 같은 편지는 누이동생 샤롯테Charlotte에게도 보내졌다.[374]

결국 하이네는 1856년 2월 17일일요일 아침 5시에 58년 2개월에 걸친 삶을
마감하고 말았다. 장지와 장례는 그의 유언에 따라 겸허하게 치러졌다.

그는 「유언장」에서 '만일 내가 페시Pessy 가에서 죽으면 바로 이 장소에 묻
어 주고, 파리에서 죽으면 몽마르트르 공원묘지에 검소한 무덤으로 묻혔으
면 한다.'고 적었다. 그리고 1848년 6월 10일 페시 64번지에서 작성한 「유
언장」에 따라 몽마르트르 공원묘지에 매장되었다.[375] 장례식도 1851년 11월
13일 오후 6시목요일에 마지막으로 작성하여 공증한 「유언장」 7조에 따라 겸
허하게 치러졌다. 그는 「유언장」에서 다음과 같이 소망했다.

'나의 장례는 가능한 한 간결하게 하고, 장례 비용도 소시민의 일반적 경
우를 넘지 않도록 해줄 것을 바란다. 나는 이전에 루터파의 세례를 받아 거
기에 속하지만, 교회 성직자들이 나의 장례에 초대되지 않았으면 한다. 마
찬가지로 예배 의식의 진행에 있어서도 어떠한 다른 종교적 성직자들이 와
서 집행하는 것을 거부한다. 바로 어떠한 성직자들의 관여도 없기를 소망
한다. 나는 4년 전부터 나의 철학적 사상의 자부심도 거부하고 종교적 이념
이나 감정으로 회귀한 사람이다; 나는 이 세계의 영원한 창조자인 유일신
에 대한 믿음 속에서 죽으려 하며, 나의 영원한 영혼에 대한 신의 따뜻한 보
살핌이 있기를 간청한다.

나는 가끔 나의 글에서 성스러운 사물에 대해 애경심도 없이 글을 쓴 것
을 유감스럽게 생각하고 있다. 하지만 그것은 나의 독자적인 기호에 따른
것이라기보다는 시대정신에 따라 쓴 것으로 생각된다. 내가 나 자신도 모

르게 단조로운 모든 신앙의 가르침들의 참된 본질이 담긴 좋은 습관이나 윤
리적 도덕을 모욕하는 짓을 했다면, 신과 인간들에게 용서를 빌겠다.

나의 장례일 나의 무덤에서는 독일어이건 프랑스어이건 간에 어떠한 추
도사도 금하겠다. 동시에 나는 우리들 고향의 멋을 행복하게 만들어 냈을
지도 모르는 고향 사람들이 나의 유골을 독일로 옮겨 가려는 것을 피했으면
한다; 나는 나 자신을 정치적 소극으로 끌어들인 사람들을 싫어한다. 내 인
생의 가장 큰 사명은 독일과 프랑스 간의 진정 어린 화해 협력을 이루게 하
는 일이며, 자신들에게 국제적 편견과 분노를 끌어들여 술수를 꾸미려는
민주주의에 대한 적들의 음모를 좌절시키는 일이다. …'[376]

이렇게 어떠한 종교적 믿음의 가르침도 자신의 생각과 일치하지 않기에
어떠한 성직자들의 추도사도 금하고 싶다는 유언을 남겼던 것이다. 그리
고 독일과 프랑스 간의 화해도 갈구했다. 그래서 그의 장례식에는 '기독교
적 미사도 없었고 유대교의 추도사[Kaddisch]도 없었으며 그 어떠한 조사도 없
었다. 단지 갑작스럽게 적막 속에서 흐느끼는 소리가 터져 나왔는데, 그것
은 가장 나이가 많았던 친구 알렉산드르 뒤마[Alexandre Dumas]가 어린애처럼 우
는 소리였다. 그곳엔 커다란 추모 행렬도 없었다. 장송곡이나 북소리도 들
을 수 없었으며, 검은 상복이나 번쩍이는 훈장을 단 사람도 없었다. 하지만
모든 조문객들은 정신적 제국의 지배자가 이곳에 고이 잠들게 되었다는 사
실을 알고 있었다.'[377]

사실 그의 장례일[1856.2.20.수요일]의 마티뇽[Matignon] 가 3번지 집에는 소그룹의
사람들만이 모였다. 그들 가운데는 하이네의 병고 생활을 지원했던 언론인
알렉산더 바일[Alexander Weil, 1811-1899]과 철학자 루드비히 칼리쉬[Ludwig Karlisch] 그리
고 번역가이자 언론인인 그의 비서 리하르트 라인하르트[Richard Reinhardt, 1829-
1898]가 있었다. 프랑스의 저명인사로는 화가 지망생에서 시인으로 돌아선 테
오필 고티에[Theophile Gautier, 1811-1872]와 역사가인 프랑수아 미네[Francois Mignet, 1798-

¹⁸⁸⁴도 있었다. 과부가 된 부인 마틸데는 하이네가 죽기 한 시간 반 전에 집을
떠나 사라졌고, 장례식에도 참석하지 않은 채 몇 달 후에서야 나타났다.

　운구 마차는 집에서 샹젤리제 거리로 이동하여 증권가를 거쳐 그가 자주
거닐고 마틸데를 발견했던 카페, 극장가 통로를 거쳐, 그의 제2의 고향이
라 불릴 만큼 시민들과 어울려 지냈던 몽마르트르로 향했다. 자그마한 운
구 마차 행렬이 지나갈 때는 몇몇 호기심 있는 사람들이나 한가로운 사람들
이 길가에 서 있었다. 몽마르트르 묘지에서는 무슈가 관 옆에 서서 묵묵히
지켜보는 가운데, 알렉산드르 뒤마를 비롯한 몇몇 프랑스 지인들과 대부분
프랑스에 와 있던 독일인들을 합쳐 약 백여 명 정도가 모인 자리에서 장례
는 간결하게 치러졌다.³⁷⁸

　부인 마틸데^{Mathilde}가 장례에 나타나지 않은 것에는 물론 무슈에 대한 질
투도 잠재했겠지만, 이보다는 그녀가 이미 다른 남성과 모종의 관계가 있
었던 것이 아닌가 하는 의혹도 있었다. 칼 마르크스는 마틸데의 이러한 행
위를 듣고 못마땅하게 생각하면서, 하이네의 죽음에 즈음하여 프리드리히
엥겔스에게 보낸 편지에서 그녀를 비난하고 있다. 어떻게 보면 그녀가 남
편을 배반하고 어떤 다른 기둥서방을 따라 일시 사라진 모양인데, 이것은
일찍이 하이네가 지은 「한 여인^{ein Weib, 1844}」이란 시에서 예언이나 한 것 같기
도 하다. 마르크스는 하이네의 이 시 한 구절을 마틸데의 처신에 빗대 소개
하기도 했다.

　하이네의 시는 다음과 같았다.

　　남녀 두 사람은 서로 진정 어린 사랑을 했지,
　　여인은 사기꾼이고, 남자는 도둑놈이었다지.
　　그가 나쁜 짓을 할 때면,

그녀는 침대에 몸을 던진 채 웃고만 있었다네.

낮에는 기쁨과 즐거움으로 보냈고,
밤에는 그녀가 그의 품에 안겨 누워 있었지.
사람이 그를 감옥으로 끌고 갔을 때,
그녀는 창가에 서서 웃고만 있었다네.

그는 그녀에게 말했지 : "오, 나에게 오너라,
나는 너를 그렇게도 동경하고,
너를 그렇게도 사모하여, 쇠약해졌다네"라고-
그런데도 그녀는 머리를 내저으며 웃고만 있었다네.

아침 6시경엔 그가 사형되었고,
7시경엔 무덤에 묻혔는데;
그녀는 8시경에
적포도주나 마시며 웃고만 있었다네.[379]

여기서 하이네는 남편을 등진 어떤 여인이 다른 남자를 따라 바람을 피우면서도 기둥서방마저 희롱하는 여인의 마음가짐을 익살스럽게 비난하고 있다. 사랑하는 상대가 죽었는데, 그녀는 적포도주나 마시고 있었으니 말이다. 그런데 바로 이것이 마틸데에 대한 예언처럼 다가오는 것 같다.

마르크스는 장례에 참여했던 라인하르트[Richard Reinhardt]가 그의 부인에게 전한 이야기를 상세히 듣고, 그것을 엥겔스에게 전했다. '하이네의 시신이 아직 상갓집에 놓여 있는 장례일에 마틸데의 기둥서방이 천사처럼 유순한 그녀와 함께 문 앞을 서성거리더니 실제로 그녀를 데리고 사라졌다.' 마르크스는 경멸하는 어조로 수수께끼 같은 마틸데의 태도를 증오하고, 인간이란 참으로 이해할 수 없는 존재라고 한탄했다.[380]

　사실 하이네도 이러한 마틸데의 행위를 예견이나 한 듯, 죽기 2-3주 전에「무슈를 위한」마지막 시에서 자신과 마틸데 및 무슈 간의 이중적 사생활에서 빚어진 갈등을 드러냈다. 그러면서 마틸데와의 가정생활에서 느낀 물리적 사랑보다는 무슈와의 아름다운 정신적 사랑이 훨씬 더 '건강한 사랑'이라 말하고 있다. 왜냐하면 그는 이미 성적 불능자로서 육체적 관능미 따위에는 관심도 없는 초월적인 인간이기 때문이었다.

> 언어들이야! 언어들! 행위는 아니야!
> 연인인 인형아, 절대로 육체는 아니라네,
> 언제나 정신이지 로스구이도 아니며,
> 수프 속의 경단도 아니라네!
>
> 혹시 너에게 유익할지는 모르겠지만,
> 매일 타고 달리는
> 격정적인 말 위에서
> 언제나 허리 힘이 좋아지는 것이 아니라네.
>
> 그래, 나는 거의 두려워하지, 말이
> 예쁜 아이 너에게 부닥칠까 봐, 끝내는
> 너 자신이 사랑의 몰이 사냥이나
> 사랑의 장애물 경기 경마에 부닥칠까 봐 말이네.

나는 순수하게 믿고 있네
나와 같이 사지를 쓸 수 없는
한 병든 자가 연모자로서
너를 위해선 훨씬 더 건강할 것이라고 말이네.

그렇기에 우리들의 진심 어린 마음의 결합에
연인아, 네 마음의 추동력을 바치게나;
그런 것이 너에겐 대단히 건강한,
일종의 건강애가 될 것이네.[381]

　다시 말해 육체적으로 사랑할 수 없는 병든 자신에겐 육체적 사랑보다는
정신적 사랑의 추동력이 훨씬 더 좋은 순수한 '건강한 사랑'이고, 무슈와의
우아한 사랑이 자신을 위한 건강한 정신적 사랑이었음을 지적한 것이다.
　이 시에서 하이네는 자신의 육체적 사랑이 불가능해진 것에 대해 일방적
인 불평을 호소하고 있지 않다. 그보다는 상대방의 아름다운 정신적 사랑
을 통해 서로의 건강한 사랑이 이루어지고 있다는 점을 강하게 암시한다.
이런 점에서 여기에는 최소한의 플라톤적 사랑의 의미가 내포되어 있다고
볼 수 있다.
　이 시는 1856년 1월 1일 무슈에게 보낸 신년 편지에서 언급되고 있다. 그
렇게 볼 때 이 시는 편지 쓰기 몇 주 전에 창작된 것으로 추측된다. 결국「무
슈에 바치는」5편의 시는 죽음을 앞두고 투병하고 있는 시인에게 무슈 같은
정신적 사랑과 죽음을 향한 신앙적 동경이 수난의 인생을 극복할 수 있는
구원의 수단이 되고 있음을 알린 것이다. 더불어 그것이 바로 인생의 비극
적 결산이 되고 있음을 상징적으로나마 보여 준 것이다.

IV

사후의
일들

1. 출판 문제

하이네가 죽은 지 5년 후 캄페 출판사는 하이네 전집을 출간하려 했다
[1861]. 그런데 1843년 4월 7일부터 작성된 첫 「유언장」과[1] 1855년 7월에 작성
된 「유언장 초안[유언장 #2]」의 내용에는 하이네가 남긴 '편지나 서류 및 미공개
유작들을 부인 마틸데가 보관 정리하도록 위임하고'[2] 있었다. 따라서 그녀
의 동의가 필요했다.

하지만 하이네 사후 몇 달 동안 마틸데는 사라져 나타나지 않고 있었다.
그래서 그녀의 친구 파울린[Pauline]이 마틸데와 유언장 집행인 앙리 율리아
[Henri Julia]를 찾아 출판을 위한 매개 역할을 했다. 그런데 1851년 11월 13일에
확정된 유언장 약관 #3에는 '자신의 사후에 자신의 서류 및 편지들을 잘 보
관 유지하는 일은 누이동생 샤롯테의 아들인 루드비히 폰 엠덴[Ludwig von Emden]
에게 일임한다.'는 불어판 유언이 있었기 때문에[3] 하이네의 조카가 이에 관
여하려 해서 문제가 되었다. 그러나 마틸데와 율리아는 그것을 무시하고,
이제까지 미공개된 하이네의 많은 시 작품들을 자신들이 선택하여 비싼 가
격으로 캄페 출판사에 넘기려 했다.

그런데 이들 두 사람은 독일어를 모르는 사람들이었다. 그래서 하이네의 유작 가운데 시처럼 보이는 산문만을 골라 놓았다. 그리고 그것을 마이스너Meissner가 1856년 한 권의 서정시로 묶어 캄페 출판사에서 출간하도록 위임받았던 것이다. 그런데 마틸데는 미공개 유작의 원본만은 출판사에 넘겨 줄 수 없다고 주장한 반면에, 캄페 출판사는 사본만을 가지고는 출판할 수 없다고 했다. 게다가 원본 자체의 글씨체도 올바르게 읽을 수가 없는 것이었다. 그렇게 하여 결국 캄페 출판사에서 1861년에 출간된 첫 전집21권에는 미공개된 유작 전체가 빠질 수밖에 없었다.

이렇게 출간하게 된 이유에는 그 당시 프로이센과 오스트리아 정부에서 하이네의 유작품이 출간되는 것을 가급적 억제하고 있었기 때문이다. 거기에다 돈에 대한 욕심 때문에 마틸데와 율리아Julia가 하이네의 유작을 낱개로 팔려 한 것도 이유가 되었다. 결국 돈 때문에 그렇게 된 것이다. 마틸데는 1869년에 하이네의 「회고록Memoiren」을 제외한 모든 것을 1만 프랑 가격으로 캄페 출판사에 팔아넘겨 출간하게 하였다. 그녀가 죽은 뒤에는 1883년 율리아Julia가 「회고록Memoiren」을 추가로 팔아넘김으로써, 캄페 출판사는 무슈로부터 넘겨받은 몇 개의 유작 시와 함께 2권이 늘어난 전집을 출간하게 된 것이다.

2. 사후 하이네에 대한 논쟁

이렇게 하여 하이네 전집이 출간되었으나, 하이네 문학은 많은 박해의 우여곡절도 함께하게 된다.

1870년 보불 전쟁에서 나폴레옹 3세의 프랑스가 독일 통일을 이루려는 프로이센에 패했다. 그리고 비스마르크 체제하에서 독일 제국 헌법이 선포되던 1871년에는 하이네가 중죄인 취급을 받았다. 하이네가 단순하게 혁명적인 인물이며 친 프랑스적이고 유대인으로만 이해되고 있었기 때문이다. 특히 새로운 제국이 탄생하면서 비뚤어진 인종적 국수주의적 사상을 가진 프로이센 역사가 하인리히 폰 트라이치케Heinrich von Treitschke, 1834-1896 같은 사람은 하이네를 프랑스 연금으로 살아간 독일의 숙적이라 비방하였다. 즉 '뵈르네와 하이네는 유대 사상을 갖고 오랫동안 행복을 누리지는 못했지만, 새로운 문학 시대의 침투를 예고하고 독일 문학사에 가장 증오스럽고 풍요롭지 못한 시대의 막간극을 시작한 사람들'이라 비난했던 것이다.[4]

그 결과 1933년 5월 10일에는 이들 지식인들에 대한 히틀러판 분서갱유가 벌어졌다. 베를린 훔볼트 대학 건너편 광장이나 모든 대학 도시 시장 바닥에서 유대계 지식인들의 책들이 불태워지고 있었다. 이것은 하이네가 비극 작품 「알만조르Almansor, 1823」에서 예언이나 한 듯이, '사람이 책을 불태운다는 것은 결국 인간을 불태우는 서막일 뿐이다.'라고[5] 남긴 말을 회상시키고 있다. 마치 스페인 그라나다 지역의 광장에서 무어인들의 추방이 있던 시민전쟁 당시 코란을 불태우라는 종교 재판관익스메네스Francisco Ximenez de Cisneros, 1436-1517의 무서운 판결문이교도에 대한 처형 판결문Autodafe Autodaf에 대한 해답처럼 말이다. 그런데 유감스럽게도 히틀러 정권하에서는 괴테 이후 가장 유명한 시인인 하이네가 독일 문학사 위인의 전당에서 이런 수치스런 일을 당하고 말았던 것이다.

하이네에 대한 논쟁은 계속되었고, 그것으로 인한 그에 대한 애증도 심했다. 이는 제2차 세계 대전 이후에도 계속되어, 서독 여러 도시에서 그를 기념하는 석상을 다시 세우는 데도 찬반 논쟁이 치열하였다. 게다가 그의 출생지 뒤셀도르프에서도 대학 명칭을 하이네 대학으로 부르는데 7년간이라는 논쟁이 계속되다가, 1972년 결국 부결되었으나 1988년에 가서야 비로소 하인리히 하이네 대학으로 승인되었던 것이다. 이와 달리 동독 지역에서는 마르크스, 엥겔스와 더불어 하이네가 진보주의 작가로서 우상이 되었다.

결국 그간 하이네 문학은 정치적 의미로 곡해되어 왔다. 제1차 세계 대전을 전후해서는 시인으로서의 그의 명성이 당시에 일어났던 다양한 현대 문학 운동즉 당시의 다양한 문학적 혁명이 일어났던 표현주의나 입체파, 미래파, 다다이즘, 초현실주의 등으로 가리워지고 퇴색되었다. 그래서 슈테판 게오르게Stefan George나 릴케Rainer Maria Rilke, 호프만슈탈Hugo von Hoffmannstahl과 같은 시인들처럼 낭만적이고 통속적인 문인으로 그의 시들이 시집에 실려 읽히지를 못하고 있었다. 그의 초기 작품 「노래의 책」도 모범적인 문학이나 존경받을 선배 문인 작품으로 대접받지 못했다.

같은 이유로 하이네가 '병석의 무덤'에 누워 있던 7년간 창작된 작품들도 이 시기에는 독일에서 주의를 끌지 못했다. 오히려 프랑스에서 처음부터 선풍적인 반향을 불러일으키고 있었다. 그런 까닭에 하이네가 남긴 유고는 제2차 세계 대전 이후에도 프랑스에서만 대량으로 출간되었다. 게다가 드골 대통령의 지시로 외국에서도 원하는 대로 출간될 수 있도록 자료를 제공하고, 원본도 잘 보존하여 현재 프랑스 국립 도서관에 보관되어 있는 것이다.

결국 유대계 독일인이었던 하이네는 그 자신이 유대 문화에 낯설면서도 연대성을 지녀야 할 처지에 놓였다. 그랬기 때문에 그의 문학적 면모에 대해서는 오해도 많았던 것이다. 그러나 그가 위대한 독일 시인이란 점은 부인할 수 없다. 어떤 이는 여전히 그에 대해 인종적 편견으로 잘못된 윤리적 판단을 내리기도 한다. 하지만 그의 문학 세계는 가장 모범적인 인류의 인간적 자애와 평등, 해방 사상을 표현하고 있기에 그 문학적 위대성은 영원한 것이다.

그럼에도 불구하고 그가 유대계 작가라는 이유로 학자들 간에는 아직도 그의 문학에 관한 편견이 종종 있다. '베를린 대학의 철학 교수로 있던 생의 철학자 빌헬름 딜타이Wilhelm Dilthey 같은 사람은 하이네가 "허무주의"와 도덕적 붕괴를 확대시킨 책임이 있는 작가였다고 비판하였다. 그런가 하면 괴팅겐 대학에서 문학사를 전담하고 있던 카를 괴데케Karl Goedeke 같은 이는 하이네의 시는 "독소가 있는 꽃"이며, 유대계의 독설적 예리함으로 창작한 시인이라' 비난하기도 했다.[6]

이처럼 작가가 논쟁의 대상으로 휩싸였던 사람으로는 하이네 외에도 바이런이나 빅토르 위고, 에밀 졸라 같은 사람들도 있었다. 하지만 이들에 대한 논쟁은 길어야 10여 년 정도 지속되었을 뿐이다. 그런데 하이네에 대한 시비는 정치, 사회 및 종교적 동기의 광역에 걸쳐 한 세기 동안 지속된 느낌이 있다.[7] 그것은 바로 반유대주의적 편견 때문에 온 것이다.

이러한 편견이 얼마나 심했는지는 트라이치케Heinrich von Treitschke 이외에도 프란츠 잔트포스Franz Sandfoss란 반유대주의자에 의해 1888년 라이프치히에서 발간된 「하이네를 어떻게 생각하십니까?」라는 팸플릿에서도 알 수 있다. 거기에서는 하이네를 '우리들 삶 속에 박힌 가시' 같은 존재라는 제목으로 폄하시킬 정도였다.[8]

이러한 반유대주의는 독일 애국주의 사상가들에 의해 점점 확산되었다. 그리하여 독일계 유대인들이 제1차 세계 대전 기간에 만 명 이상이나 자원 입대하여 피를 흘렸는데도 불구하고, 이들의 조국애를 무시한 채 그들을 탈주병이나 전쟁으로 돈만 벌어 졸부가 된 사람들이라 비방하고 있었던 것이다.

그래서 은행가 막스 바르부르크Max Warburg 같은 사람은 1917년 3월에 군부 대신 폰 슈타인von Stein 장군을 만나 유대인들도 일반 독일 국민들과 마찬가지로 똑같은 애국 사상을 지니고 용감하게 전투에 참전했음을 인정해 달라는 입장을 요구하기에 이르렀다. 하지만 목사의 아들이었던 슈타인 장군도 이를 거부했다. 이러한 태도는 독일 문학에 지대한 기여를 하였는데도 불구하고 독일이 낳은 위대한 시인 하이네를 폄하한 처사와도 같은 맥락이라고 바르부르크는 지적하고 있다.[9]

이처럼 하이네를 증오하는 사람들도 있었지만 증오하는 만큼이나 그를 사랑하는 독일인들도 많았다. 독일인뿐만 아니라 세계인들이 그의 문학을 사랑하고 애독하였던 것이다. 그것은 하이네에 관한 많은 연구 논문들과 출판물 및 독자층 형성에서 충분히 알 수 있다.

1861년 캄페 출판사에서 전집[21권]이 발간되고, 1869년에 일부 공개 유작들을 마틸데가 캄페 출판사에 팔아 증보판이 나왔다. 그리고 1867년에서 1869년 사이에 아돌프 스토로트만Adolf Strodtmann이 하이네의 편지들과 증거물을 토대로 「하이네의 생애와 작품¹⁸⁶⁹」이란 첫 번째 하이네의 자서전을 출간함으로써 비로소 하이네 문학 연구를 위한 학문적 초석이 놓아졌다. 그의 문학 연구가 활기를 찾게 된 것이다. 그 결과 그 후 수많은 자서전과 논문 서적이 나왔다. 그리고 현재는 수백의 박사 학위 논문과 수천의 논문들이 발표된 상태이며, '매년 세계 각국어로 200여 개 학술 논문이 출간되고 있다.' 또한 그의 서정시는 '작곡가 슈베르트^{Schubert}나 멘델스존^{Mendelssohn}, 리스트^{Liszt}, 바그너^{Wagner}, 슈만^{Schumann} 등의 멜로디에 실려 독일의 영주 부인으로부터 빨래하는 서민적 여성에 이르기까지 대중적으로 노래되고 있다.'[10]

3. 애창된 노래 시들

이처럼 그의 서정시가 사랑받고 있는 이유는 그의 노래들이 모든 독일 사
람들의 서정적 정서에 맞게 매혹적으로 창작되어 있을 뿐만 아니라, 인종적
편견을 넘어 모든 세계인들의 인간적 정서에 낭만적으로 공유되고 있기 때
문이다. 그의 서정시들 가운데 가장 애창되었던 노래들은 대체적으로 초기
의 서정시들로「참으로 아름다운 5월^{슈만}」이나「노래의 날개 위에^{멘델스존}」「로
렐라이」등이 있으며,「한 소나무가 고독하게 서 있다네<sup>121개 음악으로 노래되고, 그중 리
스트에 의한 것이 2곡</sup>」와「그대는 하나의 꽃과 같구나」,「밤의 사색」도 애송되었다.

이들 시들은 하이네 사후에도 세계 도처에서 애송되어 왔기에, 하이네 초
기 문학을 돌아보는 뜻에서 여기에 몇 편 소개해 본다. 먼저「참으로 아름다
운 5월^{Im wunderschoenen Monat Mai, 1822-1823}」을 보기로 하자.

참으로 아름다운 5월,
모든 꽃봉오리들이 피어날 때,
나의 마음속에는

사랑이 피어올랐네.

참으로 아름다운 5월,
모든 새들이 노래할 때,
나의 그리움과 욕망을
나는 그대에게 고백했다네.[11]

이 노래는 봄과 사랑을 노래한 것으로, 로베르트 슈만^{Robert Schumann, 1810–1856}의 연작 가곡 「시인의 사랑¹⁸⁴⁰」에서 널리 애송되었다.
그리고 「노래의 날개 위에^{Auf Fluegeln des Gesanges, 1822–1823}」는,

노래의 날개 달고,
사랑하는 이여 나는 그대를 데리고 가려네,
갠지스 강 저 넓은 들판으로,
나는 그곳에 가장 아름다운 장소를 알고 있다네.

그곳 고요한 달빛 아래엔
붉게 피어오른 꽃 정원이 있다네;
연꽃들은 그곳에서
그대의 슬픈 자매를 기다리고 있다네.

제비꽃들은 소리 죽여 웃으며 애무하고,
별들을 높이 바라보고 있다네;
장미꽃들은 은밀히 속삭이며
향기로운 동화를 이야기하고 있다네.

유순하고 영리한 영양羚羊들은
깡충깡충 뛰어와 숨어 엿듣고 있다네;
그리고 저 멀리에선 성스러운
강의 물결이 속삭이고 있다네.

그곳 야자나무 아래에
우리는 내려앉고 싶다네;
그리고 사랑과 안식을 마시며,
행복한 꿈을 꾸고 싶다네.

그들은 하나의 언어로 말했는데,
풍부하고 아름다웠지;
하지만 언어학자 중 누구도
그 말을 이해할 수 없었다네.

그러나 나는 배웠고
잊지를 않고 있었지;
가장 사랑스런 마음의 얼굴
문법으로 이해할 수 있었다네.[12]

이것은 사랑과 행복의 꿈을 동경하는 이상향의 아름다움을 노래한 서정
시로서, 멘델스존Felix Mendelssohn Bartholdy, 1809–1847의 가곡1834으로 노래되고 있다.
민요풍의 노래 「로렐라이Loreley」는 라인 강변의 로렐라이 언덕 위에서 황
금 빗으로 머리를 빗고 있는 요정에게 현혹되어 그녀만을 바라보며 노를 젓
던 뱃사공이 벼랑에 부딪혀 희생되었다는 사랑의 슬픈 노래를 필립 프리드

리히 질허^{Phillipp Friedrich Silcher, 1789-1860}의 가곡에 붙여 노래하고 있다.
「로렐라이^{Heimkehr II, 1823-1824}」는 다음처럼 노래한다.

나는 모르겠구나, 무엇을 뜻하는지,
옛날의 한 동화가,
잊히지 않고,
나를 이리도 슬프게 하는지를.

대기는 차고 어두워 오는데
라인 강은 고요히 흐르고;
산봉우리 위에는
석양의 햇살이 반짝이고 있구나.

저 산봉우리 위에는 황홀하게
아름다운 선녀가 앉아 있고;
황금의 장신구를 번쩍거리며,
황금빛 머리칼을 빗어 내린다.

황금의 빗으로 머리를 빗으며,
그녀는 노래를 부른다;
경이적으로 아름답고 강력한,
선율의 노래를.

조그마한 배 속의 사공은,
격렬한 비탄에 사로잡혀;

암초는 바라보지 않고,
언덕의 높은 곳만 쳐다보고 있구나.

마침내 사공과 배가,
물결에 휩싸였으리라 생각되니;
이는 그녀의 노래와 함께
로렐라이의 조화였다네.[13]

이외에도 하이네가 우연히 길가에서 발견한 유대계 소녀를 보고, 그녀에
게 애처로운 동정심을 느낀 나머지 지었다는 「너는 한 송이의 꽃과 같구나
Du bist wie eine Blume, 1823-1824」가 있다. 이 시는 「로렐라이」가 19세기에 33회에 걸
쳐 작곡되었는데 반해, 최소한 222회 이상이나 작곡되어 노래된 그 당시의
선풍적인 시다.[14] 이 시는 지금도 「로렐라이」처럼 애창되고 있다. 시는 다음
과 같이 노래한다.

너는 꽃과 같이,
그렇게도 성스럽고 아름답고 순수하구나;
내가 너를 바라보니, 애처로움이
나의 마음속에 스며들고 있단다.

나는, 내가 너의 머리 위에 손을
올려놓고 기도드리듯이
그렇게 순수하고 아름답고 성스럽게
하나님이 너를 보존하도록 기도한단다.[15]

일설에 의하면 이 시의 주인공은 그 당시 그네센^{Gnesen} 지역에 살던 가난한 랍비의 딸이었다고 한다. 이것은 하이네가 그녀와 작별하면서 바친 시로, 후일에는 사랑하며 존경하는 연인을 꽃으로 흠모하는 연정시로 애송되었다. 그런가 하면 다른 한편으로는 불행하게 된 미지의 이스라엘 출신 소녀에 대한 연정시로도 상징되고 있다.[16]

이들 초기 서정시 이외에도 애송되었던 시는 하이네가 파리 망명 생활을 하는 동안 한시도 잊지 않고 어머니와 조국 독일을 그리워하고 있었다는 「밤의 사색^{Nachtgedanken, 1843}」이 있다.

내가 밤중에 독일을 생각할 때면,
잠자리엔 들었으나,
나는 눈을 감을 수 없어,
뜨거운 눈물을 흘렸다네.

세월은 거듭 흘러가!
어머니를 보지 못한 뒤,
이미 열두 해가 흘러가;
그리움과 아쉬움이 자라났다네.

그리움과 아쉬움이 자라났다네.
늙은 부인이 나를 매혹시켰는지
나는 언제나 노부인을 생각하고 있다네,
노부인을, 하나님께서 보존해 주소서!

노부인께선 어찌나 나를 사랑하셨는지,
노부인이 쓴, 편지에선,
얼마나 노부인의 손이 떨리고,
깊은 모정이 얼마나 아팠는지 알 수가 있다네.

어머니는 언제나 나의 마음속에서 떠나지 않았지.
열두 해란 세월이 흘러갔고,
열두 해가 흘러 지나가 버렸지,
내가 어머니의 가슴에 안겨 보지 못한 이후로 말이네.

독일은 영원히 존속하리라,
독일은 속까지 건강한 나라,
독일의 참나무와, 보리수는,
내가 언제나 보게 될 것이라네.

어머니가 그곳에 계시지만 않았더라면,
내가 이렇게도 독일을 애타게 갈망하지는 않았을 텐데;
조국은 절대로 멸망하지 않을 것이지만,
이 늙은 부인은 돌아가실 수가 있을 것이라네.

내가 조국을 떠난 뒤,
얼마나 많은 사람들이 그곳 무덤으로 갔는지,
내가 사랑했던 사람들이– 내가 그들을 헤아린다면,
나의 영혼은 피를 흘릴 것만 같다네.

나는 수를 헤아려야만 했으나– 그 수와 함께
나의 고통은 점점 부풀어 올랐지,
나에게는 마치 시체들이 나의 가슴 위로 밀려오는 듯했으니–
– 하지만 고맙게도! 그들은 사라져 갔다네!

고맙게도! 나의 창문을 통해
프랑스의 명랑한 햇빛이 터져 들어오니;
때마침 아침처럼 아름답게, 나의 부인이 와서,
독일에 관한 근심을 미소로 풀어 주었다네.[17]

이렇게 역설적으로 사랑했던 조국 독일을 프랑스적인 자유주의 사상이
스며든 밝은 모습으로 동경하게 만들었다. 이것은 1831년 이래 그가 파리
에 와 있는 동안 프로이센 독재 체제 아래 있던 조국과 어머니를 그리워한
시로서 하이네 사후에도 많이 애송되었다. 특히 이 시는 조국에 대한 하이
네의 그리움과 애환을 망명 생활 속에서도 탄식의 언어들로 노래하고 있어
전 유럽인들에게 심금을 울렸던 시였다.

4. 국내외에서의 반향

하이네의 서정시들은 독일 국내외를 막론하고 세계 도처에서 애송되고 있다. 그러므로 세계 각국에 있어서 하이네 수용사를 취급한다는 것은 벅찬 작업이 될 수밖에 없다. 그 이유는 그의 작품이 이미 그가 살았을 때부터 외국에 번역 소개되어 많은 독자층을 이루고 있었기 때문이다.

하이네가 25년간이란 세월을 지내 온 프랑스에서는 그를 거의 국민 시인으로 생각하기에 이르렀다. '생트 뵈브Sainte-Beuve, 1804-1869 같은 비평가는 그를 프랑스인으로 보았는가 하면, 정치 역사가인 티에르Adolf Thiers 같은 사람은 그를 볼테르Voltaire 이래 가장 위대한 프랑스인'이라 일컬을 정도였다.[18]

그리고 '그의 시를 엘리자베스 브라우닝Elizabeth Barett Browning, 1806-1861에 의해 번역 소개된 19세기 빅토리아 왕가 시대의 영국에서는 그를 신격화했다. 조지 엘리엇George Eliot, 1819-1880도 그의 작품을 찬양했는가 하면, 매슈 아널드Matthew Arnold, 1822-1888는 유럽 문학에서 괴테 이후 가장 중요한 작가가 하이네였다고 했다.'[19] 특히 하이네가 유럽인들 사이에서는 자유, 평등, 박애주의적 혁명 사상가로 알려졌기에 영국인들은 그를 '독일 시인으로서의 자유 투쟁가'로 인식했다. 1876년 1월 15일판 런던 잡지 〈아테네움^{Athenaeum}〉에서는 그의 문학적 특성을 유대인적인 성향이 강한 독일 시인으로 주석을 달기도 했다.

'그는 그의 유연성에 있어서나 증오심에 있어서 유대인적이고 다양한 면에서 유대인적인 성격이 있어 세계인의 폭넓은 동정심을 사고 있다.··· 그는 인간 존엄성에 대한 자랑스러운 의식 속에서도 그렇고, 그의 예리한 기질과 열정, 고통을 참는 인내성에 있어서도 유대인적인 면이 있다.··· 신앙에 있어서도 정신적 요소가 배제된 신앙은 받아들이지 않는 유대인적인 면이 있다.

또한 그는 유머나 익살에 있어서도 히브리어 종족의 참된 아이였으며, 이 세상에서 가장 위트가 넘치고 기뻐할 줄 아는 민족들 가운데 속하는 히브리어 종족 유머의 성격과 특성을 지니고 있다. 그들 민족은 유례없는 불행과 고통 속에서도 근절하기 어려운 쾌활함과 패^敗할 수 없는 풍자적 정신을 지닌 사람들'이라고 평하였다. 이렇게 하이네가 유대인적인 성격이 강한 독일 시인이었음을 거론하고 있는 것이다.[20]

이러한 해외의 평으로 볼 때, 하이네는 친 프랑스적 시인에다 유대인적인 특성을 지닌 시인으로 독일 문학에 세계적인 명성을 가져온 작가로 거론되고 있기 때문에 비록 프랑스나 영국에서 그의 문학을 높이 찬양하고 있었다 해도, 독일에서는 자연 그의 문학에 대한 실망과 걱정이 없지 않았다. 따라서 독일에서는 그의 문학에 대한 비평에 명암이 함께했다.

하이네의 이념적인 정신을 즐기는 좌파에서는 그를 열광적으로 찬양하고 있었지만, 보수주의적 우파에서는 반유대주의로 매도하려 했다. 좌파적 이념에서 그를 좋아했던 사람으로 사민당 지도자였던 노동 운동가 아우구스트 베벨^{August Bebel, 1840-1913} 같은 사람이 있다. 그는 1871년 새로운 제국 국회 개회식 연설에서 「독일, 겨울 동화」 1장에 나오는 이상주의적 제국을 건설하기 위한 작품 속의 노래를 인용하기도 하였다. 아름다운 풍요의 시대와 행복의 시대, 사회 정의의 시대를 갈구하는 심정으로 하이네의 노래를 인용하였던 것이다.

> 우리는 지상에서 행복하기를 원한다.
> 우리는 더 이상 궁핍하게 살고 싶지도 않다;
> 부지런한 손으로 번 것을,
> 게으른 배로 낭비해서는 아니 된다.[21]

그런가 하면 빌헬름 마르^{Wilhelm Marr, 1819~1904} 같은 사람은 초기에는 '젊은 독일파'에 속해 자유주의적 사회주의 운동에 참여하고 있었지만, 1848년 3월 혁명이 좌절되자 보수주의자로 변절하였다. 1879년에는 반유대주의를 주장하면서, 급기야 1891년에 쓴 에세이 「반유대주의자의 유언장」에서는 뒤셀도르프 시에 세우려는 하이네 기념비를 반대하고 나섰다. 그리고 '하이네는 시인도 아니며 뵈르네도 언어의 예술가가 못 되고 스피노자도 철학자가 아니라는' 반유대주의적 태도를 취했다.

그렇지만 많은 계층의 사람들과 지도급 인사들은 하이네를 존경하고 있었다. 비스마르크도 하이네를 괴테와 함께 동일한 반열로 거명하고 있었고, 오스트리아의 황후 엘리자베스는 하이네 문학에 심취한 상태였다.[22]

5. 러시아에서의 초기 반향

러시아에서는 어떠했을까? 이곳에서도 역시 하이네의 시는 그가 살아 있을 때부터 순수 서정시로 수용되었다. 그러나 1860년대부터는 이념적인 의미로 이해되어 러시아 문학 형성 과정에 새로운 자극제로 수혈되었다. 특히 1820-30년대에는 러시아에서 가장 많은 영향력을 미친 작가가 영국의 바이런^{Byron}이었다. 그리고 실러와 괴테도 널리 알려진 작가였다. 그러나 1840년대에 들어와서는 하이네가 가장 많은 독자를 차지했고, 1860년대에는 가장 유명한 작가로서 하이네 없이는 러시아 문학을 상상할 수도 없으리만큼 존경받는 외국 작가로 평가되었다.[23]

러시아에서 하이네의 시를 첫 번째로 번역한 작가는 추체프^{Fedor Tjutčev, 1803-1873}였다. 그 첫 번째 번역이 「가문비나무가 고독하게 서 있다네^{Ein Fichtenbaum steht einsam-Lyrische Intermezzo 33, 1822-1823}」였다. 시를 소개하면 다음과 같다.

한 가문비나무가 고독하게 서 있다네
북녘 벌거벗은 저 높은 곳에.

그는 졸고 있었지; 하얀 이불을 덥고
얼음과 눈으로 감싸인 채 말이네.

그는 저 먼 동방의 나라,
야자나무를 꿈꾸고 있었지,
타오르는 절벽 바위 위에서
고독히 묵묵히 슬퍼하고 있는.[24]

이 시는 서로 다른 동기에서 여러 작시 작곡가들에 의해 '121회나 작곡된' 유명한 노래시다.[25]

내용으로 보아서는 추운 북녘에 서 있는 한 가문비나무가 남녘 더운 곳에 있는 야자나무를 외로운 처지에서 연모하고 동경하는 나무들 간의 연정시로 표현되고 있다. 하지만 이 시는 그 당시 자유를 잉태할 수 없는 추운 지역의 러시아인이 이상주의적 사회를 갈망하는 이념적 영상 세계를 오아시스 같은 따뜻한 곳의 야자나무로 비유하여, 한 가문비나무가 야자나무를 동경하는 정치적 연정시의 뜻으로 수용했던 것이다.

초기에는 이 시를 귀족적 서정시를 즐겼던 추체프[Tjutčev]가 순수한 서정시의 의미로 번역[1823~1824]하였고, 발표는 문학지 〈북녘 리라[Severnaja Lira, 1827. S.338]〉에[26] 게재했다. 하지만 1860년대에 들어와서는 정치적 패러디를 담은 서정시로 번역 소개됨으로써 그 의미가 바뀌기 시작했다. 이렇게 번역된 시를 레르몬토프[Lermontov, 1814~1841]가 번역하였고, 그것을 다시 그레코프[N. P. Grekov]가 중역하여 「하이네[H. Heine. Moskau. 1863. S.38]」란 책에 소개한 것이다. 그러므로 여기에서는 정치 미학적 의미로 채색되었다. 그레코프[Grekov]가 번역한 시를 소개하면 다음과 같다.

얼음이 덮인, 머나먼 북녘에,

한 소나무가 산 위에 고독하게 서 있다네,

눈에 덮인 가지는 구부러진 채,

우울하게 졸고 있다네.

그리고 눈보라와 폭풍이 일고 어둠과 안개가 덮인,

반야半夜의 대지에서 잠자면서,

무덥게 타오르는 바위 벼랑 위에 자라난,

동방 지역의 성스러운 야자나무를 꿈꾸고 있다네.**27**

  '얼음에 덮이고 헐벗은 산 위에 외로이 서 있'는 가문비나무Fichtenbaum가 '눈보라와 폭풍이 일고 안개로 뒤덮인' 곳에 서 있는 소나무Kifer로 더욱 강렬하게 수식되어 풍자되고 있다. 그렇게 됨으로써 혁명적인 사회 분위기 속에서 이상주의 사회를 그리워하는 정치적 서정시로 변주되고 만 것이다.

  본래 「가문비나무가 고독하게 서 있다네1823」라는 단시가 독일에서 발표된 이후, 이 시는 121회에 걸쳐 작곡될 정도로 노래된 연정시였으며, 여러 작가들에 의해 다른 연정시의 '동기 편력Motivwanderungen'을 갖기도 했다. **28**

  그뿐만 아니라 하이네의 「노래의 책」에 발표된 상당수의 서정시가 그러하듯이, 그의 초기 연정시는 하이네가 사촌 누이동생 아말리에Amalie에 대한 이루어질 수 없는 사랑과 이별을 노래한 것이다. 추체프Tjutčev가 번역한 「가문비나무가 고독하게 서 있다네」도 그가 외교관으로 독일 뮌헨에 와 있을 때1827-1828 하이네와의 교류를 통해 성립된 것이다.

  그 당시 하이네는 추체프의 처제인 미모의 클로틸데 보트머Klothilde Bothmer를 사랑했으나, 그녀는 후일 러시아 외교 사절로 잠시 와 있던 시인 마티츠 남작^{Baron Matitz}과 결혼¹⁸³⁹해야 할 사람이었기에 이별을 했다. 그녀가 바로 하이네의 「노래의 책」을 사랑했고 늘 즐겨 읽었으며, 그 가운데서도 「가문비나무가 고독하게 서 있다네」를 가장 애송했다. 이런 인연과 동기로 이 시가 추체프에 의해 번역 소개되었다 한다.

이 시는 후일 하이네의 「새로운 봄^{Neue Fruehling, 1844}」 연시에 수록되어 발표되었는데, 이 「새로운 봄」 연시에는 클로틸데의 아름다운 모습과 추체프의 부인 엘레오노레^{Eleonore}의 예쁜 모습들이 연인 주인공으로 자주 투영되고 있다 한다.²⁹ 추체프가 뮌헨에서 외교관 생활을 할 당시에는 그의 집이 지식인들이 모여 사교하는 문학적 오아시스를 이루고 있었다. 그래서 그 곳에 참여하고 있던 사람들을 위해 추체프의 부인 엘레오노레^{Eleonore}와 그녀보다 10살이나 젊은 사랑스런 클로틸데^{Klothilde}가 주인 노릇을 하였기 때문이다. 그 당시 그곳에 모여들었던 사람들은 언론인 구스타브 콜브^{Gustav Kolb}와 철학자 프리드리히 티어쉬^{Friedrich Thiersch}, 희곡 작가 미하엘 베어^{Michael Beer}, 철학자 셸링^{Schelling}, 작곡가 로베르트 슈만^{Robert Schumann} 등이 있었다.

그런데 당시 러시아에서는 수없는 하이네의 「노래의 책」이 번역되었고, 1860년대에는 60개가 넘는 출판인들이 그의 시를 번역하고 그에 관한 글을 출판하였던 것이다.³⁰

클로틸데^{Klothilde}에 관한 '불가능한 사랑'의 연정시도 「노래의 책」에 투영된 아말리에^{Amalie}에 대한 연정시처럼 '스테리오 타입의 주제'로 반복되어 「새로운 봄」 연시에 게재되고 있는 것이다.³¹ 즉 그녀는 사랑할 수 없는 연인으로서 하이네의 시를 가장 잘 이해하고 애송하는 사람이었다. 그렇기 때문에 그들의 애정은 서로의 '신성 동맹' 관계가 되고 있음을 「새로운 봄」 24번에서 언급하고 있는 것이다.

특히 클로틸데를 처음 만나 사랑했을 때부터 그들은 연인이 될 수 없음을 예감하고 있었다. 그래서 하이네는 못 이룰 애정을 슬피 호소하는 그녀의 모습을 구혼을 피하기 위해 나이팅게일로 변하였다는 그리스 신화의 왕녀 필로멜레^{Philomele}의 모습으로 바꾸어 풍자하고 있다. 그 시가 바로 「새로운 봄」3번이다. 클로틸데를 투영한 「새로운 봄」3번 「봄날 밤의 아름다운 눈^{Die sehoene Augen der Fruehlingsnacht, 1828}」을 먼저 소개하면 다음과 같다.

> 봄날 밤의 아름다운 눈,
> 위로를 하여 주려는 듯 아래로 내려다보고 있다네:
> 사랑이 너를 그렇게 소심하게 만들었다면,
> 사랑은 너의 눈 다시 치켜 올려 줄 것이라네.
>
> 푸른 보리수나무 위에 앉아
> 예쁜 (나이팅게일) 필로멜레 왕녀 노래를 한다네;
> 노랫소리 나의 영혼 속으로 스며드니,
> 영혼은 다시금 그렇게도 한없이 넓어져 갔다네.³²

그리고 「새로운 봄」24번 「우리들의 마음을 갖고 있다네^{Es haben unsere Herzen, 1828}」에서는 그들의 연정을 '신성 동맹' 관계로 보았다.

> 우리들의 마음
> 신성 동맹을 맺었지;
> 신성 동맹은 서로가 결속되어,
> 완전히 이해하고 있다네.
>
> 아, 너의 가슴 장식하고 있는,

젊은 장미인,

가련한 연맹 여인만이,

거의 눌려 부스러져 있다네.[33]

이것은 1815년 프로이센과 오스트리아, 러시아가 신성 동맹을 맺고 있는 상황 아래서 프로이센에 스며드는 자유의 흐름이 억제되고 있음을 풍자하면서, 이루어질 수 없는 사랑의 연인 클로틸데가 억제되어 그들의 사랑이 실현될 수 없음을 간접적으로 시사한 시이다. 그리고 하이네는 다시 그들의 이루어질 수 없는 애정의 슬픔과 이별을 「새로운 봄」 38번과 39번 시에서 호소하고 있는 것이다.

「새로운 봄」 38번 「봄은 진지한데 그의 꿈들은Ernst ist der Fruehling, seine Traeume, 1830」과 39번 「나는 다시금 떠나갔네요Schon wieder bin ich fortgerissen, 1830」는 다음처럼 노래되고 있다. 「새로운 봄」 38번에서는,

봄은 진지한데,

그의 꿈들은 슬퍼지고, 모든 꽃을 바라보니

너무나 고통스러워,

꾀꼬리 소리의 은밀한 애수 속에 떨고 있네요.

오 사랑스런 아름다움이여, 미소를 짓지 말게나,

그렇게 친절하고 명랑하게 미소를 짓지 말게나!

차라리 우는 것이 좋겠네, 눈물로 나는

너의 얼굴에 즐거이 키스를 하겠네.[34]

라고 노래하고 있으며, 「새로운 봄」 39번에서는,

진심으로 사랑하던 마음에서

나는 이미 다시 떠나갔나 보네,

이미 다시 떠나갔나 보네-

오, 얼마나 너의 곁을 좋아했는지, 너는 알고 있을 거야.

마차는 요란한 소리를 내며, 다리를 굴러가는데,

다리 밑의 강물은 슬프게 흐른다네;

진심으로 사랑하는 마음으로부터,

행복으로부터, 나는 다시 이별을 하고 있네요

나의 고통 때문에 별들이 달아나듯,

하늘가엔 별들이 쫓기고 있네요-

잘 있어요, 연인이여! 멀리서나마,

내가 있는 곳에선, 너에 대한 나의 마음 꽃 피울 거예요.[35]

라고 이별의 슬픔을 호소하고 있다.

  그러면서도 하이네는 사랑의 재생을 기대했다. 그녀와의 이별이 비록 고
통스런 아픔이지만, 다시 문학적 상상 속에서 재생할 수 있는 5월의 새 생
명처럼 사랑의 부활로 기대되었던 것이다. 사랑이란 태초부터 영원한 생명
의 환생이 가능한 본질이 되고 있기 때문이다. 그래서 연인과의 작별이 주
는 슬픔은 이루 표현할 수 없는 것이지만, 역시 인간이란 언제나 정신세계
에서나마 영원한 사랑의 부활을 자연 현상처럼 갈구할 수 있는 것이라 생각
되는 것이다.

  하이네는 이를 「새로운 봄」 연시 1번에서부터 예견하고 있다. 「하얀 나무
아래 앉아서Unterm weissen Baum sitzend, 1830」에서 그는 갈구하고 있는 것이다.

눈 덮인 하얀 나무 아래 앉아
너는 멀리서 냉랭한 바람 소리를 듣고,
저 위엔 침묵의 구름들이
안개 자욱하게 덮고 있는 것을 보고 있겠지;

보고 있겠지, 나무 아래에는 모두가 사멸되고
숲과 강물이 황량하게 얼어붙어 있는 것을;–
너의 주위가 겨울이고 너의 속도 겨울이니,
너의 마음도 얼어붙어 버렸겠지.

(그런데) 갑작스럽게 너에게
하얀 눈송이들이 떨어져 내리니, 지겹다고
너는 눈 폭풍으로 생각하겠지만
나무가 너에게 눈발을 뿌려 준 것이라네.

하지만 그것이 눈 폭풍이 아닌 것을,
기쁜 놀라움으로 알게 될 것이야;
그것은 너를 놀리기도 하고 감싸 주기도 하는,
향기로운 봄의 꽃들이라네.

이 얼마나 달콤한 마술일까!
겨울이 5월이 되고,
눈이 봄꽃으로 변하니,
그러니 너의 마음도 새로운 것을 사랑할 것이네.[36]

이처럼 사랑의 연정이란 이별이란 겨울을 지나 새로운 봄에 재생되고, 여름과 가을, 겨울을 지나 봄으로 회귀하는 4계절의 순환을 의미하며 자연 생명의 부활로 생각되었다. 그러므로 하이네에게 있어서 이별이란 다시 만날 수 있는 대칭적 요소였고, 가을 겨울도 봄여름의 대칭적 관계로 짜여 있는 것이다. 마찬가지로 북녘의 추위는 남녘의 따뜻함을 동경하는 대칭적 구성으로, 사랑의 노래는 「새로운 봄」에서도 「노래의 책」에서처럼 읊어지고 있다. 따라서 「새로운 봄」 말미에서도 이러한 구성으로 결말짓고 있는 것이다. 「새로운 봄」 43번과 44번에서는 다음처럼 노래되고 있다.

먼저 「새로운 봄」 43번 「늦가을의 안개와 차디찬 꿈들^{Spaetherbstnebel, kalte Traeume, 1827}」에서는, 낙엽 진 늦가을의 황량한 곳에서 푸르른 나뭇잎을 지니고 있는 유일한 나무를 사랑했던 여인으로 그리워하는 대칭적 구도를 보인다.

늦가을의 안개와, 차디찬 꿈들이,
산과 계곡을 덮고,
폭풍은 나뭇잎을 낙엽 지게 하고 있으니,
나무들은 유령처럼 헐벗은 모습으로 보이네요.

(그런데) 단지 슬프게 침묵하고 있는 유일한
한 나무만이 낙엽이 지지 않은 채 홀로 서서,
애수의 눈물을 촉촉이 적시고 있는 듯,
푸른 자신의 머리를 흔들고 있네요.

아! 나의 마음 이러한 황무지의 모습과도 같은데,
내가 바라보는 저곳의 저 나무만은

여름의 푸르름을 보이고 있으니, 그것이 너의 모습이 아닌가요,
대단히 사랑했던, 아름다운 부인이여![37]

「새로운 봄」의 마지막 시는 44번 「주말마다 하늘은 잿빛이네요^{Himmel grau,} _{wochentaeglich, 1829}」이다.

주말마다 하늘은 잿빛!
함부르크는 여전히 마찬가지야!
여전히 희미하고 비애스럽게
이 도시는 엘베 강변에 비치네요.

조롱이나 하듯, 지루하게도
이곳 사람들은 여전히 코나 풀며,
스스로 경건한 체,
거만을 떨며, 거드름을 피우네요.

아름다운 남녘이여! 나는 언제나
얼마나 너의 하늘과, 신들을 존경했는지,
나는 이러한 인간쓰레기들을
다시 본 이후론, 남녘 날씨를 존경하고 있네요![38]

하이네는 1828년 이탈리아 여행을 마치고 어린 시절의 고향 함부르크로 되돌아왔다. 하지만 그곳의 침울한 날씨에 다시 명랑하고 밝은 남녘 날씨가 그리웠던 것이다. 그래서 「새로운 봄」 연시 종장에서도 북녘의 추운 곳에 서서 남녘의 따뜻한 곳을 그리워하는 서정적 모습을 연인들의 아이러니

한 대칭적 모습으로 보고 창작하고 있는 것이다. 따라서 이 「새로운 봄」 연시도 「가문비나무가 고독하게 서 있다네」란 「노래의 책」의 서정시와 마찬가지로 대칭적 구도로, 연인을 동경하고 이상향을 꿈꾸기도 하는 이중적 복합성을 지니고 있는 것이다.

이에 추체프^{Tjutčev}는 이 시들을 먼저 소개하여 러시아 문학 형성에 도움을 주려 번역 작업에 심혈을 기울였던 것이다. 그 결과 추체프가 번역한 초기 작품들은 푸시킨^{Pushkin}이나 레르몬토프^{Lermontov} 등을 중심으로 한 러시아 문학에 하나의 '축소화^{Miniaturen}'된 모형이 되기도 했다.[39]

6. 러시아의 1860년대 수용

하지만 1860년대에 들어와서는 30-40년대의 낭만적이면서도 순수한 서정시를 좋아했던 자유주의적 보수주의 작가들인 추체프^{Tjutčev}나 페트^{A. Fet}, 마이^{L. Mej}, 톨스토이^{Tolstoj} 등과는 달리, 서정시적 풍자와 이로니^{irony}적 번역을 넘어 혁명적인 민주주의 안목에서 사실주의적 번역들이 시도되었다. 귀족적 서정시를 즐기지 않는 이들 지성적 인텔리 작가들은 이제 「노래의 책」이나 「새로운 봄」에 실린 낭만주의적 애정 서정시를 소개하는 대신에 「새로운 시^{Neue gedichte}」나 「로만제로^{Romanzero}」 등을 번역 소개하였으며, 기존의 「노래의 책」에 나온 서정시들도 진보적 시각에서 소개하려 했다.

주로 그들의 문학적 투쟁은 사실주의와 혁명적 낭만주의를 위한 것이었다. 따라서 사회의 고답적인 관료주의나 노예 제도 등의 후진성에 대해 신랄한 비평을 가했다. 그리고 이들이 하이네 문학을 번역했던 1860년대의 주요 문학지들은 '전위 예술적 방향'에서 소개한 〈동시대인^{Sovremennik}〉과 '이념적 미학적 문학 투쟁'을 위한 선전 문학지인 〈러시아 통보^{Russkoe slovo}〉 그리고 풍자적 잡지 〈불꽃^{Iskra}〉 등이었다.[40]

〈동시대인〉에는 1830-40년대의 서정시적 정서를 간직하면서도 혁명적이며 민주주의적 시각으로 하이네를 번역 소개한 세르니셰프스키^{Černyševskij}와 도브롤류보프^{N. Dobroljubov}, 미하일로프^{M. Michajlov} 등이 참여했다. 그리고 〈러시아 통보〉에는 편집장 브라고스페트로프^{G. Blagosvetlov}를 중심으로 한 피사레프^{D. Pisarev}, 바인베르크^{P. Veinberg}, 자이체프^{V. Zajcev}, 민예프^{D. Minaev}, 베르크^{F. Berg} 등의 좌파적 비평가들이 활동하고 있었다.

이들이 주로 번역 소개한 작품들은 「새로운 시」나 「로만제로」 등 풍자적-정치적 서정시와 산문들로서, 바인베르크^{Veinberg}에 의해 〈러시아 통보〉에 발표된 「독트린^{Doktrin}」과 「노예선^{Sklavenschiff}」 등이 대표적으로 잘 알려져 있다. 그리고 미하일로프^{Michajlov}에 의해 번역된 수많은 작품들도 있다.[41] 이들 시인들은 또한 〈불꽃〉에도 많은 평론과 번역들을 발표했으며, 대표적인 것이 민예프^{D. Minaev}에 의한 「독일, 겨울동화」이다.

최초의 전집이 나온 것은 1863년 상트페테르부르크에서 발행인 베르크^{F. Berg}에 의해 출간된 번역 전집^{12권}이다. 그러나 비예술적인 번역이라 하여 찬반의 논쟁도 없지 않았다.

바로 이러한 1860년대의 흐름 속에서 시대정신에 맞게 선택되어 번역된 시가 있다면, 프레체예프와 바인베르크, 미하일로프 등이 번역한 「독트린 ^{Doktrin, 1844}」이다. 이 시는 헤겔 철학을 염두에 두고 투쟁적이며 혁명적 의미의 철학관을 인간 해방 전쟁에 참여하고 있는 한 착한 군인 주인공을 통해 대변하고 있는 시였다. 이 시는 새로운 시대를 예고하는 의미로 '사람들을 잠으로부터 깨어나도록' 하라는 호소였다.

「독트린[1844]」

북을 쳐라 두려워하지 말고,
종군 아가씨들에게 입을 맞추어 보라!
그것이 완전한 학문이며,
책들의 가장 깊은 의미란다,

북을 쳐 사람들을 잠에서 깨우게 하라,
젊은 힘을 다해 북을 치고 나팔 소리 내며,
북을 치면서 앞으로 계속 진군하거라,
그것이 완전한 학문이란다.

그것이 헤겔 철학이고,
그것이 책들의 가장 깊은 의미란다!
나는 헤겔 철학을 이해하고 있단다, 영리하고,
그리고 북 잘 치는 고수장鼓手長이기 때문이란다.[42]

이 시는 혁명 정신을 고취하기 위해 번역된 시였지만, 역시 하이네 시의 서정적 이로니를 간직하려는 뜻도 함께하고 있다. 그렇기 때문에 번역자들 가운데 특히 미하일로프M. C. Michajlov는 이 시가 정치색이 강하다 해도 원본 표현에 충실하게 사실주의적이고 혁명적 낭만주의의 미학적 원리를 살려 번역하였다.[43] 그리고 미하일로프보다 앞서 「고수장」이란 제목으로 번역한 1840년대 프레체예프A. N. Plesčeev의 「독트린」이나 바인베르크Veinberg의 번역도 계급투쟁을 위해 국민에게 호소하려 한 것이었지만, 이들 번역 시가 권력자들에게 지나치게 위협을 줄 수 있다는 비판도 있었다. 하지만 이들의 번역이 하이네의 자유주의적 진보주의 사상을 바탕으로 한 인본주의적 입장에서 '국민들이여 잠에서 깨어나라.'고 했기에, 대가다운 이력으로 번역된 좋은 시라 칭송되기도 했다.[44]

결국 1860년대의 시는 대부분이 시대의 흐름에 따라 혁명적 민주주의를 추구하는 시각으로 번역되었다. 그렇지만 번역자들이 하이네의 감상주의적 서정적 정서를 그대로 전달하려 노력하였기에 이중적 복합성을 지닌 시가 되었다. 그 반대도 마찬가지다. 비록 번역자들이 원본에 충실한 번역을 시도하였다 할지라도 역시 시대정신을 외면할 수는 없는 번역이었기에 원본의 정신과 번역된 시 사이에는 다소 이중성이 내포되어 있는 것이다.

예를 들면 바인베르크[P. Veinberg]나 미하일로프[M. C. Michajlov], 파블로바[K. Pavlova], 마이[L. Mej]에 의해 번역된 「연꽃」과 「로렐라이」가 그러한 예들이다. 이 시들도 하이네의 초기 작품이어서 원본에 충실했다 하지만, 번역에 수식어가 많이 덧붙여져 정치색이 강해진 것을 보게 된다. 우선 하이네의 초기 시 「연꽃[1823]」의 원본을 보자.

연꽃은 찬란한
해님이 두려워,
머리 숙인 채 꿈꾸며
밤을 기다린다네.

달님은 연꽃의 정부[情婦],
달님이 달빛으로 그녀를 깨우니,
연꽃은 달님에게 상냥스럽게,
경건한 꽃 얼굴을 드러내 보였다네.

연꽃은 피어 작열하게 빛나며,

말없이 하늘 높이 바라보고;

향기를 풍기며 눈물을 흘리면서

사랑과 슬픔 때문에 떨고 있다네.[45]

그런데 1860년대의 번역에 있어서는 미하일로프[M. C. Michajlov]나 바인베르크[P. Veinberg]도 원본에 충실하려 했으나, 다소 원본에서 빗나간 번역이 되고 말았다. 「연꽃」의 첫 구절이 다음처럼 번역되었기 때문이다.

대낮의 햇볕 불꽃 아래서

꿈꾸며 머리 숙인 채,

향기를 풍기는 연꽃은 조용히

희미한 빛의 밤을 기다리고 있다네.[46]

원본에서는 '해님'을 두려워하는 여성인 '연꽃'이 남성인 '달님'을 기다리고 있는 대칭적 구도로 연정의 대상을 보다 간결하게 묘사하고 있다. 여기에 비해 바인베르크의 번역에서는 다소 강렬한 수식어를 통해 '찬란한 해님[Sonne pracht]'을 '대낮의 햇볕 불꽃[dem Feuer der Strahlen der Tages]'으로, 달님의 '밤[Nacht]'을 '희미한 밤[Flimmernde Nacht]'으로 번역하였다. 그렇게 함으로써 당시의 시대정신에 부합되도록 보다 강한 수식어의 사실주의적 번역을 한 것이다. 그러므로 이 시대의 서정시 번역에는 다소의 사실주의적 시대정신이 내재한 서정적 복합성이 표현되고 있다.

그것은 「로렐라이」에서도 동일하다. 「로렐라이」는 이미 원본을 소개했기에 모두 소개하지는 않겠다. 그러나 원본대로라면,

나는 모르겠구나 무엇을 뜻하는지,

옛날의 한 동화가

잊히지 않고

나를 이리도 슬프게 하는지를.

하고 이어졌는데, 1860년대에 들어와서 마이L. Mej 같은 작가의 번역에서는 다소 표현이 달라졌다. 러시아에서 제일 먼저 「로렐라이」를 번역한 작가는 카롤리나 파블로바Karolina Pavlova이다. 그녀는 원본에 가장 충실하려 노력한 작가였다. 그 당시 「로렐라이」를 번역한 작가는 20명이 넘었다. 그들의 번역이 모두 원본에 충실하려 했다지만 상이한 의역이 되고 말았다. 그 예가 바로 마이L. Mej의 번역이므로, 여기에 소개한다.

하나님이나 알 일이다. 왜 그렇게도 갑작스럽게

우울함이 나의 영혼을 자극하고

옛날의 지혜가 감각 속에서

계속 나에게 울려오는지?

어두움과 함께 서늘한 바람은 불고:

낮은 밤을 기다리며;

라인 강은 부드럽게 넘실거리고

산봉우리는 섬광으로 빛나고 있는데.

절벽의 벼랑 위엔

아름다움이 앉아,

그녀는 태양의 햇살처럼 빛나는

황금 머리를 빗고 있었다네.

그녀는 기꺼이 노래를 부르면서,

황금의 빗으로 머리를 빗으니,

그 노래는 이 세상에 무엇과도

비교할 수 없으리만큼 그렇게도 아름다웠다네.

이에 늦게 온 어부가 마술에 홀려,

그 노래를 들으며,

암초를 잊고

그곳 높은 곳만을 바라보았으니….

그만 내가 보기에는: 그곳에서

배는 비틀거렸고: 어부는

노래에 반해

로렐라이에 유혹된 것 같았다네.[47]

　마이[L. Mej]가 번역한 시는 19세기 러시아에서도 가장 잘 번역된 「로렐라이」라 한다. 그런데도 원본 1절에서 '나를 이리도 슬프게[traurig] 하는지를'을 마이의 번역에서는 '우울함[Schwermut]이 나의 영혼을 자극하고'라고 더욱 짙은 감정으로 표출시키고 있다. 그런가 하면 원본에서는 '산봉우리[gipfel des Berges]' 위에서 아름다운 선녀가 '황홀하게[wunderbar]' 앉아 있는데, 마이의 번역에서는 '절벽의 벼랑[Steilen Klippen]' 위에서 아름다운 선녀가 '아름다움[Schoenheit]'으로 앉아 있다고 표현되어 있다. 이렇게 사실주의적인 '한정적 형용사[Epitheton]'와 험준한 절벽 바위 같은 강한 어휘로 표현하고 있어, 서정적 감동을 주지 못하고 현실적인 사실주의 정신을 강하게 투영하고 있는 것이다.

한편 우크라이나 출신의 번역 작가인 유리 페드코비치^{Jurij Fedkovic}와 이름 모르는 여타 작가들은 아예 '라인 강'을 그곳에 흐르는 체레모시^{čeremoš} 강이 나 드네스트르^{Dnestr} 강으로 대체함으로써 시를 우크라이나화시켰다. 즉 러시아의 하이네 수용은 결국 지역화에 이를 정도로 변했던 것이다.[48]

그런데 이러한 현상은 모든 나라에서도 있을 수 있는 번역 수용이라 할 수 있다. 그러므로 더 이상의 언급이 불필요하다고 생각된다. 다만 수용사의 한 예로서 그 당시 러시아의 하이네 수용을 언급하고 싶어 여기에 소개한 것이다.

7. 가장 애창되었던 「로렐라이」

본래 「로렐라이Lore Lay」 동화 전설은 클레멘스 브렌타노Clemens Brentano, 1778–1842에 의해 발견되어, 그의 담시 「라인 강변 바하라흐에 한 마녀가 살고 있었다네Zu Bacharach am Rhein, wohnte ein Zauberin, 1801」로 처음 노래되었다. 원래 내용은 다음과 같다.

한 아름다운 소녀가 한 소년을 사랑했으나 그 소년은 애정의 신의를 배반하고 떠나갔고, 소녀는 사랑에 대한 슬픈 경험을 갖게 되었다. 그런 까닭에 그녀의 마음속에는 남성에 대한 불신의 감정이 내재되었다. 많은 남성들이 그녀의 미모에 매혹되어 그녀를 쫓으며 구애하려 하였다. 그러나 사랑의 상처로 말미암아 그녀는 요녀가 되어 마술적 힘으로 그들을 숲 속에서 길을 잃게 하거나 배가 벼랑에 부딪혀 실종되는 비운의 운명을 맞게 했다. 그래서 남성들은 그녀를 마녀로 불렀다.

이러한 일로 그곳 주교가 그녀를 교회 법정에 세웠다. 하지만 주교 자신도 그녀의 미모에 반해 그녀에 대한 판결을 내릴 수 없어 화형 대신 수도원으로 보내기로 결정했다. 그 결과 기사 세 명의 보호 아래 그녀는 수도원으로 호송된다. 하지만 그녀는 자신은 첫사랑에 실연당한 몸이므로 죽기로 결심하고, 죽음에 대한 동경에 사로잡혔다. 결국 그녀는 수도원으로 가는 도중 로렐라이 암벽으로 기어올라 스스로 라인 강에 떨어져 자살하고 만다. 그녀를 구하려고 한 기사들도 물에 빠져 죽고 말았다.

이러한 전설이 브렌타노의 「로렐라이」와 관련된 몇 개의 시들「라인 강변 바하라흐에서…」와 「루레라이Lurelay」 등에서는 그녀가 '물의 요정Meerjungfrau'으로 변하여 사공을 벼랑에 부딪치게 하는 모습으로 표출된 것이다. 또한 「라인 동화Rhein Maerchen, 1846」에서도 '루레라이Lurelay'라는 요정이 라인 강가의 물레방앗간 근처 바위 벼랑 위에 올라앉아 울면서 빗으로 머리를 빗으며 조롱조로 물레방앗간 하인을 파멸시켰다는 전설을 가져왔다. 그뿐만 아니라 아이헨도르프Joseph Freiherr v. Eichendorf, 1788-1857의 시 「숲 속의 대화Waldgespraeche, 1812」에서도 사랑에 속임을 당해 고통을 받던 로렐라이 소녀가 이에 대한 보복으로 한 기사를 길 없는 숲으로 유인하여 살해했다는 전설을 시화詩化하였다.

하이네는 이러한 전설적 내용들을 '종합적'으로 모아 '나도 모르겠구나 무엇을 뜻하는지, 옛날의 한 동화가 나를 이리도 슬프게 하는지를' 하며 탄식하고 로렐라이 전설을 노래했던 것이다. '이것은 부도덕한 물의 요정이 뱃사공들을 유인하여 라인 강 위에서 아무런 감동 없이 파멸시키고, 그들 뱃사공들을 상상적인 에로티즘적 충만 속에서 죽어 가게 하고 있다.'는 사실을 감상적으로 노래한 것이다.[49]

하지만 하이네의 「로렐라이」는 요정 소녀가 자살을 통해 물의 요정으로 변신되어 뱃사공들을 파멸시킨 것은 아니다. 로렐라이 마녀는 편안히 바위 위에 앉아 아름다운 노래를 불렀는데, 거기에 매혹된 사공들이 자신들도 모르게 파멸을 초래한 신비한 모습을 노래한 것이다. 그런데도 「로렐라이」는 로렐라이 요정이 마술적 힘으로 타인을 파멸시킨 전설이 되고 있다. 그리고 로렐라이 요정은 자신의 사랑을 저버린 연인이나 자신에게 상처를 준

타인에 대해 보복적 심리에서 그들을 파멸시키며 자신을 보호하려는 보호
신 역할로 상징화되고 있는 것이다.

그래서 일찍이 독일 문학 평론가이자 작가였던 루돌프 고트샬^{Rudolf}
^{Gottschall, 1823-1909} 같은 학자는 로렐라이의 시적 동기를 비스마르크 이후 독일
제국을 건설하려 한 독일의 수호신으로 새롭게 생각하고, 이를 낭만주의적
애국심으로 정치화하려 했다. 1883년에 지은 「로렐라이와 게르마니아^{Lorelay}
^{und Germania, 1883}」 그리고 「라인 강가에서^{Dem Rhein, 1883}」는 그가 과거 1842년에 같
은 제목으로 발표한 초기 시 「라인 강가에서」와 달리 애국주의적 의미로 자
신의 시를 노래한 것이다.

사실 그가 1842년에 지은 초기 시 「라인 강가에서^{Dem Rhein, 1842}」에서는 후일
에 지은 「라인 강가에서」처럼 라인 강이 애국주의적 의미인 '독일의 파수꾼
^{Deutschlands Waechter}'으로 상징화된 것이 아니라, 보불 양국 간의 전쟁을 민족적
화해로 잇는 '교량^{Bruecke}'으로 생각하였다. 그러므로 로렐라이를 애국주의
적인 데몬적인 신화적 존재로 보기보다는 두 나라를 잇는 '교량'적 상징물
로 생각했다.

그런데 그 후 보불 전쟁에서 승리한 1871년부터는 프랑스와 독일을 잇는
'교량'적 의미를 버리고, 갑자기 막스 슈네켄부르거^{Max Schneckenburger}의 「라인
강가에서의 수비^{Die Wacht am Rhein, 1840}」란 시에서처럼, 다시 국가의 '수호'와 '파
수꾼'으로 생각하고 라인 강을 애국주의적 의미로 강화시켰던 것이다. 그
리고 '로렐라이'의 기능적 모습도 과거 1842년대처럼 프랑스에 대한 '연합
^{Entente Cordiale}'적 교량의 의미로 보지 않고, 독일을 수호하는 '최소한 독일 국
민성의 상징^{Symbel des Deutschtums schlechthin}'으로 보고, 애국주의를 상징하는 '독일
낭만주의와 낭만적 노래의 비유^{Allgorie des Gesangs und Romantik}'로 상정했다.

그래서 그의 시 「로렐라이와 게르마니아」에서는 '로렐라이'가 그 인접 지
역인 뤼데스하임-니다발트 언덕에 프랑스 쪽을 향해 세워진 독일의 수호

신 '게르마니아' 여신상과 함께 독일의 수호신이나 승리의 여신으로 나란히 서 있는 것으로 상상했다. '로렐라이'와 '게르마니아' 여신상은 '국가적 낭만주의의 마술적 제국 건설Errichtung eines Zauberreichs der nationalen Romantik'을 위한 비유물로 보였던 것이다. 그 결과 에다 지글러Edda Ziegler 같은 연구가는 '게르마니아 여신상을 (니다발트 언덕이 아닌) 로렐라이 언덕 위에 직접 세웠더라면 정말로 국가적 상징으로 더욱 더 좋은 표식으로 활용되었을지도 모른다.'고 생각했다. 또 지그베르그 마이어Siegberg Meyer 같은 시인은 자신의 시 「새로운 로렐라이Die neue Lorelay, 1875」에서 로렐라이를 '가장 독일적인 요정'이라 하고, 로렐라이 요정은 독일을 수호하기 위해 '라인 강의 물결이 프랑스인을 꿀꺽 삼켜 버리도록' 조화를 부리고 있다고까지 극찬했던 것이다.

그런데 하이네가 노래한 로렐라이가 게르마니아 여신상과 함께 가까운 거리에서 평화적으로 공존하며 국가의 수호신 역할을 할 것으로 상상했던 고트샬Gottschall 같은 이의 소망이 제2차 세계 대전 중에 독일의 대표적인 문화 도시인 바이마르와 브룬발트 사이에서 독일계 유대인들을 살상하는 불행으로 이어질 줄은 아무도 상상 못 했다.[50] 로렐라이 요정이 게르마니아 여신상처럼 독일의 파수꾼 역할을 할 것으로 기대했는데, 마치 마술적 힘으로 뱃사공을 파멸시켰다는 전설처럼, 불행하게도 프랑스를 파멸시키고 나아가 독일을 조국으로 알고 살아온 독일계 유대인을 대량 학살하는 참사를 빚게 한 것이다. 그 장소가 바로 독일의 문화 도시 바이마르에서 얼마 떨어지지 않은 브룬발트 수용소였으니, 하이네의 「로렐라이」는 참으로 아이러니한 운명을 지닌 셈이었다.

그 같은 참사가 인종적 종교적 차별에서 왔다고 하지만, 그 누구도 예상할 수 없는 일이 히틀러 정권하에서 일어나고 말았던 것이다. 결국 「로렐라이」를 창작한 시인이 독일계 유대인인 하이네 자신이었기에 그의 시 「로렐라이」도 이와 연관된 논쟁에서 예외가 될 수는 없었다.

그런데 하이네가 「로렐라이」를 창작하였을 때, 로렐라이 요정에 매혹되어 생명을 잃은 뱃사공들의 파멸을 자기 자신의 처지에 비유했다는 해석도 있다. 개인적으로 하이네가 젊은 시절 이루어질 수 없는 사촌동생 아말리에와 테레제를 사랑했기 때문이다. 그 자신이 이루어질 수 없는 사랑의 실연으로 고통을 받고 실의에 차 있던 사람이었기에, 그는 자신의 처지를 황금빛 머리를 지닌 요정 로렐라이가 자신의 인생을 슬프게 만든 것으로 받아들여 비유했다는 해석이다. 이와 함께 정치적으로도 독일계 유대인들이 박해를 받은 것은, 뱃사공들이 로렐라이 요정에 매혹되어 그곳만을 바라보다 라인 강가의 벼랑에 부딪쳐 희생된 것처럼, 독일을 사랑했던 독일계 유대인들이 독일의 수호신으로 상상했던 로렐라이를 '독일의 어머니상Ikone des Deutschtums'으로 연모하다가 그만 그녀의 마술에 의해 파멸된 것으로 비유하는 해석이다.

하지만 이런 이야기들은 어디까지나 추측과 소문일 뿐, 그것을 입증할 만한 증거는 없다.[51] 다만 이러한 소문이 퍼진 것은 독일계 유대인인 하이네가 「로렐라이」를 지었다는 이유로, 나치 정권이 이 작품을 작가 미상으로 읽히도록 강요하고 노래도 부르지 못하게 한 때문이다. 그렇지만 그 당시 「로렐라이」는 하이네의 시들 가운데 가장 인기 있는 대중적 노래로 불리고 있었다. 따라서 그것을 억제한다는 것은 불가능했다.

특히 이 노래는 그 당시 튀빙겐 대학 음악원 원장까지 지낸 프리드리히 질허Friedrich Silcher, 1789-1860란 유명한 음악 교수가 '민요조'의 노래로 작곡하여 국민들이 대단히 선호하여 불렀던 것이다. 그는 같은 동향의 슈바벤 지역 애국 시인들인 유스티누스 케르너Justinus Kerner, 1786-1827와 에두아르드 뫼리케Eduard Moerike, 1804-1875, 루드비히 울란트Ludwig Uhland, 1787-1862, 빌헬름 하우프Wilhelm Huaff, 1802-1827 등과 교류하면서 '국민들을 위한 음악 교육'에 심혈을 기울였던 사람이다. '정치적으로도 자유 시민적이며 학생들에게도 자유주의적인 참

여로 열린 마음을 가진 음악 교수였다.'

그 결과「로렐라이」노래는 1838년에 작곡된 그의 유명한 작품이 되어 널리 불렸다. 곡조는 18세기에 잘 알려진 목가적 멜로디로 낭만적이었다. 발표된 책에는「피아노 반주와 기타 반주를 동반한 독창과 이중창을 위한 멜로디의 독일 민요^{Tuebingen, 1838}」가 되어 가정 음악의 표본이 되었고, 그 후 남성 4중창으로 널리 불려 세계 도처에서 애창되었다. 독일 제국을 건설한 비스마르크 통일 시대에 와서는 이 노래가 애국주의적 노래로 절정에 이르렀다. 그리고 히틀러 정권 때까지 노래되었으나, 불행히도 정치적으로 크게 오용되었다. '그 유명한 질허의 음악이 유대계 시인의 펜에 의해 지어졌다는 이유 때문에…' 위축되었던 것이다. 하지만 아직도 이 노래는 독일 민요집에서 가장 중요한 위치를 차지하고 있다.[52]

하이네의 시「로렐라이」가 불행하게도 히틀러 정권 아래 수난을 당하였기에, 이를 안타깝게 생각한 '나탄 알터만^{Nathan Altermann}이란 작가는 제2차 세계 대전 말 1944년 9월에 자신의 시「로렐라이」에서 로렐라이와「로렐라이」를 창작한 하이네 사이의 비극적인 결합을 환기시키기 위해「로렐라이 1944」란 시를 지었다.' 이 시를 소개하면 다음과 같다.

별들은 저 하늘에서
라인 강을 바라보고,
도시들에선
하이네의 초상화들이 분쇄되고 있었지.

로렐라이는 일어나
용기 있는 행위로,

라인 만灣에서 껑충 뛰어갔다네
고수鼓手의 박자가 울리는 곳으로.

도시에선 화형의 장작이 불타오르고
불에는, 책들이 가득,
그리고 로렐라이는 맥주 통 위에서
미친 듯 춤을 추었다네.

외치고 알리고 있었다네:
"죽여라" "눕혀라",
불 속으로 던져라
"노래의 책"을.

불 속에 책들이
불타고 나니,
로렐라이는 거대한 점령군의
군軍 자동차 위로 올라갔다지.

군인들의 앞은,
사방 주위가 불타 연소되어 있고,
(전사자를 초혼당으로 인도하는) 싸움의 여신이 말 타고 오니
신화는 사라지고 없어졌다네.

그리고 군 자동차들은
생존자나 태워진 인간들 너머로 지나갔고,

하이네 얼굴 가에는
로렐라이 소녀가 지나갔다네.

그리고 로렐라이는 그에게 불을 던졌고
그리고 하이네는 충격에 쓰러졌으나,
시인은 무상했고,
그의 노래는 영원하다네.[53]

결국 하이네가 사랑했던 조국, 독일의 수호신 로렐라이에 의해 충격 받았
으나, 그의 노래는 영원히 남아 노래되고 있음을 강조한 것이다.

8. 엘리자베스[Elisabeth] 황후의 예찬

하이네 문학에 대한 사후 반응은 국내외를 막론하고 찬반의 정서 속에서 활기차게 이루어지고 있었다. 그중에서도 유난히 하이네 문학을 좋아한 적극적인 황후가 있었기에 여기에 소개하기로 한다.

그녀는 젊어서 가장 아름다운 공주로 유럽에서 이름난 시씨[Sissi]란 애칭을 지녔던 엘리자베스[Elisabeth, 1837-1898] 황후이다. 하이네가 젊은 시절 뮌헨 대학 교수 임용을 지망했을 때, 그의 지망을 거절한 바 있던 바이에른 왕 루드비히 1세[Ludwig I]의 조카딸이었다. 그녀의 아버지는 루드비히 1세의 동서가 되는 바이에른 공작 막스밀리안[Maxmilian]이다.

막스밀리안 공작은 하이네 문학을 높이 평가하고 애호한 사람으로, 하이네의 문체로 풍자와 동화, 환상적인 시도 창작할 줄 아는 예술가적 기질을 지닌 특이한 사람이었다. 바로 이러한 예술가적 자질을 딸 엘리자베스가 이어받은 것이다. 그래서 엘리자베스는 호머[Homer]나 셰익스피어, 하이네를 존경하고 있었으며, 자연으로의 여행 속에서도 산책이나 스포츠를 즐기고 많은 외국어를 구사하면서 시도 쓰는 교양인이었다. 그리고 그녀는 1854년 그녀의 사촌이자 오스트리아 황제인 프란츠 요셉 1세[Franz Josef I]와 결혼했다.

그런데 황제는 사람은 좋았으나 독서에는 취미 없는 사람이었다. 황후가 그에게 셰익스피어의 희곡이나 하이네의 시를 읽어 주면 지루함을 참지 못하고, 그 당시 빈[Wien] 국립 극장 여배우였던 카타리나 샤라트[Katharina Schratt] 클럽의 모임 장소인 빈 카페에 가서 수다쟁이 노릇이나 했다 한다. 그래서 오늘날까지 오스트리아 사람들은 마음 깊이 그녀의 비애를 이해하고 있는 것이다.

그녀는 문학 애호가였지만 궁중 생활에서는 지적 만족을 느끼지 못하고 있었다. 그렇기 때문에 답답한 시간에는 지루한 시간을 메우고 그녀의 아름다운 몸맵시를 간직하려 운동도 하며 지적 욕구를 홀로 충족시키고 있었다. 루마니아 여왕 카르멘 실바[Carmen Sylva]는 엘리자베스 황후가 궁중의 공식적인 영접 행사가 있을 때는 지루한 시간을 참으려 많은 고민을 했다고 전했다. 공식 행사가 끝나면 곧장 내실로 가서 화려한 의상과 다이아몬드 왕관이나 장식품을 벗어 놓고 시를 창작하려 책상으로 직행하는 것이 보통이었다. 그러곤 하이네의 시를 중얼거리고 있었다 한다.[54]

그뿐만이 아니다. 그녀에게는 '하이네가 언제나 어느 곳에 있어서나 자신의 동반자요, 하이네의 모든 말과 활자가 보석이었다.'고 스스로 말했다는 것이다.[55] 이처럼 엘리자베스가 하이네를 흠모하고 있었기 때문에 그녀의 침실 책상에는 진초록색 하드커버로 된 하이네의 「노래의 책」이 언제나 놓여 있었다. 그녀는 하이네의 필체를 모으기도 하였고, 방 안에 그의 사진이 걸려 있었을 뿐만 아니라 궁중에도 그의 흉상이 자리하고 있었다 한다.

그리고 하이네의 동생인 구스타브 하이네−겔데른 남작[Baron von Heine Geldern, Gustav]이 빈에 살고 있다는 소식을 듣고, 그를 궁으로 초대하여 그에게 하이네에 대한 감동적인 생각들을 전하기도 했다. 또 그녀가 1887년 영국을 방문하는 길에는 예외로 함부르크에 들러 그곳에 살고 있는 하이네의 누이동생 샤롯테 엠덴Charlotte Emden을 방문하기도 했다. 그런가 하면 이듬해인 1888년 크리스마스이브에는 엘리자베스가 아들 루돌프Rudolf 황태자에게 하이네 서한집을 선물하기도 했다는 것이다. 이 광경을 목격한 황제는 못마땅한 눈초리로 보고 있었지만 아무 말 하지 않았다. 다만 엘리자베스와 황태자가 하이네의 자유주의적 경향을 띠고 있음을 경계하면서 경찰의 감시 아래 두어야 하지 않겠는가 하는 생각을 했다는 것이다.

그런데 엘리자베스 황후는 사실 자신의 성격 일부가 하이네와 일치하는 것으로 판단하고 있었다. 그래서 그녀는 하이네 문학을 더욱 좋아한 것이었다. 그들 사이에 상호 공통점이 있다고 그녀 스스로가 믿고 있었기 때문이다. '지나친 감수성이나, 신경과민성, 우울감, 울적함만큼이나, 하이네의 이로니irony라든지, 예리함, 익살스런 유머, 종교적 회의, 용기, 쉴 사이 없이 생각하는 점, 여행에 대한 욕망과 바다에 대한 사랑'이 그들 서로가 지니고 있는 공통점이라 생각했다. 이러한 특성이 하이네의 작품에 잘 표출되고 있어, 간혹 그녀가 마음의 불안을 느낄 때는 하이네 작품을 통해 위로를 받고 이해할 수 없는 두려움을 해소할 수 있었다고 한다.

그런데 황실 가정에 한두 개의 불행한 사건들이 발생했다. 1886년 엘리자베스 황후의 사촌의 아들 바이에른 왕 루드비히 2세Ludwig II가 정신 질환 판정을 받고 왕위에서 물러나야만 했다. 이 왕은 바그너 음악의 보호자였는데, 왕위에서 물러난 며칠 후 스타른베르크 호수에서 그만 죽고 말았다. 이때 충격을 받았는지 황후의 외아들 루돌프Rudolf 황태자도 심한 우울증에 빠지기 시작했다는 것이다.[56]

그리고 황후는 하이네에 대한 독일인들의 감정이 좋지 못해 하이네가 이국의 가난 속에서 쓸쓸한 죽음을 맞이하였음에도 불구하고 이를 보고만 있었다는 점에 항시 죄책감을 느끼고 있었다. 그래서 무엇인가 그를 위해 보상하고 싶었다. 마침 1870년과 1880년 사이에는 독일 통일 후 유명한 독일 시인들이나 철학자들의 기념비를 설치하는 것이 일반화되었기에 황후는 하이네의 기념상을 세우려 노력했다. 그러나 헛되고 말았다. 그 예가 바로 쾰른에서 발생한 사건이다.

프리드리히 빌헤름 3세의 기념비가 쾰른에 세워졌는데, 그 기념비의 하단 받침돌에는 위대한 독일 문인들이 조각되어 있었다. 물론 하이네 상도 함께하고 있었다. 그런데 이러한 하이네 상이 조각되어 있음이 알려지자, 그것을 거부하는 사람이 조각상을 훼손하고 말았다.[57] 이렇게 하이네에 대한 스캔들은 그가 살았을 때보다 사후에 더 많이 일어나고 있었다. 물론 언론들은 이러한 처사에 대해 항의를 하였다. 1887년 빈의 희곡 작가들과 언론인들이 참석한 모임에서 시온주의 운동 창설자인 테오도르 헤르츨Theodor Herzl, 1860-1904은 이렇게 '기념비를 훼손할 필요는 없는 것이다. …… 그렇다고 그가 죽는 것은 아니잖은가. …' 하면서 변호를 했던 것이다.

엘리자베스 황후는 이러한 말에 만족하지 않았다. 실제로 그녀는 하이네의 고향 뒤셀도르프에 베를린 출신 조각가 에른스트 헤르테르Ernst Herter에게 위촉하여 대리석 '분수대'를 선물하려 했던 것이다. 그런데 시민들의 감정에 상처를 입히지 않기 위해 분수대에 하이네 상을 세우지 않고 일반적으로 알려진 '로렐라이 기념 조각상'을 세우자는 의견에 동의할 수밖에 없었다. 하이네 숭배자들도 기념물의 하단 초석에 겸허한 하이네 상을 양각하는 것으로 만족하려 했다. 그렇지만 황후 자신은 개인적으로라도 완전한 하이네 상을 세우고 싶어 했다. 그래서 황후는 덴마크 출신 조각가 루이스 하셀트리스Louis Hassltriis에게 개인적인 소유가 될 하이네 상을 조각할 것을 위촉했던 것이다.

　그런데 조각가가 막 작업을 시작하려던 때에 또 하나의 불행이 일어났다. 즉 1889년 1월 30일 빈의 숲 속에 있는 마이어링^{Mayerling} 사냥터 초가집에서 황태자 루돌프^{Rudolf}가 자신의 젊은 연인을 살해하고 자신도 자살하고 만 일이 벌어진 것이다. 아들을 잃은 충격으로 슬퍼진 황후는 더 이상 공식적인 생활로부터는 멀어지고, 이 시기에 '코르푸^{Korfu}' 섬에 자신의 위로를 위한 황실 빌라를 건축했던 것이다. 그리고 빌라 아래 테라스에 하이네를 위한 자그마한 사원을 짓고, 그 사원에 하셀트리스에게 위촉했던 하이네 상을 1890년에 세웠다.

　하이네 상은 자연스런 크기의 모습으로 의자에 앉아 허리를 굽히고 손에는 원고지의 뭉치를 쥐고 있는 모습이었다. 원고지에는 「귀로^{Die Heinkehr}」의 연시 27번^{1823~1824} 첫 구절인 '고독한 눈물 무엇을 원하는지^{Was will die einsame Traene}?'가 새겨졌다. 황후가 아들을 잃고 얼마나 슬펐던지, 슬픔의 눈물을 노래한 이 시구를 각인하여 자신의 심정을 달래고 싶었던 것이다. 황후는 하이네 상의 얼굴을 바다 쪽으로 향하게 해 놓았고, 이 시를 가장 사랑하며 가장 아름다운 하이네 시로 생각하고 있었다.[58]

　여기서 「귀로^{Die Heinkehr}」 연시 27번을 실어, 아들을 잃은 황후의 슬픔을 음미해 보겠다.

　고독한 눈물 무엇을 원하는지?
　나의 눈매를 슬프게 하는구나.
　옛 시절부터의 눈물이
　나의 눈에 남겨져 있으니.

　눈물은 반짝이는 많은 자매들을 갖고 있었지,
　모든 것이 함께 녹아 흘린,

나의 고통과 기쁨과 함께,
밤과 바람 속에 녹아 흘린.

안개처럼 희미한
작은 별들도 녹아 흘렀고,
나의 기쁨과 고통도 미소 짓고,
가슴속으로 녹아 흘러들었다네.

아, 나의 사랑 자체도
공허한 숨결처럼 녹아 흘렀다네!
너 묶은 고독한 눈물도,
지금 녹아 흘러내리고 있겠지.[59]

 이렇게 황후는 하염없이 흐르는 슬픔의 눈물을 별빛처럼 반짝이는 눈물의 방울 자매로 비유하고, 끝없는 바다를 바라보며 잃어버린 아들에 대한 애정을 달래고 있었던 것이다.

 그리고 조각가 에른스트 헤르테르Ernst Herter에게 위촉했던 분수대의 '로렐라이 기념 조각상'은 티롤 지방의 대리석으로 조각되어 7년 후 1897년에 하이네 탄신 100주년을 맞이하여 완성되었다. 3m 높이의 석주 위에 기다란 대리석 머리를 빗고 있는 로렐라이가 앉아 있는 웅장한 모습이었다. 그녀의 발밑에는 시와 우울한 세계의 고통을 대변하는 3개의 바다 요정이 앉아 있고, 몇 개의 돌고래로 된 낙수 홈이 자리하고 있다. 석주의 장식으로는 하이네의 옆모습과 한 소년이 용을 죽이고 있는 장면이 각인되어 있어, 의혹의 시선으로 보는 사람은 이러한 장면이 반독일적인 의미를 나타낸 것은 아닌지 하는 논쟁을 가져오기도 했다.

뒤셀도르프의 고위층들은 이러한 로렐라이 분수대 조각상을 설치하는 것에 관심을 보이지 않았다. 그 결과 이 분수대의 '로렐라이 기념 조각상'을 하이네와 연고가 있는 프랑크푸르트나 함부르크, 베를린에 설치하려고도 했다. 그러나 이들 도시들도 이런 기념 조각상으로는 충분하지 못하다면서 소극적이었다. 그러자 다행히도 뉴욕에 살고 있는 독일인 공동체가 이 제안을 받아들여, 분수대 로렐라이 기념 조각상을 뉴욕 중심지에 설치하려는 유치 작업을 결의한 것이다. 이 공동체의 중심에서 피아노 공장으로 유명한 스타인웨이Steinway가 앞장을 섰다.

이 소식이 독일에 알려지자 다양한 반응이 일어났는데, 그중 베를린의 풍자 신문인 〈울크Ulk〉지에 로렐라이 시 형식으로 한 패러디가 익살스럽게 실렸다. 그 시를 소개하면 다음과 같다.

이제야 나는 내게 시사하는 바 알겠네,
왜 내가 이리도 슬픈지를:
사람들이 나를 낯선 사람들에게 쫓아내고 있으니,
알 수가 없다네.

중세는 암흑이지만,
라인 강은 유유히 흘렀고
이제는 라인 강이 사람이 소곤대듯
반유대적이라네.

생각건대 물결이 삼켰는지,
끝내는 산의 요정에 현혹되었는지,

사람들은 나를 배척당한 인간처럼,

외국으로 보낸다네.[60]

　이러한 풍자시가 게재되던 그해 1897년 12월에 엘리자베스 황후는 파리
를 방문하고 몽마르트르 공원묘지에 안치된 하이네의 무덤에 화환을 놓을
수가 있었다. 그러나 그녀는 9개월 후인 1898년 9월 10일에 스위스 제네바
에서 이탈리아계 무정부주의자의 칼침 테러에 의해 애석하게도 서거하고
말았다. 빈 시는 사랑했던 전설적인 황후의 죽음으로 온통 비통한 분위기
에 휩싸였다. 그리고 애도의 기간이 끝나자 베를린 사람들은 하이네를 위
한 분수대의 '로렐라이 기념 조각상'을 뉴욕으로 운송하려 64개의 궤짝에
담아 발송했던 것이다.

　본래 계획에는 이 '로렐라이 기념 조각상'을 뉴욕 센트럴파크 동남쪽 모
퉁이의 건너편에 위치한 플라자 스퀘어 5번가에 세우려 했다. 그런데 이 계
획이 알려지자 일부 뉴욕 시민 가운데 반유대주의적 색채가 짙은 사람들이
뉴욕 시 한복판에 하이네 기념물을 세운다는 것은 부당하다는 비난을 던지
고 있었던 것이다.

　이러한 반대의 목소리를 당시 〈뉴욕타임스〉 편집장은 다음처럼 기사화
했다. 그것은 독일계 미국인들의 내부적 찬반론에서 왔다고 추측하면서,
'로렐라이 분수대 기념 조각상 설치에 대한 가장 날카로운 적은 독일인들
이며, 그들은 마치 악마가 성수를 증오하듯 하이네를 증오하고 있다.' 그러
면서 하이네 기념 조각상을 유원지 공원 글렌 아일랜드Glen Island에 세울 것을
제안하기도 했다(〈뉴욕타임스〉 1899.7.2). 하지만 이 제안은 받아들여지지 않았고,
그 대신 타협을 통해 뉴욕 북부 1구 브롱크스Bronx 지역에 있는 164번가 거
리 모퉁이의 대광장에 설치하게 되었다.

　우습게도 몇 년 후 이곳 근처에 양키 스타디온Yankee Stadion이 건축되었다.

그래서 스타디온으로 가는 군중들은 하이네 기념 조각상을 지나갈 수밖에 없었다. 그런 까닭에 그들은 길을 묻는 도중 이제 하이네 기념물은 어디로 옮겨질까? 하는 의혹 속에서, 하이네의 연시 「이젠 어디로Jetzt wohin?1848/1851」를 연상하기도 했다.[61]

이처럼 '분수대의 로렐라이 조각상'이 아이러니하게도 뜻하지 않게 뉴욕으로까지 와서 설치되었듯이, 하이네 자신도 1848년 3월 혁명이 프로이센 독재에 의해 실패하자 독일로 귀국할 수도 없고 악화된 병으로 가만히 앉아 있을 수도 없는 자신의 처절한 마음을 달래기 위해, 자신이 찾아 유랑할 수 있는 이웃 나라에 대한 허구적인 풍자시를 읊었던 것이다.

사실 그는 프랑스를 제외하고는 영국이나 미국, 러시아, 그 어느 나라로도 이주할 생각이 없었다. 하지만 경제적 어려움과 병의 악화로 프랑스를 떠날 허구적인 이주국을 상정해 보았던 것이다. 그런데 우연이지만 미국을 자유와 평등이 넘치는 나라로 보고, 미국으로의 이주를 상상해 보았던 것이다. 그것은 자신의 사상적 정체성과도 일치할 수 있었다. 그러나 현실은 그렇지 못하다고 그는 실토하였다. 여기에 「이젠 어디로?1848」를 소개해 보겠다.

이젠 어디로? 바보스런 발걸음은
나를 독일로 데려가려 하네;
하지만 오성悟性을 가진 현명한 나의 머리는
안 된다고 고개 저으며 말하려 하네:

전쟁은 끝났다지만,
전쟁의 법정은 남아 있는데,

사실인즉, 너는 이전에
사살하는독일을 비판하는 글을 많이 쓰지 않았는가 말이네.

이는 사실이지, 불쾌할 것이야
그 사살의 총이 나에게 쏘아졌다면;
나는 영웅이 아니라네, 나에겐
열정적인 태도가 결여되어 있으니 말이네.

나는 영국으로 가기를 좋아했을 것이야,
그곳에 석탄 증기가 없었더라면
그리고 영국인이나-증기 냄새가
나에게 구토와 경련을 주지 않는다면 말이네.

나에게는 자주 생각되었지
미국으로 배 타고 갈 것을,
커다란 자유의 곳간과
평등의 도리깨질이 있는 그곳을 향해 말이네.

하지만 이런 나라는 나를 불안하게 한다네,
사람들이 담배나 씹고,
사람들이 왕 없이 볼링이나 하며,
사람들이 타구 없이 침이나 뱉는 곳은 말이네.

러시아는, 아름다운 제국,
나에게는 기분이 좋을지 모르지,

하지만 겨울에는 내가
그곳에서 (제정 러시아의) 학정을 참을 수가 없을 것이라네.

슬프게도 나는 높은 곳을 바라보고 있다네,
수많은 별들이 내려다보고 있는-
하지만 나의 별은
그곳 아무 곳에서도 찾아볼 수 없었다네.

하늘가에 있는 황금의 미로 속에서
혹시 방황하고 있는 것은 아닌지,
마치 세속의 혼란 속에서
나 자신 방황하고 있는 것처럼 말이네.**62**

정처 없이 유랑할 자신의 처지를 상상하면서, 시구詩句 5단에서처럼 미국 같은 자유와 평등이 활개 치는 곳을 갈망하기도 했다. 하지만 현실적으로는 그곳은 계몽이 덜되어 불안을 느끼게 하는 나라이며 갈 수도 없는 곳임을 예견하고 있었다. 그런데 무슨 인연인지 자신의 '로렐라이 조각상'이 미국으로 가서 설치되었다는 것은 아이러니한 운명이 아닐 수 없다.

'코르푸Korfu 섬의 황후 별장아킬레온 별장, Achilleion에 설치된 하이네 상도 더 나은 운명은 아니었다. 황후가 죽은 후 남편 프란츠 요셉 1세Franz Josef I는 하이네 기념상에서 벗어나려 이를 독일 황제 빌헬름 2세에게 매각했다. 하지만 하이네가 빌헬름 2세의 선대 조상들을 독재 가문으로 조롱한 적이 있다 하여 빌헬름 2세는 이를 파격적인 염가 1만 마르크의 가격으로 함부르크의 캄페 출판사에 다시 매각했던 것이다. 캄페 출판사는 함부르크 시민의 거부

반응을 피하기 위해 조심스럽게 이를 운반하여 밀폐된 홀에다 보관해 두었다가 겸손한 위치에 설치하기도 했다. 그러다 1927년 함부르크 중심지 알토나^{Altona}에 설치하였던 것이다.

그러나 1933년 나치가 집권하자, 이 기념상은 외국으로 밀매되어 결국 오늘날 프랑스 남부의 툴롱^{Toulon} 시 미스트랄 공원^{Mistral-park}에 위치하고 있는 것이다. 그리고 프랑스 정부는 이전의 하이네와 프랑스와의 관계를 고려하여, 1901년 11월 24일 몽마르트르에 있는 하이네 묘비에 엘리자베스 황후가 위촉했던 하셀트리스^{Hasseltriis}의 조각상을 모방하여 새로운 흉상을 설치하기도 했다.[63]

이렇듯 하이네 기념 조각상은 많은 우여곡절을 겪었다. 단지 그가 유대계 작가라는 이유 때문에 나치 시대에 수난을 겪었던 것이다. 그가 유년 시절을 보냈던 함부르크 시는 1909년에 하이네 동상을 세울 것을 공표했다. 그러나 빈으로부터 하이네를 모함하는 반유대주의 잡지가 하이네를 돼지 위에 올라타고 달리는 모습으로 풍자하여 선동함으로써, 그는 돼지처럼 독일어를 불결하게 한 시인으로 비방되었다. 이런 일이 있은 후 동상 설치 계획은 무산되고 말았다.[64] 그리고 함부르크 시가 1926년에 후고 레데르^{Hugo Lederer}에 의뢰해 만든 동상도 히틀러가 권좌에 오르자 총탄 생산 자료로 용해되었으며, 프랑크푸르트에 세운 동상도 마찬가지로 사라지고 말았다.[65]

9. 전후에 부활된 기념비들

제2차 세계 대전이 끝나자 그간 나치 체제 속에서 박해당했던 자유주의적 진보주의 사상가 하이네는 다시 부활되었다. 그리고 그를 위한 첫 번째 기념상이 1953년에 그가 태어났던 뒤셀도르프에 건립되었다. 기념상은 조각가 아리스티드 마욜^{Aristide Maillol}에 의해 「하모니^{Harmonie}」란 상징물로 제작되었으며, 하이네가 13세 때 나폴레옹을 보았던 호프가르텐^{Hofgarten}에 설치되었다.

그리고 오랜 시간이 지난 후 뒤셀도르프 시는 하이네 서거 125주년을 맞이하여 1981년 2월 17일에 베르트 게레스하임^{Bert Gerresheim}이 제작한 「모호한 모습의 동상^{Fragemal}」을 슈바넨마르케트^{Schwanenmarket} 광장에 설치했다. 그것은 하이네가 '병석의 무덤'에서 사투하는 모습의 동상이었다. 1994년에는 후고 레데르^{Hugo Lederer}의 작품을 모방한 하이네 흉상이 대학 앞에 설치되기에 이르렀다.⁶⁶ 그뿐만 아니라 시내 한복판에 하이네 거리도 생겼으며, 대학도 하이네 대학으로 명명¹⁹⁸⁸되었다.

베를린 시도 구동독 시대에 하이네 서거 100주년을 기념하여 조각가 발데마르 그리지멕^{Waldemar Grizimek}이 제작한 의자에 앉아 새들에게 모이를 주는 기념 동상을 1956년 폭스가르텐^{Volksgarten}에 있는 바인베르크 길^{Weinbergsweg}에 건립하였다. 본래는 베를린 한복판 '운터 덴 린덴^{Unter den Linden}'가에 설치할 계획이었으나, 하이네의 동상이 생명과 애정에 대한 지식인의 고뇌를 '표현주의적 사실주의' 기법으로 표현한 작품이어서 정치인들이 모이는 관가 거리와는 어울리지 못한다 하여 바인베르크 길에 설치하였다 한다. 공교롭게도 그곳은 동독이 무너질 무렵 동독 지식인들이 은밀히 모여 밀회하며 밀담을 나누던 모의 장소가 되었고, 그곳으로부터 라이프치히에 이어 베를린 데모가 시작되었던 곳이다. 그런 까닭에 하이네 동상과의 인연이 아이러니하다.

통독 이후에는 하이네 서거 135주년을 맞이하여 1991년에 베를린 하이네 거리 지하철역 부근에 있는 쾨페니커 거리^{Koepeniker str.}에 여류 조각가 카린 크로이츠베르크^{Carin Kreuzberg}가 만든 시멘트 조각상이 설치되었다. 이것 역시 '표현주의적 실존주의'·전통에 따라 추상적인 시멘트 자료로 표현한 작품이다. '무덤의 병석'에서 투병하던 하이네의 모습을 죽음의 가면처럼 조각하고, 몸통에는 두 손만을 모아 아래위를 부각시킨 추상적 입상이다.[67] 이것은 정치적으로 얼룩진 그의 기념물이 '이젠 어디로?' 갈 것인가 하는 의구심을 어두운 과거의 회상을 통해 경각시키는, 고통의 추상적 의미를 암시하고 있는 것이다.

사실 독일에서는 전쟁 후 1960-70년대부터 과거 나치 시대로부터 벗어난 새로운 세대들이 등장하면서 하이네에 대한 새로운 인식이 확산되어 갔다. 그래서 하이네와 인연이 있던 함부르크나 뮌헨, 본 등의 도시에는 1994년 이후 새로운 하이네 기념물이 세워지고 있다. 하이네가 괴테 다음으로 유명한 독일 시인이기 때문에 이런 현상은 당연한 것으로 이해된다.

함부르크에는 발드마르 오토^{Waldmar Otto}가 제작한 동상이 현재 시청 광장 Rathausmarkt에 세워져 있고, 뮌헨에도 토니 스타들러^{Toni Stadler}가 만든 동상이 피난츠가르텐^{Finanzgarten}에 설치되어 있다. 또 본에서는 울리히 뢰크림^{Urlich Rueckrim}의 4각 입체형 기념비가 대학 캠퍼스 라인 강가에 세워졌다.[68]

이 책의 필자인 나도 이러한 경향에 자극받아, 20세기 마지막 해인 1999년 괴테 탄신 250주년을 맞이하여 새로운 21세기를 전망하면서 한국외국어대학 용인 캠퍼스에 괴테의 시 「은행나무 잎」과 함께 하이네의 「새로운 시」가운데 「세라피네(10)」과 「노래의 책」가운데 「귀향(46)」의 시비를 건립하였다. 설치 동기는 당연히 하이네 문학을 기념하기 위해서였지만, 대학 캠퍼스가 수려한 산과 호수를 함께한 위치에 자리하고 있기 때문이기도 했다.

그런데 더욱 절박했던 이유는 고뇌와 실의에 빠진 젊은 학생들이 간혹 이곳 캠퍼스에서 희망을 잃고 좌절감에 사로잡혀 아름다운 호숫가를 배회하며 스스로 불행을 자초하는 경우가 있었다. 미래가 밝은 젊은이들에게 삶에 대한 희망과 용기를 일깨워 주며 생명에 대한 애정을 갖도록 하는 무언의 메시지를 전할 필요가 있었다. 그래서 나는 1999년 6월 27일 제자 황상철, 백영준, 장승규 들의 재정적 지원과 나의 번역으로 하이네 시비를 건립하였던 것이다. 시비 설치 소식이 독일 하이네 연구소에 전해지자, 하이네 전집을 출간한 만프레드 빈트퍼^{Manfred Windfuhr} 교수는 하이네 시가 시비 형태로 수용된 것은 처음이라 하며, 한국에 있어서의 하이네 수용사와 시비 사진을 보내 달라는 부탁이 있었다. 그래서 그간 요약된 하이네 수용사를 적어 시비 사진과 함께 보냈더니, 「하이네 연감 2000」년도 국제 학술지에 수록하였던 것이다.[69]

이렇게 하여 하이네 시비는 역사적 수용사의 고찰 자료가 되었다. 여기 하이네의 두 시를 음미해 보기 위해 소개한다. 먼저 「세라피네(10)^{Seraphine 10,}

¹⁸³²」을 보자.

> 한 아가씨가 바닷가에 서서
> 걱정스레 긴 한숨을 짓고 있었다.
> 해지는 광경이
> 그녀를 그토록 움직였던 것이다.
>
> "나의 아가씨여! 기운을 내세요,
> 그러한 것은 낡은 광경이랍니다;
> 이곳 앞쪽에서 해가 지지만
> 저곳 뒤쪽에서 해는 다시 떠오른답니다."(「새로운 시」 기타 중에서)[70]

그리고 「귀향 46번^{Heimkehr 46, 1823-1824}」은 다음과 같다.

> 가슴이여, 나의 가슴이여, 슬퍼하지 말라,
> 너의 운명을 참고 견디어라.
> 겨울이 네게서 앗아 간 것을,
> 새봄이 다시 돌려주리라.
>
> 네게는 많은 것들이 남아 있지 않은가,
> 또한 세상은 여전히 아름답지 않은가!
> 나의 가슴이여, 네 마음에 드는 것은,
> 모두 모두 다 사랑하여라!(「노래의 책」 「귀향」 연시 가운데)[71]

이 두 편의 하이네 시는 '자연의 센티멘탈리즘'을 통해 젊은이들에게 삶에 대한 희망과 용기를 주고 생명에 대한 존엄을 강조하는 내용이다. 해는 언제나 다시 뜨는 것이기에 삶의 희망을 잃지 말 것이며, 겨울이 앗아 간 것은 새봄이 다시 돌려주기에 참고 인내할 것이고, 세상은 아름다운 것이니 모두 모두 다 사랑하라는 새로운 삶과 새로운 사랑을 노래한 하이네 사상이 담긴 것이다.

일찍이 '가슴이여, 나의 가슴이여, 슬퍼하지 말라.' 한 「귀향 46번」은 제2차 세계 대전 당시 독일 병사로서 러시아 전투에 참전한 적이 있는 하이네 전문가 프리츠 멘데 박사^{Dr. Fritz Mende, 1920년생 할래/살래}의 체험담에서 더욱 새롭게 부각되고 있다.[72]

그가 1942년 가을 러시아 전투에 참여하고 있을 때, 집으로부터 한 장의 위문편지를 받았다. 편지에는 한 독일 북극 탐험가가 눈 덮인 추운 북극의 크리스마스 저녁에 대원들 앞에서 익명을 요구한 시 한 편을 낭독하였다는 기사가 쓰인 '독일 화보'가 동봉되어 있었다. 그래서 '화보'에 실린 시가 누구의 것일까 생각하고 읽어 보니, 익명을 요구한 그 시는 하이네의 「귀향 46번」이었다. 그 당시 나치 시대에는 누구나 노래하는 시라 해도 하이네의 시라면 '작가 미상'으로 소개되고 있었기 때문이다. 많은 국민들이 노래한 「로렐라이」도 '작가 미상'이라고 교과서에 소개되었고, 「귀향 46번」도 누구의 시인지 모르게 익명으로 소개된 것이다.

시의 내용은 추운 북극에서 사투하는 탐험대나 눈 덮인 러시아 전쟁터에서 고생하는 병사들에게 삶과 생명에 대한 애착을 진작시키고 위로가 될 수 있었다. 멘데 박사의 부인 역시 그러한 생각에 이 시를 편지에 동봉한 것이다.

멘데 박사도 편지에 동봉한 시를 처음 읽었을 때, '작가가 누구일까? 혹시 괴테는 아닐까?' 하는 의구심도 가져 보고, 혹시 이 시가 괴테의 「새로운 사랑, 새로운 생명^{Neue Liebe, Neue Leben, 1775}은 아닌지 의심했다는 것이다. 괴테의 시도 그가 약혼까지 하며 사랑했던 릴리 쇠네만과 헤어질 수밖에 없는 이별을 했던 슬픈 시기¹⁷⁷⁵에 사랑에 대한 욕구와 헤어짐에 대한 고뇌를 자신의 시에서,

> 가슴이여 나의 가슴이여 이 일을 어찌해야 하나,
> 무엇이 너를 그리도 괴롭히느냐?
> 어떤 낯선 새로운 삶이ー
> 나는 너를 알 수가 없구나.[73]

하며 이별의 아픔을 한탄한 것이었다. 그런데 바로 이 시의 첫 구절인 '가슴이여, 나의 가슴이여…'가 「귀향 46번」의 첫 구절에서도 똑같이 반복되어 변주되고 있었기 때문에 분별하기 어려웠던 것이다.

하지만 그 시가 「귀향 46번」이었음을 알았을 때, 그 시가 고통스러운 전쟁터에서라도 이를 감내하고 극복하면 새로운 생을 얻을 수 있으리라는 희망을 암시하는 것을 알았다. 그래서 멘데 박사는 하이네 시의 진가를 새삼 깊이 깨달을 수 있었고, 자신의 고통에 많은 위로가 된 듯도 했다.

「귀향 46번」에서 언급된 '운명'을 참고 인내하라는 말이나 '새봄'이 희망과 믿음을 가져다줄 것이니 세상의 아름다움이나 생명의 욕망을 '사랑'하라는 하이네의 경구적 방향 제시는 그가 '병석의 무덤^{Matratzengruft}'에서 투병 생활을 할 때 간직했던 생의 기본적 가치였다.[74] 그러므로 하이네에게 있어서 '운명'의 극복 문제라든지 '봄'과 '사랑'이란 요소는 새로운 삶을 위한 기본적 창조력이 되고 있다. 그리고 그가 이러한 기본적 요소들을 중시한 것도 그의 인생 체험에서 얻어진 것이다.

우선 '운명'이란 첫 번째 문제를 보면, 이것은 유년기의 체험에서부터 시

작된 것이다. 하이네 자신이 유년 시절부터 '자신의 정체성이 유대인과 기독교인으로 살아가야 할 불투명한 사회적 위치에 있음을 알고', 자신의 '고립된' 고독한 운명에 대해 '고뇌'했기 때문이다[75](1823.6.18. 모세스 모저에게 보낸 편지). 그리고 이러한 고뇌는 경우에 따라서는 분노로까지 분출했던 것이다. 그는 친구 모저[Moses Moser]에게 전한 편지에서 다음처럼 쓰기도 했다.

'나 자신은 다른 사람의 정신과는 다르게 조직되어 있고 보다 더 심오하여, 메마른 분노가 마치 나의 영혼 위에 불타는 철판을 올려놓은 것처럼 치밀어 오르고 있다[76](1823.7.11. 모세스 모저에게 보낸 편지).' 이렇게 운명에 대한 자신의 고통스런 분노를 토로한 적도 있다. 그리고 말년에 가서 '병석의 무덤'에 누워 있을 때도, 자신이 '병석의 무덤에 누워 있게 된 것이 신의 뜻인지 신이 준 운명인지 모르지만' '숙명적인 어두운 힘들'에 의해 이루어진 듯하다고 술회하기도 했다[77](1850.12.25. 제임스 로스차일드에게 보낸 편지).

그가 투병 생활을 하던 1850년 이전까지만 해도 그는 헤겔파의 한 사람으로서 '자유로운 정신력'과 '생명력 있는 삶의 감정'으로 자신의 '운명'을 극복할 수 있으리라 믿었다.[78] 또 인간 스스로가 간직하고 있는 '살아 있는 도덕의 법칙'이나 인간의 '모든 권능과 권리의 원천'[79]을 동원해서라도 '운명'을 개척할 수 있으리라 생각했던 것이다. 하지만 자신이 '병석의 무덤'에서 육체적 자유마저 잃고 있는 상태에서는 '숙명의 힘[Macht des Fatums]'을 받아들이지 않을 수 없게 된 것이다.

그래서 운명이란 것은 인내로서 감내하여야 하는 것이며, 생명력에 대치되는 슬픔의 우울한 감정까지도 '운명'으로 생각하고 자연의 순환 속에서 오는 '새봄' 속에서 희망과 믿음을 갖는 것이 운명 극복의 가장 큰 힘으로 생각된 것이다. 물론 여기에는 생명에 대한 '사랑'이 또한 강력한 뒷받침이 되는 힘이었다. 하이네는 「귀향 46번」에서 새로운 '봄'을 대단히 다양하게 예찬하고 있다.

이 시에서는 봄을 '아름다움과 생명력의 융합이며, 희망과 행위 욕구, 열광과 자유에 대한 동경 그리고 자연 감정과 세계 개방성 등이 융합되어' 있는 생명력으로 보고 있다. 그것들이 다른 여러 작품에서 '봄의 메타포^{은유}'로 그득하게 나열되고 있는 것이다. 4계절의 변화에서 펼쳐지는 자연의 연극 속에서 봄이란 자연의 맥박처럼 느껴지는 미소이며 생명에 대한 사랑과 열정의 현상인 것이다. 그래서 하이네는 이러한 봄의 여러 현상들을 자신의 개인적 인생관이나 세계관 조직 속에서 운명 극복이나 희망과 믿음, 사랑을 얻게 하는 창조력으로 예찬하고 있는 것이다.[80]

'사랑'에 대한 개념에 있어서도 사랑을 '삶과 생명의 중요한 요소'로 보고 있다.[81] 인간의 모든 행위들이 마음으로부터 우러나오는 사랑의 노력에 의해 이룩되고 있기 때문이다. 또한 사랑이란 인간 행위에 있어 기본적인 윤리적 가치가 되고, 나아가 사랑은 모든 생명체에 대한 존엄과 애경심을 이루게 하며, 개체 인간의 자유에 대한 애정도 인류애로 승화되게 하고 있는 것이다. 따라서 자유에 대한 사랑이 현대 사회에 와서는 모든 인간의 종교가 되고 있는 것이다.

하이네는 이러한 자유에 대한 동경과 사랑으로 일생을 살아왔다. 그래서 멘데 박사는 「귀향 46번」에 관한 분석 말미에서, 하이네 자신의 깊은 마음 속에 자리하고 있는 '운명'의 극복이란 것도 사실은 '자신 속에 내재하고 있는 억제하기 어려운 생명력과 능력으로 운명을 감내하고, 가슴으로부터 우러나는 마음으로 운명에 따른 문제들을 해결하며, 삶의 모순들을 가장 강한 감성적 조절 능력과 고귀한 사랑으로 맞이하여 해결하는 것'이라는 하이네의 의견을[82] 다시 소개하고 있는 것이다.

이러한 표현은 하이네가 얼마나 고귀한 사랑으로 자신의 어려운 운명을 해결하려 노력했는지 잘 보여 주고 있다. 그는 절망적인 병석에 누워 있을 때에도 친구 파니 레발트^{Fanny Lewald}에게 투병 생활을 함에 있어서도 '파괴할 수 없는 생의 욕구'가 자신의 고통을 극복시키고 있다고 고백했다.[83] 그런가 하면 알프레드 마이스너^{Alfred Meissner}에게도 '자신이 체험한 나쁜 일들이나 혼돈스러운 일들, 거짓과 우스꽝스런 일들을 하나의 조롱거리로 웃어넘기는 타고난 성품을 자기 자신이 지니고 있듯이, 역시 고결함을 느끼고 위대함에 감동하며 생동감 있는 생명에 대해 찬미할 줄 아는 자연스런 성품의 특징도 자기 자신이 지니고 있기에' 자기 자신이 고통스런 운명을 감내할 수 있었다고 했다.[84]

이처럼 하이네는 자기 자신이 처한 어려운 운명적 상황을 생명에 대한 존엄과 사랑을 통해서 극복하고 있었음을 알 수 있다. 바로 이러한 생명 존중 사상에서 오는 사랑을 운명 극복의 철학적 수단으로 노래한 시가 「귀향 46번」이었음을 멘데 박사는 강조하였던 것이다.[85]

이렇게 볼 때, 하이네 사상의 기본이 되고 있는 자유, 평등, 박애 사상들도 사랑을 통한 생명 사상에서 온 것이라 볼 수 있다. 이것은 알프레드 마이스너^{Alfred Meissner}가 1856년 그의 「하이네 회상」에서 하이네를 '사랑의 시인'이라 부르고, 인간에게 있어서 '사랑은 생명의 요소'라 일컬은 것도 이러한 이유에서이다. 그리고 오늘날까지 하이네를 '사랑의 서정 시인'이라고 하는 이유도 여기에 있다.[86]

「귀향 46번」에서 '가슴이여, 나의 가슴이여, 슬퍼하지 말라.'는 낙관적 인생관과 세계관을 호소한 것도 사랑을 통해서 고통의 운명을 극복할 수 있다는 그의 적극적인 인생관을 대변하고 있는 것이다. 그런 까닭에 이 시를 통해 아픔의 시인을 분석한 이 글을 매듭짓고 싶은 것이다.

I. 머리말

1 H. Heine: Saemtliche Werke. Duesseldorfer Ausgabe. Hg .v. Prof. Dr Manfred Windfuhr. Hamburg. Hoffmann und Campe. 1973ff.약자로 DHA로 함. DHA. Bd.3/1 Lazarus II. S.106.

2 DHA. Bd. 7. Die Stadt Lucca. S. 194.

3 DHA. Bd. 4. Deutschland. Ein Wintermaerchen. S. 91.

4 참고: Frittz. J. Raddatz: H. Heine. Weinheim/ Berlin. 1997. S. 280.

5 DHA. Bd. 14/1. S. 290.

6 DHA. Bd. 14/1. S. 291.

7 DHA. Bd. 14/1. S. 292.

8 Fritz v. Raddatz: H. Heine. S. 285f.

9 DHA. Bd. 14/1. S. 292.

10 Saekularausgabe. Werk–Briefwechsel–Lebenszeugniss. Berlin/Paris. 1970ff. 약자로 HSA로 함. HSA Bd. 22. S. 287.

11 Henner Montanus: Der kranke Heine. 1995. Stuttgart. S. 172.

12 Hg. v. Michael Werner/ Fortfuehrung von H. H. Houbens Gespraeche mit Heine: Begegnungen mit Heine. 1973. Hamburg. Bd II. S. 155.Fritz J. Raddatz: Heine. S. 286.

13 HSA. Bd. 23. S. 24.

14 DHA. Bd. 15. S. 37. Gestaendnisse.

15 Fritz. v. Raddatz; H. Heine. S. 289.

16 HSA. Bd. 23. S. 181.

17 Hg. v. Michael Werner/ H. H. Houbens: Gespraeche mit Heine: Begegnungen mit Heine. Hamburg. 1973. Bd. 2. S. 137f.
Henner Montanus: Der kranke Heine. S. 169.

18 Hg. v. Michael Werner/ H. H. Houben: Begegnungen mit Heine. Hamburg. 1973. Bd. 2. S. 824.

19 Hg. v. Michael Werner/ H. H. Houben: ebd. Bd. 2. S. 825.

20 Hg. v. Michael Werner/ H. H. Houben: ebd. Bd. 2. S. 826.

21 Hg. v. Michael Werner/ H. H. Houben: ebd. Bd. 2. S. 828.

22 DHA. Bd. 3/1. S. 198.

23 Hg. v. Michael Werner/ H. H. Houben: Begegnungen mit Heine. Bd. 2. S. 195.

24 Hg. v. Joseph A. Kruse: Ich Narr des Gluecks. Stuttgart– Weimar 1997. S. 329.

25 DHA. Bd 15. S. 210.

II. 청소년 학창 시절

1 Manfred Windfuhr: H. Heine. Stuttgart. 1969. S. 2.

2 DHA. Bd. 15. S. 83.

Hg. v. Hans Kaufmann: Werke. 1964. Berlin. Bd. 13. Memorien. S. 193. 약자를(K)로 함.

3 Memorien(1884) DHA. Bd. 15. S. 100.

4 DHA. Bd. 6. S. 195, 198.

5 DHA. Bd. 1/2. S. 698f. Anmerkung.

6 DHA. Bd. 1/1. S. 77f.

7 DHA. Bd. 15. S. 62. Memorien-Fragment.

8 HSA. Bd. 20. S. 18.

9 HSA. Bd. 20. S. 301.

10 H. H. Houben: Gespraeche mit Heine. 1948. S. 824.

11 DHA. Bd. 1/2. S. 890. Anmerkung.

12 Memoiren. DHA. Bd. 15. S. 93-99.

13 Yigal Lossin: H. Heine. Neu Isenbug. 2006. S. 48.

14 DHA. Bd. 15. Memoiren. S. 64.

15 HSA. Bd. 20. S. 25.

16 HSA. Bd. 20. S. 32.

17 DHA. Bd. 10. S. 194.

18 DHA. Bd. 8/2. Anmerkung. S. 1340f.
    M. Werner/ H. H. Houben: Begegnungen mit Heine. Bd. 1. S. 92f, 260, 360. Bd. 2. S. 540.

19 DHA. Bd. 8/1. S. 168f. Die Romantische Schule.

20 DHA. Bd. 8/1. S. 169f.

21 DHA. Bd. 8/1. S. 165.

22 DHA. Bd. 8/1. S. 170f.

23 DHA. Bd. 8/1. S. 170.

24 DHA. Bd. 8/1. S. 169f.

25 DHA. Bd. 8/1. S. 171.

26 DHA. Bd. 5. S. 385, 387f. Entstehung und Aufnahme.

27 HSA. Bd. 20. S. 89f.

28 M. Werner/ H. H. Houben: Begegnungen mit Heine. Bd. 1. S. 94.

29 DHA. Bd. 5. S. 385-392. Entstehung und Aufnahme.

30 M. Windfuhr: H. Heine. Stuttgart. 1969. S. 14f.

31 DHA. Bd. 6. S. 85. Harzreise.

32 DHA. Bd. 6. S. 83.

33 DHA. Bd. 6. S. 133.

34 DHA. Bd. 6. S. 136f.

35 DHA. Bd. 11. S. 83. ludwig Boerne. Eine Denkschrift.

36 DHA. Bd. 11. S. 84. Ludwig Boerne Eine Denkschrift.

37 DHA. Bd. 6. S. 155f. Die Nordsee(1826)

38 DHA. Bd. 11. S. 85.

39 DHA. Bd. 2. S. 60.

40 HSA. Bd. 20. S. 31f.

DHA. Bd. 1/2. S. 650.

41 DHA. Bd. 5. S. 33f.

42 Max Brod: The Artist im Revolt. London. 1956. S. 126.

In: Yigal Lossin: H. Heine. 2006. Neu Isenburg. S. 58.

43 HSA. Bd. 20. S. 124.

44 HSA. Bd. 20. S. 390.

45 H. H. Houben: Gespraeche mit Heine. Potsdam. 1948. S. 31–32.

46 HSA. Bd. 20. S. 46.

47 Ruediger Safsanski: Romantik. Muenchen. 2007. S. 219–229.

48 HSA. Bd. 20. S. 69.

49 HSA. Bd. 20. S. 50.

50 Bieber, Hugo: H. Heine. Juedisches Manifest. New York. 1946. S. 278.

In: Yigal Lossin: H. Heine. S. 66.

51 M. Windfuhr: H. Heine. Stuttgart. 1969. S. 18.

52 Yigal Lossin: H. Heine. S. 64f.

53 HSA. Bd. 20. S. 82.

Gerhard Hoehn: H. Heine. Handbuch. Stuttgart. 1987. S. 29.

54 HSA. Bd. 20. S. 107.

Gerhard Hoehn: H. Heine. S. 29.

55 DHA. Bd. 6. S. 65.

56 DHA. Bd. 6. S. 61f.

57 Yigal Lossin: H. Heine. S. 72.

58 DHA. Bd. 5. S. 81f.

59 DHA. Bd. 5. S. 377. S. 484f. Anmerkung.

60 DHA. Bd. 5. S. 485. Anmerkung.

61 DHA. Bd. 5. S. 485. Erlaeuterung.

62 Manfred. Windfuhr: H. Heine. Stuttgart. 1969. S. 45.

63 M. Windfuhr: ebd. S. 46.

64 DHA. Bd. 1/1. S. 137.

65 DHA. Bd. 1/1. S. 137.

66 DHA. Bd. 1/1. S. 137.

67 DHA. Bd. 1/1. S. 161.

68 DHA. Bd. 1/1. S. 81.

69 DHA. Bd. 1/1. S. 81.

70 DHA. Bd. 1/1. S. 165.

71 HSA. Bd. 20. S. 104.

72 DHA. Bd. 1/1. S. 207.

73 DHA. Bd. 1/1. S. 225.

74 HSA. Bd. 20. S. 142.

75 In: DHA. Bd. 5. S. 624f.

76 Fritz J. Daddatz: H. Heine. Taubenherz und Geierschnabel. Weinheim/ Berlin. 1997. S. 92f.

77 DHA. Bd. 5. Der Rabbi v. Bachrach. 1. Kapitel. S. 112f.

78 DHA. Bd. 5. S. 110.

79 DHA. Bd. 5. S. 670f. Anmerkungen Fritz J. Raddatz: H. Heine. Weinsheim/ Berlin. 1997. S. 95.

80 HSA. Bd. 20. S. 106.

81 HSA. Bd. 20. S. 148.

82 DHA. Bd. 1/1. S. 223. 「Heimkehr 13.」

83 Hg. v. H. H. Houben: Gespraeche mit H. Heine. 2. Aufl. Potsdam. 1948. S. 65–67.

84 Fritz J. Raddatz: H. Heine. 1997. Weinheim/ Berlin. S. 97.

85 Fritz J. Raddatz: ebd. S. 98.

86 HSA. Bd. 20. S. 227.

87 DHA. Bd. 1/1. S. 529.

88 HSA. Bd. 20. S. 227.

89 HSA. Bd. 20. S. 234f.

90 HSA. Bd. 20. S. 267.

91 HSA. Bd. 20. S. 267.

92 DHA. Bd. 3/2. S. 906. Anmerkung.

93 DHA. Bd. 3/1. S. 130.

94 DHA. Bd. 3/1. S. 135f.

95 DHA. Bd. 3/2. S. 911. Anmerkung.

96 Hg. v. Andreas B. Kilcher/Otfried Fraisse/Yossef Schwartz: Juedischer Philosophen. Stuttgart/ Weimar. 2003. S. 24

    Yigal Lossin: H. Heine. S. 116.

97 Peter Ortag: Juedische Kultur und Geschichte. Potsdam. 2004. S. 13.

98 HSA. Bd. 20. S. 87.

99 Yigal Lossin: H. Heine. S. 123f.

100 HSA. Bd. 20. S. 241.

101 DHA. Bd. 1/1. S. 223.

102 DHA. Bd. 2. S. 73.

103 DHA. Bd. 11. S. 105. Rudwig Boerne, eine Denkschrift. 1840.

104 DHA. Bd. 2. S. 141–142. Deutschland(1840)

105 DHA. Bd. 1/1. S. 512–515.

106 HSA. Bd. 20. S. 50.

107 DHA. Bd. 10. S. 194.

108 HSA. Bd. 20. S. 148.

109 DHA. Bd. 8/1. S. 36.

110 DHA. Bd. 8/1. S. 36.

111 DHA. Bd. 8/2. S. 838f.

112 DHA. Bd. 8/1. S. 76. Zur Geschichte der Religion und Philosophie in Deutschland.

113 DHA. Bd. 8/1. S. 134. Die romantische Schule.

114 DHA. Bd. 10. S. 313.

115 DHA. Bd. 8/1. S. 36.

Hg. v. Joseph A. Kruse: Ich Narr des Gluecks. H. Heine. Stuttgart/Weimar. 1997. S.39.

116 Hg. v. H. H. Houben: Gespraeche mit Heine. Potsdam. 1948. S. 110f.

117 Christian Liedtke: H. Heine. Hamburg. 1997. S. 78f.

118 HSA. Bd. 22. S. 257.

119 nach Gustav Kaspeles: H. Heine. Aus seinem Leben und seiner Zeit. Leipzig. 1899. S. 98.

Christian Liedtke: H. Heine. S. 83f.

120 DHA. Bd. 1/2. S. 579.

121 HSA. Bd. 20. S. 309.

122 HSA. Bd. 24. S. 37.

123 DHA. Bd. 6. S. 715.

H. H. Houben: Verbotene Literatur. Berlin. 1924. Bd. 1. S. 387f.

124 HSA. Bd. 20. S. 281.

125 DHA. Bd. 6. S. 720.

126 DHA. Bd. 6. S. 142.

127 DHA. Bd. 6. S. 156.

128 DHA. Bd. 6. S. 172. Ideen. Das Buch le Grand. 1. Capitel.

129 DHA. Bd. 6. S. 170.

130 DHA. Bd. 6. S. 801f. Anmerkungen

131 DHA. Bd. 6. S. 171.

132 DHA. Bd. 7/1. S. 193f. Die Stadt Lukka. Kapitel 14.

133 Gerhard Hoehn: H. Heine. Handbuch. Stuttgart. 1987. S. 208.

134 DHA. Bd. 7/1. S. 169. Kapitel 5.

135 DHA. Bd. 7/1. S. 159. Kapitel 1.

136 DHA. Bd. 7/1. S. 171. Kapitel 5.

137 DHA. Bd. 7/1. S. 174f.

138 DHA. Bd. 7/1. S. 175. Die Stadt Lukka.

139 DHA. Bd. 7/2. S. 1594. Erlaeutungen.

140 DHA. Bd. 7/1. S. 175f.

141 H. Heine/ Eugéne Renduel: Reisebilder. Paris. 1833. In: DHA. Bd. 7/1. S. 441f.

142 Hg. v. Hans Kaufmann: Heine Werke. Bd. 6. S. 258f. Erlaeuterung. Muenchen. 1964.

143 DHA. Bd. 7/1. Die Stadt Lukka. Kapitel 7. S. 176.

144 DHA. Bd. 7/1. S. 178. DHA. Bd. 7/2. S. 1598f. Anmerkung.

145 DHA. Bd. 7/1. S. 179.

146 DHA. Bd. 7/1. S. 179. Kapitel 7.

147 DHA. Bd. 7/2. S. 1599. Anmerkungen.

148 DHA. Bd. 7/1. S. 166. Kapitel 4.

149 DHA. Bd. 7/1. S. 165.

150 DHA. Bd. 7/1. S. 173.

151 Hg. v. H. Kaufmann: Heine Werke. Bd. 6. S. 263. Anmerkungen.

152 DHA. Bd. 7/2. S. 1593. Anmerkungen.

153 DHA. Bd. 7/1. S. 175f.

154 Gerhard Hoehn: Heine. Handbuch. Stuttgart. 1987. S. 210f.

155 H. H. Houben hg. v.: Gespraeche mit Heine. Potsdam. 1948. S. 121–122.

156 HSA. Bd. 20. S. 285.

157 DHA. Bd. 7/1. S. 209. Englische Fragmente.

158 DHA. Bd. 7/1. S. 213.

159 DHA. Bd. 7/1. S. 213f.

160 DHA. Bd. 7/1. S. 214.

161 DHA. Bd. 7/1. S. 214f.

162 DHA. Bd. 7/1. S. 215.

163 DHA. Bd. 7/1. S. 215.

164 DHA. Bd. 7/1. S. 216f.

165 DHA. Bd. 5. S. 77. DHA. Bd. 7/2. S. 1657. Anmerkungen..

166 DHA. Bd. 7/1. S. 265f.

167 DHA. Bd. 7/1. S. 256.

168 DHA. Bd. 7/1. S. 248.

169 DHA. Bd. 7/1. S. 250.

170 DHA. Bd. 7/1. S. 252.

171 DHA. Bd. 7/2. S. 1740. Anmerkungen.

172 DHA. Bd. 7/1. S. 239.

173 DHA. Bd. 7/1. S. 259.

174 DHA. Bd. 15. S. 188. Zu Gestaendnisse.
DHA. Bd. 7/2. S. 1748. Anmerkungen.

175 DHA. Bd. 7/1. S. 261.

176 DHA. Bd. 7/1. S. 269.

177 DHA. Bd. 7/1. S. 209.

178 DHA. Bd. 7/1. S. 210.

179 Ebd. S. 210.

180 DHA. Bd. 7/1. S. 211.

181 DHA. Bd. 7/1. S. 253.f

182 DHA. Bd. 7/1. S. 212.

183 DHA. Bd. 7/1. S. 213.

184 DHA. Bd. 7/2. S. 1702. Anmerkungen.

185 HSA. Bd. 20. S. 307.

186 H. H. Houben: Gespraeche mit Heine. Potsdam. 1948. S. 130.
Yigal Lossin: H. Heine. S. 153.

187 HSA. Bd. 20. S. 307.

188 M. Windfuhr: H. Heine. Stuttgart. 1969. S. 209f.

189 DHA. Bd. 1/2. S. 1016. Erlaeuterungen.

190 DHA. Bd. 2. S. 606. Erlaeuterungen.

191 DHA. Bd. 2. S. 355. Erlaeuterungen.

192 DHA. Bd. 1/1. S. 365.

193 DHA. Bd. 1/2. S. 1016f. Erlaeuterungen.

194 DHA. Bd. 2. S. 92f. Neue Gedichte. Romanzen/ Balladen.

195 M. Windfuhr: H. Heine. S. 209.
DHA. Bd. 2. S. 606ff.

196 DHA. Bd. 1/1. S. 208.

197 DHA. Bd. 2. S. 15f.

198 DHA. Bd. 2. S. 354. Erlaeuterungen.

199 Brueder Grimm: Kinder–u. Hausmaerchen. Muenchen/Hamburg. 1966. Bd. II. S. 28.

200 DHA. Bd. 11. S. 11f.

201 DHA. Bd. 11. S. 11f.

202 HSA. Bd. 20. S. 307.

203 DHA. Bd. 11. S. 33.Ludwig Boerner. Ein Denkschrift.

204 DHA. Bd. 11. S. 15.

205 DHA. Bd. 11. S. 424. Erlaeuterungen.

206 L. Boerne: Saemtliche Schriften. Bd. 1. S. 47. Hg. v. Inge u. Peter Rippen. Duesseldorf. 1964.
In: Fritz J. Raddatz: H. Heine. S. 29–31.

207 Fritz J. Raddatz: H. Heine. S. 29ff.

208 Hartwig von Hundt–Radowsky: Judenspiegel. Ein Schand–und Sittengemaelde alter und neuer
Zeit. Wuerzburg. 1819.
In: Fritz J. Raddatz: H. Heine S. 32.

209 DHA. Bd. 11. S. 22. Bd. 11. S. 439. Erlaeuterungen.

210 DHA. Bd. 11. S. 26.

211 DHA. Bd. 11. S. 448. Erlaeuterungen.

212 DHA. Bd. 11. S. 29f.

213 Michael Werner/H. H. Houben: Begegnungen mit Heine. Bd. I. 1797–1846. Bd. II. 1847–1856. Hamburg 1973. Bd. II. S. 234.
In: Fritz J. Raddatz: H. Heine. S. 204.

214 Fritz J. Raddatz: H. Heine. S. 205.

215 L. Boerne: Ueber das Schmollen der Weiber. Berliner Briefe an Jeanette Wohl und andere Schriften. Koeln. 1987. S. 32.
In: Fritz J. Raddatz: H. Heine. S. 205f.

216 HSA. Bd. 21. S. 43.

217 L. Boerne: Saemtliche Werke. Hg. v. Inge und Peter Rippmann. Duesseldorf. 1964ff. Bd. 5. S. 35f.
In: DHA. Bd. 11. S. 507. Erlaeuterungen.

218 M. Werner/ H. H. Houben: Begegnungen mit Heine. Hamburg. 1973. Bd. 2. S. 253.

219 Fritz J. Raddatz: H. Heine. S. 210.

220 L. Boerne: Schmollen der Weiber. Berliner Briefe an Jeanette Wohl und andere Schriften. Koeln. 1987. S. 186f.In: Fritz J. Raddatz: H. Heine. S. 212f.

221 DHA. Bd. 11. S. 89.

222 DHA. Bd. 11. S. 90.

223 DHA. Bd. 11. S. 91.

224 DHA. Bd. 11. S. 94f.

225 DHA. Bd. 11. S. 105.

226 Fritz J. Raddatz: H. Heine. S. 223.

227 HSA. Bd. 21. S. 179.
DHA. Bd. 11. S. 243f. Erlaeuterungen.

228 M. Werner/ H. H. Houben: Begegnungen mit Heine. Bd. 2. S. 126.In: DHA. Bd. 11. S. 347. Erlaeuterungen.

229 DHA. Bd. 11. S. 118f.

230 HSA. Bd. 25. S. 274f.

231 Supplementband zu "Ludwig Boernes gesammelten Schriften" Hamburg. Hoffmann und Campe. 1840. S. 7–36.

232 Ebd. S. 16.

233 Ebd. S. 25.

234 Ebd. S. 34f.In: DHA. Bd. 11. S. 321. Erlaeuterungen.

235 HSA. Bd. 20. S. 321.Christian Liedtke: H. Heine Hamburg. 1997. S. 88.

236 HSA. Bd. 20. S. 308f.

237 HSA. Bd. 20. S. 313.

238 HSA. Bd. 20. S. 328.

239 Gerhard Hoehen: H. Heine. Handbuch. S. 216. S. 193.

240 HSA. Bd. 20. S. 334.

241 HSA. Bd. 20. S. 341.

242 HSA. Bd. 20. S. 329.

243 M. Werner/ H. H. Houben: Begegnungen mit Heine. Bd. 1. S. 169.HSA. Bd. 20. S. 340. Christian
    Liedtke: H. Heine. S. 90.

244 Christian Liedtke: H. Heine. S. 90f.

245 Yigal Lossin: H. Heine. S. 164f.

246 DHA. Bd. 6. S. 191. S.814 Anmerkung

247 DHA. Bd. 6. S. 190.

248 DHA. Bd. 7/1. S. 141. Baeder v. Lucca.

249 DHA. Bd. 7/1. S. 142.

250 DHA. Bd. 7/1. S. 137.

251 August v. Platen: Der romantische Oedipus.In: Saemtliche Werke. 12 Bde. Hg. v. Max Koch/
    Erich Petzet. Leipzig o. J.(1910). Bd. 10. S. 155.
    Max Brod: H. Heine. Amsterdam. 1934. S. 356. Kindlers literaturlexikon. dtv. Bd. 19. S. 8275.
    Christian Liedke: H. Heine. S. 93.

252 A. v. Platen: Der romantische Oedipus. Ebd. Bd. 10. S. 164.Christian Liedtke: H. Heine. S. 182.

253 DHA. Bd. 7/1. S. 147.

254 DHA. Bd. 7/1. S. 143fff.

255 Yigal Lossin: H. Heine. S. 183.

256 Christian Liedtke: H. Heine. S. 93.

257 HSA. Bd. 20. S. 385.

258 Karl August Varnhagen v. Ense: Rezession zu Reisebilder(1830). Galley/ Erstermann: Heines
    Werk im Urteil seiner Zeitgenossen. Bd. 1. S. 397f.In: Christien Liedtke: H. Heine. S. 94.

259 HSA. Bd. 20. S. 388f.

260 Galley/Erstermann: Rezession zu Reisebilder. Bd. 1. S.391f.In: Christian Liedtke: H. Heine. S. 96f.

261 DHA. Bd. 2. S. 801f. Erlaeuterungen.

262 DHA. Bd. 2. S.142–146.

263 DHA. Bd. 2. S.709f. Henner Montanus: Der kranke Heine. Stuttgart/Weimar. 1995. S. 120.

264 DHA. Bd. 15. S. 82. Memorien.

265 HSA. Bd. 20. S. 351.

266 DHA. Bd. 1/1. S. 223.

267 HSA. Bd. 20. S. 178.

268 DHA. Bd. 1/1. S. 419. Die Nordsee VII.

269 DHA. Bd. 11. S. 35.

270 DHA. Bd. 3/1. S 101f. Romanzero Lamentazionen.

271 HSA. Bd. 22. S. 290.

272 DHA. Bd. 3/1. S. 102.
    DHA. Bd. 3/2. S. 794f.

273 DHA. Bd. 11. S. 38.

274 DHA. Bd. 3/1. S. 102.

275 HSA. Bd. 20. S. 384.

276 M. Werner/ H. H. Houben: Begegnungen mit Heine. Bd. 1. S. 256.

277 HSA. Bd. 20. S. 387–390.

278 Lew Kopolew: Ein Dichter kam vom Rhein. H. Heines Leben und Leiden. Berlin. 1981. S. 205.
     In: Henner Montanus: Der Kranke Heine. Stuttdart/Weimar. 1995. S. 70.

279 Hg. M. Werner/H. H. Houben: Begegnungen mit Heine. Gespraeche mit Heine. Bd. 1. S. 257.
     August Lewald. 1830. Artikel: Heine Erinnerungen.

280 HSA. Bd. 20. S. 414.

281 HSA. Bd. 20. S. 415.

282 Hg. M. Werner/ H. H. Houben: Begegnungen mit Heine. Gespraeche mit Heine. Bd. 1. S. 227.
     Ludolf Wienberg 1830/31. Artikel ueber Heine.

283 HSA. Bd. 20. S. 422f.

284 HSA. Bd. 20. S. 425.

285 DHA. Bd. 11. S. 47. Ludwig Boerne. Eine Denkschrift.

286 DHA. Bd. 11. S. 49.

287 DHA. Bd. 11. S. 50.

288 DHA. Bd. 11. S. 252, 275f.

289 DHA. Bd. 11. S. 50.

290 DHA. Bd. 11. S. 480. Anmerkungen.

291 Fritz J. Raddatz: H. Heine. S. 148.

292 DHA. Bd. 11. S. 51.

293 Fritz J. Raddatz: H. Heine. S. 149.

294 DHA. Bd. 11. S. 54, S. 482. Anmerkungen.

295 Fritz J. Raddatz: H. Heine. S. 149. Hg. v. Marion Kaplan: Geschichte des juedischen Alltags in
     Deutschland. Muenchen. 2003. S. 216.

296 DHA. Bd. 7/2. S. 1461. Erlaeutungen.

297 HSA. Bd. 20. S. 422.

298 In: DHA. Bd. 11. S. 762f.

299 DHA. Bd. 11. S. 764.

300 DHA. Bd. 22. S. 742.

301 DHA. Bd. 11. S. 750.

302 DHA. Bd. 11. S. 743.

303 DHA. Bd. 11. S. 134.

304 DHA. Bd. 11. S. 134, S. 766f. Anmerkungen.

305 DHA. Bd. 8/1. S. 80f.
     DHA. Bd. 11. S. 768. Anmerkungen.

306 DHA. Bd. 11. S. 134.

DHA. Bd. 11. S. 768. Anmerkungen.

307 DHA. Bd. 8/1. S. 115.

DHA. Bd. 11. S. 768.

308 DHA. Bd. 8/1. S. 115.

309 DHA. Bd. 8/1. S. 109.

310 DHA. Bd. 8/1. S. 110.

311 DHA. Bd. 8/1. S. 111.

312 DHA. Bd. 8/1. S. 112.

313 DHA. Bd. 8/1. S. 113.

314 DHA. Bd. 11. S. 134–136. Einleitung zu Kahldorf ueber den Adel.

315 DHA. Bd. 11. S. 141,Fritz J. Raddatz: H. Heine. S. 150f.

316 DHA. Bd. 11. S. 143.

317 DHA. Bd. 15. S. 23.

318 Yigal Lossin: H. Heine. S. 449.

Ⅲ. 파리에서의 하이네

1 Jeffrey Sammons: H. Heine. A Modern Biography. Princeton. 1979. S. 160.

2 HSA. Bd. 21. S. 82.

3 DHA. Bd. 12/1. S. 103. Franzoesische Zustaende.

4 DHA. Bd. 12/1. S. 102.

5 Fritz J. Raddatz: H. Heine. S. 158f.

6 Adolf Strodtmann: H. Heine. Leben und Werke. Berlin. 1873. Bd. 2. S. 13.

In: Fritz J. Raddatz: H. Heine. S. 159.

7 DHA. Bd. 12/1. S. 118. Franzoesische Zustaende.

8 Yigal Lossin: H. Heine. S. 203

9 DHA. Bd. 12/1. S. 79. Franzoesische Zustaende.

10 DHA. Bd. 12/1. S. 80f.

11 DHA. Bd. 12/1. S. 81.

12 DHA. Bd. 12/1. S. 82.

13 DHA. Bd. 12/1. S. 86.

14 DHA. Bd. 12/1. S. 86.

15 DHA. Bd. 12/1. S. 88f.

16 DHA. Bd. 12/1. S. 57. Franzoesische Maler.

17 Bodo Morawe: Heines Franzoesische Zustaende. Heidelberg. 1997. S. 42.

18 DHA. Bd. 12/1. S. 87.

19 DHA. Bd. 12/1. S. 97–99.

20 Bodo Morawe: Heines Franzoesische Zustaende. S. 44f.

21 DHA. Bd. 12/1. S. 175.

22 DHA. Bd. 12/1. S. 150.

23 DHA. Bd. 12/1. S. 151.

24 Merkur 2006. Feb. Nr. 682. S. 105

25 DHA. Bd. 12/1. S. 20.

26 Merkur 2006. Feb. Nr. 682. S. 105. "Karl Heinz Bohrer: H. Heines Erfindung".

27 DHA. Bd. 12/1. S. 65. Franzoesische Zustaende. Vorrede.

28 DHA. Bd. 12/1. S. 112.

29 DHA. Bd. 12/1. S. 112–113.

30 DHA. Bd. 12/1. S. 111.

31 DHA. Bd. 12/1. S. 113–115.

32 DHA. Bd. 12/1. S. 54. Franzoesische Maler.

33 Jeffrey Sammons: H. Heine. A Modern Biography. Princeton. 1975. S. 175.
In: Yigal Lossin: H. Heine. S. 210.

34 J. Sammons: H. Heine. ebd. S. 181.
In: Yigal Lossin: H. Heine. S. 211.

35 Hg. v. Susanne Zantop: Painting on the Move: H. Heine and the Visual Arts. University of Nebraska. Press. 1989. S. 1.
In: Yigal Lossin: H. Heine. S. 211.

36 J. Sammons: H. Heine. A Modern Biography. S. 181.
In: Yigal Lossin: H. Heine. S. 212.

37 DHA. Bd. 12/1. S. 132. Franzoesische Zustaende.

38 DHA. Bd. 12/1. S. 133f. Franzoesische Zustaende. Artikel VI.

39 DHA. Bd. 12/1. S. 138. ebd.

40 DHA. Bd. 12/1. S. 139f. ebd.

41 DHA. Bd. 12/1. S. 140. ebd.

42 DHA. Bd. 12/1. S. 140. ebd.

43 DHA. Bd. 12/1. S. 139. ebd.

44 DHA. Bd. 12/1. S. 140f. ebd.

45 DHA. Bd. 12/1. S. 142. ebd.

46 DHA. Bd. 12/1. S. 135–137. ebd.

47 DHA. Bd. 12/1. S. 135. ebd.

48 DHA. Bd. 12/1. S. 152.

49 DHA. Bd. 12/1. S. 161.

50 DHA. Bd. 12/1. S. 164.

51 DHA. Bd. 12/1. S. 165. Franzoesische Zustaende. Artikel VIII.

52 Ortwin Laemke: Heines Begriff der Geschichte. Stuttgart/Weimar. 1997. S. 47.

53 DHA. Bd. 12/1. S. 120.

54 DHA. Bd. 12/1. S. 81.

55 DHA. Bd. 12/1. S. 86.

56 DHA. Bd. 12/1. S. 124f.

57 Yigal Lossin: H. Heine. S. 226f.

58 DHA. Bd. 12/1. S. 98. Franzoesische Zustaende. Artikel III.

59 Yigal Lossin: H. Heine. S. 226.

60 DHA. Bd. 12/1. S. 99. Artikel III.

61 DHA. Bd. 14/1. S. 20.

62 Louis Auguste Blanqui: Schriften zur Revolution. Nationaloekonime und Sozialkritik. hg. v. Arno Muenster. Hamburg. 1971. S. 41.

63 DHA. Bd. 12/1. S. 142. Franzoesische Zustaende Beilage. Artikel VI.

64 Bodo Morawe: Heiness Franzoesische Zustaende. Heidelberg. 1997. S. 58.

65 DHA. Bd. 12/1. S. 173. Artikel IX.

66 DHA. Bd. 12/1. S. 65.

67 DHA. Bd. 12/1. S. 65.

68 참고. Bodo Morawe: Heines Franzoesische Zustaende. S. 58f.

69 참고 Wolfgang Schieder: H. Heine und der Kommunismus. In: H. Heine 1797–1856. Schriften aus dem Karl–Marx Haus. 26. Trier. 1981. S. 123.
  In: Bodo Morawe: Heines Franzoesische Zustaende. S. 59f.

70 DHA. Bd. 12/1. S. 122f.

71 DHA. Bd. 12/1. S. 130.

72 DHA. Bd. 12/1. S. 148.

73 DHA. Bd. 12/1. S. 148.

74 Yigal Lossin: H. Heine. S. 230.

75 DHA. Bd. 12/1. S. 147f.

76 DHA. Bd. 12/1. S. 149.

77 DHA. Bd. 12/1. S. 188.

78 DHA. Bd. 12/1. S. 125.

79 DHA. Bd. 12/1. S. 189.

80 DHA. Bd. 12/1. S. 96. Artikel III.

81 DHA. Bd. 12/1. S. 98. Artikel III.

82 DHA. Bd. 12/1. S. 166. Artikel VIII.

83 DHA. Bd. 12/1. S. 119f.

84 DHA. Bd. 12/1. S. 120.

85 DHA. Bd. 12/1. S. 120.

86 DHA. Bd. 12/1. S. 116, 216.

87 DHA. Bd. 12/1. S. 116, 163.

88 DHA. Bd. 12/1. S. 163.

89 DHA. Bd. 12/1. S. 163f.

90 DHA. Bd. 12/1. S. 162f.

91 Ulla Pruss—Kaddatz: Wortergreifung. Zur Entstehnung einer Arbeiterkultur in Frankreich.
Frankfurt a.M. 1982. S. 70f.
In: Ortwin Laemke: Heines Begriff der Geschichte. Stuttgart/Weimar. 1997. S. 155.

92 DHA. Bd. 12/1. S. 118. Artikel V.

93 DHA. Bd. 12/1. S. 132ff. Artikel VI.

94 DHA. Bd. 12/1. S. 118. Artikel V.

95 DHA. Bd. 12/1. S. 142.

96 DHA. Bd. 12/1. S. 860.

97 DHA. Bd. 12/1. S. 189.

98 DHA. Bd. 12/1. S. 189.

99 DHA. Bd. 12/1. S. 938.

100 DHA. Bd. 12/1. S. 190. Zwischennot zu Artikel IX.

101 In: Ortwin Laemke: Heines Begriff der Geschichte. Stuttgart. 1997. S. 94.

102 Ortwin Laemke: ebd. S. 95.

103 DHA. Bd. 14/1. S. 33. Lutezia I Teil IV.

104 DHA. Bd. 14/1. S. 32.

105 DHA. Bd. 14/1. S. 60. Lutezia II Teil LVII.

106 DHA. Bd. 14/1. S. 59.

107 DHA. Bd. 14/1. S. 60. Lutezia II Teil LVII.

108 DHA. Bd. 14/1. S. 61. ebd.

109 DHA. Bd. 14/1. S. 61. ebd.

110 DHA. Bd. 14/1. S. 61. ebd.

111 DHA. Bd. 14/1. S. 37. Lutezia II Teil LII.

112 DHA. Bd. 14/1. S. 25. Lutezia II Teil XLVIII.

113 DHA. Bd. 14/1. S. 68. Lutezia II Teil LVIII.

114 DHA. Bd. 12/1. S. 124. Artikel V.

115 DHA. Bd. 12/1. S. 125.

116 DHA. Bd. 12/1. S. 226. Franzoesische Zustaende.

117 DHA. Bd. 12/1. S. 116. Artikel V.

118 Klaus Briegleb: Schriftstellernoete und literarische Produktivitaet. Zum Exempel H. Heine. In:
Neue Ansichten einer kuenftigen Germanistik. hg. v. Juergen Kolbe. Muenchen. 1973. S. 146.
In: Bodo Morawe: Heines Franzoesische Zustaende. S. 85.

119 Walter Benjamin: Der Autor als Produzent. In: Gesammelte Schriften. hg. v. Rolf Tiedmann und
Hermann Schweppenhaeuser. Bd. 2. Frankfurt a.M. 1977. S. 687.

120 Goethes Werke. Hamburger Ausgabe. Bd. 12. S. 362.

121 Goethes Briefe. Hamburger Ausgabe. Bd. 4. S. 321.

122 Vgl. Bodo Morawe: Heines Franzoesische Zustaende. Heidelberg. 1997. S. 89f.

123 Yigal Lossin: H. Heine. Neu Isenburg. 2006. S. 233–234.

124 Metzler Philosophen Lexikon. hg. v. Bernd Lutz. Stuttgart. 1989. S. 682.

125 DHA. Bd. 8/1. S. 17. Zur Geschichte der Religion und Philosophie.

126 DHA. Bd. 8/1. S. 35. ebd.

127 DHA. Bd. 2. S. 34.

128 Gerhard Hoehn: Heine. Stuttgart. 1987. S. 285.

129 Heinrich Graetz: Voelktuemliche Geschichte der Juden. Bd. II. Koeln. 2000. S. 978–984.

130 Jacob Katz: From Prejudice to Destruction. Anti–Semitism. 1700–1933. Cambridge Mass. 1980. S. 177–179.
In: Yigal Lossin: H. Heine. S. 243f.

131 Marvin Lowenthal: The Jews of Germany. A Story of Sixteen Centuries. Philadelphia. 1936. S. 252.

132 Jeffrey Sammsons: H. Heine. The Elusive Poet. New Haven. 1977. S. 248.
In: Yigal Lossin: H. Heine. S. 244f.

133 DHA. Bd. 11. S. 59. Ludwig Boerne. eine Denkschrift.

134 HSA. Bd. 21. S. 21f.

135 DHA. Bd. 11. S. 88.

136 DHA. Bd. 11. S. 92/93.

137 Yigal Lossin: H. Heine. S. 247f.

138 DHA. Bd. 11. S. 65. S. 508. Anmerkung. L. Boerne. Eine Denkschrift. 3 Buch und hg. Hans Kaufmann; Heine Werke. Berlin. 1964. Bd. 11. S. 63. S. 321. Anmerkung.

139 DHA. Bd. 15. S. 30. Gestaendnisse.

140 DHA. Bd. 15. S. 30f. ebd.

141 DHA. Bd. 15. S. 31. ebd.

142 DHA. Bd. 15. S. 31. ebd.

143 DHA. Bd. 15. S. 31. ebd.

144 DHA. Bd. 11. S. 93. Boerne. eine Denkschrift.
In: Yigal Lossin: H. Heine. S. 249.

145 DHA. Bd. 11. S. 92. ebd.

146 DHA. Bd. 11. S. 85. ebd.

147 Yigal Lossin: H. Heine. S. 250.

148 DHA. Bd. 9. S. 47. Elementargeister.

149 DHA. Bd. 11. S. 84f.

150 DHA. Bd. 11. S. 123f.

151 DHA. Bd. 11. S. 123.

152 DHA. Bd. 11. S. 121.

153 DHA. Bd. 11. S. 124.

154 DHA. Bd. 11. S. 122.

155 In: Yigal Lossin: H. Heine. S. 254.

156 DHA. Bd. 11. S. 94.

157 Hg. v. Hans Kaufmann: Werke. Bd. 11. S. 306. L. Boerne. Denkschrift. Anmerkungen.

158 ebd. Anmerkungen. S. 305.

159 DHA. Bd. 11. S. 95.

160 DHA. Bd. 11. S. 105.

161 DHA. Bd. 11. S. 108.

162 DHA. Bd. 11. S. 89.

163 DHA. Bd. 11. S. 89f.

164 DHA. Bd. 11. S. 91.

165 DHA. Bd. 11. S. 91.

166 Lewis Browne: That Man Heine: A Biography. New York. 1927. S. 306.
Louis Untermeyer: H. Heine. Paradox and Poet. The Leif. New York. 1937. S. 254.
In: Yigal Lossin: H. Heine. S. 260.

167 HSA. Bd. 21. S. 383.

168 Lewis Browne: That Man Heine. A Biography. New York. 1927. S. 306.

169 Heinrich Hubert Houben hg.: Gespraeche mit Heine. Potsdam. 1948. 2. Aufl. S. 222f.

170 HSA. Bd. 21. S. 405.

171 Yigal Lossin: H. Heine. S. 263. Anmerkung.

172 Renate Schlesier: H. Heine und Karl Marx.
In: hg. v. Gelber Mark: The Jewish Reception of H. Heine. Tuebingen. 1992. S. 21–43. S. 23.

173 HSA. Bd. 21. S. 177.

174 Walter Kaufmann: Nietzsche: Philosopher, Psychologist, Antichrist. New York. 1956. S. 323–325.

175 DHA. Bd. 11. S. 103. Yigal Lossin: H. Heine. S. 266.

176 DHA. Bd. 8/1. S. 125. Die romantische Schule.

177 DHA. Bd. 8/1. S. 126.

178 DHA. Bd. 8/1. S. 126.

179 DHA. Bd. 8/1. S. 126f.

180 DHA. Bd. 15. S. 17f. Gestaendnis.

181 DHA. Bd. 15. S. 18. ebd.

182 DHA. Bd. 15. S. 16f. ebd.

183 DHA. Bd. 15. S. 16. ebd.

184 DHA. Bd. 15. S. 16. ebd.

185 DHA. Bd. 15. S. 17.

186 DHA. Bd. 8/1. S. 135. Der romantische Schule.

187 DHA. Bd. 8/1. S. 153.

188 DHA. Bd. 8/1. S. 138f.

189 DHA. Bd. 8/1. S. 140.

190 DHA. Bd. 8/1. S. 141.

191 DHA. Bd. 11. S. 218. Sklaverey der Deutschen. hg. v. Hans Kaufmann: Werke. Bd. 14. S. 125f.
     Aphorismen und Fragment.

192 Ruediger Safranski: Romantik. Muenchen. 2007. S.48f.

193 Ruediger Safranski: Romantik. S. 58f.

194 In: hg. v. Herbert A. Frenzel: Daten Deutscher Dichtung. Koeln/Berlin. 1953. S. 204.

195 Ruediger Safranski: Romantik. S. 236.

196 hg. v. Bernd Lutz: Metzler Philosophen Lexikon. Stuttgart. 1989. S. 324.

197 Ruediger Safranski: Romantik. S. 240.

198 Ruediger Safranski: Romantik. S. 241f.

199 Ruediger Safranski: Romantik. S. 245.

200 hg. v. Bernd Lutz: Metzler Philosophen Lexikon. S. 234f.

201 Ruediger Safranski: Romantik. S. 246ff.

202 hg. v. Bernd Lutz: Metzler Philosophen Lexikon. S. 510f.

203 In: Ruediger Safranski: Romantik. S. 249.

204 DHA. Bd. 2. S. 150. Gerherd Hoehn: Heine Handbuch. Muenchen/Wien. 1987. S. 93.

205 DHA. Bd. 4. S. 155.

206 Joerg Aufenanger: Heine in Paris. Muenchen. 2005. S. 98f.

207 Yigal Lossin : H. Heine S.311. Shakespeases Maedchen und Frauen.

208 Joerg Aufenanger : Heine in paris. S.100.
     Yigal Lossin: H. Heine.S.534.

209 Joerg Aufenanger : ebd. S.100.

210 In : Yigal Lossin : Heine. S.533
     In:Joerg Aufenanger : ebd. S.100f

211 Joerg Aufenanger : Heine in paris. S.102

212 Joerg Aufenanger : Heine in paris. S.102

213 Yigal Lossin : H. Heine. S.534f

214 DHA 3/1 .S.392

215 Yigal Lossin : H. Heine. S.534–536

216 Ludwig Marcus : A life between Love and Hate. New York 1993. S.206
     In : Yigal Lossin : H. Heine. S.537

217 Yigal Lossin : H. Heine. S.537f.

218 HAS. Bd.22. S.286

219 Yigal Lossin : H. Heine. S.538f

220 In : DHA. Bd.14. S.70. Lutezia II

221 DHA. Bd. 14/1. S.74f. Lutezia Ⅱ

222 DHA. Bd. 14/1. S.71. Retrospektive Aufklaerung. Lutezia Ⅱ

223 DHA. Bd. 14/1. S.82f

224 DHA. Bd. 14/1. S.84

225 DHA. Bd. 3/1. S.181 Romanzero. Nachwort.

226 DHA. Bd. 3/1. S.178ff Rromanzero

227 DHA. Bd. 3/1. S.180.ebd.

228 DHA. Bd. 15. S. 40, 42

229 DHA. Bd. 15. S. 40

230 DHA. Bd. 15. S.515. Gestaendnisse Anmerkung ueber Riligoese Gefuehl.
     Michael Werner. H. H. Houben : Begegnungen mit Heine. Bd. Ⅱ. S.240.

231 DHA. Bd. 8/1. S.499. Vorrede zur zweiten Auflage. zu Salon Ⅱ. 1852.
     hg. v. H. Kaufmann : Heines Werke Bd.9.S.160
     Vorrede zweiten Auflage zur Geschichte der Religion und Philosophie in deutschland. 1852

232 DHA. Bd. 8/1. S.454. Anmerkung.

233 DHA. Bd. 8/1. S.14

234 DHA. Bd. 8/1. S.14

235 DHA. Bd. 15. S.41. S.518. Gestaendnisse. Anmerkung.
     Hg. H. Kaufmann : Heine Werke. Bd.13. S.126. Anmerkung.

236 DHA. Bd. 15. S.41f. Gestaendnisse.

237 Kindlers Literatur Lexikon. Dtv. Bd.22. S.9726

238 DHA. Bd. 15. S.40f

239 HSA. Bd. 22. S.301

240 HSA. Bd. 22. S.311
     Yigal Lossin : H. Heine. S.544.

241 HSA. Bd. 23. S.26f.

242 HSA. Bd. 23. S.19f.

243 Jeorg Aufenanger : Heine in paris. S.132f

244 DHA. Bd. 3/1. S.277

245 HSA. Bd. 23. S.27f.

246 DHA. Bd. 3/2. S.1062. S.1090. Anmerkung.

247 DHA. Bd. 3/1. S.185.

248 DHA. Bd. 13. S.67ff. 129ff Lutezia

249 DHA. Bd. 3/2. S.1089f. Anmerkung.

250 한국찬송가공회편 : 성서 1995. 서울. S.763f 해설문 참고

251 DHA. Bd. 3/1. S.120f. Vermaechtniss in Lamentaion.

252 DHA. Bd. 3/1. S.348f

253 DHA. Bd. 3/2. S.1514. Anmerkung.

254 DHA. Bd. 3/2. S.1515. Anmerkung.

255 DHA. Bd. 15. S.56

256 DHA. Bd. 15. S.37. Gestaendnisse.

257 DHA. Bd. 15. S.37– 38.

258 HSA. Bd. 22. S.310f.

259 HSA. Bd. 22. S.316

260 DHA. Bd. 3/1. S.159

261 DHA. Bd. 3/1. S.162

262 DHA. Bd. 3/1. S.163

263 DHA. Bd. 3/1. S.164

264 DHA. Bd. 3/1. S.166,167.

265 DHA. Bd. 3/2. S.865. Anmerkung.

266 DHA. Bd. 3/2. S.865. Anmerkung.

267 DHA. Bd. 3/2. S.861. Anmerkung.Hg. M. Werner/ H. H. Houben : Begegnungen mit Heine. Bd. II . S.155

268 DHA. Bd. 15. S.40f. gestaendnisse.

269 DHA. Bd. 3/1. S.382.

270 DHA. Bd. 3/1. S.363.

271 DHA. Bd. 3/1. S.364.

272 DHA. Bd. 3/1. S.367.

273 DHA. Bd. 3/1. S.368.

274 DHA. Bd. 3/1. S.377,378.

275 DHA. Bd. 3/1. S.380.

276 DHA. Bd. 3/1. S.381.

277 DHA. Bd. 3/2. S.1620.

278 DHA. Bd. 3/1. S.385.

279 DHA. Bd. 3/2. S.1620. Anmerkung.

280 DHA. Bd. 3/1. S.172.

281 DHA.Bd.8/1.S.52.

282 DHA. Bd.8/1.S.53. Zur geschichte der Religion und Philosophie in Deutschland

283 DHA. Bd.8/1.S.54.

284 DHA. Bd.8/1.S.55.f

285 DHA. Bd.8/1.S.56.

286 DHA. Bd.8/2.S.858. Anmerkung.

287 DHA. Bd.8/1.S.57.

288 DHA. Bd.8/1. S.57.

289 DHA. Bd.8/1. S.57

290 HSA. Bd.23. S.96

291 DHA, Bd.8/1, S.61f

292 DHA, Bd.8/1, S.497

293 DHA, Bd.8/1, S.500

294 DHA, Bd.8/1, S.499

295 DHA, Bd.8/1, S.501

296 Gerhard Hoehn : Heine Handbuch stuttgart 1987. S.402

297 DHA, Bd.8/1, S.498

298 Gerhard Hoehn : Heine Handbuch S.404

299 Gerhard Hoehn : Heine Handbuch S.404

300 DHA.Bd.8/1.S.177. Nachwort zum Romanzero.

301 DHA.Bd.8/1.S.179.ebd.

302 HSA.Bd.22.S.314.

303 HSA.Bd.23.S.406.

304 HSA.Bd.23.S.363f

305 HSA.Bd.23.S.373

306 HSA.Bd.23.S.396

307 In : Gerhard Hoehn/ Christian Liedtke : Auf der Spitze der Welt. Mit Heine durch paris. Hamburg. 2010.S.107f

308 HSA, Bd.23, S.56

309 DHA, Bd.3/1, S.115–116

310 HSA, Bd.22, S.308–309

311 Joerg Aufenanger : H. Heine in paris. S.125–126

312 M.Werner/ H.H.Houbens :Begegnungen mit Heine. Bd.II. Nr.881. S.251
In: Ernst Pawel : Der Dichter stirbt. Heines letzte Jahre in paris. Berlin 1997. S.196f

313 Joerg Aufenanger : H. Heine in paris. S.127f

314 Joerg Aufenanger : e.b.d. S.128

315 M.Werner/ H.H.Houbens :Begegnungen mit Heine. Bd.II. Nr.809. S.100f
In: Ernst Pawel : Heines letzte Jahre in paris. Berlin 1997. S.36ff

316 HSA.Bd.22.S.272f

317 DHA.3/1.S.181. Nachwort zum Romanzero

318 M.Werner/ H.H.Houbens :Begegnungen mit Heine. Bd.II. Nr.817. S.115f
In: Ernst Pawel : Heines letzte Jahre in paris. S.54

319 HSA.Bd.22.S.277–279

320 HSA.Bd.22.S.296
In: Ernst Pawel : Heines letzte Jahre in paris. S.74

321 M.Werner/ H.H.Houbens :Begegnungen mit Heine. Bd.II. Nr.905. S.293.f

322 M.Werner/ H.H.Houbens :Begegnungen mit Heine. Bd.II. Nr.974. S.400

323 M.Werner/ H.H.Houbens :Begegnungen mit Heine. Bd.I. Nr.394. S.305

324 DHA.Bd.3/1.S.199. zum Lazarus 3.

325 DHA.Bd.3/1.S.198f. zum Lazarus 2.

326 HSA.Bd.22.S.94.

327 HSA.Bd.23.S.90f.

328 H. H. Houben: Gespraeche mit Heine. potsdam 1948.(Bd. I) Nr.628.S.699–701

329 M.Werner/ H.H.Houbens :Begegnungen mit Heine. Bd. I . S.420.
In: DHA.Bd.3/2.S.922.Anmerkung.

330 DHA.Bd.3/1.S.151. Romanzero. Hebraeische Melodien.

331 Vallentin Antonina : Poet in Exile. The life of H.Heine. New york 1934.S.279–280

332 HSA. Bd.22.S.308f

333 HSA. Bd.23.S.19

334 M.Werner/ H.H.Houbens :Begegnungen mit Heine. Bd. II .Nr.861 S.195.

335 Joerg Aufenanger : Heine in paris. S.114.

336 HSA.Bd.22.S.21.

337 HSA.Bd.22.S.82.

338 HSA.Bd.22.S.244f.

339 HSA.Bd.23.S.20.

340 HSA.Bd.23.S.106.

341 DHA.Bd.3/1.S.116f. Romanzero. Lamentation Lazarus X V

342 HSA.Bd.22.S.70. S.134
In: DHA.Bd.3/2.S.836f. Anmerkung.

343 HSA.Bd.23.S.70. S.438f

344 DHA.Bd.3/2.S.1654.

345 HSA.Bd.327.S.331–332.

346 Ernst Pawel:Heine in letzte Jahre in paris. S.207.

347 HSA.Bd.23.S.427.

348 HSA.Bd.23.S.434f.

349 M.Werner/ H.H.Houbens :Begegnungen mit Heine. Bd. II .Nr.1002 S.449–451.

350 M.Werner/ H.H.Houbens :Begegnungen mit Heine. Bd. II .Nr.1003 S.453–456.

351 HSA.Bd.23.Nr.1720.S.469.

352 HSA.Bd.23.Nr.1732.S.476.

353 HSA.Bd.23.Nr.1733.S.477.

354 HSA.Bd.23.Nr.1738.S.479.

355 HSA.Bd.23.Nr.1739.S.479.

356 HSA.Bd.23.Nr.1741.S.480.

357 HSA.Bd.23.Nr.1746.S.482.

358 HSA.Bd.23.S.456.

359 HSA.Bd.23.S.470

360 HSA.Bd.23.S.460.

361 HSA.Bd.3/1.S.389f. An die Mouche.

362 vgl. DHA.Bd.3/2. S.1663f.

363 Camile Selden : Heine letzte Tage. Jena 1884.S.15. Selden(셀당)은 무슈의 작가명으로 1860년부터 불리었고 공식적인 이름으로는 1884년부터 호칭됨.

   M.Werner/ H.H.Houbens :Begegnungen mit Heine. Bd. II .S.411.

364 DHA.Bd.3/1.S.390f.

365 DHA.Bd.3/1.S.391.Lotusblume.

366 DHA.Bd.3/1.S.394.

367 유디트―구약성서 외전에 나오는 유대인 여장부, 홀로페론―아시리아의 야전군 사령관, 하만―페르시아 의 신부(神父)이자 장관, DHA.Bd.3/2.S.1698.

368 포이부스 신―해의 신 아폴로의 별명, 아폴로―빛의 신, 불카누스 신―불의 신, 비너스 여신―사랑의 신, 플루톤 신―세속의 신, 프로세르피네 신―세속 신의 부인, 메르쿠리우스―상업의 신, 바커스 신―술의 신, 프리아포스 신―다산의 신, 실레노스 신―술의 신 동반자인 반인반마의 사티로스Satyrs, DHA.Bd.3/2.S. 1698f.

369 발람의 당나귀―구약성서 민수기 22장 28절, 나귀가 발람의 그릇된 매질에 입을 열게 되었다는 것, 아 브라함의 시험― 구약성서 창세기 22장 1절부터, 하나님이 아브라함에게 그의 아들 이삭을 희생시키라 는 요구의 시험, 롯(Lot)―구약성서 창세기 19장 30절부터. 딸들이 아비 롯에게 술을 마시게 하여 만취 된 아비와 근친상간함으로써 큰딸 아들은 모압 족의 조상이 되고 작은딸 아들은 암몬 족의 조상이 되 었다는 죄악의 마비 상태를 말함.

370 구약성서 신명기 11장 26―28절. 축복과 저주의 논쟁을 말함. DHA.Bd.3/1.S.1700.

371 DHA.Bd.3/1.S.391―396.Fuer die Mouche.

372 vgl.DHA.Bd.3/2.S.1697.

373 H.H.Houben : Gespreche mit Heine. posdam 1948.2.Aufl. S.1065―1067.

374 M.Werner/ H.H.Houben :Begegnungen mit Heine. Bd. II . Nr.1019. S.475f

375 HSA.Bd.22.S.281.

376 hg.v.H.Kaufmann. Heine Werke. Bd.14.S..252f. HSA.Bd.23.S.158f.

377 Frederic Ewen(hg.) : The Poetry and Prose of H.Heine. New york.1948. S.45.

   In: Yigal Lossin : H.HEINE .S.577f.

378 Jourg Aufenanger: Heine in paris S.154.

379 DHA.Bd.2.S.75.

380 Karl Marx u.Friedrich Engeln:Werke Berlin1963.Bd.29.S.72.

   In:Ernst Pawel : Der Dichter stirbt.

   H.Heines letzte Jahre in paris.S.222.

381 DHA.Bd.3/1.S.396f.

Ⅳ. 사후의 일들

1 HSA.Bd.22.S.53.

2 HSA.Bd.23.S.439.

3 HSA.Bd.23.S.157.

4 Heinrich von Treitschke : Geschichte der deutschen Literatur von Friedrich dem Grossen bis zur Maerzrevolution. Berlin. 1927. S.144.

5 DHA. Bd.5. S.16.

6 Karl goedeke: grundriss zur geschichte der deutschen Dichtung. 1881 S.437–465. In: yigal Lossin:H.Heine. S.579.

7 Hugo Biber : H.Heine. A. Biiographical Anthology. Philadelphia.1965.S.2–3. In: yigal Lossin:H.Heine. S.580.

8 Franz Sandfoss: was duenket euch um Heine? Ein Bekenntnis. Leipzig 1888. In: yigal Lossin:H. Heine. S.580.

9 R. Chernow : The Warburgs. New york 1993.S.172. In: yigal Lossin:H.Heine. S.581.

10 yigal Lossin:H.Heine. S.581.

11 DHA.Bd.1/1.S.135. Lyrische Interrmezzo. Prolog. Ⅰ.

12 DHA.Bd.1/1.S.140f. Lyrische IntermezzoⅧ.

13 DHA.Bd.1/1.S.207f.

14 DHA.Bd.1/2. Anmerkung. S.931.

15 DHA.Bd.1/1.S.260. Die Heimkehr47.(1823/24)

16 DHA.Bd.1/2.S.932.

17 DHA.Bd.2.S.129f.

18 Ludwig Mascuse : Heine– A.Life between Love and hate. New york.1933.S.344.

19 Solomon Liptzin : The English Legend of H.Heine. New york. 1954.S.78

20 In: Yigal Lossin:H.Heine. S.582f.

21 DHA.Bd.4.S.92.

22 Yigal Lossin :H.Heine. S.583ff.

23 Jakov Il'ic Gordon : Heine in Russland 1830–60. Hamburg.1982. S.11.

24 DHA.Bd.1/1.S.165

25 DHA.Bd.1/2.S.812ff

26 Jakov Ill'ic Gordon : Heine in Russland 1830–60. S.35.

27 Genrich Gejne.v.Perevode N.P.Grekov. Moskau.1863. S.38 In: jakov. Ⅰ.Gordon : Heine in Russland Hamburg 1982. S.178f

28 In: DHA.Bd.1/2. S.812. hg.v.K.E.Franzos: Deutsche dichtung. Berlin1898. Bd.25. S.26. Richard M. Meyer:

Motivwandrungen.

29 Jakov.I.Gordon : Heine in Russland. S.39.

30 Jakov.I.Gordon : Heine in Russland. S.15.

31 Marcel Reich—Ranicki :Heine und die Liebe. In:Frankurter Allgemeine Zeitung.19992.12.Dez. Nr.289.

32 DHA.Bd.2.S.13.

33 DHA.Bd.2.S.21.

34 DHA.Bd.2.S.28.

35 DHA.Bd.2.S.28.

36 DHA.Bd.2.S.12.

37 DHA.Bd.2.S.30.

38 DHA.Bd.2.S.30.

39 Jakov.I.gordon : Heine in Russland. S.31—71.

40 Jakov.I.Gordon : Heine in Russland. S.152.

41 Jakov.I.Gordon : Heine in Russland. S.150f.

42 DHA.Bd.2.S.109.

43 Jakov.I.Gordon : Heine in Russland. S.238.

44 Jakov.I.Gordon : Heine in Russland. S.123.

45 DHA.Bd.1/1.S.142.

46 In:Jakov.I.gordon : Heine in Russland. S.240.

47 In:Jakov.I.Gordon : Heine in Russland. S.169f. Heimkehr 2. 러시아어 및 독어 번역.

48 Jakov.I.Gordon : Heine in Russland. S.170—173.

49 von Rinsum: Lexikon literatischer Gestalten. Stuttgart. 1993. S.290f.

50 Hg.v.Joseph A.Kruse : Ich Narr des glueck. Weinar/ Stuttgart 1997.S.438ff. Edda Ziegler:H.Heine Leben—Werk—Wirkung. zuerich 1993. Anmerkung15. S.225,227.

51 Yigal Lossin : H.Heine.S.90f.

52 Hg.v.Joseph A.Kruse : Ich Narr des glueck. H.Heine.S.423—428.

53 In:Yigal Lossin:H.Heine.S.91f.

54 Joan Haslip: The Lonely Empress(고독한 女帝들). London,1965.S.84,145,361. In:y.cossin:H.Heine.S.585f.

55 Conte Corti:Elizabeth. Die seltsame Frau. Salzburg. 1936. S.352.

56 Yigal Lossin:H.Heine.S.586.

57 Louis Untermeyer:H.Heine. paradox and poet. New york 1937.S.365. In: Yigal Lossin:H.Heine.S.587.

58 Yigal Lossin:H.Heine.S.587f.

59 DHA.Bd.1/1.S.237f.

60 Ulk: Illustriertes Wochenblatt fuer Humor und Satier 26. Berlin 30.April.1897.

61 Yigal Lossin:H.Heine.S.590.

62 DHA.3/1.S.101f.

63 Yigal Lossin:H.Heine.S.590.

64 G.E.Berkley:Vienna and its Jews. Cambrige.Mass.1988.S.108.
In:Yigal Lossin:H.Heine.S.591f.

65 Yigal Lossin:H.Heine.S.593.

66 Hg.v.Joseph A.Kruse : Ich Narr des glueck. S.8f.

67 Wolfsam Zoeller:Das Heine– Denkmal von Carin Kreuzberg in Berlin.
In: Heine Jahrbuch 2000.Stuttgart.2000.S.200–205.

68 Hg.v.Joseph A.Kruse : Ich Narr des glueck. S.9.

69 OH.HANSIN:Zur Heine Rezeption in Korea. Die neue Heine Stele in Seoul. Hankuk Univ. of.
Foreign Studies.
In:Heine Jahrbuch 2000.Stuttgart/ weimar.2000.S.206–208.

70 DHA.Bd.2.S.35f.

71 DHA.Bd.1/1.S.259f.

72 Fritz Mende:Begegnung mit einem Heine–Gedichte:Herz, mein Herz, sei nicht beklommen.
In:Hg.v.Joseph A.Kruse : Ich Narr des glueck. S.509ff.

73 Goethe Werke:Bd. I .S.96.Hamburger Ausgabe.
DHA.Bd.1/2.S.930.

74 Hg.v.Joseph A.Kruse : Ich Narr des glueck. H.Heine.S.511.

75 HSA.Bd.20.S.96f.

76 HSA.Bd.20.S.104.

77 HSA.Bd.23.S.74.

78 HSA.Bd.8.S.233f.

79 HSA.Bd.12.S.65.

80 Fritz Mende:Begegnung mit einem Heine–Gedichte:Herz, mein Herz, sei nicht bekLommen.
In:Hg.v.Joseph A.Kruse : Ich Narr des glueck. S.511f.

81 Michael Wermer/H.H.Houben:Begegnungen mit Heine.Bd.2.S.498.

82 HSA.Bd.6.S.159.

83 hg.v.Michael Wermer/H.H.Houben:Begegnungen mit Heine.Bd.2.S.112.

84 hg.v.Michael Wermer/H.H.Houben:Begegnungen mit Heine.Bd.2.S.175.

85 Fritz Mende:Begegnung mit einem Heine–Gedichte
In:Hg.v.Joseph A.Kruse : Ich Narr des glueck. S.514.

86 Fritz Mende:Begegnung mit einem Heine–Gedichte
In:Hg.v.Joseph A.Kruse : Ich Narr des glueck. S.513.
hg.v.Michael Wermer/H.H.Houben:Begegnungen mit Heine.Bd.2.S.498.

1797. 12월 13일 뒤셀도르프에서 유대인 상인 삼손 하이네^{Samson Heine, 1764-1828}
와 모친 반 겔데른^{Van Geldern} 가문 출신 베티^{Betty, 엘리자베스 하이네, 1771-1859} 사이
에서 장남으로 출생. 본명은 하리 하이네^{Harry Heine}. 태어난 집 주소는
Bolker str.275번지^{후일 53번지가 됨}

1800. 누이동생 샤롯테^{Charlotte} 태어남.

1805. 동생 구스타브^{Gustav} 태어남.

1806. 동생 막시밀리안^{Maximilian} 태어남.

1807-1814. 뒤셀도르프의 옛 프란체스코 수도원에 있던 학교에 다님^{Lyzeum :}
^{지금의 인문계 중고등학교)}

1811. 나폴레옹이 말 탄 모습을 뒤셀도르프 호프가든에서 봄.

1814. 9월 29일 졸업장 없이 고등학교 중퇴함.
10월 상인 교육을 받기 위해 상업 학교 방문함.

1815. 시를 규칙적으로 쓰기 시작함.
2월에 처음으로 삼촌 살로몬 하이네^{Salomon Heine}를 방문함.
9월 프랑크푸르트 박람회에 갔으며, 이어 은행가 린즈코프^{Rindskopf}의
견습생이 됨.

프랑크푸르트 프리메이슨 집회소^{Freimanerloge} 방문에서 루드비히 뵈르네 L.Boerne를 봄.

11월 뒤셀도르프로 되돌아감.

1816. 6월 함부르크에 가서 삼촌 살로몬 하이네의 은행 핵셔 회사 사무실 Heckscher & Co.에서 상인 교육을 위한 견습생이 됨.

사촌동생 아말리에^{Amalie}에 대한 사랑을 갖게 됨.

1817. 아말리에에 대한 사랑에 빠졌으나 실연의 아픔을 체험.

2월 8일 〈함부르크 파수꾼〉지에 첫 시 발표.

1818-1819. 삼촌 살로몬의 재정적 지원으로 함부르크에 해리 하이네 상사 직물 도매상을 차렸으나 곧 파산하였음.

함부르크 유대인 공동체에 가입함.

아버지의 사업이 망하자, 뒤셀도르프로 돌아와 법률과 경제, 정치학 공부를 위한 준비를 함.

1819-1820. 삼촌 살로몬의 재정적 도움으로 본 대학에서 법률 공부를 시작함.

아우구스트 빌헬름 슐레겔과 에른스트 모리츠 아른트 문학 강의를 주로 들었음. 바이런의 시를 번역하고 희곡 「알만조르^{Almansor}」와 에세이 「낭만주의 ^{Romantik}」의 첫 산문 작품을 발표함.

볼프강 멘젤^{W.Melzel}에 의해 학생 연맹 '보편성^{Allgemeinheit}'에 가입함.

괴팅겐 대학으로 옮김.

1820-1821. 반유대주의적 모욕 때문에 학생 빌헬름 비벨^{Wilhelm Wiebel}과의 결투가 있었음. 이에 따른 결투 금지와 학생 연맹 '보편성' 활동이 금지됨. 즉 1821년 1월 23일 '학교 교무위 퇴학 결정^{Consilium abeundi}'에 의해 학업 중지됨. 학생 연맹으로부터의 제명도 결정되어 괴팅겐 대학을 떠나야 했음.

1821-1823. 베를린 대학에 입학하여 학업을 계속했음.

프리드리히 빌헬름 구비츠^{Friedrich Wilhelm Gubitz}와 알게 되고, 그의 추천으로 라헬 파른하겐 폰 엔세[Rahel Varnhagen von Ense]의 문학 살롱을 방문함.

'유대인 학문과 문화를 위한 연합체' 회원이 되어 간스, 모저를 알게 되고[1822], 폴란드 학업 친구 초청으로 폴란드 여행을 함[1822년 8-9월]. 헤겔 강의에 심취하여 철학에 관한 대화도 나눔.

1823년 5월 이후 뤼네부르크로 이동한 부모님을 방문하고 함부르크도 방문한 후 해수욕장 쿡스하펜[Cuxhaven]과 리체뷰텔[Ritzebuettel]로 여행함. 그 후 다시 뤼네부르크에서 잠시 머물렀음[1823].

이 시기에 첫 「시집[Gedichte 1821]과 「서정적 간주곡[Lyrischen Intermezzo, 1823]」 그리고 비극 「빌리암 라트클리프[William Ratcliff, 1822]와 첫 기행문 「폴란드에 관하여[Ueber Polen 1823]」를 발표하였으며, 연시 「귀향[Heimkehr 1823]」을 씀.

「알만조르[Almansor]의 초연이 있었음[1823년 8월 20일].

1824. 법학 공부를 마치기 위해 괴팅겐 대학에 재입학함.

그리고 하르츠 지방을 도보로 여행하였으며, 바이마르에서는 괴테를 방문함[1824년 10월 2일]. 그리고 「하르츠 기행[Harzreise 1824]」을 씀.

1825. 5월 3일 박사 학위 시험 성적 3[Note3]으로 통과. 7월 20일 법학 박사 학위를 취득함.

6월 28일에는 하일리겐슈타트[Heiligenstadt]에서 신교 세례를 받고 개종함. 이때부터 크리스티안 요한 하인리히 하이네[Christian Johann Heinrich Heine]라 불림.

8-9월에는 노르데르나이[Norderney]로 첫 여행을 하고 「북해[Nordsee]」를 씀. 함부르크에서 변호사로 취업하려 했으나 성취하지 못함.

1826. 율리우스 캄페와 관계 맺고 「여행 풍경[Reisebilder]」 제1부[「귀향」, 「하르츠 여행」, 「북해」포함]를 출간함.

1827. 「여행 풍경」 제2부[「북해2/3」, 「이념, 러 그랑의 책[Ideen, Das Buch Le Grand」, 「베를린에서의 편지[Briefe auf Berlin」포함] 출간함.

5개월간의 영국 여행[London, Brighton, Margate, Ramsgate] 후 함부르크로 돌아옴[4-8월].

10월에는 「노래의 책Buch der Lieder(「Junge Leiden」, 「Lyrische Intermezzo」, 「Die Heimkehr」, 「Auf der Harzreise」, 「Die Nordsee」)」을 발간함.

11월부터 고타Cotta가 발간하는 「신일반 정치 연감Neue Allgemeine Politische Annalen」의 편집장이 되기 위해 뮌헨으로 이동함.

이동 도중 프랑크푸르트에서 뵈르네를 만나고, 하이델베르그, 슈투트 가르트를 거쳐 뮌헨으로 이동함.

로베르트 슈만Robert Schumann이 레헨베르그 궁전Rechenbergschen Palais에서 하이네를 방문함.

1828. 이탈리아 여행함8-12월.

뮌헨에서 교수가 되려 했으나 실패함. 교수직은 국수주의 학자 마쓰만에게 돌아감.

이탈리아 여행 중 아버지의 위독한 병환 소식 접하고 귀로 중 아버지 사망함12월 2일.

1829. 요한 프리드리히 폰 고타Johann Friedrich von Cotta와의 접촉 계속됨.

「여행 풍경」 제3부「뮌헨에서 제노바로의 여행」, 「루카의 온천」 포함가 발간됨.

바이에른 왕실의 은급 시인이 된 아우구스트 폰 플라텐과의 적대적 논쟁 스캔들에 빠짐Platen-Streit.

1830. 어머니와 함께 함부르크에서 지냄.

헬고란트 여행 중 파리 7월 혁명 소식 접함.

「여행 풍경」에 대한 후속 작업을 함.

함부르크에서 법률 고문직을 얻으려 노력했으나 실패함.

1831. 구직에 실패하고 반유대주의 소동이 함부르크에 확산됨.

프랑스 7월 혁명에 도취된 그는 함부르크를 떠나5월 1일 파리에 도착함5월 19일.

생시몽주의자들과 접촉 교류함.

제임스 로스차일드를 알게 됨.

「몰트케 백작에게 보낸 서한문에서의 귀족에 관한 칼도르프Kahldorf ueber

den Adel in Briefen an den Grafen M. von Moltke」라는 베셀회프트^{R. Wesselhoeft}의 논쟁서 서문을 출판사로부터 위촉받아 집필 후 출간함.

「여행 풍경」 제4부^{「도시 루카」, 「영국 단편」 포함} 출간함.

1832. 〈아우크스부르크 보통 신보^{Allgemeine Zeitung})〉 통신원 활동을 시작함^{1월부터}.

「프랑스 상황^{Franzoesische Zustaende}」 발간함^{12월}.

독일 연방 정부의 언론 탄압 결정과 1833년 가을에 있던 검열로 통신원 활동 중단.

1833. 〈화려한 세계를 위한 신문^{Zeitung fuer die elegantewelt}〉 편집인 하인리히 라우베를 통해 첫 평론을 발표하게 됨.

「독일의 아름다운 최근 문학사」를 출간함. 이는 후일 「독일 낭만주의 학파」로 보완 출간됨.

「살롱」 제1권^{「서언」, 「프랑스 화가들」, 「부록」, 「시들」, 「슈나벨레보프스키 씨의 회상」 포함}을 출간함.

1834. 후일 그의 부인이 된 아우구스틴 크리센스 미라^{마틸데Mathilde}를 알게 되어 ^{10월} 함께 살게 됨.

1835. '젊은 독일파' 작가들에 대한 독일 연방 정부 탄압 결정에 의해 하이네의 모든 작품이 프로이센과 오스트리아에서 금서가 됨^{12월 10일}.

첫 프랑스어 서적 출판으로 「독일에 관하여」가 출간되고, 「살롱」 제2권^{「서언」, 「독일 종교사와 철학사」, 「새로운 봄 1-37」 포함}과 「독일 낭만주의 학파」가 출간됨.

1836. 바이에른에서도 하이네 작품 금서가 됨.

프랑스 티에르^{Thiers} 정부 하에서 1840년부터 은급을 받도록 결정되었음.

1837. 「살롱」 제3권^{「플로렌즈의 밤Florentische Naechte」, 「정령Elementargeister」 포함} 출간됨. 루드비히 뵈르네 사망함.

1839. 삼촌과의 화해 후 규칙적인 생활비를 받음^{1월부터}.

1840. 2월부터 〈아우크스부르크 보통 신보〉를 위한 보고문^{후일 1854년 「루테치아Lutetia」란 제목으로 출간}을 장기간 쓰기 시작함.

「루드비히 뵈르네에 대한 회고록」이 출간^{8월 8일}되었으나, 뵈르네 추종자들과의 갈등이 있었음. 「살롱」 제4권^{「바하라흐의 랍비」, 「시집」, 「카타리나」, 「로만체로」,} ^{「프랑스 무대에 관하여」 포함}이 출간됨.

1841. 뵈르네가 자네트 볼 스트라우스^{Jeanette Wohl-Strauss} 부인과 그녀의 남편 살로몬 스트라우스^{Salomon Strauss}와 함께 동거 생활을 함으로써 빚어진 그들간의 스캔들 소문을 하이네가 「뵈르네에 대한 회고록」에 언급하고, 그 후유증으로 1841년 9월 7일 살로몬 스트라우스는 하이네에게 결투 요청함. 이에 하이네는 가벼운 상처를 입음. 이러한 일이 발생하기 직전 8월 31일 하이네는 마틸데와 생 쉴피스^{Saint-Sulpice} 교회에서 정식 결혼식을 올림. 이해 겨울 첫 번째의 「시대 시^{Zeitgedichte}」가 창작됨.

1843. 피레네 산맥 여름휴가에서 구상한 「아타 트롤^{Atta Troll, 한 여름밤의 꿈}」이 하인리히 라우베가 편집하고 있는 〈화려한 세계를 위한 신문〉에 발표됨^{1-3월}.
10월 21일에는 1831년 이후 처음으로 독일 여행을 출발, 10월 29일에 함부르크 도착함.
12월 5일에는 자신의 작품에 대한 출판권을 연금 조건으로 캄페 출판사에 매각함.
12월 16일 파리로 돌아옴. 이어서 「독일, 겨울 동화」를 집필 작업함. 그리고 젊은 헤겔파인 루게^{Ruge}를 중심으로 한 인사들과 접촉하고 칼 마르크스^{K.Marx}를 알게 됨. 그리고 이들과 함께 〈독일-프랑스 연감〉과 〈전진〉 신보를 위해 작업함.

1844. 프로이센 정부로부터 파리에서 독일에 대해 비판적인 언론^{〈독일-프랑스 연감〉, 〈전진〉}을 펼치고 있는 하이네, 루게, 마르크스 등에 첫 번째 체포령이 내려짐^{4월}.
7-10월에는 두 번째의 독일 여행을 함부르크로 함^{부인 마틸데를 동반}. 그리고 7월 10일자 〈전진〉 신보에 「직조공」이 발표됨.
10월에는 「독일, 겨울 동화」와 「새로운 시」가 출간됨.
12월 23일에는 삼촌 살로몬 하이네가 사망했고, 은급을 약속한 유산

싸움이 사촌 간에 시작됨. 그리고 마비 현상의 건강 악화가 더욱 심해
짐.

1846. 하이네가 사망했다는 헛소문이 있었음. 첫 번째의 유언장^{초안}이 작성되
었음.

6-9월에 휴양을 위한 피레네 지역으로의 여행이 마지막 여행이 됨.

1847. 1월「아타 트롤」이 책으로 출간됨.

1848. 파리에서 2월 혁명^{바리게이트 투쟁}이 일어나고 공화국이 선포됨. 3월에는
독일에서도 혁명적인 불안이 있었음.

5월 18일에는 프랑크푸르트 파울 교회에서 국민 입법 회의가 열렸음.

5월 중순 루브르에 있는「밀로의 비너스」상 앞에서 실신함. 그 후 5월
중순부터 척수병이 시작되어 외출이 불가능했고, 이때부터 침대에 누
워 있어야 하는 소위 '병석의 무덤^{Motratzengruft}'이란 고통의 시기가 시작
됨.

1851. 출판인 캄페는 게오르그 베에르트^{George Weerth}의 중재로 3년간 침묵 속
에 있던 하이네를 파리로 방문하여 화해하고^{7월} 다시 우정 관계를 이어
감.

새로운 서정 시집^{「로만제로Romanzero」, 「역사 이야기Historien」, 「비탄들Lamentationen」, 「히브리어}
^{멜로디Hebraeische Melodien」, 「맺는말Nachwort」 포함}과「파우스트 박사^{Doktor Faust}」등을 출
간함.

부인 마틸데를 위한 두 번째 유언장을 작성함.

1852. 여름에「루테치아」정리 작업 시작함.

1853.「망명 중의 신들^{Goetter im Exil}」을 집필하고「고백^{Gestaendnisse}」을 작업함.

1854. 프랑스 어판 전집 출간을 계약^{Bd.1-4, 9월 23일}하고, 그 가운데 첫 권을 출
간함^{12월}.

「잡록^{Vermischte Schriften}(「고백」, 「시들」, 「망명 중의 신들」, 「여신 디아나」, 「루테치아1, 2부」 포함 Bd1-3)」출
간함^{10월}.

「회상록^{Memorien}」을 출간함^{겨울}

1855. 6월 엘리제 크리니츠^{Elise Krinitz}를 알게 됨^{하이네는 그녀를 '무슈Mouche'라 불렀으며, 그녀는 후일 까밀례 셸당이란 예명으로 유명한 작가가 됨}. 그녀는 '병석의 무덤'에서 운명한 하이네의 마지막 연인이 됨.

1856. 2월 17일 새벽 5시 파리 마티뇽 가 3번지에서 사망. 몽마르트르 공동묘지에 안장됨. 장례식에는 작가 고티에^{Théophile Gautier}, 뒤마^{Alexandre Dumar}, 바일^{Alexandre Weil}과 역사가 미녜^{Francois-Auguste Mignet} 등이 참석함.

1차 참고문헌

- Heinrich Heine: Saemtliche Werke. Duesseldorfer Ausgabe. hg. v. Manfred Windfuhr. Hamburg. 1973ff.(= DHA.)
- Heinrich Heine: Saekularausgabe, Werke, Briefwechsel, Lebenszeugnisse. hg. v. den Nationalen Forschungs- und Gedenkstaetten der klassischen deutschen Literatur in Weimar und dem Centre National de la Recherche Scientifque in Paris. 1970ff.(= HSA.)
- Heinrich Heine: Saemtliche Schriften. hg. v. Klaus Briegleb. Muenchen/Wien. 1968-1976. in 6 Baenden.(= B.)
- Heinrich Heine: Werke. in 14 Baenden. hg. v. Hans Kaufmann. Berlin. 1964.

2차 참고문헌

- Norbert Altenhofer: Harzreise in die Zeit. Heine-Gesellschaft Duesseldorf. 1972.
- Joerg Aufenanger: H. Heine in Paris. Muenchen. 2005.
- Gisela Benda: Deutschlandkritik aus Franzoesischer Sicht. In: Heine Jahrbuch. 1982. 21. Jg. S. 9-29.
- Albert Betz: Aesthetik und Politik. H. Heines Prosa. Muenchen. 1971.
- Sabine Bierwirth: Heines Dichterbilder. Stuttgart/Weimar. 1995.
- Oliver Boeck: Heines Nachwirkung und Heine Parallelen in der Franzoesischen

Dichtung. Goeppingen. 1972.

- hg. v. Klaus Briegleb: H. Heine Buch der Lieder. Nachlese zu den Gedichten. 1812–1827. Muenchen. 1968.

- Juergen Brummack: H. Heine Epoche–Werk–Wirkung. Muenchen. 1980.

- Barker Fairley: H. Heine. Stuttgart. 1965.

- Alfred Fuhrmann: Recht und Staat bei H. Heine. Bonn. 1961.

- hg. v. Dietmar Goltschnigg/Charlotte Grollegg–Edler/Peter Revers: Harry ... Heinrich ... Henri ... Heine. Berlin. 2008.

- Jakov Il'ič Gordon: Heine in Russland 1830–60. In: Heine–Studien. Hamburg. 1982. begruendet v. M. Windfuhr/hg. v. Joseph A. Kruse.

- hg. v. Wilhelm Goessmann/Joseph A. Kruse: Der spaete Heine 1848–1856. Literatur–Politik–Religion. Heine–Studien. begruendet v. M. Windfuhr. Hamburg. 1982.

- hg. v. Wilhelm Goessmann/Manfred Windfuhr: H. Heine in Spannungsfeld von Literatur und Wissenschaft. Univ. Duesseldorf. 1990. Reimar Hobbing Verlag.

- Wilhelm Goessmann/Winfried Woesler: Politische Dichtung im Unterricht. Deutschland. Ein Wintermaerchen. Duesseldorf. 1974.

- Jacques Grandjonc: Die deutschen Emigranten in Paris. In: Heine Studien: Internationaler Heine Kongress. Duesseldorf/Hamburg. 1972. S. 165–177.

- Slobodan Grubačić: Heines Erzaehlprosa. Stuttgart/Berlin/Koeln/Mainz. 1975.

- hg. v. Ralph Haefner: H. Heine und die Kunstkritik seiner Zeit. Heidelberg. 2010.

- Jost Hermand: Der fruehe Heine. Ein Kommentar zu den "Reisebildern". Muenchen. 1976.

- Heine Jahrbuch. hg. v. H. Heine Institut Duesseldorf. Hamburg. 1962–1994. Stuttgart. 1995f.

- hg. v. H. Heine–Institut Duesseldorf: Doktoren der Revolution. Duesseldorf. 1978.

- Gerd Heinemann: H. Heine. Reisebilder. Muenchen. 1981.

- Peter Uwe Hohendahl: H. Heine. Europaeischer Schriftsteller und Intellektueller. Berlin. 2008.

- hg. v. Gerhard Hoehn: H. Heine. Suhrkamp. Taschenbuch. Frankfurt. a. Main.

1991.

- Gerhard Hoehn: Heine-Handbuch. Stuttgart. 1987.
- Gerhard Hoehn/Christian Liedtke: Auf der Spitze der Welt. Mit Heine durch Paris. Hamburg. 2010.
- Johann Jokl: Von der Unmoeglichkeit romantische Liebe. H. Heines Buch der Lieder. Opladen. 1991.
- Hans Kaufmann: Denkschrift "L. Boerne" In: Heine Studien: Internationaler Hine Kongress. Duesseldorf/Hamburg. 1972. S. 179-225.
- Helmut Koopmann: Das Junge Deutschland. Stuttgart. 1970.
- hg. v. Helmut Koopmann: H. Heine. Darmstadt. 1975.
- Lew Kopelew: Ein Dichter kam vom Rhein. H. Heines Leben und Leiden. Berlin. 1981.
- Wolfgang Kossek: Begriff und Bild der Revolution bei H. Heine. Frankfurt a. Main/Berlin. 1982.
- Hg. v. Joseph A. Kruse: Ich Narr des Gluecks. H. Heine 1797-1856 Bilder einer Ausstellung. Stuttgart/Weimar. Metzler Verlag. 1997.
- Joseph A. Kruse: Heines Hamburger Zeit. Hamburg. 1972. Heine-Studien: hg. v. M. Windfuhr und begruendet v. M. Windfuhr.
- Eduard Krueger: Heine und Hegel. Kronberg/Ts. 1977.
- Ernst Josef Krzywon: H. Heine und Polen. Koeln/Wien. 1972.
- Wolfgang Kuttenkeuler: H. Heine. Stuttgart/Berlin/Koeln/Mainz. 1972.
- Ortwin Laemke: Heines Begriff der Geschichte. Der Journalist H. Heine und die Julimonarchie. Stuttgart/Weimar. 1997.
- Rudolf Walter Leonhardt: Das Weib, das ich geliebt hab. Heine Maedchen und Frauen. Hamburg. 1975.
- Christian Liedtke: H. Heine. roro. Hamburg. 1997.
- Yigal Lossin: H. Heine. Neu Isenburg. 2006.
- hg. v. Ortsvereinigung Hamburg der Goethe Gesellschaft in Weimar e. V: H. Heine 2012.
- Ludwig Marcus: H. Heine Rowohlt. Hamburg. 1960.
- Fritz Mende: Ein begeisterter und aufrichtiger Verteidiger der Menschenrechte. Zu Heines frueher Rezeption in Frankreich. In: Heine Jahrbuch. Hamburg. 1988.

667

27. Jg. S. 113–141.

- Fritz Mende: H. Heine Chronik. Muenchen/Wien. 1975.

- Henner Montanus: Der kranke Heine. Stuttgart/Weimar. 1995.

- Bodo Morawe: Heines "Franzoesische Zustaende". Heidelberg. 1997.

- Joachim Mueller: Heines Prosakunst. Berlin. 1977.

- OH Han−sin(오한진): Die neue Stele in Seoul (Hankuk−Universitaet). Zur Heine−
  Rezeption in Korea. In: Heine Jahrbuch 2000. 39. Jg. hg. v. Joseph A. Kruse. H.
  Heine−Institut Duesseldorf. Stuttgart/Weimar. 2000. S. 206−208.

- Ernst Pawel: H. Heines Letzte Jahre in Paris. Berlin. 1997.

- Christiane Barbara Pfeifer: Heine und islamische Orient. Wiesbaden. 1990.

- hg. v. Arnold Pistiak/Julia Rintz: Zu H. Heines Spaetwerk "Lutezia". Berlin.
  2007.

- W. Preisendanz: H. Heine. UTB. Muenchen. 1973.

- Fritz J. Raddatz: Heine. Ein deutsches Maerchen. Essay. Hamburg. 1977.

- Fritz J. Raddatz: H. Heine Taubenherz und Geierschnabel. Weinheim/Berlin.
  1997.

- Marcel Reich−Ranicki: Heine und Liebe. Frankfurter Allgemeine Zeitung 12.
  Dez. 1992. Nr. 289.

- Marcel Reich−Ranicki: Der Fall Heine. Stuttgart. 1997.

- Wolf Scheller: Harrys Heimkehr. In: Neue Gesellschaft. Frankfurter Heft. 2006.
  Januar/Februar.

- Falk Schwarz: Literarisches Zeitgespraech im Dritten Reich. dargestellt an der
  Zeitschrift "Neue Rundschau". Frankfurt a. Main. 1972.

- Renate Stauf: H. Heine. Gedichte und Prosa. Berlin. 2010.

- Dolf Sternberger: H. Heine und die Abschaffung der Suende. Hamburg /
  Duesseldorf 1972

- Kurt Sternberg: H. Heines geistige Gestalt und Welt. Berlin−Grunewald. 1929.

- Giorgio Tonelli: H. Heines politische Philosophie (1830−1845) Hildesheim/
  Newyork. 1975.

- Jochanan Ch. Trilse−Finkelstein: H. Heine. Leipzig. 1990.

- Werner Vordtriede: Heine Kommentar zu den Dichtung. Muenchen. 1970.

- Werner Vordtriede/Uwe Schweikert: Heine Kommentar zu den Schriften und zur

Literatur und Politik. Muenchen. 1970.

- Erhard Weidl: H. Heines Arbeitsweise. Hamburg. 1974. Heine−Studien: hg. v. M. Windfuhr und begruendet v. M. Windfuhr.

- Harald Weinrich: H. Heines deutsch−franzoesische Parallelen. In: Heine Jahrbuch. Hamburg. 1990. 29. Jg. S. 111−129.

- Begegnungen mit Heine. Berichte der Zeitgenossen. hg. von Michael Werner (in Fortfuehrung von H. H. Houbens "Gespraeche mit Heine") 2 Bde. Hamburg. 1973.

- Michael Werner: Der politische Schriftsteller und die Selbst−Zensur. Zur Dialektik von Zensur und Selbstzensur in Heines Berichten aus Paris. In: Heine Jahrbuch. Hamburg. 1987. 26. Jg. S. 29−53.

- Benn von Weise: Signaturen. Berlin. 1976.

- Manfred Windfuhr: Fanny Lewald im Gespraech mit H. Heine. In: hg. Christina Ujma: Fanny Lewald. (1811−1889) Alsthesis Verlag. 2011.

- M. Windfuhr: Spannungen als autor−spezifischer Strukturzug. F. Sengles Heinebild und der Stand der Heinediskussion. In: Heine−Jahrbuch. Hamburg. 1995. 34. Jg. S. 183−202.

- Manfred Windfuhr: H. Heine Revolution und Reflexion. Stuttgart. 1969.

- M. Windfuhr: Weltkenner und Welterneurer Heines globale Visionen. In: Heine Jahrbuch. Hamburg. 2011.

- M. Windfuhr: Zum Verhaeltnis von Dichtung und Politik bei H. Heine. In: Heine Jahrbuch. 1985. 24. Jg. S. 103−122.

- hg. v. Markus Winkler: H. Heine. und Romantik. and Romanticism. Tuebingen. 1997.

- hg. v. Gotthart Wundberg: Heine in Deutschland. dtv. Reihe. Tuebingen. 1976.

- Zdda Ziegler: H. Heine. Der Dichter und die Frauen. Duesseldorf/Zuerich. 2005.

- Jochen Zinke: Autortext und Fremdeingriff. Hamburg. 1974. Heine−Studien: hg. v. M. Windfuhr.